他不是怪物，他是小花仙

杨潮

酷威文化
图书 影视

（下）

杨溯 著

# 目 录

第二十九章 徂川 —— 411

第三十章 蓬雨 —— 419

第三十一章 命衰 —— 429

第三十二章 去乡 —— 439

第三十三章 薤露 —— 451

第三十四章 剑魔 —— 469

第二十四章　萋萋 ——— 337

第二十五章　南风 ——— 351

第二十六章　藏月 ——— 369

第二十七章　灵氛 ——— 381

第二十八章　神语 ——— 399

第四十一章 余哀 —— 573

第四十二章 死生 —— 595

第四十三章 蒿里 —— 617

第四十四章 奔月 —— 643

第四十五章 绋讴 —— 659

第三十五章　白发　479

第三十六章　霜心　497

第三十七章　神隐　507

第三十八章　归岚　525

第三十九章　灵山　545

第四十章　愚暗　559

番外一　吾家有女未长成 —— 675

番外二　养在深闺人不识 —— 679

番外三　天生丽质难自弃 —— 685

番外四　力拔山兮气盖世 —— 691

番外五　清风明月共归途 —— 697

番外六　鲛梦 —— 703

第二十四章

姜姜

去南疆之前，他们决定先回一趟江南。戚隐有种直觉，弄清楚巫郁离的来历，便能弄清楚扶岚的来历。要查巫郁离，南疆要去，江南也得走一遭。打吴塘出来得有小半年了，跟过了半辈子似的。这一程直奔孟清和的老家常州府。三月天，风里扯絮，白绒绒飘满天。他们到的时候正好黄昏，天边一轮红滚滚的日头，染缸里挣出来的似的，扎眼得紧。

到了地儿先祭五脏庙，戚隐一手搂着猫爷一手拉着他哥进酒楼。去了一趟无方，从云知那儿得来一半打假擂的赃银，小师叔又给了他好些银角子，这会儿囊中鼓鼓的，十分有钱。当下他叫了几两牛肉，一盘烧鹅，一碗蒸鸡，两盅三鲜汤，两碗绿豆棋子面，两壶烧酒。不怕吃不完，猫爷肚量大，什么都装得下。

酒楼正中央搭了个台子，说书人端坐其上，抹了抹嘴上两撇胡子，惊堂木一拍，道："今儿个，老朽便来说一说那叱咤风云、三头六臂、通天彻地的妖魔大王，扶岚！"

戚隐一个激灵，从饭碗里抬起头来。

四下里叫好，说书人惊堂木又是"啪"地一拍，捻着胡子道："且说那扶岚大王，生的是虎背熊腰，黑脸长毛，牛眼大耳，日前假意败于小戚道长剑下，实则深入无方，搅得仙山天翻地覆。老朽正巧行至湘水岸边，眼见灭度峰摇摇欲坠，实在是心惊胆战哪！"

得，他哥从一个猪妖变成四不像了。戚隐无语。

满座痛惜长叹，说书人喝了口茶，又道："扶岚在那横山魔宫，辟有酒池肉林，蓄妖姬魔女七七四十九个，个个生得妖娆，哄得扶岚夜夜笙歌，生得一地孩儿，其中三孩儿最为出名。大儿扶擎天，二儿扶立地，三儿扶下水，在山西道占山为王，凡是过路人，男的剖腹为食，女的强抢为奴。仙门百家是咬牙切齿，恨之入骨啊！"

这估摸又是哪个吃饱了没事干的妖魔冒充的，戚隐无奈。这么难听的名儿，也亏得这帮龟孙想得出来。满座愤恨不已，一个个气得满脸通红，要把扶岚生吞活剥似的。却没想到，他们恨之入骨的军师庚桑吃饱喝足，大摇大摆蹭上台，摊着肚皮睡觉，几个凡人崽子围着它，争着挠它下巴；而那位无恶不作的妖族之主，正心不在焉地看窗外人潮涌动。截至目前，已有两个姑娘在他们桌边崴了脚，三个女娃来问路，邻座的小姐都偷摸瞄他，绞着手帕脸红心跳。

## 第二十四章　萋萋

不知道扶岚听不听，八成是没听，戚隐望着他恬淡的侧脸，这厮在哪里都像个透明人似的，很没有存在感。戚隐也没有存在感，但他是像野草似的，蔫头耷脑得不起眼。扶岚不同，他静悄悄不吭声的时候像个四大皆空的僧侣，似乎眨眼间就要和周遭的风景融为一体。

"哥，你真有七七四十九个妖姬魔女？"戚隐问他。

扶岚摇头："二十八个。"

戚隐还记得他被那帮"姬妾"逼得跳嘉陵江的事儿，问道："她们怎么样，你有喜欢的吗？"

扶岚蹙起了眉心："她们吃得很多，我养不起。"

太难了，戚隐感到辛酸。他哥分明是妖族之主，却比路边的光脚小贩还穷。

"小隐吃得少，养得起。"扶岚说。

"那猫爷呢？"

扶岚扭头看了看黑猫，那厮胖成一个球似的，正窝在一个漂亮小妞的怀里，眯着眼喵喵叫。扶岚很沮丧地说："快养不起了。"

戚隐极力忍笑，转过视线隔着窗屉子往外看。惠风和畅，徐徐吹进茜纱窗来。酒买多了，戚隐一个人喝不完，让他哥一起喝，斟了一杯给他，扶岚却只是放着。扶岚活到现在，仙人似的餐风饮露，就没吃过东西。一个人喝酒没意思，戚隐劝他喝几口，扶岚不肯。扶岚夸过他的血甜，戚隐忽然想到一个法子，划破指尖，滴了几滴血到酒里，道："哥，这样喝不喝？"

血滴进了酒液，烟墨一样晕开。扶岚犹豫了会儿，终于端起来抿了口。

"怎么样，好喝不？烧刀子辣，早知道该点个酒味儿淡点的。若是得空，咱们去绍兴转一圈，那儿的花雕才好喝呢。冬天的时候，加点儿枸杞，放点儿姜丝儿，一热，可香了。到中秋，螃蟹肥了，再弄点儿茴香豆，赏月听曲儿喝花雕，别提多美了。"

戚隐索性往酒壶里滴了几滴血，又给他斟了几杯。扶岚还挺能喝，眉头都不皱一下，全喝完了。

外头春光正好，槛窗边上伸进来几根枝丫，几朵花骨朵儿星星点点缀在上头，马上就要开花儿似的。墙根那边蹲了好几个衣衫褴褛的乞丐，探头探脑等着酒楼的潲水。戚隐手一招，叫来几个乞丐，将蒸鸡烧鹅从槛窗上递下去。乞儿们见了活菩萨似的，连连道谢，捧着盘子吃得满嘴油。

戚隐笑道："不是白给的，向你们打听一个人。"

"大爷且说，小的们定当知无不言，言无不尽。"乞丐们纷纷道。

"孟清和孟仙师，你们可知道？"

"知道知道，孟大户家那个成了仙的大夫嘛！"乞儿们道，"不过他好久没回来了，听说是去了什么……叫什么来着，好像是鸟还山？"

"无妨，我不找他人，我就打听他的事儿。他在这儿可还有亲人朋伴？"

乞儿们摇头："孟家的人早在十八年前就死绝了，若论孟大夫血缘上的亲人，也没人知道在哪一方。"

"血缘上的亲人，这是何意？"戚隐问。

"二位仙师不知道吗？"有个圆脸乞儿道，"孟大夫是孟家收养的义子，是当年饥荒灾民过境，孟老夫妇在街边捡来的。"

这便是了，巫郁离怎么可能会有现世的父母？戚隐道："实不相瞒，我二人是清和仙师的师侄。师叔日前病逝，我们师兄弟二人受掌门吩咐，撰写师叔墓志行状，需多加了解师叔来历生平，还望几位多多相告。"

说着，戚隐又递下几盘菜，乞儿们连连道谢，喜笑颜开，道："这有何难？诗书经义我们不行，若谈各家掌故，家底阴私，哪家哪户几个姨娘生了几个娃娃，我们没有不知道的。孟大夫家这事儿，说来也是冤孽。他家是我们这儿的望族，常州原先有个别号，叫'孟半城'，就是因为咱们这儿姓孟的人特别多。孟老爹夫妇是有名的大善人，常常施粥济民，可奈何孳息艰难，膝下无子。赶巧那年饥荒，灾民进城，孟老太设棚施粥，发现一个瞎眼的孩子，七八岁的模样，他也不上前要粥，只一个人坐在石头上。孟老太亲自端粥给他，他道了谢，却转手就送给一个比他更小的孩子。试问，那样的时候，哪来这般善良的好孩子。孟老太生了恻隐之心，就把他领回家了。"

也不知道巫郁离是故意讨孟老太欢心还是怎的。戚隐问："然后呢？"

"这娃娃聪明俊秀，才十多岁，就既通诗书音律，又懂医理。孟家老夫妇得了这么一个孩儿，纵然是个瞎的，却也开怀啊。谁承想好日子过到孟大夫十七岁，就到头了。孟老夫妇年老，接连撒手而去。孟大夫的名字纵然上了族谱，可终究是个义子。孟老爹的弟弟孟怀善觊觎孟家家产，强夺了去，把孟大夫赶出家门。"乞儿们摇头叹息，"估摸着是老天看不下去，不到一年，就把孟怀善父子全收了去。"

乞儿们说到这儿，停住了，戚隐待要再问，他们却是一副欲言又止的模样。独那圆脸的乞儿挠挠头，鼓着胆子道："孟家宗祠来为孟怀善父子敛尸，仆役帮他儿子梳头，这梳子一拉，头盖骨竟然掉了下来。不看不打紧，一看简直吓掉半条命啊！"

"怎么了？"

圆脸乞儿吐了吐舌头，低声道："他的脑壳，是空的。"

"真的假的？"戚隐道，"哪有这样的事儿？"

"当然是真的，这事儿都传遍常州府了，都说是孟怀善父子作孽，老天要罚他们。"圆脸乞儿道，"幸好那时候孟大夫已经行医回来了。孟大夫博闻强识，又在外面走了一年，见多识广，大家都吓得腿软，只有他面不改色，当机立断，让家仆把孟怀善父子封入铁棺，葬在城外。"

"还用铁棺？"

"那可不？万一这尸体出什么岔子，闹个什么诈尸还魂的，咱们不得遭殃了？"

## 第二十四章　萋萋

乞儿道,"说起来,幸亏孟大夫有先见之明。果然,有人晚上路过孟怀善父子下葬的地方,就听见了地底下有敲棺的声音!咚咚咚,一声比一声响,正是孟怀善父子的铁棺!"

"还真诈尸了?"戚隐愕然。

"还有人说好像听见地底有东西嘶吼,那叫声怪得很,不像是人,像是野兽。"乞儿说着,自己也冷汗直流,"再后来,孟大夫便捐弃了家产,去仙山修道了。"

戚隐沉吟了一会儿,又问:"对了,师叔没出家之前,不是有个媳妇儿吗?刚刚也没听你们提,师叔母是什么时候过身的?"

乞儿们面面相觑,道:"什么媳妇儿?听咱们这儿的老人家说,孟大夫从来独身一人,不近女色,连个同房歇卧的女使都没有。"

奇了怪了,巫郁离那个媳妇儿难道还是编出来的不成?他好端端的给自己编个媳妇儿干吗,怕别人觊觎他的美貌吗?戚隐想起巫郁离书箱里那些画轴,迷离的白色人影儿,还有中殿前的哀哭,心里慢慢升起一个不得了的猜测。

巫郁离口中的亡妻,莫非其实是说白鹿,不是真的媳妇儿?

他心念一转,又琢磨孟家这事儿。动用铁棺封人,这孟怀善父子莫非遇到了什么事儿,像无方山的妖鬼似的,妖化了?戚隐想问扶岚的意见,扭过头,却见他哥刚饮下一杯酒。戚隐拎起酒壶,轻飘飘的没分量,竟然已经空了。戚隐愕然:"你全喝光了?"

扶岚呆了呆,道:"甜甜的,很好喝。"

"那你也不能全喝啊,会醉的!"

扶岚闭上眼静了静,似乎在感受自己的身体情况,然后道:"没醉。"

天光下审视他,面如细瓷,眸如秋水,确实没什么醉态,戚隐观察他半晌,道:"不错啊,你酒量还挺好。"抹嘴起身,"那咱们去孟家祖坟看看。"

要弄清楚孟怀善父子到底因何而死,非得掘坟验尸不可。挖人祖坟着实缺德了些,但在凤还山修炼了这么些时日,操守德行早丢到爪哇国去了。戚隐浑不在意,给了那圆脸乞儿几吊铜板,要他带路。孟家这事儿已经过去十八年,祖坟早已安静了。那乞儿贪财,当下答应。戚隐把黑猫从姑娘堆里抱回来,带着扶岚出了门。外面天已黑了,月亮是水白的一团,高高挂在天上。因着要掘坟,他们去买了铲子。戚隐和扶岚,一人扛一把,御剑出了城。

孟家祖坟在离城十里地外的牛角山山岗上,夜幕之下,凤尾森森,歪脖子老树影影绰绰,低矮的灌木丛在风里哗啦作响,月光静谧地敷在叶片子上,像披了一层若有若无的纱。坟地一看就很久没有被打理过了,长满了荒草,萧萧肃肃一片。刚下过雨,一落地,脚陷在湿软的泥巴里。

"仙师,你这猫可得放远一些。"乞儿道,"老人家都说,陈年老尸遇见猫必定诈尸,更何况你这是黑猫,不吉利。"

"这你就不知道了,"戚隐摇头晃脑,"我家这猫爷,乃是开天辟地第一神猫。

无论什么妖魔鬼怪，遇见它必定屁滚尿流，磕头求饶。凡人只要抱一抱它，财运滚滚，福寿两全。来，今儿算你走运，给你抱一抱。"

黑猫"喵"了两下表示同意。乞儿将信将疑，把猫爷抱过来，手上一沉，差点没兜住。

"还挺有分量。"乞儿纳罕道。

他们先掘孟怀善的坟，挖了半天才碰到棺材板，用铲子一敲，当当作响，还真是铁的；撬出棺钉，棺盖板儿一松，接合的缝隙里咕噜噜冒出腥臭的黑水，活像棺材里有个泉眼似的。乞儿吓了一大跳，忙叫道："快上来，这是棺材里的水，肯定有毒！"

"别大惊小怪，"戚隐说，"这要么是尸解放出来的水，要么是土里的水渗进棺材里了。看这量这么大，八成是土里的水。"江南多雨，三天两头下一阵，更何况才刚下过一片雨，这棺材里没水才怪。

戚隐掐诀，把沉重无比的棺盖板儿挪开。一股臭味儿直冲上来，戚隐差点没把隔夜饭吐出来。他掩着口鼻探脑袋一瞧，里面暗沉沉一片，全是墨黑的臭水，摸起来油腻腻的，说不出的恶心。尸体泡在这儿，估摸早就烂了，什么也看不出来，但不管怎么说，来了还是得看一眼。戚隐强忍着恶臭，把骨头拣出来。扶岚脱下衣裳，铺在土坑边上，戚隐把骨头放在上面。

骨头烂得很彻底，有的都成渣了，泡了这么久，就算是妖，气息也散了。戚隐问扶岚："能看出他到底是妖还是人吗？"

"人。"扶岚道。

"怎么看出来的？"

扶岚指了指骨头："二百零六块，人骨的数量。"

苍白的月光下，扶岚的脸色有点不对劲。两颊微红，像涂了一层薄薄的胭脂，隐隐有些面含桃花的味道。戚隐有些担忧："哥，你是不是哪儿不舒服？"

"是不是中毒了？我听老人家说，坟里有种尸气，凡人瞧不见，有黑的有红的，只要吸一口，立马通体生疮，七窍流血而死。"乞儿抖抖索索地道。

"那你怎么敢跟来？"戚隐问。

"这不是有仙师你在吗？"乞儿嘿嘿一笑。

戚隐无语，移过眼看他哥。扶岚蹙了蹙眉心，道："头晕。"

难不成真有尸气？连他哥都着了道？不对啊，戚隐低头看自己，要着道也是他先着，可他一点事儿也没有。手上脏，不能摸他哥，戚隐凑过脸，碰了碰扶岚的额头。额上一片滚烫，仿佛能在上面烙个饼儿，戚隐叫道："哥，你发烧了！"

扶岚歪了歪脖子，一副迷茫的样子，忽然抬起手，按在自己的胸前。心脏在里面怦怦怦跳动，炽热得像一团火烧在手心。

"小隐，心跳得好快。"扶岚道。

戚隐明白这厮到底怎么回事了，道："你喝醉了。烧刀子后劲儿大，你醉了！"

## 第二十四章　萋萋

乞儿打量着他俩，咂着舌道："仙师，你俩到底啥关系？"

"我们是异父异母的亲兄弟。"戚隐回答。

正在这时，土坑里忽然传来砰砰的拍棺声，所有人吓了一激灵。乞儿跳起来，躲到戚隐身后，揪着他的衣襟大喊："拍棺了！你听，拍棺了！"

拍个屁，骨头就在他们边上，还能有谁拍棺？戚隐站起身，正瞧见黑猫蹲在棺材沿上，睁着鬼火似的幽绿大眼眸子，细细地喵了一声。

"我的天爷，你这猫也忒吓人了！"乞儿揉着心口。

猫爷肯定是发现什么了，只不过旁边有外人，它不好开声。戚隐和扶岚走过去，黑猫一蹿，在斜立在地的棺材板上走了一圈。戚隐掐诀，把棺盖板儿翻过来，平放在地上。月光下，黑沉沉的铁皮板子镀上一层水银似的，所有人凝眸一瞧，登时吃了一惊。这铁棺是铁包木，那铁皮棺盖板的背面，木板面儿上，密密麻麻布满了暗红的手掌印和深深浅浅的抓痕。

戚隐倒吸了一口凉气，顿时什么都明白了。

孟怀善被埋进棺材的时候还没死，他是被活埋的。

巫郁离不知用了什么手段，让孟怀善假死。等孟怀善醒来，却发现自己已经在棺材里。他拍棺求救，路人却以为他诈尸，无人敢上前。他嘶喊叫人，或许是因为铁棺和土层阻隔，又或许是因为喊得太久声音嘶哑，听不真切，再加上孟怀善诈尸的印象先入为主，人们以为那并非人声。

人们害怕妖邪，不敢靠近，彻底断绝了他生还的希望，他就这样活活窒息而死。

戚隐心里发寒。他发现巫郁离这个家伙特喜欢玩人，对叶枯残是这样，对孟怀善也是这样。当他们得意扬扬，以为自己得了大便宜的时候，他们却没想到早已死到临头，而且死得惨绝人寰。

继续挖孟怀善他儿子的棺材，扶岚头晕，路都走不稳当了。戚隐让他歇着，把外裳脱下来，披在他身上。乞儿拿起铲子，和戚隐一块儿挖。最后一层土铲掉，露出黑不溜秋的铁皮棺材。累得满身大汗，手心磨得发疼，戚隐喘了口气，想去解个手，刚辊过身，背后响起一声冷笑。

这笑声十分阴险，像一个人咬着牙，从牙缝儿里阴森森地笑出声儿。

戚隐心头一跳，猛地转过身，瞪着那乞儿，道："你笑什么？"

"什么笑什么？我没笑啊！"乞儿抱着铲子，愣怔怔地望着他。乞儿看戚隐这警惕的模样，忽然回过神来，手脚并用往坑外面爬，一面爬一面叫道："我就知道这地方邪性！老人家都说，鬼魂最喜欢让人变得疑神疑鬼，大家怀疑来怀疑去，最后就会疯魔，自相残杀。仙师，你着道儿了！趁咱们都没疯，咱们还是快些走吧。"

"你等等，你笑一声给我听听。"戚隐道。

乞儿哭丧着脸，往扶岚那儿跑："仙师，你师弟疯了！"

"我没疯。"戚隐叫住他，"你赶紧的，笑一声给我听听。"

乞儿犹犹豫豫，扯起嘴角笑了一声："嘿嘿？"

"不是这样，阴险一点。"

"嘀嘀？"

这厮年纪小，声音亮得很，不像那声诡异的冷笑。戚隐心里发毛，难道还有谁躲在这儿？戚隐站在坑里四下瞧，坑就这么点儿大，还有哪儿能藏人？总不可能他自己中邪，自己在那儿笑吧？

"是不是你的错觉？"乞儿抖若筛糠。

"不可能。"戚隐很笃定，他绝对听到了一声冷笑。

头上罩下一片阴影，扶岚来了。

戚隐抬头看他："哥，你也听见笑声了？"

扶岚耳力甚好，一室之内，连旁人的心跳都能听得清清楚楚。他点点头，指了指棺材："在那里。"

"啊？"戚隐愕然。

乞儿一听，差点儿吓得厥过去，连忙躲到扶岚背后。

"里面有人说话。"扶岚说。

一股凉气从戚隐脚底心蹿上脑门。你大爷的，难不成孟怀善的儿子还没死？关了这么多年，不吃不喝，得成妖了！

"很多人。"扶岚又道。

他哥说话就爱大喘气儿，戚隐站在坑里背后发毛，问道："怎么可能？这棺材就这么点儿大，待一个人都嫌挤得慌。"

他扭头看那四四方方的铁皮棺材，七尺三这么长，怎么能待下"许多人"？

"说不定是鬼。"乞儿吞吞吐吐地道。

鬼在里面做什么？打牌九吗？戚隐忍不住想。

扶岚放出小鱼，淡青色的小鱼犹如萤火，在乞儿惊讶的目光下晃晃悠悠地穿透铁皮，飞进棺材。小鱼入棺，棺材里登时躁动起来，连戚隐都隐隐约约能听见里面的说话声了。过了会儿，小鱼摆尾游回来，栖在扶岚白洁的指尖。扶岚摇了摇头，道："很黑，看不清。"

戚隐将归昧剑拿出来，背在身后，敛了声息，壮着胆子摸到棺材边上，附耳细听。里头窸窸窣窣，仿佛有许多人贴着他的耳朵低声细语。听了半天，他没听懂里面的东西在说什么。它们说的似乎是另一种语言，语调黏黏腻腻，粘牙似的。

戚隐招手，让黑猫过来听。猫爷博学，说不定能听懂。黑猫也附耳听了半晌，道："不是人话。"

乞儿大惊失色："猫说话了！猫说话了！"

"废话，不说了我家猫爷是神猫吗？"戚隐又转头问黑猫，"不是人话？妖怪的话吗？"

"不是。"黑猫说，"老夫的意思是，这压根儿不是话。无论是哪方的话，字词音调，平上去入，皆有规律，连缀起来，旁人才能听懂意思。表意万千，字词千万，但无论凡人还是妖魔，能发出的音却很有限，所以一段有意义的话，里面必定有重复或者相似的音。但这里面的东西，叽里咕噜说一通，一个重复的音都没有，就是乱说一气，和小孩儿呜呜哇哇乱叫一个道理。"

"你的意思是，它们什么也没说，就是在乱叫？"

黑猫点头，扭脸问扶岚："呆瓜，你还能打吧？"

扶岚说"能"。

黑猫道："那就行。小隐，你出来，让你哥开棺。甭管里面是什么，放出来瞧瞧，若是不听话，就打它。"

凄冷的刀光一闪，夜色仿佛被撕开一角，只听斩骨刀一声尖啸，砰地撞入铁棺。霎时间棺材四分五裂，斑斓的彩雾从里面涌出来，浪水一般翻腾。乞儿看得目瞪口呆，连忙掩住口鼻，道："仙师当心，想必这就是传说中的尸气了！"

那彩雾从棺材中溢出，却不像平常的雾气一样散开，而是聚集起来，笼成一团浓云。所有人都能听见那低语声了，像有无数男男女女藏在那诡异的彩雾里，不停地喃喃。彩雾在空中兜了一转，似乎发现了他们，登时卷成一股大潮，铺天盖地地涌过来。

戚隐终于看清楚了，那不是什么雾，而是一大群妖蛾子。

"妖蛾子成精了！"戚隐大叫。

乞儿尖叫一声，拔腿就逃，戚隐一把拽住他的衣领，按着他的头趴下。蛾群从头顶嗖地飞过，耳边全是扑棱的响声。斩骨刀飞回，扶岚双手握刀，进步横斩。三尺长的刀光犹如细细的月弧，斩破冷飕飕的夜风，直直飞出去。蛾群被正面斩破，凄厉的尖嘶此起彼伏，仿佛是无数个人被掐住了脖子。蛾群退后，戚隐迅速画了张火焰符扔出去。一只蛾子着火，登时整个蛾群被牵连，空中烧起一团火焰，残破的蛾翅金箔一样乱飞。

戚隐捡起一具烧焦的蛾尸，斑斓的彩翅只剩下一角。

"又是这妖蛾子。"他道，"看来孟怀善父子就是被这妖蛾子弄死的。可这妖蛾子怎么会说话了？"

黑猫低下头嗅嗅那蛾翅："这是成妖了，只不过道行不深，灵智尚浅，再加上关在棺材里头，没有旁的妖教它们说话，所以只会叽里咕噜乱说一气。"

世间万千活物，活过它原本的岁数就成怪。譬如一只狗，撑死了活个十五六年，若有活四五十年的，那便是怪了。怪接着修炼，凝聚天地灵气，就能成妖。成妖就能生出灵智，变聪明，像人一样思考。有灵智的标志是语言，会说话儿，就说明这东西有点脑子了。只不过凡人不加区分，管他三七二十一，统统叫妖怪。

那边扶岚收了刀，道："小隐，你脖子歪了。"

"没啊。"戚隐疑惑地摸了摸脖子，正得很，哪儿歪了？

隔着夜色望过去，却发现扶岚没朝他说话儿，这厮正对着一棵歪脖子树喊"小隐"。

扶岚双手握住那歪脖子树，用力一掰，树干吱呀一声裂开一条碗大的缝隙。扶岚把树干拗直，道："正了。"说完，他额头抵着树干，闭上眼，睡着了。

下回不能让他喝酒了，戚隐脖子发凉。

戚隐下到土坑里去看棺，四面棺材板壁上结着密密匝匝的飞蛾卵，十分恶心。这棺材里的水没有孟怀善的多，将将到一半。孟怀善儿子的尸体已经没了，连骨头渣都不剩，估摸着是被那妖蛾子吃光了。一棺黑水，还漂着许多残破的蛾尸和发黑的翅子。这些蛾子在棺材里面产卵，出来后吃孟怀善儿子的尸体，吃完之后没得吃，就自相残杀，活到最后的，就成了精。

乞丐们说孟怀善儿子的脑壳是空的，估计就是被这妖蛾子给吃光了。

戚隐和乞儿把土埋回去，御剑回城。戚隐给了那乞儿几个银角子，乞儿欢天喜地地去了。冷月一团，挂在天心，夜深了，冷冷清清一条长街。他们找了家客栈住下，扶岚脱了衣袍，仰在蔑枕上闭上了眼。黑猫也钻进绒布垫子安歇了。戚隐熄了灯，放下绡纱。月光照在床前，仿佛是秋霜一片。

屋子里静悄悄，戚隐睡不着，起身看他哥。月光下审视扶岚，白生生的一张脸，带一点儿淡淡的红晕，极清俊的颜色，像墨笔勾勒出来的人。看着看着，扶岚忽然睁开眼，那双大而黑的眸子定定将他望着。

"睡不着吗？"戚隐问他。

"因为你在看我。"扶岚说。

"我没看你，"戚隐面不改色，"我就是睡不着。"

"小隐不能撒谎。"扶岚小声道。

这小子喝了酒反倒聪明了，戚隐干咳了一声。

"你总是骗我。"扶岚闷闷地说。他怪不高兴的模样，因着酒意上了脸，眸子蒙眬，像笼在雾里的一汪水。

喝醉了，跟个小孩儿似的，戚隐看了，逗他道："那怎么办？我总是骗你，你讨厌我吗？"

"不讨厌。"扶岚低低地说，"哥哥永远也不会讨厌弟弟。"

他的嗓音放低的时候，有种柔和的味道，像淡淡的风、淡淡的雨，他身上那种雨后大山的气息混着若有若无的酒味儿萦绕住戚隐，仿佛是一种醉人的芬芳。戚隐躺在当中，心里说不出的平安喜乐。与哥哥在一块儿，每一刻都是无限的欢喜。

"哥，你醉了。"戚隐道。

"嗯。"扶岚阖上了眼。

"我问你几个问题呗。"戚隐说。

"嗯。"扶岚梦呓似的喃喃。

"你是不是花仙子啊？"

"……"

"咱们是兄弟，这有什么不好说的？"戚隐推了推他，"都说酒后吐真言，你

## 第二十四章　萋萋

别睡，快回答我。我好奇这个可久了，你不吃不喝，不拉屎也不撒尿，跟天仙似的，太让人好奇了。"

扶岚一声不吭地背过身，默默拉高被子，盖过头顶，不理他了。

这人怎么这样？戚隐又摇了他几下，他没反应。戚隐放弃了，跷着二郎腿，两手枕在脑后，望着黑漆漆的床顶。

他想起白鹿说的扶岚花，风一吹就散，飘雪一样到处飞。戚隐轻声道："哥，你可能真的是花仙子呢。你要是花仙子，我就当小蜜蜂，天天围着你，嗡嗡嗡。"

他哥睡着了，黑暗里没人答声。

常州府离吴塘不远，御剑只要一个时辰的工夫，戚隐思来想去，还是回了趟吴塘。日头不大，挂在人脑袋顶上，照得青石板路上白灿灿一片。乌桕树发了新芽，青嫩嫩的叶子绿得能掐出水儿。河渠边上一条曲曲折折的水廊，乌篷船打桥洞底下过，卖货郎在廊庑底下钻来钻去，清脆的吆喝声直飞上桥来。

戚隐撑着汉白玉石栏杆，又想起以前跟在姚小山后面走街串巷被人撵着打的日子。他没敢回姚家，姚小山死了，他不知道怎么同姚老太太说。她年纪这么大了，或许让她有个念想才是好的。戚隐托人用姚小山的名义送了一袋银子过去，就离开了。

他们去了女娲庙，给他爹娘立牌位供奉，烧上几把香火和纸钱，祈愿他们平安往生，投个好胎。女娲庙在郊外山里，从前他娘和小姨都带他来过，他"戚隐"这个大名就是他娘跪在女娲神像底下掷千字筒求出来的。巍峨的庙宇，斑驳的金彩藻井高高罩在头顶，那低着眉目的女娲像立在重重红绸帷幕后面，眉宇间说不出什么神情，仿佛是悲悯，又仿佛是漠然。

扶岚站在神像底下，与那神祇默默对视。他们的目光在虚空中相接，仿佛彼此相望。

扶岚问："阿芙来过这里吗？"

"嗯，"戚隐把牌位放上神龛，"咱娘请了个长生牌位，就放在那儿。"戚隐往后指了指，门洞后面放了一墙的长生禄位，烛台的灯火照亮重重叠叠的暗红色帐幔和黑漆漆的檀木牌。

扶岚抱着黑猫往那儿去。戚隐找他娘请的牌位，目光忽地定住了，落在那方寸大的角落里。光晕落在上头，扶岚白洁的指尖轻轻抚下细细的尘灰，几个金漆书写的姓名落入眼帘。

"孟芙娘、孟扶岚、戚隐、孟庚桑。"

原来阿芙请的是阖家牌位，为他们一家祈福。

"我可以把它带走吗？"扶岚低声问。

"可以。"戚隐把长生禄位放在他怀里，"我们把它带走吧。"

晌午落雨，他们留在庙里用斋饭。翘角檐下铁马伶仃，山在远处绵延，扶岚站在廊庑底下看漫漫的雨丝。戚隐抱着黑猫，靠在不远处的红抱柱看他寂寂的黑色背影。

雨声潇潇，黑猫在这无边雨丝里说起那遥远的往事。乌江的日子悠闲，阿芙总是白天出门浣衣，傍晚日落的时候回家。十二岁的扶岚在家里带狗崽，背着他捡干牛粪，去山坡上和村里的孩子一起玩儿。临回家的时候，狗崽会和所有人道别，和邻居家的二丫说明儿见，和村头的大郎二郎说明儿见，也和李家养的黄色大土狗说，和刘家小弟抓的蟋蟀说。他每路过一样东西就要道一声"再见"，"小树明儿见，大石头明儿见，小毛驴明儿见……"过河的时候，他还要向河心蹲在荷叶上的癞蛤蟆大喊"小青蛙明儿见"！

"明儿不见，"青蛙回他，"傻崽！"

"青蛙说话了！青蛙说话了！"狗崽跌跌撞撞地去追扶岚。

"那是妖怪，狗崽。"黑猫说。

他们每天都去田埂上接阿芙，一家人一起走过田埂回小木屋，有时候会绕道儿去村口买点冰糖糯米圆子，那是狗崽爱吃的。后来隔壁李村有一个年轻闺女嫁来了他们村，加入了浣衣女的行列。那少妇一身水秀，见了人便柔柔地笑，和阿芙这种装出来的温柔差别很大。阿芙回到家跷着腿摇蒲扇，揽镜哀叹："既生我孟西施，何必生她李貂蝉？"

扶岚并不懂女人在外貌上的好胜心，他只知道阿芙想要变漂亮。邻居二丫告诉扶岚胭脂可以让人变美，有一天阿芙出门做工，扶岚带着黑猫和狗崽去到村口，走了一里地，逢见刘家大郎进镇的牛车，他们坐在稻草堆里进了乌江镇，寻了一个胭脂铺子。扶岚举起狗崽，让他够着柜台，挑了一盒胭脂。他们往回走，这回没那么好运逢见牛车。那时候扶岚还不会御剑，他们只能走回去。迎着白花花的大太阳，小径两旁是水绿汪汪的水田，扶岚背着狗崽，黑猫在他脚边，三个家伙往家里赶。一路上狗崽撒了两泡尿，他们在日落前走回了家，把脂粉盒子放进阿芙手里。

阿芙惊讶扶岚哪来的钱，她每天给他的铜板只够买菜。扶岚解下小帽，露出齐耳的短发。原来这个傻乎乎的孩子，不知怎么想出来的主意，把自己的头发给卖了。

"身体发肤，受之父母，"阿芙心疼地摸他头发，"你怎么能把头发给剪了呢？"

扶岚睁着大而黑的瞳子，懵懂地说："我没有父母，只有阿芙。"

阿芙一愣，捂住了嘴，大眼睛登时湿了。那是扶岚第二次看见阿芙流泪，他不是很明白，阿芙能变漂亮了，为什么要哭呢？阿芙一面流泪一面道："猫爷总是说你瓜，村里人也说你傻。哼，才不是呢，"她又笑起来，泪蒙蒙的眼睛弯成两道月牙，"我们家岚崽，是天底下最聪明、最可爱的娃娃。"

再后来，南疆大乱，扶岚和黑猫接到召妖令。那一天的黄昏晚霞像血一样红，日头烧着了似的挂在天尽头。天南地北的妖都往南赶，群妖浩浩荡荡地飞过境，乌云一般遮住半边天。所有人都出来看，拄着锄头连连咋舌。扶岚也得走了，即使妖都不大待见他，南疆毕竟是他的家乡，也是猫爷的家乡。

## 第二十四章　萋萋

黑猫沉沉叹了一口气，对戚隐说："就是那天，阿芙抱着我们，一遍又一遍叮嘱'无论走到多远的地方，都一定要回家'。"黑猫合抱着两只爪子，目光尽处那个男人的身影萧索，像一株孤生的苦竹，"呆瓜这个家伙，像是心眼儿天生缺了一窍似的，不知爱恨，不知喜怒。刚遇见他那会儿，他可以一整个月都不说话，老夫还以为他是个哑巴。你同他说话，他也不爱搭理你。是乌江那段日子，让他有了人样儿。"

戚隐望了会儿扶岚的背影，走到他的身边。雨点儿细细浇在青石地上，他望着扶岚，这个男人的侧脸冷冷清清，大而黑的眸子映着风雨，像无边无际的茫茫秋水。

一滴泪自扶岚的脸颊滑落，戚隐怔了片刻，轻声道："你哭了。"

扶岚呆呆地伸出手，摸了摸脸上被风吹得冰凉的泪滴："我在难过吗？"

"嗯，"戚隐擦干净他的脸，抱住他单薄的肩膀，"你想咱娘亲了。"

"我们和娘亲还会见面吗？"扶岚低声问。

他的声音很落寞，像飘飘扬扬的霜和雪，散进风里。

"会的，"戚隐摸摸他温软的发顶，"我们活着的时候能在梦里相见，等我们死了，我们就会在彼岸团圆。"

第二十五章　南风

经过一程程山一程程水，他们终于到了南疆地界。戚隐手搭凉棚望出去，入目是绵延的巍峨高山，山势犹如卧龙，起起伏伏连绵不断。他们御剑经过嘉陵江，蟹壳青的水倒映着蟹壳青的天，白茅蒿草在岸边摇曳。日头从远方升起来，照亮千山万水。九头鸟尖啸着经过他们身旁，山林里群妖奔跑，惊起半边天的飞鸟。戚隐满心稀奇，一手抱住他哥的腰，一手抱着黑猫，小心翼翼地探头往底下瞧。

他很早以前就听说过南疆，这个妖魔盘踞之地。听说这里瘴气横生，漫山都是长了几千年几百年的野林子，山里有数不清的沼泽，沼泽里栖着吸人血的虫蚁蚊蚋，不管是妖魔还是人掉进去，一眨眼就会变成干瘪瘪的一张皮。往西南走是南疆的十万大山，横岭纵谷，瀑布飞流，有些地方连妖魔都不往那儿去。内中有九垓天坑，从天上望下去，仿佛是一个黑洞洞的巨眼，深不可测，见不到底。微生魔刀插在边缘，结界笼罩，连修为高深的妖魔都无法通过。

他们先回横山休整。这是扶岚的领地。南疆妖魔族群林立，各分地盘，各方时常征战，其实在戚隐看来，就跟黑帮打架斗殴抢地盘似的。两年前扶岚斩杀微生魔龙，成为妖族之主，妖族将横山赠予扶岚。据说到目前为止，扶岚的领地还没有妖敢来寻衅，当然也可能是因为横山太小，那些头领不屑一顾。

戚隐对扶岚的行宫不抱什么希望。扶岚这么穷，什么宫城楼台，妖兵魔侍，十有八九统统没有。事实证明戚隐猜得很对。他拎着包袱，站在一个吊脚楼村寨面前。村寨矗立在横山半山腰，青色的瓦檐，杉木曲廊走栏，傍水而立。山势很陡，吊脚楼一层层叠高上去，乍一眼看，上面的竹楼就像建在下方竹楼的脑袋顶上似的。

一入村寨，先看见的是边上一排土布搭的窝棚，每个窝棚底下都有一个大缸，上面架两块长条木板。这是茅厕，是黑猫设的，免得村寨里的妖怪到处拉屎。

扶岚拉着戚隐进寨，走过极窄又极陡的青石台阶，两边全是高高矗立的吊脚楼。大大小小各色杂毛妖怪在上面探头探脑，还有的拖家带口蹲在屋顶上，十分新鲜地望着戚隐。

扶岚的吊脚楼在最高处，统共三层，歇山顶，翘角飞檐，檐下还挂着旧旧的红灯笼。正中间是堂屋，里面有个暗沉沉的火塘；两边是睡觉的饶间，一把木头梯子直接从第二层通向石子路。最底层用来养鸡鸭，斑竹编的栅栏板，里头铺满了稻草。扶岚推开栅栏看了看，说："小鸡小鸭都不见了。"

## 第二十五章　南风

"什么小鸡小鸭？"戚隐问。

"你哥养的，"黑猫道，"一准儿是被那帮婆娘给吃了，天天只知道吃吃吃，吃得连毛都不剩一根。你看你哥这穷鬼的相貌，就是被那帮婆娘给吃穷的。"说着，黑猫往走廊上一躺，乌黑油亮的皮毛在阳光里灿灿发着光。

它道："也罢，你哥要是养不起咱俩了，就让你哥插个草标，去集市上卖身，你们人间的富婆就喜欢呆瓜这样的小白脸。"

黑猫说的那帮婆娘就是他哥的二十八个姬妾，虽然扶岚并不把她们当媳妇儿，但这些妖姬魔女还是仰赖扶岚来养活。戚隐十分好奇扶岚这帮姬妾。黑猫说她们自己有洞府，分散在横山的犄角旮旯里，不住在村寨里。

据说他哥这帮姬妾个个倾国倾城，有个叫留黉姬的，美得恍若天仙下凡，曾有两个妖族首领为了她大打出手，差点挑起第二次妖魔大战。扶岚可谓柳下惠转世，这等天姿国色围绕身边还能老僧入定面不改色，戚隐有时候真的怀疑他是不是不举。

扶岚挎着篮子去集市买鸡鸭，让戚隐自己寻个饶间住下。南疆妖魔大多凶残嗜血，戚隐一个凡人其实并不安全，黑猫叮嘱他寸步不能离开横山，否则有生命之忧。戚隐连连点头。一连赶了好几天的路，腰酸腿疼，他压根儿哪也去不了。随意挑了个饶间，他稍稍打扫干净，上炕就睡。小轩窗外面鸟鸣啾啾，青山绿水一片好风光。戚隐眼皮子打架，困得掀不开，不过一会儿就睡熟了。

半梦半醒间，一阵甜腻的香味儿袭来，戚隐迷迷糊糊地掀起眼皮。傍晚天光阴暗，屋子里暗沉沉一片，一个人低头望着他，他自觉是扶岚回来了。扶岚看起来和往日不大一样，他平常不苟言笑，总是一副呆呆的样子，此刻却眉目含春，眸中仿佛蓄了一汪春水，温柔得可以融化骨头。

"我饿了，"扶岚低声说着，"我可以把你吃掉吗？"

"先吃这里，"扶岚白洁的指尖按在他的眉心，缓缓下移，"再吃这里，最后吃……"指尖沿着脖颈子向下，滑过戚隐的胸前，所过之处浮起阵阵战栗，手指最后停在腹部，扶岚媚眼如丝，上挑的眼角缀满笑意，"这里。"

就在这时，天边闪过白蛇似的狰狞电光，一道惊雷炸响在天尽头，整个天地亮了一瞬，照亮面前人的脸。戚隐一个激灵，顿时看清了眼前的东西，一下子吓得魂飞魄散。

那是只毛茸茸的狐狸，长着一张酷似人的笑脸，一双青幽幽的眼睛倒吊着，一瞬不瞬地盯着他。这东西两只锋利如刀的爪子死死按着他的肩膀，大嘴一咧，露出锯齿似的两排牙，涎水从嘴巴里漏出来，滴在戚隐脸上。

戚隐一拳打在它那张怪脸上，声嘶力竭地大喊："归昧！"

弧月般的寒光划破黑暗，归昧剑应声而出，霎时间割断那狐狸的脑袋，鲜血呼啦啦喷在戚隐脸上。戚隐握住剑滚下炕，面前倒吊下一个硕大的黑影。那黑影是一个长条儿，浑身长满手，在空中筛糠似的抖动。黑影转过身，蓬乱的头发里露出一张狰狞的白脸。

戚隐尖叫一声，向后退，正瞧见后面那只狐妖接好脑袋，阴惨惨地朝他笑。

四下里一瞧，黑暗里不知何时挤满了妖怪，阴森森的脸儿都望着他，要笑不笑的模样。戚隐的心凉了，结结巴巴地道："各位好汉，我是你们大王扶岚的亲弟弟，你们找食儿还是往别处去吧！"

"大王非妖非人，你不过是个普通的凡人，怎么可能是大王的弟弟？小东西，"狐妖笑吟吟地点他鼻头，那双青荧荧的倒吊眼弯起来，别样恐怖，"休要诓骗姐姐，姐姐一不高兴，可是会生气的。你模样不错，我要将你带回我的洞府，好好享一番乐子。"

"女萝，我们是一起发现的，你不能独吞。"蜈蚣精道。

"你们想怎么样？"后面有妖问。

"怎么样？"那叫女萝的狐妖吹了吹指甲，"老娘一个月没开荤了，你说要怎么样？！他的脑花我要了，其他部件你们挑。"

正在这时，归昧横空而出，贴着女萝的面飞出去，女萝下意识躲开，戚隐抓住归昧剑，顺着剑势蹿出了轩窗。后面劲风雲起，妖魔嘶叫，阴森森的长影儿罩在戚隐头顶。戚隐头也不敢回，连滚带爬跌下吊脚楼，正要起身，一只手拎着他的衣领把他提起来。他惊魂未定地抬起头，正见扶岚提着一个盖了碎花土布的竹篮子，疑惑地瞧着他。

妖魔们从窗子里蹿出来，看见扶岚，登时停住了。狐妖乔模乔样地撩了撩头发，朝扶岚抛了个媚眼，细声细气地道："郎君，你回来了！"

原来这一群东西就是他哥的姬妾。戚隐为他哥感到绝望，原想着南疆妖姬，再不济也是兰仙那般的水准，没承想是这帮怪模怪样的！

吊脚楼的青瓦檐上落了一只羽翼斑斓的九头鸟，九颗脑袋各长了一张浓妆艳抹的女人脸，嘴巴里呱呱乱叫："郎君，郎君！你可回来了，九儿想死你了！"

"郎君，大儿也想你，你什么时候和我洞房呀？"一个鸟头叫道。

"放屁，郎君要洞房也是先和我洞房！"另一只脑袋勃然大怒，嘴一噘，幻化出尖尖的鸟喙，头一低就啄了过去。登时九颗脑袋乱作一团，彼此叫骂，啄得鸟毛乱飞。九根长颈因为乱斗缠在一处，打成死结。只见那怪鸟晃了晃，从瓦檐上骨碌碌滚了下来。

黑猫蹲在扶岚脚边上，对这情景司空见惯，懒洋洋打了个哈欠。

戚隐："……"

扶岚在戚隐身上嗅了嗅，对狐妖道："你碰了他吗？"

女萝噘着嘴道："这小娃娃不是郎君带给咱们的礼物吗？郎君，就知道你最疼我们，从人间大老远回来，还带个这么俊的小娃娃给我们享用……"

她的话儿还没有说完，一道光芒飞快地一闪，她的身子忽地定住了，斩骨刀穿破了她的头颅，将她整个钉在树干上。

## 第二十五章　南风

"小隐是我的弟弟，你们不许碰。"扶岚说，"下次再碰他，就把你们都杀掉。"

四下里登时鸦雀无声，那只手脚不停乱抖的蜈蚣精也不动了。黑猫咳嗽了一声，道："呆瓜，留荑怀孕了。"

戚隐一愣，抬眼望过去，妖魔中央一个胖墩墩的猪头妇人挺着大肚皮走出来。她幻化成了人形，穿着一身湘妃色遍地金褙子，可惜幻形术不到家，留了个猪脑袋顶在脖子上，肚子溜圆，充了气似的，褙子绷得发紧，看起来就快生了。这就是南疆第一妖姬留荑？戚隐目瞪口呆。

母猪怀孕四个月临产，这留荑怀孕的时候，扶岚压根儿不在南疆。母猪下崽一胎能下十几二十只……戚隐汗颜，他哥头顶一摞绿帽子。

黑猫问："你这一肚娃娃怎么来的？"

留荑羞赧地低下头，抚摸自己圆滚滚的肚皮，道："四个月前，奴梦见陛下乘云而来，奴荐枕席，陛下许之。第二日起身，奴便有了。想必是梦中感孕，这才怀了陛下的孩儿。"

这鬼话儿谁会信，分明是偷了汉子。戚隐扶额。

扶岚走上前，在留荑面前蹲下身。留荑明显瑟缩了一下，脸上露出害怕的神色。四周妖姬都噤若寒蝉，不着痕迹地后退，留荑边上登时空出一片空地。她在当中瑟瑟发抖，像凄风中的冻鸟。扶岚伸手按在她的肚皮上，留荑面露恐惧，哀声道："陛下……"

"他们在动。"扶岚忽然说。

留荑一愣，忙点头道："想必是小皇子们知道陛下来了，高兴得翻筋斗呢。"

扶岚歪着脖儿呆呆地看了一阵，扭头问戚隐："小隐，你也能生孩子吗？"

戚隐无语，道："我是男的，男的生不了孩子。"

"那我能生吗？"

"不能！你也是男的。"戚隐扶额。

扶岚看起来很沮丧，走过来把篮子放进戚隐怀里。

戚隐掀开碎花土布，一群小鸡崽仰着脑袋，张开尖尖的淡黄色小喙，朝他叽叽喳喳地叫。它们的毛短短的，蓬蓬的，窝在一块儿，黄澄澄，像一个又一个土疙瘩。扶岚戳了戳一只小鸡崽圆溜溜的小脑袋，对戚隐说："送给你。"

小鸡崽叽叽喳喳，声音清脆得像急促的短笛。戚隐问："它们在叫啥？"

"叫娘亲。"扶岚说。

戚隐狐疑地看他："你是不是在逗我？"

"阿芙说的，"扶岚的眼神干净又纯澈，"小鸡还小，笨笨的，它们以为你是它们的娘亲。"

好吧，算他说得对。戚隐抱着一篮子的小鸡崽，心都要化了。他返身把它们放进栅栏里的竹篾鸡笼子，喂它们喝了点儿水吃了点儿小米粒。黑猫把那帮姬妾赶走，这里又清静下来。一切归置妥当，戚隐回屋吹灯，当晚各自安歇不提。第二天早上戚隐吃完饭下去喂鸡，推开栅栏一看，他可怜的小鸡崽一个个歪着脖儿瘫在稻草堆里，全死了。

谁这么残忍，连小鸡崽都杀？！戚隐悲痛万分，捡起一只小鸡崽捧在手心，颤悠悠吹了口气儿，鸡崽艰难地眨了眨绿豆大的小眼睛，脖子一歪，一命呜呼了。戚隐想去找扶岚，吊脚楼里找了一圈，扶岚和黑猫都不在。他站在走廊上手搭凉棚往下望，才发现村寨里热闹万分，多了好些妖怪。有几只扁毛妖怪蹲在他家对面的碎石矮墙上吸旱烟，对着戚隐吹烟圈。

"他是谁？"

"听说是大王带回来的。"他们在那儿交头接耳，絮絮低语。

戚隐吼道："你们大王在哪儿？"

妖怪们被他吼得一愣，给他指了个方向。戚隐沿着石子路往下走，往着村寨中央走过去。那儿围出一片大空地，昨儿还是空荡荡的，今儿挤满了妖怪，有山雀有狐狸有山猪，还有许多戚隐看不出原形的妖怪。他们大多腰间挎着刀，胸前罩着铁青色的铠甲，腕上系着铁护腕，全都席地而坐，一副杀气腾腾的模样。有的面前放一方缺了角的长条黑漆案，上面摆着金罍，多半是从人间抢来的。戚隐看见了朱明藏，那只猪坐在妖怪堆的最前面，满脸横肉，晒成暗淡的赭黄色，扬着下巴，佩刀横放于膝头，看起来很得意。

扶岚坐在上首的龙骨王座里头。龙骨骨头是纯黑色，骨刺末端凝着森冷的寒光，锋利得恍若刀剑，戚隐觉得坐在上面一定很硌屁股。黑猫窝在扶岚的怀里，懒洋洋地打哈欠。

村寨的人蹲在屋顶上看热闹。一眼望过去，满寨子的屋顶挤得满满当当，黑压压一片，全都坐了妖怪。有好些九头鸟负着茶果酒菜，扑着翅膀穿梭在屋顶贩卖。戚隐看得目瞪口呆，迟疑了一阵，没敢近前去寻扶岚，兀自找了处视野好的屋顶，也坐上去。打巧一只九头鸟飞到近前卖吃食，戚隐看着眼熟，发现这是他哥的二十八姬妾之一。

"弟娃也来啦！吃点儿啥？三钱一壶果酒，一钱一盅茶果……也罢，你新来的，送你一壶！"九头鸟叽叽喳喳叫，一颗脑袋侧过脸，叼了壶酒放在戚隐手里。

戚隐连声道谢，买了两盅果子照顾她生意，因问道："嫂嫂怎的干起这活计来了？"

"没法子，郎君太穷，咱只好自力更生哪！"九头鸟怅然道。

对面又有妖怪吵着要吃要喝，她忙得很，话没说两句就飞远了。戚隐还没弄明白底下聚作一堆是做什么，只好问边上的妖怪："老兄，他们这是在做什么？"

"这是我们南疆的大朝议。"一个妖媚的女声响起在耳畔，戚隐扭过脸，差点吓得跌下去，是昨天那只狐妖女萝。她对着他笑了笑，转眼间幻化出一个姑娘的模样："二十八个部族首领齐聚大王寨，今早朱明藏那只猪堵在郎君家门口，逮着郎君参加大朝议。弟娃，且看着吧，有好戏可以看。"

## 第二十五章 南风

她话音刚落，底下响起雷鸣一般的鼓声。场中铜鼓响了三声，一只铁塔似的罩甲妖怪大吼："献俘！"

三个头上罩着黑布的人被押进场中，妖兵按着他们跪下，揭掉头上的黑布，露出三张脏兮兮的脸，那是凡人。他们被天光迷住了眼，好不容易睁开眼睛，看见四下里都是阴森恐怖的妖魔，登时吓得涕泪横流，裆下洇湿一片，一股呛人的尿骚味在座中蔓延。

朱明藏站起来，怒喝道："此三人，一名扶擎天，一名扶立地，一名扶下水，冒充陛下皇嗣，玷污南疆威名。砍了他们的脑袋，扒出他们的心肝蘸酱油，下酒！"

戚隐一愣，想不到这兴风作浪的扶岚三孩儿不是妖魔扮的，而是土匪扮的。

下面朱明藏话音刚落，立时有妖怪大喝："拿去！"

四下里皆大喝："拿去！"

一声递一声，从朱明藏往下传，次次皆如惊雷一般掷地炸响，最后传到三个俘虏的身边。最后一只妖怪怒发张目，厉声暴喝："拿去！"

在俘虏惊恐的双瞳中，孤寒冷冽的长刀被拔出刀鞘，刀光下压，三束血花同时炸起，溅在地上，满座沸腾。屋顶的妖怪敞开衣襟，捶击胸口，高声号叫。霎时间妖魔的号声此起彼伏，织成一片，响彻天穹。扶岚抱着猫坐在上首，目光并没有落在那人头上面。他脸上看不出喜怒，淡淡的，像置身事外。

铜鼓再击，四下里恢复静寂。两列黑袍使者扛着四担礼物上前，跪在扶岚脚边："九垓新任大祭司源如期献礼于前，贺陛下喜获麟儿，恭祝陛下寿享千秋，泽被四海！"

"哟，新上任的大祭司，"女萝在戚隐耳边笑，"听说是个一等一的尤物，在渊山底下走了一圈，墨水河里的魔物们都翻起了白肚皮。你猜怎么？原是害起了相思病！"

得了吧，就南疆妖魔的眼神儿，估摸又是个猪头狗脸的模样。戚隐不以为然，远远打量那几只魔物。它们生得漆黑，尖嘴龅牙，看起来法力不太强的样子。看来九垓魔刀结界只是用来困大魔的，一般的魔物尚可通行。

"怎么的，你不动心？"女萝乜斜着大眼睛，妖媚的眼堆着笑意，"你这小东西，难不成同你哥似的，也生了一颗石头心？看你相貌堂堂，嫂嫂甚是欢喜。现如今白脸当道，我偏喜欢你这样的黑娃娃，有男子汉气概。"

"谢嫂嫂抬爱。"戚隐干巴巴地笑。

戚隐坐得离她远了点儿。那边朱明藏站起来，遥遥朝扶岚拱手："留羹姬有孕，乃我南疆开年大喜！陛下，你应当尽快立留羹姬为后，立她腹中的孩儿为太子！陛下御宇已有一年的光景，这后宫还没个掌权的主母娘娘。现下留羹养了娃娃，南疆皇后的大位当之无愧！"

"好戏开场了。"女萝低笑。

"臣附议。"有个留山羊胡的老妖道，"臣往人间走了一遭，得知自古以来，人间立中宫母仪天下，定东宫稳固社稷。南疆初试礼乐，皇嗣乃国家之本，自当早立。"

四下群妖纷纷附议，只有角落里几只山雀对笼着衣袖，一声不吭。戚隐略略数了数，约莫有一大半的妖怪赞成留荑封后。朱明藏站在正当中，按刀而笑。

"留荑姬是朱明藏献给我哥的？"戚隐问。

"废话，"女萝翻了个白眼，"瞧他们俩猪头猪脸的模样，一瞧就知道打一个娘胎生出来的。"

封了后，不管怎样，留荑在名义上便是扶岚的正头娘子了。

"我哥压根儿不想当皇帝。"

"不当也得当。"女萝对着阳光看自己猩红的指甲，胭脂色的衣袖滑下去，露出一截白生生的手臂。她怅然道："谁让他这样强？你可曾看过南疆地图，可知横山在南疆什么方位？"

"没。怎么了？"

女萝从乾坤囊里拿出一张地图，指出横山的位置："横山在这儿。你瞧，北面是朱明藏的野猪林；西面是大雪山，那里崇山峻岭，常年落雪，是个不毛之地；南边是九垓天坑；东面是九头鸟的百灵山。九垓魔物、九头鸟和朱明藏的野猪都是极凶狠的妖魔，和西南边那帮日日只知道啄米粒儿的山雀可不一样。"她仰着红唇笑，"可看出什么来了？"

戚隐盯着地图看了半晌，迟疑地问道："这是……把我哥团团围住？"

"倒有些聪明劲儿嘛！"女萝晃着腿儿，"郎君天生神力，世上独绝。若他是妖魔还好些，可惜他非人非妖又非魔。让他当皇帝，一方面是盼着他继续守卫南疆，另一方面又是防备有朝一日他生了异心去往人间，成为南疆的掣肘之患。这帮妖魔鬼怪，把横山赠予郎君，打的就是将郎君团团围住，困在南疆腹地的主意。"她嘲讽地微笑，"可惜虽然主意打得好，却还是让人给逃了。去年郎君跳进嘉陵江，一转眼就失了踪迹。朱明藏率众在人间寻了半天，倒让无方山给擒了，最后竟还是郎君解的围。"

"用得着这样吗？"戚隐无奈，"我哥生得一根直肠子，肚子里根本没这些弯弯绕。他帮你们杀了魔龙平乱，还看不出他对南疆的心吗？"

"当然，郎君是什么样的，小呆瓜你我心里都清楚。他昨儿还答应帮留荑做猪崽子的小衣裳来着。"女萝耸耸肩，望向下面那帮群情激昂的妖魔，道，"可惜这帮妖魔鬼怪不知道，他们只知道这个名叫'扶岚'的家伙，是一个非人非妖亦非魔的异类。"

满座妖魔大声请求立后，朱明藏举起手，示意大家安静。他朝扶岚颔首："陛下意下如何？臣已将册宝准备妥当，不如趁今日大朝议，咱们就把册封的事儿给办了吧！"

扶岚静静看着他，只道了两个字儿："我不。"

## 第二十五章　南风

朱明藏一愣，道："你说什么？"

"我说我不。"扶岚垂下头摸了摸黑猫，"等我心动了，我会娶让我心动的人，我不会娶留荑。"

朱明藏火冒三丈，怒吼道："你这个龟儿，老子……"

众妖拉住他，抚着他的胸口帮他顺气儿："息怒，息怒！你可是南疆肱股之臣，不可失态啊！"

"我很忙，你们已经耽误我很久了。"扶岚说，"最后问你们一件很重要的事。"

朱明藏平了口气儿，稍稍按捺下来。也罢，早就料到这个龟儿不会从，立后的事儿徐徐图之，倒也不必急在这一时。只是没料到扶岚这厮也有国事要问询了，以往让他参与朝议，不是不见人影儿就是打瞌睡，透明人儿似的坐在上首，要他开嗓跟要良家妇女当窑姐儿似的。此番他终于有话说，朱明藏欣慰几分，道："罢了，老子不和你计较。有何事，且说吧。"

四下里鸦雀无声，等着扶岚发问。风轻日暖，萧萧树影在妖怪的脑袋顶上徘徊。只见龙骨王座上那个恬静的男人抱着猫，问："你们谁杀了我的小鸡崽？"

朱明藏胸中气涌如山，脑门子发疼。果然狗改不了吃屎，昏君就是昏君，大伙儿在这儿商议国事，他只关心他那劳什子小鸡崽！朱明藏拔出刀，骂道："谁吃饱了没事干杀你的鸡？扶岚，你给句话，立不立后？你不立后，老子把你的屎打出来！"

"你打不过我。"扶岚淡淡地道。

"你看不起老子！你个龟儿，你敢看不起老子！"朱明藏怒发冲冠，"老子跟你单挑！"

他挥刀就要冲上去，座中妖怪纷纷起身拦住他。朱明藏把他们搡了一个趔趄，一帮猪头狗脸的妖怪摔倒在地，滚作一堆。更多妖怪拥上来，把他团团围住，苦口婆心地劝解。场中登时乱成一锅粥，屋顶上的妖怪幸灾乐祸，还嫌不够乱，敲着烂锅破盆大声喊打。朱明藏好不容易把挡路的给撂开，一抬头，却发现龙骨王座已经空了，扶岚那个兔崽子不见踪影，只剩下黑猫窝在上头睡大觉。

大王失踪，大朝议不了了之。各族首领化为原形，乘云的乘云，化雾的化雾，有的妖怪人化得深刻些，坐上木轱辘车子，套上匹黑骡子，晃晃悠悠地下山了。

扶岚哪儿也没去，他回去洗衣裳了。他说他很忙，就是因为他家里还攒着一堆脏衣裳没洗。溪水边，他系着襻膊，皮革带束出一截劲瘦的腰身，那没进水面的一截腕子，在日光下白得耀眼。还没开始洗刷，便听得一声怒吼，朱明藏气势汹汹赶过来，一脚踢翻他堆着衣裳的三脚红漆木盆。

扶岚："……"

红红绿绿的衣裳飘进水里，颜色染了一片。扶岚什么也没说，默默蹚进水里，一件一件把它们拾回来。朱明藏脑袋冒烟，道："你干什么？谁让你在这儿洗衣裳！"

"留羑、蜈蚣和九头。"扶岚一面捡一面说。

朱明藏："……"

扶岚这小子是个烂好人，让他干什么他都干，不管是洗衣做饭，还是帮别人养娃娃。留羑姬把那孩子爹的名头扣在他头顶上，他眉头都不皱一下就认了。不过朱明藏目前还不知道留羑偷汉的事儿，很是无语了一阵，半晌才道："你给老子立后！你要是不立后，老子今儿就赖在这儿，直到你立后为止！"

扶岚摇摇头，说："我不会娶她的，我不喜欢她。"他抱起衣裳放进木盆，道，"我要离开这里了。"

"离开？"朱明藏一愣，"你什么意思？"

扶岚道："我不当你们的皇帝了，你们找别人吧。"

"放屁！妖魔一战，南疆妖兵全军覆没，如今三百年道行的妖怪一个也没有，你以为妖族之主这个位子谁都能当得？魔物凶悍，骨肉相食、同类相残在九垓是家常便饭。他们掌握南疆，后果非同小可。妖族之主这个位子，必须得掌握在我们妖族的手里！放眼南疆，只有你修为够高，压得住二十八部，你不当谁当？"朱明藏气道，"若非老子道行不够，老子早自己坐了，哪能轮得上你这个草包？"

"可你们很吵，"扶岚垂着头浣衣，"很烦。"

扶岚说话儿不会拐弯，太直白，朱明藏气得满面通红，一张肉颤颤的脸红得像个烧开的锅炉，顷刻间就要炸锅似的。朱明藏深呼吸了几下，勉强平了胸中的气，缓声道："也罢，老子早看出来了，你不是个治国理政的料。无妨，现下你有娃娃了，老子悉心培养你的娃娃便是。你只要娶了留羑，立她为后，安安分分待在南疆，老子保证不打扰你，任你洗衣做饭养鸡养鸭。"

扶岚只说了两个字："不娶。"

任朱明藏费尽唇舌，他都不再开口了，只默不作声地浣衣。朱明藏咬牙切齿，恶狠狠地望了扶岚的背影半晌，道："你说要离开是为了谁？"

扶岚没理他。

飒飒的风在竹林里兜转，利刃一般的竹叶在他们之中飘落。朱明藏阴冷的眸中有虎狼般的光芒闪过。这个妖怪动了杀心。扶岚察觉到什么，缓缓扭过头来注视着他，肃杀之气在周身凝聚。

"是为了你收留的那只流浪狗，对不对？大朝议的时候我看见他了，你把他带来了南疆。"朱明藏无声地冷笑，"早在神墓里老子就看出你对他不一般。怎么，你这个石头缝里蹦出来的野胎也有凡心了？"

扶岚沉默了一会儿，道："我不想杀你。"

"我也不想杀你，扶岚。"朱明藏把手按在铁青色的刀柄上，"他跟着你只是逗你玩，玩够了就把你抛诸脑后。老子跟你说的都是掏心窝子的话，你别不知好歹。人间确有男人结拜，可他日他要是丢下你跑了，你怎么办？又或者，"朱明藏嘲讽一笑，"他有旁的哥哥了，你又当如何？"

## 第二十五章　南风

这下扶岚沉默了，转过视线，望着溪水发呆。溪水潺潺而流，天光洒在上面，被涟漪碾得碎碎的。凉风拂过扶岚的头发，他静默着，似乎在很认真地思考朱明藏提出的问题。过了半晌，这个恬静的男人终于开口了。

他的声音很轻，像山里细细的风。

"那我就把弟弟关起来，从今往后，他只能叫我一个人'哥哥'。"

戚隐蹲在斑竹丛的下面埋小鸡。这儿风景秀丽，很适合建坟墓。他刨了一个小坑，把小鸡崽的尸体裹在碎花土布里，一只一只放进去。他在坑前立了块木牌子，上面写着"扶岚和戚隐的小鸡之墓"。

正埋着，面前罩下一片影子，戚隐抬起头，看见抱着木盆的扶岚，里头堆着小山一样高的衣裳。扶岚看见小鸡崽的尸体，呆了呆，在他边上蹲下来，很沮丧地说："对不起。"

"怎么了？"

"我没有保护好我们的小鸡。"扶岚低着头，两只手放在膝盖上，像个老老实实的乡下青年。

戚隐摸了摸他柔软的发顶："没事儿啦，肯定是有人作恶。太残忍了，这么可爱的鸡崽都不放过。"

扶岚在他掌心里蹭了蹭，轻声问："小隐，你会认别人当哥哥吗？"

"我干吗要认别人当哥哥？"戚隐疑惑地问道。

扶岚茫然道："不知道。"

戚隐无语了一阵，他哥脑子和旁人不大一样，问话没头没脑的。他没在意，低下头继续埋小鸡，道："你有没有发现从咱俩相遇开始，其实一直是我在养你？"

扶岚呆住了，怔怔地瞧着他。

戚隐抬起眼一笑。阳光洒满这个大男孩儿的黑眼睛，灿烂的金揉碎了，掺在沉甸甸的黑里，有一种别样的朝气。他长得不赖，眉眼里有他父亲的影子，可平日里习惯站在角落，像根野草似的没有存在感，旁人即便见了他，脑子里也存不住他的模样。戚隐笑道："我积蓄不多，精力有限，只养得起一个哥哥。"

扶岚用力点了点头，仿佛安了心似的，低下头不再多问。

戚隐把一只小鸡托在手心："不过我总觉得有点儿不对劲儿，你看，它们身上一点儿伤口都没有，好像不是被妖怪杀死的。"

黑猫不知道从哪儿冒出来："没错，若真是这帮饿死鬼弄死的，这会儿早就连毛都不剩一根了。老夫问过那帮婆娘了，她们说先前养的鸡鸭也是这样，突然就死了。她们觉得死了不能白死，不如祭她们的五脏庙，也算这些鸡鸭死得其所了。"

"先前的鸡鸭什么时候死的？"戚隐问。

"上个月初九。"黑猫道。

三月初九，不是什么特别的日子啊。戚隐百思不得其解，想了半天摸不出什么头绪来。他们又买了小半篮子鸡，打算今儿蹲守在侧，看看到底什么情况。夜幕降临，天地像熄了灯，漫山只有吊脚楼檐下的八角红灯笼发着光。扶岚按着戚隐的后心，灵力流顺着戚隐的经脉游动，小鱼从戚隐的手心释放出来。小鱼在风中摆尾，潜入栅栏和稻草堆的缝隙。天地寂静，他们听见远处的蛙鸣，还有山那边传来的狼嚎。

熬了许久也没什么特别的动静，戚隐没撑住，搂着黑猫半途睡着了。戚隐正睡得黑甜，背上忽然被拍了一下，睁开眼，就见栅栏里的小鸡一个接一个倒下去，在地上抽搐，然而四周仍是什么人也没有，连个鬼影儿都没。他们出了门，赶到下面，所有小鸡已经死光了。

戚隐弯腰想进栅栏，扶岚拦住他，让他和黑猫在外面等着。里面情况不明，地方又狭窄，两个人进去周转不开，的确是扶岚独个儿进去好。过了会儿他走出来，手里抓了把泥。戚隐以为土里有东西，探过脑袋瞧，却只是一抔泥巴而已。猫爷嗅了嗅，露出深思的表情。难道是这泥巴本身有猫腻？戚隐也凑上去嗅，差点给熏个倒仰。这鸡笼子边上常年堆着鸡鸭粪便，粪便化土，味儿很重。

"这土怎么了？"戚隐捏着鼻子问。

"你们凡人对气味儿不敏感，我们妖魔要强你们很多，"黑猫道，"这臭味虽有粪便的成分在，其中却还有一丝你难以察觉的尸臭。"

戚隐一愣："你的意思是咱家底下埋了尸？"

"没错，"黑猫磨着牙道，"有不长眼的家伙胆大包天，在咱们屋子底下埋尸。尸气入土，把咱家的鸡鸭都给毒死了。"

谁这么缺德？一想到昨儿睡在尸体上面，戚隐浑身都起鸡皮疙瘩，难怪老觉得夜里冷得慌。戚隐和扶岚找来铲子，把土掀开。吊脚楼底层低矮，挖土得弯着腰，十分难受。幸好村寨里的妖怪爱看热闹，没挖多久，附近围了一圈妖怪，戚隐派钱给他们，让他们帮忙挖。

他们挖了半天，终于把尸体给抬出来了。那是一具烧得焦黑的男孩尸体，已经面目全非，因为被烧过，气息也没了，只能从形态辨别出是个凡人。戚隐检查他的鼻子和肺部，死得太久了，辨不出是生前烧死还是死后焚尸。

真是奇了怪了，南疆乃是妖魔盘踞之地，寻常人避之不及，怎么会有凡人在这儿？他没被妖魔吃掉也就算了，还被烧死了。

"是偷入南疆的道士吗？"戚隐打量他。

女萝从妖怪堆里钻进来，蹲在边上戳了戳那焦尸的脸颊："哟，是个小美人儿。"

"烧成这样了，你还能看出来？"戚隐纳罕道。

"老娘最擅长的就是品鉴俊俏小郎君，"女萝得意扬扬，"真正的美人儿不在皮肉而在骨，这就叫美人骨。你瞧这骨相，颧骨瘦削，印堂宽阔，下颌流丽，一瞧就是个相貌堂堂的小郎君。"

这姐们振振有词，一套一套的，戚隐无言以对。

## 第二十五章 南风

黑猫问周围的妖怪最近几个月哪儿发生了火灾，大伙儿都摇头。他们这地界到处都是树，吊脚楼都是杉木做的，若是发生火灾，一整个寨子都遭殃。没有火灾，这人又是在哪儿烧死的？

扶岚摸了一把挖出来的土，蹙起了眉心。

戚隐问他怎么了，扶岚道："土不是这里的。"

"什么意思？"夜里昏暗，戚隐点起火折子，细细审视那土壤。这一瞧，确实看出分别来了。挖出来的土很松，呈浅褐色。栅栏里的土由于粪便堆积，都黑油油的，还很泥泞。戚隐看了一圈，这尸体周围的土全是松土。

更诡异了，那个埋尸的家伙不仅埋尸，还把尸体周围的土给埋到了这儿。

"那这土是哪来的？你们在附近见过这样的土吗？"戚隐仔细瞧了瞧，土壤里有几片腐烂的椿树叶。

"有，"扶岚道，"巴山神殿。"

大伙儿俱是一怔。

戚隐惊讶地问："巴山神殿不是只有你能进去吗？"

"现在可不能同日而语了，以前老夫也以为只有呆瓜能进，可咱们意想不到的事儿千千万，这不就多了个千年老怪？"黑猫抱着爪子道。

"这到底是谁啊？"戚隐学黑猫，合抱手臂，"要是他会说话，咱直接问问他就好了。"

他话刚说完，便见那尸体缓缓睁开了眼睛，一双浑浊的绿眼睛直勾勾盯住了他。

黑猫呼地往后面一跳，蹦上扶岚的头顶。

"小隐，你这乌鸦嘴是不是开过光？！"

戚隐想逃，但脚已经吓软了。眼见那双绿眼睛盯着他，还透着一股犀利的精光，他冷汗直下，完全动弹不得。扶岚沉默地看了看，伸出两指，把尸体两只眼珠子挖了出来。

这厮虽然呆，但下手从来是最狠的。戚隐颤着声道："哥，虽然他一直盯着我看，但也没必要把人家的眼睛挖出来吧……咱应该直接点儿，送他归西。"

扶岚把眼珠子放在手心，递过来："这不是眼睛，而是琉璃珠。"

戚隐一愣，灯笼底下细细瞧，竟真的是两颗琉璃珠，上面还刻着细细密密的金色符纹，方才那精光便是这符纹发出的。戚隐平了气儿。

女萝揶揄地乜了他们一眼："胆儿真小，还是郎君靠谱。"素手捻起琉璃珠，放在面前仔细瞧，"这符咒好生奇怪，还画着花儿。"

"这不是道符，是巫符，"黑猫道，"而且是巫咒中的封印符。"

这琉璃珠显然是旁人故意放进尸体里的。戚隐忽然意识到，或许尸体并非关键，琉璃珠才是真正的核心。这尸体就像一个信封，琉璃珠是信件，那藏尸人真正想让扶岚看到的，是琉璃珠里面的东西。所有人面面相觑。滴水檐下，水红的油纸

363

灯笼晃晃悠悠，大家的脸色在这光里明暗不定。

"总不会是老怪送来的吧？"戚隐蹙眉道，"巫符，当今世上除了他和我哥，还有谁会用巫符？可这……不大像他行事的风格，"戚隐想起孟清和抚琴的模样，"他那般风雅的人，死都要死得貌美如花，送封信过来，总得用个薛涛笺配簪花小楷吧？"

"小隐，"扶岚道，"进去看。"

的确，猜得再多，进去看看不就得了？戚隐却有些迟疑，挠挠头问："这里面应该不会封印个僵尸鬼怪什么的吧？"

"所以才要你进去，"女萝翻了个白眼，"若里面有异状，郎君立刻就能拉你出来。但若是郎君进去，陷在里头了，我们三个可没人能拉郎君出来。莫怕，弟娃，"女萝暧昧地眨眨眼，"说不定里头是个娉娉婷婷的仙女儿，邀你同赴巫山云雨呢。"

戚隐自动忽略了女萝后半句话，冲扶岚点点头，道："那我进去了。"

说完，戚隐深吸一口气，拾起第一颗琉璃子，注入灵力。

霎时间一股蛮横的吸力将他拽入了琉璃子，又是那种天旋地转，搅得人几欲呕吐的感觉。戚隐强忍着，脚终于落到实地，他一个没站稳，跌在地上。他睁开眼，入目是一个小屋，椿木板搭的墙，涂了桐油，墙角黑污，爬了些许霉点子，地上放了一个青铜曲柄烛台，蜡油落进碟子，浇出一朵朵小小的梅花。

戚隐按了按发昏的脑袋，站起身，回过头，一个单薄的小孩身影映入眼帘，七八岁的模样，跽坐在一片竹席上，低着头，专注地编花绳。红绳儿在他手里变幻，来来回回却只有三种花样——莲花、乌龟、秋千架。长而翘的眼睫底下，那双大而黑的瞳子，秋水一样干净。

戚隐登时愣住了，这是扶岚，小时候的扶岚。

他走过去，跽坐在幼年扶岚的边上，凑近看他的模样。小时候的扶岚像个雪娃娃，冰肌玉骨，脸儿像细细的白瓷。戚隐做了个捏他脸的手势，当然什么也碰不到，这只是一个幻境。戚隐撑着脑袋想，这是他哥的记忆吗？是谁盗取了扶岚的记忆，还封印在琉璃珠里，送到扶岚的家？坐了会儿，扶岚除了翻花绳什么也不干，他觉得无聊，张目四望，四四方方的小屋里，只有他们两个人。

小扶岚忽然停了动作，抬起头来，眸子定定望住了戚隐。戚隐一愣，在他眼前挥了挥手。

这怎么回事？戚隐慢慢惊讶起来，小扶岚看得见他吗？

"你是谁？"扶岚问。

尴尬了，戚隐以为他看不见自己，刚刚还捏他脸来着。

戚隐握着拳头咳嗽了一声："那个，我叫戚隐。可能你不相信，但我说的是真话，我在未来是你的弟弟。当然，你现在比我小，可以暂时喊我'小隐哥哥'。"他挠了挠头，"或者，叫'叔叔'也行。"

小扶岚面无表情，沉默不语，只是望着他。

## 第二十五章　南风

"要不……我陪你玩儿？"戚隐想了想，"骑大马玩吗？我当你的马。"

男孩儿没吭声，两个人对峙了一阵，戚隐慢慢发现有些不对。烛光在小扶岚的眼里跃动，戚隐没有在里面看见自己的影儿。

他忽然意识到，这孩子并非冲他说话，而是在向他后面的东西说话。

他背后是木屋的角落，距离烛台太远，暗沉沉一片。他刚刚扫视周围的时候并没有在意，原来在那黑暗的角落里，还藏了一个家伙吗？

戚隐缓缓回过头，登时吓得魂飞魄散。

他背后那片黑暗里，有无数双发绿的眼睛，直勾勾地盯着戚隐，不，应该说是小扶岚。那些眼睛悬在黑暗里，冷冰冰，没有丝毫感情。戚隐汗毛倒竖，稍稍稳了稳神，仔细辨别它们是不是墙上的画儿。很快他否定了这个猜测，因为他清清楚楚地看见，有几双眼珠子动了一动。

小扶岚一点动静都没有，只是面无表情地同那些眼睛对视。戚隐知道这是一种战术，若是野外遇见凶猛的野兽，绝不能背对对方，这会让对方认为自己是被猎杀的对象，目光逼视有时候也能起到吓退的作用。戚隐壮起胆子往前走了几步，想看看黑暗里到底是什么怪物，能长这么多眼睛。然而他刚迈出一步，那些眼睛就消失了。角落里空空如也，什么也没有。

戚隐蒙了。

周遭景物登时漩涡一样扭曲，又是一股强大的吸力拉住了他，他挣扎着回头，小扶岚已经重新拿起了花绳儿，一遍又一遍地打着花结。戚隐再睁开眼时已经回到了吊脚楼，猫爷和女萝都很紧张地看着他，扶岚盘腿坐在火塘边上，也静静地望着他。戚隐喘了口气，把琉璃子里的幻境同他说了一遍。

扶岚摇摇头，道："那不是我。"

"不是你？"戚隐愣住了。

"是和我一样的人，"扶岚低下眼睫，"就像神墓里的那具骷髅。"

"你看到的那个孩子……"女萝的目光溜向窗屉子外面横陈的那具尸体，"难道就是这具尸体？"

所有人都沉默，戚隐拍了两下脸颊，拾起第二颗琉璃珠。

戚隐揉着太阳穴睁开眼，立时倒吸一口凉气。他的眼前是无数双冷冰冰的眼睛，布满整面墙。戚隐倒退了一步，惊悚地发现，这木屋的四面墙壁统统都是眼睛。然而小屋里空空荡荡的，没有小扶岚的踪影。有的眼睛兀自眨眨，转动眼球。戚隐站在原地待了一会儿，实在觉得毛骨悚然。过了半晌他忽然发现，它们看的都是同一个方向，那里只有一张架子床，挂着一帘白帐。

戚隐走过去，趴下身，看见小扶岚蜷着身体，睡在床底下。

他这样孤单瘦弱的模样，戚隐着实心疼了。这才多大的孩子，非得吓成傻子不成。戚隐站起来怒吼："你们这帮妖魔鬼怪，吓唬一个孩子，有意思吗？！"

当然，没人理他。思索半晌，戚隐决定进墙里看看里面到底是些什么玩意儿。

他挑了个眼睛略少的墙，原地蹦了两下，一头撞过去，眼前顿时漆黑一片，身体像一片无依无靠的落叶，飘在茫茫的黑暗中。紧接着，他听见了心跳。

喧喧嚷嚷的心跳声包围住了他，纷纷乱乱，吵吵嚷嚷。四方窃窃私语，像有无数人在说话。戚隐睁大眼睛用力看，周围只有黑暗，什么也看不见，但他知道，这黑暗的墙体内部，他的身边，站满了"人"。

到底什么玩意儿装神弄鬼？

忽然间万籁俱寂，所有人停止了交谈。

这实在有些诡异，戚隐脑门子有点冒冷汗，安静往往是风暴的前兆。心跳声越来越响，这意味着他们在向他靠近。戚隐心里咯噔一下，有种不祥的预感。不对，这只是一个幻境，或许是某个人的记忆，幻境里的人怎么可能发现他？

"是他吗？"

"就是他……"

"我们余下的时间不多了，必须快……"

私语声再次响起，这次近若咫尺，这些"人"就站在他面前絮絮低语，交头接耳。戚隐零零星星捕捉到只言片语，他们好像在谈论他，但这怎么可能，他们看不见他才对。

"孩子，你来早了。"一个女人的声音在面前响起。

戚隐僵住了，连呼吸都停滞。

"回去吧。"

一双手推在他的肩头，他身体刹那间失去依凭，整个人向后退去。

身后白光乍现，戚隐回过神来，大声问："你们到底是何人？"

"不用着急，我们很快会见面的。记住，不要告诉任何人，你见到了我们。"

白光霎时间吞没了他，再一睁眼，已经回到了吊脚楼。炕桌上烛光微晃，小蠓虫扑着火，烧着的时候发出轻微的爆响。戚隐擦了把汗，抚着心口喘了口气。

"你看见什么了？"黑猫问。

"我不知道……"戚隐蹙着眉心，"我也不知道那是什么玩意儿，感觉就像……就像很多人藏在墙里，窥视那个孩子。我……"他想说同他们说过话儿的事儿，一抬眼看见女萝，想起那个人的叮嘱，生生把话儿咽了回去。

"收拾行李，明日启程。"扶岚忽然站起身。

"这么急，去哪儿？"戚隐没反应过来。

"当然是去巴山神殿。"黑猫懒洋洋地晃悠尾巴，"这人千里迢迢把琉璃幻境送到我们跟前，还费尽心思在尸体上面盖一层巴山土，不就是想要我们回巴山看看吗？若不去，岂不是对不起他一番苦心？"

"我也去！"女萝举起手，"郎君，带奴去嘛！巴山神殿，传说中白鹿大神降临过的地方，奴也想见识见识！"

扶岚没搭理她，径自进屋去了。女萝朝他的背影做鬼脸。黑猫蹲在木栏上，两只眸子像两盏鬼火，居高临下地俯视她。

"小丫头，别把我们当傻子。从小隐到了这儿开始，你就紧追着他不放。别说什么喜欢他的鬼话，我们说到老怪的时候，你一点儿疑惑都没有，也不问我们他到底是谁。他所谓的无处不在，不过是透过别人的眼睛看罢了。你就是他的眼睛吧，"黑猫冷笑，"趁呆瓜还没有动杀心，赶紧走。"

第二十六章

藏月

熄了灯,戚隐爬上床,开始思考琉璃幻境里的事。黑暗笼罩了他,屋外响玉被风吹得叮当响,辽远野地里传来若有若无的狗吠。扶岚睡在他隔壁,他们的饶间仅仅隔着一道薄薄的杉木板壁。想了半天没有头绪,戚隐翻了个身。

万籁俱寂,戚隐闭着眼,听见自己的呼吸。

等等,戚隐蓦然睁开眼,屋子里有第二个呼吸。

这个呼吸一直与他的呼吸同步,所以他没有发现。但刚刚他凝神静思,第二个呼吸声在黑暗中出现,像埋在海水下的鲸鲵露出了水面。

那呼吸声……就在他的头顶!

戚隐猛地抬起头,看见一双弯弯的青色眼睛悬在头顶。女萝嫣然微笑,露出一口尖尖的獠牙。戚隐正要大叫,一只柔腻的手捂住他的口鼻,甜得发腻的香味儿笼罩了他。女萝在他耳边轻声笑:"乖弟娃,好好睡一觉。"

失去意识的最后一刹那,戚隐想,若重来一次,他一定不矫情,夜夜和哥哥一个屋睡。

他是被水浇醒的,阳光洒在眼皮上,满眼白花花一片。他刚坐起来,身子一个趔趄,几块石子儿被他的手一蹭,噼里啪啦地摔下去。他听见石子落地的声响,睁开眼吓了一跳:他正坐在数百丈的高空之中,身下是斗拱重檐和巨大光洁的大理石。地面笼在淡淡的一层雾气里,恍如深渊。

极目望去,戚隐霎时间呆住了。雾气在阳光下消退,神迹犹如迷雾中的海市蜃楼在他眼前浮现。漫山老去的大椿,树干土褐色,和泥土相接的部分呈现苍老的灰白,乍一眼看会以为是粗糙的岩石。间或合抱粗的古树,虬结枯死的巨大树藤像森然巨蟒盘旋而上,每根都有宫殿梁柱那般粗细,连接在树木之间,末端逐渐细软,织成已经颓圮的树屋。巨大的妖族尸骸埋在厚重的泥土下,露出苍白的头骨和黑漆漆的眼洞。他们是曾经的入侵者,妄想得到巴山神殿里的珍宝,最终死在了这里。

"'上古有大椿者,以八千岁为春,八千岁为秋',"女萝坐在横梁上,一下一下梳着黑亮的长发,"据说神灵诞生的时候,这些椿树就已经活在巴山了。你看它们的树干,比你的腰还要粗。不过大部分已经枯死了,有的甚至几近石化。自从白鹿大神离开巴山,巴山所有东西都死了。"

戚隐回过头,看见一块巨大的满月形圆盘。他记得这个圆盘,他曾在巫郁离的画卷中见过它，那时白鹿站在它的顶端，像一缕来自时光深处的幽魂。现在他看见了实物，它远比他想象中的还要大。他站在它的跟前，仿佛是一个木偶小人。整块圆盘光滑如镜，没有任何花纹浮雕，也没有任何风蚀的痕迹，摸上去冰冰凉凉，说不清楚是什么质地，像是细腻的白玉，又像是温润的白瓷。戚隐忽然想起来，神墓里的白鹿神像用的也是这种石头。

"我们的时间不多，郎君再有一刻就要到了。"说到扶岚，女萝揉了揉手腕，"真是个呆子，对我这么一个娇滴滴的女娃儿下这么重的手，把你带出来真不容易，差点四肢都被他废了。"她看了看远处的白雾，"巫郁离那个疯子也在路上了，我们长话短说。"

听这话头，戚隐慢慢回过味儿来，震惊地道："你不是巫郁离的眼睛……"

"聪明。"女萝晃着腿儿笑，"你是巫郁离选定的肉身，在你献身以前，他要确保你的安危。实际上，从你们去江南，再到南疆，你们一直都在他的监视之下。嫂嫂费了九牛二虎之力，才把你抢出来这么一会儿。原想借那具尸体引你们一同去巴山，谁让你家那只肥猫这么多疑，若是你们肯让我同行，我就不用费这么大劲儿了。"

"那具尸体是你埋的！"难怪尸体神不知鬼不觉地出现在他哥家地底，原来根本就是这只死狐妖作祟。戚隐郁闷地说："大姐，你到底是何方神圣？神仙显个灵都总得表明身份吧，要不然我怎么知道是该求子还是问姻缘？"

"莫急，先听我说，"女萝敲了敲圆盘，清脆一声响，"相信你已经发现，巫郁离那个老家伙是杀不死的。每次你杀死他，他总能换另一副躯壳重生。一般来说，不管是凡人还是妖魔，死后躯壳腐烂，神魂离体，汇入诸天。神魂记忆消散，重新投胎转世，这就是你们凡人口中的轮回。万物皆有终点，一旦进入轮回，记忆丧失，肉体改易，上一个人死去，下一个人是从记忆到肉体都完全不同的一个人。但是巫郁离通过一种办法，保存了记忆，置换了肉身，在某种意义上跳出了轮回。同时，因为这个办法，即使将神血滴入他的眉心，也无法杀死他。"

"对，这事儿我知道，"戚隐合抱双手在胸前，"难道你有办法弄死他？"

"很抱歉，没有。"女萝摊摊手，"你在琉璃幻境里是不是见到了很多人？其中有一个就是我家主子。我家主子所在的地方常常伴随着时空罅隙，你无意间通过了罅隙，见到了他们。"

"哦，然后呢？"

"我们调查巫郁离不死的秘密，但一直没有什么实际进展。直到很偶然的一次机会，我们发现巴山神殿有个隐藏的地方。这个地方禁制重重，神识和分身都无法进入。我们派遣了很多人进入神殿，但无一例外，他们都死在了半途。你往白雾里看，躺在那儿的尸骸，有一半是我的同伴。上一支死在那儿的队伍，是无方山宗澜带领的十二个道士。"

"你蒙我呢，宗澜前辈是你们的人？"戚隐愕然。他记得宗澜这个名字，他那个秃且胖的便宜师父曾经说无方山集结了十二道士,秘密潜入巴山神殿。无方用晓世镜同他们联络,但他们所有人都迷失在白雾之中,一个也没能出来。直到戚隐进入神墓,才知道所谓白雾乃是神巫死后化为的神侍,他们会诛杀一切未经允许进入神祇禁地的凡灵。

"可以这么说。"女萝道。

"得了吧,大姐,"戚隐抽了抽嘴角,"你忽悠我也得先打打草稿,我又不是我哥,你说男人会生孩子他都信。"

女萝不急不忙,眨了眨眼:"弟娃,你在神墓里见过神侍,对吗?"

"见过。怎么?"

"五十年前,宗澜十二人进入巴山之后,每一日都有一个神识从晓世镜中消失,但宗澜告诉无方,他们安好无恙,十二个人一个不少。直到十二日后,宗澜发现同伴身体僵硬,似乎已非活人。随后不久,他自己的神识也从镜中消失,从此这十二人杳无音讯,仿佛人间蒸发。"女萝道,"但是弟娃,你明明知道神侍杀人用的是巫罗秘法。这十二人这般诡异,你难道没有疑虑吗?"

"你什么意思?"戚隐讶异道,"难道……宗澜在撒谎?"

"没错。"女萝摊了摊手,道,"事实上,是他们自己收回神识,切断与无方山的联系。"

"他们为什么这么做?"戚隐问。

"因为他们是我们的人了呀!"

"你们……到底是谁?"

女萝从横梁上站起来,居高临下地看着他:"数千年来,吾主的姓名早已湮灭于浩浩云烟。斗转星移,沧海桑田,如今的凡世,已经没有人可以再唤出他们的名字。不过,你可以叫他们的共称,"女萝一字一句,道,"那就是——神。"

茫茫风烟里一片寂静,两个人相对望着,干瞪眼。女萝疑惑地歪脖儿,道:"正常人听到这个,应该'哇'一下吧?你怎么什么反应都没有?"她摸着下巴端详他,"难道是吓傻了?你在神墓里见过白鹿,我以为你会镇静一些。"

"没什么……"戚隐艰难地说,"就是觉得神长得和我想象中不大一样。"

竟然全是眼睛。

"这没什么稀奇的。"女萝道,"如果你读过三坟五典,就会知道女娲伏羲大神皆人首蛇身,通体生鳞;逐日的夸娥氏更是高达百尺,几与天齐。你见过的白鹿大神,真身是一只长角生花的白鹿。他的真名是姜央,现在已经没什么人知道了。在南疆深处十万大山流传的古歌里他是妖魔的始祖,说他斩下鹿角,剁成九块,撒进南疆九座山,千万妖魔立地而生。"

"哦……"戚隐嘴角抽搐,"所以你家大神在宗澜前辈面前显了个灵,宣布说'天将降大任于斯人也,必先苦其心志,劳其筋骨,饿其体肤'。我这里有个'大任',你们接一下,完成之后,你们就会上封神榜,成为各家各户看门的门神,以你们为

## 第二十六章 藏月

主角的话本小曲儿已经写好了，土地爷爷给你们让位。高不高兴，开不开心？于是宗澜老前辈痛哭流涕，甘愿为大神赴汤蹈火，最后还英勇捐躯。"戚隐捂着脸道，"我看起来很像傻子吗？一个人首蛇身的玩意儿在我面前现形，我第一反应不是五体投地高呼大神，而是大喊着'有妖怪'扭头就跑啊大姐！"

"啊，神的法子比你说的要简单一点儿。"女萝耸耸肩，"他们用的是'低语'。"

"'低语'？"

"没错，你可以理解成一种咒错。神是天地山川海泽的化身，他们说的每一句话都可以成为咒语。当他们在你们耳边低语，你们便会顺从他们的意志，践行他们的命令。你听说过'醍醐灌顶'吗？这是一种传授智理的方式，只要摸摸你的脑袋瓜，你就明白过去未来，心生欢喜，嗒然顿悟。神的'低语'类似于这样，你的意识会被神改变，成为他们最忠实的仆从。"女萝道。

"所以神叫我去吃屎，我就会吃屎吗？"

"呃，虽然你的例子很粗俗，但的确会这样。"

"这不是中邪吗？"戚隐叫道。

"往好的方面想啦，弟娃，你可是神的使者！说出去多么有面儿！"女萝眯着眼睛笑，"正如你在琉璃幻境中所见，我的神偶然通过时空罅隙，窥探到一个林中小屋。我们相信那个孩子和巫郁离的秘密有着莫大的联系。你一定也发现了，郎君和那个孩子长得极为相似。我们猜测巫郁离的秘密很可能就藏在巴山那个禁制重重的地方，毕竟那里是神祇唯一难以窥探的地方。如果我是巫郁离，我一定把我的秘密藏在那里。"

"那个地方是哪儿？"

"就是这面大镜子，"女萝拍了拍圆盘，"我们管它叫'巴山月镜'，由南疆特产的青金石玉制成。这玩意儿贵得离谱，指甲盖儿那么丁点儿，就能在黑市里换百亩良田。数千年前神殿建立伊始，南疆动用了十万奴隶拉动齿轮和吊绳，将这面月镜吊上了神殿顶端。它正对着月轮天，南疆的神巫相信，当月圆之时，月镜可以照出月轮天的景象，他们可以通过这个和白鹿大神产生联系。"

"所以呢，你们该不会是想让我进去吧？"戚隐哀号。

"没错，就是你！"女萝说，"放心，我的神很尊重你，他们不打算用'低语'诱骗你。你是不是觉得特别荣幸，特别激动？"

"荣幸个屁！那么多前辈进去都死了，我一个半桶水的假道士，岂有命在？"

"放心啦，呆瓜小郎君会和你一起进去。"女萝冲他微笑，一抹红唇，不点自朱。灿烂天光下，她的笑容有些意味深长，"毕竟你的小哥哥就算粉身碎骨，也一定会让你活下去的，不是吗？"

"拿我的命开玩笑就罢了，还拿我哥的命开玩笑。"戚隐道，"管你们是神还是妖，你另找他人吧，我才不去。我回去补觉了，后会有期了！"他伸手掏乾坤袋，却发现腰后空空如也。

女萝晃了晃手里的乾坤袋，道："你在找这个？谁告诉你我们是交易了？这是命令！你要么自己进去，要么我踢你进去，你挑一个吧。"

"两个我都不选。"戚隐指了指下面，女萝这才发现，他不知什么时候站到了屋脊的边缘，脚下便是万丈虚空，"你不把我的东西还给我，我就跳下去。世上哪有这样的买卖？我告诉你，我虽然废，但也不是好惹的，惹急了我，我让你们都傻眼。"

"你跳啊！你当老娘怕你！"女萝不屑。

戚隐一脚悬空，做了个金鸡独立的姿势。

屋脊狭窄，他单脚站在上面很难保持平衡，登时像风里的招子似的摇摇晃晃。女萝被吓了一跳，万没想到这个傻子是个不听话的刺头儿。戚隐很嘲讽地笑："别小看废物啊大姐，废物再不济，也还有条命不是？"

女萝忙道："你还来真的！我说你这孩子，有话儿咱们好好说嘛！"

"好，我问你一个问题，"戚隐望着她，"琉璃幻境里那个孩子是我哥吗？"

女萝没直接答话儿，只是抿着唇笑了笑："这可不好说。他是谁不该问我，该问你。"

又和他打哑谜。戚隐没了气性，磨着牙笑："行。可我还是不乐意帮你们干活儿，走了，来世再见。"他头也不回，纵身一跃。眨眼间，屋脊上空空如也，女萝倒吸一口凉气，扒着屋脊往下看，迷雾蒙蒙，那小子的影儿都没了。

就在这时，她听见刀刃呼啸。她迅速抬头，一柄凄冷的长刀贴着面门滑过，带起的刀风几乎要把脸颊冰冻。女萝旋身后退，方才落脚的地方落下一个人影，是扶岚！这个男人落地时几乎没有一点声音，清俊的脸上冷冷清清，修长挺拔的身影如同出了鞘的黑刀。然而他肩膀上趴了一只肥猫，让他原本冷酷的身影显得有点滑稽。他没有立刻向女萝发起攻击，而是弯下身，手伸下屋脊的边缘。一只手握住了他的手，他把戚隐拉上来，戚隐趴在屋脊上喘气儿，道："一刻钟，大姐，你算得还真准。"

女萝恍然，这个家伙一直在拖延时间，他没有真的往下跳，而是在落下的瞬间抓住斗拱，翻进重檐下面。她小看了他，他毕竟修过半年道，有着常人比不了的臂力和爆发力。

被这小子摆了一道，女萝气得眼前发黑，眼见斩骨刀飞回扶岚手中。扶岚甩出一道冷厉的刀弧，潋滟弧光撕破雾气直朝女萝面门而去。刀光斩破大理石，所过之处皆化为齑粉。女萝不敢硬扛，连连后退。她知道，这个男人平日里是帮女人洗衣裳养儿子的呆瓜，可一旦拔出刀他就是杀气缠身的煞神。

戚隐在边上观战，不由得吃了一惊，刀弧的末端切到青金石玉上，月镜竟然没有丝毫损伤。他蹭过去，摸了摸月镜，那上面连刮痕都没有。月镜光滑如同丝帛，模模糊糊照着他的脸儿。他脸上有点脏，鼻子上沾了点儿灰尘。戚隐擦了擦鼻头，忽然发现镜子里，他背后的不远处有个瘦长的黑影。那影子很扭曲，长手长脚，依

## 第二十六章　藏月

稀能辨出人形。它站在那儿，歪着脖儿，好像盯着戚隐看。

戚隐忙往后瞧，背后是空茫的迷雾，什么影儿也没有。他四下里搜寻，也没有找到那个偷窥的鬼影。他狐疑地回过头，却吓了一大跳，镜子里的鬼影不知何时已经站在了他面前，从他肩膀后面探出半拉脑袋来。他们挨得极近，戚隐几乎能看清楚它没有五官的脸。

这是镜子里的玩意儿？！戚隐顿时明白了，它看起来想出来。手上没有剑，戚隐忙往后躲。但他毕竟站在屋脊上，刚退了两步脚下一空，眼看就要掉下去。长满黑毛的细手从镜子里伸出来，一把拽住他的衣领。

这下上也不是下也不是，浑身上下的武器只剩下一口好牙。情急之下戚隐心一狠，一口咬在那毛手上。这玩意儿很坚硬，咬起来不像是皮肉，倒像是木头疙瘩，十分磕牙。沾了一嘴毛，还有一种说不清道不明的苦味，戚隐恶心得想吐。那鬼影没有五官的脸登时扭曲，像是要嘶叫，可它没有嘴，什么声音也没发出来。它没松劲儿，手往里一缩，眼看戚隐就要被拖进去。那边扶岚回过头，猛地扑过来抓住他的脚踝，两个人一只猫，一同被拖进了月镜。

女萝累得气喘吁吁，靠在石壁上远眺，天尽头的白雾忽然翻涌起来，一层一层，此起彼伏，像是海浪翻腾。她知道巫郁离在急速接近，十息不到的时间他就会到达。

"两个小娃娃已经进入月镜，现在开始施加封印。"女萝自顾自地说，像在向谁报告，可她身边分明空无一人。

她在月镜上施加了十道巫罗封秘咒。十道秘咒，相当于十把大锁，这能稍稍为戚隐他们争取些时间。做完一切，身边一道冷光划过，虚空之中霎时出现一个狭长的裂隙，女萝跳了进去，失去了踪迹。

一路翻滚，戚隐的乾坤袋从月镜里掉出来，砸在戚隐头顶，黑猫一口咬住。扶岚死死抱着戚隐，戚隐抱着黑猫，两人一猫顺着重檐一直翻下去。他们失去了重心，一路下坠，几乎滚成球。先前那个抓着戚隐的鬼影不知滚哪儿去了，他们无暇顾及。扶岚的背硌在檐上的妖兽石雕上，他一声不吭，借机稳住身势，斩骨刀出鞘，插进石壁。扶岚单手握住刀，下落的势头顿时止住了，两人一猫悬在半空。

黑猫踩着戚隐的头脸上了刀身，然后是戚隐。扶岚的右手在摔下来的时候骨折了，凭借左手把自己提了上去。他蹲在刀上，左手握住右手臂一拗，令人牙酸的咔嚓声响起，骨头正位，在一息之内钢铁一般重新接在一起。与此同时，小鱼飞出手心，散入四周。

四下里是与外头一模一样的巴山神殿，只不过没有白茫茫的迷雾，他们能清晰地看见环绕在神殿周围的角楼、瓮城、山墙，神道边上的水渠，须弥座上刻的缠枝神花和墙体上的白鹿奔月石画。碑亭里点着青幽幽的长明灯，在风里悄悄地摇曳。这里和月镜外面的神殿不同，那里的神殿是死的，可这里的好似犹有声息。山上的椿木林一片幽绿，风拂过，叶浪哗啦一片，此起彼伏。

若非古籍记载神巫早已灭绝，戚隐甚至相信等会儿这里就要有人举行祭祀。

小鱼试图穿越神殿顶端的月镜，但是已经无法通过。他们放弃了月镜，踩着斩骨刀前进。有些殿宇里还有明明暗暗的灯火，仿佛犹有人烟。然而一切都寂静无声，他们像走在一个被遗忘的古城中。他们没敢往殿宇里面走，阳光照不进那里，总觉得藏着什么危险。

"哥，你之前来过这里吗？"戚隐不自觉压低了声音，像是怕人听见似的。

扶岚沉默地摇头，小鱼在他周身盘旋飞舞，警惕一切未知的威胁。

"这里是巴山神殿的禁地，"黑猫蹲在他肩头道，"神殿有十训，由大祭司用鲜血刻在山墙上，所有神巫都必须遵守。一训，不可触摸白鹿神；二训，不可妄称白鹿神；三训，不可私铸神的雕像……其他的不能奸淫偷盗什么的，和你们道门的清规戒律没什么不同，只除了这第十训，不可开启巴山月镜。从前我们只觉得是一些规矩罢了，根据你在神墓里的经验看来，这实际上是在神殿生活的法则。一旦违背戒律，很可能就会受到巫诅。"

戚隐看了看自己："我们身上没着火，应该没受到巫诅。"

"没错，这的确很奇怪。"黑猫也疑惑。

扶岚轻声道："还有一种可能，或许神巫认为，进入月镜的人都无法活着离开。"

这样一来，就不必再施加什么巫诅了。戚隐心里微微发寒，四周太静了，静得好像要听到声音。斩骨刀无声地前行，进入椿木林。林子很静，密密匝匝的叶片割在脸颊，发出刷刷的声响。戚隐总觉得心里不舒服，低声问："这个地方好怪，一点儿声儿都没有。"

黑猫也压低声音："树都没有死，神殿山墙也没有爬山虎，神道和水渠洁净得像每天都有人清理，就好像这里还有神巫生活，恪守戒律，日日清扫神殿。"

"会不会是老怪，他定期回来扫地？"戚隐问。

"不大可能，"黑猫道，"老夫瞧他那细皮嫩肉四体不勤的模样，一点儿也不像是会拿扫帚的人。"

"那是那只黑毛怪？"戚隐道，"它虽然没有眼睛鼻子嘴，但很会扫地。"

斩骨刀忽然停住，戚隐没稳住，撞在扶岚身上。扶岚抬起手，低声道："地上有脚印。"

小鱼贴着地面飞行，草丛里杂沓的脚印映入扶岚的眼帘，他道："脚印很多，留存时间不会超过一天。气息是凡人，十二种脚印，属于十二个人，向北面延伸。这里有活人，警戒四方，当心。"

戚隐心里咯噔一下，这十二个脚印，该不会是宗澜带领的那十二个道士吧？

所有小鱼立刻四散开，飞入高空，贴着叶片飞行。密密麻麻的椿叶会掩盖它们的荧光，以免被不知名的敌人发现。戚隐自行御剑，不再和扶岚同乘，免得遭遇危险不能迅速反应。大家清点身上的符咒和干粮，扶岚为了追女萝，出来得急，乾坤袋里除了去哪儿都带的一口铁锅，啥也没有。戚隐这儿也只有一打符咒，半囊水，一小袋蜜饯螺和几块梅子姜。

## 第二十六章 藏月

这点儿蜜饯小零嘴，连一天都撑不过去，黑猫登时苦了脸。若林子里找不到吃食，扶岚和戚隐可以辟谷，它就只能吃树皮啃观音土了。

他们往前飞，若真有人，倒算是一件喜事，至少能够问上一二，这里头到底是什么情况。女萝那个婆娘，说东西挤一点儿留一点儿，也不知道到底打的什么鬼主意。

往前飞了小半个时辰，戚隐小声和黑猫交谈："猫爷，你知不知道各地的神巫是怎么消失的？"

"这事儿到现在还是个谜。"黑猫道，"古籍上记载他们在一夜之间忽然消失，巫法失传，出现断层，凡人才开始循着巫法的蛛丝马迹，自创道法。按照《海内南疆志》的说法，巴山神殿最后一代大巫祝巫狩修炼禁术，招来恶鬼，恶鬼不听使唤，屠灭神殿。那之后，白雾升起，笼罩巴山。这也是巫法突然中断的原因，因为所有掌握巫罗秘法的神巫都在一夕之间被鬼魂杀死了。"

戚隐咋舌，这大约是大人物的通病，站得太高，脑子灌风，就开始变态，想一些乱七八糟的歪门邪道。

"无方山元尹曾经猜测，他们是遭遇了某种天灾，比如海啸、火山爆发、地震。在面临这些天灾的时候，即便是道行再高的术士也无能为力。"黑猫又道。

走了大约有一个半时辰，扶岚道："到了。"

戚隐停了剑，看见前面横七竖八堆满了尸体。他们下地查看，把尸体翻过来，登时吃了一惊。

这里死的，全都是神巫。

他们戴着白鹿面具，身上披着兽毛披风，脖子上套着银项圈，腰上系着银裙和叮叮当当的骨制挂饰。戚隐翻过一具尸体，尸体的肚子全空了，像是被什么野兽撕破了肚皮；掀开白鹿面具，底下是一张苍白僵硬的脸，尸斑蔓延上了脸颊，一双空洞无神的眼睛照见天穹。死亡的时间大概在七个时辰以前，戚隐道了声得罪，扒开尸体的衣领，胸前赫然一朵绛色缠枝花。确实是神巫没错，应该不是什么人假扮的。

敢情这些神巫千百年来一直躲在月镜里面？戚隐觉得不对劲儿，要真如女萝所说，巫郁离来过这个地方，他应该把这帮神巫大卸八块五马分尸才对，怎么会留他们到如今？戚隐站起来观察，十二个神巫，死得很怪异，所有人都头朝同一个方向，面朝下，像是朝着北面叩拜，五体投地。

"他们在逃跑。"扶岚忽然说。

戚隐反应过来，他们并非叩拜，而是逃跑。他们的朝向全都背离神殿，神殿里有什么东西在追他们，他们向林子深处逃，可最终被追上，在一瞬之间全部死去。

"追他们的是谁？"戚隐问，"黑毛怪？巫老怪？"

"最好是他们俩的其中之一，"黑猫用爪子拨了拨一个人的脑袋，"要不然，咱们要解决的家伙就又多了一个。不过也别太紧张，莫要自己吓自己，没准是这些神巫自己内讧呢？"

377

"内讧也不会把同伴的内脏吃光啊。"戚隐汗毛直竖,越想越头疼,"哪儿哪儿都奇怪,他们怎么会是刚刚死的?"

"你们有没有听过'洞天福地'?"黑猫道,"'精象玄著,列宫阙于清景;幽质潜凝,开洞府于名山。'据说这世上有十大洞天,三十六小洞天,七十二福地。它们是神灵开辟的领地,灵气远胜于外界。传说有砍柴人进山,逢见两个人下棋,看完棋局回到村子,却发现已经过了好几百年了。这是因为他误入了神祇的地盘,在那里,时间的流动和外界不一样,有的更快,有的更慢,有的甚至不会变化。依老夫看,月镜里的时间十有八九是不变的,极有可能停留在某一时刻或者某一天。他们早就死了,但因为时间不流动,他们的尸体也不会腐烂。神殿整洁如新,并非有人日日打扫,而是它们根本就不变化。"

"那这样的话,咱们在这儿岂不是长生不老了?"戚隐笑了。

"没错。"黑猫打了个哈欠,"不过还是算了吧,走到如今,只看见草啊树的,连只塞牙缝儿的老鼠都没有。让猫爷过没有肉的日子,猫爷宁愿明天就一命呜呼。"

"此地空旷,不宜久留。"扶岚说。

他们起身,没入林间,沿着潺潺的溪水往下走。岸边长着茅草,水湄一丛芦苇。溪流哗啦作响,打在光滑的大石头上。女萝说这里面藏着巫郁离的秘密,他们唯一的线索就是琉璃幻境里那个小屋。

绕着神殿搜寻,走到日影西斜了还没找着那个屋子,他们便朝林子深处走。树屋建在巨大的树上,里面空无一人。戚隐走不动了,更御不动剑。他们在一个塘子里接了水,歇息了一阵。日头挪过山头,晚霞像红绸子似的扯满天穹。戚隐仰头看,觉得这天像着了火似的,甚是不祥。前面椿木林影影绰绰,似乎有一角茅草屋檐。戚隐睁着眼睛看了半晌,果然看见一座小屋藏在树林子里面。

原来就在前头,再多走几步路就到了。小鱼先探路,一座孤零零的茅草屋出现在静幽幽的林间,一看就是要闹鬼的样子。若非扶岚在,戚隐就算打死也不会自己一个人进去。

里面没人,门也没锁,扶岚开了门,吱呀一声,在寂静的林间传了出去。戚隐的心颤了颤,又回头望了望,确定后面没跟着东西。进了屋,果然是幻境里那般模样,角落一张罩着白纱蚊帐的架子床,一盏青铜油灯,四面空荡荡,很有家徒四壁的感觉。

"好像没什么变化,我见到的也是这样。"戚隐往四下里看,到床边摸了摸褥子,温软柔和,枕头放在被子下面,好像主人离开不久,一会儿就会回来就寝。黑猫跃上床,在床上打了个滚,实在累得狠了,索性睡起了大觉。

戚隐敲了敲墙壁,薄薄的一张椿木板壁,里面不可能藏人:"哥,我见到的那帮人就藏在墙里面,偷窥那个孩子。现在看来他们并非藏在墙里,而是隐身在虚空之中。"

没人搭理他,戚隐回过头,看见扶岚坐在中间那张乌漆小案旁边,手上绷着红花绳。他在翻花绳,像那个孩子一样,花绳在他手中交叉翻转,莲花、乌龟、秋千架……他翻出来的花样和顺序,和那个孩子一模一样。

是巧合吧,戚隐愣了。

"小隐,"扶岚怔怔地道,"我好像……认识这里。"

戚隐坐到他身边,担忧地看他:"哥,你是不是想到什么?"

"那个孩子……他只会三个花样,所以只翻三种花绳。"扶岚垂下眸,露出迷离的神色,"他在这里待了很久,很无聊,大部分时间都用来发呆。他从来不睡床,只睡床底,因为熄了灯的时候,总觉得有人在黑暗里看他。这里每天都是一个样子,连晚霞都一模一样。夜晚的时候风很大,他喜欢坐在屋顶上听叶子响。"

他的语调清寂,不知怎的,戚隐听出了一种彻骨的孤单。

"后来他得到了一支玉屏笛,他很喜欢,放在……"扶岚站起身,拍了拍床板下面,一个暗盒伸出来,里面赫然放着一支墨色竹笛,扶岚拿起笛子,道,"这里。"

他说得那样清楚,就好像他曾经生活在这里。戚隐睁大眼睛,问:"哥,你为什么会知道这些?你……你会吹笛子吗?"

"我不会,"扶岚摇摇头,"他会。那个人教他的。"

"那个人?谁?"

"忘记了……不记得了……"

扶岚的脸上又迷茫起来,他用力地想,破损的画面鸦羽一般扑棱飞来——巴山神殿的滂沱大雨,头顶罩下一把琥珀黄的油纸伞,抬起头,他看见一个人白皙的下巴。男人在他身边低低叹息:"岚儿……"

戚隐觉得不可思议,问:"哥,是不是你记错了?你小时候在这里生活过,后来出去了,可你忘了。"

扶岚摇摇头:"我不知道,我没有经历过,可我就是想起来了。这段记忆像飞过来的,像别人的,像……"

"前世吗?"戚隐问。

扶岚愣了下,点点头:"嗯。"

戚隐撑着下巴想了想:"我以前有时候也会有这种感觉,路上碰见一个人,总觉得在哪里见过,但其实我们根本没有遇到过。不过后来我发现了,我看见长得漂亮的人就会有这种感觉。"他笑起来,"没关系,别难为自己,想不起来就算了。我打赌你这事儿肯定和老怪有关系。咱们现在就跟办案似的,找线索,然后拼起来;拼不起来,就说明线索找得不够多,按照女萝的说法,左右就在月镜里面,我们再找找。"

"嗯,"扶岚摩挲着竹笛,又抬头看了看戚隐,"我对小隐也有似曾相识的感觉,好像很久很久以前,我就是哥哥,你就是弟弟了。"

"怎么可能,你占我便宜是不是?"戚隐弹他脑门。

"不知道,"扶岚戳了戳他的脸颊,诚实地说道,"可能因为小隐很好看。"

这厮真是让人捉摸不透，说他呆，嘴里却吃了蜜似的；说他聪明，又确实脑子缺根筋。戚隐无可奈何，红着脸左右张望了一下，道："我去睡会儿，你先守夜，过半个时辰换我。"

　　说完，他便靠在床柱边上歇息。戚隐阖着双目，想起幻境里那个孩子来。他记得那双瞳子，恬静又安然，像一汪没有波澜的秋水。他活了十八年，除了扶岚，还没见过第二个人有这样一双眼睛。巫郁离藏在这里的秘密，难道就是扶岚吗？

　　想着想着，眼皮子打架，戚隐头一低，靠在万字床帷子边上睡着了。也不知道睡了多久，他昏昏沉沉醒过来。屋子里没点灯，一片漆黑，万籁俱寂，外面连蝉鸣鸟啼都没有，整片林子死气沉沉。猫爷竟然没有打呼噜，扶岚也没声儿，不知道是不是在外面放哨。戚隐睡得腰酸背痛，手往边上一靠，摸到一只冰冷僵硬的手，霎时打了一个冷战，彻底清醒过来。屋里黑漆漆，他瞪大眼睛，依稀能看见面前蹲着一团黝黑的人影。

　　神巫诈尸了，还趁夜摸进了屋子！

# 第二十七章 灵氛

他们俩挨得很近,几乎只有半截手臂的距离。

戚隐骇异万分,僵在原地不敢动弹。那巫尸也一动不动,没什么动作。戚隐咽了口唾沫,想叫扶岚,却又怕惊着这玩意儿,引得它暴起伤人。他盯着那团黑影,手探向身后摸符咒,摸了下发现不在身边,冷汗下来了,四下里乱摸。戚隐又看了看那团黑影,依旧没动静。

不动弹就行,他喜欢安分守己的尸体。他稍稍放了心,略微后退了些许,继续在地上摸寻。他的手指碰到乾坤袋,心里一喜,悄悄拿出归昧剑,横在腰后,又拿出灯符,嗖地一下点亮。屋子登时亮堂起来,那团黑影也显了形,原来只是青铜落地烛台,他把青铜杆子摸成了人手。松了口气,戚隐不经意地转过头,却看见一具巫尸就蹲在他身侧,黑黝黝的嘴巴大张着,几乎有脸盆那么大。

而他的脑袋正对着这黑洞洞的大嘴,仿佛下一刻就要被吞。

他一个激灵,醒了过来。原来只是个噩梦,他摸了把额头,冷汗淋漓。他迷迷糊糊睁开眼,只见眼前依旧是黑黢黢的屋子。一片寂静,没有声音,像一个被世界遗忘的角落。心又悬起来,他伸手想要摸灯符,一只冰凉的手从脖子后面伸过来,捂住了他的嘴。戚隐一颤,下意识要肘击,身后的人低声道:"是我。"

是扶岚!眼睛终于适应了黑暗,幢幢暗影里瞧他神色,似乎有种秋霜般的冷冽。黑猫也醒了,一双绿眼睛在黑暗里发光。

戚隐立时明白有情况,扶岚做了个噤声的手势,押着他的脑袋,让他佝着身爬到窗边。轻轻把窗纱戳开一个洞,戚隐凑过去一看,顿时倒吸一口凉气。

窗外林子里围满了人,阴惨惨的月光里,一张张白鹿面具若隐若现。黑暗里人影幢幢,头颅攒动,数量还在增加,似乎正朝他们的木屋逼近。白天明明一动不动的神巫们,此刻都聚在了小屋周围。他们将木屋围得铁桶一般,直僵僵地杵在黑暗里,不知做什么打算。

戚隐头皮发麻地退回来,低声道:"完了完了,祖宗显灵了。你说他们是来干什么的?他们会不会只是友好地打声招呼,问咱们吃了没?"

"你说得有道理,"黑猫道,"然后他们会说好巧,他们也没吃,于是架一大鼎,把咱们都煮了。"

"这帮老祖宗的口味也太重了,我昨儿没洗澡。"戚隐问。

## 第二十七章 灵氛

"还记得怎么打架吗？"扶岚问。

"记得，"看他哥的意思，是要硬杀出去，戚隐有点手抖，"那个什么，要听剑的心跳。"

"对，没错。"扶岚轻声道，"记住，不要离我太近，但也不要离我太远，握紧你的剑，跟着我的脚步，将所有接近你的东西，统统杀掉。"

空气里的温度骤然下降，仿佛一下从初夏到了冬天。扶岚的脚下结起冰花，枝蔓横生一般向周围蔓延。戚隐知道他使用了巫罗秘法，从现在开始，一切靠近他周围的东西都会被冰封。扶岚抬起眼，飘摇的人影映上了纱窗，仿佛有百鬼在黑夜里无声地穿行。

扶岚拔刀出鞘，孤寒的刀光没入椿木板壁，薄薄的墙壁四分五裂的同时，后面的巫尸碎成齑粉。扶岚犹如一道冷冽的刀光，穿过纷飞的木屑，悍然切入黑夜尸群。与此同时巫尸从四面八方扑向扶岚，犹如潮水汇集，然而在手指即将接触他衣袖的一刹那间冻结成苍白的冰，然后刀光潋滟一闪，所有冰块轰然粉碎。

戚隐冻得牙齿咔咔作响，一人一猫连滚带爬顺着扶岚斩出的通路跑进椿木林。扶岚的巫罗秘法一旦施展，周身范围内的一切生物都会被抹杀。戚隐不能靠他太近，要不然也会被冻成冰人儿。扶岚解决了大部分巫尸，但仍然有巫尸四散周围。他们发现戚隐这个软柿子，一下子掉转方向，饿狼一般扑上来。

归眜剑啸然出鞘，犹如一弧寒月飞入黑夜。戚隐幻化出三把剑影，分别穿过三具巫尸的胸口。寒霜封住了巫尸半边身体，剑影飞回，戚隐刚要掉头，那三具巫尸手脚一抖，竟又爬了起来。

"为什么每回我遇到的玩意儿都杀不死？！"戚隐大吼，回头看扶岚，那个家伙甩出刀弧，再次斩碎涌向他的尸潮。肉块和骨骼纷飞如雨，噼里啪啦往下落。戚隐叫道："怎么我哥就能弄死他们？"

"因为你哥直接把他们碎成渣，你能吗？！"黑猫趴在他肩膀上。

"我能被他们碎成渣！"

"跑！"黑猫大喊。

戚隐跟着扶岚跑，四下里全是巫尸流窜的长影，满目都是敌人，看着数量远远不止他们白天见到的那么几具尸体，敢情全巴山的神巫都聚到这儿来了。戚隐抱头鼠窜，剑影在他周围穿梭，他大声喊道："哥，我们去哪儿？"

扶岚眉头紧蹙，小鱼在林间飞蹿，林间皆是密密麻麻的尸体。数量太多了，他们只有两人一猫，准确来说真正能战斗的只有他一个人，他们撑不过一个时辰。忽然间，小鱼飞入了神殿山墙，大理石的亭台楼宇映入眼帘。扶岚当机立断，道："去神殿！"

所有人掉转方向，扶岚开路，刀光所过之处树藤粉碎，巫尸尽成齑粉。戚隐分出剑影，斩断巫尸的双腿，虽然杀不死他们，但起码他们无法继续追击。

二人边打边跑，巫尸不时从合抱粗的树藤上跃下扑向戚隐，披风展开，影影绰绰如同蝙蝠。戚隐咬紧牙关避让，才没被逮个正着。他们抢先一步进了神殿，关上门，扶岚和戚隐分别在门板上画符，支起符咒结界。

这里墙厚，那些巫尸轻易闯不进来。果然，巫尸很快赶上来，无数手掌拍在惨白的窗纱上，偏偏没法儿进来。大伙儿松了口气，戚隐擦着脑门子上的冷汗，道："这些都什么玩意儿？死了这么久还不安生，这都成千年老王八了！"

"我听不见他们的呼吸和心跳。"扶岚低声道。

"真见鬼了？"戚隐心里惊骇。难不成真是僵尸？听说这玩意儿一碰见生人的活气儿就会长毛起尸。可他们直到夜里才起来，难道因为年纪大了，老胳膊老腿儿，反应比较慢？

外面拍门拍窗声吵个不停，扶岚充耳不闻，举着灯符四下查看。这里是巴山神殿的白鹿大殿，巨大的白鹿神像坐落在神殿中央，依旧是生花的鹿角，洁白的身躯。这里的神像和墓里的有所不同，神像微微低着脑袋，眼皮低垂，仿佛在俯视来拜见它的芸芸众生。

戚隐坐在地上休息，拍了拍神像的腿："哎，咱们又见面了，白鹿大神。你说为啥每次咱们见面都没好事儿呢？也不知道是我点儿背，还是你根本就是个衰神。"

黑猫用爪子拍他狗头："臭小子，别仗着巫诅对你没用就对白鹿大神出言不逊。既然大神已经复活，你在他神像面前说的话，他说不定听得见。小心他老人家脾气上来，扎个小人儿诅咒你。"说着，黑猫扒在门缝儿上往外瞧，"这些神巫到底怎么死的？不弄清楚这个，老夫心里始终不安生。"

它这么一说，戚隐的心里也七上八下起来。白天发现的神巫都在逃离神殿，说明神殿里一定有什么不得了的东西。神巫终身侍奉大神，虽然神已经死了，但不到危急时刻，他们绝不会放弃神殿。神殿里到底发生了什么事儿，让他们一个个都落水狗似的逃了，还死在了半路。

传说，最后一代大巫召出了恶鬼，恶鬼屠灭神殿。这恶鬼得有多厉害，才能把所有神巫都给杀了。更重要的是……戚隐左右乱瞄："猫爷，你说的那个恶鬼，应该不会还留在这儿吧？"

他话音刚落，黑漆漆的殿宇上方响起咯咯咯的笑声。那笑声又尖又细，像是个女人，透着股阴冷奸猾的味道。笑声在殿宇中回荡，让人头皮发麻。

黑猫跃过来，一爪子拍在戚隐嘴上，道："闭上你的乌鸦嘴！"

戚隐拔剑出鞘："谁在那儿笑？"

太黑了，扶岚什么也看不见。他们的符咒只有一打，为了节省用量，只有扶岚一个人燃起了灯符。判断声音方向，应该是穹顶上发出的。扶岚两指捻起灯符，符咒飘在空中，徐徐往上面飞。殿宇高耸，光芒慢慢驱散黑暗，洒照在房梁上。黑暗里露出一角半个巴掌那么大的苍白脸庞，一闪就没了，笑声也停了。

这鬼地方，哪儿哪儿都有鬼。戚隐骂了声，问："你们看到了吗？"

"看到了，"黑猫说，"有人藏在上面，刚刚我们只查了底下，忘记查房梁了！"

## 第二十七章　灵氛

"哥，你觉得是人是鬼？"戚隐小声问。好歹是进过神墓的人，他不怕妖魔，也不怕图谋不轨的凡人，但偏偏对那些看不见摸不着的鬼东西发怵。

"看不出，"扶岚闭着眼细听，四周一片寂静，"也听不到。"

黑猫扒着戚隐的脖子道："娃儿，你好歹是半个牛鼻子，清式那个老贼没教你捉鬼？"

"教个屁，凤还山只教我怎么打假擂，抄袭师兄的道论，闯人家的禁地！"被吓多了，反而不怎么怕了，戚隐把剑负在身后，道，"也罢，既然来了，总得拜见拜见。外面已经这么多祖宗了，这才一个，不怕。咱俩上去，给老祖宗问个安！"

说着，戚隐就要抱着柱子往上爬。四下里笑声忽又响了，这回远远不止一个人，男男女女，老老少少，一迭声儿笑起来，此起彼落，吵吵闹闹。这看似空空荡荡的黑暗殿宇，竟似有许多人藏在暗处，掩着嘴儿偷笑似的。

戚隐僵住了。

这帮劳什子鬼怪，不仅擅长吓人，还擅长打他的脸！

扶岚御着灯符，符光烫过殿宇上的石柱横梁，一张张惨白的脸儿挨个儿亮起来，大小不一，大的如同脸盆，小的却只有巴掌那么大，每张脸都扑了许多白粉似的，僵硬得像硬纸。它们的脸皮轻微抖动，痉挛般发出咯咯的笑声。

扶岚只看了一眼，就道："不是人。"

不用说戚隐也知道，有谁的脸会长得跟盆儿似的。戚隐心胆生寒，早知道之前在庙里求个平安符，这回真见鬼了。

这笑声让人心底冒凉气儿。戚隐额头一跳，归昧出鞘，瞧准一处就扎过去。剑光在黑暗里雪粒子一样迸溅开来，殿宇亮了一角。他们终于看清了上面的东西，横梁上栖满了密密匝匝的飞蛾，有的翅子展开，露出上面的黑斑。那黑斑一边一个，翅子洁白，乍一看，正像是一张小脸儿。

那些飞蛾一见剑光，纷纷扑着翅子飞起来，登时满屋子云雾缭绕似的，全是那妖蛾。戚隐头皮发麻，归昧折返，劈死几只蛾子，更多蛾子敏捷地避开剑光，扇着翅子就要扑过来。与此同时，门外忽然罩进一个高耸巨大的影儿，头顶伸出两个长长的角，仿佛是个牛头神巫。他们一看就明白了，那是个妖族神巫，直立起来，足能够到门楣。它炮弹一样撞击门扇，符咒登时金光闪烁，殿宇上头簌簌落下雪样的灰尘来。

扶岚支起结界，挡住蛾子，然而门板那边又摇摇欲坠。

黑猫叫道："这下我们知道追那帮神巫的是什么玩意儿了，原来就是这些妖蛾子。"

"知道有什么用？！我们也快和那帮神巫一个下场了！"戚隐道。

冷静冷静，想想办法。戚隐用力掐手心。用火攻不行，符咒画出来的三昧真火不是闹着玩儿的，沾东西就着，这些妖蛾子带着火乱飞，会把神殿一起烧了。用刀斩也不行，若斩断横梁立柱，一样要被活埋。

怎么办？怎么办？戚隐盯着大门上闪烁的符咒，心乱如麻。

"不管了！"戚隐掏出符咒往上面一扔，"先烧再说，大不了大家一起完蛋！"

符咒飞入蛾群，上面顿时出现一片火海。蛾子尖叫着乱飞，火焰点上了柱子屋梁和四周悬挂的帐幔。符咒结界终于被冲破，巫尸潮水一样涌进来，袍角染上火焰，一具具尸体都成了火人。然而他们没有知觉似的，挣扎着往前爬。

"这边！"扶岚道。

他抱着黑猫，躺倒在地，爬进白鹿神像身下。还是他哥有招儿，神像上有巫诅，沾了的人立刻被烧成灰，神像底下就是最安全的地方。但是神像底下狭窄，不能并排躺两个人。好在巫诅不烧戚隐，他俯下身，趴在扶岚身上，黑猫窝在扶岚头边。戚隐撑起手臂弓起背，脊背就能贴到冰凉的神像。仰头看四周，巫尸渐渐近了，有几个僵硬地趴下身，想爬进来抓他们。

扶岚蹬腿踹他们，这厮力气极大，那么一踹，竟将一个神巫的脑袋踹进了胸腔。他们的身体挨上神像，周身立时燃起青色的火焰，那火焰烧得极狠，不过几个呼吸的时间，一个人就成了灰烬。

青色的焰火笼罩周围，神像底下跟蒸笼似的，两人一猫都像要被烤熟了，身上直冒汗。热腾腾的空气吸入肺腑，有种灼烧的痛楚。再这样下去，不被烧死咬死，也会被烤死熏死。

汗水迷了眼，戚隐难受得擦眼睛，低下头，却看见扶岚身下有块大石砖，似乎有些异样。其他石砖都严丝合缝地并在一起，只这块儿周围略有缝隙。戚隐叩了叩石砖，果然是空心的。心中一喜，戚隐叫道："有门儿！"

"你头顶有机关。"扶岚也道。

戚隐艰难地翻起身，他直不了脖子，脸贴在白鹿像的腹部，找了半天没看见："在哪儿啊，哥？"

"在你眼前，"扶岚道，"一个凸起的东西。"

凸起？戚隐打眼一瞧——谁造的神像，把机关设在这种地方？！白鹿神要是知道了，非得一蹄子蹶死他。戚隐按了按，又试图旋转，机关纹丝不动。

"怎么没动静？"戚隐道。

"不是那里。"扶岚手肘撑地，稍稍支起身，右手握住他的腕子，往白鹿腹部的位置挪了三寸，用力一按。地砖下面传来咔嗒一阵响，石砖忽然缩进墙壁，他们身下一空，两人一猫立时掉了下去。

后头石砖闭合，他们揉成一团球似的滚下去。下面是个狭窄的甬道，扶岚护着戚隐的脑袋，才没磕着。

两人一猫在地道里爬了约有半炷香的时间，推开地砖，到了另一处殿宇。就着外头冲天的火光，能略略看清殿宇里的情形。这是个炼丹的地方，中间悬着一个大丹炉子，四根手臂粗的玄铁链子连接四根铜柱。四面墙边高高矮矮摆着许多密封的双耳陶土罐子，地上有一具神巫尸体。虽然尸体里没有蛾子，但保险起见，扶岚还

## 第二十七章　灵氛

是把他给冻了起来，免得他诈尸吓人。

他们贴在窗纸边上看外面。火光熊熊，狰狞的火舌舔着黑漆漆的天穹，烧成火人的巫尸在地上爬。更多巫尸脚下拖着一条条长影子，彷徨在大理石铺成的洁白神道上。一眼望过去，密密麻麻的人影儿，恍若鬼卒似的飘飘忽忽。

"小隐——"

有的妖蛾子学会说话，藏在他们身体里，一声声叫着戚隐的名字，尾音打飘。戚隐听得头皮发麻，道："这些蛾子怎么回事，该不会是喜欢我？"

"你这娃娃打小就招妖怪，光天化日在林子里走都能撞见小鬼娃娃，"黑猫趴在他脑袋顶，扒着窗纸往外看，"可能你的肉比旁人香吧。"说到肉，黑猫着实很忧伤，"可怜老夫老胳膊老腿，跟着你们年轻人折腾，还没有红烧肉填肚子。"

扶岚点头。

"你点头是什么意思？"黑猫问，"知道心疼老夫了？"

"小隐比别人香，"扶岚很认真地说，"闻起来很好吃。"

戚隐假装没听见，偏过头，眼梢瞟见那些陶罐子，有些密封，有些开着，是空的。他挪到墙边，托起一个陶罐来打量。

"这里面是不是什么仙丹灵药？我的乖乖，上古大巫炼的丹药，就算不能滋补修为，也能补肾壮阳吧？说不定老怪能长生不老，就是吃了这儿的仙丹。"戚隐把罐子拿到光下，拆掉封皮，拿出一粒丹药，是透明的，皮胶似的，软乎乎，"要不咱们顺一罐子出去，按颗卖，一颗十两银子。"

扶岚一见，立马捉住他的手，将那丹放回陶罐。

"卖了会遭巫诅吗？"戚隐看他神情凝重，问道。

"不是丹药，"扶岚道，"是飞廉蛾卵。"

戚隐吓了一跳，忙把陶罐封回去，塞得死死的，免得那些蛾子破卵而出。

"敢情这蛾子是打这儿出来的？"戚隐骂道，"这些神巫什么狗屁德行，怎么都喜欢养蛾子？猫猫狗狗不可爱吗？看咱家猫爷，冬天还能暖手！"

黑猫凑到陶罐了面前仔细瞧了半晌，惊讶地道："原来是这玩意儿。"

"什么？"戚隐问。

黑猫转头问扶岚："呆瓜，这是不是巫蛊蛾？"

扶岚点头。黑猫抱着爪子，道："小隐，你肯定听过类似的传闻。若你往十万大山那儿走，那儿很多村寨至今保留着蛊术的遗俗。传说把蜈蚣、狗蝎、蜘蛛、两头蛇、龟背花这些玩意儿全装进一个大瓮，封存七七四十九日，任它们在里头自相残杀，互相吞噬，最后活下来的吞噬百毒，成为至毒，便是蛊虫。"

这玩意儿戚隐的确听过，巫蛊之术传到中原，总是说得神乎其神。说什么巫婆子拍拍别的村民的肩膀，当时没事儿，这村民回到家，立刻七窍流血，不治而死。剖开胸腹一瞧，这心肝里爬满了虫子，几乎被咬成蜂巢。还有女的会买巫蛊下在丈夫饭里，据说吃了那蛊，从此他就会一心一意爱她到老。戚隐总觉得是什么咒术，

387

或者毒术，没想到还真是虫子。

"中原的神殿如何老夫不大清楚，但根据巴山神殿的古籍记载，上古南疆巫祝既是祀天敬神的巫师，也是救死扶伤的巫医。他们饲养蛊虫，大多是用来治病疗伤。有一种飞廉神蛊，植入瘫痪者的脖颈子，飞廉连通宿主的脊背经络和脑部经脉，就能让他重新行走，健步如飞。老怪同你说这蛾子叫'飞廉'，大概就是那飞廉神蛊了。"

这差别有点儿大，他们见到的这妖蛾子可并非救人，而是吃人。戚隐扒拉了几下空陶罐，道："看来什么巫狩召唤恶鬼多半是他们炼制神蛊出了岔子，神蛊变妖蛾，出来害人。外头的那个真正的巴山神殿里有这玩意儿吗？"

"我没有打开陶罐看过，"扶岚说，"神殿的东西不能乱碰。"

"你不好奇？"

扶岚轻轻摇头："当我行走神殿的时候，心里常常会有一个声音提醒我什么是禁忌，什么是罪过。这些训诫刻在我的脑海中，我知道只有遵守这些法则，才能在神殿中存活。"

"就像巫罗秘法，"黑猫道，"呆瓜天生就知道这些。"

他哥就是个神人，戚隐觉得这事儿八成和巫郁离有关，毕竟没人比巫郁离更了解巴山神殿和巫罗秘法。盘腿坐在地上，戚隐开始翻看书架上的典籍。他拿起一卷卷轴，上面画了些图像，作画风格同神墓里的差不多，只不过更加精细，画的人儿都有了五官。

画像是连续的，似乎在叙述神巫的历史。前面大多画天地山川神灵，神巫祭祀。往后看，神巫队伍里出现了一个相貌奸邪的家伙，这个人被画得丑陋至极，纵目獠牙，像个鬼怪。他站在神巫队伍里，一副奸笑的模样。这家伙一开始站在神巫队伍的末端，后来越来越前，最后走在神巫的最前面，站在大神和神巫之间。

在一次祭祀中，神巫烧裂龟壳请示神意，龟壳被从烈火中取出，落在了鬼怪的手中。这是一种卜筮的法子，通过龟壳上面的裂纹判断卦象，预见吉凶。但通常需要神巫对卦象进行解释，才能得出判断。很显然，羊皮画的意思是鬼怪曲解了神意，向神巫和百姓传达错误的卦辞。鬼怪掩着脸，偷偷奸笑，一副小人得志的模样。

在最后几幅画中，鬼怪坑杀所有反对他的神巫，他的旨意传遍南疆，胆敢违抗他的部落被剿灭，女人孩子沦为奴隶。山径土路上四处是戴着枷锁镣铐的百姓，路边插着裹着妖魔凡人皮肉的稻草，骸骨遍野。白鹿大神在月亮上酣睡，似乎对鬼怪的暴政一无所知。

鬼怪的暴行终于招来天怒，伏羲带领诸神降临南疆。滔滔天火从云上席卷而下，鬼怪举行祭祀，招来白鹿大神。大神被鬼怪蛊惑，率领妖魔大军迎战伏羲。后面一幅画是天殛之战，白鹿大神血肉化雨，神祇和凡灵一同奏响哀歌。

鬼怪被神巫擒拿，画上的他头破血流，双脚戴着镣铐，艰难地往高台行进。夹道是南疆愤怒的百姓，他们似乎在高声咒骂，往他身上扔鸡蛋烂菜。鬼怪脚后拖曳

## 第二十七章 灵氛

出长长的血迹，而他的尽头，是那具黄金人俑。

戚隐一看就明白了，这鬼怪不是别人，正是巫郁离。

"我说他犯的什么罪，原来是这么个事儿，皇帝不理朝政，两党相争嘛。斗来斗去，宰相上位，没想到外敌叩关，战败议和，宰相下马。"戚隐摇头叹息，"这帮神巫一定很嫉妒老怪长得好看，竟然把他画这么丑。"

卷轴的末尾还留了一片空白，这空白好生突兀，像是要画什么但是来不及画。戚隐对着光看，也没看出什么东西来。

"别瞎琢磨了，大约就是皮子有富余。"黑猫道，"这卷轴外头那个神殿也有，老夫早看过八百遍了，除了神巫往事，什么都没有。"

戚隐疑惑地道："要是有富余，裁了不就好了，干吗留下一块儿空白？而且这空白的地方，恰巧是画一幅画的大小。"

戚隐想了想，咬破手指，滴了滴血上去。血滴像被吞没了似的，消失得无影无踪。就在这时，卷轴上忽然显现出细细的线条，线条弯曲延展，渐渐勾勒出一幅画。

"看，我说了吧，这不是普通的皮。"戚隐道。

线条首先画出一面墙壁，然后依次画出一个黑脸人儿、白脸人儿和一只猫。

"这好像是咱们？"戚隐指着那些人儿，"这只大肥猫是猫爷，白脸是扶岚，黑脸是我。你大爷的，谁在这儿瞎画，我有这么黑吗？"

"这或许是神器河图，你的血唤醒了它。传说它道尽阴阳五行，玄妙无穷。若参透其中奥妙，可以洞明过去，知晓未来。现在看来，它并没有传说中那么精妙，但可以绘制出主人周身的境况。"黑猫道。

戚隐对这个黑脸小人耿耿于怀："神器的画技也不过如此，我画的春宫图都比它好看。"

黑猫闲闲地道："娃儿，可别小看它。有些东西人眼是看不着的，但这神器能看见。譬如隐身的神怪，若在琉璃幻境的时候带上河图，你就能知道你身边那些'人'到底是些什么牛鬼蛇神了。"

"猫爷，你说话当真？"戚隐问道。

"当然，"黑猫颇有些不悦，"老夫吃饱了没事干，骗你干吗？况且老夫现在还没吃饱。"

"那你看这是什么？"戚隐的声音发飘。

黑猫探过头去，戚隐指在卷轴画的铜柱上面，那里线条很乱，杂草似的纵横交错，仔细分辨，那儿似乎画了一个弯着腰的黑影。这画轴上画了不止两人一猫，还有第三个东西，躲在铜柱后面偷窥他们。

这东西什么时候在那儿的？他们竟然都没有发现。

他们俩一下都僵了。扶岚不知道哪儿去了，戚隐四下里瞄了半天，也没找到他，空旷寂静的黑暗里似乎只剩下他和肩膀上的黑猫。

"猫爷，你回头看看，那玩意儿是不是还在那儿？"戚隐小声道。

"我不,你回头。"黑猫死死扒着他的脖子。

猫爷体形虽胖,胆儿却小得很。戚隐只能硬着头皮回过身,见扶岚背对他们,站在铜柱前面,离那黑乎乎的东西只有几步远的距离。

"哥!"戚隐小声喊他。

扶岚充耳不闻,一动不动。殿宇里太黑,朦胧的光里他的背影像是铁铸的,有点儿诡异。

"完了,我哥是不是中邪了?"戚隐担忧道。

"有古怪。"黑猫小声道。

凉凉的夜风从铜柱后面的窗洞里吹进来,拂动戚隐的头发。那东西的气息被风送过来,黑猫抽了抽鼻子,犹豫了一下,才道:"不知道是不是老夫的鼻子出了差错,他的气息,似乎和呆瓜的很像。"

"你是谁?"扶岚忽然出声了,朝着那黑影儿发问,"你是……我的同族吗?"

黑暗里一片寂静,戚隐听见自己的呼吸。半晌,铜柱后面传出一个声音,与扶岚是一模一样的音色,一模一样的语调。

他问:"你是谁?"

"我是扶岚。"扶岚轻声道。

"扶岚……"那个人也轻声应。

"你是谁?"扶岚继续问。

黑猫在戚隐耳边咕哝道:"这气息太像了,娃儿,你小时候许愿,春天往地里种下一个哥哥,秋天收获许多哥哥。老夫那时只当你童言童语,没想到现在还真成真了。"

戚隐:"……"

加上神墓里的那具骷髅,他们一共发现了三个扶岚。难道这世上真的有无数个和扶岚长得一模一样的人,在他们不知道的地方活动、死去?戚隐心里充满疑虑,这世上到底有多少个扶岚?

那个黑影半晌没动静,戚隐有点站不住,想过去看看。一只小青鱼悠悠地从扶岚身上飞出来,朝他们这儿游。戚隐听见小鱼低声道:"小隐,慢慢绕到他后面去,猫绕另一边,堵住他。"

黑猫落地无声,一下子消失在黑暗里。戚隐也矮下身,屏息静气,绕着铜柱走,摸向那团黑影的背后。外面火光小了许多,又没有月亮,殿宇里太黑了,那家伙刚好站在黑暗的死角,竟一丁点儿都看不清楚模样。扶岚依旧锲而不舍地问:"你是谁?你住在这里吗?"

黑影仿佛凝结在了阴影里,一声也不吭。戚隐渐渐靠近,一弯缺月移出乌云,月光洒进来,那个黑影的身影渐渐明晰。月光最终越过窗洞,洒在殿宇中的石砖上。戚隐终于看清楚那玩意儿的模样,长手长脚,黑黝黝,阴森森。

是那只黑毛怪!

## 第二十七章 灵氛

他的脸上竟然已经有了五官的轮廓，尤其是嘴巴，已清晰可辨，戚隐有些骇然。月影移出，黑毛怪一下子发现了潜伏在黑暗里的戚隐，像受了惊的野兽一般往边上一蹿。黑猫从黑暗里扑出来拦他，可惜对他来说个儿太小，被他一脚踢开。戚隐喊道："你别怕，我们不会伤害你！"

那黑影猛地扭过头，对着戚隐道了声："伤害你！"

戚隐恍然，这家伙根本不会说话，他只是在学他们。扶岚动了，黑影似乎知道他是他们三个里面最强的，十分警惕。扶岚一挪动，黑影立刻矮身闪避。戚隐张开手臂封住他的退路，谁知这黑影向上一蹿，踩着铜柱三步并作两步，炮弹似的在穹顶上冲出一个脸盆那么大的洞，一下闪了个没影儿。

扶岚撂下一句："在这里等我。"立刻踩着铜柱，猴儿似的飞檐走壁，眨眼间便蹿了上去。

等个屁！戚隐想也没想，抱着柱子爬上去。出了窟窿，底下神道台阁，遍地全是巫尸。扶岚和那黑影的追逐动静太大，已吸引了不少巫尸，一个个蜘蛛似的爬上了水檐屋脊，双手双脚着地乱爬的样子十分骇人。戚隐对蜘蛛有阴影，头皮发麻，连忙去追扶岚。归昧开道，黑猫在他前面引路。扶岚追得极快，如同一道黑色闪电，在夜色里隐没又出现，片刻间追上黑影，两个人迅速扭打在一起。

扶岚显然不想伤他，一直没出杀招。他们裹在一起滚下屋脊，沿途瓦片尽碎，噼里啪啦雪花片一般往下落。与此同时，大批巫尸像狗闻着肉似的向这里集结，从屋脊上望下去，简直像潮水合流浩浩荡荡。戚隐暗道不好，只见扶岚滚落屋檐的刹那间，一截碗口那么粗的手臂忽然穿破殿宇的窗板，将他攥在手心。一颗巨大的牛头顶破门板，巫尸走出来站在月光下，足足有一层楼那么高，原来是那个撞门的妖牛巫尸！

然而下一刻，妖牛巫尸的手开始结冰，冰碴子往手臂蔓延。妖牛巫尸大吼了一声，臂膀一震，竟然震碎了冰封。妖牛巫尸拳头收紧，眼看要把扶岚捏死在掌心。戚隐一剑劈过去，寒光瞬息便至，将它整只手臂齐根斩下。

扶岚从妖牛掌心里翻身跃起，同时斩骨刀出鞘，先横斩后纵劈，十字刀光连在一起，妖牛被分成齐整的四块，山崩似的轰然倒地。扶岚单膝落地，抬头一看，那黑影已经不见踪影。戚隐冲到他身边，喊道："别追了，祖宗们来了！"

刚说完，扶岚押着他的脑袋，两个人同时伏地。戚隐整张脸埋进土里，吃了满嘴的泥巴。他刚低头，便听见脑袋上方扑棱一阵翅子响，飞廉彩雾般从他们头顶卷了过去。

黑猫在屋顶上大喊："往东跑！东边少！"

二人起身拔腿就跑，四面全是密密匝匝的巫尸。有的脑袋是断的，歪着脖儿追他们。这回真是饿了几千年终于见着肉了，一个个不要命似的往前扑。戚隐奋力御剑，破天荒分出十道剑影，织成剑阵嗖嗖下落。血肉纷飞如雨，戚隐的视野殷红一片。

"又有一群来了！前面过了桥往北！"黑猫大吼。

越跑巫尸越多，脑袋上面还有人面鸟尸和飞廉妖蛾伺机夺命，犹如滚滚乌云森然罩顶。戚隐吼道："猫爷，你指的是绝路啊！"

"怕是全巴山的巫尸都来了，路封住了！"黑猫大喊。

巫尸逐渐围成一个圈，他们被堵在当中，四下里水泄不通，没有退路。戚隐心凉如雪，难道今儿真折在这儿了？若巫郁离知晓白鹿唯一的肉身没了，不知道会不会当场吐血。扶岚抬头看了看，几只人面鸟尸在头顶盘旋，他道了声："小隐，准备！"

戚隐一愣，后衣领被扶岚提住，登时身子一轻，扶岚扔小鸡似的将他整个人甩了出去。甩的劲儿太大，戚隐的后衣领撕裂，夜风像鸽子一样兜满襟，凉飕飕地冷人。

"你干吗啊哥？！"戚隐嘶声大吼。

一双铁钳似的鸟爪把他抓住，戚隐被人面鸟攥在了当中。扶岚拎着黑猫纵身一跃，踩着一具巫尸的脑袋腾空而起，竟翻身坐在了人面鸟的背上。戚隐登时明白了他的意图，他们一旦踩剑飞行就不能御剑防身，扶岚这是要把人面鸟当坐骑，这样就既能逃跑又能御剑。

"把归昧给我！"扶岚从人面鸟背上探下身来。

戚隐奋力把归昧扔上去，扶岚接住归昧，甫一握住剑柄，寒霜便密密麻麻往手腕攀延。扶岚手腕一翻，归昧哀鸣一声，竟被强行解封。锈迹漆皮子一样掉落，露出凄寒如月的剑身。扶岚一脚踏住鸟头，逼迫它向东飞行，左手刀右手剑，刻骨的杀意在漆黑的眼眸中迸现。

凤还·御剑诀。

霎时间仿佛有飓风在空中旋起，刀光与剑光交织成无形的旋涡，所有靠近旋涡的尸鸟和蛾群都被斩成碎片。尸块混着蛾翅纷纷下落，扶岚犹如一柄浸过寒霜的铁刀，稳稳立在当中。

他们利箭一般冲出尸群，人面鸟很快不堪重负，俯冲着摔倒在地，长脖整个拗断，脸上的黄金面具撞凹了一块。戚隐被裹在鸟爪里，摔得七荤八素，手脚都被擦伤。鸟尸压顶，直把他压得快断气儿。扶岚把他从鸟尸底下拖出来，戚隐叫道："我下回死也不要在下面！"

他们往北逃，后面黑压压的尸潮紧追不舍，戚隐真是快没劲儿了，跑得腿都失去了知觉。神殿极大，大理石神道绵延，在月光下苍白如水。两边是水渠和台阶，石砌阑干下嵌着兽口。那是神殿的暗渠，下雨时水流会从兽口流出，保证神殿不被水淹没。他们连斩了三批巫尸，又是一批巫尸迎面包抄赶上，戚隐几乎要绝望了。就在此时，星空蓦然一动，星子恍如水浪翻涌，争先恐后向西面退去。所有巫尸铁一般凝住，然后倒退着离开。天光蒙蒙亮起，神殿巍峨的穹顶次第亮起来，晚霞烧遍苍穹，太阳西升，白昼犹如白驹倏忽而过，夜幕降临，皓白的满月在东面升起。

## 第二十七章　灵氛

两人一猫都呆住了，这个场景太过壮观，就像是……时光倒流！

"老夫明白了！"黑猫喃喃道，"你们还记得我之前说的'洞天福地'吗？这里的时间和外面的时间不一样，极可能停滞在了某一年、某一月或者某一天。现在它证实了老夫的猜测，它停滞的时间是一天。这一天会不断重复，不断重来。我们刚好待到了子时，到了临界点，时间回溯，回到了这一天的开始。"

"这回真长见识了。"戚隐眺望四周，"猫爷，你觉得这一天的开始发生了什么？我们不会那么点儿背，刚好遇见巴山神殿巫祝覆没吧……"

穹隆上的结界忽地一动，像是石子投入水面，生起几圈涟漪，紧接着恍若急雨降临，透明的结界上巨大的涟漪此起彼落。这是有人在外面攻击神殿结界，结界正在抵御攻击。殿宇里顿时拥出了许多神巫，他们全部戴着白鹿面具，身披披风兽皮，脚脖子上的银质铃铛叮当作响。

"下回你再乱说话我就让呆瓜封你的嘴！"黑猫崩溃地大吼。

"我错了！我不是故意的！"戚隐跟在扶岚身后，拔腿就跑。他们伏在一截台阶下面，所幸巫祝都往结界中心去，没人发现他们。

"贼子攻山！贼子攻山！"

"北面结界告破！"

"西面结界告破！"

"快去结界阵眼，帮助巫狩大人！"

巫祝如同蚁潮涌向白鹿大殿，穹隆上的结界像一层薄薄的水面，不一会儿多了几个洞眼，以洞眼为中心，一点一点消失。神殿各处升起灵力流汇入穹隆，浩浩荡荡，如同众星汇聚，可于事无补。

"为什么他们的结界脆得跟鸡蛋壳儿似的？"戚隐嘟囔道。

黑猫低声道："仔细看，外面的攻击是有规律的，先是东方变天斗宿，然后是北方玄天危宿，东南阳天翼宿，最后是中央钧天角宿。就像是外面的人知道结界最脆弱的地方，对这个结界了如指掌。"

天穹的结界飞烟一样迅速消散。潋滟流光中，一个白衣男人踩着巨大的鬼面蝶在月光中降临。他有着极漂亮的眉眼和这世上最温煦的笑容，却也有这世上最冷硬的心。

所有巫祝都呆住了，有人大喊："那是谁？"

神巫中的老人喃喃道："恶鬼回来了，恶鬼回来了！"

巫郁离笑道："暌违久矣，今又重逢。想不到过了千年之久，你们还用着我画的四方灵宪结界阵图。承蒙看得起，倒实给我省了不少麻烦。"

漂亮的男人吹起骨笛，熟悉的歌谣飞入风中，曲调婉转，像纷飞的雪花在神道殿宇中穿行。漫天飞廉妖蛾扑棱着翅子从远方而来。飞廉的低语预示着一场无边的灾难。那些妖蛾向地面俯冲，瞬间笼罩下方的巫祝。它们咬破巫祝的脖颈钻了进去，巫祝发了癫痫一般痉挛颤抖，然后嘶吼着扑向他的同伴。

飞蛾转瞬即至，数目之多几乎遮天蔽月。戚隐他们站起身，向椿木林狂奔。戚隐在最后一刻回过头，那个男人站在翘角屋檐上，满月之下，他洁白的衣袂在风中猎猎翻飞，鲜血和烈焰不曾在他身上沾染分毫，仿佛这一切罪孽和杀戮都与他毫不相干。

他们拼了老命往椿木林深处跑，一回头便见穹隆笼了一层黑雾似的，黑雾在枝叶上方移动。林子各处响起神巫的惨叫声，沿着树叶的缝隙传过来，让人心惊胆战。他们不敢御剑，怕和飞蛾迎面撞上。椿木枝繁叶茂，树根四处虬结在一起，树干底下倒稍有躲藏之处。

正前方响起惨叫，又有神巫遇难了。飞蛾入体，不消得片刻就会变成咬人的巫尸。他们立即掉转方向，跑了足有半个时辰，戚隐彻底动不了了，趴在地上喘气儿。扶岚爬上树眺望，北面有一片沼泽，四方寂静，没有人影儿，暂时没有危险。扶岚爬下来，道："休息半炷香，我们要保持移动。"

戚隐道："不行，这么跑下去不行！我们会筋疲力尽的。我敢打赌，这群蛾子在这里飞来飞去嗡嗡叫个不停，肯定是想让那帮神巫到处跑，跑累了它们就下来，把人吃个精光。这帮蛾子铁定成精了！"

"精的是老怪，是他在操控这群蛾子！"黑猫道。

"咱们得找个地方躲起来。"戚隐说，"你们记不记得白天我们遇见的神巫？从神殿走到他们遇难的位置，走了几乎有一个晌午。他们跑出这么远还是死了，往外跑没用，躲才行。"

"躲也没有用。"扶岚轻轻摇头。

戚隐一愣，没懂为什么。黑猫叹了一声，道："因为神巫灭绝了。"

心里咯噔一下，戚隐顿时明白了。巴山神殿的神巫可是祖宗，还是百里挑一的祖宗，难道会比他还笨吗？飞廉屠杀神殿，无论是躲藏还是逃跑，他们一定试过所有求生的办法，可他们依然消失得无影无踪，一个也没逃出去。

"我们或许可以回神殿。"黑猫灵光一闪，"最危险的地方就是最安全的地方嘛，巫尸都出去追神巫了，神殿现在一定是空的，就像我们刚来的时候一样。"

戚隐立马否决这个提议："老怪还在那儿，和他待一块儿，我宁愿和蛾子待一块儿。"

"最危险的地方就是最安全的地方？"扶岚问道。

"只是一句套话而已，"戚隐揉着脸，"别信。"

"有一个地方很危险，或许可以去。"扶岚道。

"哪儿？"黑猫问。

"千秋大椿。"

"千秋大椿？"戚隐满脸疑惑，"树？听起来怪牛气的，活了这么久，该是树里的老祖宗了。怎么危险，难道它吃人？"

"吃不吃人不知道，"黑猫道，"我和呆瓜都没见过活的。在月镜外面，它已经

## 第二十七章 灵氛

完全石化了。它是巴山最老的椿树，传说活了上千年，足有一座塔那么高，方圆十里地底全是它的树根。神殿古籍里记载，白鹿大神有次游玩，不小心被石子儿割伤了后蹄。大神在千秋大椿底下歇脚，神血渗进树根，大椿就有了灵气。"

"那不应该是神树吗？"戚隐纳罕道，"许愿灵不灵？咱去许个愿，祝老怪早点儿寻个俏媳妇儿生一窝娃娃，放弃什么复活白鹿的念头。"

"别插嘴，"黑猫用爪子拍他脑袋，"我们曾经在它周围发现过很多骨头，人的妖的都有。这些骨头无一例外都出现在它的树根附近，老夫猜测是神巫把大椿当神树来祭祀，献祭了很多妖和人给它。但你哥不这么觉得。"

"骨头太散了。"扶岚蹲在地上采蘑菇，"祭祀一般有特定地点，在固定的地方献祭活牲。可它们的骨头到处都有，很奇怪，就像是……"

"一旦靠近大椿，就会死。"戚隐喃喃道。

"要去吗？"扶岚问，"它现在或许还活着。"

"恐怕轮不到咱们做决断。"黑猫话音刚落，不远处又响起低语声，树叶被摇动，窸窸窣窣响，混着那漫天低语，让人心里发寒。无数神巫的凄厉惨叫划破夜空，听起来像是一群躲藏的神巫被妖蛾发现了。

"哥，快带路！"戚隐站起身。

扶岚迷茫地收起一兜小蘑菇："我不认识路。"

戚隐愕然："这儿不是你长大的地方吗？"

"你让他带路，他会把你带沟里！"黑猫拍他脑袋瓜，"每回呆瓜进林子，都要转个三五天才出来。老夫一开始以为他在里头寻宝，后来才知道这厮是迷路走岔道儿了！行了，跟着老夫走。虽和外头的林子差别很大，但地形基本相似，老夫认路！"黑猫的眼睛两团鬼火似的发光，仔细辨了辨道儿，"往北走！"

刚想动身，前面传来一串脚步声，月光中出现影影绰绰的影子。乍一眼看过去，人头攒动，竟数不清数目。戚隐僵住了，低声问："这是神巫还是巫尸？"

"遇上谁都不是好事儿，就算遇上神巫，你哥气息和老怪这么像，一准儿被当成他儿子给抓起来。"黑猫冷汗直流。

"那我和白鹿的气息还很像呢，"戚隐道，"我就假冒一回白鹿的儿子，让他们放咱们走！"

扶岚把小蘑菇放进乾坤袋，封好，道："屏息静气。"

戚隐还没来得及发问，扶岚一把把他推进了沼泽。泥沼从四面八方围住了他，鼻子里满是令人作呕的泥腥味儿。他不受控制地下沉，脚下有种吸力，拉着他向下。一种无名的恐惧攫住了心脏，戚隐很慌，想要叫扶岚，可嘴一张，黏腥的泥巴像是游蛇，直往嘴里钻。泥沼没过了顶，腔子里的一颗心像沉进了寂静的水里，几乎要停止跳动。就在这时，一只手拉住了他的后脖领儿，直接把他提了起来。

戚隐抹了把脸，好不容易睁开眼，却见扶岚也是一副泥人儿的模样。黑猫蹲在他头顶，这厮只要不睁开眼，在黑夜里就像隐形了似的。戚隐想要咳嗽，扶岚捂住他的嘴巴，嘴里的泥巴统统咽下了肚。

"不要动。"扶岚低声道。

他被扶岚拎着，竟然停止了下陷。杂沓的脚步声经过耳边，神巫已经走到了面前，一个个身体僵直，行尸走肉一般。他们似乎知道这里有一片沼泽，统统绕过边缘，同时也绕过了戚隐、扶岚和黑猫。戚隐的心脏几乎停跳。这些巫尸就从他脑袋边上经过，他们脚脖子上的银镯子闪过冷清的光芒，一把刀似的割在他眼皮子上。

他终于知道扶岚这厮为什么推他进沼泽了，泥沼可以掩藏气息，泥巴粘在脸上可以藏匿身形。夜色黑，巫尸无法发现他们。泥沼危险，巫尸也不会进泥沼来。可这小子的做法实在太气人，话儿也不解释一句，直接把他推进来，他还以为这小子要谋杀弟弟。细细回想，这厮性子就是这样，神殿里也是，把他当鸡崽似的往天上扔。

亏得戚隐脾性好，但这会儿也该生气了。他在手底下拧了扶岚的腰一把，扶岚登时整个人都僵了，在泥沼里愣愣地瞅着他。

看个毛，戚隐瞪了他一眼。扶岚满脸泥巴，一双乌黑的瞳子眨眨发亮，很困惑的样子。

忽然间，戚隐脚脖子上一紧，似乎有只油腻腻的手在底下抓住了他。戚隐悚然一惊，可巫尸还在旁边经过，他不敢出声儿。那手往下收力，戚隐慢慢下陷，不一会儿泥沼就从下巴没到了嘴巴下面。

"有东西拉我脚！"戚隐向扶岚做口型。

扶岚蹙紧眉心，用力往上提他。本就碎得差不多的衣领完全撕裂，戚隐霎时间下陷了一大截。衣裳撕裂的声音在寂静的林间突兀地响起，所有巫尸蓦然回首，直勾勾盯住了沼泽中心的两人。

戚隐的心一颤，从头凉到了脚。

所有巫尸蹒跚着围过来，向他们伸出双手。沼泽四周围满了颤抖的手臂，像僵硬的树枝，有种畸异的恐怖。有的巫尸不惧艰险，竟然蹚了进来，甫一进沼泽，便动弹不得，但仍然使劲儿伸着手去够戚隐和扶岚。

黑猫崩溃地大喊："快想办法！"

"有东西在拉我脚！"戚隐大吼。

扶岚出刀，斩骨刀绕了一圈，犹如闪电隐没夜色，巫尸的手臂噼里啪啦掉进沼泽。戚隐也御剑，归昧下行，去割拉着脚的那只手。脚上一松，戚隐知道割断了，登时松了一口气。下一刻，又有一只手握住了他的脚踝。戚隐快疯了，大叫道："天爷，底下不止一个人！"

"是不是死在沼泽的鬼魂？"黑猫叫道，"就像水鬼，见人就拉，淹死之后就和他们一样变成水鬼！"

"不管了，到了阎王殿，我要把阎王爷也咬成水鬼！"戚隐怒吼，杀心顿起，归昧再次下行，也不管三七二十一，在沼泽底下乱七八糟一通搅，管他几只鬼魂，

## 第二十七章　灵氛

斩得他妈都不认识。

底下忽地一震，仿佛被他激怒了，沼泽颤动起来，底下无数双手攀住了他们的身体。那手凉丝丝油腻腻，像是泡久了的尸体，有一种透骨的冰寒。

下一刻，两个人被同时下拖，泥沼霎时间淹没了头顶，视野里一片漆黑。混乱中扶岚死死抱住了他，是熟悉的保护姿势，他的头脸埋在扶岚怀里，后脑勺也被护着。数不清的手将他们拖往漆黑的深处，像要去幽冥的彼岸。小鱼从扶岚身上涌出，围绕成一片青色的鱼潮。汹涌的泥流中，只有那青色的鱼群在发光。

无限静寂中，扶岚的小鱼悄悄对他说："弟弟，不要怕。"

害怕过了头儿，心里反而平静了，戚隐竟然开始不着边际地胡思乱想。他想他们死在这里，未来将会是两具拥抱的白骨。

而这片无名的沼泽将是他和扶岚的坟，在未来的数千年，在他们的骨头也烂成粉末之前，他们会凝固在这里，像铁铸的雕像，一直这样拥抱，直到沼泽干涸，直到天地老去，直到滔滔岁月无可阻挡，走到尽头。

哥，戚隐闭着眼在心里说，我不怕。

第二十八章

神语

眼前一片漆黑，混乱中不断翻滚、旋转、磕碰，根本来不及支起结界。扶岚抱着戚隐，黑猫死死咬住他的衣襟，两人一猫用尽全力保持平衡。饶是如此，戚隐依旧撞得头昏眼花，几乎吐血。很快泥土变成水流，戚隐隐隐约约知道他们应该是进入了地下河道。水流太快，那些抓在身上的人被冲散。但湍急的水流完全包裹住他们，戚隐撞得七荤八素，整个人都晕了。

过了仿佛有一年那么久，水流慢慢减速，冰凉的水浸透了身体，他觉得自己像一个冰溜果子。眼前终于有了光亮，两人一猫一齐从水里冒出头。戚隐抹了一把脸，吐出满嘴的泥巴和水，蹒跚地爬上岸。

这里是一处钟乳石洞穴，倒悬的石笋从洞穴顶端垂下来，一根根像倒挂的冰锥子。地上堆积的石钟乳层层叠叠，看起来极似融化的油膏。其中孔洞密密匝匝，戚隐看了头皮发麻，总觉得那些鬼手就是从这些洞里伸出来的。石笋堆叠，挤挤挨挨，有的从洞穴顶端一直垂到地上，与地面相连，如同支撑洞穴的梁柱，表面十分粗糙，像虫子硬邦邦的节肢。

很好，这个地方一定没有妖蛾子了。

戚隐解开破碎的衣裳，后背被撞得全是瘀青，幸亏没撞坏骨头。戚隐活动了一下背部，登时疼得龇牙咧嘴。黑猫自己游上来，扶岚没有立即出来，在水里扎了个猛子，潜入河道深处，过了会儿爬出来，摇了摇头。戚隐知道他是在找那些凭空出现的鬼手，看起来并没有什么发现。

大伙儿蹲在河边把自己身上的泥巴洗干净。戚隐的衣裳已经彻底不能穿了，干脆不要了，裸着半身用灵力把衣裳蒸干，当作柴生起火。这儿太冷了，阴寒的气息冰着脖子，像有鬼魂在身后吹气似的。扶岚巡视山洞，满目只有石笋钟乳。这是个封闭的洞穴，要出去只能走水路。

"这里是什么地方？你们来过吗？"戚隐问。

黑猫摇头："没来过，不过咱们应该离千秋大椿很近了。"它用爪子在地上画出一条曲线，"这是咱们被拖下来之后走的路径，水带着咱们一直朝北走，速度这么快，和御剑比不差多少，咱们又被冲了足足有一炷香的时间，照理来说离千秋大椿是不远了。"

"咱不走了吧，就待在这儿得了。"戚隐道，"反正这里也没有妖蛾子，也没有

## 第二十八章　神语

诈尸的神巫。咱进来的时候巫尸都躺着，到了晚上才发难，说不定妖蛾子白天要歇息，那咱们就白天再出去，那会儿外面应该就太平了。"

千秋大椿并不比神殿安全，往那儿走完全是无奈之举。既然这里安全，那么留在这儿显然最保险。扶岚拿出铁锅熬蘑菇汤。火光在黑暗里跳跃，大伙儿都累了，戚隐让扶岚睡会儿，自己抱着剑在一边守夜。实在是累得狠了，戚隐困得眼皮子都掀不开。

他阖了一会儿眼，强撑着让自己不打盹儿，往边上一瞧，扶岚那个位置不知什么时候空了。戚隐一个激灵坐起来，扶岚的乾坤袋还留在那儿，黑猫趴在火堆边上打呼噜。戚隐站起来寻扶岚，却见他一个人儿坐在一块大石头上，不知道在干什么。

戚隐攀上去："一个人干吗呢？"

这个家伙自神殿里出来，就沉默了许多，原本就跟哑巴似的，现在安静起来，更像块石头了。戚隐在他身边坐下来，同他一起看前面怪石嶙峋，水波潋潋。

"你也看见了，对吗？"扶岚轻声道，"那个黑色的怪物，他长出了脸。"

戚隐没说话了，的确，他也瞧见了。他记得月光越过窗棂，照见那个黑毛怪漆黑的脸颊，原本没有五官的脸盘子，一点点浮现出模糊的轮廓来。更令人惊悚的是，那怪物的轮廓，竟神似扶岚。戚隐按了按扶岚的肩膀，道："那又怎么？只许你有眼睛鼻子嘴，不许人家有？"

扶岚望着黑暗里眨亮的水波，声音像风一样轻："小隐，我是怪物变的吗？"

暗淡迷蒙的火光里，他安安静静的，看不出什么喜怒。看他这样悲喜难辨的模样，戚隐的心里乱糟糟的，不知道该说什么。按照目前的线索，扶岚的身世依然扑朔迷离。怎么会有这么多长得相同的人？那个黑毛怪又是怎么回事？难道巫郁离辟了一块地，专门种呆瓜，所有从那块地里长出来的瓜，最后都会和扶岚长得一模一样？

"怎么可能呢？"戚隐勾住他的肩膀，"小脑袋瓜都想些什么呢？别胡思乱想。"

扶岚垂着眼睫，凝视着自己的手心："我很早就知道，在这凡世，我是一个怪异的异乡人。我不属于凡世，凡世也不属于我。我十二岁时，遍访古籍中记载的神迹，我去过云梦大泽，也去过九嶷山的古林，我在神像的脚下掷签，叩问我的来历。我是否有父母，是否有亲族，这世上有没有和我流着相同血液的人……我到底是谁？但我从未得到回应。"

"哥……"戚隐愣愣地看着他。

"凡世生灵，皆有父祖，那是你们的根系，是你们血脉传承的原点。你们因此知道自己从何而来，又终将落叶归根，归往何处。但我没有，我不知道我从哪里来，又要到哪里去。"寂寂火光中，扶岚抬起眼来，谁都能看见他眼里的难过，"如果我是怪物变的，你会讨厌我吗？"

两个人对坐着，火光闪烁在他们两人之间。戚隐抬起手，敲了扶岚的头一下。扶岚被敲蒙了，呆呆地望着他。戚隐道："父祖什么的，都是瞎扯的好不好？我们凡人都说伏羲女娲是我们的开山老祖宗，可人家人首蛇身，神通广大，和我们哪里有半点相似？你们南疆的妖魔说自己的祖先是白鹿，一头鹿养出这么多奇形怪状的子子孙孙，有猴儿有山猪还有龟背花大长虫，你信吗？"

扶岚怔怔地思索了片刻，道："好像有道理。"

"废话，我说的话儿会没道理吗？所以追溯血脉这种事儿，本身就是瞎扯。若他日你能呼风唤雨，别说后世的人了，当世的人都赶着认你当祖宗。别去问神了，我觉得他们好像不是很靠谱的样子。"戚隐挠挠头，拉起他的腕子，把他的手掌按在自己心口，"你要是觉得自己没有根，就把根种在我这里。如果以后有人问你是谁，你就回答他，你是戚隐的哥哥。"

扶岚垂下长而翘的眼睫，目光所及处，他的手掌下，有一颗坚定有力的心，像一小簇温暖的火焰。

"就算是怪物变的也没关系，"戚隐笑着道，"弟弟永远不会讨厌哥哥。"

扶岚呆了半晌，很用力地点头："哥哥也是。"

两个人眼对眼望着，火光在扶岚白皙的脸庞上跃动，半明半暗，有种恬静的温柔。

黑猫在下面忽然道："你们最好过来看看这个。"

戚隐回过神来，直起身，翻身下了石头，蹲在黑猫边上，问："干吗？"

"你看这个，像不像一张人脸？"黑猫指了指岩壁。

岩壁凹凸不平，黑猫指的那地方正好凸出一大块儿，隐约是个人脸的轮廓。

"巧合吧，我看木纹也常常看出一张脸来。"戚隐道。

"老夫刚睡醒，就见这张脸瞪着老夫，不挖挖看，老夫心里不舒坦。"黑猫用爪子抠岩壁。也罢，左右闲着没事儿。戚隐把它拎开来，用归昧剑撬石头，扶岚也来帮忙，不一会儿石灰滚滚，石头劈里啪啦落下来。戚隐掩着口鼻，等灰尘散开，登时愣了。

岩壁后面，立满了森森白骨，有人的，也有妖魔的，妖魔的体积更大，几乎占满整面岩壁。而人骨层层堆叠，像是定格在了墙里，呈现出一个扭曲痛苦的姿势。

"看，老夫就说了吧。刚一直做噩梦，老觉得有人在耳边哭。"黑猫气道，"就是这些孤魂野鬼捣蛋。"

"这些白骨，看年头得有老久了，再凶猛的厉鬼也早就魂飞魄散了。估摸就是洞里湿气重，让你做噩梦。"戚隐用剑鞘扒拉那些骨头，"这些尸骨怎么会在墙里？他们怎么进去的？"

扶岚打碎其他岩壁，里面也埋满了尸骨。

"是不是祭祀？"戚隐问。

"不可能。"黑猫道，"神殿大礼仪没有把祭祀牺牲埋在墙里这一条，祭祀都是献祭给天地山川神灵，尤其是给白鹿大神。你埋在墙里，大神还怎么享用？"

"殉葬？这里有个墓？"

## 第二十八章　神语

"也不可能。这可是巴山神殿，谁那么大胆子，在神殿边上建墓？这可是渎神大罪！"

"有神巫。"扶岚从石块里拣出一张白鹿面具，"他们和我们一样，是从水里来的。"

"为什么？"戚隐问。

"因为只有这一条路。"黑猫提醒他，"这个洞穴是封闭的，要来到这儿，只可能掉进沼泽，然后被那些鬼手拖进来。看来这里也并不安全，常人若是到了这儿，一定会想尽办法离开，可他们却都在这儿死了，说明从水路走不了，多半会被那些莫名其妙的鬼手重新拖回来。他们在这个洞穴里待着，不知为什么，全死在了墙壁里。"

戚隐心力交瘁，进了这鬼地方到现在，就没一件事儿是顺的。大伙儿把刚刚打破岩壁掉下来的尸骨整理出来，平铺在地上。毕竟是老祖宗，必须得给点尊敬，免得他们死不瞑目作怪害人。戚隐燃了一张符纸，当黄纸烧给他们："各位祖宗，别嫌少啊，晚辈穷，实在只有这么点儿，你们将就着花花。顺便看在白鹿大神的份儿上，若你们有出路的线索，劳烦指出个名堂，晚辈感激不尽！"

符纸燃成灰烬，四下里一片寂静，什么事儿也没发生。戚隐唉声叹气，不经意间往边上一看，正瞧见方才埋了骨头的那位置写了一行字。戚隐一个激灵，招呼黑猫和扶岚过来："看，老祖宗果然留了话儿。"

"没准是临死的遗言。"黑猫咂咂嘴。

大家凑过去，岩壁上写的是金错书。黑猫考校戚隐金错书学得怎么样，让他来翻译。戚隐一字一字地辨认，道："大神……姜央，神巫小月牙……到此一游？哈？什么玩意儿？祖宗们脑子困出毛病来了，最后的遗言写这个？"

"不，"黑猫道，"传说是真的，白鹿大神来过这里，他还带了一个神巫，他在这儿不小心受了伤，千秋大椿吸收了神血，才成为神木。其余这些死在这儿的倒霉家伙，和大神来的时期不一样，应当是在大神之后来的。"

"那咱们只要找到白鹿出去的地方，咱们就能出去！"戚隐眼睛一亮。

其实这事儿不一定是这样，若白鹿来之前在外头设了个移遁法阵，那他不管困在哪儿，只要不出巴山，画个移遁法阵就能出去。可惜他们不知危险，晕头转向就进来了。不过若真是这样，那完完全全就是死路一条，戚隐还是比较愿意相信白鹿有路出去。

找了半天，没再找到什么金错书。戚隐不愿放弃，掘了好几处岩壁，除了尸骨再无其他。这样一来，就只有再走水路试试了。泥沼里不好作战，扶岚还得护着他和黑猫。但若拼死和那帮鬼手斗一斗，说不定有一线生机。正要说话，扶岚蹲在金错书前面看了半晌，忽然出刀，十字刀光破碎石壁，金错书边上露出一个黑黝黝的隧道口。

"哇……"戚隐趴在隧道边上瞧，"哥，你真神了，你怎么知道这有个隧道？"

403

"猜的。"扶岚问，"要进去吗？"

"进去看看，说不定有出路，反正我不想再碰见那帮鬼手了。"戚隐道。

黑猫表示同意。扶岚爬了进去，戚隐刚要跟上，扶岚又往后退，屁股正好碰到他的脑袋。戚隐缩回头，问："怎么了？"

"里面有人在哭。"扶岚说。

戚隐心里一颤，刚领略过鬼笑，这会儿又来鬼哭，还让不让人安生过日子了？戚隐爬进去仔细听，隧道里一片寂静，什么声儿也没有。戚隐一头雾水地爬回来，道："没啊，是不是你幻听了？"

他刚说完，一声幽幽的啜泣声从隧道深处传过来，这次十分清晰，好像就响在耳边。

"好吧，"戚隐道，"做选择吧，是迎战哭爹喊娘的鬼怪，还是回去暴打鬼手？"

"不用了，"扶岚将刀横在腰后，低声道，"他朝我们来了。"

扶岚和戚隐守在隧道口，黑猫蹲在扶岚脚边。哭声越来越响，还有窸窸窣窣的爬动声响。戚隐深呼吸，死死盯着洞口。半响，一个干瘪的头颅从里面伸出来。那是个猴儿一般的家伙，脑门瘪下去一大块儿，两只布满血丝的眼睛暴突，光秃秃的头顶钻了两个洞。他爬出来，一面啜泣一面走向火堆。火光映着他干瘦的影子，照见他破烂的道袍和肮脏的皂靴。他蹲在那儿烤着火，兀自絮絮叨叨，喃喃自语。

戚隐简直不敢相信自己的眼睛，压低声音道："是宗澜！"

"你怎么知道？你见过他？"黑猫问。

"见个屁，他失踪的时候我还没出生。"戚隐道，"是他的衣裳，那是无方长老才能穿的料子。无方山家财万贯，他们的长老都穿苏杭的丝绸。那缎子，一匹得十两银子。"

穿得起丝绸的才叫剑仙，穿不起的叫臭道士。

实际上，四大仙山只有凤还穷得叮当响。据云知那个狗贼说，清式每过几年就要拄着拐杖拜访几大仙山，表面上是去做客，其实是去讨饭，向各派掌门募钱修缮凤还山牌坊房屋台阶什么的。

师门破事不堪回首，戚隐叹了口气，凝神看宗澜那边，问："他咕咕嘟嘟在说什么玩意儿？"

大家凝神细听，宗澜的语调恶狠狠的，依稀能听见他似乎在说："闭嘴！闭嘴！闭嘴！"

两人一猫面面相觑，他在跟谁说话儿呢？瞧他的模样有点疯癫，戚隐思虑再三，让扶岚和黑猫别动，自己走到亮处，咳嗽了一声。宗澜一个哆嗦，转过身来，那畸形的脸显露在光下，戚隐虽做了心理准备，还是被吓了一跳。

"请问阁下可是宗澜前辈？"戚隐行了一礼，怕吓着他，尽力放缓声调。

宗澜见了他，颤着声问："你是谁？！你……你是不是无方山的弟子？你是来寻我的，对不对？"

## 第二十八章　神语

"在下是凤还弟子，误入此处，得遇前辈。"戚隐小心翼翼靠近他，"前辈莫怕，我和我兄长会尽力将你带离此地，送回无方。"

扶岚也现了身，朝他行了一礼。

宗澜掉着眼泪，哽咽得说不出话。戚隐看他浑身发着抖，手也冰得像冰块似的，问扶岚要了外裳，虽然沾满泥巴，将就着能穿，给宗澜披上；锅里还剩点儿蘑菇，又放在他手里给他吃了；乾坤袋里半袋水，也被他咕噜咕噜全喝光了。黑猫很是心疼那些蘑菇，却又不敢说话儿。

这老人家该是在这地方窝了五十余年，幸好修道之人辟谷养生，吃食不是问题。看他这蓬头垢面的模样，该是待得快疯了。戚隐安抚了他几句，稳定他的情绪，然后不着痕迹地问他其余十一人的去向。说到他的同伴，老人浑身又打起摆子来，他蹒跚地转到洞穴的边缘，在岩壁上数出十一个骷髅："他们都在这儿……"

"他们为什么会在这里面？"戚隐骇然。

"这墙里有个大妖怪，它吃人。"宗澜环视四周的尸骸，"这些人、妖还有魔物，全是它吃的。我一直在躲它，躲到今日，终于等到你们来救我了！"宗澜直勾勾盯着黑猫，咽了咽口水，扶岚忙把猫爷抱进怀里。

"妖怪？什么样的妖怪？是不是长着很多手？"戚隐问。

宗澜摇着头："我也不知道，我只看过它的一部分。你看这隧道，这里面四通八达，像个迷宫一样，这就是它打的洞。不必太害怕，它没有眼睛，它来的时候只要你不动弹，它就发现不了你。我们要在它来之前，尽快找到出路。"

戚隐心里咯噔一下，道："前辈，你的意思是，这隧道里头也没有出路吗？"

"没有，当然没有！"宗澜惊恐地道，"所有隧道都只通往一个地方，就是那个妖怪的老巢，我从来不敢靠近！"

这可真是见了鬼了。为今之计，难道只有回去和鬼手一拼高下了吗？戚隐挠了挠头，又问："那前辈你是怎么进来的？"

"我是怎么进来的……怎么进来的……"宗澜靠着墙蹲下来，丑陋的脸庞扭曲着，"我的脑袋里住了个妖怪，是它引我们进来的。我原本奉师门之命，探寻巴山神殿，找寻挽救道法中衰之法。但走到半路，便有妖怪住进了我们的脑子。一开始我没有发现它……我以为那是我自己……它日日夜夜向我说话，向我们每个人说话，我们按照它的吩咐进了这巴山月镜。它说……它说要找巫郁离的秘密。巫郁离是谁？我不知道……我不知道，我只知道我一定要找到他的秘密，一定要找到！"

"你找到了吗？"扶岚问。

"我不知道……我不知道……"宗澜发着抖，"后来我慢慢发现了，那不是我自己的念头，那是妖怪在我脑子里！我不想听它的话，我想回无方。可是每次只要听见它，我就身不由己。有时候，我甚至能感觉到它……你知道吗？它就在我的脑子里！"

"所以你……钻了你自己的脑壳？"戚隐迟疑着问。

"没错,"宗澜扒着头皮给戚隐看,"你看,这都是我自己钻的。还有脑门子,是我自己撞墙撞的。我要把这个死妖怪揪出来,我要杀了它!"宗澜捂着脸,痛哭流涕,"我的同伴都死了,被那只大妖怪杀死了。这里只有我一个人,孩子,带我回无方,我想回家。"

宗澜说的住在脑子里的妖怪,应该就是女萝说的那些神祇。虽然这老人家说的话儿颠三倒四,但戚隐还是听明白了。看来所谓神祇的低语,是一种篡改别人意志的术法,类似于摄魂,但是比摄魂更加高明。它似乎可以让人误以为是自我自主的选择,但这术法仍然存在瑕疵。宗澜经过数十年,终于学会了抗拒低语带来的影响,虽然人也差不多疯了。

戚隐尽力安抚他:"你放心,我们一定将你带出去。实不相瞒,我父亲戚元微乃是无方上任执剑长老,论辈分,我该叫你一声师叔祖。"

"好孩子,好孩子,"宗澜流着泪道,"你叫什么名字?"

"晚辈戚隐。"

宗澜一愣,喃喃道:"戚隐……"

忽然间,隧道的尽头震动起来,像平地起了惊雷。戚隐稳住自己和宗澜,道:"地震了?"

"不,是妖怪来了!大家快别动!"宗澜推了扶岚一把,让他抱着猫躲在一颗石笋边上,自己和戚隐躲在另一边蹲好。

所有人矮下身,不敢动弹,只见黑魆魆的隧道口探出许多墨绿色的东西,像是藤蔓,依稀能看见里面流动着灵力的荧光经络,末端炸了花儿一样分开叉,像是小巧的人手。戚隐看着觉得熟悉,蓦地想起来,难不成那些鬼手就是这玩意儿?大约是他们在沼泽里斩巫尸的动静太大,吸引了这些藤蔓。

藤蔓鬼手滑过来,遇到火堆瑟缩了一下,掉转方向,朝戚隐这边蛇行而来。戚隐连大气儿都不敢喘,十分紧张地盯着那藤蔓。忽然觉得脑后火辣辣的,一回头,正瞧见宗澜阴森地盯着他看。他暴突的眼珠子布满血丝,猩红得可怕,有如虎狼。

这厮魔怔了?戚隐心里咯噔一下,便听这老疯子咬着牙恶狠狠地道:"戚隐,你这个小浑蛋,和妖怪狼狈为奸,害我困在这儿数十年!那妖怪在我脑子里不停说,一定要保你平安。我偏不,我就是死,也要送了你这条狗命!"

宗澜大吼一声,一把把戚隐扑倒在地。戚隐暗骂那些成事不足败事有余的神祇,拼命挣扎。宗澜不知哪来的力气,死死抱着他不放。那边扶岚想来救人,却慢了一步。只见藤蔓鬼手蛇信子一般一探,如同一道黑色的闪电,飞速把两个人一起卷进了隧道。

一路拖行,戚隐裸着上半身,后背磨在粗糙的岩石上,火烧火燎地疼。戚隐使劲儿伸手摸乾坤袋,摸到归昧剑,可隧道狭窄,归昧剑根本施展不开。忽然想起藤蔓接近火堆的时候瑟缩了一下,他心里有了主意,忙不迭地摸出符咒,也不管会不会烧着自己,立刻点燃,往头顶一塞。藤蔓果然跟见了鬼的,纷纷松开戚隐和宗澜,

## 第二十八章 神语

缩往深处。

戚隐打了个滚，爬起来就想逃，扭头看宗澜还躺着，纠结了一下，又回去拖他。斜刺里一根利箭似的藤蔓猛刺过来，戚隐没反应过来，眼看要被刺个对穿。宗澜忽然扑过来，挡在他的身前。藤蔓将宗澜整个刺穿，胸腹登时深红一片。

戚隐愣住了，像个木偶似的呆住。

宗澜哇地吐了一口血，低头看了看自己的胸腹，悲哀地道："我不想救你……可是那个妖怪的低语……我控制不住。我想……我想回山……回无方……"藤蔓一缩，将他整个人卷进了隧道深处，片刻间便没有踪影了。

他脸上那种身不由己的悲凉像烙印似的，烙在戚隐的脑海。那些神祇到底在搞什么，戚隐弄不明白，他们为什么要宗澜保护他？神祇要和巫郁离作对，不是应该弄死他吗？女萝说神祇派过无数部属前往月镜，统统没能回来。难道这些所谓部属，就是用低语控制的可怜虫？他们一个一个不畏艰险地来到这里，死在这里。

戚隐心里压了块碑似的，闷着难受。坐起身想回山洞，却发现他正待在一个岔路口，身边有五个方向的通道。辨不清他打哪儿来的了，低头找地上的痕迹，却发现这隧道诡异得很，石灰岩壁上布满手臂粗细的墨绿色脉络，灵力荧光犹如细细的蛛丝，在里面缓缓流淌。所有的脉络像是有心跳，一下下搏动。戚隐快崩溃了，他该不会待在那大妖怪的肚子里吧？

怕引来藤蔓鬼手，他不敢高声喊扶岚。宗澜消失的那个方向肯定有妖怪，不能去，戚隐随便挑了个方向，割下裤子上的一块布，放在那个路口。他往前不知爬了多久，竟然发现岩壁上镶了青铜灯座，里头还燃着人鱼膏长明灯。这地方显然是有人来过的，细细观察岩壁，果然在一处缝隙上看见"大神姜央、神巫小月牙到此一游"。

姜央是白鹿，这个小月牙又是何许人也？在上古，神巫相当于僧侣，是出家之人。在被遴选为神巫那一刻便要抛弃俗家姓氏，终身成为神明的侍者，所以神巫都没有姓。对于有身份的人，上古百姓习惯在名字前面加上他的职业，譬如庖丁，"丁"是他的名字，"庖"代表他是个厨子。巫郁离、巫狩也是一样，"郁离"和"狩"都是他们的名，"巫"表明他们巫祝的身份。

可这个"小月牙"既然是神巫，那他应该叫巫月牙才对。就算刻名于此，也应该是"神巫月牙到此一游"。"小月牙"，读起来更像个跟班儿。罢了，白鹿那性子，什么事儿都干得出来，封个跟班当神巫，不稀奇。

戚隐熄了灯符，跟着青铜灯座往前走，眼前豁然开朗，竟是一处钟乳石洞穴。石笋下摆了许多破旧的棺材，四周还堆了许多发霉的椿木。转过一棵大石笋，一个石台上还摆着一张月牙桌，一把苦漆交椅，桌上放了一盏香炉，炉里的香已经燃尽了，堆满了香灰。桌下并排放了些箱笼，并几个青砂罐儿，不知放了什么。

他一看棺材就发怵，绕着它们走到石台上，去掀那些箱笼。锁已经锈死了，掰了两下没掰动，戚隐拔出归昧剑，用力一砍。锁头断开，戚隐打开箱笼，里面放了些衣裳。这衣裳不知道什么料子，竟然还能穿，他挑了一件鸦青色的中单穿起来。他又开另一个箱笼，里头放了许多图纸，翻了一翻，图纸很脆，一摸就碎。他小心翼翼挑出几张看，全是人体穴位图、人体经脉图什么的。

戚隐站起身，望向石台下那些棺材，想起女萝埋在吊脚楼下那具尸体。老天爷不会这么开玩笑吧？这些棺材里的，难道都是和扶岚一模一样的人？他略略数了数，足有二十多口。二十多个哥哥，真是大丰收。戚隐无语半晌，决定开棺看一看。

他挑了一口棺材，上面竟然没有敲钉子，倒省事儿了。戚隐先敲了敲棺材，里面没动静，便开始动手挪棺盖儿。黑漆漆的棺板一点点挪开，里面躺着的东西显露在青色的灯火下。戚隐只看了一眼，便感到毛骨悚然。里面是一团黑乎乎的玩意儿，长了三头六臂，已经被烧得焦炭似的，看不清楚模样。戚隐用剑拨了拨它那三颗脑袋，眼睛已经被烧化了，没有嘴唇，露出一排白色的牙齿。

幸好不是和扶岚长得一样的家伙，戚隐还没做好准备收获那么多哥哥。他又去开别的棺材，全都是长得稀奇古怪的玩意儿，有的两个头，有的脑袋跟肉瘤似的，挂在脖子上。满洞窟都是怪物尸体，戚隐不想在这儿待了，拎着剑出洞窟，刚爬出一尺，便见隧道尽头悬着一条僵直的人影。

戚隐忙退回洞窟，心脏在胸腔里跳得怦怦响。那绝对不是扶岚，因为那黑影身材短小，像是个矮子，脑袋特别大，像顶着个大锤在脖颈子上，最重要的是它两脚不着地，悬在空中。该不会是个鬼吧？戚隐小心翼翼探出半个脑袋，打眼一瞧，登时悚然一惊，那鬼影竟然朝他这儿飘过来了。

我的个娘啊。戚隐蹑手蹑脚往回走。虽说他有术法傍身，但遇见这种不能理解的东西，还是先躲为妙。洞窟里一眼能望到底，没地方可以躲。戚隐急得冒冷汗，忽然瞧见一口空棺，想也不想躺了进去，顺便把棺板拉上。

屏息静气，从侧面的棺板缝儿里往外瞧，那一条大头鬼影飘飘忽忽到了洞口。别进来，别进来，戚隐在心里默念。只见那边垂下的两只小脚悬空一转，鬼影进了洞窟。

戚隐暗骂。那鬼影进来停了半晌，不知在做什么。缝隙太小，戚隐只能看见它穿着黑靴的一双小脚。鬼影动了，它向棺材堆靠近，紧接着有尖利之声响起，是棺材盖挪动的声音。鬼影停了片刻，移向下一具棺材，又是一声吱呀响，棺板挪动，鬼影飘向另一个棺材。

它在干什么？戚隐心里咯噔一下，忽然明白他做错了一件事。他躺错了棺材！这只大头鬼走来走去，是在找它自己那具棺材！刹那间像坠入了冰窟，戚隐从头冷到脚。鬼影看完了将近半数的棺材，离他越来越近，眼看就要挪到他这儿。他闭了闭眼，忽然心生一计。

一抹青光透过缝隙，打在戚隐的鼻梁上。戚隐盯着那双小脚，捏着嗓子，阴森森地咯咯咯笑起来。

鬼吓鬼，吓死鬼，老子兴许打不过你，老子吓死你。

## 第二十八章 神语

果不其然，那双脚停住了。戚隐掐着嗓子道："小娃娃，老夫乃是万年蜘蛛洞铁头大王，今儿征用你的洞府略作歇息。你若识相，且自离去，老夫饶你一条小命。"

那边静了半晌，一个少年人的嗓音响起来："失敬失敬，原来是铁头大王。敢问大王名讳？"

还会说话？看来不是鬼，是个妖怪。戚隐清了清嗓子，道："老夫大名戚霸天，问安就免了，你速速离去吧。"

妖怪却不走，飘上石台，袖子一挥，桌上登时多了个冰纹石觚紫砂壶并两个玲珑小杯。

"大王大驾光临寒舍，在下不曾扫榻相迎，实在惭愧。"那妖怪笑道，"在下郁离，不知可有荣幸，与铁头大王同座饮茶？"

戚隐一愣，猛地掀开棺板坐起来："老怪？"

巫郁离捻着杯子的手一顿，眼睛微微眯起来："你叫我什么？"

"不不不，"戚隐连滚带爬从棺材里出来，搓着手赔笑，"师叔，师叔！"

戚隐在他对面的鼓凳坐下，略有些吃惊，眼前是一个十二三岁模样的少年人，系着黑底银线流云披风，錾银纽子扣在素白护领上，黑绸面熨帖整洁，一点儿褶皱都没有。他执着茶杯，露出一截戴着和田青玉扳指的拇指，天青色的玉，衬得手指白皙如葱。方才看影子像个大头小鬼，原是因为他戴着兜帽。他这师叔素来是个精致人儿，死也要死得貌美如花，更别说活着的时候了。戚隐有些惊叹地道："你返老还童了？还变得有钱了？"

"见笑了。"巫郁离颔首，"我以为我再见你，将是取你肉身之时。万万没想到，才过了不到一个月，我们就又见面了。"

说到取他肉身的事儿，戚隐心里难免有点儿辛酸。这厮这样强，单枪匹马灭了整座巴山神殿，戚隐对自己是否还能存着这条狗命不抱什么希望。他这人一向悲观，小时候看戏台子唱戏，书生辞别佳人上京赶考，才进展到折柳送别，他就做好了书生攀高枝此生与佳人不复相见的打算。

将军出征必死无疑，忠臣良相总是满门抄斩，海棠碾作尘，朱颜最易老。他就是这样不讨喜的性子，眼见金陵玉树秦淮水榭，却思他日青苔残瓦落红成堆。

打从无方山出来，他就把每天当最后一天过，只想着别留什么遗憾才好。戚隐干巴巴扯了扯嘴角，不想多说这事儿。他抬头打量巫郁离，这厮唇色很淡，巴掌大的脸蛋子水样苍白，因问道："你看起来脸色不太好。"

"无妨，"巫郁离淡淡说道，"来之前卜了一卦，耗费了些灵力。"

戚隐开始琢磨能不能趁他病要他命，比较了一下二人的实力总觉得还是有点悬，便随口道："我听说卜卦很伤身，问问明天母鸡下几个蛋都会流鼻血，问的东西越大越费劲，有人卜卦差点把命给搭进去。师叔你问的什么？"

巫郁离放下茶盏，道："天地大运。"

戚隐一噎，果真大人物不同凡响，问的东西都不一般。若他来问，只怕会问明儿赌坊色子能掷出多少数。转念一想，这厮问天地大运，难不成和白鹿有关？戚隐暗自咋舌，问道："卦象可还如意？"

"只得了半句卦辞罢了。"他摇摇头，"此事不提，小隐，你怎么会在此处？"

戚隐赧然，这事儿可怎么说？总不能直接告诉他是来偷窥他的秘密的。

巫郁离脸上多了点愁苦的味道，他一向从容优雅，总觉得高高在上不可攀交，现在多了点表情，倒有了些真切的人情味儿。

他叹道："天下白鹿神血只有一滴而已，就在你的血脉之中。你若缺胳膊断腿，我会很苦恼的。我赠你戚灵枢的性命换你的肉身，更允你见想见之人，全你未了心愿。细细想来，应当是个不错的交易。可你若见了不该见的人，听了不该听的话，来此不该来之处，"巫郁离歉意地微笑，"那我只好请你移步舍下，以待吾事尽毕，敬迎神归。"

这个男人表面看起来温柔随和，实际心狠手辣。戚隐不敢顶撞他，忙赌咒发誓，道："师叔，实在不是我想要进来的，是有个不知打哪儿来的疯婆娘，把我拐来的！"

巫郁离轻叹："确实不是你的错，也罢，暂且饶你这一回。"

"师叔果然宽厚，果然宽厚。"戚隐强颜欢笑，转脸看见那些棺材，又问道，"这儿是你的旧居吗？这些棺材里的东西是什么玩意儿？看着怪瘆人的。"

巫郁离唔了声，低低笑起来："依我看，你还是不知道的好。"

"放心，我现在胆儿大得很，没事儿，你说说，轻易吓不倒我。"

紫砂茶盏在素白的手里转了一圈，巫郁离慢吞吞地道："它们是以前的'扶岚'。"

第二十九章

徂川

戚隐几乎不敢相信自己的耳朵，很快他脑子转过弯儿来，依照之前那个气息和扶岚极为相似的黑毛怪看，他们极有可能是同族。这里这么多奇奇怪怪的东西，气息八成和扶岚相似，或许这个族群就叫作"扶岚"，并且一定和巫郁离这家伙有深刻的联系。戚隐干笑道："师叔，你话儿说明白一点。它们是我哥的同族吗？"

"不，我说了，"巫郁离摇头道，"它们是以前的'扶岚'。"

戚隐弄不明白，心直往下沉："什么……什么意思？它们……是我哥？"

巫郁离站起来，邀他同行。他们一同往外走，少年人飘在前头，悠悠地道："这要看你如何定义一个人是谁了。小隐，听说过轮回吗？生世凡灵死后，灵识归天，汇入银河星海，迢迢东流。他上一世的记忆会统统消散，不留分毫半点。待到重回凡世，历经转世之后，从面容到族群，从血脉里涌流的鲜血到每一寸皮肤，都与上一世完全不同。即便共享着同一个神魂，他们也是不一样的生灵。所谓轮回，其实是个谎言，终点走回起点，再来一遍，才叫作轮回。可实际上万物皆有终点，一旦启程便无可回头。"

"所以你的意思是，它们是我哥从前用过的身体？"戚隐问。

"然也。"巫郁离道，"想来那些从不肯露面的所谓神祇，不惜送这么多人前来送死，要探的便是这件事了。小隐，你要听吗？我可以告诉你一部分，不过我建议你还是不听为妙。打破砂锅问到底虽能理清真相，但破了的砂锅可就回不去了。"

"要听，"戚隐深吸了一口气，"我要听。"

"你一定有所猜测吧。"巫郁离笑吟吟地道。

"有。"戚隐点头，"我在进月镜之前，咬了一个很像我哥的黑毛怪物一口，味道很涩，像是咬木头。现在想来，应该就是巴山里的椿木了。女娲抟土造人，分为男女，男女繁衍，而成芸芸众生。师叔，你是不是效仿了女娲娘娘？只不过女娲娘娘用的是土，你用的是……神木大椿吗？"

"聪明的孩子。"巫郁离颔首微笑。

他们来到了隧道的尽头，顶上一束天光照进洞口。戚隐跟在巫郁离后头出去。外头光虽不盛，依旧有些迷眼睛，戚隐用手遮了遮，艰难地抬起头，登时惊呆了。

眼前是一棵参天古树，足足有一座塔那么高，蟒蛇般粗细的藤蔓缠绕在粗壮的树干上，树根虬结犹如盘龙，繁密的树冠像一把绿色的巨伞，遮住了所有的天光。

## 第二十九章 徂川

光从星星点点的叶缝里漏下来，打在戚隐的脸颊上。树藤像蔓延的经络，牢牢地抓住地面，有的地方树藤竟缠绕出了人和妖魔的形状，仿佛是许多凡人妖魔簇拥着大椿。蛛网一般的灵力游丝在里面缓缓流动，散着淡青色的微光，如同暗夜里的幽幽萤火。

戚隐看见了宗澜，那个老人被缠绕在一圈树藤里面，血肉几乎被吸食殆尽，只剩下一把骨架子，一朵淡黄色的小花儿在他的眼洞里绽放。

巫郁离摸了摸树干，老树迟缓的心在他掌下跳动。他轻声道："老朋友，好久不见。"

千秋大椿似乎很熟悉他，几根树藤探过来，在他发顶上揉了揉。戚隐跟在他身边，大椿竟然也没有攻击戚隐。巫郁离仰起头，嗟叹："当初巫狩临死之际，为了留存我屠灭神殿的证据，将神殿覆灭的那一天变成幻象，封入月镜。从此以后，月镜里面的时间日复一日轮转。虽然它记下了我的罪，但时光这里永不消逝，倒也不是一件坏事，至少，存下了一样记得我的东西。"

"所以属于那一天的东西会不停重生，但外来者自身的时间不受影响。"戚隐问，"这一切，只是那一天的'象'。"

"没错。"巫郁离在一根树藤上坐下。他的身体似乎很虚弱，才走了一段脸色便白得像纸。

他道："那之后，我便以大椿神木为骨，削木成人。我毕竟不是神祇，女娲用藤条弹落尘土，尘土落地便成了男男女女。吾神白鹿斩落鹿角，撒进九山，妖魔立地而生。我创造扶岚的过程很辛苦，第一个成品在五岁时畸变，长出了三头六臂。虽然妖魔不乏此类，但我还是想要一个像人的东西。我保留了它的神魂，清洗了它的记忆，摄入以后的身躯之中。血肉不稳，异变常常发生，通常前一日还能自如行走坐卧，第二日便突然畸变。一百余转之后，我偶然将自己的血液滴入他的血脉，那一次，他安稳在这里活到十岁。"

"就是那个你教他翻花绳、吹笛子的孩子吗？"戚隐怔怔地问。

巫郁离颔首："看来那些神祇让你看了不少东西。"

"他还是畸变了吗？"

"没有。"巫郁离惋惜地道，"血肉稳定了，却还有别的缺陷。这个缺陷，直到如今我也无法解决。小隐，你跟在扶岚身边这么久，没有察觉吗？"

缺陷？他哥除了反应慢了点儿，脑子呆了点儿，好像并没有别的毛病。

巫郁离见他不语，解释道："这是个没有七情六欲的孩子，行如傀儡，动如木偶，与凡人血肉之躯、有情之体相距远矣。"

他并拢双指，指尖燃起一簇青光，点在戚隐的眉间。戚隐闭上眼，面前出现巴山神殿宽阔的神道。那种束缚的感觉又出现了，他不能动弹，像被困在一个贴着身体的笼子里。他知道这是巫郁离的记忆，此刻他站在月镜外的神殿滴水檐下，一个弱小的孩童坐在台阶下发呆。他有着大而黑的瞳子，细瓷一样洁白的脸颊，安安静静,像一株遗世独立的栀子花。天忽然下起雨来,四下里迷雾笼罩,天尽头闪过白蛇一般狰狞的电光,滂沱的雨浇在那孩子的身上。

戚隐,或者说是巫郁离,立在檐下说道:"岚儿,下雨了,你该躲雨。"

孩子没有应他,抱着膝盖坐在雨中,浑身被浇得湿透。

巫郁离候了半晌,打起青油伞,走到孩子面前。他道:"我要去人间一趟,你愿同我一起吗?"

他把扶岚带到了一个凡人村庄,大约在人间同南疆的交界处。雨打芭蕉噼里啪啦,雨点子像碎玉乱珠,满地乱溅。巫郁离把扶岚交给了一户姓李的人家,交付给他们三两银子,说过三个月再来接扶岚。那户人家人口简单,一对夫妻并一个十一岁的小儿,接了银子,千恩万谢,将扶岚领进了门。

巫郁离其实没走,他放出紫萤蝶,日日监视扶岚在村子里的动向。这个时候的扶岚远比戚隐见过的还孤僻,闷葫芦似的,从戚隐进入巫郁离的记忆开始,就没见他说过话。

他不吃不喝,这事儿巫郁离同李家人交代过,他们一开始还吃惊,后来就习惯了。仙人的娃娃,餐风饮露很正常。一家人围在饭桌前面,李大娘为了表示一视同仁,也给他放个碗。扶岚就坐在蛀了洞的桌面边上,呆呆地瞧他们吃饭。晚上他同十一岁的李胖墩同睡一个屋。因着那三两银子的缘故,李大娘让扶岚睡炕,胖墩睡地。

夜深人静,胖墩翻来覆去睡不着,支起身子看扶岚。扶岚也没睡着,侧着头,默默地凝望窗屉子外面洒落的月光。

"喂,你为什么不说话?"胖墩问他,"你是哑巴吗?"

戚隐默默地想,我哥才不是哑巴,人家就是不想搭理你。

扶岚睁着黑黝黝的眸子,像一泓秋水。胖墩看着他,竟然脸红了,道:"你跟你爹长得真像,一样白。仙人就是不一样,比我们好看多了。喂,你那个仙人爹是不是不要你了,因为你是个哑巴?"胖墩看他不说话,又换了个话题,"来,你学我,你说你是傻蛋。"

扶岚没吭声,扭过身面朝墙壁,捂着耳朵睡着了。戚隐就知道他哥会这样,在心里大笑。那胖墩吃了瘪,爬起来想去掰扶岚的手,隔壁屋他娘一声吼:"还不睡!"胖墩立刻滚下炕,捂起被子裹成了球。

天边翻起鱼肚白的时候,村里的小伢儿一同结伴上山捡柴火。这帮娃娃自己成立了个青龙帮,一个浓眉大眼的瘦子年纪最大,打架也狠,眉毛上有道疤,是这帮娃娃的领头。胖墩领着扶岚,扎在孩童堆里,一帮人浩浩荡荡翻山越岭。

他们的柴火很快就捡好,但总是磨磨蹭蹭不愿回家。大伙儿赤着脚丫子在山里爬上爬下,还有的带来炮仗炸蚂蚁窝。扶岚是个傻的,让他干吗他就干吗。他们玩累了,就让扶岚给他们捏脚捶背,让他光着腿子去河里捉泥鳅,还让他扛小山丘一样高的干柴,临到家的时候,再分别把柴火背回自己肩上。

## 第二十九章　徂川

有一天，大伙儿照例上山，瘦子说山坳子里发现了一个狼窝，邀大家去探险。大伙儿都怕，狼窝可不是好玩儿的，一不小心命就没了。那瘦子却说不怕，他在洞口守了一天，不见老狼，光听几个狼崽子在里头嚎，准是老狼没了，只剩下一窝狼崽子。孩童心性，不知深浅，渐渐有几个胆儿大的被说动了，剩下几个不愿承认自己胆小，硬着头皮跟上。到了洞口，里头黑魆魆，窝着一股呛鼻的馊味，大家面面相觑，都畏畏缩缩不敢进去。

有人提议："哑巴胆儿大，让他去探探路。他腿脚利索，每回上山下山气儿都不喘，就是有老狼在，他也能跑回来。"

大家纷纷点头，都觉得这是个好提议。只有胖墩很担忧，拉着扶岚道："你要是不想去，就赶紧摇头！"

扶岚呆愣愣的，不点头也不摇头。那瘦子站在大石头上，挑起嗓门道："怎么的，不敢了？死胖子，平日就数你胆最小。我上回听说你踩了只偷油婆，吓得尿裤子，家都不敢回。他不去，你去，也好练练胆儿！"

大伙儿哄笑起来，胖墩气得脸颊通红，撒手不管了。瘦子走下来，拍了拍扶岚的肩膀，道："哑巴，你轻点儿进去，要是里头有老狼，就悄没声儿地回来告诉我们。这事儿你要是办成了，以后咱们就是兄弟！我们青龙帮，我是大当家，你是二当家！"

戚隐心里焦急，这个笨蛋不会真傻乎乎地跑进去吧。

扶岚什么也没说，转过身进了山洞。

一刻钟过去，扶岚一点儿影儿都没有。大家渐渐慌了，瘦子撺掇胖墩进去看看，胖墩抱着老树，死也不肯进去。忽然，里面传出一声低沉的狼嚎，大家登时吓得脸都白了。里面不是只有狼崽子，还有老狼！狼嚎声越来越急，扶岚却半点儿声都没有，没有尖叫，更没有求救。有人哭着道："哑巴去哪儿了，他怎么叫都不叫一声？"

"笨蛋，他是哑巴，他叫不出来！"有孩子叫道。

一众孩子都吓破了胆儿，纷纷奔下山逃了。

瘦子等了会儿，挨不住那令人心胆俱碎的狼嚎，也跟着跑了。戚隐气得吐血，巫郁离这厮却似乎看得很有滋味儿，萤蝶扑上扑下跟着胖墩回家。胖墩浑浑噩噩，发了梦似的，回到家，关上门，捂着被子哭。夕阳西下，晚霞像一盆血泼在天穹上。胖墩起身出门看，扶岚依旧没回来。

李家夫妇回家发现不对劲儿，里里外外找扶岚，不见人影儿，问胖墩清晨扶岚有没有跟着回来。胖墩推说发烧，闷在被子里不出来。李大娘试他的额头，确实发烫，喂他喝了药，又去找邻家孩子，一家家敲门一家家问，都说不知道。问到那瘦子，他说回来了，晌午还看见哑巴蹲在李家檐下玩泥巴。

"准是被黄鼠狼叼走了。"李大娘急得满头发汗，"这可怎么办？仙人回来领娃娃，咱们交不出，他是要发怒的！"

李大爷也急，坐在炕边抽了半袋烟，道："咱去山沟沟里找，若能找着就好，若找不到，便说这孩子自己跑去山沟里玩儿，跌死了。仙人就是怪罪，顶多是把银子要回去，总不能要咱一家的命！"

村里乡亲听说丢了娃娃，都来帮忙，擎着火把漫山遍野喊"哑巴"。黑漆漆的山野，飘摇的火把像鬼火，照得一山窝歪脖子老树影影绰绰。胖墩爹娘刚走，那瘦子怕东窗事发，牵连自己，和其他几个小孩儿翻窗进来，恶狠狠地威胁他万万不可把扶岚的下落说出去。

"是哑巴自己要进去的，他若不肯进，我们还能逼他不成？他自己进去找死，和我们都没关系！"瘦子叫道，"他就是个怪胎，他爹都不要他，死了就死了，没了就没了。你可千万不要想岔了，把我们交代出去，平白挨一顿打。"

胖墩发着抖，满脑门子都是汗，哆哆嗦嗦地点头。

乡亲在山里寻了一夜，连尸骸都没有找到。

天蒙蒙亮，天光洒照在院里。李大娘坐在自家客堂掩着脸哭号，屋里屋外站满人，低着头唉声叹气。胖墩和一众小孩坐在阶下，个个脸蛋儿水样苍白。

正坐着，忽见小路尽头现出一个人影儿，矮矮的个儿，深一脚浅一脚，越走越近。李大娘怔怔地走出来，夫妻俩相携着望过去。扶岚满身鲜血，面无表情，仿佛是地狱里走出来的恶煞童子。他一手拎着一颗血淋淋的狼头，一手拖着一具无头狼尸，血洒了一路，进了李家院落。血糊了他满身，白生生的脸瞧不出模样。

他走进来，人群自动分开条道儿。在众人惊愕的目光中，扶岚把那颗硕大的血疙瘩放在胖墩怀里，道："给你。"

他来到这个无名小村将近两个月，这是戚隐第一次听见他说话，没什么语调，冷冷淡淡的嗓音，像说"今天天气很好"那么简单。胖墩愣了半晌，黏乎乎的血落了满手，他如梦初醒一般丢掉了那颗脑袋，凄厉地尖叫着扑进李大娘怀里。扶岚满脸困惑，周围的人一步步后退。小小的男孩儿黑黝黝的眸子映着白花花的天光，也映着他们惊愕恐惧的脸。

"妖怪，这是个小妖怪！"

"不能留着他，快把他赶走！"

"什么仙人的娃娃，他一定是个妖童。这么久了，那仙人连封信也不来，八成是把他丢在这儿了！快把他送走！"

村里人窃窃私语，扶岚在李家待了两天，李家夫妇终于挨不住乡邻的轮番劝说。一个大太阳的早晨，李大爷牵着扶岚的手，把他送进了山岗老林子。李大爷给了他一个小包袱，里头装了两件土布衫子和两吊铜板，说过会儿就来接他回家。

扶岚点了点头，坐在石头上，抱着包袱，并着双膝，和平日里一样乖巧。李大爷走出几步，回过头看了两眼，那娃娃坐在那儿，低头看地上的蚂蚁。他叹了口气，终是一狠心，下山去了。

扶岚很听话，一步都没有离开。夜里下雨，雨水漫过脚踝，他浑身湿透。他靠着树干打盹儿，揉着眼睛醒过来，衣裳已经被太阳晒干。有时候路过几只野狼，藏

## 第二十九章 徂川

在灌木丛里与他对视，一盏盏鬼火一样幽绿的瞳子，藏匿着嗜血的凶残。它们阴森森凝望半晌，又缓步离开。偶尔有叽叽喳喳的麻雀落在他头顶，他顶着小麻雀，坐在石头上发呆。扶岚在那里待了快有半个月的光景，李家夫妻上山来看，看见身上落满树叶灰尘的脏兮兮的扶岚。

"你为什么不走？"李大爷问他。

轻颤的阳光落满肩头，这个瘦弱的男孩儿张了张口，很艰难地说："等你……接我，回家。"

戚隐心里钝钝地疼，像有把钝刀在割肉。这样乖巧的娃娃，他们不要，他要。

李大娘蹲在扶岚面前，抹了把眼泪。女人家心软，终是被触动了心弦，把他抱起来放进板车上的稻草堆，和李大爷两人拉着他下了山。李大娘把他藏进胖墩屋里，叮嘱他不要乱跑，不要让村里人看见。

夜幕降临，灯芯儿爆出一朵灯花儿。胖墩和扶岚两个人背靠着背，不吭声。胖墩捂着被子，支支吾吾地道："对不起，哑巴。你走后不久，我就跟我娘说了实话，但是你那会儿已经被送上山了……"他垂下头，"是我害了你。"

背后没声儿，胖墩沮丧地道："你不原谅我也没关系，我们很快就要搬家去镇上了，镇上没人认得你，到时候你就可以出来玩儿了，我们还能一起上学堂。"

胖墩翻过身，看见扶岚恬静的侧脸，他阖着眼皮，很安详的样子，已经睡着了。

搬家那天，桌椅橱柜、锅碗瓢盆什么的装了两辆牛车，李大娘领着扶岚先悄悄出村，在大路上等。等了半天，不见人影儿，又拉着扶岚回去。一进村，只见山妖肆虐，满地野火哧哧地烧。肥头大耳的山妖趴在李大爷的尸体上，李大娘两腿发软，却还强撑着，一面哭一面把扶岚藏进一个大瓮，然后去找胖墩。她刚回头，便看见一双铜铃大的巨眼。

那些山妖一直在周围徘徊，最后还转到了巫郁离落脚的客栈。巫郁离顺手将他们解决，踩着一地干涸的鲜血进了村子。那时，距离山妖屠村已经过了三天。他到的时候，扶岚正蹲在李大娘的尸体边上，尸体上覆了芭蕉叶，扶岚两手放在膝盖上，身上沾了很多血。他的脸上无悲无喜，无哀无怒，像一个纸扎的娃娃，孤单又瘦弱。

"岚儿，你在难过吗？"巫郁离问他。

扶岚呆了呆，迷茫地问："什么是难过？"

"看来你还是什么都没有学会。"巫郁离道，"也罢，我的时间不多了，不能再陪你继续玩过家家的游戏。我要送你去一个很高的地方，那里没有人，也没有妖魔。我不能再陪着你，你要忍受长久的睡眠，无尽的黑暗。或许有一天你会醒来，但也或许你永远醒不来。你可愿意吗？"

扶岚只说了一个字："好。"

他总是这样，他不知道自己从哪里来，也不知道自己要到哪里去，别人叫他做什么，他就做什么。

巫郁离眉眼弯弯，摸了摸他的发顶："好孩子。"

一道风刃划出月一样的弧光，贯穿了扶岚小小的心脏。扶岚大睁着黑黝黝的眼睛，仰面倒在了地上。

巫郁离从他的眉心抽出神魂，一点微弱的光就像一只小小的萤火虫，飞入了巫郁离的掌心。地上孩子的双眸逐渐失去了神采，脸色苍白，像一具残破的木偶小孩儿。巫郁离转过身，一挥手，烈焰在村庄里升起，舔舐上孩子单薄的身躯。

原来，这就是扶岚吊脚楼下那具童尸的由来。神祇带走了这具焦尸，静候数年，送到了戚隐的面前。从巫郁离的记忆中挣出来，天光洒落膝头，满眼白花花一片，戚隐心里有说不出的荒寒。巫郁离站在树藤上，精致的眉眼带着浅浅的笑意，却没有半分到达眼底。常人会以为是因为他眼盲，戚隐知道那是因为他的心是冷的。

这个人亲手养育了扶岚，但从不曾对他有半点真情。他的目光永远属于旁观者，像在看戏台子上面的一场戏。无论是悲哀还是欢喜，都是别人的，与他毫不相干。

戚隐涩声道："你最后说送他去一个高高的地方，是什么意思？"

难道那里就是巫郁离不死的秘密所在？

"那就是另一个故事了，不足为外人道也。"巫郁离的食指竖在唇边，"好了，故事讲够了，我送你离开月镜吧。"

那个小小的孩童满身是血的样子，被杀的样子，在戚隐的脑海里挥之不去。戚隐揉心揉肺地疼："师叔，你说我哥没有七情六欲，你错了。你创造了他，但你一点儿也不了解他。巴山大雨，他第一次离开月镜。月镜里日复一日，年复一年，每一天都一模一样。那是他第一次看见下雨，他不肯躲雨，是因为他好奇雨浇在身上是什么感觉。"

"后来，他进入狼穴，把狼脑袋送给胖墩，是因为那个青龙帮老大说，只要他进去，他们就是兄弟，我哥心里希望他可以和他们做兄弟。"

"哦？"巫郁离微微侧过脸。

"再后来，山妖屠村，你问他难不难过，可他根本不知道难过是什么意思。你没看见李氏一家死了那么久，竟然没有豺狼野狗来叼他们的心肝，那是因为我哥一直守在旁边，他身上有血，是和豺狼野狗搏斗留下的；他们身上盖着芭蕉叶，是因为我哥怕他们冷。"戚隐咬着牙，一字一句，"我哥从来就没有什么缺陷，他只是反应比较慢，不太会说话。我娘说了，我哥是天底下最聪明伶俐的娃娃。你不懂他，我懂，我娘懂，猫爷也懂。"

第三十章

蓬雨

隧道里一片漆黑，小鱼在前方无声地游，像悬浮在暗夜里的星子。扶岚到了岔路口，前面四通八达，每一条都通往不可知的黑暗之处。

"咱们该往哪儿走？"黑猫问。

扶岚锁着眉心，沉默地摇了摇头。

"藤蔓抓走了小隐，一定是往它的老巢去。可是哪条路通往它的老巢？"黑猫心急如焚。小隐不过是个半桶水的道士，那藤蔓有蟒蛇那么粗，本体一定大得可怕。小隐遇见它，也不知道能撑个几时。

"不，小隐或许挣脱了。"扶岚轻声道。

"为什么？"

扶岚摸了摸地上的沙尘和烧焦的藤蔓碎片："这是符灰，他用火烧了藤蔓。"扶岚蹲着往前走了几步，从沙土里拾起一片破布，道，"他往这里走了。"

他俩一路跟着破布走，到了一处钟乳石洞穴，当中摆了许多破旧的棺材，有好几具被翻开了棺盖。小鱼飞进洞穴，里面除了石头桌椅和一些箱笼，空荡荡一片。还剩下棺材没有查看，但是戚隐又不是缺心眼儿，应当不会往里头躺吧？黑猫蹦到一个棺材上面，拍了拍棺盖板儿，喊了声："娃儿，你在里面吗？"

无人应答，黑猫道："看来不在。"

就在这时，前面一具棺材忽然哐哐动了一下。黑猫吓了一跳，脊背一耸，一身毛都竖起来。

扶岚看着那具棺材，微微歪了歪头："小隐？"

会是小隐吗？黑猫瞪着溜圆的绿眼睛："他是不是走得累了？这一宿都没歇息，前夜又被女萝拐过来，也没睡好。毕竟是凡人，体质不比咱们。呆瓜，你说他是不是在里头睡觉？"

扶岚用刀鞘戳了戳棺材，问："小隐，你在睡觉吗？"

洞穴里寂静一片，只听得见自己和黑猫咻咻的呼吸声。

"如果你在的话，不要动。"扶岚刀鞘一挥，棺盖板嗖嗖地翻起来，凌空转了几个圈，掀起灰蒙蒙的落尘，然后啪地落在地上。

里面蜷了一个黑漆漆的人，扶岚一下就认出来了，是那只黑毛怪。

扶岚和黑猫都退了一步，惊讶地望着那个家伙。两只焦黑的手伸出来，撑在棺材的边缘。那手上脆而黑的东西像螺钿托盘上的大漆，一片片脱落，露出柔软的皮肤。他坐起身，整个人就像蛇蜕皮似的，一点点从漆皮子里蜕出来。他终于站起来了，缓缓地扭过头，扶岚和黑猫都惊呆了，瞳孔几乎缩成针尖一般细。

这个人，长得和扶岚一模一样。

"呆瓜……"黑猫喃喃道，"你们族的人都长得一样吗？"

他和扶岚就像照镜子似的，眼对眼相互望着。他从棺材里踏出来，歪头瞧着扶岚，眼神里满是探究。扶岚抬起右手，他也抬起右手，两根同样修长白皙的手指点在一起。黑猫震惊地瞧着这一场面，根本无法理解眼前发生了什么。等等，这黑毛怪方才就像是在蜕皮，又像是在重塑皮肉。兴许是他看中了呆瓜长得俊俏，自己把自己的脸捏成了这个模样也说不定。

这么一想，感觉很有道理。黑猫扭头要告诉扶岚，却发现扶岚的背后，暗沉沉的黑暗中，亮起了无数盏鬼火般的眼睛。

"当心背后！"黑猫大吼。

可扶岚没有动作，他站在那里，像是凝固了，脸上罩了一层阴影。

"杀了他。"仿佛有声音从冥冥之中传来。

这个声音只有扶岚能听见，像是隐秘的絮絮低语，来自心底暗藏的深渊。

扶岚蓦然抬头，拔刀出鞘。一弧刀光扫过，那个与扶岚一模一样的家伙倒在地上，这一刀断口平滑整齐，需要极刁钻的角度和无比迅疾的速度。这一刀恍如闪电划破天幕，一眨眼就消失了。

"重申我们对你的命令，扶岚，找到戚隐，诛杀巫郁离。无论如何，护戚隐周全，即便……"

扶岚低声开口，声音与藏身在幽冥中的诸神重合。

"粉身碎骨。"

千秋大椿上，巫郁离哂笑了一声，道："小隐，恐怕要让你失望了。你难道从未有过疑问，扶岚为何天生就会巫罗秘法，为何对神殿的禁忌了如指掌？"

"不是你教的吗？"戚隐问。

"当然不是，早在数百年前，我就失去了对这个孩子的掌控。"巫郁离轻声道，"你可曾听说过神祇的低语？"

戚隐眸子一缩。

"看来是知道了。那么扶岚可曾对你提过，他心底的声音？"巫郁离问。

心底的声音……戚隐隐约记得，在丹炉大殿的时候，扶岚说过每当走在巴山神殿，他心底都会有一个声音提醒他必须遵守的法则。戚隐那时只是以为，这或许又是扶岚哪一段失落的记忆，又或者他根本就是天生神人，才有这样高深的能耐。难道……戚隐眸子微微颤动，这竟然是神祇的低语吗？

"巫罗秘法、神殿禁忌，想必都是那些所谓的大神亲口传授，只是扶岚误将神祇的声音混淆成了他自己的声音。宗澜有没有告诉过你，神祇的低语极为玄妙，它能篡改你的意志而不被你发觉。巴山迷雾中绝大部分死掉的神仆，都以为为巴山赴汤蹈火是他们自己的愿望。"巫郁离转动拇指上的玉扳指，缓缓道，"但我想除了巫罗秘法和神殿禁忌，神祇对他一定还有一条更为重要的指令。正是这条指令，让他亲近你。"

"指令？"戚隐瞪大眼睛，喃喃地问。

"宗澜接到了什么样的指令，你的哥哥就接到了什么样的指令。"巫郁离略一顿，复笑道，"你已经知道了，不是吗？"

戚隐当然知道，宗澜被藤蔓鬼手刺穿时那悲凉的神情还烙在他脑海里。这个老人为了摆脱神祇的支配，生生在颅骨上钻了两个洞。可这怎么可能呢？戚隐感到不可置信，他根本无法理解，扶岚守着他，护着他，全心全意当他的哥哥，难道都是因为神祇的低语？

"不相信？"巫郁离娓娓道来，"神祇的低语再高深玄妙，也不过是一个术法罢了，它并非十全十美，即便篡改了他人的意志，也难保有遗漏。譬如宗澜，他被低语左右，但依稀保存着些许自我。小隐，扶岚身上是否也有这样的蛛丝马迹？当他说要保护你的时候，他身上是否有其他表现，暗示着他的真心？"

戚隐用力握了握拳，有什么东西如同电光一闪，闯进了脑海。

心跳，是心跳！

假的吧，怎么可能？戚隐蓦然想起在月镜边上女萝意味深长的笑容，她那时候怎么说来着。戚隐用力想，那句话渐渐浮现脑海——

"你的哥哥就算粉身碎骨，也会让你活下去的，不是吗？"

粉身碎骨，就像宗澜一样。

"可怜的孩子，"巫郁离怜悯地道，"扶岚从来就没有什么七情六欲。你以为他把你当弟弟，那不过是神祇施加给他的命令。"

"为什么？"戚隐难以置信，"为什么是我？花这么大力气，就为了保护我这么一个废物吗？"

"我也很想知道。"巫郁离笑了笑，"仔细想来也不难猜到，大约是因为你是我选中的孩子吧。他们大概认为，既然他们可以从我手中夺走扶岚，自然也可以夺走你。毕竟这天下最不愿意吾神重生的，就是那帮所谓的神祇。我这次来，其一是为了你，其二便是为了证明我对扶岚的猜想。"他伸出手，屈指接住了一只翩翩的萤蝶，"现在，猜想被证实了。"

巫郁离话刚说完，身形一闪，忽然消失不见，他的背后刀光汹涌，杀气毕现。

刀光过处藤蔓尽碎，无数藤蔓鬼手抽搐痉挛着收回地底。尘埃散尽，扶岚灰头土脸地站在远处，从隧道里爬出来，枯叶灰尘沾了一身。他没有表情，拎着斩骨刀，微有弧度的刀身像一弯冷月，在他手中闪着光。他的身后，无数双绿眼睛灯笼般闪烁。

## 第三十章 蓬雨

神说："移天变运者，杀。颠倒生死者，杀。罪徒巫郁离，杀！"

扶岚抬起眼，杀意在眸中一闪而过。

"杀。"

刀光席卷万千藤蔓，宛若凄清的潮水灌入椿木林。旋涡一样的光弧中，扶岚犹如一把悍戾凶刀直指上方的巫郁离。他身前的一切都被撕裂，虬结的树根，抖动的藤蔓，就连缥缈的风也不例外！刀光过处，杀气如山。他是这世上最凶狠的杀器，没有心也没有情，而握住他的主人，是诸天神祇。

"你把你的'兄弟'杀了，孩子。"巫郁离在藤蔓上后退跳跃，游刃有余地躲避扶岚的斩击，"原想让他拦住你，看来还是欠缺点火候。"

戚隐震惊万分地看着这一幕，那些眼睛鬼魂一般紧紧跟在扶岚身后，寸步不离。戚隐觉得很累，浑身上下的力气像烟气儿一样蒸发了。这算什么？这帮劳什子神祇觉得他没爹没娘一个人孤零零挺可怜的，善心大发，帮他寻了个能打还会做饭的哥哥，陪他玩过家家的游戏吗？

他的脑袋乱糟糟的，一会儿想到扶岚蹲在灶前吭哧吭哧生火，因为他爱吃甜的，扶岚现在炒个白菜都要放糖；一会儿又想扶岚御着斩骨刀带他在夜空里飞，漫天的星星漫天的风，他坐在后头抱着猫想这样的日子真好啊，真想目的地永远到不了，太阳永远不会升起，然后他们就能一直飞一直飞，飞到老飞到死。

这样好的哥哥怎么会是假的呢？他明明说过，哥哥会永远保护弟弟，他总是这么说。可他其实根本不知道弟弟是什么，只是因为神祇对他说你要保护这条流浪狗，于是他就算灰飞烟灭，也要把残破的身躯挡在弟弟的面前。

戚隐的心很疼，像被一只手扼住了。他的哥哥，这个有着秋水一样瞳子的大男孩儿，原来只是神祇手里的一枚棋。他被一个疯狂的神巫无情地创造出来，又被高天上的神祇无情地支配。他的人生是早就被写好的话本，为戚隐这个读不懂经练不好剑的小废物战斗，直到有朝一日像宗澜一样悲惨地死掉。

"很残忍对不对？"巫郁离轻飘飘地落下，像一只漆黑的蝶栖落在树梢。他的面前无数狂蟒一般的藤蔓拔地而起，扑向扶岚。萤蝶围绕着巫郁离上下扑飞，他揿手站在当中，曼声道："这便是诸天神祇，凡灵于他们如同蝼蚁于巨象。大象要行走，又怎么会在乎脚下踩死几只蚂蚁呢？他们对众生的命运从不关照，除了我的神，我的神是天下最接近凡灵的神。他和诸神一样诞生于虚无混沌，却将耳朵贴向凡灵。他倾听众生的愿望，给予他们慈悲的怜悯。可诸神杀了他，毫不留情。"

"所以你要复仇？"戚隐哑声问。

"复仇？"巫郁离低低笑起来，"可以这么说，但我还有更重要的事要做。小隐，跟我走吧，你这所谓的哥哥不过是一具没有七情六欲的提线木偶，你难道还要继续玩这种没有意义的过家家游戏吗？"

黑猫从洞口里艰难地爬出来，甫一探头刀光便擦着耳朵尖儿掠过去。它吓出一身冷汗，只好又缩回去。它稍稍探出头，正瞧见戚隐站在大椿的荫翳里。阳光离他很远，荫翳像个罩篱将他笼住，他孤零零待在那儿，好似有万千蓬雨打在头顶，像一条失了家无处避雨的野狗。

千秋大椿底下碎石乱走，数不清的藤蔓扑向扶岚，然后在即将贴身的一瞬间冻成冰柱，被刀光粉碎。扶岚的刀势几乎没有空隙，没有东西可以突破那刀光大网。藤蔓交织在一起，托着巫郁离向上升起。底下碎藤满地，断裂的接口露出墨绿色的血肉，但他的衣角竟然纤尘不染。与此同时，扶岚以惊人的速度向巫郁离逼近，黑色的身影一瞬闪现，肉眼几乎难以捕捉到他，只能看见朦胧的虚影。

扶岚的眼睛暗得没有光，大而黑的瞳子失去了往日的恬静，只剩下刻骨的杀意。神明在他的耳边纷然低语，所有的声音重叠在一起，汇聚成一个不可拒绝的指令："杀！"

就在这时，他听见了裂帛一般的风声。那是利刃划破空气的鸣响，锐利得能贯穿头颅。他本能地偏过头，归昧与他擦身而过，寒霜凝结空气，他的耳朵感受到刺骨的寒意。剑光直直刺入他背后悬浮的无数双眼，他转过眼，看见了戚隐。

灵力在血脉里奔涌，强行扩张后的经脉每一寸都叫嚣着疼痛，戚隐用的是当初戚灵枢对付他爹的法子——强拓经脉，扩充灵力，只有这样他才能挡住扶岚的刀。只不过他没有戚灵枢那么疯狂，经脉的拉伸还在他的承受范围之内。

但真的是太疼了，每走一步，就像踩在刀尖上。他用尽全力抵挡扶岚的刀网，踏过黏腻的藤蔓和鲜血，走到扶岚的面前。他麦色的脸上被刀风刮出了伤痕，唇边带了殷红的血。他颤抖着伸出布满血痕的手，捧住了扶岚的脸。

扶岚怔怔看着他，恍惚间记起了这个男孩儿，他笑起来的时候阳光碾碎在他眼睛里，可他不笑的时候，又好像藏了满眸孤独衰败的雪。

"弟弟……"扶岚轻声唤。

"哥，"戚隐捂住他的耳朵，"不要听，一个字也不要听！"

扶岚古镜般的大眼眸一片灰暗，戚隐流着泪的影子映在那里面。

"我不需要你的保护，我不需要你为我战斗！你这个笨蛋，你怎么连是不是你自己的声音都分不清？"戚隐用力抱紧他。归昧代替斩骨刀织出绚烂的剑网，在他们周围飞舞盘旋。戚隐对着那些亮盈盈的眼睛，用尽全身的力气嘶声大吼："你们这些浑蛋，管你们是神是魔，是妖是仙，都给老子滚！离我哥远一点儿！"

归昧的光顿时强了数十倍，它顷刻间幻化出十数把飞剑，排成星盘一样的剑阵。剑光恍如夜空中的流星，走过黑暗长路，孤注一掷般刺向那些藏身于幽冥之中的天地大灵。神祇私私窃窃的低语停止，所有眼睛悉数消失。

扶岚的神志终于回笼，他屈起手指，擦了擦戚隐脸颊上的泪珠，怔怔地道："小隐，你哭了。你是在……为我哭吗？"他的心里茫茫的，刚刚好像发生了奇怪的事情，但他脑子里一片迷雾，想不起来了。

戚隐抹了把脸，摇摇头，回身看向巫郁离。

"勇敢的孩子。"那个家伙高高站在藤蔓顶上，垂着眸微笑，"你挑衅神祇大灵，不怕他们找你的麻烦吗？"

"你不也不怕吗？"戚隐道，"恕我直言，你和那些神一样，都是浑蛋。你之前说什么交易，当我傻吗？我根本没有选择，这算哪门子交易？就算我不许愿让你救小师叔，你也不会放过我，不是吗？"

"的确如此。"巫郁离颔首。

戚隐低头笑了笑："我这个人，练剑练不利索，读书也读不明白，浑身上下没什么拿得出手的本事。活到十八岁，讨不到媳妇儿还克死了小姨一家，唯一保护我的哥哥，竟然是神祇用篡改意志的法子得来的。"

扶岚疑惑地看着他，眸子里满是迷茫。

戚隐拍了拍他的肩，不无辛酸地道："我真是点儿背到家了，有时候真不知道活着到底有什么意思。白鹿说得对，活着就糟心，一堆烦心事，一群烦心人。算起来，我这辈子最有价值的事儿，大概就是这副肉身好使，能让你复活白鹿吧。"

人活着得有点儿盼头，平常人的盼头是团团圆圆，安安康康，一方小院里一方桌，围坐热热闹闹一家人。小孩儿要的简单点，一年到头，盼着逢年过节长辈发的压岁钱，欢呼着到蜜饯铺子里买糖饴。可戚隐不一样，他没什么盼头，他没爹又没娘，逢年过节小姨给他钱是让他去买菜，回到家还要立在她跟前儿，一样样报菜价，洗清他偷钱买凉糕的嫌疑。

扶岚出现的时候，他像跋涉沙漠得见绿洲，霜雪天望见一炉暖炭，只觉得天地茫茫，终于有一处地方是他戚隐的安身之地了。可原来绿洲是海市蜃楼，暖炭是虚无的烟火，一切都是别人设计给他的。他必将是孤独的客，他的世界里缠缠绵绵的雨，永远都不会停。

"不过……"戚隐看了看自己的手心，"让你就这么得了我的肉身太便宜了，我吃了十多年的苦才有今天的模样。就算死在你手里，起码也得让你扎满手的刺，我才不算亏，"他粲然一笑，"你说是不是，师叔？"

巫郁离叹了一声："这不是一个明智的选择。"

归昧蓦然一振，白蛇一般狰狞的雪亮剑光闪过，飞速朝巫郁离而去。藤蔓疯了一般生长，织成藤网，截住那似雪剑光。另一边，无数双藤蔓鬼手从地底伸出来，挡在戚隐面前。更多藤蔓绕过来，弯弯曲曲勾连在一起，织成巨大的树藤屏障。

巫郁离道："你我的实力相差太远。"

戚隐耸了耸肩："确实是这样，但是凡事总得试一试嘛。"他扭头喊道，"哥，给我开个路！"

斩骨刀应声而动，刀光如簌簌细雪席卷场中，将所有的藤蔓绞成碎屑。巫罗秘法在同一时间发动，破土而出的藤蔓在顷刻间被冻住，定格成一个狰狞张狂的姿势。戚隐踩着这些冻死的藤蔓跳跃，与扶岚擦身而过之时，他低声道："等会儿我不说话你别动！"

他一跃而出，强忍着经脉剧痛，奔走在密密匝匝的枝叶间。以往分明是个砸到手都要哎哟半晌的人儿，现在却能忍受经脉几近尽碎的痛苦。高处仍有藤蔓蟒蛇一般顺着树干高速游动，戚隐撒下金纸符咒。符咒天女散花一般纷纷扬扬落下，中间有定身符明火符锁足符，戚隐不管三七二十一，一次性扔个精光。明火符嘭地炸开，藤蔓鬼手疯了一般想要散开，却被定身符定住。一根藤蔓烧起来，火焰迅速沿着它蔓延，登时烧出一片火海。

戚隐很快靠近巫郁离。巫郁离站在那儿，不疾不徐地支起结界，火焰连他的衣袂都挨不到。

他叹息着摇头："没有用的。"

"有没有用，试试才知道！"戚隐忽然从他的右后方闪现，这一招是跟他哥学的，平常用得不熟，今日拓展了经脉，增了些灵力，侥幸成功了。

霜雪般的冷光灌注于归昧之上，恍若严霜一片。他用尽全身的灵力，刺向巫郁离的护身结界。剑尖与结界相触，竟绵延出数道细小的裂缝，布在淡青色的结界上，宛如青瓷细腻的裂纹。戚隐眼睛一亮，暗道有门。然而下一刻，裂缝一寸寸消失，巨大的抗力将他反弹，戚隐整个人倒飞了出去。

下方便是藤蔓尖刺，还有无数碎石，若是摔下去，非成肉酱不可。扶岚睁大眼睛，想去接他，想起刚刚戚隐说的话儿，硬生生憋着没动。

巫郁离闪现在他身后，柔和的风从四周升起，将戚隐托住。巫郁离拉住他的臂膀，帮他平稳身体，道："小隐，你术法课上都在打盹儿吗？若不知结界空门，灵力硬攻结界会被反弹。况且，你似乎忘了，我是杀不死的。"

"我才没忘。"戚隐冲他一笑，忽然抽出一张黄符，一巴掌拍在巫郁离脑门子上，"谁说我要杀你了？我要的是进入你的记忆，看你的死穴到底在哪儿！"

巫郁离瞳子一缩，素来云淡风轻的脸上终于露出了一瞬的惊讶。

戚隐的指尖泛起萤火般的青光，断然一喝："点魄！"

记忆恍如汹涌的潮水向他涌来，一幕幕陌生的画面在他面前闪过。戚隐眼花缭乱，什么也看不清，慌乱之下，蒙头随便撞进一处。他听见风吹铁马，叮叮当当，眼前是石刻缠枝花地砖，近在咫尺，因为他正埋头叩在那砖前。

他的脸上戴着面具，乌黑油亮的长发垂在腰边，手腕和脚脖子上都戴着精雕细镂的银镯，背上垂着沉重的披风。戚隐知道他现在是谁了，他是神巫巫郁离。

"我此去一旦战败，我便是南疆的罪神。但是神不可以有错，所以他们将让你承担我的错。"一个声音在他头顶响起，"神不可以有罪，所以他们将让你承担我的罪。"

"是。"他开口了。

"你昔日的同僚，将以曾与你共事为耻。你的子民，将唾弃你的姓名。从今往后千百年，南疆史册驱逐你的身影，你即使存在，也将以恶鬼的身份降临。"

"是。"

"若我战死，你将被处以最严苛的刑罚。他们或许会在你身上施不死的诅咒，

## 第三十章　蓬雨

将你封进黄金人俑，送进我的神墓。"

"是。"

他感到心底有深重的悲哀，像大海的潮水那样涨落。他抬起了头，被泪水模糊的视野里，巨大的白鹿神像上，侧坐着一个白发银眸的少年。戚隐一下就认出来了，那是白鹿。穹顶一束天光洒进来，落在他身上，此刻的他没有戚隐之前见到的那么暴躁，他坐在那里，仿佛是一个古老的君王，孤独地坐在世界的中央。

"大巫祝，为什么要流泪？你怕疼吗？"

"不，是因为你要走了。"

"万物皆有终点，我诞生于虚无混沌，死亡不过是把我送回了原点，这是我命定的终途。"

白鹿飞下来，落在巫郁离跟前，手掌在巫郁离面前打开，一串项链在他手指上吊着。项链用草藤编成，最下面坠着一朵血红色的滴血莲花。

巫郁离接过了那串项链。

"小爷的血滴，送你了。"白鹿头也不回地向殿外走去，"要是他们真把你送进神墓，用这个解开诅咒，自我了断吧。"

厚重的大门在白鹿面前敞开，刺眼的天光涌入大殿。殿外天色血红，妖魔成阵，凡人执矛，狰狞的黑色甲胄在阳光下闪耀着冰冷的光，坚硬的铜矛直指着天穹，重重叠叠，犹如山海相接。白鹿立于殿前，玄银盔甲加于胸前，上面刻着满月缠枝花，那是南疆神殿的象征，是他的化身。他张开双臂，大吼道："吾有敝甲，卫土四方。神天无亲，日月无光。神天无德，奋吾刚强。振血以勇，威武南疆！"

四方响起沉雄的铜鼓，一声沉过一声，响彻云霄，恍若天地苍茫的心跳。无数武士同他一起大吼："威武白鹿，威武南疆！威武白鹿，威武南疆！"

所有武士的吼声叠在一起，和着那心跳般的铜鼓，欺上血红色的苍穹。那一刻，仿佛寰宇乾坤都在震动，亘古穹苍共同倾听他们的怒吼。

"出征！"

白鹿一跃，化为一只洁白的鹿灵，踏着风奔向北面血红色的晚霞。无数妖魔化为乌云一片，簇拥在他的身侧。凡人在大地上策马，沙尘涌成一片浓雾，绵延数十里。神巫们跪在神殿下，恭敬地俯首。临去前，鹿灵最后一眼回望湛青色的巴山和巍峨的神殿，随后清啼一声，奔向他永恒的宿命。

而那个神巫，匍匐在神殿冰冷的缠枝花石砖前，无声地落泪。

第三十一章

命衰

"你逾越了，小隐。"

巫郁离漠然的声音响在耳畔，戚隐的意识被一股大力轰出。戚隐睁开眼，正见男孩儿漂亮又冷漠的面庞。戚隐还沉浸在巫郁离心里的悲伤中，脸上冰凉一片，抬起手摸了摸，竟不知什么时候挂了满脸的泪。

原来有罪的不是巫郁离，是白鹿。他记得白鹿说过，伏羲颁下禁令，禁止大神干预凡间事。白鹿违背了伏羲禁令，因此被伏羲讨伐。白鹿是一个罪神，可他是南疆的信仰，不能有错，不能有罪。神巫篡改了历史，将所有罪过推到了巫郁离的头上。这个家伙替他的神担了罪，被关进黄金人偶，永生不死，生生世世，无法解脱。

"真是个胆大的孩子，是我小看你了。"巫郁离放开他，慢慢飘向空中。他是个斯文克制的君子，怒气一闪即逝，转瞬又是温和有礼的模样，只是那双灰蒙蒙的眼睛低垂着，有一种秋霜般的凉薄。他淡淡道："月镜封印已解，你们可以自行离开。小隐，你的时间不多了。下次我们再见的时候，我会取走你的肉身。"

一抹秋水般的刀光掠过半空，直接贯穿了巫郁离的身体。他的身体从左肩裂到腰间，断口整齐，分成两半。身后现出握着刀的扶岚。然而，巫郁离破碎的身体并没有坠落，甚至连面上精致的微笑也不减分毫。

"孩子们，后会有期。"他温声道。

那副孱弱的身体飞烟一样蒸发消失，最后化为一具巴掌大的人偶，断成两截儿跌落在地。黑猫从地洞里钻出来，快步跑来，用鼻子碰了碰那人偶，道："是巫蛊偶。这家伙不是用真身来的，这是他的傀儡假身。"

戚隐拄着剑，吐出一口血来。不过扩张经脉强行御了二十把剑，身子就虚成这个模样，真不知道当初小师叔是怎么撑过来的。本想看看巫郁离的死穴在哪儿，仍是一无所获。痛楚席卷整个经络，戚隐的身体变得麻木，已经感受不到痛了。戚隐甩了甩脑袋，眼前的景物慢慢模糊，尔后身子一歪，什么都不知道了。

九垓，渊山。

魔物们在黑暗里静默，吐息着冰冷的呼吸，仿佛是蛇咝咝吐信。他们共同凝视着大殿中央那两截断裂的傀儡。巫蛊偶分为子母两个，施术者以悬丝操纵母傀儡，另一边的子傀儡会随之而动。有的魔物呼吸声加重，地上的暗影在伸展，变得狰狞。

## 第三十一章　命衰

如果有人了解魔物，便会知道这是群魔的怒火在黑暗中酝酿。

这里是一间高耸的殿堂，名唤归墟，由已经死去的微生魔龙父子建立。粗犷的纯黑色岩石堆砌成四壁，没有穹顶，抬起头便是永夜天的亿万星辰。星光洒落殿宇，照出正前方高台上跪坐的白色人影。那个人抱着一把素琴，戴着洁白的幂篱，白纱长长垂到膝边，隐约能看见底下昳丽的轮廓。

"我们提供给你庇护之所，给了你九垓大祭司的位子，让你从一个被神祇追杀的罪徒巫郁离，成为高高在上的九垓祭司源如期。你不要忘了，这是个交易。我们要你杀了扶岚这个怪物，报吾先主之仇，可你辜负了我们的期望。"巨大的暗影罩在他的头顶，阴森地向前延展，将整个高台笼罩。

"什么几千年的神巫，也不过如此。"有魔物在角落里嘲笑，笑声又尖又细，"你说你要复活白鹿大神，赐予我们神血，可为何迟迟不动手？我看你不过是虚张声势，把我们当猴儿耍。"

黑暗里窃窃私语，议论纷纷，似乎都在赞同那个魔物说的话儿。

先前那个魔物又阴笑道："不如把他送给我吧。酒酿得越久越醇厚，他活到这把年纪，一定别有一番风味。让我好好吞了他的血肉，占了他那美貌无双的皮囊。"

"心月狐，闭嘴。"

暗影在巫郁离头顶盘旋，像乌沉沉的黑云压得人喘不过气儿。可那个白衣人影坐在那儿，一动不动，仿佛身边那些嘈杂的私语都不存在，仿佛天地静寂。

"敬爱的神巫大人，你对我们没有用了。"暗影忽然流散，黑气凝成实体，犹如汹涌的黑色潮水，在归墟大殿中分成数十道分流，击向中间那个孱弱的人影。飞掠的风掀开了幂篱，远远抛了出去，白纱翻展，像白蛾扑棱的翅子。

那看起来是个女孩儿，披着绣着云水波纹的长袍，绾了个流云髻，乌黑油亮的长发披过肩头，瀑布一样流泻向地面。可他又分明是巫郁离，一样的眉眼，只是上了妆，眼尾勾勒了一笔腻红的影儿，低垂着眼的时候，上挑的眼角温柔又妩媚。

潮水轰然涌向他，这是常人难以抵挡的重击，魔气会吸干他的血肉，让他成为干枯的尸体。他无奈地叹息了一声，抬起手肘，大袖滑到肘间，露出藕一样白的手臂和纤细的腕子，指尖随意拨了拨弦，细雪纷纷般的琴声袅袅传了出去，凄清又寒冷。

魔气的潮水顿时定住了，然后更改方向，涌向四周的黑暗。四下里顿时响起凄厉的嘶叫，黏稠的鲜血流向高台。归墟大殿中，魔物开始自相残杀，惨叫声此起彼落。巫郁离端坐在高台中央，纤尘不染，眉睫温润地低垂。

"你对我们做了什么？！"暗影痛苦地嘶叫。

"第一，我们之间并非交易，"巫郁离微微一笑，精致的眉宇细腻得像一弯月牙，"你们是我的傀儡，听从我的命令。"他再次拨弦，飞廉天蛾在魔物的身体里大肆啃咬，地上的阴影痛苦地痉挛，越发狰狞，"第二，你们不过是蜷缩在地底的卑微贱种，休想觊觎吾神的鲜血。第三，你们对我还有用，所以我并不打算杀了你们。但

"如果你们不听话，"巫郁离的笑容弧度加深，分明是笑着，那笼在暗影里的侧脸却冷冽入骨，"那我只好送你们去见你们效忠的微生先王。你们看，如何？"

"我听从你的号令！"那个名叫心月狐的魔物率先匍匐在地，"从今往后，心月狐唯郁离大人的命令马首是瞻！"

所有魔物现出实形，黑色罩甲，铁铸般的高大身躯，黑色的兜帽下看不清容貌，只有一片阴影，赤荧荧的眸子亮着，红如鲜血。他们恭谨地按着腰间的刀，单膝跪在高台之下，齐声高唱："谨从大人号命！"

"最后一点，"巫郁离压下了弦，薄凉的嗓音伴着素琴最后一丝余响，"我现在不叫巫郁离，我是你们的大祭司，源如期。"

"大祭司，恕阴追直言，"最前方高大魁梧的魔将开了嗓，是先前那个狰狞暗影的声音，"你身为罪徒，无法通过白鹿中殿的神侍，取得大神的魂魄。即便你取得白鹿的神魂，也难保没有诸天神祇的阻挠。神祇生有天目，你很难逃脱他们。"

凡人生凡目，只能看见山水鱼石，昳丽皮囊，落红流水。道士得道行，生一双灵目，见天地灵气，循环往复，周而复始。

而神祇有天目，天上天下，无所不观，可见万物之本相，一切之本然。传说人间的二位祖神伏羲和女娲，生得灵感大目，可见过去未来，天地终极。在他们的眼中，所有灵物的宿命像一卷徐徐展开的画卷，从出生到结束，所有的一切早已注定。

"这正是我来九垓的原因，有些事，还要劳烦你们为我去办。"巫郁离低低地笑，"不要害怕诸神，你们都惧怕诸天神祇的威名，却不知他们的时间早已到了尽头。数千年来，大神不曾降临凡世，不仅仅是因为伏羲所颁发的不得插手凡间事的禁令，更是因为他们已经日渐虚弱，沉睡的沉睡，消失的消失。昔日伏羲在泰山起卦，卜下'神隐'的预言，在今日已经逐渐成真。"

"神隐……"阴追低声道，"也包括你的神，白鹿吗？"

巫郁离眯起了眼睛。

"大人，我听闻神祇应运而生，应劫而死。他们追随宿命去往，而不做反抗。昔年白鹿大神奔赴天穆之野，亦是奔赴他命定的结局。常人以为他是抗击伏羲，却不知他是在应他的劫，践他的命。变移天运，强行复活一个已死的神祇，无异于蚍蜉撼树，以卵击石。或许即便你成功复活白鹿，他也会与你为敌。"

巫郁离笑了笑，没有答话，只温声问："天殃之战早已不见于史传经籍，你又从何得知我的神战死于天穆之野？阴追，你的背后是谁？"

魔物们一惊，振袖而起，化为污浊的浓雾，盘桓在归墟上空。

那名叫阴追的魔物背后接连亮起一盏盏鬼火般的眼睛，隔着万千虚空，注视巫郁离。

巫郁离垂下眼眸，长睫在眼下形成一片影。他曼声开口，话语里藏着不容置疑的决断："或许诸位大神有所误解，决定在我，不在我的神。他是否与我为敌，又有什么关系？"

## 第三十一章 命衰

"你已经得了卦辞。"阴追道,"宿命已经注定,你无能为力。"

昳丽的男孩儿从大袖中掏出一面黄金龟甲,抚摸上面蜿蜒的裂痕。

他低声念出卦象,仿佛在说一个古老的预言。

"诸天神隐。"

这是他拼尽全力,得到的半句卦辞。

在他牵引凡间灵气,唤回白鹿魂灵之后,"大神隐"的结局仍旧没有更改。

"所谓命运,便是无可更改,无可变动,纵尔生生世世,不能移之。"神说。

巫郁离站起身来,拱手长揖:"在下不才,闲来无事痴心妄想,想同这些看不见摸不着的东西争一争。不急,诸位大神,饮一杯好茶,且看明朝。"

戚隐昏迷了四五天才醒来,活过来头一件事儿是捧着他哥的脑袋瓜子瞧。乌黑的发丝儿,一绺一绺梳开,露出洁白的头皮,什么异常也看不出。戚隐叹了口气,埋怨道:"你不是呆瓜,你是笨瓜,连自己的声音都分不清。赶明儿要是有机会,我同那些劳什子大神打个商量,看能不能把他们给你的命令给撤了。"

"为什么要撤掉?"扶岚问。

"当然要撤掉。"戚隐头疼地道,"你有没有想过,他们让你用尽全力保护我,可这不是你的本心。如果没有这个命令,我对你来说就是一个莫名其妙的小娃娃,你在乌江遇到我,连看都不会看我一眼。你会继续北上,去叩问神迹,然后回到南疆。我们不会相遇,也不会重逢。"

"我不想问神迹了,小隐,我不想知道我是谁了。"扶岚低垂着眼睫,那睫羽长而翘,像一片羽毛栖落在脸颊上。

戚隐没跟他说他身世的事儿,生生死死一百余转,要么畸变成三头六臂的怪物,要么被人排挤嘲笑是哑巴怪胎,每一世都那么残忍那么痛苦。戚隐不想告诉他这些,他的哥哥,只要当一个天真无邪的小呆瓜就好了。

"哥,巫郁离种了很多花儿,每一朵花儿开一个娃娃,你是里面最聪明最漂亮的一个,你是一个小花仙。你这么好,没道理对我这个屁蛋这么特别。"戚隐自嘲地笑,"你看我,扔在路边上,野草都比我显眼。要不是那些神祇要怪,我怎么能当你的弟弟?我不要你为我这种人受伤拼命,我不要你为我活为我死,你去干你自己真正想要干的事情,过你真心想要过的日子。"

"我不想当小花仙,我想当孟扶岚,当小隐的哥哥。"扶岚把戚隐的手按在自己心口,"我太笨了,我分不清。那些真的不是我的本心吗?为什么我的心不会怦怦乱跳?为什么我学不会喜欢?到底怎么样,才算是真心?"

戚隐的脑袋一阵一阵发疼,他不知道,真的不知道。如果他们的相遇并非偶然,如果扶岚对他一切的好都建立在神祇低语的基础之上,那么扶岚真的喜欢他这个弟弟吗?扶岚这些念头,到底多少是神祇的低语,多少是他自己的本愿?戚隐不愿意去想,想了让他难过。除此之外,他更害怕有朝一日巫郁离来取他性命,扶岚真的会为了他死掉。

粉身碎骨，真像个诅咒。

两个人相对着静默。树丫欹斜着伸进窗洞，落下阴影一片。扶岚蹙着眉心，睁着秋水般的黑瞳子望着他，谁都能看出扶岚眼底的落寞和萧索。巫郁离说他没有七情六欲，一切都是神祇施加给他的命令，可是……戚隐抚上他的眉头，可是这哀伤那么真实，让戚隐不得不去相信。

窗外传来一叠脚步声，大王寨的巡山小妖大吵大叫地奔进来："大王，大王！人间的狗剑仙来了！他长得好俊啊大王！"

戚隐一愣，从窗屉子伸出脖儿往外瞧。一个白衣人在黑压压的妖魔簇拥中走来，冰肌玉骨，衣带当风，问雪剑负在身后，身条儿松竹一般挺拔。

戚灵枢淡淡地瞥了眼戚隐，对着刚挑帘子出来还系着襻膊的扶岚献上一个金漆卷轴。

"无方山戚灵枢，代表人间四大派前来，邀南疆妖族之主，共商南北议和。"

四天前，无方山。

无方大殿，星盘在穹顶缓缓转动，水银形成的星轨交叠变换，亿万星子分布其中，熠熠生光。戚灵枢端坐在蒲团上，星光洒满他瘦削的肩头。他的前面，四方玄极星阵悄无声息地运行，繁复的阵法散发着细碎的青光。随着阵法运转，大殿中央映现出钟鼓、凤还和昆仑掌门、长老的身影。四方玄极星阵乃道家秘法，可以映现出不同地点对象的虚影，通常用于传信。

大家跪坐在蒲团上，每个人都是青色的影儿，星子般的光芒在身上闪烁跃动，潋滟如波。细细看过去，个个愁容满面，唉声叹气，最显眼的是清式那个油光满面的脑门。满座仙门巨擘讲究寡欲养生，大多清瘦如柴，只有这厮胖得像头猪。

"人间道法衰微，一代不如一代。而妖魔气焰日炽，再加上他们有个不可一世的妖族之主扶岚，一个个趾高气扬，简直要上了天去！前日秦岭代王山小坝村，阖村被嘉陵江溯流而上的大肚鱼妖吃了个精光。那鱼妖吃完后再沿着东河南下，沿途略阳县、两当县、徽县等十数个乡县不堪其扰。"钟鼓山掌门白明均枯着眉头开口，"这还算小事儿。锁阳关乃人间与南疆交界之地，南妖屡次骚扰，攻陷数个山头，十余座千机灵炮台被毁，仙门弟子死伤无数。他们再来一次集结冲锋，我看不日就要到无方山下撒野了。这可如何是好？"

"清式师兄果真有先见之明，早早便买船出海，阖派避世。"昆仑山掌门聂重华冷眼瞥向镜中那个人影儿，"海上景致如何？我看师兄心宽体胖，日子过得很是悠闲。"

清式耷拉下眉毛，掩起脸来："确实是老夫的不是啊。凤还传到老夫手里，只剩下老弱病残。你瞧瞧，这一屋子不成器的娃娃不说，唯一撑得起门面的清和师弟也不幸早逝。"说到这儿，他从底下搬了个骨灰盒放在膝上，"可怜我清和师弟，还

## 第三十一章 命衰

是一朵花儿的年纪，就这么去了。师弟啊，你在天之灵，保佑人间重振道法，师兄给你烧纸！"

说到被无方害死的孟清和，聂重华面上难堪了起来，忙摆手道："清式，我并非责怪你的意思，只是盼你也出个主意才好。道法衰微，代代下行，我等必须趁还有一搏之力之时，给予南疆重创，才能换来人间百代平安！"她看向上首的元苦，"元苦掌门，你意下如何？"

上首的老人默然静坐，搭在膝盖上的手筋节毕露。这是一双握了数十年剑柄的手，像猛虎的利爪，精悍又有力量。旧日的戒律长老温元苦，现在的无方山掌门，元籍死后，他踵其后。大家都知道，他素日来力主与南疆决战，元籍旧日采取怀柔政策，令他十分不满。无方山若论猎妖剑仙，第一人并非那个死在神墓里的执剑长老戚元微，而是这个脾气不好的老人。

"老夫以为……"老人摩挲着膝上的缎子，粗糙的嗓音像砺石相磨，"当议和。"

聂重华一愣，连镜子里的清式都吃了一惊，骨灰盒没拿稳，摔在地上，里头的花生米掉出来。他忙低下头去捡："哎呀，师弟撒了，师弟撒了。"幸好镜子只能照见他的半身，无方大殿的长老们看不见骨灰盒里的花生米。

戚灵枢看了眼上首的老人，默默不语。

"吾老矣，试问如今，还能有谁能率仙门弟子出战南疆？"温元苦慢悠悠地道，"试问在座的各位，有谁能够打败九垓魔龙？南疆扶岚，可是连斩过两条魔龙的怪物。当日他入我无方，将无方搅成何等模样，你们不记得，老夫却还历历在目。结界破碎，妖魔奔腾，魔龙在冰海长嘶，灭度峰摇摇欲坠，那是何等的景象！在座有谁，可以与这怪物一决雌雄？"

"你怕了？"聂重华冷笑。

"怕？"温元苦笑笑，"老夫年近古稀，死又何惧？老夫怕的不是那怪物，而是你们这帮年轻人不知好歹，自寻死路，白白送命。"他嗟叹一声，"我说的话不算数，依人数而定，赞同议和的有谁，若不超过半数，那咱们就叩关南疆，一决雌雄！就算倾我无方上下性命，也要为诸位杀一条血路直通横山！届时血流成河，若老夫不幸先走一步，便要在座的诸位与扶岚一争了。"

座中人皆面面相觑，戚灵枢跪直身子，长长作揖："弟子附议。"

他一出，接连有长老出声赞同："掌门说得有理，钟鼓山附议。"

"自在门附议。"

清式也道："凤还山附议。"

聂重华愤愤，却无奈随了大流："昆仑山听命。"

"那便由灵枢出使南疆，商谈议和吧。"温元苦闭起眼，一脸倦容。他看起来真是老了，或许人老了，就会没有了斗志。

阵法关闭，戚灵枢正待离开，温元苦叫住他，走到他跟前："灵枢，幸亏有你。你师尊虽已仙逝，但威望犹存。你年纪虽小，却很有分量啊。"

"师叔谬赞。"戚灵枢低眉行礼,"师叔所言极为有理,硬碰硬并非长久之道。我们并不了解南疆,更不了解扶岚,或许扶岚并非传言中那么穷凶极恶也未可知。扶岚乃是南疆之主,若他答应南北议和,不管是人间还是南疆,安宁可期。"

"很好。"温元苦赞许地微笑,伸手捏了捏戚灵枢的肩膀。

粗糙的手指磨蹭在肩头,戚灵枢微微皱起眉头,他不大喜欢与别人肢体接触。稍稍后退两步,戚灵枢再度行礼:"师叔还有何事?"

"你是无方的希望,无方剑道一脉,全系在你肩头,师叔对你期望甚高。"温元苦道。

"师叔言重。"

"若晚上得空,师叔可以指导你剑技,看看你近日进益。"

戚灵枢眉头越发紧锁,不知怎的,他隐隐咂摸出些许不对味儿来,略略抬起眼看了看面前的老人,和煦的目光,像个慈祥的长辈。温元苦虽然素来是个炮仗脾气,但因为戚灵枢恪守戒律,无方弟子三千,他只对戚灵枢有好脸色。这样的态度,和往常没什么不同,但戚灵枢还是觉得怪异。戚灵枢轻咳了一声,道:"师叔夙兴夜寐,弟子不敢叨扰,弟子告退。"

戚灵枢回屋换了身衣裳,还是觉得不舒服,去冷潭里面冲了个澡。系好衣带,白纱衣领一丝不苟地交叠在胸前,戚灵枢坐在石鼓凳上,燃起一盏油灯,拆开云知寄来的信。这厮出海多月,只寄来这么一封信。今日清式师叔参与议事,阵中也并不见那人的影儿,不知道在做些什么。他原本想问,却没有舍下脸面。

信里还有一个粗糙坚硬的东西,他倒出来瞧,是一块巴掌大的海螺。海螺放在灯下,潋滟生光,煞是好看;握在手里冰冰凉凉,一块儿冰似的,十分奇异。他取来个锦盒,把海螺装进去,展开信读。

"出海月余,寓居简陋,每日所见唯一海茫茫耳。每逢月自海上来,便忆小师叔。小师叔近日安否?"

"吾安。"戚灵枢眉目暖了几分,继续往下读。

"四月朔,航行至一小岛,曰珠若,得见鲛人族。男皆俊美,女皆窈窕,甚异之。女王见吾姿态卓然,邀吾入赘,吾欣然欲允,念及师父年老体衰,需吾送终,故拒之。然则珠若山水佳绝,吾流连数日,饮美酒,听瑶琴,佳人相伴,乐哉乐哉。惜小师叔不曾与共。五月初,将必行。女王遗吾海螺数枚以寄相思,螺中留取鲛人歌,附耳可听,特赠一枚予小师叔。欲与小师叔言者无穷,奈何纸尽。不知黑呆二仔安否,代吾问之。云知顿首。"

读信毕,戚灵枢的脸黑了个彻底。他将那锦盒拿出来,拾起海螺,附耳细听,果然有缥缈的女人歌声。这个拈花惹草的浑蛋,还把别人赠给他的别礼借花献佛,当真是个没有心的花贼。戚灵枢将海螺扔出石室,低头想要吹灯,忽又想起白天的事儿。元苦在他肩头溜来溜去的目光,想起来就不舒服。戚灵枢眉心越锁越紧,披起衣裳,拿起佩剑,吹了灯出门。一路行到元苦的无咎小筑前面,戚灵枢悄无声息

## 第三十一章　命衰

潜到窗下，透过冰裂梅花窗棂，看向里头。

帐幔高高挂起，温元苦正坐在镜匣前面照镜子，一下看看左边的脸，一下又看看右边的脸，最后拆了发髻，散着头发，坐在镜前直勾勾地盯着自己。这姿态十分诡异，戚灵枢心里微微发毛，不自觉退后一步，不小心踩到一根树枝，咔嚓一声响。那边温元苦蓦然回过头，凶狠地望过来。

温元苦疾步冲过来，脚步声咚咚如同擂鼓。只见一个狰狞的黑影罩在窗纱上，轩窗蓦地被推起，温元苦伸出头四下里望。外面空空如也，茂密的灌木丛阴森森的，像一簇簇幽幽的鬼火。

"事情便是如此，我怀疑师叔有问题。"戚灵枢盘腿坐在火塘前，对着扶岚和戚隐说道，"往后三日，我夜夜在对面的紫极藏书阁监视师叔的小筑，发现夜夜都有弟子进去，鬼鬼祟祟，十分可疑。自从元籍师叔死后，无方销毁了所有妖心，但我仍旧担心，有人监守自盗，觊觎妖魔的力量。"

"你怀疑他剖取妖心，给自己换上？"黑猫问。

"不一定是换心，也可能是食用、炼丹、修炼禁术……"戚灵枢沉声道，"才让他如此怪异。"

"你现在到南疆来，不怕他出什么事儿吗？"黑猫问。

戚灵枢无奈："别无他法，只有我知道扶岚师弟的真实身份，出使南疆，非我不可。我已拜托昭冉密切关注无咎小筑，若有异状，他会以琉璃镜告知。"

戚隐挠了挠头，问道："你说那老头子姿态诡异，能不能说得再仔细一点儿，怎么个诡异法儿？"

戚灵枢想了想，道："不似男子，酷似妇人。"

"那些进他房门的弟子，是不是都是男的？"戚隐又问。

戚灵枢点头："不错。"

"他摸你肩膀的时候，是不是这样？"戚隐在扶岚肩膀上捏了捏。

"不错。"

戚隐一副欲言又止的样子。

戚灵枢当场愕然，半晌说不出话来。

这事儿对他打击挺大，戚隐有点担心他。戚隐安慰了几句，换了个话题："狗贼最近怎么样，有没有寄信来说什么？我前几天一直在巴山，啥事儿都不知道。"

一说起云知，戚灵枢的脸忽然变黑，周遭空气一下子被霜冻起来似的，戚隐和扶岚都一同抖了一抖。戚灵枢冷着脸道："无耻之徒，休要提他。"

第三十二章

去乡

次日，南疆再次举行大朝议。妖魔鬼怪从四面八方赶过来，九垓大祭司源如期也派了使者参与朝议。滚滚乌云压向大王寨，大王寨中央又一次群妖乱舞，九头鸟驮着茶果叽叽喳喳乱飞，四面屋头上面坐满了猪头狗脸的妖怪。吊脚楼下面，四面围起纱幕，当中陈列竹席桌案。部落首领齐齐落座，戚灵枢交了剑，坐在左侧。扶岚抱着猫坐在上面的龙骨王座上，白皙的脸上没有表情，一看就知道在发呆。

两方落座，朱明藏将长刀放在桌上，击了击掌，一众舞姬款款上前。戚隐望着那些舞姬，一下愣了。这些舞姬都是凡人，显然是这帮妖魔从人间掳来的。戚灵枢的脸色果然白了几分。舞姬水蛇一般扭动腰肢，泪眼盈盈地望向戚灵枢，渴望得到解救。戚灵枢凝眉不语，嘴唇几乎抿成一条线。

那边朱明藏脸上带着揶揄的笑意："戚剑仙若有喜欢的，只管直言，今夜让她侍寝。只要是服侍过你的，你们就可以来她带回人间。"

舞姬们充满期望地望过来，戚灵枢攥着拳头，一动不动。又有妖怪笑道："他们道家子弟讲究清心寡欲，不近女色，若是睡了姑娘，可是犯了大戒。戚剑仙恪守戒律，料想这帮美人儿是等不到回家咯。"

真是欺人太甚。戚隐连连叹气。他也是个凡人，寄人篱下，因着扶岚的缘故才不受这帮妖怪侵扰，不能为戚灵枢说话。扶岚又是个呆的，坐在那儿半点儿动静也没有，完全没有插手的意思。

"我等前来是为议和一事，还请朱将军撤下女乐。"戚灵枢拱手道。

"无妨，一面欣赏歌舞，一面商议大事，也是一样。"朱明藏道，"南北议和，从无先例。妖魔与凡人厮杀多年，代代了无穷尽，向来是血海深仇，不共戴天。戚剑仙，你倒是说说看，要如何议和？"

"正是因为代代了无穷尽，才要议和。"戚灵枢正襟危坐，朝扶岚和朱明藏拱手，"陛下、将军，南疆多山，土地贫瘠，即便有一方沃土，妖魔不事农产，不知稼穑，才要年年冒险北上，烧杀抢掠，掳人而食。若南北议和，人间可派使者，教授诸位田耕养殖之术，收水稻，养牛羊，诸位自给自足，便不用再与我们厮杀抢食。此乃共赢之举。"

"牛羊肉有什么好吃的？"有妖怪磨着牙道，"你们人肉才香嫩，你看起来就很好吃。"

## 第三十二章　去乡

"阁下乃是野猪林妖猪一族吗？"戚灵枢望着他，眸光寒凉如冬日霜雪，"敢问阁下部族一年死于人间者几何？因于仙山禁地者几何？为同族所戮者几何？"

那妖怪一噎，没说话。

"囿于饥馑，手足相残，同类相食。诸位还想继续过这样的日子吗？"戚灵枢问。

四座纷纷低语，连屋头上的妖怪们也议论起来。小师叔果然厉害，没想到平日闷不吭声，这谈判起来还有门有道儿的。戚隐心里欢喜，又听朱明藏冷冷开口："你们人间处处是庄稼汉，还不是敌不过天灾人祸，饿起来的时候，一样人吃人。你又如何担保，我南疆不会如此？"

"灵枢当然无法担保，"戚灵枢颔首道，"但总比现在的南疆好。据灵枢所知，南疆妖怪一旦年老，体力衰减，不是被同类吃掉，便是死于灵枢同侪之手，故而南疆鲜少见到年老乏力的妖怪。至少我人间老人可得奉养，可得善终。诸位都有老去的时候，难道想要像你们的父辈一样，死于别的妖怪的獠牙？"

显然有许多妖怪都被说动了，都一瞬不瞬地看向朱明藏。扶岚在上头，还是像个透明人似的一声不吭。他就是个摆设，所有人都知道，真正话事儿的是朱明藏。戚灵枢显然也发现了，也不再指着扶岚那货做决断了。

"既然如此，咱们就开门见山吧。"朱明藏冷笑，"你们人间是因为道法衰微，才来议和吧？走到如今这个境地，看来你们已经到了山穷水尽的地步了。我们只消静待数十年，人间便可尽收囊中，又何必听你在这儿大放厥词？"

"道法衰微，并不意味着坐以待毙。"戚灵枢直视他的双眼，"诸位请向北望，仙门百家正集结弟子前往无方。若诸位不和，那便战！无方为先锋，必将一路血洗，捐弃头颅，直捣横山。即便战死南疆，也要换人间百代平安！"

座中一片沉默，朱明藏默然良久，缓缓笑起来："戚灵枢，你是条汉子。好，议和可以，但我有条件。"

"请直言。"

"要议和结盟，须岁贡纹银十万两，绢三十万匹，米面生肉二十万担。"朱明藏道。

缴纳岁贡，无异于俯首称臣。戚灵枢面沉如水，拳头紧握。

"怎么，不乐意吗？"朱明藏冷笑连连，"连这点儿诚意都没有，还妄想南北议和？"

"纹银三万两，绢十万匹，米面生肉八万担。"戚灵枢道。

小师叔竟然让步了！戚隐心里有些惊异，看来人间道法确实衰微到刻不容缓的地步了。这议和大约只是表象，四方仙山的意思约莫是争取时日，再想出旁的救危扶困的法子。

"就依你所言，但我还要再加一个条件！"朱明藏忽地抬起眼，眸中肃杀一片，"戚灵枢，你师尊戚元微斩杀妖魔无数，你也不遑多让。今日你在此，向我们百万

441

妖魔下跪，叩首三下。我南疆同你们人间议和结盟三百年，但凡有一妖一魔进土一寸，吾杀之！"

座中沸腾一片，屋头上的妖怪全站起来敲锣，高喊："快磕头！磕头！"号叫声此起彼落，整个场子像煮开了的锅。

戚灵枢脸色铁青，抿唇不语。

这个死猪妖，真是欺人太甚！戚隐叹了一声，整了整衣裳，顺着旁边的树溜下去，把归昧扔给捧剑的妖怪，拨开舞姬走到中央。扶岚明显怔了一下，困惑地瞧他。戚隐看了眼戚灵枢，示意他别说话，扭头冲朱明藏道："有件事儿你大概不知道，戚慎微是我亲爷，我是他亲儿。你要人磕头，我来。让亲儿磕头，总比让徒弟磕头好吧？"

"放屁，就你这样，你……"朱明藏方要骂他，忽地顿住了。面前这个年轻人，黑发黑眸，漆黑的眉峰像一把刀。他平日总是低着头，要么缀在扶岚后头，流浪狗似的，走在哪儿都不大显眼，朱明藏竟没有发现，他的眉宇那么像他的父亲。现在他抬起头来了，不说笑，肃着脸，那眉目里的坚硬清冷便浮了出来。

"陛下，他是你的弟弟，你应该好好约束他，不要让他在这里胡闹。"朱明藏冷笑，"你一个无名之辈，要你磕头有什么意思？戚灵枢，你磕不磕？"

这个浑蛋，戚隐一怒，刚要上前说几句，戚灵枢拦住他，将他拉到身后。

"我可以向南疆百姓叩首，"戚灵枢眼瞳清冷，"但这些姑娘我要带走。"

"好！"朱明藏道。

在众目睽睽之下，在千百妖魔和仙山弟子的注视之中，戚灵枢撩开衣袍，矮身跪了下去。无论是人还是妖魔，连大气儿都不敢喘，四下里一片寂静。戚隐眼睁睁地看着这个倔强的青年俯下身，一下一下磕在青石板上。三叩首，一次不少。戚灵枢平生叩师尊，叩天地，这是他唯一一次向敌人叩头。舞姬们盈盈落泪，哭成了一片。

戚灵枢站了起来，白洁的额上红了一角。戚隐想去扶他，他摆了摆手，立在那里，肩背挺拔犹如孤生的松竹，即便俯下头颅，也没有人可以动摇他的高傲。

"还请将军遵守诺言，五月十五，无方山南北结盟大典，静候陛下和将军的大驾。"戚灵枢拱手长揖，转身离去。

人影散乱，妖魔来来往往。窄窄的青石阶羊肠似的弯弯绕，戚隐和扶岚站在青砖上往下瞧。日影挪过人家挂着牛皮纸灯笼的滴水檐，照在戚隐的足尖上。戚隐侧眼看了眼扶岚，有些埋怨地道："哥，你怎么也不帮小师叔说句话儿？"

扶岚摇摇头，轻声道："这是他们的战争，他们要自己解决。"

他沉静的侧颜迎着阳光，白皙如细腻的玉。戚隐知道，他是个异乡人，凡人妖魔的争端他从不放在心里。戚隐挠了挠头，又问："当年你为什么参与南疆内战？"

扶岚半低着头，挠了挠黑猫的下巴颏儿。黑猫眯起眼睛，毛茸茸的长尾巴左右乱摇。他慢慢道："因为嘉陵江很美，我不希望它沾血。"

# 第三十二章　去乡

"那要是有一天人间和南疆开战,你帮谁?"戚隐小声问。

"小隐帮谁,我就帮谁。"

朱明藏说得没错,这小子真是个昏君。戚隐不经意回头,正瞧见朱明藏在桥堍那头默默看着他们,目光晦暗不明。戚隐心里无语,这头猪,成天像他夺了他的宠爱似的,一见他和扶岚在一起就没个好脸色。戚隐叹了口气,对扶岚说:"你别老这样。你要想你自己的愿望,你自己想帮谁你就帮谁,不用在意我。"

扶岚呆了一下,垂着脑袋闷闷地"哦"了一声,没再说话了。

晚上设宴大王寨,几百号妖魔同聚一堂,当真是群魔乱舞的场面。牛妖赤裸上身相互角力,顶得头破血流。妖娆的蛇女赤着脚丫子在草席上跳舞,月光落在她们白皙的肌肤上,她们的手臂恍若两截冰冷的玉石。还有狼妖,身上串着铜环,大口喝酒大口嚼肉,长满青毛的爪锋利如刀。正中央篝火熊熊,妖孩魔童围着打转,捂着耳朵放烟花。戚灵枢坐在一圈青面獠牙的妖魔里面,十分突兀。

妖仆扛着酒壶上酒,给龙骨王座上的扶岚也倒了两杯。扶岚望着酒杯发愣,里面漆黑的酒液映着他的脸庞。

戚隐不是什么重要人物,没他的座次,背着手在外面溜达,走累了就坐在树上看月亮。一弯细细的月牙,像女人秀丽的眉宇。正发着呆,一个倒吊的狐狸脸忽地现在眼前,戚隐差点没吓得掉下去。女萝笑嘻嘻地从上面蹦下来,坐在树梢上晃着修长的腿儿。

"干吗不去喝酒?"女萝点他的眉心,"怎么,看不起我们南疆的酒?"

"你还敢来?"戚隐一见她,气不打一处来,"我正要找你!"

自打从巴山回来,这婆娘就蒸发了似的没个踪影,去她的洞府寻,空空如也,问旁的妖姬,也都说没见着。戚隐猜她是怕扶岚找她麻烦,脚底抹油溜了,没想到她竟自己送上门来。女萝歪了歪脖子:"找我做什么?想我啦?"

"叫你的神出来见我,我有事跟他们说。"戚隐道。

"你同我说就好了,你说的话,我的神都听得见。"女萝指了指自己妩媚的大眼睛,"他们正从我的眼睛里看着你呢。"

"快把他们给我哥的命令撤销。"戚隐道,"从我哥的脑袋里离开。"

女萝轻轻"啊"了一声,疑惑地道:"为什么?你不喜欢呆瓜小郎君?我的神可是挑了很久,考虑了不下一百个人选,才选中他送到你的身边。"

"为什么要这么做?"一股怒气冲上心头,戚隐咬着牙道,"这么做很好玩儿吗?可怜我没爹没娘,孤苦无依?觉得送一个哥哥给我,就可以慰藉我无依无靠的心吗?我是冷是热,是死是活,关你们什么事儿?!天下的孤儿这么多,你的神是不是吃饱了撑的?!"

他这一通火泻出来,女萝讶然半晌没开口。戚隐回过神来,别过脸道:"方才说话重了点,对不住。"

"答案不是很简单吗?当然是因为你有白鹿血,其他孤儿没有啊。"女萝耸耸肩道，"天下能容纳妖心的只有你，能承载大神魂灵的也只有你。从你被巫郁离选中开始，我的神就关注你了，弟娃。我的神不随便杀人的，所以最好的办法就是把你保护起来啦。你还记得你七岁那年，姚家老太把你丢在吴塘十里外的市集吗？"

"记得。"戚隐道。

"是我把你送回家的啦。"女萝冲他眨眨眼，"你那时候可乖了，还叫我仙女姐姐呢。"

仔细看这婆娘，好像是有那么一丁点儿眼熟。戚隐没说话了，别过脸望着密密匝匝的林子和墨黑的远山。月光洒落他脸颊，勾勒出他刀削般的轮廓，女萝看见他眼底霜一样的哀冷和凄清。

"我就这么个命，我都习惯了。"他懊丧地道，"你们放了我哥吧。"

"好啦好啦，的确是可怜你啦。"女萝道，"你不知道，我第一次见你是在乌江。你娘天天去江边浣衣，把你给一个老虔婆照顾。你被她关在小屋子里，也不知道你哪来的能耐，自己拖来杌子，站起来扒在窗纱边上。外面每路过一个人，你就'大爷''大娘'地喊。一开始你还小，有点笨笨的，外面要是路过男的，你就喊'爹'，要是路过女的，你就喊'娘'。后来你长大了一点儿，才改口。"

戚隐低着头抠了抠树皮："所以你们选择了我哥？"

"这事儿主要怪我，是我提议的。巫郁离迟早要取你的性命，想来想去，能和他有一争之力的只有呆瓜小郎君了。"女萝道，"但神不能完全控制一个人，你也看到了，宗澜就是个例子。神只能影响一个人，所以妖魔内战的时候，呆瓜小郎君还是离开了。你别误会我们，我们很关心你的。那天你被姚家老太扔在市集，一个人蹲在牌坊底下，从晌午蹲到黄昏，从满街的人蹲到只剩下你一个，没人搭理你也没人管你，你渴得嘴唇都干了。我就对我的神说，让我送他回家吧。"

"照这样说，我还得感谢你们？"戚隐面无表情地说。

他不笑的样子严肃极了，眼角眉梢都透着一股疏离的味道。女萝心里有些惴惴，道："你是不是听那个老怪物说了些什么？那家伙最懂窥探人心，引人干坏事儿了，你可千万别信他。"女萝自暴自弃地道，"算了算了，我跟你说实话吧。低语没法儿撤销，神祇一旦在凡灵耳边低语，这个命令会刻在他脑子里一辈子，像个烙印，除非凡灵死，否则永远也消不掉。"

烙印。烙印。

他是他哥心底的烙印，是诸天神祇印上去的最深的疤。除非扶岚身死，否则他这一辈子都会为戚隐赴汤蹈火，粉身碎骨。戚隐的心一阵阵抽痛。这是什么样的狗屁神明，什么样的狗屁命运？是不是只要他死了，扶岚就可以摆脱低语的枷锁？

戚隐觉得很累，吸了口气，道："你对老怪了解多少？"

"我知道的也不多，听我的神说过几嘴。听说他出身不明，是当时的大巫祝巫衡的养子。他一开始是神殿历正，掌文书图籍、天下历法，后来当大司空，执掌四方水土功课，最后成为大巫祝。南疆神殿历代巫祝之中，他是唯一一个执鸠羽、跳

## 第三十二章 去乡

降神舞，召唤出白鹿大神的人。天殛之战期间，他被放逐，去往南荒大沼，成了祝鸠氏的奴隶。在上古，成为奴隶是一件很惨的事情。奴隶被视为不洁、不贞、不净，一般活牲陪葬什么的，都从奴隶里挑拣。没人知道他经历了什么，总之战后神墓建成，他被征召，制成罪徒，封入黄金人俑。"女萝点着下巴道，"这个家伙是个很复杂的人。你说他好吧，他饲养飞廉神蛊，孤身屠灭巴山神殿，残忍至极。你说他坏吧……"

"怎么？"

"常州孟家，你应当知道吧。自从他离开神墓，就一直四处活动。神大部分时间都捕捉不到他的行踪，直到三十多年前，他出现在常州府的灾民里，被孟家夫妻收养。那十七年里，他几乎什么都没干，每天读书练琴，侍弄草药，过普通人的日子。我们一开始猜测他酝酿着什么大动作，但什么都没有发生。直到孟家夫妻死后，他被赶出家门。"

"这事儿我知道，他杀了孟怀善父子。"戚隐道。

"你知道的不全。"女萝说，"孟怀善那时候其实已经快死了，他股生坏疽，恶臭流脓，整条腿都废了。老怪登门，说可以帮他治病。只要把飞廉神蛊种进他儿子的脖颈里，割他儿子的肉吃，他的病就能好。"

"孟怀善这么干了？"

"没错，他真这么干了。老怪没有杀他们，是他们自己杀了自己。"女萝眨眨眼，"更让我们惊讶的是，老怪娶了一个姑娘。"

戚隐一愣："娶了个姑娘？"

"也不算娶吧。"女萝撑着下巴思考，"那女子名唤夏芙蕖，是他养母的女使。孟怀善霸占孟家，也霸占了这个女人。她被折磨得遍体鳞伤的时候，逃出了孟府，找到了正在养蛾子的老怪。她临死前，许了两个心愿：第一个是向孟怀善复仇，第二个是嫁给孟清和。"

女萝记得那一天，漫天纷飞的细雪，地上蜿蜒着女人鲜艳的血迹。单薄的女人睁着无神的眼睛，躺在雪堆中，像一朵残破凋零的菡萏。巫郁离低着温煦的眉目，那样专注温柔的模样，谁见了都会忍不住陷进他眼里的柔情里，即便是假的，即便如飞蛾扑火。

"真是可怜的孩子。"巫郁离叹息着阖上她的双目，"原本想抛掉孟家养子这个身份，既然如此，便让他再活得久一点吧。毕竟……是一段不错的回忆。"

他撑起一把伞，斜放在女人身侧，为她遮住纷扬的雪花。尔后直起身，紫萤蝶在他身边上下扑飞，他披着黑色大氅的身影渐行渐远，消失在茫茫风雪里。

原来孟清和那个死去的妻子，是他养母的女使。戚隐默默地想，他保留孟清和的身份，是为了完成她做他妻子的心愿。难怪，若说白鹿是他假借妻子的名义提到的人未免有些牵强，毕竟白鹿那么矮的个子，才到正常人的半截儿，一看就知道是小孩儿。那位被医断腿的师兄再眼瞎，也不会辨不出孩子和女人的差别。

"我好像说得太多了。我发现你对老怪这个家伙没有什么厌恶,也没有什么恨意。"女萝歪着头审视他。

的确是这样。戚隐低着头想,大概是因为那个家伙身上彻骨的悲伤,他总觉得巫郁离也是一个很可怜的人。

"喂,你不会自己傻乎乎地上赶着把肉身给他吧?"女萝问道。

戚隐没答话,跳下树,朝大王寨那边走。女萝喊了好几声,那个黑发黑眸的男孩儿只是摆摆手,什么也没说,深一脚浅一脚地走远了。

大王寨里沸腾得像煮开的锅,座次乱七八糟,四下里是翻倒的桌子和酒壶。一众妖魔醉醺醺,抱着艳丽的妖姬鼓盆而歌。篝火堆边上围了一圈男男女女,有些妖魔已经露出了原形,几条彩色大蟒蛇缠成一股麻绳,呼哧一下滚进了灌木丛里。

戚隐在戚灵枢边上坐下,一看他的酒壶,还是满的,一点儿也没动。戚隐把他的酒挪过来,咕噜噜往嘴里灌,不一会儿一壶酒都干了个干净。戚灵枢蹙着眉问道:"何事忧心?"

"没事儿。"戚隐摇头。

"回无方吧。"戚灵枢道,"你是师尊的孩子,无方便是拼尽全力,也会保住你。"

戚隐嘲讽地笑了笑:"小师叔,我这人是不是挺没意思的?啥事儿都要别人护着,我哥护着我,你们护着我,我就没什么事儿是能自己干得成的。"他又撕开一壶酒的封口,往嘴里灌下去,烧刀子火辣辣,像吞了一口火焰进喉咙,腔子里烈焰滚滚,一颗心在烈火里烧灼。

"我不是那个意思……"

"我知道,我就是发个牢骚。"戚隐大口喝酒,满目是绚烂的火光,世界变得模模糊糊。废物嘛,除了发发牢骚,什么也干不成。再努力背经书,记符咒,也比不过人家天资聪颖。以为终于有个家歇脚了,原来是别人善意的谎言。他还是一条丧家之犬,在滂沱大雨里流浪。

没关系,反正他就要死了,这种日子就要结束了。戚隐抿了一口酒,酒液流进愁肠,苦得令人作呕。他都想好了,巫郁离要来拿他的肉身就来拿吧,他不抵抗,也不要扶岚为他战斗。他从今天开始不洗澡,这具躯壳他不要了,十八年后他又是一条响当当的好汉。

"别喝了。"

戚灵枢的话响在耳边,分明就在身侧,却越来越远似的。戚隐扭头看他,清冷的眉眼有了重影儿,一下子分出三个小师叔。酒气冲上脑门子,戚隐浑身上下都在发热。戚隐眯着眼睛四下里看,四方妖魔乱舞,火光跃动,树枝被烧得爆响。

扶岚坐在乌漆小案后面,远远望着他。黑猫抱着爪子,道:"你不去看看他?"

扶岚摇摇头,垂着脑袋落寞地道:"小隐不想见到我。"

"哈?"黑猫很无奈,"你俩又怎么啦?"

扶岚也不明白,大概是因为他太笨了,很多事情他都想不明白。戚隐总是说

## 第三十二章　去乡

他要去做他自己想做的事，可是戚隐想做的事，就是他想做的事。戚隐总是说他要有他自己的愿望，可他自己的愿望就是把弟弟养得白白胖胖，开开心心。许多年前，他心里一直是这个愿望，从来没有变过。

半抬起头，扶岚默默瞧着那边醉意醺醺的戚隐。他们之间分明只有几步路的距离，却好像隔得很远，远到他永远也到不了戚隐身边。他心里有种说不出的难过，眼睫低垂着，看起来有些孩子气，又有些孤单。

脑子晕乎乎的，戚隐抱着酒壶，歪在戚灵枢肩头。

戚灵枢用一根手指戳住戚隐的额头，把他从自己肩头拨下去。

戚隐一笑，拎着酒壶站起来：“反正老子命不长了，临死之前，让你看看什么叫作真男人！”

戚隐大灌了一口酒，啪的一声把酒壶摔在地上，大吼道：“都给老子安静！”

酒壶碎裂像是鞭炮炸响，四下里登时一片寂静，妖魔们都被他这惊雷般的一吼吓住了。其实这吼声没什么特别的，无非是醉汉耍酒疯，声音大了一点儿，可不知怎的，他们忽然觉得这个黑发黑眸的年轻人有点不一样。他站在群妖群魔的中央，像一根茕茕孑立的刺，谁也拔不走他，硬生生戳进所有妖魔的眼眶子里。

"臭小子，耍酒疯回家耍去！"朱明藏拍案骂道。

戚隐轻飘飘瞥了他一眼，没理他，抬手指向龙骨王座上面那个黑衣男人，道："你，过来。"

扶岚抱着猫，有点不知所措。他左右看了看，他身边没人，戚隐指的如果不是黑猫，那就只可能是他了。

黑猫从他膝头蹦下，他懵懂地走过去，站在戚隐身前。两个人面对面站着，夜风从颈子边上流过，月光洒落在脚尖。

戚隐最近说的话儿没有以前多了，也不怎么和他待在一块儿。戚隐总是蹙着眉心坐在角落里发呆，像是心里埋了很多很难过的事情。扶岚知道多半是因为他，因为他的心不会怦怦乱跳，因为他没有七情六欲。他从来没想过他会带给弟弟悲伤，他知道他有错，可他不知道如何改正。

他像做错事的小孩儿，低着头看着自己的足尖。他是龙骨王座上的妖族之主，也是一个犯了错不知道如何改正的哥哥。

戚隐环顾左右，大声道："我知道，你们都觉得我是个废物，看不起我。没关系，反正我也看不起我自己。我尿了一辈子，小时候学塾打架，我不敢还手，小姨骂我赔钱货，我不敢还口。可我不能就这么窝窝囊囊地死掉！我要做一件事，做一件不做会死不瞑目的事。"

他看向扶岚，月光映出他醺然又坚定的眼眸。

"哥，我骗了你。"他说。

扶岚呆住了，一瞬不瞬地凝视面前的男孩。

"我不管你怎么看我，不管你是不是因为低语才保护我，就算我是你的累赘，是你的枷锁，就算将来你记起我的时候，我永远都是一个仰仗神祇骗了你的小贼，我也一定会站在你身边。"戚隐深吸了一口气，一字一句地说。

戚隐上前一步，在所有妖魔的注视中抱住了扶岚。

扶岚的脑子里一片空白。

这是扶岚一生中第一次被这样拥抱，即便在他未曾记起的那段漫长时光，他也不曾体会过这样浓烈的情感。他的人生像一口静寂的潭水，映照天光云影，世间万物，独独没有起伏的波澜，也没有汹涌的浪潮。可今天他好像触及了一角。

戚灵枢如梦初醒，过去拉戚隐："戚隐！你醉了！"

戚隐酒气上脸，整张脸通红，已经站都站不稳了。戚灵枢正想把戚隐拉走，扶岚上前，从他手里拉过戚隐，把这个喝醉酒的家伙带走了。戚隐晕头转向，不知道发生了什么事儿，眼前全是摇摇晃晃的虚影儿，胃里犯恶心，直想吐。

戚灵枢一愣，蹙着眉道："岚师弟？"

扶岚没搭理他。

朱明藏骂道："夜宴还没完，龟儿，你去哪儿？！"

"回屋。"扶岚撂下两个字儿，身形一晃就消失了。

扶岚把戚隐带回了吊脚楼，放进架子床。鸦青色土布床帘子挂上帐钩，月光泻在床前，恍如秋霜一片。他站在床边，瞧着闭着眼的戚隐。

黑猫蹲在轩窗上看了一眼两人，随即转身跃进溶溶月色。

扶岚刚要转身离开，戚隐忽然起身，趴在床沿上，哇哇往地上吐，直把晚饭全都呕出来才罢休。戚隐晕晕乎乎，脑门一突一突地疼，浑身上下都发烫，五脏六腑好像都烧起来。打死他也不喝那么多酒了，难受得拉着领口，直着嗓子喘气儿，软皮蛇似的躺了回去。

一地狼藉，扶岚没办法，默默拿来抹布，把地清理干净，又去熬解酒汤，切点儿灵芝，放一勺蜂蜜，端到床边上，仔细喂戚隐喝下。扶岚给他洗了脸，漱了口，把他衣裳脱下来，给他盖上碎花薄被。戚隐似乎稍稍清醒了那么一点儿，撩起一条眼缝，隐隐约约看见扶岚的影儿，嘟囔着喊了声："哥……"

"嗯。"扶岚回他。

戚隐滚到帐子边上，听见扶岚的回应，才又昏昏睡去。

扶岚小心翼翼地放下帐子，转身出去了。

天蒙蒙亮，一眼望过去是蟹壳青的颜色，山野里还有茫茫的雾气，树叶尖儿上挂着圆圆的露珠，倏忽一滚，坠下一滴翠色来。戚隐在一片绚烂的天光里睁开眼，眯瞪着下坐起身，敲了敲脑袋，还有点儿胀。他闭着眼蹲在门槛上刷牙洗脸，一睁眼，发现路过的妖魔都看他，眼神奇怪。他叼着牙枝，揽着镜子照了照，和以前一样俊，没什么变化。怎么了，看他跟看猴儿似的？

戚灵枢来辞行，也是一副欲言又止的样子。戚隐纳罕道："有什么事儿说呗，都是男人，别婆婆妈妈的。"

## 第三十二章　去乡

"昨晚的事情，你还记得吗？"戚灵枢问。

戚隐挠挠头，他喝太多，断片儿了，只记得他拿戚灵枢的酒喝，后来的事儿都不记得了。看戚灵枢的神色，又想起那些妖魔看他的眼神，戚隐心里咯噔一下，问道："我干了什么见不得人的事儿吗？"

戚灵枢缓缓点头。

戚隐道："有多糟？"

"非常糟。"

"我知道之后，会不会想要自尽以谢天下？"

"会。"

戚隐捂住脸："那别说了，我不想听，不知道就可以当作没发生。小师叔，你去吧，过几天咱们再见，如果还能见到的话。"

"还有，"戚灵枢低声道，"昨晚一事，我见朱明藏似乎对你隐有杀意，当心。"

戚灵枢交给他一面琉璃镜，吩咐他有事用镜子联系。剑光一闪，直直往高广的穹隆而去，戚灵枢负手御剑，后面跟着载着舞姬的大船，消失在苍茫的天尽头。戚隐挥了挥臂膀，无所谓地转过身掩起门。要杀就杀吧，来呗，他洗干净脖子等着。

"我不当皇帝了，你找别人吧。"扶岚对朱明藏说。

春风吹过滴水檐，响玉滴溜溜地转。扶岚站在廊庑底下，望着下面高高低低的青灰色瓦棱。他的眸子静静的，天光漾在里头，有细腻的波光。如果黑猫在，它会看出扶岚现在很开心。

朱明藏咬紧牙关，憋着一肚子恶气，胸膛上下起伏。

"我会帮你们去议和，那之后我就要走了。"扶岚道。

"你想定了？"朱明藏冷笑道。

"嗯。"扶岚点头，"我和小隐会一起走。"

"那留夷的孩儿呢？！"朱明藏怒道。

扶岚愣了一下，低下头想了想，道："小衣裳做好了，我会回来看他们。"

"好，好！"朱明藏怒极反笑，递出一卷金漆卷轴，"这是议和书，封了封印，五月十五才会解开，到时候你呈给人间那帮狗剑仙。从此以后，天高海阔，你自去便是。只是南疆不再是你的家，你一辈子也别回来！"

扶岚眼神黯了黯，接过议和书，放进乾坤袋，弯腰抱起三脚红漆大木盆，往溪水走。朱明藏在他身后道："扶岚，你以为有那个凡人崽子在，你就有家吗？你错了，你这样非人非妖又非魔的怪物，你根本没有去处，你天地难容！"

扶岚没有理他，孤零零地往竹林里。阳光洒在他肩头，他默默无言。

快洗完的时候，头上罩下一片影子，扶岚抬起头，瞧见戚隐在他身边蹲下。溪水上阳光明媚，戚隐的影儿打在粼粼水波里，曲曲折折。戚隐有些尴尬地挠挠头："我昨晚喝醉了，说的话儿做的事儿都当不得真，没冒犯到你吧？"

扶岚呆了一下,问:"不当真吗?"

戚隐忙点头:"我没做什么出格的事儿吧?"

扶岚垂下眼睫,眸光暗淡。他慢慢明白过来,弟弟又反悔了。

戚隐估摸着自己喝醉的时候该是许了许多不着调的诺言,缓缓转过视线,沉默了好半晌。

扶岚抱起盆儿,站起身。

"你去哪儿?"戚隐慌张地看着他。

"去做饭。"扶岚沿着光影斑斓的小径,渐渐走远了。

## 第三十三章 薤露

五月十五，无方山，灭度峰。

缠绵数日的春雨终于停了，天地洗刷一新，风烟俱净，迢迢长空万里无云，一望无际。戚灵枢身负问雪剑，一袭白袍，立于悬空阶上。无数仙门同道御剑临峰，长长的白袖在手肘后飘扬，远远望过去，仿佛一群群白鹤展着翅子飞。忽然，一道极亮的刀光直插云霄，仿佛天穹忽然被撕裂一个口子，所有白鹤乍然惊起，纷纷退让。在那道绝丽的刀光下，其他剑光竟显得微渺如萤火。

大家都还在猜这刀光来自何人的时候，天尽头涌起滚滚乌云，所有人停了剑，手搭凉棚望向那边。他们知道，那是妖魔使者来了，他们身上煞气深重，每当聚集在一处行动，就如同汇集了一大团乌云。有的时候妖魔煞气太过浓重，乌云过境，底下的草木会瞬间被吸去灵气，萎靡而死。

乌云转瞬即至，十二个妖魔使者在山门落地，刀光一闪而过，黑袍黑发的男人从中走出。周遭仙门弟子很快让出一片空地，掩着嘴儿低声议论上下打量。为了避免麻烦，扶岚和戚隐都戴了面具，没人认出他们俩。戚灵枢遥遥望见，步下悬空白玉阶，为他们引路。

"看，扶岚来了。这是化了形，不是那般猪头的模样了？"有弟子低声道。

"看来化得不彻底，还戴着副面具遮他的丑模样。"四下里窃窃低笑。

座席设在拭剑台，高高的大理石台上，扶岚和温元苦的几案各据一边。温元苦已在上方等候，白须白发，魁梧的身材，远远望过去，像一尊武神像。扶岚抱着黑猫入座，长长的袍尾曳在身后。温元苦遥遥向他拱手，扶岚垂着眸，没搭理。温元苦尴尬地整了整袖子，竟然没生气。

下方聂重华冷冷一笑："果真是没开化的妖魔，好生无礼。去年便被此贼诓入无方，闹得冰海摇震，还放跑了禁地千百妖魔。元苦掌门便不怕这次又是这个妖贼的奸计？"

白明均赔着笑，举起衣袖掩着嘴儿低声道："聂掌门，口中慎言。"他抬起眼，看了看拭剑台上的扶岚，微微蹙起眉心道："不知是妖魔的化形术厉害，还是我多疑，总觉得这个扶岚与我们之前见到的那个不大一样……"

戚灵枢上前作揖告退，元苦微微笑着，虚虚扶了一把戚灵枢："好孩子，辛苦你了，去歇歇吧。"

## 第三十三章　薤露

他手下略略用力，捏了一把戚灵枢的手臂。戚灵枢浑身僵硬，冷着脸道："弟子告退。"

戚隐站着累得慌。拭剑台下都是各门各派弟子，一打眼白花花一片，戚隐觉得他们像被瞻仰的遗体，下面都是披麻戴孝的孝子贤孙。九头鸟娉娉婷婷走过来，给扶岚斟酒。无方道人辟谷养生，没有备酒，这是这帮妖魔自带的。戚隐蹲下身，小声道："我去找一下小师叔。"

"小隐不和我一起吗？"扶岚问。

"你一个人也可以的，再说了，这不猫爷在吗？"戚隐拍拍他肩膀，想了想，从乾坤袋里拿出戚灵枢的琉璃镜递给他，"有事儿用这个喊我。"便跳下拭剑台溜了。

扶岚低着眸子，白瓷杯里映出他落寞的影儿。他又想起戚隐血酒醺然的甜味，像一星星蜜糖。他端起酒杯轻轻抿了一口，口齿发涩，没有甜味。

绣球花小径，戚隐气喘吁吁赶上戚灵枢："小师叔，你怎么在这儿？累死我了。"

"你来这里做什么？"戚灵枢凝眉道。

"有个东西要给你。"戚隐从兜里掏出一个巴掌大的八宝白玉匣。这玩意儿是他从黑市里淘来的，花了整整十两银子，心疼得要死。戚灵枢认得这个，无方山有许多，以前用来封存妖魔心脏，自从元籍死后，那些心脏都被销毁了。

戚灵枢没接，疑惑地看他。

"里面放了点儿我的血。"戚隐说，"我能信任的人不多，想来想去只有你了。老怪要我的命，我哥肯定要和他拼命。以前还觉得有几分胜算，谁知那老怪强得离谱，单枪匹马能扫荡一整个神殿。我不想我哥和他拼，倒不如我自己把命给他。等我死后，白鹿复活，你帮我把这些血交给白鹿，求他帮我哥造个娃娃。"

"你做什么？"戚灵枢的眉心几乎拧成了一个结。

"唉，详细的跟你说不明白，总而言之就是我不想活了。猫爷说白鹿是个好神祇，老怪也这么说，我自己觉得也是。等他复活，你就拿着我的血去找他。白鹿是神，是妖魔的始祖，造个人肯定小菜一碟。我哥喜欢养娃娃，我想着等我没了，起码给我哥留个伴儿，留个念想。这娃娃有我的血脉，就相当于我的延续了，也挺好的。"

戚灵枢不接，道："戚隐，你留在无方……"

"别说这么多了，"戚隐打断他，满脸忧愁，"我不能给猫爷，它肯定会告诉我哥，只能给你了。求你了，你就帮我这个忙吧。也别跟我说一定还有希望什么的，这些事儿我比你更清楚。就一句话，你帮不帮吧？"

戚灵枢沉默半晌，接了他的八宝白玉匣子，沉声道："盟议过后，不要离开。"

戚隐知道这小子想帮他想法子，无非是倾无方之力抵御巫郁离什么的，那恐怕得要无方全军覆没。戚隐耸了耸肩，没应他，只问："你在这儿干吗呢？"

戚灵枢透过密密匝匝的绣球花，望向对面的无咎小筑："我要进去一趟。"

"干吗？"

"我还是觉得师叔不妥，趁大典进行，他抽不开身，我要进去查一查。"

"我跟你一起。"

戚隐从乾坤袋里拿出件白衣裳换上，跟着戚灵枢进了无咎小筑。因着戚灵枢的身份地位，里头的守门弟子很好糊弄，轻易放了行。两个人进了屋，帘子遮得严丝合缝，里头暗沉沉没什么光。里头阴凉，比外头冷了一截，戚隐莫名有些打寒战。四下里看，月牙桌罗汉榻，落地罩雕花屏，没什么特别的，但戚隐总觉得似乎有谁藏在哪里盯着他，脖子后面冷飕飕冒凉气儿。

戚隐小声问戚灵枢，是不是也有这种感觉。

戚灵枢面沉如水，无声地点头。

他们修道之人，多多少少有点儿灵气感应之类的东西。即便是常人，长时间被人盯着，也会有针刺扎在背上的感觉。戚隐低声问："你觉得偷窥的人在哪儿？"

戚灵枢站在原地，默默感觉了半晌，两个人一起回过头，望向后面。那里有一面鸦青色的帘子，后面影影绰绰，不知道遮着什么东西。戚灵枢一步步走过去，伸出问雪剑，缓缓揭开帘布，两个人登时都吃了一惊。

那里挂着许多脸，薄薄一张皮子，像蝉翼一样透明。很多脸很熟悉，戚隐认得，是无方山的弟子，有些脸还和他一起听过元尹和叶枯残的课。戚灵枢脸色很差，上手摸了摸一张脸，道："是人皮，新剥下来不久。"

无方山果然是人才辈出，上一个掌门喜欢收集妖心，现在这个喜欢收集人皮。戚隐无语。

"只剥了脸皮，却不见尸体，这里一定有密室藏尸。"戚灵枢上下摸索，寻找机关。

戚隐也四下里端详，最上面有个空位，显然原本是挂着一张脸的。戚隐心里有些悚然，难不成现在这个元苦是戴着别人脸皮的假货？他上上下下地看，忽然又看见一张十分熟悉的脸：白净的面皮，细瓷一样干净，依稀看得出主人的俊秀。

戚隐目瞪口呆，指着那张脸道："小师叔……这好像是你的脸……"

刚抬起头，便见戚灵枢默默看着他，暗淡的光打在这家伙的半边脸上，朦朦胧胧有些不真实。这家伙显然也看见了那张脸皮，脸色晦暗不明。

"呃……"戚隐莫名觉得他有点儿不对劲，后退了两步，"为了确保安全，不如我们验一下你的真假。"

戚灵枢沉默半晌，问："怎么验？"

"当然是问一些只有我们俩知道的东西，如果你答对了，就算你是真的。"戚隐道，"但其实我们俩也不是特别熟，我知道的关于你的东西还真不多。所以你只要一个没答对，我就要对你不客气了。"

戚灵枢没言声，戚隐就当他默认了。

"我问你，那天我离开无方的时候，你告诉了我一个关于你的秘密，是什么？"

## 第三十三章　薤露

"我从未告诉过你我的秘密。"

"看，答错了。"戚隐缓缓拔出归昧剑，水银一般的剑光泻出一截，"别乱来，外面有弟子，你逃不掉的。"

戚灵枢别过脸，脸色很白，道："是你自己猜出来的，我有知己。"

"那个人是谁？"戚隐问。

戚灵枢紧紧抿着唇，脸上线条绷得冷硬。

"虽然我也不知道是谁，但我可以判断。如果你说出来的人不符合我的判断，我一样会对你不客气。"戚隐朝他挑挑下巴，"说吧。"

戚灵枢看他这神色，忽地反应过来，捻起那张脸皮，在手里搓了搓，厌恶地往后一扔。他咬牙切齿，恨声道："你知道这是面皮做的假脸，你在诓我。"

被发现了。那张皮子乍看之下唬人，认真一瞧就知道是面皮，只戚灵枢这个家伙十指不沾阳春水，没擀过面，看不出来。戚隐厚着脸皮赔笑："开个玩笑，开个玩笑。"

戚灵枢不再搭理他，四处寻机关，找到一个拔不动的高足花几，左右一转，花几底座咔嗒一声响，一旁的人皮墙缓缓翻转，露出黑魆魆的密室。戚灵枢亮起灯符，步入其中，戚隐紧随其后。符光幽幽照亮狭窄的密室，满地横七竖八，全是被剥了脸皮的无方弟子，细看胸腹，略有起伏，都还活着。最里头一个白发老人抬起头，露出血淋淋的脸颊和鹰隼般的双眼。

他沙哑地开口："灵枢……"

拭剑台下，昭冉高声唱诵："人间、南疆交换和书——"

扶岚从袖中取出金漆卷轴，步向拭剑台中央。他捧着卷轴，阳光下，掌中是一抹耀眼的金光。所有人都屏住呼吸，仰头看着扶岚手中的那道光。这是千百年来，人间与南疆第一次议和。从今往后，南疆与人间将和平共处，边疆的百姓可以休养生息，无惧走在林中溪边，不用担心突袭的妖魔啃噬他们的血肉骨骼，也不必担心村子一朝被屠无家可归。

"温元苦"从座位上站起来，等候着扶岚的和书。扶岚一步一步走过去，长长的袍角曳在身后。这是他头一回穿这样庄重的袍子，玄黑色的绸缎，柔软得像一片云。衣襟领口绣了繁复的金线，缠绕成蜿蜒的折枝花和卷云纹，腰带是犀角带，嵌了金丝，迎着阳光的时候会微微地发亮。其实他不是很喜欢这袍子，太重了，肩膀被压得很沉，身上像罩了一副铠甲。但是朱明藏说他不能丢南疆的脸，一定要穿得人模狗样。

这是他一生当中最人模狗样的时候，往日他都穿着粗布麻衣，摸起来很粗糙，浆洗得硬硬的，身子腾挪的时候皮肤和衣裳会摩擦出沙沙的响声。他心里希望弟弟能看见他这个模样，看见他完成南北议和，干成一件很了不起的大事。他嘴笨，人也笨，总是让弟弟担忧，他期望自己也能成为让弟弟骄傲的哥哥。

可是戚隐没有来，他去找小师叔了。扶岚微微低头，望向人堆，黑压压的人头攒动，藤萝一样结在一起，没有戚隐的身影。他有些失望，垂下眼眸，长睫在阳光下像落寞的蝴蝶，栖在他的脸颊上。

就在这时，他听见了熟悉的喊声："哥，当心！"

弟弟！

他抬起头，一道凛冽的剑光迎面而来！一刹之间，世界像白了一瞬，满眼白花花一片。

仿佛利刃割在眼皮上，所有人的眼睛被晃了一道。他们感觉凌厉的剑风拂过头顶，听见袍袖翻飞的声音，那是一个人从他们头顶掠过，直扑拭剑台。再睁开眼的时候，拭剑台矗立着一个魁梧的白发老人，他戴着银质面具，一双鹰隼般的眸子愤怒又炽热，像燃烧的炭火。

更让人目瞪口呆的是，他的剑下躺着"温元苦"的尸体，首身分离，滚滚黑气从尸体里涌出，像汹涌的黑雾，泛着一股阴沉邪佞的气息。尸体迅速枯萎，衣裳整个坍塌下去。那个魁梧的老人拄着万钧重剑，死死盯着扶岚，须发怒张，仿佛是一尊狂怒的武神。有人认出了这个老人，震惊地道："那是元苦掌门，那那具尸体又是谁？"

"这是个阴谋！"温元苦一字一句，声如洪钟，"此妖贼，命妖魔潜入无方，夺走老夫的容貌，假扮成老夫，惺惺作态想要议和，实则意图攻陷无方，征战人间！"

"误会！误会！"戚隐气喘吁吁地跑过来。这个老浑蛋，刚被他和戚灵枢救出来，就抢走他的面具，气势汹汹捉起剑来要杀人。戚隐心力交瘁，大喊道："师叔，这是个误会！"

"云隐！"温元苦瞪了他一眼，"若你父亲在天之灵，知道你同妖魔厮混在一处，定恨不得打断你的腿！待此事了结，老夫要亲自代元微教训你！"

所有人悚然一惊，拔剑而出，雪亮的剑光织成一片，齐齐对准了上方的扶岚。其余妖魔使节纷纷化为原形，露出锋利的獠牙和坚硬的利爪，同这些人对峙。霎时间，冷冽的杀气在空中流淌，犹如实质，冰寒刺骨。

黑猫跃下地面，低头嗅了嗅那散着黑气的尸体，回到扶岚的大袖里，低声道："大事不好，魔刀定是出了差错。这些魔物道行不低，不知怎么跑出来的。呆瓜，议和之事有蹊跷，依老夫看，咱们还是拎着娃儿，脚底抹油先溜吧。"

扶岚低下头，望着袖里的黑猫，小声道："可是大家都很想要议和。"若真的逃了，他们便洗不清这嫌疑了。扶岚递出金漆卷轴，对温元苦道："我不认识这些魔物，也没有夺走你的容貌，你们还愿意同我们讲和吗？"

"事已至此，你还要装蒜！"聂重华叫道。

"诸位师叔，"戚灵枢道，"此事定有蹊跷，不妨从长计议！灵枢以人头担保，南疆来使乃诚心议和！"

温元苦沉着脸，道："你太天真了，这些妖魔假意议和，深入人间腹地，又进

## 第三十三章　薤露

入我无方结界。待议和事成，留宿无方，夜半三更，他们便会发难，让你们这些天真的小儿静悄悄死在梦里！"他冷冷一笑，"分明是阴谋假意，老夫倒要看看，你们这帮居心叵测的妖魔要做戏做到什么时候，这和书里又写了些什么名堂！"

他一挥手，金光从扶岚手中飞出，卷轴打开，露出空荡荡的里页。

戚隐和戚灵枢都不可置信地看着那空白的和书，几乎不敢相信自己的眼睛。

"睁大你的眼睛看好，这就是他们所谓的议和书！"温元苦震声道。

戚隐叫道："哥，你是不是拿错了？"

扶岚也很震惊，黑而大的眼眸里露出讶异的神色。空白卷轴展在空中，温元苦的鞘中射出剑光，卷轴霎时间四分五裂，雪片一样飘落。

"猫，我们被骗了吗？"扶岚轻声问。

"看起来是的。"黑猫叹了口气。

"扶岚，既然来了，那便留下吧。"温元苦道。

扶岚摇摇头："你留不住我。"

"的确，自从你们南疆内战，九垓魔龙伏诛，你的名号响彻大江南北。"温元苦沉沉吸了一口气，"上次你来无方，更杀死了冰海天渊那条小魔龙。连斩两条魔龙，老夫的确没有信心留住你。说实话，扶岚，第一次在秘殿见你，你那般口出狂言的模样，根本不像是能斩杀魔龙的人物。今日见你，判若两人，却似乎有那么点儿意思了。"元苦低低笑了一声，飞身下了拭剑台，"你是我人间的心腹大患，我老了，难免要动用一些胜之不武的手段。且看看，我无方传世千年的大阵，能否留得住你！"

他抬起眼，眸中满是肃杀之气，白袖一挥，剑自鞘中飞出，却没有斩向扶岚，而是飞向无方大殿。那是一把重剑，名唤"枯雁"，听说以无方山的山心铜锻打而成，重达万钧。他的刃下死过无数妖魔鬼怪，悍戾的气息凝结在剑刃上，结成一层薄薄的霜。

那把剑掠过众人的头顶，仿佛一只孤飞的大雁啸然而过，尖厉的声音几乎能划破耳膜。戚灵枢一见枯雁飞去的方向，心中狠狠一颤。果然，枯雁轰然落在殿宇中央，落地的刹那，如同大鼓轰鸣，以剑尖为中心，银色的阵法在地面现形，一道灵力流涌过剑身，汇集向穹顶的周天满月。穹顶籁籁而动，星盘加速旋转。与此同时，无方天穹上的阵法启动，细如蛛丝的阵网不断交错、闪现，露出刀刃一般的光泽。

"太上杀阵启动了！"戚灵枢脸色惨白。

戚隐眸子一缩，他听说过这个阵法，这是无方的诛魔大阵，以整座灭度峰为阵眼，有入此阵"神仙踏上不归路，妖魔凡人化成灰"的美名。元籍就死在这个阵中，无方用最凶狠的阵处死了他，以示他罪大恶极。千年以来，只有最凶恶的妖魔和最狠毒的罪人能让无方启用这无上杀阵。

只见天穹汇出一个圆满的圈，密密麻麻的符咒涌现其中。扶岚和诸妖魔脚下显现了同样的符纹，银色的阵法在他们脚下旋转，繁复的符纹像盛开的花，蔓延，伸展，缠绕。所有人赞叹又惊惧地盯着那耀眼的光，花朵一样绚烂，却代表着死亡。

所有的一切只发生在一瞬间，妖魔很快感受到了重负，仿佛有无形的压力压在肩头，迫使它们跪下。这杀阵能压制妖魔修为，将灵力堵塞在经脉中，糨糊一样凝滞。妖魔们低号着，痛苦地蜷缩在法阵中央。阵中罡风四起，刀刃般的风割伤它们的脸颊，渗出细细的血丝。戚隐的心脏收缩，他看见九头鸟现出了原形，九根长颈伏在地上，凄厉地悲号。

只有扶岚依旧矗立当中，像一株凄风苦雨里枯立的竹。他面无表情，没有痛苦也没有哀恸，杀阵似乎对他一点用都没有，拭剑台下的弟子脸上慢慢露出惊疑不定的神色。啪嗒一声，罡风割坏了他的面具，银面具四分五裂，落在地上，露出他清俊的真容——黑黝黝的眸子，白皙的脸颊，低垂着眉目，安静得像个女孩子。

所有人吃了一惊，叫道："那不是凤还山弟子云岚吗？！"

温元苦冷笑："想不到元籍说得不错，你才是真正的扶岚。毁禁地阵眼的是你，杀冰海魔龙的是你，搅得无方天翻地覆的也是你！凤还山窝藏你，还为你遮掩。什么出海寻仙，根本就是畏罪潜逃！"

扶岚垂下眸，低声道："我不喜欢打架。"

巫罗秘法·凛冬。

男人立在当中，右手指尖凝出一点青色荧光。咒法无声施展，无形的力量悄无声息地展开。戚隐捻了捻手指，指尖的空气冰凉一片，似乎霎时间从五月暮春到了凛冽隆冬。以扶岚下为中心，冰花伸展出枝蔓，咔嚓咔嚓凝结。转动的阵法被慢慢冻结，停止转动，连无方天穹的阵法也停滞了，星子般的符咒光芒暗淡了许多。

罡风退去，在严寒中，绣球花迅速枯萎，簌簌掉落。妖魔们在杀阵里抬起了头，身上的伤痕一点点消失。仙门弟子的脸上露出恐惧，没有人能料到这个可怖的男人竟能仅靠一人的力量强行停止阵法的运转。温元苦的牙齿咬得咔咔响，那黑发黑袍的男人沉默无言，圆胖的猫儿趴在他的肩头。

"一帮蠢货，你们的太上杀阵能压制道法，能压制妖法，却压不了你们不曾见过的巫法。"黑猫嗬嗬冷笑。

扶岚漠然望着他们，白皙的脸上没有表情。那一刻，在所有人震惊的眸中，他像是高天之上降临的神祇，无悲无喜，无嗔无怒。

他淡声问："你们，还议和吗？"

戚隐松了一口气。果然，他就说嘛，他哥这么强，这劳什子法阵岂是他哥的对手？然而，扶岚身形忽然一滞，指尖青光像幽夜里的一盏孤灯，倏地熄灭。阵法重新启动，蛛网般的银色丝线在地面伸展，扶岚单膝跪在上面，仿佛是被捕获的猎物。

怎么回事？戚隐蓦然一惊。

扶岚伏倒在地，吐出一口血来。他颤抖地抬起手，掌心有黑色的脉络在生长，灵力不受控制地涣散，萤火虫一般飞出掌心，消失在空气中。

"呆瓜，你怎么了？！"黑猫扒着他的领口叫道。

## 第三十三章　薤露

"我的灵力……"扶岚脸色苍白得像一层纱，"没办法凝聚……"

"是雪上一枝蒿。"戚灵枢震惊道。

"什么东西？"戚隐忙问。

"云岚中了毒，"戚灵枢眸沉似水，"雪上一枝蒿，能短暂地瓦解中毒者的灵力。任凭多高的道行，中了这种毒，都会变得与凡人一般。可这种毒只能食用，云岚不饮不食，怎么会中这种毒？"

"是酒……"戚隐忽然想起来，九头鸟带来的那壶酒，"我哥喝了那杯酒。"

魔物、毒酒、空白的议和书……所有的线索连在一起，戚隐蓦然明白了，这根本就是一个圈套，是请君入瓮的陷阱。朱明藏亲手设了这毒计，将扶岚诓来无方。他想杀的不是戚隐，而是扶岚！

南疆，大王寨。

朱明藏跪坐在滴水檐下，以白布擦拭凄冷的长刀。薄而坚硬的刀刃在他手中翻转，冷冽的刀光映射在廊庑和地上。

"非我族类，其心必异。"朱明藏抬起阴狠的双眼，"这等绝世杀器，不能为我南疆所用，那便……毁了他！"

拭剑台上，扶岚痛苦地蜷起身体。黑色的脉络已经蔓延全身，白纱护领下，他的脖颈子上，依稀能看见狰狞的黑色瘢痕。戚隐的心缩成小小一团，那种泼天大祸从天而降的感觉又出现了。恍惚间，他似乎又看见乌江江心，飘散的黑发如同缠绕的海藻，美丽的女人流着泪望着呆呆的他，眼里满是绝望与悲哀。头顶像罩了一层浓重的黑影，顷刻间就要天崩地裂。

怎么会这样？怎么会这样？戚隐眼前一片黑暗，回过眼，看见负手而立的温元苦，忙跪在地上，向他叩首："师叔，那魔物真的同我哥没有关系！这是朱明藏的阴谋，是他陷害我哥，求你信我！求你！"

"事到如今，你还唤这个妖魔为'兄长'！"温元苦恨声道，"你父亲斩妖除魔一辈子，嫉恶如仇，你不配做他的儿子！"

"戚隐所言句句属实！恳请师叔，饶扶岚一命！"戚灵枢也跪地叩首，脸色惨白。他万万没有想到，南北盟议的结果会是如此，而这所有的一切，都是他亲手推动的。倘若他不前往南疆，扶岚就不会应邀而来。倘若他不执意探查无咎小筑，就不会救出元苦启动太上杀阵！

他的心在滴血，拳头紧握，指甲深深掐进肉里。

"灵枢，怎么连你也被这妖魔迷惑？！"温元苦恨铁不成钢，"休要多说，待老夫收拾了这些妖孽恶獠，再好好同你们算账！"

戚隐流着泪望向戚灵枢，问道："小师叔，你不是说我们是来盟议的吗？"

戚灵枢眼角发红，说不出话。

"这是朱明藏的阴谋！"戚隐不断磕头，温元苦不为所动。戚隐又向白明均那边膝行而去，在他面前磕头："白掌门，白师叔，求求你，你素日宽厚，求你为我哥说说情！"

"唉……"白明均为难地道，"恕我直言，扶岚乃是妖魔，与我们绝非同道啊。扶岚三孩儿在山西道占山为王，杀了多少好人，你难道不知道吗？多少百姓背井离乡，困死中途。这妖魔作恶多端，死有余辜啊。"

"那不是我哥的孩儿，师叔，那是凡人假扮的！"

"你这孩子，当真是被这妖魔迷了心窍。人家假扮他的孩儿做什么？妖魔素来荒淫无度，妖子妖孙满地都是，这事妇孺皆知，我们还会冤枉他不成？你是元微长老的孩儿，看在你亡父的面上我们才没有拿下你，你好自为之吧！"白明均摇摇头，不再搭理他。

"不是的！不是的……"戚隐泪流满面，又望向聂重华，她是个女流，或许心会软些。戚隐爬向她，在她脚下叩首："师叔，请听小侄一言。求你看在我爹的面子上，听我一言！我哥身上没有妖气，也没有魔气，他不是妖魔！"

"我听闻扶岚非人非妖非魔，是个来历不明的怪物。"聂重华厌恶地道，"既是如此，便更不能容他在世上！就算这真是那朱明藏的计策又如何？这等怪物，南疆尚且弃之，你难道还要我人间正道容留他为非歹？"

"不……不……"戚隐磕得头破血流，泪混着血糊了满脸，他伸手去抓那些仙门弟子，求他们为扶岚说情，"他在无方听过学，你们认识他的啊。他每天都在悬空阶扫雪，抱着我们师兄弟的衣裳在庭院里洗刷，你们不记得了吗？这样的人，怎么会意图攻陷无方？！"

每个人都后退，没人听他的话，他一个一个磕过去，把自己磕成了一个血人，也没有人要看他一眼。终于，一双脚站在他的面前，他满怀希冀地抬起头，看见方辛萧流满泪的脸颊。

"师妹，你信他对不对？"戚隐哑声道。

"隐师兄，岚哥哥真的不是人吗？"方辛萧颤声问，"他真的……是怪物吗？"

心一寸寸变冷，戚隐的心彻底凉了，血水漫过眼瞳，在戚隐的视野里，方辛萧的巴掌小脸一片血红。

阵法的光芒越来越盛，扶岚艰难地支起斩骨刀，刀风结界勉强抵御住四面罡风。黑猫龇着牙，忽然大吼一声，那一声恍若山崩地裂，所有人悚然一惊。只见它的身躯蓦然壮大起来，黑色的毛发浪潮一般翻卷，爪子变得锋利无匹，坚硬如同钢刀，在地面划出深深的痕迹。它愤怒地咆哮，獠牙毕现。那魁伟的身影矗立阵中，像一座巨山，顶天立地。

"凡人，便让老夫来领教尔等高招！"

浑厚的声音响彻灭度峰，黑猫灯笼一般的巨眼明明灭灭，嘴角洇出血迹。它竟强行突破了微生魔龙的封印，五脏六腑剧痛无比，仿佛下一刻就要爆裂。

## 第三十三章 薤露

"猫爷!"戚隐看到了希望,大声唤它。

"小隐,站稳了!"

黑猫长嘶。法阵在晃动,天穹簌簌摇动,星盘颤抖,整个灭度峰都在震动。弟子们站立不稳,纷纷挂着剑支撑身体。温元苦冷笑一声,召来无方诸长老,各据一个方位,向天穹星宿输送灵力。阵法在缓缓变红,罡风化为利剑,凝成炽热的钢铁龙卷风,扑向黑猫。剑光落在黑猫身上,黑猫痛苦地吼叫,身上迸出鲜艳的血花。

法阵进一步压制它的妖力,它的五脏六腑也达到承受的极限,喉中一甜,咳出一口血来。戚隐呆呆的,眼睁睁看着黑猫的身体缩小,重新蜷在扶岚身下。斩骨刀的结界摇摇欲坠,扶岚支起身,竭尽全力凝聚灵力,张开一个小小的结界,笼住萎靡的黑猫。

"到此为止了。"温元苦道。

十个白衣长老同时掐决,太上杀阵变得炽热血红。狂风雷霆在阵中呼啸,熊熊的火焰从地面腾起,席卷整个杀阵,遥遥望去,像是一朵红莲灿烂地盛开。那是十方红莲真火,它的高温能让血肉瞬时蒸发,钢铁烧成灰烬,金银熔成水流,即使是神祇也无法在这样炽热的火焰中幸存。戚隐疯了一般跑向拭剑台,戚灵枢、昭冉和方辛萧从后面拉住他,喊他停下。

"戚隐!"戚灵枢递给他琉璃镜,"云岚……"

戚隐颤巍巍地接过琉璃镜,里面血红一片,看不见影儿,却能听见一个微弱的声音。

"小隐,你在吗?"

"哥……"戚隐哑声喊他。

"我是不是很笨?我不知道什么是欢喜,我也不知道我的情感是真是假……神祇的低语,真的那么厉害吗?很多东西,我都不知道。"扶岚在镜子的那头,轻声道,"可是我和小隐在一起的时候,真的很开心。那天你喝醉了,说会一直在我身边,我也很开心。我甚至听见了自己的心跳,就像你说过的那样。猫说是因为我也喝醉了,可是我觉得我没醉,我只喝一杯而已。"

"你别说了,你快出来!"戚隐哭着往拭剑台上爬,"求你了,我求你。"

"不要哭。"扶岚的声音轻得像一片羽毛,孤零零的,没有着落,"我是个异乡人,没有同族,也没有家人。大家都不喜欢我,连小隐也会因为我而难过,或许我死掉也不是一样很坏的事情。如果有下辈子,我想投胎当个凡人,那个时候,你还愿意当我的弟弟吗?"

"你这个笨蛋,我没有因为你难过!你回来,我再也不骗你了,再也不反悔了!我求你了……"戚隐拼命爬上汉白玉台阶,背后的人抱住他的腿,他拖着所有人往前爬。

杀阵就在前方,炽热的温度,仿佛可以熔化脸庞。红莲般的火焰中,那个有着秋水双瞳的大男孩儿回过脸来。

"我会在黄泉的彼岸眺望你，祈求神祇代替我照看你。"他极淡地笑了笑，"再见，小隐。"

刀光结界轰然崩塌，火焰舔舐上他苍白的脸颊，仅仅一个瞬间，他像一张脆弱的白纸，碎成片片灰烬，在火焰中消失得无影无踪。那一刻，戚隐忽然间听不到了，天地好像失去了声音，他呆呆地望着杀阵中央，望着那些飘扬在火焰中的灰烬。

过往的一切鸦羽般袭来，童年的一切像金黄色的梦境，他遗忘了那么多年，却忽然在现在记起来了。四岁的他小鸭子一样跟在十二岁的扶岚屁股后面，顶着毛球儿似的黑猫往前走。寂静清冷的月光下扶岚搂着他，哼响那首大巫唱给神灵的歌谣，他窝在扶岚怀里攥着扶岚的衣襟，闭上眼，梦见白鹿在丛林里跳跃。分别的那个黄昏，斜阳点染长空，扶岚站在田埂上向他告别，他扑向扶岚的怀抱，哭着求他不要离开。

还有娘亲死掉的那个秋天，在他和娘亲赁住的吴塘小院，他懵懂地贴着墙角站着，他娘的屋子里一片嗡嗡之声，人影在窗纱上转来转去。不认识的人把娘的衣物拣出来，把贴满墙壁的辟邪符咒撕下来，扔在空地里。

"怎么还有男娃儿的衣裳？"小姨拿着一件褪了色的竹布黑衣，问。

"做给小隐以后穿的吧。"有人说。

"这么旧，还一股味儿，"小姨嫌弃地瘪起嘴，"死人的东西不吉利，不要了，一块儿烧了！"

小姨把黑衣扔进火堆，他娘打满补丁的枣红衣裙，还有小猫戴的围巾，一股脑儿，统统丢进了火里。他心中忽然涌起一种难以言喻的、可怕的惊惶，好像那些东西没了，他珍重的过去就没了。小姨拉着他的手走出月洞门，走过青灰色的马头墙，走出长长的石板路。他不住地回望那重重门洞后面，烧得像红胭脂一样的大火。火星和灰烬消散在空中，蠓虫一样扑来扑去。

十三年前的火焰和眼前的真焰重合，他号啕大哭，大声喊哥哥。

无边的晚霞里他们乘着斩骨刀一直飞一直飞，漫天的夕阳漫天的风，可为什么月亮会升起，这一切终将有尽头？斩骨刀上终于只剩下他一个人，他将一个人孤零零走到天黑，去往没有人等候的未来。

戚隐疯了一般挣开戚灵枢和昭冉，向着火焰奔跑，仿佛是一只扑火的飞蛾。手臂伸入烈焰，他想要去抓住那消散的灰烬，他哥哥的灰烬。手掌即将够到那破碎的黑色衣角，可剧痛蔓延全身，他的右手涣散成灰，和那些灰烬缠绕在一起。戚灵枢和昭冉拼命将他拉回来，他失去了右臂，跪在地上，哀声恸哭。

"扶岚伏诛！妖魔俱灭！"温元苦大声宣布。

仙门弟子欢欣鼓舞，大声庆祝。戚隐跪在阵前，木偶一样呆滞。一切都那么不真实，昨日还在给他做饭缝衣裳的哥哥，今日却在他眼前化为了飞灰。

是噩梦吧，他恍惚地想。

真火终于熄灭，杀阵停止运转。在那片欢呼声中，戚隐蹒跚地走向阵法中间。

## 第三十三章　薤露

斩骨刀还在，旁边一团黑漆漆的东西，那是黑猫。它已经烧成了炭，戚隐木木地蹲下身，摸了摸它，滚烫的温度，灼得手掌哧哧冒烟，胸膛之下似乎还有微弱的心跳。

疼，他明白过来，不是梦。

戚隐拔起斩骨刀，收入乾坤袋，把黑猫抱起来，行尸走肉一般离开。戚灵枢亦步亦趋跟在他身后，戚隐忽然站住，回过头对他道："别跟着我了，小师叔，我想一个人静静。"

"你的伤……"戚灵枢的声音很轻，唯恐惊扰了他。

"哦，不疼。"戚隐看了看自己空荡荡的右肩，"没事儿，我自己去找人包扎一下。"

他平静得令人害怕，戚灵枢不敢离开。

"那你跟远一点。"戚隐道。

戚灵枢点头，退后了几步。

戚隐往前走，步下悬空阶。星子静谧高悬，他站在茫茫天风里，冰凉的风穿过他瘦削的身躯，他忽然觉得自己是透明的，什么东西都可以穿过他，没有任何阻碍。岁月无限长，天空高邈，他是一粒被遗弃的沙尘。

这尘世，一片荒芜。

戚隐忽然回过身来，双眸像枯干的潭。

"小师叔，人间、南疆，我一个都不原谅。"

他说完，纵身一跃。戚灵枢怆然失色，往前一扑，却只来得及挨到他的衣角。黑色的衣袂翻飞，像一只孤飞的蝶，戚灵枢眼睁睁看着他落入荒漠一般的星空，消失得无影无踪。

风声在耳边呼啸，戚隐闭着双眼，流星一般下坠。

大地越来越近，绵延无尽的山林向他张开手臂。忽然，一抹白光乍现，他落入云朵一般绵软的毛发中，睁开眼，正见九尾白狐一双弯如月牙的眼睛。戚隐一声不吭，翻身落地，抱着黑猫，蹒跚地往前走。黑猫越来越冷，戚隐几乎感受不到它的呼吸和心跳，它像是一团冷掉的炭火，毫无声息。

"弟娃，跟我走吧，我带你去找我的神。"女萝化为人形。

戚隐没有搭理她，兀自闷声往前走。

"你听听话嘛。"女萝亦步亦趋跟在他身后，"你家猫大爷经不起折腾了，咱们把它埋了，让它安息，然后我带你去云梦古泽，去找我的神，她会帮你疗伤。"

戚隐忽然停下脚步，咬着匕首割开手掌，掰开黑猫的嘴，将血滴进去。那完完全全是一团焦炭了，眼睛被高温熔化，嘴皮烧没了，露出一排白森森的尖牙。那触目惊心的模样，让女萝不自觉打了个寒战。可戚隐什么表情也没有，他像是一个行走的死人，默不吭声。女萝可以感受到他身上那种冰冷的悲伤，像是大海的潮水，在他周围涨涨落落，他是个溺水的人，却不寻求搭救。

这家伙刚刚从灭度峰上跳下来，就是在寻死。

"弟娃……"

"为什么要救我？"戚隐回过身，问。

"因为……"女萝张了张口。

戚隐打断她："你们跟着我，让我哥来保护我，不是因为可怜我，是因为我对你们有用，对不对？我不知道我对你们还有什么用处，但从现在开始，你说的每一个字我都不会相信。请你离开。我虽然是个废物，但起码还有一条命。"他盯着她，缓缓把匕首抵在颈边。

"唉……你这孩子，"女萝气恨地跺跺脚，"我真的是来帮你的。你很重要，弟娃，我的神用黄金蓍草卜问天地大运，连卜三次，卦辞都指向了你。这就是我们救你的原因。你跟我走，我带你去见我的神，她会告诉你一切的由来。"

后面的丛林里忽然响起窸窸窣窣的声音，数道阴冷邪佞的魔气从林间蛇行而出，直扑向女萝。女萝吃了一惊，叫道："九垓的魔气？！弟娃，你靠后，让嫂嫂来会会这邪魔！"她嘶吼一声，苍白的指甲暴涨，白浪般的皮毛翻滚而出，重新化为九尾白狐的模样。

泼墨般的魔气回缩，凝出一只身条儿纤细的黑狐，一双赤荧荧的双眼邪气四溢。

"你是谁？"女萝耸着脊背，嘶声问。

"你该问问你的神。"黑狐的笑声又尖又细，仿佛是从喉咙里挤出来的。

两只妖魔相对，一黑一白对峙。黑狐弯弯的眼睛像血月，饶有趣味地打量女萝，却并不进攻。女萝摸不清楚他的意图，九垓到底生了什么变？这样道行的魔物怎么能突破魔刀的结界？她百思不得其解，可她无法叩问神祇。那些缥缈的大灵隐身冥冥之中，只有他们需要她的时候才会来到她的身边，指引她该去的方向。

这个魔物为何不进攻？他只是想拖住她！她心里隐隐察觉到什么，霎时间吃了一惊，回身想找戚隐，却见方才戚隐站的地方空空如也。

这臭小子竟然趁她同魔物对峙逃走了！女萝怒极。

"你拦不住他的，"心月狐栖在树梢，低笑着道，"这是他必往的宿命，是吾主为他写就的宿命。他就快死了。女萝，我听说你向你的神学会了不少祭歌。从现在开始唱吧，择一首好听的，为这个孩子唱一首挽歌，送他魂归蒿里。"

夜像一团墨泼在丛林里，月光被锋利的叶片割得细碎，散在泥泞的地上。戚隐不停地奔跑，右臂的伤口痛到他感觉不到痛楚，脑子比任何一刻都要清醒。四处逼近的脚步和影子像鬼魂，紧紧追在身后。

他不知道他要去哪里，他只是抱着冷炭一样的黑猫，或许已经成了尸体，不停地奔跑，逃离，就像在逃离一场铺天盖地的梦魇。他忍不住想，是不是回到南疆大王寨，他就又可以见到扶岚？扶岚会系着襻膊，在小溪边洗衣裳，听见他的脚步声，扭过头，脸颊在天光下几乎透明。扶岚会睁着澄澈的瞳子，像往常那样，问他要不要吃饭。

## 第三十三章　薤露

他绊了一跤，头脸磕进土里，鲜血盖过瞳孔，满世界肮脏泥泞，血红一片。他没有力气了，这场梦魇好像长得没有尽头，他没有力量挣脱。他附过耳，去听黑猫的心跳，听了很久，才隐隐约约听到一点点搏动。他抹了抹额上的血，涂进黑猫的嘴里。

"猫爷，猫爷。"他唤它。

黑猫没有反应，那最后一点心跳也在慢慢变弱。

他艰难地爬起来，无助地环顾四周。织在一起的灌木丛影影绰绰，远处出现了火把，像鬼火，闪闪烁烁，照亮林间攒动的人头。那是寻找他的无方弟子，他躲过魔物，又躲这些凡人，跌跌撞撞，过了几乎整整一夜。往前走了数十步，踉跄了一下，转过脸，他看见了他父亲的墓穴。周围立了木桩子，平日里应当有人把守。或许是因为今日灭度峰生变的缘故，守卫的弟子离开了。衰草铺满地，点点萤火若隐若现。幽暗的洞口悄无声息，下面隐隐有水流的反光。

戚隐站在洞口发了一会儿呆，跳了进去，蹚着齐踝的水洼往前走。十二把黄金十字护手刀在青铜大鼎上缓缓转动，闪着潋滟的光泽。彩画依旧在穹顶，白鹿奔月，千万妖魔凡人匍匐在大地之上，恭送他们魁伟的神祇。他蹒跚地向前走，穿过长长的黑暗墓道，踩着破碎的石俑残渣，来到白鹿中殿的门前。

他推开了石门，星光在头顶涌动，无数青铜巨柱静谧矗立，向着无限的黑暗绵延。

白鹿神像巍峨坐落在正中央的玄武岩高台上，古奥庄严，像一个在黑暗里孤独屹立了千万年的古老君王。每一寸肌肉都叫嚣着疼痛，戚隐筋疲力尽地跪在神像面前，额头抵着冰冷的石台，默默地流泪。

"白鹿大神……戚隐向你祈愿，求求你，救救猫爷……"

过了不知多久，一声叹息响在他头顶，白衣少年脚尖点地，落在他的面前。

"我说，你怎么搞成这样？"白鹿颇为无奈地看他。

"求求你，"戚隐机械地磕头，额头已经失去了知觉，"求求你，求求你。"

"救不了。这只猫全身上下，起码有八成都烧成炭了。它的自愈能力完全失效，和凡猫没什么两样。这种程度的伤，就算是巫罗秘法里的苏生术也救不回它。"白鹿抱着胳膊耸耸肩，"你知道的，上回只不过解了你的妖诅，小爷就魂魄涣散，花了半个月的工夫才重聚，我真没办法。"

"我把我的肉身给你。"戚隐沙哑地道。

"我要你的肉身干吗？"白鹿打量他，道，"还缺了条胳膊。"

"神……"戚隐闭上眼流泪，"你是大神，你一定有法子。"

白鹿仰着脑袋长叹了一声："干吗把自己搞这么惨？你太年轻了，若是活得够久，你就会明白活着就像挑着一盏孤灯在大海上航行，海水茫茫，你会遇见另一艘船，相伴着走一截子路。但风浪不测，总有人会半途沉没，有人继续前行。没有人能一直陪着你，从年轻走到老，从生走到死。能陪你走到最后的不是你的伙伴，是你自己在海水中的倒影。"

戚隐的心像被掐住了，他沉默着，没有说话。

童年丧母，青年失父，如今他又失去了他的哥哥，这样轻飘飘的一句话，抚不平他心底天裂一般的伤。

"归根结底，活着就是慢慢死去，小子，放它走吧。"白鹿最后说。他银色的眸子望着匍匐在地的戚隐，像一潭深静的潭水。那不是漠不关心，也不是无动于衷，是一种看尽千帆的平静。这一刻这个少年终于像一个神祇，所有的情绪都从他脸上消失，最后剩下雕塑一般的冷静淡然。

"那巫郁离呢？"戚隐忽然问。

白鹿明显愣了一下。

"对你来说，那个家伙，也只是航程上的一个路人吗？"

白鹿沉默了一会儿，没有回答，只问："他还活着？"

"是他复活了你，"戚隐道，"我是他为你准备的肉身。"

星辰下一片静寂，戚隐听不见白鹿的动静，这个意懒厌世的神祇仿佛一下子失去了声息。

"真是烦死小爷了！"白鹿暴躁地抓头发，"你们这帮凡灵，一个比一个麻烦！自己麻烦也就算了，偏偏还要扯上小爷。你听好了，你被他给耍了。没人比我更了解我的大神巫，他生了一颗七窍玲珑心，连小爷有时候都被他骗得团团转。你会站在这里必定不是偶然，是他给你铺好这条死路，让你睁眼瞎似的往上走。"

戚隐恍然想起那冒充温元苦的邪魔，扶岚入彀，少不得那魔物推波助澜。

"是他……"戚隐痛苦地低喃，"为什么……"

"因为他没法儿进到这儿，"白鹿沉沉叹了口气，"他是黄金罪徒，被视作神巫的叛徒。陪伴我的神侍都是历代神殿大祭司大巫祝，秘法了得。他再厉害，也打不过一群已经死掉的魂魄。他只要踏进这里一步，神侍会让他尸骨无存。所以，他必须让你自己进来。不过，小子，这条路并非完全的死路。"

戚隐抬起眼。那是一双绝望悲惨的双眸，经历人间的大灾难大悲恸，暗得看不见光。

"我说过了，我真的没法儿帮你。上次小爷被伏羲老儿讨伐，战死天穆野，就是因为掺和了你们凡灵的破事儿。其他诸神小爷虽然不放在眼里，但伏羲那老头儿的天火实在难熬。加之小爷现在身体虚弱，聚个魂都费半天劲儿，更遑论当年之勇？"白鹿的目光落在他的脸上，徐徐吸了一口气，"但是如果你自己发现了法子，就不算我帮你的了。"

"我自己发现？"戚隐低声道。

"你第一次来到这里，就听见它的声音了，不是吗？"白鹿幽幽地道。

是的，戚隐听见了。那沉雄的心跳，来自神像的内部，像黄钟大吕，天尽头的钟鼓。当它跳动时，仿佛天地都在共鸣。戚隐颤着手，抚上巨大的白鹿神像，他感

## 第三十三章 薤露

受到了心跳，炽热地搏动，蕴蓄着神祇的力量。

"你从来就没有死，你只是在沉睡。"戚隐道。

"可以这么说。"白鹿说，"天殛之战我血肉化雨，心脏犹存。不知道是谁带走了我的心脏，送到了这里。我能复生的关键不是天地大运被更改，而是这颗心脏被唤醒。算了，不管了，反正有了它，你心头的血就可以生死人，肉白骨，这只妖猫就能得救了。"

"我会像你一样，长出鹿角吗？我会变成一个不人不鹿的东西吗？"戚隐轻声问。

"不知道，"白鹿耸耸肩，"说不准。届时小爷与你将骨肉相连，同生共死。盘古开天辟地以来，还没有人神一体的情况。你一定不再是人了，可也不是妖，不是魔，更不是神祇。我也不知道你这样应该叫什么，大概是个怪物吧。"

"我会失去理智吗？就像我爹那样。"

"不知道。"白鹿说，"凡间生灵，皆以类聚，以族分。他们恐惧未知，更恐惧与自己不同的东西。我只知道从今往后你没有同族，也没有家乡，你将会是一只孤独的野兽。你走到哪里，敌人就在哪里。"

就像扶岚一样，戚隐想。

有什么关系呢？这世道容不下扶岚，他留在那里又有什么意义？从始至终，他就濒临跌落的边缘。他是耷头耷脑的野草，埋没在人群，没有人看见他，所有人从他头顶漠不关心地踩过。只有扶岚，握住他的手，告诉他他是他的弟弟。

可扶岚死了，挫骨扬灰，尸骨无存。

"你可以复仇，可以杀我的大巫祝。违逆天道，篡改神运，我的这位惊才绝艳的大神巫，道孤且亡啊。"白鹿望着星辰，目光悠远，那淡色双眸里似乎蕴蓄了一段不可追忆的时光。他道："也罢，我与他，本就是天地长河的一缕尘埃，早就该泯灭于时间之中。天下万物皆可久，唯我不该活。我只有一个条件，等你完成你的心愿，送我去往我命定的归途，不可知的彼岸。"少年人静静俯视他，语调平淡，"你知道这意味着什么。"

戚隐的眼神一片死寂，他平静地说："我知道。"

亿万星辰在头顶无声地闪烁，戚隐静静望着神像，黑黝黝的眸中铺满霜花一般的萧索。白雾在青铜柱顶端汇聚，戴着白鹿面具的神侍披着手，齐齐望向中殿大门的方向。戚隐知道，无方的人找进来了。

白鹿挥袖，洁白的大袖在风中飞扬，十二把十字护手刀排成一列，飞入中殿，绕着戚隐旋转。戚隐握住其中的一把，刺入神像的胸腔。青金石玉蜿蜒出裂痕，这种连钢铁都无法撼动的神玉，只能被神器刺穿。白鹿心脏发出光芒，像一团小小的银色火焰，没有温度地燃烧。

哥，如果我放弃我的所有成为你，你还能回来吗？

戚隐无声地落泪。

刀刃反向，戚隐没有犹豫，刺向自己的胸膛。

剧痛像血色的潮水，淹没了他的意识。他仿佛跌进了一个无底的深渊，一个漆黑的梦境，永远无法醒来。剖胸换心，他放弃了凡人的心脏，成为一只独行的怪物。从今往后他不再是凡人，也不是妖魔，他将和扶岚一样，成为没有同族的怪胎。他过往的模样雪花儿一般簌簌袭来，然后离他远去，时光飞速流淌，最后定格在红莲真焰里扶岚那一抹淡淡的笑容上。

唯有死亡，才能换取新的生命。

他重新睁开了眼，像一次久违的重生。血脉在扩张，血液在沸腾，他眼中的世界变了，无形的灵气在他的眸中展露了色彩，相生相融，周而复始，循环不绝。他看见风的痕迹，光的线条。所有他不曾见的东西，不曾听的东西，齐齐显露眼前耳边。

他朝星辰张开了残损的臂膀，嘶声长啸。白鹿的魂魄化为白色的潮，疯狂地涌进他的五官七窍。他的身躯和脸庞几乎变了形，狰狞又恐怖。骨骼从肩膀上的裂口处生长，伸出一条苍白的白骨，血肉在骨骼上发芽，以令人惊异的速度铺满骨臂。无形的力量从他的身体，或者说是白鹿心脏里迸发出来，穹顶摇晃，星辰摇摇欲坠，无数青铜巨柱挨个崩塌，白雾神侍一个个消散如烟。灰尘簌簌地落，可所有尘埃石渣都被阻挡在他身前，仿佛在它们前方有一道看不见的墙。这道墙坚硬如铁，阻挡所有，没有东西可以靠近那个怒吼的男人。

与此同时，天地变色，星辰摇晃。无方山下锦溪镇，夜市里的人们惊恐地望着天，纷纷问发生了什么。

九垓天坑，巫郁离压下琴弦，紫萤蝶绕着指尖飞舞。

万丈深的地底，人首蛇身的神祇睁开了眼，从漫长的沉睡中醒来。千里之外，云梦古泽的遗迹，游弋的神女侧过苍白的脸，水波中轻不可闻的震颤传达到她们的手心。

"他回来了。"诸神絮絮低语，"战死的神祇，月中白鹿，罪神姜央，他回来了。"

地震过后，戚灵枢领着无方弟子进入白鹿大殿。穹顶四分五裂，星辰倒悬，明明灭灭。青铜柱塌了大半，淹没在不可见的黑暗里。他们小心翼翼踩着仅存的数根巨柱往残破的神像走去，那里空空如也，只有一摊刺目的鲜血和一颗血淋淋的心脏。

## 第三十四章

## 剑魔

夜深人静，鸣蝉一阵阵叫，千重万叠，像是剧烈的耳鸣。昭冉睡不着，爬起来穿衣裳。外面有弟子巡夜的脚步声，笃笃地远去。被叶片剪破的月影照在窗纱上，斑斑驳驳，像皮影戏里的布景。离戚隐失踪过去了七日，这七天他们每天都要下禁地搜寻，他身先士卒，脚都磨出了血泡。

开始的时候还好，到后面几天，渐渐有许多人有了怨气，说戚隐不过是一个同妖魔厮混在一起的叛徒，何必花这么大的功夫，就因为他是元微师叔祖的孩儿吗？谁都知道，他只是个私生子罢了。

又渐渐地，传出了更多流言，说自打无方论道听学那时候起，便见戚隐同他那个怪物哥哥关系不一般。流言传来传去，今日再下禁地，许多人只是行走嬉戏，没人真的在找了。

没人知道戚隐到底怎么了，也没人知道那颗心脏到底是谁的。当然，除了小师叔，没有人在乎。

昭冉并不担心戚隐，他只是在尽他的本分。他最担心的是小师叔，从七日前在坍塌的神墓里发现那颗心脏开始，小师叔便沉默了许多。这七日里，他几乎夜夜宿在禁地。倘若没有搜寻，他便抱着装着那颗心的八宝白玉匣发愣。这样下去，便是铁人也受不住。今天昭冉苦口婆心地劝他，才让他回石室歇息。

凄迷的月光在石板路上流泻，像一层薄薄的水银铺在地上。各派掌门弟子都走了，无方山又恢复了往日的清净。昭冉挑着一盏羊角灯笼，向思过崖走去。沿途绣球花开得正盛，累累挂在树上。正漫不经心地看，忽然见一朵花上沾着点儿黏腻的深色液体，昭冉停下步子，用手摸了摸。

是血。

昭冉悚然一惊，角灯下压，果然见地上有斑斑点点的血迹，一直向前延伸。昭冉快步走过去，只见小径拐角处，面朝下趴着几个弟子，把其中一个翻过来，是一张被剥了面皮的脸。昭冉吓了一跳，很快反应过来，这是被妖魔假掌门加害过的师弟们。那妖魔的嗜好着实太过残忍，竟将人脸整张剥下。红彤彤的血肉暴露眼前，泥泞不堪，触目惊心。昭冉强忍着恶心，轻声唤："师弟，师弟！"

地上的人没有反应，昭冉探手过去试他的脉搏，已经没有动静了。昭冉心里发凉，站起身，叫来巡夜的弟子。因为发生妖患不久，大家都如临大敌，趋步跟着昭

## 第三十四章　剑魔

冉。一行人到了那小径拐角，却见地上空空如也，什么都没有。

"咦，人呢？"昭冉蹙着眉道。

"师兄，是不是你看岔了？"后面抱着剑的师弟道，"你这几日都同小师叔下禁地搜寻那个叛徒，准是累着了。"

"唉，真是烦人，那个叛徒爱死哪儿死哪儿去，关咱们什么事儿？掌门师祖还非得让我们去一茬一茬地寻。我看就算元微师叔祖在世，也要和这个叛徒断绝关系。"旁边有人附和道。

"别说了，方才确实有五个师弟在这里，而且已经遇害。"昭冉低声道，"大家小心，或许凶手还在此地，极有可能就是他把他们拖走的。"

大家面面相觑，都不大当真的样子。忽然有人问："师兄，你说的那些师弟们，是不是只穿着亵衣？"

"你怎么知道？"昭冉一愣。

那弟子指指后面，道："他们就在你身后。"

昭冉一惊，慌忙回头，只见那些人直挺挺地围着海棠树站着，个个都垂着脑袋，草堆似的乱发遮住了脸。那一身白的模样，着实像个飘忽的鬼魂。

"是梦游吧？"有人小声问。

"怎么可能大伙儿一块儿梦游？"终于有人发了怵。

"不，不可能，他们已经断气了！"昭冉道。

弟子们吞了几口口水，缓缓拔出剑来。有个人大大咧咧，不当回事儿，道："瞧把你们给吓得，我来看看。"

他直接上前拍他们，昭冉刚要制止，却已经来不及，那些没有脸的师弟猛地抬起头，只见海棠树翳里，他们的眼睛已经成了两个黑黝黝的血洞。他们忽然张大嘴，下巴不可思议地拉到一个常人绝对无法张开的程度，两侧嘴皮拉得薄如蝉翼。霎时间，五个人的七窍涌出潮水般的斑斓彩蛾，扑棱着，汇集成妖异的彩雾，顿时吞没了所有弟子的头颅。

思过崖上，戚灵枢阖目趺坐在蒲团上，额头冷汗直下。山里冰凉的气息包裹着他，整个人像泡在一个大水缸里。他的脑子里一会儿是戚元微悲惨可怖的苍白脸庞、畸形巨大的妖异身躯，一会儿是戚隐流着泪问他，"小师叔，你不是说我们是来盟议的吗？"所有血淋淋的画面纷纷而过，最后定格成颓圮的神墓残破的石台上那颗温热血红的心脏。

为什么……为什么会这样？

体内灵力不受控制地逆转，五脏像是要爆裂开来，剧痛无比。戚灵枢紧紧闭着双目，眉心火光粲然，煞气四溢，如有实质。不祥的气息自胸腑中翻腾而起，满心无解的悲哀、痛苦和怨怼涨涨落落，灌满他的四肢百骸、三魂七魄。他蓦然睁开眼，哇地吐出一口血来。

"小师叔，你又做噩梦了。"

一股邪佞的黑气沿着山阶爬上来，罩在戚灵枢头顶，是一个通体漆黑的狐狸模样。

戚灵枢看见崖下火光冲天，无方弟子四处奔走，剑光在瓦檐下出现又隐没。

"你是那日假扮成师叔的魔物？"戚灵枢哑声道。

"是我，我叫心月狐。"心月狐低低地笑，"是不是很痛苦？你在后悔吗？后悔去了南疆，把扶岚和戚隐劝过来，让他们死得这样惨，一个挫骨扬灰，一个尸首无存。你是不是很想知道这颗心脏是谁的？"心月狐拿出那颗鲜血淋漓的心脏，"让我告诉你吧，这气息好生熟悉。啊，它就是戚隐的。看来那个小孩儿承受不住痛苦，自己剜了自己的心呢。"

腐坏的心脏满目疮痍，悬在戚灵枢眼前。戚灵枢心如刀割，心脏已坏，人岂能活！

"是谁指使的你？朱明藏？"戚灵枢厉声问。

"啧啧啧，那只蠢笨的猪妖，怎么能当我的主人？"心月狐摇头道，"他只是我主子的一枚棋子罢了，但他的作用远远不如你。扶岚身死，多亏你尽心竭力。出使南疆，非你不可，戚隐和扶岚一定无条件相信你，你们是么好的朋友，只有你能把他们毫无防备地带到无方。我再在你面前露一露马脚，让你去查无咎小筑。果然，你就发现了你那刚正不阿的好师叔！"

戚灵枢的眼睛越来越暗，仿佛笼上一层漆黑的荫翳，深沉得不见底。他眉心的那一截火光也越来越盛，越来越艳。

"你的主子是谁？"戚灵枢咬着牙问。

他的身侧腾起一圈黑雾，无形的杀气在他周围升起，飞沙走石，风如飞刃。

"别生气嘛，"心月狐赞叹地端详他的脸庞，"放眼无方，我最喜欢的就是你的脸蛋儿。你不要怒，也不要悲，保持你最好看的样子，我要把你的脸剥下来，好好赏玩。你乖乖的，不要反抗，我就告诉你我的主人是谁。"

"好，拿去。"戚灵枢冷冷地道。

心月狐靠近戚灵枢，浓重的黑影罩在戚灵枢的身上。就在心月狐触及戚灵枢脸庞的刹那，戚灵枢忽然闪电般出手，一把掐住他的脖颈子，左手点上他的眉心，指尖一点荧光微闪。

"你要点魄？"心月狐冷笑，"我身上有护魄咒！"

"不，"戚灵枢的眸子暗如长夜，"我要你的血肉。"

两指点上心月狐的眉心，戚灵枢与他的经络瞬间连通，汹涌的魔气和殷红的鲜血疯狂地从心月狐体内涌出，汇入戚灵枢的奇经八脉、五脏六腑。他们两个被浓重的黑雾笼罩，分不出谁是谁。黑气暴涨，潮水一般起起落落，四周砂石乱走，落叶翻飞，像一场风暴席卷了这方寸山崖。

心月狐嘶叫着，哀号道："你疯了！你可是无方弟子，难道你要走吞血修炼的邪道吗？！"

## 第三十四章　剑魔

戚灵枢额心血印鲜红，道："人道魔道，生死杀伐，有何不同？我今天便是入了这魔道，那又如何？！你的主子究竟是谁？"

"源如期，"心月狐尖叫，"不，巫郁离！是他逼死戚隐，是他在你无方种下妖蛾。他图谋甚深，我知道的东西不多，我只是奉命行事！"

"很好。"戚灵枢没有停下，指尖荧光更盛，魔气混着鲜血狂涌进他的经络。心月狐神魂震颤，躯体在那腾涌如潮的黑雾中扭曲变形。与此同时，戚灵枢眉心的心魔印艳丽犹如怒烧的红焰。

片刻之后，心月狐完全被吸干，只剩下一张薄薄的皮子。戚灵枢缓缓抬起眼，露出血色的双眸。他低低笑起来，沙哑的声音压在喉咙里："可笑，可笑！所谓天道，是耶非耶！尔等害死我亲师，逼死我弱弟，屠戮我好友。倘若人间有道，为何善者死，恶者生，正者绝，邪者存？！从今往后，欺我者诛，叛我者杀，我再也不要与你们同道而行。尔等成仙，吾便入魔，修我心魔剑，成我无上道！"

他站起身，山阶上爬上一个鲜血淋漓的人。昭冉艰难地朝他伸出手："小师叔……无方……有妖……"

"自今日起，我与无方，恩断义绝。"

戚灵枢拂袖转身，化为一道浓黑的剑气飞天而去，转瞬杳无踪影。

风里有股咸湿的味道，阳光火辣辣罩在头顶，像一个黄金色的幂篱。云知停下手中刻刀，手搭凉棚往海的尽头望。细浪拍打，争逐着向岸边奔流。青黑色的溪蟹慢吞吞地爬上沙滩，吸溜溜吞吐细沙里的泥水。毛茸茸的草芯子迎着风摇曳，向着山坡迤逦而去，越来越密，越来越多，最终占领了整座山坡。

云知手边的石碑已经刻完了，上面龙飞凤舞两个大字——凤还，底下密密麻麻数行谁也不会遵守的门规——不可御剑，不可斗殴，不可饮酒，不可盗窃，不可淫色，不可出海。上岛一个多月的光景，这破岛遗世独立，鸟不拉屎，凭着一双腿，两天两夜就能绕岛一周。他师父说，这就是昔年出海寻仙寻到的海外仙岛。彼时仙人居于此地，云霞成绮，神鸟齐鸣。然而他们到的时候，只在南面山坡的一处山洞里发现一具孤零零的尸骸。

想必这连棺材都没有的老前辈，便是他师父口中的仙人了吧。云知喟然长叹，拾起刻刀，转身要往回走。忽然，一道金光贴着海面飞来，掀起层层银花般的细浪，利箭一般射向山坡上那座刚搭好的茅草屋。云知瞥了眼"不可御剑"的门规，收起刻刀，负手踩着有悔剑，追随那金光而去。

"师父！是不是我的信？"云知在窗台上撑着下巴，懒洋洋地叫道。

"非也非也，这是给你师父我的。"

清式挺着圆滚滚的大肚腩靠在美人靠上，金光飞帖在他面前徐徐展开。帖子很长，字儿密密麻麻，蚂蚁似的挤在一块儿。清式在陆上有些朋伴，时不时传信给他。云知偷看过几封，其中有一封告诉清式长乐坊貌美的寡妇徐娘子业已再嫁，那天清式捧着茶杯消沉了一天。

云知倚在窗屉子边上,看见清式的神色越发凝重。

"怎么了,咱的山头被土匪给占了?"云知百无聊赖地问。

"人间出大事儿了,我们凤还如今是老鼠过街,人人喊打。"清式收起帖子,脸色难看得很。

"这倒是稀奇了。"云知从窗台上翻进来,随意坐在脚踏上,"往日你四处坑蒙拐骗,蹭吃蹭喝,咱们尚有一席之地。现在咱们避世南来,不问世俗,倒被人唾弃了?"刚想问怎么回事儿,云知想到什么,一挑眉,"黑仔他们出事儿了?"

清式沉沉叹了口气:"罢了,老夫不瞒你,扶岚为无方所杀,小隐跃下灭度峰,至今下落不明。还有你那小师叔,灵枢师侄……"

"什么玩意儿?咒人死折寿啊师父!"云知睁大眼。

"小兔崽子,听老夫说完,"清式骂道,"你那小师叔万念俱灰,堕道成魔了!"

云知满脸错愕,还是不敢相信。他伸手要来飞帖,字字细读。无方山上红莲真焰仿佛就烧在眼前,他印象里那个野草般的小师弟孤零零走上悬空阶,一跃而下,与尘世诀别。这世间的事儿要发生从不问什么因由,它只是劈头盖脸地来了,让所有人大吃一惊。他明白戚隐的感受,也明白戚灵枢的心境,命运的滔天大浪早在他的幼年便显露端倪。那是一个风和日丽的清晨,他迷茫地醒来,想要抬起右手,却发现什么都没了。道法说天人合一,物与民胞,可他却常觉得苍天无情,无动于衷。即便同类相聚,各人的悲欢苦酒也终究只能自斟自饮。

无法宣之于口的悲喜涨涨落落,最终化为一口浊气,长叹而出,云知叠起飞帖,放在一旁。

清式掖着袖子,徐徐唤了声:"云知。"

"师父,"云知忽然整衣而起,长跪下去,"求师父允我入世。"

平日里吊儿郎当的男人收起玩世不恭的模样,竟也显得肃穆刚强。

"你刚刚出世才有多久,难道只是出来撒个泼,溜达溜达?"清式问道。

"那你就当我是出来溜达溜达吧。"云知埋着头,说道。

"为师往日不曾管教你,你真当为师是个百事俱应的活菩萨?"清式用蒲扇点了点他的头顶,道,"生生死死,命之常数。有生便有死,有死才有生,循环往复,周而不绝。你又何必抓着一点,死死不放?既然决定要出世,就不要回头。"

"本是世中人,何能走得脱?人世人世,有人便有世,跑得远远的,便算是出世吗?"云知道,"没猜错的话,你千里迢迢跑出来,是听了某个人的劝吧?"

清式掀起眼皮看了他一眼,摇摇头道:"你这个小鬼头,竟瞒不住你。不错,你清和师叔弥留之际同我说:'若我是师兄,当乘槎渡海,求问大道。'"清式从美人靠上站起来,眺望山坡下的大海,"他苦心经营这么多年,牵引灵气,削弱人间道法,人间早已没有与他匹敌之力。多么绝妙的计策,在你浑然无所知之时,已成了他的手下败将。老夫不是什么通天彻地的大能,能把你们这一帮小崽子养活便谢

## 第三十四章　剑魔

天谢地。他既然肯留凤还一条去路，老夫便依他所言，出海避世，也算为人间留得一条道脉。"

云知长长"哦"了声，站起来走到他身边："那日你同黑仔说什么一同避世，是吃准了他会拒绝。"

"这孩子孑然一身，寡亲缘，命孤煞，好不容易得一兄长，又岂会离他而去？"清式叹道。

"师父果然高明。这招是不是叫'缩头乌龟'？"

"逆徒，"清式道，"人力有穷，天道有定。我派人才凋零，为师不求凤还千秋万代，但求你们平平安安，稳稳当当。"

一老一少临窗而立，一只苍鹭拖长调子唧了一声，从茅草屋顶一掠而过。冷落的山坡和大海，破烂的簸箕被风吹得骨碌碌乱转，夕阳落下半边脸儿，天地昏黄。这破败的门派，也曾仙鹤云集，也曾万门敬仰，走过千年的传承，终究避不过苟延残喘的命运。

云知抱着手臂，缓缓地道："师父，逐我出师门吧。"

"你还是放不下。"清式道。

"弟子胸无大志，没什么本事，修得出一颗凡心，修不出一颗道心。他日有命回来，再来给你养老送终。"云知咧咧嘴。

"去吧。"清式闭了闭眼，背着手蹒跚地往屋里走，"去跟你的师弟师妹道声别，将来是祸是福，是吉是凶，都莫再回来了。老夫会将你的名字从凤还名牒刮除，往后山道路远，为师顾不上你了。"

云知站在原地看他的背影，黄苍苍的阳光照在他佝偻的肩头，他趿拉着鞋，缓缓挪进了里屋。原来不知什么时候，这个笑眯眯的秃头掌门已经驼了背。

云知花了七天的功夫，和流白他们几个一起做了个粗糙的小舟。一众师弟师妹帮着他刻符画阵，还把自己的乾坤袋贡献出来给他装干粮和水。桑芽捧着一颗大椰子，塞进乾坤袋里，对云知说："大师兄，这颗椰子是给岚哥哥和小隐的，你可不能偷吃。"

她年纪小，大家还没把扶岚和戚隐的事儿告诉她。云知揉揉她发顶，赌咒发誓保证不偷吃。挨个告了别，云知乘上独木舟，破浪而去。叶清明抱着剑立在一旁，默默看他远去。大家相互携着，站在海边目送他。长海望不见尽头，天地一片苍茫。

云知回望凤还，那方寸岛屿隐在茫茫海雾后面，离他越来越远。海路难寻，仙岛一旦隐匿踪迹，想要重返凤还难如登天。云知目不转睛地眺望着那孤零零的翠色小岛，只见穹隆上光芒霞帔一般抖开，那是清式重新张开仙岛结界，潋滟光波在雾中一闪而逝，整座岛像褪色的海市蜃楼，慢慢消失在凄迷的雾气里，再也看不见了。

一路北上，中途独木舟不堪风浪，终于翻了，云知只好御剑开路。不眠不休赶了半个月的路，云知回到了人间。他从台州府上岸，一路疾行，路过一家茶馆，累得满头大汗，实在熬不住，坐下来要了壶毛尖儿。他甫一收剑，便听对面那桌行脚商人高谈阔论。

"也不知元微道长这是造了什么孽，被一个乡野村妇坏了名节不说，这儿子同妖魔厮混，这徒弟堕道成魔，杀人吮血。要说这戚灵枢，好歹曾是仙门郎君，一方剑仙，怎的落得如此境地？唉，戚道长在天有灵，不知该如何痛心疾首啊！"

另外一个老人家摸着山羊胡，摇头道："无方山日前遭逢妖患，自顾不暇。听闻昆仑山聂掌门亲自率领弟子，前往弱水，替无方清理门户。可惜去了整整五十号人，回来只剩下十个伤患。"

"弱水？"云知笑嘻嘻凑过去，"老人家，弱水有什么威风人物不成？"

"你这年轻人，连弱水剑魔都不知道？"老人家道，"什么威风人物，不过是个堕魔的逆徒罢了。雍州弱水，那儿有个古战场，以前叫作剑冢，现在那剑魔把那儿当家，方圆十里的百姓都跑光了。"

"原来如此！"云知笑道，"正好闲来无事，我这就前去拜会拜会这弱水剑魔。"

大家一听，都惊异道："你可别去送死。先不说你能不能打赢那剑魔，就说你往西去，必定经过无方山下。那儿现在已经成了行尸的天下，山下方圆十余里统共三乡十二镇没有一个活人。你就算会御剑，倘若御得不够高，也会被盘旋在天上的妖蛾吞吃入腹。"

"无方山脚下有仙家庇护，怎么会有此等妖邪？"云知吃了一惊。

"这就说来话长了，听说是那日盟议扶岚带来的妖蛾子。那扶岚何等狡诈，自己虽被杀了，却留下妖蛾在无方。好在无方有护山大阵，就是那天烧死扶岚的那个，妖蛾被尽数歼灭。可仍有遗留下了山，直扑锦溪镇。又以锦溪镇为据点，飞往四方邻镇。底下的百姓遭了殃，才一天一夜，全镇的人儿都被妖蛾附体，成了行尸。"老人道。

有人附和道："那一带已经不能去了，妖蛾见人就咬，被咬上就完蛋。幸亏元苦掌门并几个长老耗费灵力扩大无方结界，罩在三乡十二镇上头，那些妖蛾行尸才出不来。要不然哪，我们也要完蛋！"

"最后一个问题，诸位可曾听到过戚隐的消息？"

大家面面相觑，都摇头："那小子早死了吧，从灭度峰那么高的地方跳下去，无方山的人搜寻了七天七夜都没找见人。我还听人说，他自己发疯，把整颗心给掏出来了。心都没了，就算是妖魔也没命了。"

掏心？云知摸着下巴，若有所思。

"多谢各位，在下还有急事，先走一步。"云知踏上有悔，负手西行。

"你也是仙人！"底下人见了有悔剑，纷纷围上来，"敢问仙人何门何派，高姓大名？我等有眼无珠，言语无状，还请仙人恕罪！"

剑上的青年回过脸来，发上的青色绢带随风飘扬，他咧嘴一笑，露出一口白牙。

"好说好说，贫道邋遢道人，云知是也。"

说完，一人一剑化作一道流光，冲天而去。

## 第三十四章 剑魔

茶馆店小二着急忙慌地追出来，喊道："仙人，仙人！你茶钱还没给！"

有悔剑飞到锦溪镇，打眼望下去，四处都是断壁残垣，破瓦烂屋。行尸拖着残败的躯体缓缓移动，天光下，一张张悲惨破败的脸庞惨白如纸，僵硬犹如生铁。天边有结界的潋滟流光，忽隐忽现。云知无声无息地飞掠上空，平日里带笑的桃花眼也不自觉沉郁了许多。

戚隐说过，巫郁离养过一种妖蛾，会附体于人，啃噬内脏。难道这些妖蛾都是他那好师叔的手笔吗？那厮到底想干什么？云知心里压了秤砣似的，沉沉不安。

云知正想着，南面林中升起一道血红色的焰火。仙门子弟以焰火传信，红色焰火，代表紧急求援。云知忙掉转方向，御剑而去，还未靠近，便听得底下惨叫连连。一帮弟子被山妖围攻，困在一棵榕树底下寸步难移，白绸衣裳又脏又破，看不出原样。剑法花里胡哨，光晃得人眼睛疼，一看就是钟鼓山的。看来无方当真是受了重创，自家山下还要别门他派帮忙除妖。

山妖统共有二十多个，云知刚要出手，便见一道汹涌的黑气凌空而至。那些钟鼓山弟子一见这黑气，比见了山妖还惊恐，纷纷尖声喊道："剑魔来了！剑魔来了！"

那黑气落地，海潮一般腾涌着散开，露出里面阴沉的素衣青年。云知看得呆了，那黑气加身的男人面如皓月，眉心紧蹙，像积落了万年哀雪，只是那上面多了一道刺目的红痕，煞气四溢，艳如怒焰，利如血剑。

云知知道，他不再是无方首徒，而是弱水剑魔，戚灵枢。

## 第三十五章

## 白发

戚灵枢负着剑，冷冷淡淡瞟了眼那些山妖，问："如何进九垓？"

山妖们抖如筛糠，纷纷道："少侠饶命，我们只是些乡野山妖，连大王寨都不曾去过，更别说九垓了。"

"是啊是啊，妖蛾行世，四处都是走尸，我们没有吃食，饿了十天了，这才铤而走险，打诸位仙长的主意。"山妖一把鼻涕一把泪地哭诉，"少侠饶我们一命吧，我们就是饿死也不敢出来害人了！"

"不知道，那便没用了。"戚灵枢道。

他身上阴寒邪佞的黑气忽然翻涌起来，滚滚扑向那些山妖。只不过一眨眼的工夫，一众山妖便被吸干了血肉，成了一张张口袋似的干皮。云知吃了一惊，吸血修炼乃道中大忌，妖魔一道虽进境神速，却如同行进在危楼深渊的边缘，稍有不慎便难以自持，沦为神志尽失的怪物。观他身上的杀伐气耸峙如山，隐隐带着不祥的血色，定是这般修炼有段时日了。

"戚灵枢，你这魔头，你还敢来！"一旁有个方脸弟子持剑大喝，"亏我往日视你为榜样，将你的画像挂在床头日日瞻仰，你写的道论，我篇篇倒背如流！看看你不人不鬼的模样，你有何面目来见我？他日九泉之下，又有何面目去见你的尊师元微长老？"

戚灵枢眉目一凛，冷笑道："尔为何人，干吾何事？凭尔等，亦敢提吾师尊号？"

话音刚落，问雪剑蓦然出鞘，寒霜般的剑光冲天而起。林间雾时如回风卷雪，凛冽的剑光纷纷而落，世界顿时萧瑟一片白。所有弟子愀然变色，这般绝丽的剑光，他们没有人是戚灵枢的对手。云知头疼地扶额，这帮二愣子，打不过还非得跟人杠！

右手掐诀，有悔剑自脚尖呼啸而出，分出二十余条剑影，将那炫目的剑光齐齐截住。铿锵数声响，所有剑光偏移原本的轨道，四周竹木被削没了一片。

云知轻飘飘地落地，对着那阴沉的青年咧嘴一笑，眉目舒展，灿烂生光。

"好久不见，有没有想我啊？"

戚灵枢看见他，明显愣了一下，心魔印上阴鸷的血气散了几分。戚灵枢拧着眉，声音低了些许："是你。"

## 第三十五章 白发

云知正要开口,那方脸弟子又大吼道:"戚灵枢,你竟然真的下杀手!我往日有多么仰慕你,今日便有多么后悔!今日我等定要替人间正道清理门户!"

戚灵枢脸色一变,冷笑道:"好一个人间正道!"

云知从未见过他脸上出现这样阴鸷的神情。戚灵枢这厮是出了名的君子,仙门的标杆,持身端正,就算生气,也不会太过分。他额上的心魔印顿时红得像血,身上的黑气浪潮般翻涌。钟鼓山这个愣头青,云知气得想要吐血。眼看问雪剑就要出鞘,云知忙跨前一步,拦在他和钟鼓山弟子之间,道:"小师叔,我这次回来,专程就是为了见你。咱别管这帮傻子了,一起喝杯酒呗!"

"让开。"戚灵枢眸子阴冷。

"不让不让,"云知耍赖,"怎么,你连我都打?没天理了,我千里迢迢来找你,你倒还对我动手!"

"让开。"戚灵枢第二次重复。

现在的戚灵枢和往日全然不同了,那双眼简直像浸在冰水里,只与他对视一眼便让人心里生寒。

云知叹了声,道:"小师叔,你要是杀了这帮人,就真的回不了头了。"

戚灵枢沉默良久,天光下,他立在那里,像一根孤零零的苦竹。

"扶岚何辜,戚隐何辜?可有人给他们机会?"戚灵枢抬起眸来看他,凄冷的眸底覆了万年的雪,"我早已无法回头,亦不愿回头。念往日情分,我只问你一句,你是杀,还是逃?"

"当然是杀!"那方脸弟子蹿出来,拔剑站在云知身侧,"道友,我同你一起!"

云知无奈地掏了掏耳朵,对身后那帮杵在树下的愣子道:"你们赶紧的,把这白痴架走。一会儿他没了命,我可管不着了。"

其余弟子迅速上前,捂住那人的嘴,强拖着他飞也似的逃了。云知回过脸来,缓缓拔剑,有悔剑犹如水银潺潺从剑鞘里泻出。

"咱们非得拔剑相向吗?"云知低声道。

"你我不同道。"

"也罢。"云知扔掉剑鞘,剑刃贴在手中,犹如一寸秋水,"请!"

问雪剑再次出鞘,剑光在林间炸开,如同纷纷细雪当头而落。所有的剑光都对准了一个影子,便是站在不远处枯木一样静立的云知。那个家伙仿佛睡着了,垂着头站在那里,剑藏在肘后,一动不动。问雪剑贴地而行,所到之处草木齐腰而断,汹涌的剑气贴近云知三步远,那个男人忽然动了,有悔抖落雪光,从雪花剑气的缝隙中折过,直直逼近戚灵枢的面门。

他不是睡着了,也不是发呆,他在等剑影逼近之时找到那直通戚灵枢的间隙,然后一击必杀!

没有炫目的剑影,也没有惊世的剑光,只有一柄有悔剑,电光一般一闪而没,顷刻间便到戚灵枢的眼前。这才是云知真正的实力,这个流氓一般的家伙在仙门从来没有好名声，长辈们提起他总要说他月下饮酒的风流韵事，说他嘻嘻哈哈不务正业，最后为凤还前途抹一把汗。没有人知道他才是真正的剑道天才，他的天赋甚至要在戚灵枢之上！

可惜，他面对的不是半年前罗天论道那个立在拭剑台上的仙门道标，而是弱水剑魔戚灵枢。

有悔剑在戚灵枢面前一寸远的地方停住，魔气凝固在他身前犹如实质，挡住了有悔。

"这一招不是凤还的剑法。"戚灵枢面对着那森冷的寒锋，脸色不改。

"没错，是我自创的。"云知说道，"我执意要回人间，师父把我逐出师门了，不能用师门的剑法，只好自创了。"

戚灵枢睫羽微垂："这招很好，叫什么？"

云知忽地挑眉一笑："听好了，这可是我不吃不喝苦思冥想钻研数年的惊天大招，全名曰'小师叔'，方才你所见乃第一式起手式——面边丝儿。"

戚灵枢忍无可忍，额露青筋："云！知！"

"我这招还没完呢！"云知道。

戚灵枢心里一跳，有悔剑忽然消失得无影无踪，只剩下一道黄纸符咒飘落。他蓦地反应过来，想要转身，却已经来不及，一道森冷的剑光从脑后呼啸而来，尖厉的鸣响划破空气，恍如丝绸被撕裂。云知从来没有找到突破他剑影的通路，方才那柄有悔只是符纸造出来的幻觉，真正的有悔藏在他的身后！有悔剑擦着戚灵枢的面皮飞过，带出一抹细细的红痕，脸颊边上的头发被割断了一缕，顺着剑风飘到云知手心。

云知接住那截乌发，笑道："你看，小师叔面边丝儿，我这名儿取得好吧？"

林中一片寂静。

问雪剑悍然出鞘，霎时间剑光席卷林中，云知的眼前一片空白。心里狠狠一跳，云知慌忙闪身躲开，衣袂迎着风，哗啦啦地响动，像许多鸽子钻进了怀里。他退避三尺，大叫道："你来真的？！"话音未落，剑光顷刻而至，云知抱头鼠窜。

"我错了，我错了，饶命啊！"问雪追着云知的屁股咬，云知边跑边惨叫，"对了，别打了，我要说正事儿。黑仔很可能没死，他还活着！"

剑势忽地停住，戚灵枢凝眸看他，道："何意？！"

云知撑着树喘气儿："你说你，逗你几句你就气了，真是一点儿玩笑都开不得。我且问你，你们是不是在禁地发现了黑仔的心脏？"

戚灵枢从乾坤袋里拿出一方八宝白玉匣，垂下眸，掩住眼底的沉郁和痛楚。

"他的心脏。"他轻声道。

云知被那颗腐烂的心脏吓了一跳，细细端详了半响，道："你确定这是黑仔的心脏？"

"确定。"

## 第三十五章 白发

"那就对了,黑仔八成没死。你还记得元籍为什么要抓他吧?因为他有白鹿大神的血脉,是这天底下唯一一个能容纳妖心的人。他不会平白无故把自己的心挖出来,他一定是和谁换了心。你在哪里发现这颗心脏的?旁边有没有什么妖魔尸体之类的?"

"没有。"戚灵枢凝眉道,"这颗心脏在白鹿中殿,周围一片狼藉,空无一物。"正说着,脑中灵光一现,戚灵枢忽然想起中殿碎裂的青铜柱,还有破碎的白鹿神像。那场莫名的地震,几乎毁了整个神墓。他猛地抬起头,道:"神墓中殿,神像的胸口破了。"

"你看,"云知摊摊手,"白鹿神像里八成藏了什么宝贝。黑仔说过他在中殿亲眼见过大神,没猜错的话,是白鹿大神帮了黑仔吧。走走走,"云知捡起有悔剑,"你快想想他有可能去哪儿,咱们去把他找回来。"

"不行。"戚灵枢的脸绷得冷硬,"你我不同道。"

"你走邪道,我走歪道,我们殊途同归。"云知厚着脸皮道。

戚灵枢沉默良久,别过脸:"云知,我真的很讨厌你。你为什么就是不能……离我远一点?"

这个家伙……云知无奈,方才这厮执意同他打架,就是要在那帮钟鼓山弟子面前同他撇清关系,免得他云知落个剑魔走狗的名声。何必呢?云知抱着有悔剑想,他往日的名声不见得比这个好多少。

云知觍着脸凑到戚灵枢边上,笑道:"我刚刚说的都是真的,我已经被我师父逐出师门了。你看,你是无方叛徒,我是凤还弃徒,咱俩正好凑一块儿。"他越说越起劲儿,渐渐没了边儿,"我们可以一块儿置办个剑魔宗、魔剑宗什么的。你当掌门,我当长老,召集天下邪魔外道。以你的名头,届时天下必定云集响应,纷纷来拜。咱们就按人头收钱,一人五两银子,你七我三,你看如何?"

"总而言之,我为你回来,你得管我吃穿管我住。"云知掏出茄袋,在戚灵枢面前颠了颠,"我一文钱都没了。"

两个人沉默地对视,往日松竹般的青年站在身前,黑气加身,平添了几分邪佞。云知淡笑望着他,他眼底哀冷的秋霜一点点瓦解,眉心鲜艳如血的心魔印终于暗淡了下去。

"随你。"戚灵枢转身向林间走。

"初初剜心,必要疗伤。你说黑仔会去哪里?"

"半月已过,若得神祇秘宝,他的伤或许已经痊愈。"

云知拿出血罗盘:"对了,正好带着血罗盘,他的亲人都不在世了,滴血入盘,指引的只可能是他自己的方位。他的心脏里还有血吗?弄点儿进去。"

"不必。"戚灵枢拿出另一个小一号的八宝白玉匣,打开盖儿,倒了一点血。他看着那血滴,眼眸黯了黯,"这是他给我的,他原本就做好了为巫郁离献身的打算,乞我在他身死之后,将这血交予白鹿大神,为云岚造一个孩子代他伴随左右,却没想到……"

"别说了。"云知打断他,"伤心的事儿就不要提了,现在我们的首要任务是找到黑仔。"

血滴汇入罗盘,铁锈一点点溶化,两个人的脑袋凑在一块儿,一眨不眨地盯着那指针。指针微微颤动,却没有腾挪。

戚灵枢的心落了下去,道:"他不在人世了。"

"不,血罗盘平日指南,黑仔恰巧就在南方,指针才不动弹罢了。"云知托着罗盘转了转,指针蜂子一般颤起来,果然又转回了方才那个方向。云知掉过头看了看南面,那是锁阳关的方向。墨绿色的大山如同蛰伏的猛兽,蹲踞在大地之上。云知问:"南疆?他去那儿干吗?"

两个人望着南天尽头,迢迢天风裹着细云,蟹壳青的天色阴沉如水。

"复仇,"戚灵枢低声道,"他是去复仇。"

与此同时,千里之外。大王寨里席面排了满场,妖姬在桌上起舞,妖娆地扭动躯体,灯笼晕红的光泻在细腻如玉的肌肤之上。酒香四溢,各部族的首领两颊吃得红红的,醉醺醺地笑,伸出手去够妖姬笔直修长的腿。朱明藏坐在龙骨王座上,铁刀插在脚边,手里圈着一个美艳的妖姬,那女子盈盈眼波递过来,媚眼如丝。

所有妖魔都在歌唱,庆贺朱明藏的寿辰。

"恭祝将军福如东海,寿比南山!"诸妖魔齐声道。

朱明藏满意地点头,朝四面敬酒。扶岚身死,魔刀镇守九垓,人间道法衰落,他自可以高枕无忧。他含着笑,再次举起酒觞:"诸君满饮!"

"将军,"山雀族的族长捧着羽觞站起来,他原本是扶岚的拥趸,现在必须表明自己的忠心,"往日是我等有眼无珠,不识将军胸怀。将军说得不错,扶岚那厮乃是异族,非我族类,其心必异。现在他死在无方,倒也正好。人间道法衰落,正是我们南疆奋起的好时候!将军何日领兵出战,我们山雀一族必定紧随其后,赴汤蹈火,万死不辞!"

底下妖怪纷纷附和,朱明藏笑笑,道:"族长客气了,届时我必定委以重任!"

"我更有一议,相信大家一定同我有一样的想法,"山雀对着四面举觞,"南疆不可无主,将军雄才大略,妖力深厚,不如我们拥将军为新皇,俯治南疆,挥师人间!"

"陛下万寿无疆!"有妖怪率先大喊。

其余妖怪纷纷大吼:"陛下万寿无疆!"

朱明藏在山呼万岁声中,眯起了双眼。所有妖怪齐齐跪在他的脚下,矮进了泥尘里。他看见他们的肩背和漆黑的头颅,潮水一般的赞美和颂扬涌向他的耳边。原来这就是皇帝,坐在龙骨王座上,所有妖魔对他俯首称臣。他掌握着他们的命运,接受他们的臣服。权力握在手中的滋味,比美酒和妖姬更让人心醉。可惜扶岚那个

## 第三十五章 白发

小子不懂得什么是皇帝，他拥有力量，却没有野心，合该死去，烂成土烂成泥，然后拱手把这一切，让给他朱明藏。

就在这时，他望见远处的青石台阶上缓缓上来一个人。妖魔的呼声忽然停了，因为他们感受到了那股气息，阴沉、冰冷，像冬日纷纷扬扬的雪，似乎只要呼吸一口，就会冻住胸腔和肺腑。

妖姬停止了舞蹈，首领们暂停了歌唱，朱明藏眯起阴鸷的双眼，盯住了这个不速之客。

来人先露出的是漆黑的兜帽，然后是被风帽掩去的半张脸，只看得见一点轮廓，却能感到孤刀一般的清冷坚硬。男人一点一点走上来，直至踏上最后一级台阶，出现在群妖的眼前。一身黑衣，连靴子也是黑的，背着一把刀、一把剑，垂着头，默然不语。

"你是谁？来投诚的？"朱明藏问，"你的气息为何如此怪异？"

这气息虽然陌生，细细分辨，当中却有几分熟悉的味道，他似乎在哪里嗅到过。

一阵风吹过，吹开了男人的兜帽，朱明藏终于看清了他的脸，所有妖魔都瞪大了双眼。麦色的脸庞，轮廓犹如刀刻，每一笔皆印着冷漠与孤独。这张脸那样熟悉，却又那样陌生。因为月光下，他的眼瞳竟是银灰色的，而那一头白发，灿烂如银。

他缓缓抬起了眼，银灰色的双眸里仿佛在下雪。

"戚隐，恭祝陛下万寿无疆。"

夜风在大王寨里静谧地流淌，所有妖魔都目不转睛地盯着那个银眸白发的青年。没有妖魔知道在他身上到底发生了什么事，他的气息变得寒冷又恐怖，细细分辨之下似乎还有往日他作为凡人的味道，可是他们再也无法将他同那个低头耷脑的蔫草梗子相提并论。

妖魔们不自觉地退却，妖姬胆战心惊地从席面上踮着脚尖爬下来，似乎害怕惊扰这个白发的怪物。朱明藏眯起眼注视他，道："窝囊废，你怎么搞成这样了？"

"我的气息和我哥的像吗？"戚隐平静地问。

"不像。"朱明藏吸了一口气，"你的气息虽然变了，但和那个龟儿完全不同，老子分不清你的族类，你们都是怪物，而你的气息……"他没有把话说完，可所有妖魔都知道答案。

戚隐的气息，远比扶岚恐怖一万倍。

扶岚的气息温和清润，像雨后大山，像踏过迢迢密林遇见的茫茫烟水，安然又恬静。而戚隐的气息却让他们想起深邃的凛冬，百草枯折，万物无声，没有人能在这样的寒冷里存活。戚隐是飘荡在大雪里的鬼魂，浑身上下带着雪粒子的冰冷。

那个白发男人没再说话，大王寨里鸦雀无声。他似乎只是一个路人，经过他们热烈的寿宴，顺道来讨杯酒喝。他或许还不知道扶岚真正的死因，九死一生回到了大王寨，朱明藏这样想着，从龙骨王座上站起来，放开嗓子笑了几声，像要打破寨子里的寂静，又像是要打破萦绕心里的不安。

他道:"你这个小子果真命大,无方山诓杀扶岚,老子还以为你也没命了。你怎么现在才回来?老子派一帮小妖四处寻摸你的踪迹,奈何无方脚下被行尸围个水泄不通。幸好你回来了。无妨,小子,虽然你是个凡人,但大王寨永远是你的家!"

"路远,费时。"戚隐淡淡地说。

他转过身,走到一桌席面边上,低头看了看满桌美酒佳肴,道:"你们好像很开心。"

朱明藏尴尬地笑笑:"戚隐,我们替扶岚戴了七日的重孝。南疆规矩不比凡间,戴七日已是前所未有的大礼。他虽然走了,可我们的日子还要朝前看。"

戚隐踱着步,慢慢走向中间烧着的几口油锅。大火哧哧作响,将锅底舔舐得通红。熊熊火光映在戚隐没有表情的脸上,却并没有让他的脸庞暖上几分。随着他接近油锅,妖魔们心中惴惴,互相看了几眼。他走向的锅里烧着肉,他站在旁边,略略看了一眼,又掉开步子,走向下一个油锅。妖魔们不由自主地松了一口气,抹了把汗。这气氛压抑得像铁,沉重得压在心头。朱明藏咬了咬牙,额上青筋隐隐暴突。

"那只肥猫呢?怎么不见它?"朱明藏问。

戚隐这次没有回答,停在一口油锅旁边,直勾勾盯着里头的肉。

里面是几只鸡,毛被拔得很干净,鲜嫩的肉直冒油。

他认得它们,挪走童尸之后,扶岚又买了一篮子小鸡。每天天不亮戚隐就起床喂它们,扶岚会接山上的清泉水给它们喝,每只小鸡都长得羽毛锃亮,嗓门儿尖脆。扶岚擅长养小鸡,戚隐以前自己也养过,总养不活,扶岚却能把每只小鸡都喂大喂胖。可它们现在死了,还没有长大,就被放进了油锅。

他缓缓地转过头来,注视着朱明藏,道:"你们杀了我哥,还杀了他的小鸡。"

朱明藏眼皮子一跳,眸中虎狼般的凶光一闪而过:"你这话从何说起?"

戚隐默默盯着他。这个男人的眼神平静得像一口枯潭,分明看不出什么威胁和杀意,却让朱明藏感到惶惶不安。

朱明藏不再遮掩,一双阴鸷的双眼杀气毕露。他压下心里怵然的骚动,像压住不安分的梦魇,道:"怎么样,戚隐,你有了什么样的奇遇,变得有本事了吗?看看你以前的样子,握刀都能砸到自己的脚,现在却敢同老子叫板了吗?"他看向戚隐的身后,"斩骨刀、归昧剑,你背的都是死人的东西啊。你要用你父亲和兄长的遗物同我打吗?很好,老子同你打这一场!拔出你的刀,拔出你的剑,让老子看看你现在的本事!"

戚隐站在那里,摇摇头:"你不配和他们战斗。"

朱明藏额上青筋一跳,怒喝道:"狂妄!"

"你的寿宴办得很好,但很可惜,你不会再有下一个寿辰了。"

朱明藏猛地矮身,作虎踞姿态,右手按住他腰侧的铁獠牙。这是他的佩刀,用他祖父的獠牙锻造而成,是历代野猪林族长的佩刀。刀身刚硬,刀背厚重,表面包裹硬钢,一斩之下可以崩断巨山而不费吹灰之力。他知道扶岚的刀很强,戚元微的

## 第三十五章　白发

归昧剑也曾饱饮妖魔的鲜血，但戚隐终究不是他们，他只是个愣头愣脑的凡人，一个失去父兄庇佑的流浪狗，他的灵力和刀法剑技都远远比不过自己！

然而，戚隐的话音刚落，所有的火光霎时间熄灭。树上的绛纱花灯、滴水檐上挂着的牛皮纸灯笼、席面上落着梅花泪的蜡烛、油锅噼里啪啦的柴火，统统熄灭。寨子里漆黑一片，像沉入了深不见底的黑暗。龙骨王座边一截刀光忽现，像尖锐的电光一闪而逝。那是朱明藏拔出了刀，凛冽的刀风斜斜斩出去，刻骨的杀机随风而至。

与此同时，所有妖魔嘶叫着化为原形。他们狰狞的漆黑身形在月光里迅速胀大，扭曲，膨胀成一只只吮血的巨兽。地面上依稀有它们扭乱的影子，拉长条儿，缠乱在一起，在重重叠叠的树叶暗影里若隐若现，像藤蔓狂暴地生长，伸向戚隐那个方向。

世界一片混乱，像倒了个个儿，天旋地转。刀刃破风处，杀机无处不在。空气里出现了血的味道，腥臭扑鼻，蛮横地盖住了酒肉的香味。

朱明藏惊恐地发现他失去了戚隐的踪迹，这个男人的气息像水滴入河，消失得无影无踪。他大声嘶吼着，喊着对方的姓名，尾音在颤抖，泄露他的恐惧。那个家伙在哪儿？他想要诛杀敌人，却失去了目标，这是他从未遭遇的战局。他很快意识到自己错了，戚隐不是凡人，而是怪物，像海底的鲨鱼，要杀人之前先隐匿自己，藏身黑暗，磨牙吮血，然后抓住时机，吞噬对手！朱明藏向四面出刀，刀光划出的轨迹犹如扭曲的闪电，却统统都扑了空。

他从来没有像今天这样恐惧过，即使面对着扶岚，他也能够愤怒而又自信地拔出刀。但他忘记了，扶岚虽然强大，可那个大孩子一般的男人从不曾有过真正的敌意。而这个鬼魂阴鸷恐怖，所到之处必定见血。他杀死了扶岚，召回来一只厉鬼。

"你在找我吗？"有人贴在他的耳后低语。

脊背的毛竖起来，朱明藏悚然一惊，想要抽刀回头。可他发现他动不了了，冰花沿着双脚咔嚓嚓攀上来，一直爬上腰际，在即将没到心脏的位置停住。他浑身冰寒刺骨，整个寨子像顷刻间从夏日坠入了寒冬。他很快明白了，这术法是巫罗秘法中的凛冬术，可以将空气里的水瞬间凝结成冰，和扶岚的如出一辙。

龙骨王座边，有人挑起了一盏灯笼，紧接着，所有烛火次第重新点燃。戚隐默默立在那里，灯笼照亮他半边脸，一半明一半暗，他依旧没有表情，冷漠得像一尊雕像。灯笼照亮了一方天地，这里除了他们两个已经没有活口。地上结了薄薄的一层冰，所有的妖魔首领都死了，无论是金鳞巨蟒还是九尾妖狐，抑或是九头妖鸟，所有妖怪的胸口处都有一个碗口大的豁口，却没有流血。因为血已经结成了薄薄的一层霜，尸体冻得冰冷又僵硬。包括那些逃跑的妖姬，斑斓的彩衣覆在她们的躯体上，像一块艳丽的裹尸布。她们本来是扶岚的姬妾，扶岚死了之后，她们投奔到朱明藏的麾下。这些妖魔横七竖八枕在一起，比生前还要亲密。

戚隐竟在无声无息之间，杀了所有妖魔。

朱明藏环顾四周，嘲嘲冷笑："你变强了。你把你自己的身体献给了恶鬼吗？变强总是要付出代价，你的确成了强者，却变成了像你哥一样的怪物。看看你的头发，看看你的眼睛，你这般模样，你那些同族会怎么看你？"

戚隐沉默地看着他。

"不对，你没有爹没有娘，早就是一条流浪狗了，有没有同族又有什么关系？"朱明藏恶狠狠地说，"你把自己搞成这样，就是来找我复仇？可惜你找错了人，你以为杀扶岚的真正凶手是我吗？"

"还有谁？"戚隐低声问。

"是你！"朱明藏吼道，"你还不明白吗？就是你这个窝囊废。扶岚那个家伙，从来没有把自己当成我们的同类。也罢，我们并不强求。他只要安生待在这里，喂喂鸡种种菜，这儿永远是他的家。可他非要跑去人间，非要找你这个凡人崽子。若有朝一日，人间同南疆起了风波，你再吹吹风，岂料他不会倒戈相向？"

戚隐站在那里，银灰色的眼眸里没有表情。被这样一双眼望着，会误以为自己落入了地狱。可朱明藏毫不畏惧地迎视那双眼，咬着牙狠狠地道："你认为我们是什么时候动了杀心？正是那日你发酒疯的晚宴！老子的妹妹留葜，为他生下一地的孩儿，他看也不看。他的眼里只有你这个凡人！原本山雀一族向来主张和议，可那夜之后，连他们也入了我的阵营。是你害死了你的哥哥，你才是罪魁祸首！"

风很静，灯火下那个男人低垂着眼，仿佛离尘世很远。

戚隐沉默良久，终于道："你说得没错。"

朱明藏一愣，没有料到他会承认。

"可是有一点你说错了。"戚隐向他走过来，拔出背后的斩骨刀，刀光犹如一弯弧月，握在他骨节分明的手中，"你妹妹的孩子不是我哥的，他们是你妹妹同别的妖怪的私生子。我哥从来不曾披露过他们的身份，因为不管怎么说留葜都是他名义上的姬妾。倘若真相大白，依你的脾气，留葜的孩子恐怕会被你杀了吧。"

"这不可能！是那龟儿被你迷花了眼，对自己的孩儿不闻不问。你这混账东西，竟还要毁我妹子的清誉！"朱明藏咬牙切齿。

"随便你信不信。还有，我哥的确从来没有把自己当作你们的同类，那是因为你们不曾将他看成你们的同类。"戚隐冷冷地凝视他，"朱明藏，问问你的心，你到底如何看待他的？他在你眼里是利刃，是怪物，是傻子，不是同类，不是战友。你从来不了解他。南疆是他的家乡，他参与妖魔内战，是因为他不希望嘉陵江沾上你们肮脏的血。他爱这里，当你的父辈和兄弟挺进九垓全军覆没时，他用命去与魔龙拼杀。他九死一生回来，为你们铸造魔刀封印九垓，为你们去无方议和，你们却把刀刃刺进他的心脏。"

朱明藏瞪着他，瞪得双眼通红，牙齿咬得咔咔作响。

"现在他死了，你以为你们失去了一个祸患、一个威胁。你错了，你们失去了最后的屏障。有件事你大概还不知道，魔刀有异，魔物已经离开了九垓。他们在哪

## 第三十五章 白发

里，或许你心里比我更清楚。"戚隐将斩骨刀架在朱明藏的脖子上，锋利的刀刃割破了一层浅浅的油皮。

朱明藏吼道："你以为老子怕你吗？有本事你就杀了我！"

"不，你不会死，你还会活很久。"戚隐割下他的脑袋，"你知道巴山神殿如何惩治叛徒吗？神巫割下他们的头颅，浇筑在青铜柱里。他们的心脏保存在八宝白玉匣之中，埋在青铜柱的底下。八宝白玉匣保持着心脏鲜活，他们就不会死去。只要心脏存在一日，他们就永远镶嵌在青铜柱里，忍受日复一日的煎熬和苦痛。"

朱明藏的脸上终于现出了惊恐，只见戚隐左手画符，灵力随着指尖蜿蜒出繁复的符纹。他已经不需要用丹砂朱笔在符纸上画符了，灵力从他的经脉里涌出，源源不断。青色符纹逐渐成形，龙蛇一般的火焰喷涌而出，地上的油锅和刀剑蜂子一般低鸣、震颤，然后飞向火中，炽热的烈焰将它们尽数熔化，汇集成熔岩一般滚烫的铁水。

"有本事你杀了我！你杀了我！"朱明藏在戚隐手下咆哮。

戚隐提着他的头颅，一步步朝寨门走去："这里没有青铜柱，所以我会用铁水将你浇筑在大王寨的门口，让你日日夜夜守卫你的南疆。朱明藏，我会保存你的心脏，让你亲眼看着南疆如何陷落，如何走向灭亡。"

"弟娃！"一个女妖捧着褓褓，跌跌撞撞地跑过来，跪倒在戚隐的身前。戚隐垂下眼眸，看见留荑涕泗横流的脸。她刚刚生产不久，还在坐月子，额头上绑着红绣暖额，脸色苍白得像纸。她扑在戚隐脚边，颤巍巍地举起那红棉褓褓，里头是个小小的孩子，窝在里头吮吸指头。

"弟娃，求求你，放过我哥吧，他都是为了南疆啊！"留荑流着泪道，"你看这孩子，你看他身上穿的小衣裳，是大王亲手做的。你说江南的布料好，他特地从小妖那儿买的，熬了好几夜，才缝出这样好看的小衫子。弟娃，你看看它，你看看他，求你看在他的面子上，饶了他舅舅。我那冤家已经不见影踪，若没有我哥照拂，我们娘俩活不下去的！"

戚隐默默看着那孩子，许是留荑觉得他是凡人，特地把这孩子化形成了凡人婴儿的模样，嫩笋般的一张脸，圆圆的鼻头圆圆的嘴，弯着一双黑黝黝的眼睛朝着他笑。真好看，戚隐记得扶岚喜欢孩子，他答应了留荑要缝小衣裳，从吊脚楼里拣出好些破烂扛到三座山外面的妖市，换回一匹尺头。他说要走了，将来不定什么时候才能回来，没日没夜地为这个孩子描花样，缝衣裳。他总是这样好，明明大家瞧他都用冷冷的目光，背地里说他是个怪物。

"你对不起他，留荑。"戚隐说。

他拎着朱明藏的头颅，放在大王寨的门口。铁水汹涌而至，浇在朱明藏的头顶。猪妖痛苦地嘶吼咆哮，最后变成漆黑的雕像。他的脸庞同所有青铜柱上的青色头颅一样，定格成一个悲惨狰狞的姿态。

戚隐挖出躯干上的心脏，放入八宝白玉匣。那颗浑浊肮脏的心，在漆黑的匣子里沉沉地跳动。留荑趴在地上，对着头颅哭号。戚隐最后回望山顶上的吊脚楼，那里已经被一众妖魔拆除，拿走了所有值钱和不值钱的东西，剩下伶仃一具骨架，在风里飘扬的破布和残存的青瓦檐是他破败的血肉。戚隐挥出一张符咒，火焰吞噬了吊脚楼，他在那片火光里转过身，踏着归昧剑飞天而去。

云知和戚灵枢到的时候，吊脚楼已经烧没了，地上满是结着霜花的妖魔尸体，破碎的桌椅碗盆。戚灵枢认出了其中的几具，他们都是南疆部族的首领，他曾在南朝议和夜宴时见过。他数了数，二十八部族的二十七个首领都在这儿了，还差一个野猪林的朱明藏。

"朱明藏在何处？"他问。

"在这儿。"云知道。

戚灵枢扭过脸，云知站在石阶下面的牌坊底下，一个女妖呆若木鸡地跪坐在一颗漆黑的铁铸头颅面前。那铁头颅形容扭曲，依稀能辨得出是朱明藏扭曲的脸。云知试探着和那女妖说了几句话，那女妖发了痴似的一动不动，半点儿反应也没有。

戚灵枢穿过尸堆，走到他边上，蹙着眉说："是他所为。"

"十有八九是了。"云知掏出血罗盘，让他滴戚隐的血，"再看看他去哪个方向，我们得快点儿追。"

"不用看了，我知道他接下来会去哪里。"戚灵枢道。

"哪儿？"

戚灵枢闭了闭眼，沉声道："无方。"

晨光熹微，天际一点清光冉冉而起。自灭度峰上望下去，黑沉沉的山脉横亘远方，几抹白云淡淡缀在头顶。然而，那水墨般的山水当中，似有一圈圈黑雾盘旋，笼罩在小镇上方。那是妖蛾，它们在数日前几乎灭了无方一半的弟子。若非老祖宗留下的大阵，只怕无方现在已经沦为妖蛾肆虐的巢穴。

无方、钟鼓、昆仑三山弟子列阵拭剑台下，每个人皆素衣负剑，一眼望过去，满座白衣胜雪，恍若阵列的纸偶。温元苦站在无方大殿前，银质面具遮住了他失去面皮的狰狞脸庞。他握着枯雁重剑的剑柄，发力极目远眺无方山下三乡十二镇，又环顾无方四面倒塌的楼阁殿宇，破败的草木山石。他痛心道："此乃千百年来人间无有之大难！扶岚伏诛，我们以为万事大吉，放松警惕，却不料这个恶獠留下妖蛾，肆虐无方！是老夫之过，未曾将妖蛾围困在灭度峰上，竟让它们飞下乡镇，屠戮村民。老夫万死难辞其咎，待剿灭妖蛾，老夫必定向诸位同道谢罪！"

"掌门言重！"聂重华在下方拱手道，"此劫人力不可度之，掌门何罪之有？"

"不错，"白明均接话道，"唇亡齿寒，无方西去便是昆仑，此间相距不过百里，若妖蛾突破结界飞往昆仑，南方沦陷，妖蛾行尸旋即北上，便要轮到中原诸派遭殃。中原陷落，徒留我们钟鼓也难以扭转大局。如今三乡十二镇的结界全靠灭度峰支撑，不是长久之计。我们必须守望相助，才能共渡难关！"

## 第三十五章　白发

聂重华负手面向三山弟子，大声道："如今，我们集结三山主力于灭度峰，齐下三乡剿灭妖蛾。记住，那些行尸成群而动，积少成多，似有组织，背后必定有妖邪作祟。每回仙门子弟前去清剿，不出半刻，必定有他方行尸前来增援。尔等不可独行，不可妄为，首要乃找出妖蛾背后之邪祟，其次乃清剿妖蛾，斩灭行尸！此战只许成功不许败，若成，我人间转危为安；若败，无方危矣，昆仑危矣，中原危矣，人间危矣！"

三山弟子齐声道："弟子领命！"

"斩妖除魔，万死莫辞！"温元苦拔剑大吼。

"斩妖除魔，万死莫辞！"所有人齐声大吼，声震山河。

正在此时，几个弟子拄着剑爬上悬空白玉阶，嘶声大喊："掌门师祖！掌门师祖，他，他回来了！他回来了！"

所有人俱是一惊，呼喊声戛然而止。大家为那几个弟子让开一条道儿，他们跌跌撞撞地奔上前，伏倒在殿宇长阶之下。温元苦一怔，身形一闪，出现在为首一个弟子身前，紧紧抓着他的胳膊厉声问："是灵枢？"

"不，不是小师叔！"那弟子满面惶然，似乎惊恐到了极点。

他正要继续说，悬空白玉阶传来笃笃的脚步声，一声一阶，越来越近。那仿佛是噩梦里不祥的梆子声，梆子声停就要有人死去，所有人都不自觉屏住了呼吸，盯住了悬空白玉阶的上方。空气在变冷，原本是炎炎夏日，却似乎顷刻间坠入了寒冬。四下里蔓延着一股冰冻肺腑的寒气，穹隆上竟然飘起了星星点点的白雪。有人伸出手，接住一朵晶莹的雪花，喃喃道："下雪了……"

悬空白玉阶上方，风雪的尽头，一个男人终于现出了身形，黑衣黑靴黑刀，戴着兜帽，像一个流离失所、无处投胎的鬼魂。温元苦睁大双目，竭力想要看清那个人的脸。可他垂着头，兜帽的阴影遮住了脸颊。

他默不作声地向前走，白衣弟子不自觉后退，让出一条道路。他走到拭剑台上，雪花落满了肩头。他慢慢摘下了兜帽，露出一头白发。乍一眼看上去，那白发仿佛是被风雪染白的。这个时候温元苦终于看清了这个孩子的脸，一如既往的年轻，却没有一点表情，像一座被雪花凝冻住的雕塑，冷峻又漠然。

"戚隐？！"温元苦惊异地望着他。

所有人都目不转睛地看着这个白发青年，眸中涌现诧异的神色。没有人能想到他孤身跃下灭度峰，竟然能活着回来，更没想到他会变成这副妖异的模样。

简直就是个鬼怪，是从地狱里爬回来的幽魂。

温元苦怒喝："你的头发、你的眼睛是怎么回事？你这个孽障，莫非你也练了什么邪术不成？！难道禁地里那颗腐烂的心脏真的是你的？你换上了妖魔的心脏！"他恨声道，"你们一个两个，落入邪道，变成这个不人不鬼的模样，你对得起元……"

"别说了。"戚隐打断他，仰起脸，望向高天纷纷扬扬的雪。雪花盘旋着落下，穹隆在他眸中恍若一个巨大冰冷的藩篱。他想起不久前,他来这里的时候身边还有扶岚,还有黑猫,可现在一切都变了。他轻声道:"元苦,你我都知道我来的目的。当初你们杀我哥,从启动太上杀阵,到我哥灰飞烟灭,一共用了半炷香的时间。从现在起,我给你半炷香的时间杀我,开始吧。"

"你什么意思?"聂重华横眉立目,"戚隐,你与妖邪沆瀣一气,念你初犯,又是元微长老唯一的孩儿,我们这些长辈暂且不同你计较。待妖蛾除尽,我们再处置你。来人,将他带下去,禁足天诛崖!"

戚隐默默看了她一眼,什么也没说。聂重华心里一惊,不自觉握紧了佩剑的剑鞘。戚隐的眼神和往日完全不同了,那日议和,他曾跪在她的脚边痛哭流涕,那是乞求的眼神,像一个无家可归的乞丐,像一条彷徨无助的狗;可现在,他银灰色的眸子里什么也没有,只剩下无尽的冷。

他忽然拔出刀,反手一挥,斩骨刀的刀风席卷半边高台,那半边纸偶般的弟子头颅齐齐斩断,像一茬稻子被掐去了尖儿,鲜血涌泉一般从颈脖子上喷溅而出。所有人凄厉地尖叫,逃离那片地域。

白明均震惊不已,颤着手指着戚隐:"你……你这个疯子!"

温元苦目眦欲裂,道:"你当真明白你在做什么!"

"你猜得没错,我换了心,所以现在我已经是个怪物了,怪物杀人不是天经地义的吗?"戚隐平静地说。他的声调平平淡淡,自始至终都没什么起伏,可所有人都从这个寂静的男人身上感觉到了刻骨的杀机。他说:"你只有半炷香的时间救无方,半炷香之后,如果我没有像我哥一样化为灰烬,那么……"他抬起眼,银灰色的眼眸冰冷又漠然,"我会让你们整个无方为我兄长陪葬。"

黏腻的血液向四面八方漫延,现场鸦雀无声。温元苦眸中涌起哀恸之色,徐徐吐出一口气:"是报应啊!当年元籍妄下决断,向你的父亲隐瞒他有妻儿的事实,起草休妻书寄往乌江。那封书信,便是老夫代的笔。当初你跟着凤还初上无方,我站在思过崖上遥遥看你们进入山门,便一眼看到你这个孩子。我当时不知为何,现在想起来,是你这双眼睛啊。你最像元微的地方就是你这双眼。可是现在,你为了得到力量,竟放弃了你父亲的眼睛。你这样做当真值得?!"

"怪物不知道什么值得什么不值得,"戚隐没什么表情,"怪物只知道复仇。"

温元苦盯着他,默默地拔出枯雁巨剑。那把重剑的锋刃像镂刻了血色的哀霜,在阳光下凄冷得慑人心扉。聂重华和白明均不动声色地后退,所有弟子也慢慢退后,以拭剑台上的戚隐为中心,让出了三丈的距离。杀气在无声地升腾,所有人都预感到接下来的杀戮。

温元苦返身挥剑,枯雁的唳叫声划破长空,巨剑落在大殿中央,地面上的法阵瞬间触发,灵力透过厚重的剑身,直射向穹顶的星辰满月。太上杀阵再次被唤醒,轰隆隆的巨响在灭度峰的深处响起,古老的山峰像一个巨人醒来,心脏搏动,呼吸加重。天穹的万象符纹星子般闪亮,急速旋转,汇成一个巨大的圈。戚隐的脚下出

## 第三十五章 白发

现了那日扶岚所面临的同样法阵，禁锢他的步伐，削弱他的灵力，罡风四起，他的一截发丝被割断，雪一样落下。

戚隐仰着脸，望向那繁复华丽的符纹。

十个无方长老同时飞身跃起，向天穹汇入灵力，太上杀阵剧烈震颤，瑰丽的红莲真焰从阵法中心喷薄而出。

火焰腾起的狂风卷起戚隐的白发，热烈的温度炙烤着他的全身。火焰舔舐戚隐的衣袂，灼烧血肉肌肤，他的血肉一点点消失，只不过一个呼吸之间便变得血肉模糊，露出大片苍白狰狞的骨架。可他始终一动不动，像一具没有痛感的木偶，让人不禁怀疑他到底是来报仇还是来求死。

火风灼热，烧灼着每个人的脸颊。大家眼睁睁看着他被烧得只剩下一具骷髅，孤零零支棱在那里，骨骸右胸的部位有一颗银色的心脏，闪烁其中，有力地搏动，如同一颗不灭的星辰。

真疼啊。戚隐想，这辈子都没有这么疼过，挖心比起这个简直是挠痒痒。

原来扶岚临死前这样疼。

他伸出手，皮肉无存，映入眼帘的是森森白骨。他又想起那噩梦般的一天，红莲烈火舔舐上扶岚清俊的脸颊，那张脸一寸寸燃尽，变得面目全非。他的哥哥在火焰的中央淡淡地微笑，像一朵静悄悄的栀子花寂寂地盛开，然后化为灰烬，飞散如烟。

白鹿的心脏没有温度，自从换了心脏，他的胸腑就冷得像一座万年的冰窟。但此刻他却感受到了灼热和疼痛，像在炽热的熔岩里煎熬，疼得他喘不过气。

他流着泪想，原来他的哥哥这样疼，这样疼。

骷髅怎么会流泪呢？可明明有滚烫的液体流出空洞的眼眶，顺着瘦硬的脸颊滴落手心，他低头看，是炙热的熔岩浆水，这东西充当了他的眼泪。满腹无解的悲伤像一张冰凉的大网，裹住了他没有温度的心脏。

"喂，臭小子，你还要等到什么时候？"他的身体里，白鹿不耐烦地问。

"你觉得疼吗？白鹿。"戚隐问。

他与白鹿同体同生，他们的知觉互相共享，酸甜苦辣喜怒哀乐，他们相互感知。白鹿感受到他心底潮水般涨涨落落的哀伤和痛苦，外面的火焰那般炽热，可这个男人的心在下雨，洪水泛滥成灾。

"喊，小爷当年血肉化雨，比这个还要疼一千倍。"白鹿悬浮在戚隐空茫的心海，仰着头回忆，"我向天上跑，一边跑身体一边消散。伏羲的天火比这红莲真焰还要热，烧得我神魂都要冒烟儿。血肉献祭成雨，一点一点消失，那滋味儿堪比凌迟。我跑到最后，只剩下一具骨架子。最后天火把我的骨架子也烧没了，却没想到还留下这颗破烂心脏。"白鹿烦躁地抓了抓头发，"算了，都是往事，不说了。我只不过是想提醒你，半炷香快到了。"

"你是神祇，你竟然不阻挠我杀人吗？"

白鹿两手枕在脑后，懒洋洋地道："得了吧，爷年纪大了，不想管了，只要你能完成我们的约定，你就是捅破了天我也无所谓。"

"那么……"戚隐低声道，"到我们了。"

心脏加速搏动，那颗星辰般的心光芒加剧，心跳声犹如奔雷。所有人都听见了他的心跳，这样巨大的心跳声简直让人难以置信。这种心跳怎么会来自一个凡人？它更应该来自一条遮天蔽日的巨龙，传说其翼可垂天的大鲲！温元苦发力于目，透过重重烈焰和蒸腾的烟气，他看见那颗心脏伸出无数发光的脉络，通达戚隐的四肢百骸、七窍九藏。戚隐的血肉以肉眼可见的速度重生，经脉重新从心脏伸出重新连接，烧得皲裂的骨骼钢铁一般焊接在一起。那张面目全非的面孔一寸寸复原，白发在火焰中灿烂若银。

"不可能……不可能……"聂重华同样看到了这一幕，不可置信地喃喃。

巫罗秘法·凛冬。

他们曾经见过的秘咒再次施展，可是更加强大。神秘瑰丽的咒法蕴蓄着无与伦比的力量在眼前展现，以戚隐脚底为中心，密密匝匝的霜花咔嚓咔嚓凝结，拭剑台结出了厚厚的冰层。阵图停止转动，天穹的符纹暗淡了光芒，真焰熄灭，露出里面赤裸着上身的男人。

那是戚隐，却并非他们曾经见过的那个蓬头耷脑的戚隐。熔岩在他肌理分明的胸膛上流淌，生出深可见骨的伤疤。一时间竟分不清那是血还是岩浆，但伤口迅速消失，熔岩消失不见。冰层在戚隐脚底继续生长，向着拭剑台外扩展，弟子们惊恐地后退，有的没来得及撤退，被冻成了冰人。

温元苦悲戚地道："天要灭我无方，要灭我人间！戚隐，你可知仙门三山主力尽皆在此？你可知你屠灭无方的后果？你可知妖蛾行世，尸横遍野？"

戚隐向前走，冰层随着他的脚步伸展。

"我当然知道。"他一字一句地道，"尔等皆以为妖蛾乃吾兄所遗，错了，带来这场灾难的是巫郁离，一个从神墓里爬出来的巫祝厉鬼。他要带给你们惨祸，带给你们毁灭。原本我兄长是你们的一线生机，他与世无争，心思良善，必定会为尔等伸出援手。但你们杀了他，也亲手毁了自己。"

"一派胡言！"有人大声骂道，"你以为你随便编出个神墓大巫，我们就会信你吗？"

"说到底，你就是个自私的浑蛋！"无方弟子接连大骂。

戚隐漠然道："神祇视吾兄为傀儡木偶，凡人视吾兄为洪水猛兽，妖魔视吾兄为怪物异类，这茫茫世间，神祇弃他，凡人拒他，妖魔厌他。他怀揣天底下最纯质的心，却无处可去，无以为家。他为完成尔等议和大愿而来，却反遭尔等焚杀。这样的世间，是存是灭，与我何干？！"

众人的牙齿咬得咔咔作响，四周寒冷如冬，他们呵出的气迷茫了视野，浑身战栗，所有人似乎都预料到眼前的不祥。

## 第三十五章　白发

"我哥死了，"戚隐停下脚步，白发下的眼眸寒冷如刀，"你们为什么还活着？"

四周剑光乍起，所有人不约而同掐起了御剑诀。绵密的剑光如雪花一般炸开，剑花混着白雪，漫天雪花飞舞。戚隐完全被凛冽的剑气和无数徘徊的光影笼罩，拭剑台上几乎看不见戚隐的身影。温元苦一跃而起，双手握着枯雁重剑，仿佛举起了一座山岳。他魁梧的身影跃入剑光之中，重剑幻化为无数道峰岳般沉重的剑影，一齐劈向拭剑台上那个模糊的影子。

只不过一瞬之间，所有人都在行动。他们要拼尽全力，杀死这只向他们复仇的厉鬼。衣袂破风声、铁剑摩擦剑鞘的鸣响、众人喉间爆发出的嘶吼、枯萎的木槿海棠簌簌落下的声音……所有声音交织在一起，共同组成了一场盛大的乐章。

然而，瞬间，仿佛时间停滞，一切都静止了。

温元苦的身影凝滞在了半空，枯雁的剑尖凝结一点灿烂的光晕。聂重华、白明均保持着拔剑而出的动作，飞扬的衣袖收敛在肘后，大袖上的褶皱清晰可见。三山弟子都凝固住了，脸上定格了一个急切而恐惧的表情。

那是"凛冬"在一息之间扩展到了最大，整座灭度峰进入了戚隐的领域，气温在顷刻间降到了冰点，所有的一切都被冻住。极目望去，远处的湖水结出了厚厚的冰层，所有树木枯死殆尽，里里外外冻成了冰。

温元苦从空中坠落，摔在地上，四分五裂。

他们甚至来不及伤到戚隐分毫，就死在了骤然下降的低温之中。这便是神祇与凡人的差距，无可抗拒，无从躲避。

"他们死了比活着好看些，至少不那么伤眼。"白鹿透过戚隐的双眼，端详那些冰晶雕塑，评价道，"怎么，你要留着他们吗？挺壮观的，你们凡人最爱看这种场面，以后一定有很多人来瞻仰。"

戚隐望着地上的碎冰，道："从今往后，没有无方了。"

他转过身，向悬空阶走去。十二把黄金十字护手刀从他腰侧的刀囊飞出，啸然刺向天穹星阵。只听得天穹轰的一声巨响，仿佛天崩地裂，星阵蔓延出无数道蜿蜒的裂纹，尔后无法控制地分崩离析。无方护山大阵以山心为阵眼，毁阵，必毁山。

所有的一切都在陷落，山崩地裂，天幕仿佛漏了一个巨大的口子，星盘倒悬，星辰般的符纹向缺口流动。戚隐没有回头，狂风掀起他的银发，他孤零零的身影消失在悬空阶的尽头。

从今往后，再无无方，再无四大仙山。

戚灵枢和云知御剑往无方赶，一路上只见各路妖蛾笼着行尸成群结队，向结界边界迁徙。数不清的行尸停在结界边缘，枯木似的静立。结界外围是凡人的土路，路过的行人车马纷纷停留，探头探脑地张望，对着这些行尸指指点点。有的人好玩儿，拾起石子儿扔过结界，打在那些肠穿肚烂的行尸身上，行尸一动不动，浑浊的眼珠子像琉璃珠子一般，没有神采。

行尸在结界边缘集结成阵,乌泱泱黑压压一片,粗粗估算,足有数千人。戚灵枢面沉如水,道:"他们为何都聚在此处?"

云知喃喃道:"就像是……在等待着什么。"

忽然天崩地裂一阵巨响,所有人望向北方,远处无方山灭度峰竟摇摇欲坠。云知心中一震,电光石火间想到什么,对着人群大吼道:"快逃!别愣着,快逃!"

话没说完,灭度峰从天穹坠落,所有人立在原地惊叹。澎湃的气浪以灭度峰为中心向四面八方扩散,方圆数十里的树林倒伏一片,御剑悬在半空的戚灵枢和云知霎时间被掀了出去,摔在地上头破血流。霎时间仿佛天地颠倒,乌云笼罩无方上方,沉得能滴出水来。所有人被掀了个倒仰,晕头转向地从地上爬起来。

"怎么回事?灭度峰怎么塌了?"人们还在面面相觑。

"快逃!"云知嘶声大吼。

就在这时,结界犹如蒸发的水汽一点点消失,行尸轰然奔出,密密匝匝的人头炸了锅一般攒动。所有行尸猛兽般奔冲突袭,扑向四面围观的人群。顿时惨叫四起,尖叫声几乎震动天地,周围一片混乱。云知摔得七荤八素,脑子还是晕的,四周满是挣扎逃命的人群。

正发着蒙,一只有力的手把他拎起来,直接将他抓上了剑。戚灵枢拎着云知的后脖领,竭力御剑高飞,避开嗡嗡低鸣的妖蛾。往下看,罩住三乡十二镇的结界已经消失,行尸犹如浑浊的洪水向着四面村庄涌去,林木草石和逃命的人群仿佛被洪水裹挟的蝼蚁,顷刻间被淹没了顶。片刻之后,所有被扑倒的人重新站起来,加入奔涌的人流。

人间,一片大乱。

"我想我知道我那蛇蝎美人好师叔想干吗了。"云知捂着流着血的额头说道。

"他想做什么?"戚灵枢问。

"灭世。"云知望着浩浩荡荡的行尸大潮,道,"他要灭世。"

第三十六章

霜心

九垓，渊山。

永夜天下，巫郁离俯望渊山下的墨水河，黑水滔滔西去，魔物巨大的尾鳍在潮水中若隐若现。墨水河的东侧盘踞着微生魔龙巨大而苍白的骨骸，狰狞的獠牙隐没在河水中，空荡荡的眼洞望着穹隆永夜。它的脊骨缺失了一块，那是被扶岚取走的，他将脊骨炼成了魔刀，镇压在九垓天坑。

海市蜃楼一般的幻景在半空中浮现，浩浩荡荡的行尸集结成一股洪水般的浪潮，摧枯拉朽地北上，所过之处沙尘汹涌，城墙倾倒，人畜皆死。凡人们争相背井离乡地逃命，但也不过是苟延残喘一时半刻。南方田地丧失，大饥荒很快会席卷人间。妖蛾可以越过城墙，抵挡军队的高墙箭垛抵挡不住低语的飞廉。这是一场骤降人间的泼天大祸，没有人可以幸免于难。

"何等绝妙的计策啊……"阴追在他身后赞叹道，"第一步，将无方做成大縠，诓杀扶岚。朱明藏与温元苦，统统都成为你杀人的利刃。"

"党同伐异，诛除异己，这是凡灵与生俱来的天性，我只不过是稍加利用，推波助澜罢了。"巫郁离淡淡微笑。

"第二步，逼戚隐跃下灭度峰，寻求白鹿的帮助。你早知白鹿心脏封印在神像之中，你亦料到白鹿会帮助戚隐。"

"当然，没有人比我更了解我的神，"巫郁离道，"我说过，他是诸天最慈悲的神明。若换作你们，必定对那个孩子视而不见，但我的神不会。旧时南疆，我的神常被称作引路神、迷途者的救星，便是因为他常化身白鹿现于林中，给迷失方向的旅人指引道路。"

阴追继续道："第三步，令心月狐在无方弟子身上植入飞廉神蛊。凡人刚刚诛杀扶岚，放松戒备，祸患起于自家门墙，必定自顾不暇。但你刻意放了一个人，他就是温元苦。你没有在他身上植入神蛊，让他安然活到了今日。"

"不错，"巫郁离掖手远眺，"这是第三步，留下温元苦，戚隐必定归来复仇。飞廉神蛊不能覆灭无方，但戚隐可以。更让我惊喜的是，他将三山主力尽数屠灭，从此之后，人间人才凋零，道法衰如残阳，再难抵御吾之飞廉。"

"但你终究棋差一着，"阴追缓缓道，"飞廉的出现暴露了你自己，戚隐已经知道谁才是他真正的仇人。他迟早会找到你，向你讨回他兄长的性命。"

## 第三十六章　霜心

"求之不得。"巫郁离俯视半空幻景，那幻境犹如一面水镜，模糊而潋滟，依稀见得白发银眸的青年在那里步下悬空阶，背影料峭孤寒。巫郁离道："我要他找到我，将我的神带回我的身边。阴追，不，应该是白雩大神，数千年前我出使云梦神殿，你的神力如日中天，万千荆楚生民在你的神像下跪伏犹如蝼蚁。可如今你却也逃不了衰落的命运，只能躲在一个魔物的身后同我谈话。我更没有想到，陪同我见证这一切的会是你。"

阴追的魔气起起落落，黑魆魆的暗影里现出数双神祇的灵目。藏在黑暗中的神女们透过阴追的身体开了口，无数个女声重合在一起："巫郁离，你曾是姜央最宠爱的大神巫，你亦曾登临诸神的门庭，向天地大灵献上祭祀的羔羊、神圣的乐舞。绝地通天之前，你们神巫是诸天联系大地的媒介，我们授予尔等巫法，教尔等识认天地五行，玄机造化。你是其中的佼佼者，巫罗秘法，阵盘卜筮，你皆了如指掌。你的聪慧闻于上天，早在你进入巴山神殿之时，我们便听说过你的名字。"

巫郁离俯瞰墨水黑潮，淡笑无言。

"所以，你必定知道天命不可违，神运不可改。'大神隐，人族兴，妖魔盛'的预言已在伏羲的卦下现出端倪，你也已经卜得'诸天神隐'的天谕。我们的时间濒临结束，你救不了白鹿，他必将随我们一起走向诸神的终点。"

巫郁离笑了几声，缓缓走向悬崖高处。千仞黑崖高耸矗立，魔龙苍白的龙骨蜿蜒向远处的山脚。巫郁离嘲讽地笑道："天地不存，大运焉在？几根算筹蓍草卜出的只言片语，何以成为我毕生的信条？自今日始，吾所行即天道，吾所言即大运。天道非吾道，吾灭之；诸神非吾神，吾诛之。人族兴，妖魔盛，皆虚言。我要凡人死，妖魔绝。"

"以飞廉灭凡世，以神木造扶岚，你想要成神吗？"阴追低声问。

"不，"巫郁离笑道，"你们旧神带着旧世走向终点，而我将迎接我的神以新神的身份重临崭新的世间。"

他素手一挥，黑色大袖如同黑蝶的翅子。袖中一道黑光一闪，微生魔刀飞掠而出，重新化为脊骨，落入魔龙骨骸的空隙。无数飞廉飞向魔龙，密密麻麻地栖落在脊骨的下方。苍白的骨龙蓦然一动，缓缓抬起了巨大的龙头，沙尘和泥土簌簌从身上落下，犹如泥沙瀑布席卷黑水河。

"微生魔龙，吾赋予你第二次生命。离开这里，去往南疆，屠杀你看到的活物，剿灭你遇见的灵怪。让南疆成为你的战场，让你所过之处……血流成河！"

魔龙仰首腾飞，骨骸蜿蜒向上。它张开嘴，向着长空无声地咆哮，两排白森森的獠牙犹如丛生的荆棘，仿佛可以咬碎钢铁磐石。它魁伟的长尾一摆，扫出汹涌巨浪，尔后摆首东去，消失在漆黑的永夜。

妖蛾如同乌云一般笼罩了头顶，四处都昏天暗地。云知和戚灵枢在往无方飞的路上被妖蛾截了路，戚灵枢御剑飞行，云知分出剑影抵挡，然而这帮妖蛾子像吃了药似的，一刻不停地一茬一茬往脸上扑。戚灵枢眉头紧锁，放出魔气，魔气暴涨，犹如一张大口网住妖蛾，所有飞廉妖蛾扑簌簌化为灰烬，尽数被魔气吸收。

"早知道我也入魔得了。"云知怒道。

"休得胡言。"戚灵枢道。刚一开口，魔气一滞，戚灵枢蓦地吐出一口血来。细看之下，他脸色苍白，嘴唇发紫，眉心的心魔印殷红如血。

问雪剑摇摇欲坠，戚灵枢竭力掐诀稳住。云知吃了一惊："这扑棱蛾子有毒！"

飞廉毒性凶猛，不过呼吸之间戚灵枢就快不行了。云知赶紧接手御剑，然而妖蛾数量实在太多，回头一看遮天蔽日，拖了一条长长的乌云尾巴似的，看得人头皮发麻。左侧妖蛾突袭，问雪剑侧面躲避，正迎头撞上一片妖蛾，低语声不绝于耳，震得耳膜发痒，翅子扫过脸颊刮得生疼。云知死死抱着戚灵枢的腰，两人一剑一同撞向下方的野林子。

摸了一张符减速，刚落地，云知迅速背起戚灵枢往外跑。飞蛾转瞬即至，锲而不舍地狂咬。野林子里还有一堆行尸，一见云知和戚灵枢，齐齐抬头，飞跑过来。

行尸太多了，跑根本逃不掉。

"小师叔，背水一战了！"云知大吼。

云知放下戚灵枢，两人背靠一块山壁，索性御剑抵御，能杀一个算一个。剑光犹如飞雪，在狭小的岩壁下方炸开。行尸疯了似的扑上来，缺损悲惨的脸庞像破碎的纸。

云知一面杀一面笑："小师叔，以前你还是无方首徒的时候，一定做梦都想不到要和我死在一块儿。你说我要是有机会回到那时候，同你说我和你是一起死掉的好兄弟，你一定一剑戳死我。"

戚灵枢艰难地说道："闭嘴……"

"都要死了，让我多说几句嘛！"

戚灵枢咬牙御剑，恨声说："快要死了……你应当安静一点！"

一只飞蛾突破重围，咬在云知左手上，手臂火烧火燎地疼，那蛾子还直往肉里钻。云知直接点燃一张火符，烧灼伤口，连那只蛾子一块儿烧死。扑上来的飞蛾越来越多，云知和戚灵枢身上都中了招。飞蛾穷凶极恶，翅子脱了还要钻进肉里。能拽出来的就拽出来，实在不行只能用火烧，两个人身上都遍布灼伤。

甚至有一只蛾子钻进云知的裤腰，戚灵枢一道火符拍过去，云知惶然大叫："别烧裆，别烧裆！"说着把那只妖蛾子抓出来，捏死在手心。

渐渐抵挡不住，两人都几乎绝望，正在这时，四周温度骤降。冰霜沿着地面飞速生长，向着云知和戚灵枢栖身的山壁蔓延，所有妖蛾和行尸都被冻成了冰碴儿。云知缩起腿，眼睁睁看着那冰霜爬过来，却在即将碰着自己的时候戛然而止。

行尸的咆哮没了，妖蛾的低语也没了，世界好像一下失了声，一片静寂。云知用剑戳了戳那些冻成冰块的行尸，没有动静。破碎的脸庞封在冰里，直勾勾地盯着他瞧。云知半拖半拉带着戚灵枢蹒跚绕过冰尸，慢慢走出来。山崖上面蹲了一个黑

## 第三十六章 霜心

衣人，戴着兜帽，云知仰头望，看见一张熟悉的脸。

两方对望，都沉默无言。明明只是过了半年时光，却像过了许久许久，久到相逢的时候不敢相认。

云知没问他的头发怎么回事，眼睛怎么回事，只是低头从乾坤袋里掏出一个灯笼似的大椰子，往上一扔。戚隐没接，椰子悬停在半空中。

"桑芽送你的，还叮嘱我一定不能偷吃。我一路航海饿得半死也没偷吃，你连个面子都不给？"

"我不饮不食。"戚隐道。

"猫爷总吃吧？"云知说道。

戚隐沉默了一会儿，道："猫爷现在吃不了了。"

所有人都沉默了，山崖上那个男人依旧没有表情，平静得像一潭死水。那是一种近乎绝望的平静，没有任何指望，没有任何希冀。

"猫爷快死了，"戚隐道，"如果你们想去看看它，我可以带你们去。其他的，不必多言。"

"真凶是老怪，"云知说，"你被利用了。"

戚灵枢撑着剑，跪在乱石之上："戚隐，当初若非我，扶岚与黑猫不会入毂。若你要杀我，我即刻自刎。若你要向那位大巫复仇，我与你同往。只是生民无辜，你……"戚灵枢垂下眼睫，涩声道，"你可愿伸出援手？"

戚隐站在天光下，光洒落他瘦削的肩头，让他看起来像一座冰冷的雕塑。

"小师叔，你的魔入得不够彻底。我爹娘兄长当了一辈子好人，最后落了个什么样的下场？"他的白发在风中飞扬，"债，我一样样讨。该死的人，我一个个杀。拯救苍生与我无关，巫郁离灭世，我灭他。"

戚隐不欲多说，转身想走。

"等等，黑仔！"云知忙叫住他，"算了，拯救苍生这种吃力不讨好的活儿，我也不想干，谁爱干谁干去。但是……"云知咬着后槽牙把戚灵枢拉起来，两人一块儿靠在大石头上，"你行行好，救救咱们入了魔还心怀天下的小师叔吧！"

戚隐停了步子，回过身来。

"他怎么了？"

"他吃了几只妖蛾子，中毒了。"云知掏出几颗清热解毒的小药丸，拍进戚灵枢嘴里，"老怪以前炼来运到仙市，给凤还挣外快的。不管了，先吃着顶顶吧。"

他的手拍在戚灵枢嘴巴边上，戚灵枢忽然想起这厮方才掏过裆，还未曾洗过手，脸一下黑了，偏头将药丸子全呕了出来。

"怎么还吃吐了呢？"云知问。

戚隐默默望了他半晌，道："狗贼，我们都变了，独你依旧厚颜无耻。"

这一声"狗贼"终于让云知咂摸出点儿以前的味道，心里忽然有些感慨。造化弄人，人生凄凉，能活下来就已经是万幸。云知软绵绵地笑了笑："谬赞谬赞，你师兄我为了你们放弃了凤还山掌门人的大位，还被逐出师门成了个穷得叮当响的光脚道士。我告诉你，你欠我一顿四海升平楼，改天请我喝酒。"

戚隐面无表情，没接口。

从前的戚隐总与他调笑，笑嘻嘻的两个人坐在滴水檐下，喝酒吹牛到深夜。扶岚不喝酒，默默等在边上，把喝得烂醉的他们挨个送回屋。三个人勾肩搭背，深一脚浅一脚走在凤还的石板路上，飘忽的影儿拖得老长，一轮明月悬在头顶。现在那个安安静静的大男孩儿死了，那个野草一样孤单倔强的戚隐也跟着走了，取而代之的是这个白发银眸的冰冷青年，沉默得像一座礁石。

云知收了笑容，定定地看着戚隐："不请就算了，带我去看看猫爷吧，黑仔。"

他们回到了凤还山。一路郁郁葱葱的老树，气根垂挂在树枝上，犹如老人家的胡须。山石草木都是极老的了，苍茫的太阳光横在路中道，像一只懒洋洋的老牛。他们凤还的老屋还在山坳子里杵着，竹竿上挂着几件当初没来得及带走的破衣裳，洗得褪了颜色的红，静悄悄地在风里摇曳。那几座瓦房攒在一起，青灰色的瓦檐，坑坑洼洼的石板路。扶岚从前天天在那儿洗衣裳，抱着红木大盆儿，把衣裳一件件送回师兄师姐屋。

戚隐没有停留，直接去了经天结界。凭他如今的实力，打开经天结界易如反掌。把戚灵枢挪了进去，云知拄着剑跟上。狼王趴在崖底下，撩起眼皮，巨大的黄金瞳眸在黑魆魆的野树堆里像两盏大灯笼。

"云知小贼，你也回来了。当初清式带你出海的时候老子就说过，你这小子生就入世的命，逃得再远也得回来。"狼王挪了挪肚子，露出后面的山洞，"快去看看吧，这只老猫不大好了。"

黑猫蜷在草垛子里，全身上下都是烧伤，头脸埋在草梗里看不分明，只觉得是黑漆漆的瘦小的一团，筋骨分明的脊背微微起伏，呼吸声微弱，像破旧的老风箱有一下没一下地被拉动。云知轻轻唤了它一声，没有回应。它受的伤太重，几乎每天都是昏迷，很少有醒来的时候。云知帮它敷上草药，瞥见它爪子里紧紧攥了一个小木人，依稀看得出是扶岚的模样。那是戚隐刻的，留在这儿陪它。

"我的神血不够纯净，没有办法疗愈它的伤。"戚隐蹲在黑猫身边，银灰色的眸子低垂着，"我每日放心头血为它续命，白鹿说不如算了，给猫爷一个干脆，省得受苦。"

"猫爷自己怎么说？"云知问。

戚隐沉默良久，道："它说我一个人太孤单，它想陪我。"

"会找到办法的。"云知说。

戚隐点了点头，踅身出了山洞。

戚隐放了一碗血，喂给戚灵枢喝下。他的神血虽然不纯粹，但多少有点儿疗毒的功效。戚灵枢在洞里歇息，运转灵力排毒。戚隐和云知一同去清式的茅寮子里挖了几壶酒，回到思过崖上。"下有狼王，此处不许出恭"的牌子倒在一边，上面覆

## 第三十六章 霜心

了灰。云知把灰抹掉，把它支起来。

两个人并肩坐了一会儿，云知扭过脸，无意间看见戚隐的手覆盖着一层薄薄的霜花。云知这才发觉，戚隐总是和他们保持距离，避免和他们的触碰。察觉到云知的目光，戚隐掖了掖手，用衣袖把手遮住，道："白鹿心脏的反噬。无妨，过会儿就好了。"

"怎么回事？"云知问，"你不是有他的血脉吗？"

"白鹿诞生于月上寒天，心脏没有温度。我换了他的心，也变得没有温度。凡人的躯体毕竟不够强大，有时候用力过猛，他的心脏释放出的力量太强，就会把我一起冻住。"

换取强大的力量并非毫无代价，世上从来没有白捡的馅饼。戚隐要得到神祇的灵力，就必须忍耐白鹿心脏阴寒的反噬。无所谓，他默默地想，剖胸取心的苦、烈火焚身的痛，他都受过了，这点小小的反噬又算得了什么。

云知碰了碰他，冷得沁骨，现在的戚隐看起来像一具会呼吸的尸体。

"释放的灵力越强，反噬越严重吗？"

戚隐点点头。

云知挽住他脖子，长叹了一声："那你可得注意着点儿，别真变成冰雕了。也罢，要真有那时候，我就把你立在我屋，大夏天正好清凉解暑，还能辟邪。"

"滚。"戚隐偏了偏头，避开他的手。

"你现在怎么办？"云知问他，"去找老怪？小师叔说他应该在九垓，之前那个假扮元苦的魔物叫心月狐，是他在九垓收拢的手下。"

"不能找他。"戚隐摇摇头，"他是不死之身，杀不死，要寻旁的法子。"

又是一阵沉默，戚隐从乾坤袋里掏出一块木头和刻刀，默默刻了起来。云知偏头看那木雕，刻刀一笔一画，木雕渐渐成形，显露出一个清俊的脸儿，黑而大的眼睛，低垂着眉目，安静得像个女孩子。是扶岚。

他一定刻了很多个扶岚，手上已经有了薄薄的茧子，每一笔都娴熟自如，仿佛闭着眼都能下刀。脸庞刻出来了，戚隐吹掉木屑，放在手心里摩挲。他的银灰色眼眸渐渐有了悲意，难以排解，难以忘怀，四周的温度冷了下来，枝头虾子红的木兰花随风凋落。

云知知道，扶岚的眉眼早已刻在他的心里，永远都不会消失。

头顶传来女人的啜泣声，云知一惊，抬眼一瞧，思过崖边一棵歪脖子老树上坐了一个窈窕明艳的女妖，两条笔直修长的腿来回晃，在天光下白得生光，美得扎眼。

她一面哭一面道："弟娃，你们男人不能哭，我替你流泪了。"

戚隐似乎知道来者何人，没有半点反应，仍旧低着头刻木头小人儿。

那女妖又冲云知露齿一笑："小郎君，奴叫女萝。近日奴新丧了夫君，孤苦伶仃，你可愿照拂照拂奴家？也好让奴家有个去处。"

她冲云知眨眨眼，殷红的眼梢上挑，像用朱笔勾勒过，描出无边的媚色。云知刚要回答，打眼瞥见戚灵枢立在崖下，这厮不知道什么时候排清飞廉蛊毒，出了洞，冷着脸遥遥瞧着他，便笑道："我素来是最怜香惜玉的了，可惜我现下给大名鼎鼎的弱水剑魔跑腿，他这个人严以律己，更严以律我。若我欺辱了小娘子，只怕被他扫地出门，流落街头。"

戚灵枢踏着剑轻飘飘地飞上来，看了眼低头只顾刻木雕的戚隐。云知朝他摇摇头，他明白云知的意思，不再言语。人间与南疆都不容扶岚，黑猫苟延残喘，戚隐明知隳无方灭仙门乃是巫郁离的毒计，却仍然动了手，这就已经摆明了他的态度。

比起救世，他更愿意灭世。

女萝从树上跳下来，道："弟娃，我知道你不想理嫂嫂。不过嫂嫂今儿带来的东西，你一定得看一眼。"她从袖里拿出一卷卷轴，递给戚隐。

戚隐打开卷轴，入目是一幅熟悉的画。酷似扶岚的男人站在无方一处山崖上，垂目俯瞰冰海天渊。他负着黑鞘的横刀，墨色的衣袂随风翻飞。戚隐眼神一滞，定定地瞧着男人背后的那把黑刀。

这是斩骨刀。

初见这幅画的时候他还没有见过斩骨刀，可现在他一眼就能认出，这的的确确就是斩骨刀。

"你一定很想知道这个长得很像呆瓜小郎君的人是谁，对不对？"女萝道，"你曾经在无方的紫极藏经阁见过这幅画，它来自一个叫作慕容长疏的人。这可是在你毁无方的时候嫂嫂拼死抢出来的，差点就和那帮倒霉鬼一样被你冻成冰块儿了。"

云知凑过脸，端详画中人的身影。

戚隐望向女萝，道："继续说。"

"真不客气。"女萝颇不高兴地撇撇嘴，道，"说实话，这个人到底是谁，我们也不清楚。弟娃，先说说你知道的东西。"

戚隐沉声道："慕容长疏是无方三代以前的长老，这幅画距今起码有两百多年。我在神墓里遇到过这个酷似我哥的人的骨骸，他在两百年前进入了无方，不知为何落下了斩骨刀，遗落在冰海天渊，最终死在了神墓。白鹿说他的胸前有巫罗秘法的痕迹，他应该是被神殿神侍所杀。"

"没错，但有几个关键的地方说得不对。"女萝道，"这幅画实际上是在五百年前画的，画上的人距今起码也有五百年。画中人是谁我们不知道，但慕容长疏是谁我们却有迹可循。根据《无方箐华录》的记载，这个家伙是无方三代以前的道法长老，注重养生，喜好游山玩水。此人德高望重，一直活到了三百七十五岁。但在他寿诞那天，他对弟子说他自觉时日无多，然而心中有一苦结，非寻得一个百年前的故人方可解。于是他驾鹤北上，从此不知所终，再也没有回来。"

"百年前的故人……"云知摸着下巴沉思。

"他去过哪里？"戚隐问。

"好问题。"女萝笑道，"的确，既然是心中深藏多年的苦结，不找到人解不开，

## 第三十六章 霜心

此前必定有所作为。所幸这人喜欢画画，每到一处必留墨宝。"她又从袖里取出许多画儿，一一摊在地上。几个人细细端详，画儿一共五幅，皆以浓墨描绘广袤的大山，墨黑色的巨影犹如蛰伏的巨兽，漫山遍野的树林。五幅画看起来都差不多，没什么特别，无非是一些野林子山沟沟之类的。

"画技不错，"云知评价道，"就是不知道是哪儿。"

"是巴山。"戚隐道，"不同角度的巴山。"

这里面几个人，只有戚隐和女萝去过巴山。画上墨色浓郁，茂密的树林攒在一起，树叶搅覆，似有长风拂过。细细看才能发现，这上面的树全都是椿木。树林尽处皆是灰白，但并非寻常留白代替的苍天白水，而是因为巴山椿木林被白雾神侍笼罩，没有人能够进去。

"他在调查巴山，难道他找的是我哥？"戚隐心中一团乱麻，有什么线索浮现在脑海，"巫郁离是不死之身，可他并非天生如此。他曾将我哥送往一个高高的地方，说我哥或许会醒来，或许永远也醒不来。我哥的身世便是他不死的秘密！"

巫郁离能死而复活，这是不是说明……扶岚也可以？戚隐的声音在颤抖，心里一下有了希望，像微微的火苗，照亮方寸幽暗的心海。他问道："慕容长疏最后去了哪儿？他消失的地方是不是就是巫郁离口中那个高高的地方？"

"他有没有留下道论什么的？或许有些线索。无方那帮人最喜欢写道论，什么鸡毛蒜皮大点儿的事儿都能说出一沓纸来。小师叔的道论集子摞起来能到我腰上。"云知说。

戚灵枢忍无可忍，道："你闭嘴。"

树梢上的女妖沉默无言，大家发现了不对劲儿，齐齐望向她。女萝立在树梢上，居高临下望着他们。这个妖艳的女姬似乎有了些许的不同，她的肩背挺得笔直，映丽的脸庞变得肃穆漠然，犹如庙宇里低眉垂目俯望芸芸众生的神像。她素白的脸上似有无边的悲悯，又似是与人世相隔的冷漠。

"你不是女萝，你是谁？"戚隐问。

"吾乃大神白雩。"

女萝的背后，数双眼睛缓缓睁开，云知和戚灵枢第一次看见这等场面，都露出了惊异的神色。戚隐站起来，遥遥与神祇的眼睛对望。

古老的神祇在女萝耳边低语，女萝一字一句复述她们的言语。

"来找我，戚隐。我在古泽的深处，时间的罅隙。我会在那里等你，将你送往那个为诸神所弃的孩子身边。"神祇向他伸出手，"你必须尽快，罪徒即将找到我的藏身之所，你的时间不多了。"

第三十七章

神隐

"狼大爷，跟我们一起走呗。"云知盘腿坐在剑上，揣着袖子道。

戚隐决定要前往云梦古泽，即使那劳什子大神说得不明不白，也不知道是不是个圈套，但思来想去，目前只有这么一条线索，还是得去探探再说。

狼王摇头说不去，云知挠了挠额角，道："人间现在不太平了，我那好师叔四处放妖蛾子，外面都是行尸，你真的不跟我们一块儿走？"

狼王喉咙里低低笑了几声："早先见你这师叔，老子就知道他不是个好东西。一个大男人长得白白嫩嫩，能是什么好玩意儿？亏你小时候还偷偷跟老子说长大了要娶他当新娘子。"

"哈？"云知蒙了，"我说过这话？"

"你刚来的时候以为他是个女的，迷得五迷三道，见天往人家身边跑。帮你治了俩月的断臂，你才知道他是个男的，跑我这儿吹了一晚上风，说你人生第一场欢喜无疾而终，从此立志清心寡欲，一心向道。小贼。"

再让他说下去，云知的老底都得被扒干净。云知尴尬地回头看了眼戚灵枢和戚隐，戚隐将黑猫裹在包袱里背着，没什么反应。这厮现在一副心如槁木的样子，就差要立地飞升了。戚灵枢的脸笼在树翳底下，看起来莫名有些阴郁。不知为何心里咯噔一下，云知忙制止狼王，道："你真不再考虑考虑？"

"得了吧。"狼王将下巴搁在岩石上，倦倦地闭上眼睛，"老子年纪大了，活不了多久，不陪你们这帮年轻小子折腾了。若外头真闹翻天，经天结界可以屏障妖魔，这里只怕是人间最后一方净土。你们去吧，老子远远看着你们就好。"他又掀开眼皮，瞧了瞧戚隐，道，"戚隐小子，他日老子去泉下见了你那牛鼻子老爹，你可要我带什么话？"

戚隐望着远方绵延的山林，道："便说我平安喜乐，子孙满堂，不必挂心。"

三人同狼王告别，御剑冲天，女萝等在外头，为他们引路。夕阳西下，红霞犹如滚滚天火，摧枯拉朽地烧了半边天。远远望凤还，起起伏伏的九座山峦隐在白云尽头，渐渐晕成一笔潦草的墨迹。云知回望半晌，心中有淡淡的苍茫之感。

人去山空，万事皆休。

一路西行，城镇破败，行尸集结成群游弋山道。剩余仙山宗门在荆楚北面沿着山谷天险筑起结界，潋滟光墙横亘大地之上，嗡嗡妖蛾和行尸逡巡其下，乍一眼望去，大地上仿佛裂开了一道深可见骨的伤疤。戚灵枢脸色沉郁，一路都抿着唇不说话。

"小师叔，在想什么呢？"云知问。

戚灵枢的眸底有化不开的隐痛："云知，我有时候觉得无论怎么走都是错，每一步都进退维谷，走来走去，总在囹圄之间打转，逃脱不开。"

云知笑了一声，道："说到底，人世不就是一个大囹圄吗？咱们若是走得脱，不早成神仙了？"他看了眼前面的戚隐，"就算是那些当神仙的，好像也还在囹圄之间困着嘛。有些事儿咱能办就办，不能办就算了，没有必要硬往肩上扛，多累。"

戚灵枢默了会儿，道："你素来想得开。"

打小就被那帮哭哭闹闹的师弟师妹歪缠，云知每日从睁开眼开始，就要听桑芽流白他们四处嚷嚷。"大师哥，桑芽把我床板蹦塌了！""大师哥，我裤衩被四师弟烧了个洞！"要是想不开，早没命了。

云知抱着手臂，长叹了一声道："小师叔，天下苍生那么多，不是想救就能救的。更何况，有的人连自己也救不了。有时候不是命没了才最惨，命还在，其他的什么都没了，才最凄惨。"

他话说完，两个人都沉默了。他们的前方，戚隐御着斩骨刀飞，飞扬的白发亮得刺目。他一路迎着夕阳，那沉默孤寂的黑色背影像一把刀，扎进滚烫的业火。日落西山，星子像冻结的冰碴子挂满天的时候，他们到了幕阜山的上空。山脉弯弯处含着一泊浩瀚的大泽，像一团银月镶嵌在山脉的边缘。在上古，这大泽远比今日更大，几乎占据一半的荆楚之地。

"下面就是云梦了，"女萝说，"我的神对我的指引就到这儿了，里面我也没进去过。《海内中州志》记载，从前的荆楚百姓在水上搭建神殿，泛舟前往大泽中心，乐舞娱神祈福。每年还要向大泽中心献祭百十个人牲，祈求风调雨顺。若找到人牲的遗骸，想必就离神殿不远了。"

戚隐道："这种地方一向古怪，我先下去，你们在这里等我。"

"要去一起去，谁也别落下谁。"云知说。

戚灵枢默默看了他一眼。

"随你。"斩骨刀徐徐下降，戚隐向水面靠近，"既然这样，我打头，小师叔殿后。狗贼，你和女萝走中间。"

他不动声色看了眼云知，云知瞬间会意。师兄弟这么些时日，这点默契还是有的。戚隐大概不信任那个叫白雩的劳什子大神，也不信任这个叫女萝的女妖。安排成这个阵型，表面上看起来是保护，其实是将女萝团团包围住。万一有什么变故，两边也好互相策应。

戚隐率先下潜，墨绿色的水淹没眼前，静谧的水下仿佛是另一个世界。古泽远比想象中的要深，几乎可以达到冰海天渊的深度。一行人无声地下潜，没有人说话，仿佛是害怕惊扰了远古的魂灵。

下潜到最深处，墨绿色越发浓厚，几乎看不清彼此。云知点亮灯符，符咒的微光盈盈亮起，光芒像金黄色的灰尘，在水中涣散。他们已经潜得很深了，耳膜像蒙了什么东西上去，闷闷地难受。戚隐背着黑猫，游在最前方。四处一片悄无声息，像来到了死亡的地界。

行进了三丈远，戚隐挥了挥手，做了个暂停的手势。大家悄无声息停在他身后，望向前方，不由得在心里倒吸一口凉气。

人，全是人。

幽绿的水底，淤泥里，跪着数不清的人。一眼望过去，全是乌泱泱的人头。所有人匍匐在地，双手交叉按在额下，向着前方虔诚地叩拜。正前方不远处有一艘枯朽的大船，桅杆断折，一半船身埋在了泥沙里，龙骨上刻着细细密密的符咒，已经暗淡了光辉，磨损得几乎看不清。这腐坏的古船魁伟又古老，不知在这静谧的水底度过了多少年。

"在水上搭建神殿，意思是神殿建在船上吗？"云知小声道。

女萝点头："应该就是这样。"

戚隐要往前走，戚灵枢按住他的肩膀。戚隐拂开他的手，道："没有活人。"

的确，这水中没有半点心跳，只有幽幽的水波摩擦岩石，发出细微的声响。戚隐步入跪尸群，所有尸体的皮肤都呈现一种诡异的铁青色，让他们看起来像是青铜雕铸的雕像。

"他们的身体里被灌了铅，"云知抬了抬一具尸体的手，"你看，重得很。他们应该是活着的时候被灌铅，铅水虽然烫，却不会把他们的内脏焚毁，而是将他们瞬间凝固，让他们保持这种跪拜的姿势，再沉入江底。铅水凝固之后很重，风浪再大，他们也浮不起来。"

"都是男子。"戚灵枢端详这些跪尸，凝眉道。

女萝眨了眨眼，笑道："楚地降神，往往以男巫降女神，以女巫降男神。白雩大神是云梦的神女，你可以把这些人当作云梦先民献给大神的面首。"

云知仰唇一笑："黑仔，一会儿神要是管我们要面首怎么办？"

"那就把你留下来。"戚隐面无表情地道，"捞个大神郎君当，你这辈子够本了。"

"那里还有。"戚灵枢用剑指了指前面五步远的地方。

那儿支棱着一截惨白的骨臂，他们过去刨了刨，挖出一具白骨架子，看骨架的模样，是个凡人。

"献祭的人牲？"戚灵枢皱了皱眉，"为何独他是白骨？"

"只有一种可能，他不是人牲。"云知用剑柄敲了敲白骨，清脆的一声响，"凡人骨殖在水里泡几千年，早烂成渣了。就算是妖魔和得道有成的前辈，遗骨也存不了这么久。这位前辈一定是才死的，距今最多不会超过五百年。"

云知拜了一拜，扛着剑刚走出几步，忽然一脚陷进淤泥里。他脸色一变，道："有东西抓我脚！"

## 第三十七章 神隐

所有人俱是一惊,戚隐迅速出剑,归昧化作一道凄清的流光,一头扎进淤泥。戚灵枢的魔气暴涨,分作三股缠绕云知周身,生生把他硬拽了出来。云知踉踉跄跄在地上,脚踝上带出一截骨臂,尖利的骨刺扎进他的鞋底。云知把骨头拔出来,扔在地上。并非是有东西抓他,而是他踩中这骨骸的骨刺。

戚隐无语,收回归昧,道:"狗贼,你胆量见小。"

"惭愧惭愧,想必是前辈见我太俊,舍不得我走。"云知说。

他刚说完,面前的地面轰然塌陷,数尺见方的淤泥统塌了个干净,露出一个黑黝黝的大坑。云知坐在边缘,差点要滑下去。戚隐和戚灵枢一左一右,拉住他的臂弯把他拉上来。水浪散开,下方景象一览无余,所有人都目瞪口呆。

底下全是白骨,乱七八糟堆在一起。黑漆漆的眼洞填满淤泥,空茫地望着墨绿色的水波。

戚隐一言不发,伸出手,一颗苍白的头颅颤悠悠升起,飞入他的掌心。

"气息已经被水泡没了。"戚隐道。

"他们是谁,为什么会死在这里?"云知蹲下身打量,"是不是落水死掉的渔民?河上一般都有嫁女给河神的习俗,这些是献给江河的童女吗?"

"不可能,他们身上没有铅,不会像这些跪尸一样沉底。若是嫁河神的童女,也应顺水漂散,不会聚在一处。"戚隐缓缓出刀,刀光被水折得迤逦,恍若游散的水银,"尸骨被这样掩埋在坑里,只可能是有人故意为之。"

云知明白了什么,倒吸一口凉气。

戚隐低声道:"女萝,你的神吃人吗?"

无人应答,戚隐回过头,却不见那女妖的身影。她竟不知何时不见了,戚隐居然未曾发觉。这婆娘有猫腻,戚隐这样想,再一转身,却发现云知和戚灵枢也不见了。四处空空荡荡,空寂的大泽只剩下他和这群堆积如山的白骨。他垂下头默默望着那些无声的骨骸,有一颗头颅斜对着他,黑黝黝的眼洞望过来,仿佛正瞧着他看。

四下里安静极了,连心跳声都听不见,所有人都消失,只剩下他一个人。

戚隐缓缓叹了一口气,仰起脸儿眺望墨绿色的水波。天光漏进湖面,晕成一抹暗淡的光,离他很远很远。这是一种熟悉的感觉,冰冷得令人窒息,好像一路走来千里万里,旅伴来来去去,到最后他终于明白,他将一个人走到天黑,无人相伴。

他摸了摸身后的包袱,猫爷的呼吸响在耳侧。

幸好,猫爷还在。

"这算什么,陷阱吗?白雩大神,我戚隐身上到底还有什么是你想要的?"

戚隐一刀朝背后的跪尸劈去。刀光摧枯拉朽而去,一路跪伏的男尸卷入刀光,被铰成碎屑。刀光消失在尽头的暗处,水波又恢复了静谧。

"到船上去。"柔和的女声响起在身后,戚隐回过头,三双荧荧巨眼面对着他。

"我的朋友呢?"

"他们不会有危险,你看到的这些尸骨只是些擅闯神迹,被我们杀死的无知之徒。"神说，"你的朋友没有觐见我们的资格，我们只允许你踏入我们的领地。"

戚隐打量四周的虚空，隔着一层结界，一切都看起来幽茫凄迷："从刚才到现在，我分明没有移动半步，可我的同伴却凭空消失。要么是你耍了什么手段将他们带走，要么就是你迷惑了我的眼睛。从现在的我眼皮子底下带走我身边的人不容易，所以我更倾向于后者。西方梦貘能织梦惑人，我曾进过一个梦貘的梦境，的确难辨真假。但你的手段比它们还要高超，你的幻境与实像相融，不分彼此。我说得对吗？"

"不错，你的朋友仍在你的身边。"神祇幽幽道。

"很好，"戚隐说，"要么你收了这些无聊的咒术出来见我，要么我把这里劈了。"

归昧剑徐徐滑出剑鞘，霜寒剑光映在戚隐的脸上，照亮他银灰色的眼眸。这个男人手握一刀一剑，平静得像一块生铁，他的身上没有愤怒也没有怨怼，但凛冽的杀机已经在水波中沉默地发酵。

"你在威胁神祇吗？孩子。"

戚隐无声地笑了笑，眸光比水波要更加冰冷。他道："我已经不是从前那个被你们捏在手心耍得团团转的戚隐了，我敬你三分，称你们为'神'。但是神，决定权在我，不在你们。"

"狂妄的孩子。"神祇叹息了一声，似乎并没有生气，"你与姜央同体而生，你们的魂魄相依相伴，他的性格影响了你。"

水波中出现细密的波浪与泡沫，几道微不可察的细光一闪而过，看上去像水波里凭空出现的裂纹。古老的神祇从裂纹中现出了身形，那是三个人身鱼尾的神女，她们赤身裸体，长得一模一样，连声音也分不清彼此。如果戚隐读过荆楚的神话，便会知道云梦的神女诞生于大泽三朵一模一样的浪花，共用同一个神名，同一颗心脏。

身后响起低低的惊呼，那是云知他们几个。神女们收回了咒术，屏障他们五感的幻觉已经消失。女萝伏下身子，虔诚地向神女叩拜。戚灵枢闭上眼，单手解下发带，手中掐诀，发带向云知缠过去，蒙住他的眼睛。

云知很郁闷："干吗啊小师叔？"

"非礼勿视。"

"那你干吗不把黑仔的眼睛也蒙住？"

"闭嘴。"

神女围绕戚隐游弋，游鱼一样轻盈，海藻般的长发在水波中飞扬。她们的出现带来一种说不出的力量，温和柔软，抚慰戚隐心中流血的伤口。

"我见过你们，对吗？"戚隐问。

"在乌江，孩子。"一个神女和声说道，她的嗓音很温柔，像潺潺的水波。

神女指尖一弹，墨绿色的水波悄然荡漾，气泡涨涨落落，素白的水浪结出一片水中虚景。戚隐看见幼年的他，看起来只有两三岁，提着渔网兜子河岸上跑。那个

## 第三十七章 神隐

时候他刚刚能跑利索,还没有遇见扶岚,也还没有失去阿芙。水下微波荡漾,浪花里面游过三道人身鱼尾的影子,戚隐霎时间反应过来,那是云梦神女。她们在湖里追随狗崽的步子,无声无息。狗崽似有所觉,忽然停了步子,蹲在河边照自己的影儿。白嫩小娃娃的影子渐渐散去,露出神女明丽的脸庞。

戚隐知道他幼时素来胆大,不知是太笨还是太天真,连吃人的妖道都不害怕。现在也一样,狗崽咦了一声,好奇地伸出一根手指头,触碰淡绿色的水面。神女也在里面伸出手,和狗崽的手指相碰。在乌江的春天,在无名的湖畔,狗崽第一次看见神明。时光像在刹那间停滞了,涟漪一圈一圈,波光聚了又散,绚烂犹如碎金。

水波又是一荡,细密的泡沫涌现另一个场景。狗崽在摇篮里大哭,扶着万字床帷子爬起来,摇篮摇摇欲坠,眼看他就要坠下篮子。床头上的小神仙泥娃娃忽然动了动,三个神女像一阵云雾从里面钻出来,搂住狗崽的小身子,抱着他低低歌唱。狗崽不哭了,仰着脖子瞧神女白洁的下巴,渐渐阖上了眼睛。飘浮的神女和熟睡的小孩儿,隔着窗棂看,暗黄的窗纸映着他们的影子,像演着神话故事的皮影戏。

神女轻声道:"我们相逢在乌江,孩子。当你俯照河影,我们透过你的影子看着你。当你行过桥边,我们托起荷叶护卫你。当你夜晚啼哭,我们在你床边歌唱。早在你不记事的年纪,我们就已经见过面。今日你来,我们并非初遇,而是久别重逢。"

戚隐隐隐约约记起来了,在扶岚诉说的回忆里,阿芙曾告诉扶岚狗崽小时候总有一些自己幻想出来的玩伴。有时候是捏的泥娃娃,有时候是湖水里自己的倒影。在扶岚没有来到乌江的时候,他总喜欢自言自语,自己和自己玩儿,说一些别人听不懂的怪话。孩子总是这样,尤其是像他这样孤单的孩子,阿芙从来不当真。可这的的确确是真的,他在无名湖畔,在小神仙泥娃娃里,遇见了古老的神祇。

"你自幼没有父母的依傍,我们护佑你平安长大。直至今日,你走到我们的面前。"

戚隐不吭声,清冷坚硬的脸庞没什么表情。

他现在很不一样了,若是从前,他大概会又惊异又激动。拥有不凡的身世,当神仙眷顾的小娃娃,这是他从小想到大的事。这样将来长大,姚家人才能在他面前痛哭流涕,后悔当初对他那样坏。可现在,他心如死水,什么感觉都没有。姚家人死了,剩下一个老太太。扶岚也死了,什么都不剩。来来去去,人生像一场醒不来的噩梦,全是灾难全是空。

他问:"为什么是我?"

"你可还记得你的名字从何而来?"

"我娘在女娲庙里掷出来的。"

"不,是女娲大神赐予你的。孟芙娘掷下千字筒,女娲大神从其中挑选了你的名字。凡人的眼睛只能看见五色虚相,看不见藏身于冥冥之中的神祇。你以为你的名字掷出于偶然,并非如此,是神祇赐予你这个名字。"中间的神女温声道,"这名字有它自身的由来，它出自一个古老的卦辞。"

"卦？"

"你可还记得，在你进入巴山月镜前夕，巫郁离为了卜问天地大运，耗费了半身的灵力。可即便他本领通天，终究是个凡人。那关联天运的大卦，他只卜出半句而已。完整的卦辞，早在千年前伏羲大神打开灵感大目，窥探未来之时便已经闻于诸神之耳。"

"完整的卦辞是什么？"戚隐问。

神祇叹息着说出了那句卦辞，又仿佛是一个古老的预言。

"诸天神隐，天地同戚。"

云知喃喃念出了隐藏在里面的名字："戚隐……"

"没错，"神女们凝视戚隐，"这就是你名字的由来。巫郁离以为是他选择了你，是他设计你找到白鹿的心脏。他错了，白鹿神像里的心脏，原本就是我们为你而留。三千年前，姜央战死在天穆之野，献祭血肉化为南疆雨露，留下一颗霜雪之心悬于中天。伏羲大神开启灵感大目，窥测诸神的未来。我们按照大神的指示，将姜央的心脏送往白鹿神墓，等候你的到来。"

"诸神应运而生，应劫而死。天行有常，大道无争。"神女娓娓道来，"生生死死，犹如日升月落，朝来暮往。我们遵从宿命的安排，就像滔滔河水顺应天时地势，路缓则静，路急则速。但无论道何阻，路何长，终究滚滚而逝，一去不返。巫郁离强行争大运，夺造化，妄想逆天而行，改变既定的命局。而你，孩子，你是我们的送葬人，你将亲手修正天命，将所有神祇送往不可知的归路，让凡世回到原本的轨道。"

这叫什么话？大家面面相觑，都觉得不可思议。敢情大神都有想死的毛病，是活太久活腻味了吗？戚隐皱了皱眉，迟疑着道："你们要我送你们归西？"

"不必你动手，我们的杀机已经到了。"神女轻轻摇头，"你只需要找出巫郁离的死穴，阻止他。他是天命中的变数，孤天上的煞星。只要他活着，世间永无安宁。"

巫郁离诓杀扶岚，戚隐是必定要取他狗命的。戚隐正要说话，心脏忽然收缩了一下，像被谁攥紧了似的，心里忽然涌起一种难以言喻的悲怆。这感觉突如其来，没有因由。

戚隐以为他的身体又出了毛病，但很快他意识到问题并非出在这里，这情感并不属于他，而属于他体内的白鹿。他在戚隐的胸腑里悲伤，悲意犹如海水弥漫心田，淹没九藏。

"老白，你怎么了？"戚隐问。

"小爷好得很，别管我。"白鹿背过身，恶声恶气地道。

戚隐忽然想起那日在巴山月镜，他看见残阳如血，神祇远征，神巫困守神殿。那是巫郁离的记忆，也是白鹿的过往。

这个死要面子的家伙，是为了他的大神巫悲伤吗？他曾经违背天命，为此不惜与伏羲决战。可现在他却选择了屈服，甚至与自己昔日最忠诚的大神巫为敌。

那所谓的天命，竟连白鹿都违抗不了。原来即便是神祇，这天地间最古老的生灵，也要屈服在命运的洪流之中，犹如水中浮萍，随波逐流。戚隐仰头瞧了瞧湖外天穹，星月俱灭，尘世一片漆黑，水里也黑魆魆一片。他深深吸了一口气，对白雪道："你说的我都明白了，可这些乱七八糟的东西，同我哥又有什么关系？"

"那个叫扶岚的孩子……"神女们轻轻叹着，缓缓道，"自巫郁离喂你喝下神血，我们便在世间物色能够在巫郁离手中保护你的伙伴。凡人先天羸弱，妖魔嗜血成性，唯有这个孩子，心地纯善，是谓良选。但我们选择他，还有更重要的理由。"

神女们挥手拂动水波，细白的泡沫幻化出一个男人的身影，戚隐心神一震，怔怔地注视那虚幻的象。他是扶岚，黑衣黑发，沉静得像一座雕塑。戚隐默默望着他，抬起手，伸向他，却穿过幻影，什么也没有摸到。

"什么理由？"戚隐问。

"你的兄长，与巫郁离一般，乃不死之身。"

所有人俱是一惊，云知在后面道："这么说来，之前我们在神墓中殿看到的那具骸骨，确实就是扶岚没错了？"

"不错。"神女道，"数百年来，他一直锲而不舍地前往神迹，求问诸神他的身世。可他的身上有那个罪人的气息，他是不为神所造之物，被诸神拒之门外。当他现身神迹，神侍会毫不容情地杀了他。"

戚隐一愣，怔怔地望向坑里堆积如山的骨骸。

这是一座乱葬岗，只不过它葬的都是同一个人——扶岚。

她说得没错，戚隐想起来了，扶岚十二岁离开南疆的缘由便是前往各地神迹掷签，询问他的同族血亲所在。黑猫因此广拓金错书，破解了金错书的含义。但这一世的扶岚没有去太多地方，因为他在乌江遇见了狗崽和阿芙。

"你们杀了他。"戚隐嗓音发哑，像咽了满嘴的沙。

"你要明白，那时世间还没有你，他还没有被选作你的伙伴。他非人非妖非魔，诸神厌恶他，就像凡人厌恶妖魔。当初我们选择他，除了女娲大神，其他神祇都不赞成这个决定。成为你的伙伴是他的救赎，只有这样，他才能被神祇接纳。不过，如你所见，诸神无法真正杀死他。他和巫郁离一样，无论用什么办法杀死，都会再次复生。我们注意到，每一世的扶岚都从巴山神殿走出，去往四方流浪。但我们探寻巴山四周，甚至设法送你进入月镜，都不曾找到他重生的秘密。"

戚隐心里发苦，深一脚浅一脚走过去，蹲下身，捧起一颗头颅，拂去细沙，擦干淤泥，沾了满手的泥尘。他一遍一遍擦，抚摸黑漆漆的眼窝、瘦削的颧骨。这是他哥哥，是扶岚不曾记起来的时光。什么他是他哥的救赎？都是放屁，这些愚蠢的神祇怎么会知道，他哥才是他的救赎！没有谁比得过扶岚，肮脏的黑血灌满天下人的心房，只有他的哥哥净若琉璃。

可这样好的一个人，无论重活多少遍，命运都是一样的悲惨。凡人将他看作是怪物，妖魔视他为恐怖的异类，连神祇也不要他，一遍遍把他杀死。他该多么孤独，一个人背着一把刀走在旷野里，去寻访那些遗落在时间之外的神迹，去造访传说中悲悯善良的神祇。

他却不知道，神爱世人，独独不爱他。

"我哥和巫郁离不一样，"戚隐涩声道，"他不能像巫郁离那样记得从前的事情，每一次重生的他都是空白的，他对世界一无所知，对自己也一无所知。"

"不错，我们推测，这是因为巫郁离为了消除他妖化的记忆，曾多次清洗他的神魂。巫郁离所用的洗魂术霸道直接，相当于强行破坏脑髓灵宫，致其失忆。'夫脑者，一身之灵也，百神之命窟'，更何况是神魂。这种洗魂术用的次数太多，对他的神魂造成了不可逆的损伤，使得他虽然能够重塑形体，却无法保存过去的记忆。"

第二个神女接口道："不过，我们在他的神魂中央，看到了更奇怪的东西。"神女指尖燃起青光，扶岚幻象的大脑中央显现出一道细细的金光。那金光蜿蜒扭曲，横亘在他的脑宫中央，像一道深刻的疤痕。

"一道疤？"戚隐喃喃道。

"准确地说，是一道符咒刻痕。这道刻痕很新，印刻时间在近几百年之内。似乎在巫郁离破坏他的神魂灵宫之后，有人在其中刻入了未知的符纹。刻印神魂，受术者无疑要遭受极大的痛苦。这样的咒术残忍霸道，不可逆，不可解。它的功用我们并不清楚，或许扶岚心智缺损，寡情少欲，与这道刻痕有所关联。"

究竟是哪个浑蛋对扶岚做了这样的事儿，过了这么多年，也根本查不分明了。戚隐心里疼痛，手在衣袖下绷紧。深深吸了一口气，他艰难地平复心绪，道："好，不必再说了。你们只要告诉我，无方那位前辈，叫慕容长疏的，他要找的人到底是不是我哥，他去的地方是哪里？"

"你猜得没错，他要寻的故人就是扶岚。"神女道，"他出现的最后一个地方是九嶷山，那是伏羲神殿的所在。"

"伏羲神殿？"戚隐三人都皱起了眉头。

另一个神女说："伏羲大神乃人间祖神，数千年前，他的神殿掌握着天下最高妙的秘法。旧时有传，伏羲大神巫巫即明得神天秘传，知不死神术。这显然是讹传，伏羲大神绝无可能授予凡人长生秘术。但或许他们真的依靠自己，寻得了逃脱轮回的办法。巫郁离不死的秘密，或许也与那里有关。"

"我哥去过伏羲神殿吗？"戚隐问。

"当然。"第三个神女回答他，"你的哥哥是数百年来唯一一个从九嶷山生还的凡灵。姜央战死，伏羲大神开启灵感大目之后，便陷入了长久的沉眠。我们已经有数千年不曾得到他的讯息。一千年前，我们从长眠中苏醒，发现伏羲神殿不知所终，我们遍寻凡世，也找不到它的踪迹。九嶷山高入天穹，遍布冰原，凡灵难以生存。千年间，觊觎神祇秘宝的妖魔凡人无数，但没有谁能够深入山腹。大约五百年前，

## 第三十七章 神隐

第十五世扶岚进入九嶷山。他是唯一一个进入山腹，并安全回返的人。"

"神仙姐姐，你们不是说如果他进入神迹，就会被神侍杀死吗？"云知说，"他或许根本没到神殿，路走一半儿，想想还是家里躺着舒服，就回来了。"

"的确如此。但凡事总有例外。我们判断他去过伏羲神殿，是因为他从雪山的深处带回来一个孩子。"神女道，"那个孩子，就是慕容长疏。"

所有人俱是一惊，雪山深处荒无人烟，怎么会有孩子？只有戚隐莫名有点不大高兴，他哥除了他，还带过别的孩子吗？

"如你们所知，那个孩子长大之后四处调查扶岚，按照幼年记忆指摹扶岚画像，四处打听，甚至追查到了巴山神殿。《无方菁华录》说他爱好游历，实际上，他走遍大江南北，所寻觅的皆是扶岚去过的大神遗迹。最后，他三百七十五岁那年失踪在九嶷山的深处。我们观察了他一生的时间，直到他消失在九嶷山。那是伏羲大神的领地，我们无法窥探，无法得知他到底经历了什么。不过，他除了长大之后四处调查扶岚以外，还有一个与众不同的地方。"神女顿了顿，道，"他幼年之时，常常梦游。"

"梦游有什么稀奇？"戚隐想不明白。

"梦游当然不稀奇，"云知笑道，"但他如果说了些了不得的话，做了些了不得的事，那就稀奇了。他该不会在梦里大喊'吾乃伏羲大神之子'吧？"

"大神无法繁育，孩子。"神女们淡淡笑了一下，"他的奇怪之处在于，他梦游的姿势十分怪异。"

神女指尖轻弹，水波再次聚拢，凝出一个瘦小的人形。云知扒开发带往那瞧，戚隐也凝神细观。那小童模样的人正趴在地上，以一个别扭的姿势向前爬行，这姿势莫名让人有种汗毛倒竖的感觉。那小童看起来不像是个人了，倒像被什么东西附了身一样。戚隐看了半天，忽然看明白这是什么姿势。

这孩子像是一条蛇，贴着地面向前蠕动。

"无方长老认为他受到妖魔侵扰，被妖气感染，才得了这样的病症。无方师长想尽办法，也无法治愈这个蛇行的孩童。他们想要寻求扶岚的帮助，但扶岚那时候已经消失在冰海天渊的深处，不知所终。所幸，在无方生活数月之后，这病不治而愈。但让人遗憾的是，随着病症的消失，他过往的记忆也在衰退。直到他完全成人，他对九嶷山只剩下模糊的印象。无论我们怎么用神语诱他开口，他都无法言明伏羲神殿的情况。"

戚隐眉头深锁："我要去九嶷山。"

"莫急，我们会撕开时空裂隙，把你送往五百年前的九嶷山。你要跟随彼时的扶岚找到伏羲神殿，巫郁离不死的秘密极有可能便藏在当中。当你重新登船，古船会载着你回到现在。"神女们怀着遗憾叹息，"孩子，我们亏欠你很多。将扶岚送往你的身边本只是为了保护你的安全，让你免除妖魔的滋扰、罪徒的窥伺，我们没有想到你们会有如此深厚的羁绊。作为补偿，我们赠予你我们的心头血，帮助你复原你与扶岚的妖猫。"

中间那个神女轻轻吐息，她赤裸的胸膛中央浮现一点血色的光亮。心头血从她的胸腑中飞出，飞往戚隐背后的包袱。神祇心血没入黑猫皱巴巴的额间，它身上的大片灼伤一点一点消失，黑油油的皮毛重新长出来，小小的梅花爪子动了一动。

"小隐……"黑猫掀开了一条眼缝。

戚隐几乎落泪，拉开包袱，检查黑猫的伤势。它身上的烧伤都已经痊愈，只是呼吸还很微弱。戚隐把黑猫裹好，摸了摸它毛茸茸的脑袋，道："猫爷，你再歇会儿，我带你去找我哥。"

黑猫"嗯"了一声，垂下眼皮沉沉睡去。

像天光乍泄人间，一切又有了希望。他还能有猫爷在身边，还能再找到他的哥哥。只要有希望，他就还能活。戚隐把扶岚的头骨放进黑猫怀里，将包袱束紧，重新背起来。

"孩子，上船吧。路上风浪大，一切小心。"

腐朽的古船从无数尸骸和肮脏的淤泥里缓缓升起，破碎的桅杆和船桨复归原样。大船犹如拔地而起的高楼，从水波中站起来。它显露了完整的身形，原来淤泥掩埋了它大部分身躯，只露出船舷的一侧。现在它站起来了，足有三层楼那么高，魁伟的龙骨上挂着碧绿的海藻和青黑色的风铃，水波撩动风铃，发出低语般的铃声。

这是白雩的神殿。数千年前，荆楚的先民在船上祭祀，枭首牛羊，毒死奴隶，将他们沉入广袤的古泽，陪伴大神走过无尽的时光。

戚隐想让云知和戚灵枢回去，五百年前的九嶷山，谁知道那里到底有些什么，他们俩没有必要掺和进来。他回过头，却不见那俩人影儿，再转过脸，只见那两个蒙着眼的家伙摸索着上船，不时互相磕碰，绊在一起。

云知哀声道："小师叔，咱要不把眼罩摘了吧？"

"不行。"

戚隐到底什么也没说，任他们去了。

神女们打开裂隙，一个巨大的裂隙在高处出现，裂隙深处隐隐可见苍蓝色的茫茫大海。戚灵枢和云知一同掐诀，灵力灌注船身，巨大的古船颤抖起来，四处发出嘎吱嘎吱的响声，像是顷刻间就要散架似的。

云知摘下眼罩："神仙姐姐看来也不富裕啊，怪不得没穿衣裳，敢情是买不起。"

戚灵枢没理他，眉间心魔印红光潋滟，魔气剧烈翻滚，托起大船。大船彻底脱离淤泥，船身一下轻了。龙骨上的符咒重新激活，金光闪烁。船身摇摆着，朝裂隙驶过去。

戚隐上了船，眺望下方，女萝卖力地朝他挥手："弟娃，来日再见啦！"

神女们遥遥望着他，目光烟水一般苍茫，似乎正透过他看着另一个人。

"姜央，我们的同族零落在尘世之外，走到如今，沉眠的沉眠，陨落的陨落，

## 第三十七章　神隐

细细数来，恐怕已不剩多少。虽然你狂妄顽劣，诸神之中，我们最厌恶的就是你，但我们依旧很高兴，可以再见你一面。"

大约隔离人世太久，这些神祇委实太不会说话。白鹿气得吐血，本想骂回去，憋了半天，什么也没说，别过脸"喊"了一声。

"后会无期。"神女们淡淡微笑。

她们的笑容淡如秋水，平静又柔和。戚隐想起扶岚临死前的微笑，似乎也是这样，像看破了一切，安安静静地接受生命里所有的苦难。戚隐心中忽然隐隐有了一种不祥的预感，仿佛有乌云笼在心头。船身已有一半过了裂隙，就在这时，戚隐听到尖鸣的风声，仿佛利刃划过耳膜，尖厉得让人心惊。归昧剑瞬时出鞘，然而终究晚了一步，神女的胸腹四分五裂，三把风刃突破了她的胸膛，贯穿了她的心脏。血花犹如泉水喷薄而出，在墨绿色的水底妖娆地绽放。

白雪的身体渐渐变淡，散成片片荧光。她们安详地阖上双目，平静地迎接自己的结局。

紫萤蝶在荧光灰烬中翩翩飞舞，巫郁离模糊的身形渐渐清晰。原来神女口中的杀机，就是巫郁离！

巫郁离微笑着道："神，我在这里，你要去哪儿？"

那个男人以傀儡之身降临，不再是十二岁孩童的模样，而是成人的本相，一颦一笑都有种说不出的秀丽。他的嗓音越过重重水波传过来，水里传声，听不分明，像蒙在一层膜里，依稀辨得清低沉与温柔。戚隐胸中剧烈地疼痛，仿佛有谁掐着心尖三寸，鲜血淋漓。

"小爷要去找死！"白鹿仰起脖子，对着戚隐吼道，"臭小子，你现在不是他的敌手，无论你用什么办法，快点逃！"

水下不知哪里来了飓风，船身在风中剧烈摇晃，四下一片凄风苦雨，水浪龙蛇一般翻涌。女萝飞速逃离巫郁离身边，翻身跃上甲板。船上的三爪巨锚在大浪里欹斜，撞破船舷落下船，船身蓦然一震，周身吱吱呀呀一片响，像老人翻了个身，牵动全身的关节。船体向船尾倾斜，玄铁锁链哗啦啦响动，巨锚落入泥中，溅起一丈多高的泥。三爪瞬间闭锁，牢牢地抓住湖床，任戚灵枢和云知如何掐诀御船都不动分毫。

戚隐立在船舷边上，缓缓呼出一口冷气。他四周的湖水开始结冰，云梦泽的温度急剧下降，转眼之间冷得沁骨。

"师叔，你终于来了，我想见你很久了。"戚隐沙哑地道。

巫郁离轻轻笑了笑，像是嘲讽，又像是怜悯："要杀我，你不够格，让神出来见我。"

"狗贼，"戚隐微微偏头，解下裹着黑猫的包袱递给云知，"给你们半炷香的时间，让这艘破船动起来！"

说罢，他整个人化作一道凛冽寒光，扑向水浪中心的巫郁离。所有紫萤蝶瞬时

519

化作风刃，切破水波，带着尖厉的鸣响飞向戚隐。墨绿色的世界高速退后，速度推进到极致，戚隐的周围狂流涌卷，浪花在翻滚的同时结冰，封冻成狰狞的冰牙，拖出一条迤逦的白线。所有风刃在接触到冰牙的顷刻间破碎，戚隐在眨眼间到了巫郁离的跟前。

戚隐悍然出拳，拳头与巫郁离的掌心相撞，气浪以他们二人为中心冲了出去，云梦大泽翻起滔天巨浪。青蓝色的冰花爬上巫郁离的手掌，向着手臂攀升。吱吱咔咔一串响，巨大的六角冰花在戚隐的脚下生长，冷酷的寒意蓦然降临，整座大泽在呼吸之间被封冻。

戚灵枢用魔气罩住了白雩古船，没被跟着冻起来。大泽之中所有鱼虾都被冻成了冰雕，魔气外面全是酷寒的冰晶。

"真厉害……"云知惊叹着，伸出手，隔着冰晶触摸一只小鱼。

"这就是神的力量。"女萝喃喃道。

冰花攀延到巫郁离的手臂中央，忽然停滞，而后一点点破碎，像碎裂的漆壳子一样褪了下去。

"我说了，"巫郁离温声道，"要杀我，你不够格。"

冰晶之中蜿蜒的裂纹，倘若从高天之上俯瞰云梦泽，便会发现湛蓝的湖面上以巫郁离的位置为中心，向着四周蔓延细细的裂缝，恍如一面正在龟裂的镜子。冰晶霎时崩溃，全线崩塌，狂暴的气浪推着水流和碎裂的冰块向后而去，翻起十数丈高的巨浪。

雪白的冰碴混着巨浪翻滚，巫郁离微笑不改，掌中白光乍现，所有冰花碎成冰屑。戚隐整个人被倒飞出去，速度太快，眼前一片漆黑，冰碴子割破脸颊，全身被裹进汹涌的浪花里。整个人不知落入了哪里，肋下一痛，什么东西刺穿了他的身体。他咳出一口血，艰难地睁开眼，看见一双空荡荡的眼洞。那是扶岚的头颅，正对着他，像无声的凝视。他掉进了扶岚的骨堆，骨刺穿破了他的肋下。

云梦泽的封冻被解开，席卷而出的巨浪同时撼动了三爪巨锚。云知一看有门，顾不上那边摔得头破血流的戚隐，掐诀强行拖动锁链。女萝化为原形，咬住锁链帮忙，一口银牙几乎咬碎。

真疼啊，戚隐想。四肢都断了，像铁一样沉重，动弹不得。白鹿的心脏焕发光芒，灵力流走全身，他的身体正在一点一点地被修复。可是太慢了，巫郁离已经走到了巨坑的边缘，紫萤蝶居高临下地俯视他。巫郁离的笑容又是那样的悲天悯人，好像在为戚隐感到可惜。

"可怜的孩子，很抱歉，我必须抽走你的魂魄。放心，你不会有痛苦，我会让你在美梦中入睡，然后……"巫郁离略顿了顿，温暾地微笑，"一睡不起。"

他拿出了骨笛，吹响回荡在巴山月夜里的那首歌谣。调子顺着水波，曲曲折折传到戚隐的耳边。这曲子带着摄魂引魄的咒法，牵引着戚隐的魂魄。戚隐神魂动荡，脑子里像住进了一千只蜜蜂，嗡嗡作响。魂魄在摇晃，他好像飘浮在悬崖上面，稍

## 第三十七章　神隐

有不慎就要掉下去，从此万劫不复。

"不要听！臭小子，他吹的是摄魂曲，快捂住耳！"白鹿在他的心海里大吼。

他根本动弹不得，笛声在耳边缠绕，带着浅浅的叹息，像温柔的絮语。恍惚间，戚隐好像又回到乌江的夜晚，月亮静悄悄挂在树梢，他还是四岁大的狗崽，听哥哥哼这支曲子。扶岚只会这一曲，拿来做狗崽的摇篮曲，在狗崽夜里闹腾不肯睡觉的时候哄他睡觉。戚隐静静地听，仰起头来，希冀着望见哥哥的面庞。

可他只看见森森的白骨，深深凹陷下去的眼正对着他，仿佛蕴蓄着千年的哀伤。

"我还不能死啊……"戚隐流着泪，"哥，我还要去找你。我们要一起……回家！"

他发出了咆哮，他的声音愤怒而高亢，仿佛一道利剑，带着悍戾的煞气，恶狠狠地刺破巫郁离缠绵的笛声。那是他最后的挣扎，他是一条流浪狗，在旷野里搏斗厮杀，他就快要死了，可他不甘心，于是用尽生命，发出震天动地的怒吼。戚隐支起残破的身躯，露出糊满鲜血的脸颊。水波在他的声音里动荡，笛声失去了效用，巫郁离精致的脸上露出了微微的诧异。

巨锚的三爪终于脱落，玄铁锁链一松，女萝、云知和戚灵枢三人一齐滚落在船上。

"黑仔！船好了！"云知嘶声大吼。

戚隐从白骨堆里站了起来，鲜血流淌周身，顺着指尖滴进白骨。他的眼神凶狠又炽热，像燃烧的炭火。

"师叔，看看这一招，是否够格？！"他哑声道。

巫罗秘法·冰焰。

他整个人"燃烧"了起来，苍白的火焰在他周身腾起，他的全身开始冰封，密密匝匝的霜花沿着手臂和腿脚向上凝结，爬满整个身躯。因为霜冻全身，他的躯体和脸颊变得苍白如纸，连嘴唇也失去了颜色。银发之下，只有那一双眼眸，亮如苍青色的焰火！

巫郁离眯起了眼睛："你在豪赌。"

心脏以极快的速度搏动，如果有人听见他的心跳，会误以为是天劫的狂雷。他的一呼一吸都变得冰冷无比，呵出苍白的凉气，体温降到了极点，冰霜沁进皮肤，他的内脏也开始缓慢地结冰。这是三千年前白鹿与伏羲决战之时用过的法术，那个走到末路的神祇以此对抗伏羲的天火，以最冷的焰迎战最热的火，天穆之野被裹挟在冰与火的洪流之下，草木凋零，万物枯萎。

可那是白鹿，他强大的神躯足以承受这般几近自毁的神力。戚隐的呼吸变得艰难又缓慢，苍白的手臂上出现密密麻麻的红纹，这是血管爆裂的征兆，灵力飞速流转，鲜血奔涌如同急流。

巫郁离说得没错，他在用他的命豪赌！

可,那又如何?!

他拔出了所有刀剑:归昧剑、斩骨刀呼啸着飞出,缠绕成一道凌厉的流光,直刺向前方的巫郁离;十二把黄金十字刀如约而至,追上刀和剑,化为金光盘旋左右。冰焰附在刀剑之上,狂吼着,一路结出耀眼又璀璨的冰花。

凤还剑·破邪!

还是他用得最顺的那招,他的剑术天赋到此为止,可是一招,他可以用无数遍!刀剑齐鸣,瞬时分出无数道虚幻的刀剑飞影。剑阵犹如飞星,一头扎进墨绿色的水波。冰焰加上凤还破邪剑,所过之处狂流涌动,摧枯拉朽,泥沙俱下,巫郁离的风刃被卷入刀剑漩涡,一切都化为齑粉。

刀剑流光击破结界,穿过巫郁离的胸口,冰焰霎时间吞噬他单薄的身躯。他一半的身体被刀剑毁坏,露出白森森的骨架;精致的面庞破碎,犹如一面损坏的面具。另一半的身体则被完全冰封。巫郁离像是一尊残破的雕像,茕茕立在水中。

终于结束了。戚隐吐出一口血,苍白的霜从脸颊上消退。这已经是他的极限,再挨一息都足以要他的命。

他没有停留,立刻收刀回身,顺着玄铁锁链爬回船舷。白雩古船的风帆扬起,越驶越快。巫郁离的残骸矗立在湖床上,渐渐远去,成了一道潦草的墨迹。裂隙的洪流一下子把古船吸了进去,所有人都松了一口气,眼看裂隙就要闭拢,数根藤蔓忽然攀上船舷,死死抓住戚隐的手臂。戚隐被往前一带,差点掉出船舷。云知和戚灵枢同时把住他的腰,才把他给拉回来。

裂隙之外,那个只剩下半副身躯的男人竟还没死,冰封在缓慢地裂开,细细的裂纹蔓延。他的强大令人震撼,这还只是他的傀儡身,若本尊降临,他们根本毫无胜算!

"神,你要背弃我吗?"他披头散发,脸颊破碎,像一只千年的厉鬼。

白鹿默默坐在戚隐的心海,没有回应。戚灵枢拔剑斩藤蔓,那藤蔓不知什么做的,竟然斩不断。女萝用牙撕咬,只咬出一个浅浅的牙印。

"用火试试!"戚灵枢并指画符。

戚隐说不用,随即拔出斩骨刀,斩断被缠住的左小臂。所有人都惊呆了,戚隐的手臂血如泉涌。云知离得最近,被喷了一脸热血。他抹了把脸,骂道:"你真是个疯子!"

藤蔓缠着断臂缩了回去,裂隙闭拢。戚隐顺着船舷滑到甲板上,有气无力地笑了笑:"老浑蛋也是疯子,对付疯子,不疯怎么行?"

"你的身子怎么样?"云知输灵力进入他的经脉,灵力游丝方探头,就被冻了个彻底。

戚隐偏头躲开他的手,闭着眼道:"我自己调息。"

也只能靠他自己了,旁人的灵力根本进不了他的经脉。若将人体比作洞窟,他的身体简直是一座冰窖。云知和戚灵枢去前面掌舵,女萝抱着黑猫进船舱歇息,戚

# 第三十七章 神隐

隐自己独自待在船尾。时间的罅隙里是茫茫星海，白雩古船行驶其间，天水一片寂静。

反噬又开始了，心脏隐隐作痛，不知道是白鹿在心痛，还是反噬痛。断臂的伤口生长出点点肉芽，被冰焰冻坏的内脏也在缓慢地自我修复。白鹿从他的躯体里飘出来，坐在船舷上。他们两个，一个靠着一个坐着，望着天水相接的尽头，默然不语。漫天星子，瞳子一样眨眨，水里映着他们的影子，两个人的白发在风中飞扬。

"臭小子，下回悠着点儿。若冰焰烧到心脏，连我也没法子救你。在躯体修复完成之前，你最好不要动用灵力。"白鹿终于开了口。

戚隐没应他，只问："老白，是我害了神女吗？她们原本躲在时间罅隙里，若我登船去见她们，而不是硬要她们出来，她们就不会被老怪杀死。"

"得了吧，她们三个早知道自己的死期了。这都是命。她们神力衰退，就算你没把她们喊出来，她们也活不了多久。"白鹿撑着下巴，道，"臭小子，你们凡人总是觉得死是一件很坏的事儿，我们神并不这么认为。诞生何处，归往何处。她们现在只不过是回到了几千万年前的样子，变回了三朵雪白的小浪花儿。多好，漂漂亮亮，还不会说话，比她们活着的时候可爱多了。这天下大多数人，都是死了更可爱。"

戚隐不再多想，也没问白鹿和巫郁离的恩怨。这小子对往事向来讳莫如深，又生了一副狗脾气，戚隐试探过几回，他要么烦躁地抓头发，要么大发雷霆。戚隐垂下头，看了看封冻的木阑干。这一次的反噬更严重了，他有些没办法控制灵力，灵力微微外泄，触摸到的地方都结了冰。他咬着苎麻布缠上断臂，静静地调理气息。

全身都在疼，筋骨像被一寸寸打碎了，从里到外没有完好的地方，可他心里是高兴的，因为他快要见到哥哥了。只要能见到扶岚，再疼他也能受得了。这一次他不会再逃避，不会再反悔，不会眼睁睁看着扶岚抱着红木盆，孤零零消失在竹林小径的尽头。

第三十八章

归岚

"收帆！收帆！"

戚隐刚醒来，狂风狠狠刮过古船，他就像被人打了一巴掌。他用手遮着脸，好不容易睁开眼，只见四下凄风苦雨，白鸯古船已经驶出了时间罅隙到了人间。雪暴肆虐，砂砾一般的雪粒子劈头盖脸打过来，天穹像一口乌黑的锅，阴沉沉地压在头顶上。

戚灵枢和云知同时掐诀御船，狂风和雪粒灌进两个人的衣袍，不一会儿两人都成了雪人。女萝铆足了劲儿拉帆绳，却无济于事，大喊道："帆收不起来！"

暴雪越来越大，龙骨上的符咒挨个爆裂，船身不受控制地欹斜。戚隐想要运转灵力，内腑剧痛无比。又是一阵风迎头打过来，戚隐没有站稳，整个人被掀出了船舷。危急时刻他单手抓住了船舷，风雪灌进喉咙，他觉得自己像一个挂在船上的破口袋。

"戚隐！"戚灵枢大声喊他。

"死不了，你们别管我，御船！"戚隐回吼。

白鹿飘浮在戚隐的心海里，气定神闲："你们加把劲儿，小爷先睡一觉。"

狂风愈烈，桅杆中央咔嚓一声，蔓延出细细的裂纹。又是一阵雪浪迎头打来，桅杆彻底断裂，巨帆被风裹着扑过来。所有人迅速卧倒，破帆掠过甲板刮到船尾。戚隐咬紧牙关一发力，单凭一只手臂，整个人贴紧船舷板壁。巨帆掠过他的头顶，飞入了无尽的风雪中。

"黑仔，活着就放个屁！"云知站起来，重新掐诀。

"放你大爷！"戚隐大骂，右手勾住船舷，想要翻回船上。

戚灵枢和云知再次念诵咒诀，船身停止欹斜，缓缓回正。风雪肆虐，视野里一片漆黑，除了铺天盖地的雪粒子什么也看不见。忽然间船身巨震，古船右翼粉碎，木头残骸顺着风飞过来，有几个正中戚隐面门，戚隐差点又被风甩出去，大声骂道："怎么回事？！"

"撞山了，"云知大吼，"弃船御剑！"

话音刚落，一个巨大的黑影蒙头罩下，戚隐霎时间明白那是什么，那是一座巍峨的雪山。风雪遮住了他们的眼睛，他们没有发现他们一直朝着这座雪山进发。现在古船和雪山相撞，仿佛一声闷雷打在头顶，世界破了一个巨大的口子。撞击引发

## 第三十八章　归岚

了雪崩，雪山整个坍塌，积雪潮水一般狂涌而下。

凄迷世界中，两道清光同时亮起，云知和戚灵枢御起了剑，但不消片刻，雪浪将清光淹没。戚隐被裹进雪里，嘴巴鼻子灌满冰凉的雪粒。他放弃了抵抗，雪崩的冲击力太大，他像洪水里的蝼蚁，只能随波逐流。天昏地暗，睁不开眼，他吼道："白鹿，其他人在哪儿？"

"西北侧，三百步……"白鹿打了个哈欠，"现在变成四百步了。"

戚隐用尽全力转身，朝西南侧滑。下方雪滚滚而落，竟是一处雪崖。戚隐拔出黄金十字刀，拼命往身下扎，企图扎进山壁稳住身体。但雪层极厚，他扎了半天都是扑簌簌的雪。眼看就要落下去，黑暗中青光一闪，戚灵枢踩着剑破雪而出，右手拽着捆仙绳，捆仙绳的尽头绑着云知。戚灵枢的捆仙绳绑得匆忙，云知整个人馒头似的，被一路拖行，灌了满嘴的雪。两人从戚隐身边呼啸而过，云知伸出两腿，死死勒住戚隐，三个人连成一串同时腾空而起，飞下悬崖。

出了雪浪，视野瞬间开阔，眼前是一处深狭的峡谷，雪潮犹如咆哮的龙蛇滚滚而下，恍若白色的瀑布。冲出的力量太大，剑身在空中打转，戚灵枢竭力御剑，戚隐被云知死死拽着，转得头晕目眩。

"女萝和猫爷呢？！"戚隐大吼。

"老娘在这儿！"戚隐刚说完，女萝就被雪浪冲出来，黑猫死死抓着她的头发。一狐一猫路过戚隐的眼前，跌落悬崖。

"猫爷你活了！"云知大叫。

"又快死了！"黑猫哀号。

"狗贼！借我一把力！"戚隐大喊。

云知瞬间会意，抓住一个角度，斜斜将戚隐朝雪崖对面甩出去。时间掌握得刚刚好，戚隐和女萝凌空相遇，女萝一看他，心里咯噔一下，喊道："别踢脸！"

戚隐用力一踹，女萝尖叫着倒飞出去，带着黑猫拍在对面的雪坡上。对面坡道稍缓，他们两个滚了几圈，一头扎进雪里。与此同时戚灵枢稳住了剑，掠过下落的戚隐，云知再次用腿夹住戚隐，三个人一同飞到对面。

所有人都累得筋疲力尽，躺在雪里大喘气。戚隐坐起身，白雪古船四分五裂的残骸在眼前跌落，与汹涌的雪浪一起滚进深不见底的雪渊。

"神仙姐姐说什么来着？咱们坐着船才能回去。"云知伸着脖儿望那些残骸，"这下好了，咱得在这儿了此残生了。也行，没行尸没妖蛾子，咱们把呆仔找着，成立一个魔剑宗，五百年后，我们就是祖师爷了！"

女萝满脸郁闷，道："都怪那个老怪，我原本想着去寻我的第二春，谁知阴差阳错到了这儿。"说着朝戚隐抛了个媚眼，"弟娃，兄嫂弟继，要不咱俩凑合过吧？"

"滚！"戚隐站起来眺望周遭地势，"神女把我们送到这里，想必不会离我哥太远，先找到我哥再说。"

"小师叔，先给我松松绑呗。"云知在地上扭动。

戚灵枢看了他一眼，凉凉道："自己解。"

极目远望，峡谷尽头白茫茫一片，风雪千叠万叠。他们滑出了雪暴，却不知自己身在何方。要寻扶岚，循着伏羲神殿的方向去就行。可是九嶷山绵延千里，到底哪里才是伏羲神殿的所在？戚隐眉头深锁，心里渐渐焦躁。或许扶岚现在就在这巍峨山脉的某个地方独自跋涉，可戚隐却没法儿到达他的身边。

黑猫看出他的焦虑，跃上他的肩头，道："《海内中州志》记载'九嶷有灵山，神巫从此升降'。据传，伏羲神巫通过这里去往神境，每次去都要左手拿一条赤蛇，右手拿一条绿蛇，登上灵山，觐见伏羲大神。灵山在古籍中又叫作'天梯'，在古籍传说中，神境多被称作天庭。也就是说，灵山是连接天庭与人间的梯道，人和神由此产生沟通。"

"他们拿蛇做什么？"女萝问。

"大约是一种古老的仪式吧。实际上，按照巫郁离'绝地通天'的说法，凡世先民根本难以见到神祇，他们记载的通神事迹很可能都是臆想或者虚构。但是，通过他们虚构的言语，我们可以推测出神殿的所在。"黑猫抱着爪子，严肃地道，"娃儿，若你是伏羲神巫，你会把神殿建在何处？"

"灵山可以登天，自然是建在灵山。"戚隐道。

"这不白说吗？我们又不知道灵山在哪儿。"女萝说。

戚隐望向远天，那里与他们撞山的方向相反，迷蒙的雪雾遮住了一座魁伟的山峰，乌云在穹隆上翻卷，狰狞如奔腾的野兽。那是四面雪山的最高峰，高得看不见顶。戚隐低声道："既然可以登天，自然是……最高处！"

方向敲定，所有人向灵山出发。云知蹦蹦跳跳跟在最后面，哀号道："喂，喂，我这绳儿还没解呢！小师叔！小师叔！"

戚灵枢没搭理他，踩着问雪剑飘飘而起。最后是黑猫出爪帮忙，云知才得了自由。小师叔这家伙不知是不是因为入魔，最近老爱和云知对着干，戚隐总觉得他是故意的。还不能运转灵力，戚隐搭乘云知的有悔剑，大家往灵山飞去。高山雪冷，大家换上厚实的衣袍，张开御寒结界，还是止不住地抖。

贴着地飞入雪雾，满眼灰蒙蒙一片。为了防止走失，所有人腰上系上捆仙绳，彼此相连。四面风声呼啸，雪风刀子一样往领口钻。白雪纷飞，乍一眼看像漫天的白幡。飞了两个时辰，戚灵枢和云知都累了，为了节省灵力，改用走的。大家连成一串，每个人与前面的间隔数十步的距离，防止前面的人滚下来把后面的也带下去。跋涉了一个时辰，最前面打头的戚灵枢停下来，道："有古怪。"

云知抹了一把脸上的雪："时间不对，按照之前目测，咱们御剑两个时辰，怎的也该到了。可咱们现在多走了一个时辰，什么也没看到。"

"方向有没有错？"戚隐问。

"不，"戚灵枢沉声道，"我们一直往南走，绝没有错。"

正说着，女萝忽然吸了吸鼻子，"啧"了声："想不到这种鬼地方还有旁人来。"

## 第三十八章　归岚

黑猫也耸动鼻尖："有凡人。"

戚隐也闻见了，雪风里传来生人的气息，就在东南方向不远。神女曾说，旧时有无数道门仙士、南疆妖魔为求神祇秘宝涉足九嶷山山腹，想必这些人就是来探秘境的。左右失了方向，去他们那儿瞧瞧说不定能有转机。所有人屏息静气，向前摸过去。

在前方冰冻大湖边缘，他们发现了一队人马。那些人在雪地里扎了帐篷，在湖面上钻了窟窿取水，空地里还生了火堆。男男女女来来往往，戚隐略略数了数，有十个人左右，都是道家仙门的打扮，白衣负剑，和戚灵枢一个样。云知打量了一番，笑道："看来咱们不用指望他们带我们去灵山了。"

"怎么？"戚隐问。

云知朝空地里的晾衣架子努努嘴："又是火炉又晾衣架的，他们在这里住了好些天了，一定是被困住了。"

戚隐又仔细看了会儿，摇头道："不对，帐篷这么多，人却只有十个，他们有人不在营地，看帐篷的数量，离开营地的至少十个。或许他们是兵马先行，粮草殿后，这里只是他们堆放干粮的接应点。"

前面忽然响起嘈杂声，所有人都聚往了一处，有人叫道："回来了！回来了！"

戚隐鼻子一抽，闻到一股浓烈的血腥味。他现在的五感今非昔比，虽然相隔数十步，那血腥味儿依然浓得可怕。有人受伤了，而且是很重的伤。按照神墓和巴山神殿的经验，越危险的地方越可能是伏羲神殿的所在，必须知道这些受伤的人去了哪里。

大家互相看了一眼，决定现身。刚翻过雪坡，那些人就发现了他们，纷纷露出警惕的神色。一个长脸白须的中年人问道："几位止步，不知几位何方高人，竟现身此处？"

云知上前作揖，道："子虚山乌有真人座下云知，见过诸位同道。这些是我的师弟师妹，我等深入秘境，迷失方向，烦请道友施以援手。"

一个圆脸杏眼的女人在后面道："你们是哪座犄角旮旯小山沟里出来的，竟然敢来九嶷秘境？还有你后面那个，"她朝戚隐努努嘴，"他眼睛怎么回事？"

"这位师妹有所不知，"云知举袖掩面，面露悲戚，"我这师弟天生眼睛有毛病，小小年纪被父母丢在河里，顺水而下，被我师父捡着，一把屎一把尿喂养大。可惜形容与旁人有异，自小遭人排挤非议，一出门就被当成妖怪。我们没法子，听说九嶷山是神仙住的地界，就想着能不能来碰碰运气，让神仙老爷治治我这师弟的怪病。"

戚隐一声不吭，默默听着云知瞎扯。

云知捧起戚隐的手臂，泫然欲泣："大家瞧，我师弟为了除妖，生生让妖怪咬断左臂。可奈何他长得这般怪样，他虽心系百姓，却还是遭人冷嘲热讽。这位师妹，在下见你貌美端庄，想必心地善良，一定不会像旁人那般，歧视我师弟的容貌。"

凤还绝学除了欺师灭祖，便是这招示弱卖惨。女萝掩着嘴儿低笑："云小郎君睁眼说瞎话的本事真是令人惊叹。"

戚灵枢淡淡道："倒也有用。"

女萝看着他，见了鬼似的。

被云知这般抢白了一番，那女人愣了半晌，讷讷道："当然，我才不是以貌取人的人！"

众人听了，都唏嘘万分。这一来二去，便知这帮人的来历，原来都是钟鼓山的。方才那中年人叫虞临仙，是钟鼓山的戒律长老，那女的是他徒弟虞师师。队伍里还捎了几个昆仑山的，领头的叫慕容雪，名字像是女的，其实是个男的。

九嶷山在古籍里早有记载，可惜常年大雪封山，异常凶险。道门中人有探寻洞天福地的喜好，期盼在哪座深山得逢仙缘，再不济也要捡到一把上古名剑。钟鼓、昆仑半年前派过一支队伍进入九嶷山，一个都不曾回来。他们这次再入险境，主要是为了找前面那批人回来。队伍里一大半的人都是之前那伙人的兄弟姐妹、嫡传同门，上回带队的长老便是虞临仙的嫡系师兄。

戚隐问他们刚刚发生了什么，什么回来了。

虞临仙面露悲意，转过身，给他们看回来的东西。白茫茫的雪地里铺满了残肢断骸，大多都是手臂。每具残肢上都绑了捆仙绳，捆仙绳连接雪地中央一根木桩。殷红刺目的鲜血从残肢开始，向雪雾深处绵延。

戚隐一看就明白了，顿时锁紧眉心。

"你们知道方才为何我们那么警惕你们吗？"虞临仙叹了一口气，"因为你们竟然从雪雾中出现。我们到这儿的时候还没有雾，雾出现之后，一切都不一样了。首先是方向，无论向着哪个方位走多久走多远，都无法走出雪雾。其次是死人，我们把绳子绑在同门身上，派出他们探路，以营地为原点，确定一个方向往前走，一定不会走回头路。"

戚隐知道他的想法，一个人漫无目的地在林子里走，极有可能走成一个圆，用绳子在后面，往相反的方向走，就能避免打转的现象发生。云知朝他挤眉弄眼，他们俩默契十足，戚隐知道他想问什么。他大概觉得雪雾和巴山白雾很像，或许是伏羲神侍也说不定。但并非如此，戚隐没有感受到任何神侍的气息。

"八个方位，每个方位两个人，互相照应。但他们都死了，只剩下这些残骸。"虞临仙缓缓道，"雾里藏了怪物，它吃人。"

"你们困了多久？"戚隐问。

"五天，整整五天。"虞临仙看起来很憔悴。

戚隐查看所有残肢，忽然发现有根绳子是空的，上面没有绑着残骸。

虞临仙也注意到那根绳儿，道："或许是被妖怪咬断了。"

"不，"有弟子道，"捆仙绳没断，是完整的。"

"也没有血迹，"戚隐摸了摸绳子，"这是那个人自己解开的。"

## 第三十八章　归岚

云知摸着下巴沉思："他为什么要解开绳子？要是遇到危险，打不过，不是应该往回跑吗？"

虞师师翻了个白眼，道："谁知道他怎么想的？这个家伙不是我们的人，是我师父不知从哪儿寻的高人。他高在哪儿没瞧出来，倒是怪得很，成天不吭声，也不爱搭理我们。兴许是他觉得我们不配跟他一块儿，不愿意待我们这儿了，自己走了。"

虞临仙无奈地道："师师，你莫要如此！你们不知道，那年轻人不是寻常人。"

"哦？怎么说？"云知挑挑眉。

"不知你们是否知道，北境百姓凶蛮，有些深山野林的村落，尚存野蛮遗风，终年以打猎为生。常有村落豢养凶猛野兽，帮助打猎。但由于野兽兽性难驯，一个不小心，常常咬伤自己人，酿成大祸。我们钟鼓山每年都会派出弟子，走访那些村落，教予他们一些简单的仙家咒法，帮助驯养猎兽凶禽；或者帮他们迁移村落，去往丰饶的平原，耕种为生。三个月前，我们走访一个叫铁麓沟的地方。这地方虽然深处大雪山之中，却比旁的地方富饶。村口摆放火炉，日日燃烧不息。据他们说，是供过路人取暖驱寒之用。我们深感此地村民性情和善，进了村来，却发现他们豢养的家兽有妖化的迹象。"

戚隐皱起了眉。兽活过百年，便成怪；怪开了灵智，便成妖。但也有例外，比方说喝了大神心头血，死者能活，生者能长百年道行。但神祇不是遍地走，神血更是传说里才有的东西。他戚隐是走了狗屎运，才能有巫郁离路过家门，喂他喝下白鹿血。

除了这个，戚隐也听说过常年喝人血吃人肉能开灵智的。他小时候晚上吃饱了没事儿干，小姨就爱说些坊里传的趣闻，说什么乱葬岗的狗开口说人话，人们追查之下才发现，这畜生是吃多了死人肉，变妖精了。

"我们一看，便知道事情不对。费尽唇舌，他们也不肯吐露实情。最后我们动了剑，他们才和盘托出。原来火炉中放了迷迭香，他们吸引旅人停驻，是为了迷晕他们，将他们绑成食饵，喂养家兽。而我们到达的前夜，便有一个旅人已经被诱进了兽窟。他们说那人被绑进兽窟之前，已经被挑断了手筋和脚筋，手腕上各割一刀放血。妖魔遇血则狂，他无论如何都不可能生还。我们气愤不已，连忙赶往兽窟，却只见妖兽尸横遍野，无一幸存，地上的血都已经干了。一个浑身浴血的男子躺在尸堆中央，竟睡得正香。"

"那个人就是你口中的高人？"戚隐问。

虞临仙道："不错。他灵力深厚，我虽为钟鼓长老，却自叹弗如。不过他虽神通广大，却颇为穷困。我许他千金，才聘得他与我们同行。"

"他叫什么名字？"戚隐随口问。

"扶岚，"虞临仙道，"他叫扶岚。"

戚隐的呼吸滞住了，风和雪在一刹那间好像都停了，天地寂静，他只听得见这个熟悉的名字。他伸手捂住胸口，心头的血慢慢活过来，热起来。他喃喃道："扶岚……"

"你们认识他？"虞临仙看他神色不对，问。

戚隐噌地一下站起来，问："他走的是哪个方向？"

"先别急，黑仔。"云知走过来，拍拍他的肩膀，"这地方很古怪，我们必须搞清楚他为什么要解开绳子。呆仔看起来笨笨的，但在这种事儿上比我们靠谱。他做事不会没有因由，他一定是遇到了什么，决定解开绳子，独自前行。"

他说的话有道理，这地方古里古怪，就算他沿着他哥去的方向找，也不一定能碰见他哥。戚隐思考了一会儿，道："两个可能。第一，他找到了伏羲神殿，但是不打算和大家一起进去，所以解开了绳子，自己前往。"

云知点点头。

虞师师恨恨道："我就说了，他根本没把我们放在眼里！"

"还有一种可能呢？"那个叫慕容雪的在后面小声问。

戚隐吸了一口气："他遇到了危险，只有解开绳子才能脱身。这说明他规避危险的方向和绳子的方向相反，也就是说……"

戚灵枢低声道："危险朝我们而来。"

灰蒙蒙的雪雾里，忽然出现窸窸窣窣的脚步声。四周现出一个又一个残破的人影儿，大多都缺了手臂。他们蹒跚地靠近，黑魆魆的影子越来越明晰。没有人会认为他们是昔日的同门，因为他们的头颅都出奇地大，每个残损的人影都仿佛顶着一个巨大的炉罐在脖颈子上。

所有人拔剑出鞘，围成一个圆，凄清的剑光在雪雾中像脆弱的灯火。

乌泱泱的头颅在雪雾里攒动，离他们越来越近、越来越近。这时众人看清了他们脑袋上的东西，那是一个坑坑洼洼的大瘤子，附着在他们的脑门上。瘤子一起一伏，隐隐有什么东西在肉皮底下蠕动，看起来十分恶心。有弟子对着那瘤子扎了一剑，血瘤爆开，污血四射，喷在那弟子的面门上。那弟子惨叫一声，只见污血中爬出密密麻麻的半透明火红色小虫，争先恐后地爬上了他的身。

"这什么玩意儿？"云知悚然。

戚灵枢指尖燃起清光，问雪悍然出鞘。

好几个弟子都中了招，惊呼声四起，其他人纷纷把他们往后面拖。那些大头尸傀好像不会疼，中了剑也往前扑。一旦沾上他们的血液，顷刻间便有小虫钻进皮肤。

"往大湖撤！"云知喊道。

虞临仙拉着虞师师后撤，女萝一手拎一个弟子跑进大湖。慕容雪栽倒在雪地里，吃了一嘴的雪。戚隐路过他身边，看他愣头愣脑不知所措的模样，无语半响，抓住他的腰带，往空中一甩，直接把他扔进湖。他在冰面上摔得七荤八素，晕头转向爬起来，很快又被云知一拉："愣着干吗，快跑！"

"是地火妖虺！"黑猫趴在戚隐肩上道，"《述异记》有载，虺五百年化蛟，蛟千年化龙。这东西是龙的远亲,却比龙低劣不少。这东西有麻痹之毒,被咬了不觉得疼,没有感觉。它们喜欢钻进别的动物的脑壳,吸取脑髓,顺便在里面产卵。它们一般不会啃噬心脏,只占据脑髓,如此一来,宿主就成了它们的傀儡。但这东西一般住在很深的地底,不怎么出来害人,怎么到了这么高的地方?"

"管它是什么玩意儿,先躲过去再说。"

戚隐把剩下几个仙门弟子丢进去,转身滑入冰湖。戚灵枢和云知同时御剑,分出数十把剑影,齐刷刷落在四面冰层上。冰面发出令人牙酸的裂响,陷出一个深深的圆形壕沟。壕沟隔断了他们和大头尸傀,那些尸傀不长眼似的蹒跚往前走,下饺子似的跌入了冰湖。

"这是地火妖虺。各自检查伤势,务必把毒虫挖出来!"虞临仙叫道。

那些着了道的弟子软在地上,妖虺有麻痹之毒,许多人的脸僵了半边,眼歪嘴斜。戚隐查看他们脸颊上的伤口,顿时不作声了。他们的脸肉起伏伏,虫子在下面爬,统统上了脑。云知也摇了摇头,这东西不好办,若等这些妖虺在他们脑袋里下了卵,这些人会成为第二批咬人的大头尸傀。那他们除了御剑悬在空中不上不下,就没旁的去处。但若要现在结果了他们,这帮仙门古板肯定不答应。

没等他们想出办法,女萝在一旁道:"虞道长,你们的亲戚在这儿呢。"

只见她擦开了冰雾,剔透的冰下,悬浮着无数畸形大头尸傀。他们肿胀变形的脸盘子对着冰层,坑坑洼洼,辨不清五官。

虞临仙不敢相信自己的眼睛,趴在冰面上发怔。弟子们纷纷认出自己的亲朋,跪下哭号。雪雾迷蒙,极目望去,世界一片恍惚,分不清是天暮还是天明。戚隐被这些人哭得心烦,低头看这些冻尸,忽然觉得哪里不对。他跪下身,贴着冰面瞧,底下狰狞的脸挤成一堆,总觉得方才数目没这么多。

他把云知拉过来,道:"狗贼,你看,刚刚下面的尸体有这么多吗?"

云知略一看,摇摇头:"方才三十余具,现在足足有五十具了。"

"冰下面的湖水是活的?他们随着水波漂吗?"

"那为何光往咱们这儿漂?"云知问。

戚隐心里咯噔一下,两个人面面相觑,共同说出了答案:"因为我们在冰上!"

话音刚落,底下的冰尸齐齐睁开了眼,浑浊的眼睛直勾勾地望过来,狰狞阴邪。无数苍白的手从冰下伸出来,抓住大家的脚踝,将他们拖入了冰湖。

所有的一切都发生在刹那间,戚隐落入冰湖,湖水没过耳郭,世界一下静了。湖水里是昏沉的蓝,迷蒙的天光透过冰面,照在每个人无助挣扎的脸上。云知、戚灵枢、女萝,还有黑猫,所有人和妖都在下沉。大头尸傀攀着他们,藤蔓一般缠住他们的四肢,张开黑洞洞的嘴。妖虺拖着透明的尾巴,缓缓从里面游出来,朝他们而去。

要怎么办?戚隐呛了口水。他不能发动凛冬术,凛冬术会封冻周围所有东西,云知他们肉体凡胎,根本无法在那样的低温里存活。御剑诀也不够,那些虫子太小太多，他的剑远远不够。

戚隐在下沉，天光距离他越来越远。所有人都在挣扎，戚灵枢的魔气蚕食妖蛆，可妖蛆的毒沿着魔气向他的身体蔓延，他的手失去了知觉。云知猛烈地咳嗽，渐渐闭上眼睛。

他的朋友们，正在缓慢地死去。

没办法了。戚隐在心里长叹了一声，取出一把黄金十字刀。

"小子，你想干吗？"白鹿的声音响起在耳畔。

"当英雄。"戚隐无声地笑。

他默念御剑诀，黄金刀一抖，在他的手掌和胸前各划了几道。

鲜血犹如红雾，在水中扩散。神器造成的伤口无法及时愈合，他的血不停地往外流。腥甜的血腥味传遍冰湖，所有大头尸傀蓦然转过脸，地火妖蛆从他们身上钻出来，疯了一般涌向戚隐。神血的气息蕴蓄着无穷的力量和生机，纵然冰冷，也足以让这些嗜血的蛆虫疯狂。

如果将蛆虫吸入身体，再用冰焰燃烧内腑经脉，兴许能争取一线生机！但这无疑是伤敌一千，自损八百的法子。戚灵枢他们震惊地望着他，黑猫挣扎着朝他游过来，被女萝一把拽住尾巴。

戚隐张了张口，朝他们做口型。

没想到吧，老子也蛮伟大的。

就伟大这么一回，便宜你们了。

这时巨大的阴影笼罩在所有人的头顶，大家下意识地仰起头。一柄巨剑裹着凄寒的冰霜刺破冰面，朝着下方坠落，仿佛漆黑的山压住了顶。似乎要冻结一切的寒意随着那把巨大的铁剑从天而降，霎时间弥漫整座冰湖。这气息冷酷又霸道，像神祇下达了一个不可违抗的指令，所有地火妖蛆竟然开始颤抖，蒙头乱钻，只想寻到一个安全的巢穴。在那样森寒的剑意下，连戚隐的神血都无法诱惑它们，因为它们感受到更加可怕的东西——死亡。

戚隐的血还在流，他的神志逐渐模糊，黑漆漆的眼眸倒映出那把参天巨剑。巨剑正对着戚隐下坠，在触碰到他发丝的瞬间分裂成无数凛冽的剑光。所有人的剑都在蜂鸣、振动，呼啸着加入这个巨大的剑阵。他们的佩剑不再听从他们的指挥，斩骨刀和归昧也在其中，它们被强行驱动，不可抗拒，不可阻挠。刀剑发出惨烈的哀鸣，可很快就屈服，为那个未知的主人披荆斩棘。

水波也在颤抖，仿佛是战栗，可戚隐知道，这是绝强的御剑诀，千百年来，除了那个人，没有人可以做到这样。他驾驭一切，草木鱼石，万物同一！尸体被狂流卷起，顷刻间被耀眼的剑光碾碎。冰湖被千把剑影搅成一个巨大的漩涡，将所有大头尸傀碎成肉泥。

湖水散开，残存的剑还悬在冰湖上方，一个黑衣男人蹲在巨大的铁灰色剑锷上，沉默地俯视所有人。

## 第三十八章　归岚

是他。是他。

那样黑而大的眼眸，恬静得像一泓没有波澜的烟水。酷烈的寒意和剑气充满凄迷的世界，可戚隐捕捉到那一抹熟悉的气息，像雨后的大山，像风中的栀子。凡人善变，妖魔诡诈，可他的哥哥无论哪一世都是这个模样。巴山神殿前听雨的小孩儿，吴塘屋檐下避雨的青年，轮转多少时光，走过多少山水，他永远都是这样，一声不响，干干净净。

"哥……哥……"戚隐流着泪，竭力向上游。

湖水重新聚拢，他保持不住平衡，吞了好几口水，狼狈不堪。他锲而不舍地上浮，用尽全力，竭尽所能，不顾伤口的疼痛，也不顾力气的虚脱，可实在太远了，太远了。扶岚漆黑的影子在水外面，高高悬在剑锷上，他们之间好像相隔黄泉与碧落的距离。他的伤口没有愈合，鲜血带走他的意识，他的魂魄漂浮在寂寞的深海。

"哥……"他朝那个影子伸出手。

为什么那么远？他跨越了五百年，渡过雪和山，为什么依旧那样远？

就好像……一辈子也到不了。

水涌进肺部，他的视野越来越暗，视线尽头的一抹天光渐渐消弭。他快要死了，连带着他对哥哥的思念。在即将失去意识的一刹那，一只有力的手将他拎出了水面。那一刻，云雾悄然散开，天光乍泄人间，有人将他抱起，雨后大山的气息罩住他冰冷的身体。

他努力睁开眼，望见一双黑眸。

"你在叫我吗？"扶岚问。

"哥，我好冷，好疼……我好想你。"他低声喃喃。

扶岚的怀抱温暖又熟悉，他安了心，松了劲儿，陷入了沉沉的昏迷。

戚隐睁开眼，发现自己睡在帐篷里，身上盖了厚厚的毛毡。左手已经长好了，他缓缓握了握拳，完好如初。他抓了块毡布把手盖住，免得被那些仙门弟子发现。他掀起帘子钻出帐篷，外头大雪纷飞，雪片子打在脸上，像刀子在割。

外面一个人也没有，营地空荡荡一片。戚隐愣了一会儿，看见一根木桩子上连了捆仙绳，绳子是绷紧的，向着雪雾深处延伸。戚隐跟着绳子走，略走了一截子路，便见前面一大堆人。他们好像在围着什么东西讨论，云知和戚灵柩站在一块儿，虞临仙对着他们说着什么，声音隔着雪风隐隐约约传过来，戚隐听见"恐有妖魔""危险"几个字。他搜寻扶岚的身影，没找到。

戚隐蹙着眉心走过去，前面是一个巨大的冰川裂谷，两边冰壁几乎垂直，斜斜向下方延伸。几张灯符徐徐飘动，像幽微的鬼火，照亮周围。冰壁晶莹剔透，却满是窟窿，密密匝匝，像麻点儿似的，看得人头皮发麻。

这样看来，那些地火妖魈就是从这儿来的。猫爷说它们喜欢温暖的地方，人体暖和，这才吸引了它们。云知见他醒了，走过来道："咱们要想办法下去看看。地火妖魈喜欢聚生在温暖干燥的地方，这里一片大冰川，怎么也不像它们原本的栖息地。"

"我哥呢？"戚隐问。

"在下面探路。"云知道。

"那些被妖祟咬了的弟子怎么处置的？"戚隐问。

云知长叹了一声，朝裂谷里努努嘴："你昏迷的时候，我们眼睁睁看着他们的脑袋越来越大。最后实在没法子，那个姓虞的下了令，将他们杀了，烧焦之后推了下去。"

生生死死，尽皆这般，保不齐哪天就大难临头。从前的戚隐大概会感慨痛惜，现在的他心如止水，生死看淡。他没说什么，只道："旧传伏羲神殿藏有神火，日夜燃烧，终年不熄。当初巫郁离给我看天殛之战的幻境，我看见伏羲用天火把南疆烧成了赤土。可见，伏羲是个擅长用火的神祇，他的神殿十有八九非常崇拜火焰。如果神殿真的在这儿，那我们就应该往地底下走。狗贼，你觉得如何？"

云知还没回答，虞临仙过来道："两位师侄，若你们也有深入秘境的想法，不妨一同前往。我师兄毕生夙愿便是探明九嶷遗迹，问得长生大道。现在他功败垂成，葬身冰川，我既已到了这里，就没有空手回去的道理。我忝列钟鼓长老之位，又虚长些岁数道行，我们一同前往，也好有个照应。"

看这厮心有成算的模样，就算戚隐拒绝，他也会想法子跟上来。戚隐看了眼云知，云知当即笑道："那敢情好，便劳烦师叔多多照拂了。"

正说着，旁边正在冰层上张望的慕容雪脚下一个趔趄，踉跄了一下才稳住，好在没掉下去，袖子里却掉出一本书札。书札落在地上，一下散了页，书页在风中乱飞。慕容雪一下慌了神，慌忙去追。有一张拍在戚隐的脸上，戚隐抓下来，看见上面画着一个窈窕的女人。

戚隐："……"

云知在边上吹了声口哨。

"好啊你，你竟然偷偷画虞师姐！"有人怒目而叱，"亏我们钟鼓一直对你们昆仑以礼相待，你真是丢你师门的脸！"

"不……不是……"慕容雪脸涨得通红。

虞师师看见自己的画像，气得发抖，骂道："难怪这几日我沐浴，总觉得有人鬼鬼祟祟在侧，原来就是你！"她走上前，狠狠扇了慕容雪一巴掌，"成天不吭气儿，还当你老实，没承想是个淫贼！"

慕容雪被扇蒙了，愣在原地。这小子长得清秀，红着眼睛，一副小媳妇的样子，看得戚隐牙疼，很想揍他一拳。

虞临仙上去劝和，怎么也劝不好。云知素来爱凑热闹，看得津津有味。旁人的生死戚隐管不着，更遑论这些闲事，想着下去找他哥，忽然想起这白脸淫贼姓慕容，便问："他是不是也有亲朋来过这里？"

"没。"云知道，"我知道，你是不是想问他和慕容长疏有没有关系？我问过了，

## 第三十八章　归岚

他完全没听过这个名字。他就是跟来历练的，闹了地火妖蚰之后，他同门的那帮人都害怕，先下山了，只他还留在这儿。"

"行，"戚隐拍了拍云知的肩膀，道，"我下去看看。"

戚隐顺着长索滑下冰窟，越往下滑越狭窄，下到中路，远远望见那些仙门弟子焦黑的大头尸骸堆在下面。戚隐耸动鼻尖，寻找扶岚的气息，钻进一个窟窿，前面黑魆魆的，看不见尽头。戚隐往前爬，窟窿倾斜向下，慢慢深入山体。爬了一程子路，渐渐宽敞起来，戚隐点起灯符，四周是冰冷的石壁，绘着丹砂彩画。他猜得没错，这里绝对是伏羲神殿的地界。

彩画已经斑驳，大块大块的油彩脱落，还布满了许多地火妖蚰钻出的小窟窿，很多已经辨不分明。戚隐举起灯符瞧，石壁上画满了人首蛇身的怪物，放眼望去，密密麻麻，乌泱泱的人头攒成一堆。每个怪物都俯首低头，向着云端叩拜。这些人首蛇身的东西大约就是伏羲神巫，把自己画成这个模样，大约是效仿他们人首蛇身的大神。但奇怪的是，他们的脸庞正好被地火妖蚰的小窟窿覆盖，乍一眼瞧，好像所有神巫都没有脸似的。

戚隐仰起脖儿，灯符照亮云端。云端上的伏羲是完整的，眉目低垂，俯望他的芸芸众生。

"老白，就是他打败了你吗？"戚隐抚摸着壁画，低声问。

白鹿没有回答，大约睡得正香。戚隐移动灯符，金黄的光在狭小的洞窟里闪烁，石壁上的画抖了一下。不知道是不是错觉，戚隐的余光忽然瞥见彩画上所有神巫们齐刷刷抬起了头，黑洞洞的脸正对着他。戚隐心里一惊，举起灯符，彩画重新映入眼帘，神巫们还是俯着头叩拜的样子。

自己吓自己。戚隐松了口气，转过头正准备继续往前爬，忽然见一张黑洞洞的脸出现在眼前。这没有五官的脸紧紧贴着他，几乎能碰到他的鼻尖。戚隐悚然一惊，这东西什么时候在这儿的？他竟然毫无发觉。难道在他端详壁画的时候，这玩意儿一直贴着他的背吗？

周遭的温度瞬间降低到极点，石壁上咔嚓咔嚓结起了冰花。凛冬发动的同时，戚隐拔出了黄金十字刀。然而那东西竟不被凛冬克制，反手扭住他的手腕卸下他的十字刀，然后一个肘击正中他的面门，霎时间鼻血长流。他奶奶的，敢打他脸！戚隐抹了把血，发了狠，一个暴起，将那东西扑倒在地，骑在它身上举起拳头。

眼睛上沾了血，面前忽然就变了，只见方才那个没有脸的怪物不见了，扶岚躺在他身下，默默瞧着他。

戚隐忙从他身上下来："怎么回事？是幻觉？"

他往后撤，手撑到一截干枯的骨头，低头一看，才发现他四周堆满了尸骸。腐朽的长剑七零八落，有的正插在尸骸的胸口。石壁上满是剑痕，坑坑洼洼。这里曾经发生过激烈的战斗，血流成河。

"嗯，"扶岚道，"壁画上有巫诅幻咒，触摸壁画就会被诅咒。"

"对不起，哥，"戚隐很愧疚，"有没有打到你，疼吗？"

扶岚困惑地道："你为什么叫我'哥'？"

洞穴里漆黑，空气冰凉，浸在里面像沉进了一个冰冷的水缸。扶岚望着他，眼神里满是陌生和茫然。扶岚从来没有用这样的目光看过他，他摸了摸流血的鼻子，心里有点委屈，扶岚也从来没对他下过这么重的手。

要怎么告诉他？这是五百年前的扶岚，这个时候的他还没有去过乌江，没有遇见跟在后面喊哥哥的狗崽，也没有遇见过蔫头蔫脑的野小子戚隐。

"忘了告诉你了。"戚隐擦干净血，努力绽放出一个微笑。他已经许久不曾笑了，很多人忘记了，这个大男孩儿笑起来是很有朝气的："我叫戚隐，是你失散多年的弟弟。你没发现吗？我的气息和你一样，不是人不是妖也不是魔。我和你一样，会巫罗秘法，我们的灵力同质同源，肇自冰雪。这是因为我们同出一族，同属一脉。"

扶岚愣愣地瞧着他，迟疑着抬起手，食指点上他的胸口，灵力进入他的经脉。一样清冷的灵力连通在一起，难舍难分。他们的灵力，确实有着相同的特质。戚隐并不知道这是为什么，他的哥哥源自千秋大椿，却拥有与白鹿大神相似的灵力。但这样的巧合给了他靠近扶岚的理由，让这个傻呆呆的笨蛋相信他的谎话。

"你不是一直在找你的身世吗？你来这里，不是就想知道你来自何方吗？"戚隐道，"不用找了，我告诉你你是谁。"

扶岚睁大了眼睛。

"你听说过月轮天吗？那是白鹿大神的居所，是凡人去不了的神境。那里不会下雨，也不会刮风，上面只长一种花，就叫扶岚。"戚隐笑着，眼泪却不受控制地流下来，"哥，你是一个小花仙，是天底下最漂亮、最善良、最可爱的小花仙。"

符光笼着男孩儿流着泪的脸颊，显得温暖又悲伤。扶岚轻声问："你为什么要哭？"

"因为我高兴，我好不容易找到你，我高兴。"戚隐抹干净脸，吸了吸鼻子，"你信我吗？"

扶岚轻轻皱起眉，道："我不知道。"

戚隐心里有点难过，可没有法子，这个扶岚和五百年后的扶岚不一样，他从巴山出来，流浪各方，受过欺骗，受过伤。在炉边烤个火，竟也有人把他绑走去喂野兽。一个野小子突然冒出来，喊他哥哥，他出手相救已经很不错了。戚隐强自笑了笑，道："没关系，就算你不信我也不要紧，只要你同意我跟在你身边就好。"

"嗯。"扶岚垂下眼睫，眼神安安静静，"戚隐，你很特别。"

"特别？"戚隐愣了一下。

扶岚想起白天的时候，他蹲在剑锷上，俯望那个努力朝他游过来的男孩儿。那么多人都在冰湖里挣扎，可他一眼就看见了戚隐。戚隐不知道，他那个时候看起来多么笨拙，多么孤单，像一只快要溺死的小狗。

扶岚不明白戚隐为什么会这样，为什么要竭尽全力游向他，为什么脸上的表情哀伤又悲怆。于是他伸出了手，将这个男孩儿带了出来。他感受到男孩儿冰冷的身躯在颤抖，像一株风里的野草。

可男孩儿即使快要死了，也依旧执着地喊他"哥"，就好像……他是这男孩儿一生中最值得信赖的人。

"我来自南疆，那里的妖魔不喜欢我，驱逐我离开。后来我去了人间，大家也觉得我很怪。"扶岚轻声解释，"从来没有人那么用力地奔向我，你是第一个，也是唯一一个。"

戚隐心里辛酸，他哥哥是孤星的命格，兜兜转转，总是自己在流浪。没有关系，他也没有家，两个没有家的人凑在一起便成了家。

"虞临仙说他聘你来帮忙，是真的吗？"

扶岚掏出沉甸甸的乾坤袋给他看："他给了我十两银，说找到神祇秘宝就再给我二十两。这期间管住管穿，不要我花钱。"

那个老滑头，前头还同戚隐说聘给扶岚千金，敢情都是骗人的。欺负他哥老实，骗他哥帮他卖命。戚隐扶额，道："你别理他，我有钱，够养活你。"说着掏茄袋，翻了翻发现他自己也没钱，准是之前跳灭度峰的时候丢了。气氛顿时有些尴尬，戚隐忙道："没事儿，小师叔有钱，云知老是欠他钱不还，我等会儿问他借。"

扶岚拉开乾坤袋，扒拉出五两碎银放进戚隐的茄袋："分你一半。"

胸口里好像注了温水，心窝暖暖的，戚隐鼻子一酸。他哥这个傻蛋，自己都穷得叮当响，还要分一半给他。黑灯瞎火，两人独处，符光在他哥的脸上沉淀，昏黄的烛光，越发显得他哥眉目清俊。

云知从窟窿里往外爬："你们干吗呢？等这么久都不上去，我还以为你们被妖魈吃了。"他一打眼，瞥见两人，又倒退着爬出去，"抱歉抱歉，当我没来过。"

戚灵枢在他后头，他一后退，屁股就顶在戚灵枢的发冠上。戚灵枢面色一沉，咬牙切齿地用剑柄戳他："云知！"

"别戳了别戳了，疼！"云知大叫，又爬了回来。

人陆陆续续下来了，虞临仙师徒和那个小媳妇模样的慕容雪也在。大家端详周遭壁画，纷纷发出赞叹声。戚隐警告他们不要触摸，仙门弟子把洞窟里的尸骸一具具清理出去。慕容雪盘腿坐在地上打开札记，临摹那些壁画。

虞临仙在洞窟中央插上一面小旗，画下法阵，道："我们每走一段路，便设一个传送法阵，这样若遇上危险，也好后撤。冉留几个弟子在上面接应，以琉璃镜传信。"

"甚好甚好，"云知十分给面子，"果然还是虞师叔想得周到。"

"那当然，"虞师师冷哼一声，"这地方又是巫诅又是妖魈的，若没有我师父带着，你们就等着死吧。"

"师师，不得无礼。"虞临仙凝眉斥责。

他虽然口中训斥，可那捻着胡子淡笑的模样，分明甚是受用的样子。这些仙门中人大多道貌岸然，戚隐看了心里犯恶心，捞起黑猫跟着扶岚往里头走。一路都在向下，这里的地势复杂，从一条裂隙爬出来，又通往下一条裂隙。仰头看，能看见明晃晃的冰层，一线天光从冰缝里漏下来。四周是冻土和岩石，触摸上去指尖发冷。

山壁上能明显看出山体生长错位的痕迹，还有许多断裂的岩石和碎渣，有相当一部分岩石明显不连续。戚隐怀疑这里曾经经历过一场很大的地震，伏羲神殿在那场地震中整个陷落，埋进雪山深处，从世上消失。

众人再次越过一段裂谷，下方赫然是个神殿废墟。穹顶塌了一半，压满了硕大的岩石，竟正好卡住，没有压塌下方的神像。神殿四周放满了半人高的泥质塑像，统统人首蛇身，眉目用墨笔勾勒，黄金珠子做成眼眸，栩栩如生。正中间的石台上躺着一具干尸，眼睛处放了两块玉石。

"这不是九窍塞吗？"云知端详干尸眼睛上的玉石，"听说以前的人死后会拿玉塞住九窍，防止精魄流散。但也有老人家说是为了把神魂堵在身体里，以备将来有机会重生。"他转过脸，朝戚隐挑挑眉，"要不要看看他别处是不是也塞了东西？"

戚隐无语："要看你自己看。"

这厮还真动手掀尸体的殓布，布一掀开，所有人登时大吃一惊。这干尸的下身不是双腿，而是蛇尾，鳞片已经脱光了，落在石台上雪花片似的，露出干枯的皮肉。

"人首蛇身！"虞临仙大惊，"这是神吗？"

"为什么不是妖怪？"虞师师道，"保不齐是个蛇妖。这里的神巫没见过世面，拿它当神供奉。"

"傻徒儿，妖魔若死，必会现出原形。此人人首蛇身，分明是原本就长得如此！"

大家都惊呼，纷纷前来。扶岚默默看了尸体半晌，道："你们弄错了，这是两具尸体。"

"什么意思？"戚隐问。

扶岚看了他一眼，用匕首挑开尸体的衣裳，指着腰间，道："蛇尾是被缝合上去的。"

大家这才发现，这尸体的腰侧有缝合的痕迹。云知倒吸一口凉气。

在野蛮的上古时代，神居首位，神巫其次，其他凡灵都贱若泥尘。从中原到南疆，神像脚下血流成河。大家都不忍再看，纷纷散开。云知恭恭敬敬为尸体盖上殓布，给他念了段经咒，祝他投个好胎。戚隐转过脸端详四壁上的神像。雕像个个半闭着眼，一副木讷冷漠的样子，明明是泥巴捏的，却有种冷冰冰滑腻腻的感觉。不知怎的，戚隐总觉得这些神像在盯着他看。

戚隐换个位置站，依旧有种被注视的感觉，如芒在背，又好像……有谁透过它们的双眼窥探着他。难道是伏羲老爷？他没打招呼就来到人家的地界，大老爷不高兴了？

白鹿的声音响起在耳边："臭小子。"

## 第三十八章　归岚

"你活了，老白。"戚隐道。

白鹿翻了个白眼："小爷只是不想看你耍流氓。看得我眼睛疼。"

戚隐并不在意，径自说正事："是伏羲大神在看我吗？"

"说到这个，"白鹿飘浮在心海之上，脸色凝重了下来，"这个地方很奇怪，你自己当心着点儿。"

"怎么奇怪？"

"这里是伏羲神殿，却没有神明的气息。"

没有神明的气息是什么意思？就在这时，戚隐耳朵微微一动，捕捉到一个隐秘的心跳。

"你听到了吗？老白。"

"嗯，"白鹿点头，"多了一个心跳。"

下来的一共有十五人，仙门弟子常年修炼，心跳沉稳有力。他静静细数，原本应当只有十五个心跳，可现在他听到了十六个。最末那个心跳藏在所有声音背后，像躲在黑暗里磨牙吮血的厉鬼。他环顾四周，黑猫和女萝待在一块儿，云知、戚灵枢、虞氏师徒……还有一个活物是谁？

神殿中央的石台空空如也。戚隐叫道："那具干尸去哪儿了？"

有人尖叫了一声，虞师师指着穹顶，道："上面！"

大家一齐抬头，正瞧见那干尸盘在横梁上，十指深深插入穹上岩块，倒仰着盯着下面的人。这怪物面色狰狞，皱皱巴巴的脸皮堆在一起，像被狠狠揉皱的烂纸。

"都死成这样了，怎么还能活过来？"戚隐按住剑鞘。

"不能让它在上面。"扶岚道。

"没错，上面压的石头刚好卡住，松动一块，都足以让这里被填平。"戚灵枢沉声道。

虞临仙道："不行，我们还没有找到往下走的路！"

"这怎么弄？剑戳上去指定得塌，难不成咱还能上去牵它的手说祖宗下来玩儿吗？"云知脑门子疼。

虞临仙打眼瞧见黑猫，道："这等邪物最喜血肉，戚师侄，你不妨绑了你这猫儿，割了它的爪子放血。我们布个锁步法阵，以它为阵眼，再退避三舍，这邪物必定放松警惕，下来捕猫。一个猫儿罢了，待出了此地，师叔赔你一只万两暹罗猫。"

弟子们竞相附和，说这个办法好，独戚隐没有吭声。嚷了半晌不见他说话，周围渐渐静了。戚隐弯下身，把猫爷抱进怀里，再缓缓抬起眼来，一双银灰色的眸子冒着寒气，让人不敢与他对视。

"瞎了你们的狗眼，敢打我家猫爷的主意。"戚隐冷冷道。

他们虞长老声望高，一句话下去，底下人无不听从。现在这个山坳子出来的小辈，竟然敢当面顶撞。众人都大怒："你怎么还骂人呢？！一只老猫罢了，我们又不是不赔。到底是小门小派出来的，如此小气！"

云知出来打圆场："我师弟这猫儿金贵得很，每天用红烧肉喂养的，弃了怪可惜的，还是想想旁的法子。"

　　没人搭理他，有人怂恿扶岚："扶岚，你收了虞长老钱的，快去把那只猫夺过来！"

　　扶岚没动弹，他一向不擅长与人打交道，更遑论争吵。就算打起来也不干他的事，他就静静站在那儿，一声不响，没听到似的。其实要不是为了挣钱，他更愿意一个人走。他向来是这样，即使置身人群，也像远在天边。

　　"喂，傻子，你听见没有？！"有人喊道。

　　扶岚皱了下眉，似乎是嫌吵，默默捂住了耳朵。

　　真是猪狗一样的东西，戚隐眉目阴沉了几分，若非看在扶岚的面子上，他早把他们切了。不过有件事还是得声明一下，他走上前，揽住扶岚的肩膀，道："有件事忘了说，扶岚是我的人。"

　　"胡说八道，他怎么就变成你的人了？！"弟子骂道。

　　戚隐一字一句地道："他是我异父异母的亲兄弟，当然是我戚隐的人。若我再听见你们对他出言不逊，"他磨了磨牙，眼眸中暗藏杀机，"就甭怪爷不客气。"

　　大家都目瞪口呆，半个字儿都吐不出来。

　　"师侄说笑了。"虞临仙老好人的模样，苦笑连连，"也罢，既然舍不得这猫儿，我们不能夺人所爱，再想想旁的法子吧。"

　　那干尸嗒嗒吐着凉气儿，也不动弹。若它就这么待着也好，只怕它乱攀，弄松卡住的岩石。戚隐拧着眉打量那干尸，这玩意儿有点像罪徒，罪徒可以长生，却无法保持肉体不败。巫郁离除外，那老浑蛋不知是用了什么法子还原了自己的容貌。神墓里那帮罪徒都渴望神血解开不死诅咒，或许这鬼东西也是如此。戚隐当机立断，道："用我的血试试。"

　　大家都惊讶，这干尸道行不知几何，当血饵十分危险，保不齐命就丢了。他们嘟囔了几句，没说什么。锁步法阵布好，戚隐站在阵中，大家分散在四面墙边。戚隐并拢两指，在掌心划了一道，鲜血缓缓淌出来，顺着指缝流在地上。

　　戚隐扬起满是血的手，道："老前辈，几千年没吃饭了，要不要下来填填肚子？"

　　那干尸鼻头耸动，沟壑纵横的脸蓦然变得更加狰狞，横眉立目，五官都张了开来。它用力抓碎一块石头，朝戚隐扔过来。

　　它这一抓便坏了，穹顶堆压的平衡完全被破坏，只听上方天崩地裂一阵响，岩层带着上方的冻土和雪层劈头盖脸砸下来。头顶一暗，仿佛乌云聚拢，山岳压顶。压根儿来不及撤退，戚隐身影一闪，迅速退到扶岚身边，插上归昧剑，支起结界，左手抖开裹着的麻布，抓住扶岚的手臂。黑猫熟门熟路向上一蹿，钻进戚隐的衣襟。

　　巨石带着雪，足有几千斤。结界疯狂闪烁，四面崩塌声犹如云雷滚滚，那边灵力低微的霎时间被没了头，哀号声戛然而止。

## 第三十八章　归岚

慕容雪抱着膝盖蹲在虞师师的结界里，虞师师咬牙切齿："若非看你横竖是条性命摆在这儿，我才不救你这个淫贼！"

地面龟裂，巨石砸破中央的地砖落了下去。神殿地底竟是空的，不知通往哪里。戚隐暗道不好，慌乱中顾不得旁人，只能紧紧抓住扶岚。戚隐低声道："抓紧我，等会儿掉下去了才不会分开。"

第三十九章

灵山

戚隐刚说完，脚下蓦然一空，地面完全塌陷。戚隐用尽全力抓紧了扶岚，黑猫被他俩的胸膛挤得变形，惨叫着同他们一起落入了无边的黑暗。

巨石掠过身边，扶岚支起结界挡住砸过来的岩石。戚隐奋力御剑，身下是一连串的陡坡和甬道，他们车轱辘似的往下翻。归昧剑伸展不开，剑尖划过冰冷坚硬的冻土岩壁，咔嚓擦出刺眼的火花。这坡简直像没有尽头，仿佛要一直通向地心深处。结界若隐若现，戚隐使劲儿把扶岚护住，黑猫挤在中间喘不过气。

眼前一片漆黑，又不免担心小师叔他们。女萝是妖怪，虽是个女的，但比男人还要皮糙肉厚，应当能化险为夷。小师叔一定会护着云知，也不必太担心。只是虞临仙那几个道行不知深浅的家伙不知会怎么样。

不知滚了多久，越往下越热，到后面连岩壁都有些滚烫，他们像在一个锅炉里翻滚。又是一个急转弯，扶岚猛地抓住岩壁。他的指力惊人，没有用半点儿灵力，十指就在壁上戳出了十个深深的窟窿。两个人吊在岩壁上。扶岚放出小鱼，青色的微光在黑暗里闪烁，荧荧照亮周遭一圈，他们倒吸一口寒气。

他们挂的地方并非岩壁，而是一个巨大的神像。扶岚的十指正插在神像的左脸颊，他们的身边是神像高挺的鼻梁。神像周身挂着碗口粗的黑色锁链，连接周围崖体四壁。神像脚下，岩浆涨涨落落，从地底奔腾而出，不时爆出炫目的火花。它照亮了漆黑的深渊，戚隐看见数千人首蛇身的黝黑塑像跪伏在岩浆河水之中，虔诚地弓着脊背，黑压压的头颅密密麻麻。所有神巫塑像都对着这魁伟的神祇叩拜，匍匐在神祇的脚下，如同尘埃里卑微的蝼蚁。

灵山原来是一座火山，它被冰雪覆盖，陷入了长眠，可岩浆依然在它的身体里奔腾。他们忘记了呼吸，没有人敢出声，仿佛害怕冒犯这古老的神祇，虽然扶岚已经在他脸上戳了十个指洞。黑猫跃到伏羲神像的肩头，紧接着是戚隐，然后是扶岚。两人一猫在伏羲神像肩膀上安顿下来，探查周围的情况。神像以黑岩塑成，通体漆黑。这种黑岩竟不会被岩浆熔化，十分奇特。崖壁上都是窟窿，密密匝匝大小不一，他们就是从这些窟窿里滚出来的。料想云知他们也差不多，戚隐掏出琉璃镜，低声呼唤云知的名字。

过了几息的时间，云知终于有了回应。这小子掉得比他们深，离岩浆很近，戚隐看见他已经脱了衣裳。戚隐问小师叔在哪儿，云知挪了挪琉璃镜，镜子里映现出

## 第三十九章 灵山

戚灵枢的影儿，那个家伙仍旧一丝不苟，完完整整穿着三层衣裳，只是发冠摔掉了，乌黑的长发放了下来。

"女萝不见了，姓虞的那帮人也不见了。"云知说道。"这里太热了。你们别动，我们上来和你们会合。"

"云知，把衣裳穿上。"戚灵枢在后面道。

"我不。"云知擦了把汗。

戚灵枢："……"

"跟着小鱼走。"扶岚说。

"还是呆仔靠谱，"云知一笑，继而敛了神色，道，"黑仔，我刚刚试了试，一路设下的传送法阵失效了，和外头的钟鼓山弟子也联系不上。方才那次震动虽然很可能引起雪崩和洞穴崩塌，但虞临仙设的法阵有结界，冰裂外面的传送阵的位置也很安全，应当没那么容易被砸坏才对。"

戚隐沉吟道："上来再做计较。"

戚隐收起琉璃镜，回过头，便见扶岚蹲在神像肩膀外侧，用手摸洞窟的边缘。

"怎么了？"

"有器具开凿的痕迹，这些洞是人工修建的。"扶岚说。

戚隐一惊，仰头看那些四通八达的洞窟，道："难道有人在我们之前到达过这里？"

"兴许是上古时候采矿的矿道，"黑猫道，"伏羲大神是擅用火的神祇，他的信徒十分擅长冶炼兵器。在上古，四海之内最好的兵器皆出自伏羲神殿。"

"没错，臭小子，"白鹿懒洋洋地飘浮在戚隐的心海，"小爷的黄金十字刀就是伏羲神殿铸的。在天殛之战还没有发生的时候，各地神殿互通有无，他们的神使造访巴山，向小爷献上了这十二把黄金十字刀。我死之后，我的神巫们用它们给我陪葬。"

岩浆时不时向上喷，云知他们不能直接御剑上来，在洞窟里攀爬，上来得很慢。金红色的岩浆发出爆响，神巫塑像被映照着，犹如闪烁着流光的铁胎。戚隐蹲在扶岚边上等，扶岚低垂着眉目一动不动，又在发呆。

戚隐道："脑袋瓜里在想什么呢？"

"我在想，"扶岚垂下眼睛，在岩浆跃动的火光里，他的睫羽近乎透明，"你为什么说是我弟弟。"

戚隐一愣。

"我是一个异乡人，天下没有我的同族，我没有父母，没有亲朋，没有来历，也不知道将来要去哪里。"扶岚轻声道，"你说我去神迹是为了寻找我的身世，说对了一半，我只是没有别的事情可以干。可每当我靠近神迹，便会有声音在我耳边低语，驱逐我离开。后来我才知道，那是藏身于幽冥的神祇。戚隐，连神也不喜欢我，为什么你会接纳我？"

"你都知道……"戚隐震惊地喃喃。这个扶岚比五百年后的扶岚更加强大,他竟然能够分辨神衹的低语。戚隐迟疑着问:"你今年春秋几何?"

扶岚平静地说:"五十年。"

这个看起来呆呆笨笨的家伙,谁都以为可以把他骗得团团转,原来他早就识破了戚隐的谎言,只是缄口不言。戚隐凝视他恬静的侧颜,想起那日在巴山月镜的溶洞里,他也说过同样的话。

异乡人。他一直把自己当作这尘世中飘零的旅人,孤身而来,孤身而往。而这个扶岚,已经在尘世流浪了五十年。

"对不起。"戚隐沮丧地垂下头,黑猫也一并沮丧地叹了口气。一人一猫耷拉着脑袋,像犯了错的小孩儿。他道:"我只是怕你不信。我们来自五百年后,是云梦神女白雩送我们来到这里。在这个世上有个叫巫郁离的神巫,他用巴山的千秋大椿创造了你,还给了你不断重生的能力。可他伤害了你的神魂,让你无法保留过去的记忆。五百年后,你会在一场灾难中被坏人杀死。我不知道你在何处重生,也不知道你何时重生。我们来到这里,是为了探明伏羲神殿的长生秘术,找到线索回到未来,找回你。"

扶岚的脸上辨不清悲喜,只是静静地听他说。

"我刚刚的话听起来更像一个谎言,对吗?"戚隐自嘲地笑了笑,"可是哥,你要记住,你不是异乡人,你只是运气比较不好,总是遇上讨人厌的坏蛋。五百年后,你十二岁的时候,你会在乌江遇见一个长得很漂亮的女人,她叫孟芙娘,她会成为你的娘亲,她的孩子狗崽会成为你的弟弟。你在南疆嘉陵江边,还会遇见一只喜欢吃红烧肉的老猫,你的钱总是被它花光。你会同狗崽和猫爷一起去凤还山修道,去无方闯神墓,在横山大王寨里养小鸡养小鸭。我没有撒谎,我们是天底下最亲的人。"

黑猫扑进扶岚怀里,哇哇大哭:"呆瓜,你不要不认我们!"

戚隐流着泪笑望他:"你信吗?"

岩浆奔腾,扶岚的眼眸映着那熊熊的火光,像盛开了一朵瑰丽的花在里面。这是戚隐见过最漂亮的眼睛,有沉甸甸的黑,总是那么宁静,时光仿佛凝结在他黑黝黝的瞳子中,永远不会流动。

他开了口,声音缓慢,却又格外清晰。

"我信。"

琉璃镜忽然一亮,云知贱兮兮的声音从里面传出来:"虽然你们的故事真的很感人,我和小师叔都痛哭流涕三千丈了,但我建议你们赶紧找个地方躲起来,因为有东西朝咱们过来了。"

戚隐放大六识,听见四面八方有许多心跳在靠拢这块区域。那些心跳沉稳地跳动,越来越多,分散各处,恍若黑暗里的漫漫星火,一个接一个地亮起来。

戚隐低声问:"什么东西?"

## 第三十九章 灵山

"不清楚,我们只看到一团影子,怪里怪气的,反正不像人。"云知说。

戚隐跟着扶岚迅速缩进伏羲神像的耳朵里,扶岚的小鱼尽数收回,神识外散很容易被对方察觉,他只留下一只小鱼藏在神像耳郭附近。

云知那边没声了,大约是藏起来了。戚隐戴起兜帽,趴在伏羲神像的耳道里,露出一双眼扫视渊壁上的窟窿。前方一个窟窿深处传来阴冷黏腻的摩擦声,像什么东西贴着地面行进,紧接着四方甬道里都响起了这个声音,听着让人牙酸。戚隐蓦然明白这甬道的用途,它不是用来挖矿,而是这些东西行走的通道。

到底是什么东西,才能生活在这样狭窄黑暗的地底?

有心跳的声音在头顶斜上方出现,戚隐仰起头,目力用到极限,银灰色的眸子紧缩。岩道的深处,一个影子悄然显现。那影儿倾斜着慢慢探出洞口,上半身是人,下半身是蛇,扭曲又诡异。戚隐看见了他的脸,那是非常苍白和僵硬的一张脸,面无表情,像一张画出来的纸人面孔。

那脸十分熟悉,戚隐登时瞪大了眼睛。

"老白,你看到了吗?"戚隐在心里疯狂喊白鹿。

白鹿不耐烦地睁开眼:"干吗,叫丧啊!"

"那是……"戚隐盯着那个怪物,几乎说不出话,"那是伏羲!"

蛇人的那张脸,和壁画上的伏羲一模一样。

一张灯符荧荧点亮,淡淡的光晕像金色的幂篱,笼住慕容雪的脸。慕容雪松开灯符,符咒犹如一簇鬼火,缓缓飘向窟窿下方的通道,照亮一个漆黑的斗室。

"下面安全。"他转过头,对虞师师和虞临仙说。

三人接连翻下窟窿,落在一地碎石子上。慕容雪和虞师师是一同从上面的神殿滚下来的,在蛛网一样的甬道里爬了半天,遇见了摔晕过去的虞临仙。幸好这老头儿只是脑袋磕破了一块儿,没什么大事,只是琉璃镜摔碎了,怎么施咒都不亮。

他们兜兜转转绕到现在,也没有遇到旁的弟子。这地下的窟窿体系必定大得很,大家都落在了不同的方位。当务之急应是找回去的路,寻上面留守的师兄弟帮忙,想办法把大家找齐,否则不定有人摔断了手脚,却不能得到救治。但虞临仙坚持往深处走,按他的意思是上去的路一定已经堵死,只能从下找出路。三人之中他是长老,德高望重,虞师师唯她师父马首是瞻,慕容雪也不能吭声,默默跟在虞师师后头。

斗室不大,中间是一具四四方方的黄金棺,周围四方六具棺材呈圆形摆放,围绕中央。六具棺材都是木棺,上面的大漆剥落得干干净净,露出朽烂的木胎。黄金棺倒十分完好,棺椁四面皆有繁复精致的浮雕。慕容雪把灯符贴在墙上,虞师师满脸稀奇地摸了几把,爬得累了,一屁股坐在黄金棺上歇息。

"这想必就是某个伏羲神巫的墓室了。"虞临仙赞叹道,"古书记载,灵山有十巫,自灵山上下,通达上苍。灵山是九嶷山脉中的最高峰,他们把灵山看作是登天的天梯。他们死后把自己埋入山中，是期望自己可以永伴伏羲大神。这些甬道便是他们修建墓室留下来的路，灵山是伏羲神巫的墓地。"

慕容雪皱了皱眉，小声道："若是墓室，此地应该封存才对。况且这甬道尚不能容纳一个人直立通过，他们如何将修建墓室的泥土沙石运出山中？这些甬道……晚辈倒是觉得应当另有他用。"

"你这个淫贼说得倒有几分道理。那你说说，是什么旁的用处？"虞师师道。

慕容雪摇摇头："还没想到。"

虞临仙看虞师师坐在黄金棺上，颇有些不悦，道："你这孩子，快下来。这可是上古神巫的长眠之所，怎可如此无礼？"

"死了上千年，早化成灰了。我就算把他的黄金撬走，他也不知道。"虞师师吐了吐舌头，依言从上面下来，蹲下来打量棺椁上头的浮雕。

浮雕前后左右一共四幅，说的好像是一场大战。云端上那个太阳似的男人应当是伏羲，大神临云而望，垂目俯视茫茫苍野之中血流成河。中间盘旋的云气中画了一头白鹿，鹿角生花，踏风而上。无数金刚怒目的妖魔盘旋在它身侧，向着天穹怒吼咆哮。

"这个应当就是南疆的邪神，白鹿。"虞临仙抚着须解释道，"传说它作恶多端，专吃小孩儿心肝。每到月圆之夜，南疆就要在它的祭坛上献上童男童女一对，否则它就下凡作祟，搅乱山河。伏羲大神一怒之下，带领诸天神祇讨伐白鹿，解救南疆百姓于水火之中。"

虞师师指着战场上一个披甲的男人："这个人画得这般魁梧，想必就是墓主了。这位神巫前辈当真了不得，他竟曾跟随伏羲大神讨伐南疆。那儿都是妖魔，若伏羲大神当年把它们一窝端了多好，省得咱们日日下山除妖伏魔，忙得脚不沾地的。"

"妖魔也是生灵，咱们不过是阵营不同，立场不同。可是在神的眼里，无论是人还是妖魔，大家都是一样的。"慕容雪轻声道。

"你倒是生了一颗菩萨心。"虞师师乜了他一眼。

慕容雪羞赧地笑了笑："师姐过誉了。"

虞师师翻了个白眼："你个呆子，我讽刺你呢。"

"哦……"慕容雪愣了下，落寞地垂下眼睫。

虞师师一看他这样，颇有些过意不去。这厮白白净净，又总是温暾，总让人很想欺负他。忽又想起这浑蛋偷看她洗澡来着，她心里便理直气壮了起来。一个淫贼，就算扒了他一身皮也不过分。

转过另一边，浮雕上面的景象登时一变。大巫正画符纵火，火焰几乎吞噬整个画面，许多不知名的花在烈焰中化为灰烬。第三幅浮雕，大巫被锁链束缚，捆在祭台之上，一群巫祝围着他，往他嘴里灌一种汁液，还有人割开他的皮肉，往里头塞什么东西。慕容雪仔细辨认，似乎是曼陀罗。

"这是神花。"虞临仙道，"名字已经不可考了，似乎和'风'有关。传说只有

## 第三十九章 灵山

神境才有这种花，远古大巫把它刺在胸前，当作身份的象征。依浮雕上看，是这神巫前辈纵火烧毁神花，才被判处了极刑。"

"他好端端跑去烧花做什么？"虞师师问。

没人知道答案。

"神花……"虞临仙露出向往的神色，"不知用这花炼出金丹，能否长生不老。"

正说着，墙上的灯符忽然闪烁了三下，直接灭了。虞师师一惊，道："你这符咒怎么画的？"

"不，"慕容雪忙道，"我的灯符添了几笔，能感应非人活物的气息，若对方数目在三个以内，便闪一下；若对方数目是四个，便闪两下。"

"刚刚闪了三下，"虞师师拔剑出鞘，"才五个，不多，挨个废了它们。"

"不，"慕容雪苦着脸道，"这符咒最多只能闪三下，灭了的意思是……对方太多了，它闪不过来。"

说话间，他们已经听到了一种奇怪的声响，仿佛是什么坚硬的东西摩擦地面。这种东西不知来历不知数目，不宜硬拼。所有人不约而同去掀那黄金棺，这黄金棺大得很，又牢固，躲三个人将将好。然而三个人使出吃奶的劲儿，这棺椁也不动分毫。无奈，他们只好分散躲进木棺。看来看去，只有两副木棺是完好的。虞临仙本想与小徒儿一同躲，谁承想慕容雪紧跟着虞师师跳了进去。他没法子，只好自己躺了副棺材，掩好木板。

慕容雪刚躺下，便听见斗室的窟窿口有什么东西爬了下来。碎石子被碾得发出细细的响声，在寂静的黑暗里听得人头皮发麻。他和虞师师不约而同搂紧了棺材里这具枯尸的手臂，面对外头那不知名的活物，这死物也不足为惧了。

一道深沉的阴影罩在棺板上，慕容雪觉得棺材里更黑了几分。他听见阴冷的咝咝声，仿佛是毒蛇吐芯。咝咝声此起彼伏，不消得片刻充满了整个墓室，听起来简直像外头爬满了毒蛇。棺板嘎吱作响，有东西爬上了他们的棺材。慕容雪的心提到了嗓子眼，他竭力屏息静气，免得被这些邪物发觉自己的气息。

它们在四处乱嗅，隔着薄薄的木板，便是它们冰冷的鳞片。鳞片划过腐朽的棺板，发出令人牙酸的咔嚓声。原本便朽烂的木头棺材在它们的挤压下，仿佛下一刻就要崩塌。他感觉到身侧的尸体在抖，心里咯噔一下，莫非这干尸诈尸了？片刻之后他才反应过来，是虞师师死死抱着尸体的胳膊，不住地发抖。

黑暗里慕容雪眨了眨眼，轻轻拉了拉虞师师的衣袖，丰指探到她的手心，一笔一画地写："别怕。"

虞师师反手抓住他的手，死死掐住。慕容雪痛得一激灵，咬住牙关不叫出声来。

棺材里漆黑无比，那些不知来历的怪物还未离开，在斗室里游走。慕容雪偏了偏头，想透过缝隙瞧瞧外头，但漆黑一片，什么也看不着。他睁着眼半晌，渐渐适应了黑暗，再次往缝儿里一瞧，忽地一怔，登时如坠冰窟，整个人都僵住了。

虞师师感受到他变得呆愣，在他手心写道："怎么了？"

他没有回答。就在刚才，他隐隐约约看见，木板缝儿外面是一只眼睛，仿佛转动了几下。他恍然明白，有只邪物趴在棺材板上窥探着里面，一动不动。慕容雪不知道这东西有没有发现他们，死死握着虞师师的手。虞师师感应到什么，也不敢动弹了，两个人维持着手拉手的姿势，像两具雕塑。

渐渐地，嗡嗡声退去，斗室里重新安静下来。棺材板嘎吱一声，接着是鳞片摩擦石子的碎响，趴在棺材上的东西似乎也离开了。但虞师师和慕容雪还是不敢动，也没有听见虞临仙出来的声响。两个人静默了好一会儿，才悄悄叫了声："师父……"

没人应，也没有什么奇怪的声音。

虞师师又叫了声："师父……"

两个人把棺板掀开，摸到她师父那具棺材那儿，才发现虞临仙的棺材已经空了，只剩下里头原本的干尸。慕容雪点亮灯符，符光照亮虞师师焦急的脸。

"我师父是不是被怪物抓走了？"

慕容雪小声道："恐怕不是。"

他指了指他们方才躺的那具棺材，在不惹眼的棺盖沿上贴了张黄纸符咒，虞师师拿起来一瞧，上面竟滴了人血。

"那些邪物一直围着我们的棺材转，恐怕就是因为这张滴了血的符纸。你师父趁它们被我们吸引，自己悄没声儿逃了。不过幸好它们似乎有顾忌，不敢破坏棺材。"慕容雪沮丧地道，"虞师姐，趁现在只有我们二人，有句话我必须同你说。你师父不是好人。我没偷看过你洗澡，是他偷看的。试想除了你师父，谁敢接近你的帐篷？我警告了他几回，他才收敛了。"

虞师师震惊得无以复加："你休要胡说，他是我师父！"

慕容雪看了她一眼，怪委屈似的，垂下脑袋没吭声。

血符攥在手里，指甲刺得掌心生疼，虞师师怎么也不敢相信，养自己长大的师父是这种人。

"这件事我自会去找我师父问个明白，"虞师师把血符收进乾坤袋，"偷看我洗澡的若不是你，那你画我小像做什么？"

"我……"慕容雪的脸颊登时红了。

黑暗里瞧不清他的脸色，虞师师冷哼了一声，扭头往外头走，先行攀上洞口。外头黑黢黢一片，不敢用太多灯符，只敢点亮一张，幽幽照亮方寸之地。没什么奇怪的声响，那些邪物确实都走干净了。

虞师师蹲在洞口，一面左顾右盼提防邪物，一面小声问："你说，那些鬼东西明明知道棺材里头有我们，为什么不掀棺材？"

"不知道……"慕容雪还没说完，后头传出吱呀一阵响，黄金棺的棺盖挪出了一条缝儿，一只指甲奇长的青黑色的手从里面伸出来。慕容雪头皮一炸，忙往上爬。

那些邪物不敢乱碰，原来是这里有更厉害的东西。这千年不死的大巫，也不知

## 第三十九章　灵山

是何等的凶戾。慕容雪两手一撑出了洞，低头看，那巫尸的影子已经投到了下方地面。虞师师也打起了哆嗦，掏出一把符咒胡乱贴在洞口，两个人忙不迭地逃了。

慌乱中也不知逃到哪里，他俩只拣没有邪物行动痕迹的路走。慕容雪无意间推动了一块石板，两个人钻了进去，把石板挪回原位，实在没有力气爬了，靠着石壁气喘吁吁。两人第一时间点起灯符，探查这里有没有邪物。灯符没有闪烁，两人相对着松了口气。

寂静的山洞，只有他们两个人。虞师师侧目瞧慕容雪白皙的脸，这家伙偷偷画她的小像，不用说也知道揣着怎样的心思。她觉得还是有必要提醒一句，便道："告诉你，你别喜欢我，我不会喜欢你的，我这个人很有追求的。"

"我知道。"慕容雪很平静。

他打小就是这样，扔在人堆里就没了顶，平庸无奇，像窗棂上千篇一律的镂花儿，虽然精致，但不出彩。虞师师这样骄傲的大小姐又怎么会看上他呢？从无方罗天论道，虞师师在擂台上踹飞了一个同门师兄起，他就喜欢她了。可他也知道，这份喜欢没有结果，所以他就默默地喜欢就好了，远远瞧着也很好，小小的欢喜搁在心头，温暖他自己。

慕容雪说："我知道，师姐一心向道，定不会在意这些儿女情长。"

"哦，那倒不是，"虞师师坦然道，"实话跟你说了吧，今儿来的那几个什么子虚山的长得还不错，里面有个姓戚的……不是那个白发男，是白脸儿那个，颇合我眼缘。若他对我也有意思，到时候我就还俗去。要是他不长眼发现不了我的美，那个叫云知的也能凑合将就一下。"

慕容雪："……"

"而且我是名门大派出来的，身份地位比他们高。日后成了亲，必定得听我的。"虞师师说完，朝他做了个恶狠狠的表情，"这话你要是敢告诉别人，我就生撕了你。"

慕容雪小鸡啄米似的点头，不敢有违。

灯符飘了满洞，独有一块角落始终也照不分明。虞师师和慕容雪对视一眼，拔出剑一步步挪过去。那里黑魆魆一片，有种说不出的恐怖。两个人的剑法其实都是半吊子，虞师师来这儿是因为她师父提携，慕容雪来这儿是因为虞师师。不自觉汗流浃背，剑光映出两人苍白的脸庞。

"你这探妖符靠不靠谱啊？"虞师师轻声嘟囔。

"我……"慕容雪磕磕绊绊地道，"我也不敢保证……"

死就死吧！虞师师鼓起勇气，大喝一声，率先出剑。一道霜寒剑气暮然笼住她的剑，清光点点飘落，角落的黑影散开，云知和戚灵枢现出了身形。一人端正打坐，一人吊儿郎当地靠在石壁上，冲她挑眉一笑。

"唉，真伤心，"云知掩着半边脸儿长叹，"我这般容色，竟只能让师妹将就。来世投胎投个好相貌，定不让师妹委屈。"

虞师师木然当场，洞中一片寂静。三人大眼对小眼，独戚灵枢兀自阖目打坐。

慕容雪打破尴尬，没话找话："两位师兄在这儿做什么？"

"当然是躲那些邪物咯。"云知笑嘻嘻道。

就在这时，琉璃镜亮了，戚隐的声音从里面传出来："大事不好，女萝被那些蛇人抓了，我们准备突围。半炷香之后你们赶到伏羲神像北面的窟窿口，我会来接你们。"

"唉，才歇这么一会儿，又得上路了。"云知伸了个懒腰，"师弟师妹，走着？"

"外面这么多邪物，我们怎么赶到那个白发男说的地方？"虞师师疑道。

云知展眉一笑，露出一口大白牙："这里离崖壁直线距离只有一丈远，也就是说，咱们从这儿出去，在左手边那条甬道拐个弯，朝南的那面墙就在伏羲神像的北面。"

又是南又是北，虞师师晕头转向，搞不清楚。她是个路痴，走路从来不记道儿，更何况这里面的路错综复杂，线团似的一团糟。只听慕容雪嗫嚅着道："你说的那条道儿我知道，我和师姐就是从那儿来的。那里没有窟窿，我们出不去的。"

"无妨，"戚灵枢擦拭问雪剑，剑身雪亮，映出他冷淡的脸庞，"没有的话，就炸一个出来。"

"告诉你们，我家弟娃是白鹿大神的亲儿，我家郎君是南疆神巫巫郁离的独子！老娘靠山硬得很，你们敢动老娘一根毫毛，我家两个男人一发怒，把这里夷为平地！"女萝嚷嚷着。

蛇巫将她押上伏羲神像的手掌。这黑石神像平平伸出的大手犹如一个宽阔的平台，下方是咆哮的岩浆河水，瑰丽的金红浪潮翻涌又熄灭，数以千计的蛇巫铁塑在火光的映照下显得狰狞又恐怖。

女萝被封住了灵力，经脉里黏稠阻滞，身体重得像一个铁锭。她身边是半身赤裸的蛇巫，黝黑的蛇鳞，苍白的脸，没有颜色的唇。没人知道这到底是什么样的怪物，它们像是蛇妖，可又分明不是妖。它们的气息阴沉又恐怖，湿热黏腻，让人想起被岩浆熔化的泥。它们枯瘦如鸟爪的手紧紧抓着她，十指嵌入她的手臂，殷红的血丝渗出，疼得她不敢动弹。

她被押着通过了两列蛇巫，尽头是手掌的十指边缘，这些怪物要把她从这上面扔下去。两边的蛇巫佝偻着身，吐出阴冷的蛇芯，发出咝咝的响声。一双双没有眼白的眼直勾勾盯住了她，里面有赤荧荧的血色闪灭。它们仿佛在交流，可女萝听不懂它们的话语。但很快女萝明白，它们在渴望她的鲜血，因为她手臂的血滴落在地，立刻有蛇巫匍匐着探过去，细长的芯子将那血滴扫得干干净净。

为什么不吃了她？女萝不明白。她终于走到了十指的边缘，炽热的风炙烤着她的脸颊。她回过头，这时她看见神像上方的洞窟站了一个蛇巫。那个蛇巫与众不同，冷漠、面无表情，像是一座森冷的黑色石雕。所有的蛇巫都佝偻着，只有他身姿挺拔。他的身上带着死亡的气息，仿佛只要直视他的双眼，死亡的阴影就兜头罩下。

## 第三十九章 灵山

女萝被推了下去。

热风兜住了她的身体，她的发丝泼墨一般散开。

"弟娃！"她放声尖叫。

"别叫了大姐。"戚隐的声音响在耳畔，下一刻，她的领子被一只有力的手提溜住。戚隐踏着归昧剑，将她拎在了手里，十二把黄金十字刀呈环状悬在身侧，金光耀眼如虹。

"你就不能抱抱嫂嫂吗？！"女萝埋怨。

"当然不行，你都说你是我嫂嫂了，要避嫌。"戚隐仰起头，望向那个沉默的蛇巫，"在下戚隐，见过前辈。我等受云梦神女所托，冒昧参拜神殿，多有得罪之处，还望前辈海涵。敢问前辈，为何与伏羲大神长得一般模样？还是说……"戚隐的眸子暗了几分，"你就是大神伏羲？"

白鹿那老小子说伏羲是象征日的大神，往日见他，他脸盘子上都笼罩着一层耀眼的金光，从未看清过他的模样。这条蛇如此诡异，应当不会是日神伏羲吧。戚隐微微皱眉。

蛇巫们从窟窿里现身，盘绕在崖壁上，如同扭曲虬结的黑色藤蔓。那个蛇巫没有回应戚隐的问题，空气中一片寂静。所有蛇巫探出了身，四面八方都是那种冷得沁骨的咝咝声。金色的光晕在蛇巫们苍白的手中显现，它们不约而同地开始画符。那符纹与道符完全不同，道符是连笔一字，而它们的符咒却是圆形的瑰丽图案，更加耀眼，更加璀璨。

"它们什么意思？"女萝蒙了。

"要我们去见阎王的意思。"戚隐道。

"那现在怎么办？我们往哪儿逃？"女萝望向四周，所有的窟窿里都有蛇巫，所有的蛇巫手中都画出炫目的圆符，滔天热焰在符纹里翻卷。唯一的出路是顺着岩浆往下走，可火山岩石天顶太低，御剑不方便不说，更腾不出手对付这些追击的蛇巫。

戚隐好像知道她在想什么，道："我们有船。"

"船在哪儿？"女萝高呼。

"在你面前！"

他把女萝向上一扔，女萝尖叫着飞了出去，扶岚带着黑猫凌空闪现，拽住她的领子。与此同时，戚隐将十二把黄金十字刀化为流光，旋转着变成一把三尺长的横刀。戚隐双手握刀向前挥斩，凌厉的刀气划出一条直线，仿佛要斩破这个漆黑的地底。所有人的视野里亮了一瞬，刀光没入伏羲神像颈间。

紧接着，巨大的伏羲头颅开始滑动、低落，犹如山陵崩。伴随着石破天惊的一声巨响，伏羲手掌被头颅压断，掌中的蛇巫成了肉泥。整颗神像头颅落入了岩浆，溅起三丈高的火浪。无数神巫铁塑被压成了铁饼，神像头颅随着咆哮的岩浆潮水向下奔流。

扶岚抓着女萝，翻落在了神像头颅之上。灵力在降落的瞬间笼住神像头颅，掌控航行的方向。戚隐跟着降落，蛇巫们的符咒完成，滔天烈焰犹如龙蛇咆哮，转瞬即至。

"那是天火符阵，你们细皮嫩肉挡不住，用黄金刀！"白鹿在戚隐的身体里大吼。

十二把黄金十字刀霎时间重新分开，组成刀阵格住烈焰。伏羲神巫的澎湃天火，熔炼世间一切，唯有从那火焰中铸成的黄金刀才能抵挡。只见浩瀚的天火中分出一条窄隙，将将没有烧到他们四个。戚隐的手掌被炙烤得焦黑，四个家伙统统头顶冒烟。

"老夫又要变成烤全猫了！"黑猫大吼。

北面崖壁忽然一声爆响，魔气裹挟着霜寒剑气呼啸而出，巨石轰然滚落，北面的蛇巫被石头砸中，纷纷落入岩浆。魔气继续汹涌，逃过巨石的蛇巫嘶叫着在魔气中化为枯骨。天火符阵出现缺口，蛇巫们手中的符纹渐渐熄灭。

"邋遢道人来也！"云知、戚灵枢带着慕容雪和虞师师踩着剑蹿出大窟窿，滚落在戚隐身边。慕容雪落在边缘，差点滑下去，戚隐拉住了他的腰带，他的脸将将停在岩浆上方。

到了这境况，戚灵枢眉间的心魔印没必要再掩着了。虞师师望见戚灵枢眉间红艳如火的心魔印，甚为吃惊，但转眼一瞧，峡谷两边蛇巫们攀上崖壁，穷追不舍。一眼望去，两边崖壁上密密麻麻全是攒动的蛇巫，塞塞窣窣耸动的鳞甲望不到头。登时头皮发麻，她顾不得戚灵枢修魔的事儿，拔出剑大吼："跟他们拼了！"

云知喊道："拼什么拼？！十个你都不够它们塞牙缝儿！"

他扭头大喊扶岚加速，神像头颅不停撞上神巫铁塑，玄铁滚烫犹如烙铁，不小心碰上身上便焦了一块，肉香味儿在所有人当中蔓延。在这种鬼地方，若非有灵力护持，早成了烧烤。忽然间坡度加大，岩浆流速加快，神像头颅撞上铁像，不住骨碌碌打转。戚隐一个趔趄就要被甩出去，扶岚扯住他的腰带，十指铁钳似的，生生把他拽了回来。

流速一快，他们渐渐和攀行的蛇巫拉开距离。前方峡谷变阔，无数蛇巫铁塑静默矗立在金红色的岩浆当中。不知怎的，那些追行的蛇巫都停了下来，默默望着他们进入蛇巫铁塑之中。那样冰冷的目光，仿佛是目送着他们进入死地。

"它们怎么不追了？"戚隐拧住眉头。

大家都没说话，心里惴惴不安。他们从铁塑身边经过，每个蛇巫面孔都定格在一个无比狰狞的瞬间。所有人不寒而栗，凝视那恐怖的脸，仿佛能听见它们凄厉的哀号。

"太热了，我能不能脱衣服？"云知擦了一把汗。

女萝道："我不介意。"

虞师师也道："我也不介意。"

## 第三十九章 灵山

横竖热得受不了了,大家都宽衣解带。除了戚灵枢,所有男人都脱了上衣,裸着半身划"船"。

"被裸男包围的感觉如何?"女萝凑在虞师师耳边,小声问她。

修道之人,身条儿都极好,一个赛一个的赏心悦目,扶岚和云知的腰身自不消说,就连她平日瞧不上眼的戚隐,浑身上下都沟是沟、坎是坎的,汗珠子淌在腹肌沟壑里熠熠生光,分外惹人注目。虞师师脸上一红,低下头羞答答没吭声。

"承认吧,是不是特别欢喜?"女萝嘻嘻地笑。

两个女孩儿笑作一堆。

"别笑了。"扶岚忽然道。

女萝不满道:"怎么的?又没上手摸你。"

扶岚闭上眼,侧耳细听,道:"有人在说话。"

大家都闭了口。寂静中岩浆噗噗爆响,他们的声音落了下去,却有人在窃窃私语。顿时所有人都变了脸色,那声音就在他们周围,此起彼伏。他们似乎进了一个闹市,声音嘈杂不止,却辨不清言语,仿佛是疯子谵妄的呓语。

"说的什么玩意儿?"云知问。

"救命……"扶岚低声复述,"救我……"

"是死在这儿的冤魂吗?"戚隐凝眉。

云知向四周拜拜:"各位前辈老祖宗,咱们就是过个路,给个面子,别追我们!赶明儿咱们出去了,给你们大家烧纸钱、烧仆役、烧媳妇儿。小师叔腰缠万贯,你们只管托梦给他!"

那嘈杂的私语声依然不停地响,像文火煮的水,呼啦啦地沸腾。四周全是狰狞的铁塑像,随便一伸手就能挨着一个。神像头颅经过一个面孔扭曲的铁塑像,戚隐眉头一皱,拿出一枚黄金刀,在上面叩了叩。

声音咚咚响,是空心的,里头关了东西。

"是罪徒。"戚隐低声道。这东西最为难缠,他们受了不死的诅咒,肉体不断腐朽,灵魂却永远困在躯壳之中,就算诛心也死不了。事实上,大部分罪徒的心脏早已腐烂殆尽,只剩下一具空荡荡的骨肉壳子。要是遇上巫郁离那样苦大仇深的,十条命也不够使唤。

"罪徒是什么?"慕容雪问。

"是你爹。"戚隐说。

戚灵枢沉声道:"巫郁离是黄金罪徒,这些是玄铁罪徒,亦不容小觑。从现在开始,姑娘站在中间,男人站在四周。扶岚划船,我、云知和戚隐各自警戒东、西、南四方。戚隐,你的血是白鹿神血,对付这些伏羲罪徒有用吗?"

戚隐摇了摇头,道:"不知道。不管他们,只要我们安然通过此地便好。希望这些铁皮子结实一点儿,别像神墓里似的好端端就破了。"

他刚说完,神像头颅路过一个破了个口子的铁塑像,塑像里面空空如也,只剩下一个铁壳子，半边狰狞的脸颊正对着他们，仿佛是个嘲讽的神态。

戚隐："……"

黑猫哀号道："小隐，闭上你的乌鸦嘴。你一开口，必定坏事儿！你们快四处看看，这里面的东西去了哪儿？"

环顾四周，尽是滚烫的塑像。蛇巫盘在峡谷后方，不疾不徐地跟随，好像在等待着好戏上场。找来找去都没有发现那个罪徒的踪迹，扶岚忽然抬手，示意大家不要说话，然后手指朝下，指了指下方。

所有人顿时明白了他的意思，那东西就在"船"下。

第四十章

愚暗

众人稍稍后靠，让出一块空地，扶岚闭目谛听，拔出斩骨刀，唰的一声刺进神像。隐隐约约听见一声尖厉的哀号，神像头颅底下的岩浆霎时沸腾如同炸锅，他们困在中心，犹如被沸水煎熬的蚂蚱。头颅四周的岩浆伸出无数只枯槁漆黑的手，罪徒们扭曲的面孔从岩浆里面浮现。他们的眼睛和嘴巴里喷出火焰，声音像婴儿啼哭，尖厉得可以刺穿耳膜。

这底下竟不止一个罪徒！他们的号哭像一个信号，转瞬之间所有铁像都崩裂开来，放眼望去全是密密麻麻攒动的头颅。戚隐他们仿佛误入了死人之国，枯骨的海潮中只有他们一条生人的船在漂泊。

所有罪徒的双手都探向戚隐，哀恸地嘶号："神，救我……"

虞师师和慕容雪两人何曾见过这般场面，两个人都心胆俱丧，不自觉靠在一起发抖。戚隐割破手指，尝试着对着他们的眉心摄入神血。血滴没入几个罪徒的脑门子，却一点儿变化的迹象都没有。白鹿神血没用，这里的罪徒，只能由伏羲来拯救。

罪徒们一闻见血味儿，纷纷发了疯似的往神像头颅上攀。云知一面挥剑斩他们的手，一面大吼："弃船御剑！"

众人纷纷御剑而起，峭壁上窥伺的蛇巫们见他们要御剑，纷纷画起了符阵。繁复的符纹勾勒出绚丽的火焰，新一轮浩瀚天火在它们的手中酝酿。

"你们先走，我殿后！"戚隐大吼，向着前方伸出手。

巫罗秘法·凛冬。

白鹿心脏的力量完全释放，指尖结出雪白的霜花。他的前方，厚重的冰层攀升蔓延，岩浆熄灭了火花，所有罪徒定格成狰狞的冰雕。蛇巫被冻住，同峭壁粘连在一起。冰寒恐怖的气息比冰霜蔓延得更快，所有蛇巫都感受到死亡的恐惧，疯了一般钻回洞窟。可它们的脚步逃不过冰霜凝结的速度，凛冬来临，遍地皆是苦寒，没有人可以逃脱！

不过片刻，原本酷热难捱的岩浆河流，便成了冰寒森冷的冰窟。慕容雪和虞师师愣在剑上，忘记了呼吸。

然而后方，罪徒们仰天长嘶，竞相往上攀，蚂蚁一般堆叠在一起，搭起了数架人梯，向更高处伸出枯枝般的手臂。头顶就是火山岩石，根本飞不高。慕容雪的剑被一个罪徒缠住，剑身一下凝滞，更多罪徒踩着同伴的头颅攀上来，死死攥住他的

## 第四十章 愚暗

剑。慕容雪大惊失色，剑身摇摆，眼看就要掉下去。

一柄玄银刀在身侧撩起，凛冽的刀风掠过慕容雪的衣袂。扶岚稳稳落在了罪徒的头顶，一刀斩断拉住慕容雪佩剑的枯手。慕容雪腾空而起，剑上仍挂着许多断肢。扶岚奔行在罪徒头上，黑压压的头颅和手臂涌起了浪潮，疯了般向他靠拢，可在接近他的一刹那被冻成冰块。以他为中心，周围三尺皆层层封冻。这个面无表情的男人就在这样的冰层上移动，如履平地，一次一次斩断探向上方的人梯。

戚隐从后方奔来，翻身跃过扶岚的头顶，飞跃的瞬间连斩两个扑过来的罪徒。罪徒身首分离，那头颅竟还竭力张大黑洞洞的嘴，咬向扶岚。戚隐落地，同时向后抛出两把黄金十字刀，刀锋贯穿坚硬的颅骨，两颗头颅皆化为碎屑。

四面八方都有罪徒扑过来，戚隐和扶岚背靠着背，旋转着同时出刀，斩骨刀一字横斩，所有罪徒首身分离；黄金刀自戚隐的指间呼啸而出，扎进所有头颅黑洞洞的口中，金光四溅间血肉爆裂如雨。侧方一个罪徒突围而出，戚隐十字连斩，从他四分五裂的胸口空隙中突出，归眛剑插入另一个罪徒的头颅。

两个男人的杀法都极端狂暴凌厉，他们的面前，无数罪徒的断肢残骸被冻在冰层中，定格在一个张牙舞爪的瞬间。他们仿佛不是在战斗，而是游刃有余地游戏。慕容雪和虞师师目瞪口呆望着他们，简直不知道这些罪徒和他们，到底谁才是怪物。

挥剑的空闲，戚隐嘶声朝上面的众人大吼："愣着干吗？！你们御剑，撤！"

云知和戚灵枢带着女萝和黑猫御剑开路，慕容雪和虞师师紧随其后。戚隐和扶岚奔行在罪徒的头颅上，斩骨刀的刀光和归眛的剑光交替隐现，恍若闪电掠过黑漆漆的潮水，所过之处肉泥飞溅。

他们御剑飞了一段路，终于摆脱了那帮可怖的罪徒，寻了处僻静的地方上岸。他们也不知到了何处，四周尽是赭红色的石头，有的还有星星点点的小洞。花木长得奇高，有些比人还高半截，稍矮一些的能分辨出品种，大约是些蕨类。岩石缝隙里钻出些发着红光的花骨朵，萤火虫似的亮。

戚灵枢的魔气吃了太多罪徒，浑身邪气缭绕，心魔印艳得像血滴似的，兀自坐到一边调息。戚隐和扶岚浑身沾满了罪徒黑乎乎的血肉，一身泥泞不堪。戚隐拖着脚走了两步，实在动不了了，也不管地上脏不脏，一头躺倒大口喘气。

虞师师和慕容雪大概意识到他们不是人，缩在一旁大气儿都不敢喘。慕容雪穿上衣裳，悄悄拿出灯符，只见上头闪个没完，可见他们身边确实是一帮妖魔，登时苦了脸，默默把灯符收回去。

女萝好奇地端详那些发光的花骨朵，问道："咱们现在去哪儿？伏羲神巫的长生秘术到底藏在哪儿？来这儿这么久，只看见一帮半人半蛇的怪物，还尽追着咱们跑。"

"按照壁画来看，那些怪物想必就是伏羲神巫。"云知说道，"要是能好好同他们谈一谈就好了，坐下来，喝杯茶，送点儿礼……大家若志趣相投，说不定还能拜个把子。"

"之前或许能行，现在弟娃把人家神像给砍了，它们不把我们做成罪徒就算宽宏大量了。"女萝摇头叹气。

一下子大家都不知道怎么办了。这灵山肚子里这么大，窟窿这么多，到哪儿去找长生秘术？戚隐的反噬又开始了，勉强爬起来，想找个地方独自待会儿，一转眼，看见女萝伸出手指，去戳那些花骨朵。花骨朵冒着红艳艳的光，看起来十分诡异，戚隐脑子里电光石火般想到什么，忙出声喝道："别动！"

女萝指尖将将好碰上花骨朵，什么事儿都没发生，她扭脸问道："干吗？"

"呃，没事……"戚隐尴尬地站了会儿，捡起刀，正要走，那花骨朵忽然抖了抖，花瓣儿一圈一圈打开，闪着红光的地火妖蛆从里面一窝蜂似的扑出来，一下钻进了女萝的指尖。女萝惊呼一声，迅速斩断右手，翻了个筋斗退到后面。

"幸好老娘反应快。"女萝骂骂咧咧，包起手臂。

"不好。"扶岚忽然说。

他向女萝刚刚待的地方指了指，大家往那一瞧，只见石头缝隙里发着红光的花骨朵都已经开了花，里头空空如也。地火妖蛆有麻痹之毒，咬人的时候人没有痛楚，无法察觉。戚隐心凉了半截，女萝的脸色也一阵灰暗。

这种时候顾不得男女大妨，女萝撩起衣裳，戚隐点起灯符，只见她的后背皮肉里爬满了地火妖蛆，蠕动着没入后颈和头皮。云知和戚隐对视一眼，都沉默了。

"怎么样？"女萝自己看不到，焦急地问。

大家没说话，女萝一看他们神色，便知道怎么回事了。

"大家互相检查，身上有没有妖蛆？"云知说道。

所幸其他人没有中招。这里热得很，地火妖蛆没有钻人的必要，若不去惹它，想必它们不会主动招惹人。女萝凄惨地笑了笑："想不到我会折在这儿。"

"我们去逮那些蛇巫，或许它们有办法。"戚隐道。

其实所有人都知道希望很渺茫，妖蛆已经入脑，不消得片刻，女萝的脑袋就会吹气儿似的肿起来，然后变成妖蛆的傀儡。

女萝摇头笑了笑："算啦，高高兴兴送我走也很好。"

她坐在那里，出乎意料的平静。在地底这么久，她的妆都脱了，戚隐很少见她不上妆的样子，细细的长眉，干干净净的脸蛋儿，是白嫩的清水脸子。她浅浅地笑起来，和平常妖媚戏谑的样子很不同。

"女萝，你还有什么心愿吗？"戚隐问她。

"要说心愿啊……你嫂嫂我平生所愿，就是多找几个男人，现在看来是实现不了了。"女萝伸出手，揉了揉戚隐的脑袋，"弟娃，你要多笑，你笑的时候可好看了。明明小时候那么爱笑一个娃娃，被姚家老太丢在市集里还笑着喊我大姐姐，怎么现在就不笑了呢？"

戚隐默默地望着她，银灰色的眸子铺满深沉的悲伤。

## 第四十章　愚暗

女萝盘起腿，望向缓缓流动的岩浆，金红色的光芒映在她的脸上，她的笑靥宁静又瑰丽。

"不要为我难过，当初我的神告诉我，人们恐惧死亡，只是因为恐惧未知。我并不害怕，弟娃，我是被神祇眷顾的狐狸。我的神会在彼岸接引我，送我去轮回的星海。"她淡淡一笑，"你们走吧，这里的景色很好，我再在这儿坐一坐。"

大家挨个走上来向她告别，黑猫蹭蹭她的脖颈子，吞声饮泣。所有人说完"再会"，女萝打起坐，目光悠长，望向远方。大家慢慢走远，高大奇异花木的掩映下，她的背影嵌在火红色的岩浆与赭石之间，越来越模糊，拐过一个转角，再也看不见了。

戚隐心里忽然一阵空茫。他感到一阵莫大的恐惧，像乌云一样笼罩在心头。这一切发生得如此匆忙，这样毫无征兆。他们没有看到开始，就已经走到了结局。他忽然意识到他高估了他自己，灾难总是突如其来，从来不给人打招呼。猫爷康复，扶岚可以重生，他以为他找回了希望，可原来死亡一直如影随形。

女萝会死，小师叔会不会死，云知会不会死？谁都有可能会死，他根本不该让他们跟着他来到这样的险境。毕竟，连传说中长生不老、无所不能的神祇都走到了尽头。

他的心海在下雨，牛毛尖一样细，淅淅沥沥下个不停。白鹿揣着袖子飘浮在心海上，雨滴浇在他单薄的肩头。他仰着脖儿眺望无边的细雨，似乎在所有的故事里，在这样下雨的时候，都有个故人要诀别。

"我一个人待一会儿，你们不要靠近。"走了不知多久，戚隐忽然撂下一句，钻进一个洞口，没了踪影。

大家都没出声儿，气氛有些压抑，各自坐下打坐。这回大家长了记性，离那些发光的花骨朵远远的。扶岚看着他消失的方向发呆，过了许久，戚隐还是没出来。

虞师师嘟囔道："他这人怎么这样，我们就不伤心吗？"

慕容雪为难地道："师姐，别说话了。"

虞师师不服气，还要再开口，慕容雪一发急，忙捂住她的嘴。慕容雪是个温雅的人，平日爱熏香，巴掌盖上虞师师的口鼻，袖笼子里的香味儿直往她鼻尖飘。虞师师一愣，不自觉挣扎了一下，两瓣唇挨上他的手掌。温软的触感，像一朵花开在手心，慕容雪也愣了。两个人四目相对，呆在原地。

像过了屯似的，两个人连忙分开。慕容雪低下头瞧，殷红的唇脂印在手心，他心里有小小的欢喜，像一簇簇花骨朵，在心头冒出了尖儿。他暗暗做了决定，打今天开始，他这只手就不洗了！

虞师师也捂着嘴，脸涨得通红。熏香的味道还在鼻尖流连，她心里嘟囔，自己一个姑娘家都不熏香，这厮倒是穷讲究，但……还挺好闻的。

又坐了会儿，戚隐还没个动静。云知百无聊赖，四处转悠，略略靠近那山洞，一股冰寒的气息扑面而来。他蹲下身，瞧见地上结了冰。

"啧。"云知折下一根树枝，戳了戳那冰，树枝的末梢也结出了冰花。

戚灵枢在他身侧蹲下，凝眉看着那层薄薄的冰。

"他的反噬变严重了。"戚灵枢道，"为什么会这样？"

云知和戚灵枢皆不通药理，活到如今，也没听说过谁换过心的，没有往日的案例，更不知这种情况该如何对付。云知正头疼着，头顶忽然一暗，一抬头，瞧见扶岚白洁的下颌。

"他怎么了？"扶岚问。

云知斟酌了一下，道："黑仔原来是凡人，你知道吗？"

扶岚静静地摇头。

"无方山有个神墓，是你们南疆白鹿神的古墓，白鹿大神的心脏在那里沉睡。在未来，你在黑仔跟前被害，黑仔为了给你复仇，剖胸换心，安上了白鹿的心脏。但他毕竟是个凡人，时不时要受一下反噬。"云知道。

扶岚呆了下，微微睁大眼："剖心……"

"没错。"云知叹了口气，道，"本来黑仔不让我告诉你，但这种事儿哪里瞒得住。"

扶岚沉默片刻，把黑猫扔给他，走进了被戚隐冻成冰窟的山洞。冰层在他脚下咔嚓咔嚓响，冰花结上他的脚踝，又缓缓褪了下去。山洞里全是冰，冰凌倒吊在头顶，尖端莹莹发亮。他在洞穴的深处找到了戚隐，这个家伙蜷缩在角落里，像枯败的野草，冻得牙齿打战。

冷。戚隐脑子里只有这个字。他哆嗦着低头看手指上的冰花，把它们抹掉，不消得片刻又重新凝出来。太冷了，太冷了。他摩挲手指，对着手掌哈气，可哈出的气也是冷的。他忘了，他的身体没有温度。这样的冷让他想起吴塘的冬天，他总是穿姚小山不要的旧袄。棉花旧了，御不住寒，他对着大雪祈祷，明年有暖和的衣裳穿。

这时他听见了脚步声，熟悉的气息罩上了周身。他知道扶岚来了，瑟缩了一下，哑声道："别过来，我太冷了，别冻着你。"

扶岚没有答话，默默把他拉起来。戚隐的身体比平日还要更冷几分，像一个大冰块，从上到下冒着寒气儿。扶岚把自己的衣裳盖在他身上，一层一层包起来。衣裳暖暖的，残留着扶岚的体温。戚隐颤了颤结满霜花的眼睫毛，抬起眼来看他。

扶岚轻声道："弟弟不冷，我帮你暖。"

金红色的岩浆在远方涨涨落落，戚隐趴在合抱粗的花茎上极目远望，地下森林几乎没有尽头，入目皆是奇异高大的花木，说不出名字，色泽艳丽．抬头看，穹庐般的岩顶高旷空远，地火妖魈闪烁着赤荧荧的光，在岩石缝隙里爬进爬出。谁也不知这灵山底下的景观竟如此奇妙，若非有地火妖魈和蛇巫这些诡异的东西，他们简直以为误入了神境。然而他们已经跋涉了三天，仍不知该去哪里找那劳什子长生秘术。

## 第四十章　愚暗

这样一来，唯一一个办法就是回程去寻那些蛇巫，想个法子逮上一只，好生盘问盘问。想起那些黑鳞蛇巫，戚隐心中隐隐不安。先前看壁画，还以为只是这些神巫崇拜伏羲，故意把自己画成人首蛇身的模样。谁承想，它们竟然真的长这副鬼样子。按理来说，中原的神巫都是凡人，没有妖魔之属。难道这些神巫自己把自己下半身给截了，人为地续上了蛇尾？

太疯狂了。听闻上古神殿遴选神巫，皆是万里挑一。敢情不是按天赋才学挑人，而是谁脑子不正常就选谁。南疆的巫郁离，这儿的蛇巫，一个赛一个疯魔。

从花茎上爬下去，戚隐说了自己的看法，云知、戚灵枢和猫爷都点头赞同，扶岚蹲在大蘑菇上看风景，慕容雪和虞师师不需要表达意见，于是就这么敲定了。但蛇巫太多，他们人多目标大，想想还是分头行动更好。戚隐道："就我和我哥去吧，你们在这儿等着，以琉璃镜联系。"

"戚师弟，"慕容雪忽然举手，"有个地方，或许你们可以去试试。"

"什么地方？"大家都朝她望过去。

被大伙儿盯着，慕容雪颇有些不自在地挠了挠头，道："我是这样想的，罪徒是被神巫处罚的罪人，也就是说，他们与神巫是敌人。俗话说，敌人的敌人就是朋友。你们去逮蛇巫，他们不一定会开口，但或许那些罪徒会知道什么。"

"此言有理。"黑猫抱着爪子，老神在在地道。

戚隐摇了摇头："岩浆里的罪徒被我和我哥砍得七零八碎，难道我们划个船上去，到岩浆里捞他们的脑袋？"岩浆那么烫，脑袋没捞着，自己先成烤肉了。

慕容雪折了一根树枝，在地上画了一张地图："我和我师姐来之前，曾在一个墓室里遭遇蛇巫。墓室主人是一个黄金罪徒，我们藏身于他的陪棺中，才逃脱蛇巫的窥伺。当初我们觉得，蛇巫是忌惮他，不敢随意冒犯，才没有开棺捉我们。现在想来，或许是那位罪徒前辈有意震慑蛇巫，救了我们一命。"

"虽然有道理，"虞师师犹疑着道，"可罪徒这种东西不知脾性，不知如何应对。或许头一个扰他清静的，他睁一只眼闭一只眼也就放了，再来两个，说不定他一生气，就把来人都吞了。"

戚隐几个想起巫郁离那厮，都沉默了。的确，玄铁塑像里的罪徒已经够疯了，谁知道黄金棺里的会疯成什么样。

"可以一试。"扶岚忽然道。

那家伙一直蹲在大蘑菇上面发呆，大家还以为他没在听。

扶岚说："没有你们，打架比较方便，不用怕。"

他哥无论重活几世，这嘴都一样笨，一开口就得罪人。戚隐扶额。

果不其然，扶岚一说完，虞师师立马不乐意了，站起来道："你什么意思？你把话说清楚，你是不是看不起我们？"

"看不起？"扶岚目露疑惑。

虞师师气道："就是觉得我们灵力低微，跟你在一块儿，拖你后腿！"

"嗯。"扶岚诚实地点头,"看不起。"

虞师师浑身气血逆行,差点儿没当场晕过去。她袖子一捋,就要爬上蘑菇去和扶岚干架,慕容雪拼了死命拉着她,高喊戚隐快带扶岚走。戚隐飞身一跃,翻上蘑菇伞帽,背过身摆了摆手,道:"走了,回见。"两个人在高大的花木林中起起跃跃,不消片刻没了踪影。

原来待的地方空旷,不利于隐蔽。戚灵枢折了几个符纸小蜻蜓探路,选定一个地势高的山洞歇脚。这里的洞口狭窄,几乎是只容一人儿进来的一条缝儿,隐蔽得很。离岩浆远了,竟还有蓄积的地下湖。地势被湖水冲刷成了阶梯状,每一阶都有一个半圆形的小湖泊,像一个个小小的月牙儿。湖水从最高层一阶一阶倾泻下来,最后流进深层的洞眼儿。洞壁上凿了许多平台,搁着一列列小小的伏羲雕像,统统半睁着黄金做的瞳子,一副没睡醒的模样。

这儿看起来是蛇巫举行祭祀的地方,云知一看就摇头,道:"这儿不安全,祭祀之地,恐怕那些蛇巫会来拜伏羲。"

戚灵枢不答,手指在神像上轻轻一蹭,道:"灰尘很多,很久没有打理了,它们已经放弃了这个地方。"

"为什么要放弃这里?"云知摸着下巴。

"有蛇身干尸的地方也是如此。神殿破碎,神像积满灰尘,无人问津。"戚灵枢慢慢凝起眉心,道,"云知,我想我们一直误会了一件事。戚隐在神道壁画里看见伏羲大神的面容,但他也说伏羲大神面罩金光,难以辨别真容。为何这些蛇巫却知道伏羲大神的模样,并且将他画在了壁画之上。"

"你是说,壁画上那个'伏羲'并非伏羲,而是别人。"云知说。

"不一定,"戚灵枢道,"修建塑像,必定要刻画面目。古往今来,大神甚少降临凡间,不管是凡人还是妖魔塑造神像之时,难免加以想象。有时是凭空作画,有时是加以参照。譬如人间,不时有溜须拍马之辈以皇帝、后妃的面容塑造金身神像。或许,壁画上的伏羲酷似那个蛇巫,只是因为这些神巫在绘制壁画的时候,参照了它们大神巫的面容而已。"

"那这个同废弃的神殿又有什么关系?"慕容雪凑过来问。

"笨。"黑猫从云知的袖子里钻出来,"既然伏羲大神不曾降临,那么神殿荒芜,神像颓败,就意味着这些蛇巫放弃的或许并不是神殿,而是祭祀。"

"什么……意思?"慕容雪微微睁大眼。

云知长叹了一声,道:"意思就是,它们不再信仰伏羲大神了。"

"我觉得你们想太多了。"虞师师忽然靠近他们。

这家伙原本在半圆池子边上梳洗,毕竟是个女娃,爱干净,被那帮黑乎乎的玄铁罪徒溅了一身的血肉,早已忍耐不了了。她刚梳洗完,发髻还没梳好,一头黑亮的头发披下来,衬得脸儿有些苍白。

她一面挨得近了些,一面哆嗦:"那些蛇巫不要这个地方,或许只是因为这里

## 第四十章 愚暗

有脏东西。"

"脏东西？"黑猫一僵，立马钻进了云知的衣袖。

"你们看，那是什么？"虞师师朝洞穴深处指了指。

众人望过去，那儿靠近地下湖，虞师师方才梳洗的时候贴了几张灯符在壁上，金光虽然暗淡，却也足够照亮三尺远的路。在黑暗深处，一个影子立在灯符的光晕里，半身掩在岩壁后面。它的身板豆芽菜似的，细瘦伶仃，就那样歪站着，好像在偷窥他们。

虞师师道："我刚刚本来打算洗洗头发，才把头发放下来，就看见那东西。"她嗫嚅了下，咬咬牙，恨道，"要不然，咱们还是去找扶岚和那个白发男吧。虽然他俩都是混账，但他们确实……很强。"

正说着，云知忽然倒吸一口凉气，戚灵枢仿佛也意识到什么，脸色一下沉了下来。

"怎怎……怎么了？"慕容雪结结巴巴地问。

"你们觉不觉得，它的头有点大？"云知低声问。

大家再仔细看，那影子半颗脑袋藏在岩壁后面，看不分明，所以他们一直没发现。现在仔细一瞧，若把脑袋补全，它确实比一般人要大上一号。

谁都知道，地火妖魑上脑产卵，脑袋就会吹气似的变大。虞师师惊讶地喃喃："天爷，难不成是女萝姐？"

几个人面面相觑，昏暗的符光下，大家的脸色恍如金纸。云知说道："别瞎说，这儿地火妖魑这么多，没准是那些蛇巫中招了也说不定。"他拍拍慕容雪，"你和你的心上人在这儿等着，我跟小师叔过去看看。"

慕容雪和虞师师两个人脸腾地一下红了，饶是洞里昏暗，也瞧得出两人的脸颊红得滴血似的。慕容雪结结巴巴道："云知师兄，你……你……你别瞎说。"

"好好好，我瞎说的，不好意思。"云知笑嘻嘻地道。

黑猫从云知的领口钻出来，露出鬼火似的绿眼睛，道："要真是女萝，你俩怎么办？"

大伙儿都锯了嘴儿似的，静悄悄一片，只有地下湖哗啦啦的水流声不绝于耳。戚灵枢沉声道："行尸走肉，不可不除。吾等自当诵经超度，还她安宁。"

说完，他和云知二人直起身走过去。离那块石壁越来越近，两个人都屏声静气，唯恐惊扰了那东西。那大头人儿就杵在石壁后边儿，歪歪露出半截身子，也不动弹，直挺挺的，僵尸似的。戚灵枢和云知对视一眼，从旁边绕了过去。

这里头是个小点儿的山洞，火山岩上同样凿了许多伏羲神像，位置很高，统统半截身子，斜斜从石壁里伸出来，仿佛是从岩石缝儿里钻出来的似的，黄金眼半睁着，似乎正盯着他们看。被这些神像注视着，多少有些不自在，云知不再看它们，捻起灯符往大头人儿那一送，符光照亮一片地，才瞧清楚那东西的模样。

不是女萝，原是个已经死透的蛇巫。

蛇巫的后脑勺被妖魈寄居过，头发几乎掉光了，露出被撑得几乎透明的头皮。妖魈已经不在了，估摸是吃光了它的脑子便走了，留下这么一具空心大头尸。这蛇巫赤着身子，一条粗壮的蛇尾盘在地上，粗粝的黑色鳞甲打了蜡似的，盈盈流光。

云知和戚灵枢蹲下来，用剑鞘挑了挑它的身子，看有没有什么剩余的妖魈。若是有，这尸体还是烧掉的好。

举着灯符瞧了半天，云知心里总有种不舒服的感觉，蹙着眉心打量许久，从蛇尾看到脸盘子，脑子忽然灵光一闪，道："小师叔，你看这家伙的脸，我们是不是在哪儿见过？"

戚灵枢听了，用剑鞘挑起那蛇巫的下颌，点点头道："确是眼熟。"

"莫非又是哪幅壁画上画了它？"黑猫从云知的袖口里爬出来。

"不……"云知缓缓摇头，盯着那蛇巫不眨眼。青白色的脸颊，长了些许尸斑，五官笼了层阴影，有种说不出的狰狞。云知慢慢想起来了，惊讶道："我说在哪儿见过呢。他是钟鼓山的弟子，虞临仙的手下。"

之前神殿坍塌，大伙儿都滚了下来，许多弟子不知滚到了何处，现在好不容易逢着一个，怎么变成蛇了？云知和戚灵枢面面相觑。

"大约和神殿那具干尸似的，被蛇巫逮着，活活切了下半身，缝上了蛇尾。"黑猫说。

难保认错，云知探出身想叫虞师师他们过来认认，毕竟是同门，他们一定熟悉。谁知前方漆黑一片，静悄悄的，半个人影儿都没有。

人呢？

戚灵枢伸手挡了挡云知，魔气贯体而出，在周身潮水一般翻涌。他低声道："有古怪，从现在开始，不要离开我超过三步。"

"放心，我一步都不离开。"云知上前一步，紧紧贴在戚灵枢手边。

戚灵枢："……"

这两人比起来，还是戚灵枢更靠谱些，黑猫往戚灵枢身上一蹿，钻进他的衣领。这是他往日跟着扶岚总结出的经验，到危机四伏的地方，还是待在最厉害的人的身上最安全。

两人一猫查看外侧山洞，没有打斗挣扎的痕迹，地下湖里也没有人影儿。就算有打斗，他们离得不远，不可能听不见。云知找出更多的灯符，悉数点燃，让山洞变得亮堂起来。这时他们看见地上的脚印，没有出去的脚印，只有进来的。

云知纳罕道："天爷，他俩是凭空消失的？"

"还有一个坏消息，"戚灵枢脸色很难看，"洞口消失了。"

云知一个激灵，高高下下摸寻洞壁，硬是没找着那一条出去的窄缝儿。里头没有出路，他们被封死在里头了。

这真是奇了怪了，那俩货是怎么消失的？这洞里也没什么传送法阵，更没什么机关暗道。他们刚刚进洞不久，脚印还很有限，把有脚印的地方都查看过了，没发

## 第四十章　愚暗

现什么不寻常的地方。

戚灵枢的眉心几乎蹙成了一道缝，魔气在周身翻卷，额心上的心魔印像一朵鲜血点就的花钿，眉心多了一道红，衬着细白的脸皮子，顾盼流转间自有一种浑然天成的美感。可云知无心欣赏，这厮分明是心境不稳，很难挨的样子。云知拍拍他的肩膀，道："小师叔，别着急嘛。"

魔气吞噬他人血肉以提升自己的灵力，这种凶恶的修炼之道虽然进境颇快，却是步步深渊。云知并不赞同他动用魔气，然则有时情非得已，不得不用。进入伏羲神殿才多久，他身上的邪气厚重得犹如一团乌云。戚灵枢摇摇头，道："无妨。"又道，"脚印不对。"

"怎么？"云知问。

"多了两个人。"戚灵枢用剑鞘点那些脚印，"这是你的，这是我的，猫爷一直待在我们身上，没有下地，没有它的脚印。除却我们两个，这里还有四对人的脚印。"

"……不是多了两个人，"云知修正道，"这四对脚印有两对是重复的，是慕容雪和虞师师的。难怪没有出山洞的脚印，因为这两个家伙是倒退着出去的。洞口在他们出去之后消失，把我们困在了这儿。"

"嗯，"戚灵枢指着其中两对脚印，"脚印清晰，每一步的间隔距离都不长。这说明他们步子很稳，每一步停留一定的时间。他们走得很小心，不想发出声音。为什么？"

"当然是怕惊动我们。"黑猫哼道，"依老夫看，咱们被这对狗男女给阴了。他们定是用了什么邪门的术法，把洞口给封了。气煞老夫，我们好心带着他们，他们却恩将仇报！"

"猫爷，不要把人想那么坏嘛。"云知给它顺毛，"我想是另一种可能。他们或许看到了什么东西，判断我们三个有危险，凭着他们俩低微的灵力，爱莫能助，只好先逃之夭夭，去找黑仔帮忙。"

"他们到底看见了什么？"戚灵枢低声问。

云知朝那具蛇尸努努嘴："这倒霉鬼死在洞里，它当然最是清楚。"

又重新回到那蛇尸的面前，金黄色的符光罩在脸上，每个人都戴上了一个金面具似的，眼角鼻下俱是浓重的影儿，总有种阴沉的感觉。云知蹲下身，目光在蛇尸上扫过，想找到什么线索。忽地眼皮子重重一跳，云知蓦然发现，这人的腰间并无缝补的痕迹。

也就是说，它这蛇尾是自己长出来的。

这怎么可能？！

云知以为自己眼花了，凑近了仔细瞧。他离那蛇尸太近，戚灵枢略略皱起眉，刚想提醒，只见地上青白的蛇尸啪嗒一下直挺挺地坐起来，和云知脸贴着脸。

一路疾行，顺着冰冻的峡谷爬回窟窿。这里被戚隐冻得结结实实，寒气儿仿佛能沁进心窝里。可戚隐高兴，因为扶岚在身边。狭窄的小天地里就他们两个人，扶岚在前头，他跟在后头，像无边荒野里两只一起爬道儿的小蜗牛。

"是三个人，白痴。"白鹿声音响在耳侧，"有个事儿小爷必须提醒你，你要时刻谨记你这具肉身还住着我，你做的所有事儿小爷都能看见，你的想法小爷也能听见。"

"你闭嘴。让我暂时把你忘了，好吗？"戚隐没好气地道。

蓝汪汪的心海里，白鹿翻了个白眼，侧过身漂在水上，打起了盹儿。

他们按着慕容雪的地图，爬到墓室洞口。虞师师乱七八糟的符咒还贴在那儿，戚隐揭了黄符，小心翼翼下到里头。斗室里静悄悄没个声儿，黑暗笼着那具沉重的黄金棺，说不出的压抑。

戚隐和扶岚对看了一眼，戚隐走过去，拜在黄金棺面前，一字一句道："晚辈戚隐，受云梦神女所托参拜神殿，探寻长生秘术，还望前辈指条明路。"

黑暗里静了半晌，一点声儿都没有。

戚隐朝扶岚做口型："撬棺材板儿试试？"

腰后刀囊的黄金刀缓缓出鞘，露出一截水银似的刀身。

就在这时，黄金棺板儿缓缓挪开了一条缝儿，一个老迈的声音从里面传出来。

"后面站着的小孩，上前来。"

扶岚应声走近，在棺材面前蹲下。他垂下眸子，瞧见阴暗的缝隙里有半张枯槁的脸，深凹下去的眼窝黑漆漆，没有光彩。

老人空洞的眼眶子凝视扶岚半晌，忽然笑了笑，却朝戚隐道："白发小孩儿，把你的黄金刀收回去。吾虽为罪徒，好歹也有几千年的道行，非汝可比。"他略顿了顿，复道，"你们很不错，进来这么久了，竟然还未畸变。"

"畸变？"戚隐问，"前辈何意？"

"看看你们的腿脚。"

戚隐和扶岚掀开裤脚，登时一愣，只见脚踝上面长出了黑色鳞甲，像一层又薄又硬的癣。戚隐用力拔了一片，登时钻心地疼。

"这什么玩意儿？"

"这是吾神的诅咒。"老人淡淡道，"进到这里的人都将化为黑蛇，永居地底，不见天日。"

伏羲的诅咒？戚隐震惊不已，伏羲大老爷这是什么癖好，自己过得寂寞，要大伙儿都来陪他吗？

"因为长生秘术吗？"扶岚轻声问。

"不错。"老人道，"你们见过巫即明了吧。他是我们的大神巫，威严尊贵，就连壁画上的伏羲像都以他的面容临摹。可惜他走错了路，妄求长生秘术，违逆天道，触怒了吾神。大神一怒，天崩地裂。灵山地震，伏羲神殿陷落山中。所有神巫被诅

## 第四十章　愚暗

咒，成了那等不人不鬼的模样，先是两腿成为蛇尾，然后失去言语的能力，最后丧失神志。而吾，竟因为阻挠巫即明，早早被制成了罪徒，倒是逃脱了这个诅咒。"

巫即明，这个名字在哪儿听过。好半天戚隐才想起来，是云梦神女说过他。她说此人得到长生秘术，称这是伏羲大神的恩赐。敢情这不是恩赐，而是道催命符。戚隐不知道说什么好，只问："此咒可有解？"

"不可逆，无可解。"老人道，"除非你同吾这般，成为罪徒。"

"那你可知道有没有办法见到伏羲大神？"

老人冷笑了一声："你高高的个子，却长了个驴脑袋。吾若有办法，何须困守在这黄金棺中千年之久？"

戚隐："……"

扶岚道："不许骂我弟弟。"

"年纪轻轻，何必送死？也罢，且看你们能走多远吧。"老人阖上棺材板儿，闷闷的声音从里头传出来，"要寻长生秘术，便只管往下走，往深处走，到幽厉地渊去，灵山的最深处。哪里长满风一吹便成灰烬的花儿，哪里就是你们要去的地方。"

戚隐和扶岚一同对黄金棺长揖，棺材板儿吱呀一声缓缓合拢，斗室里又恢复冷冰冰的寂静。这老头儿人倒是不错，可惜没问得他的名讳，以后说不定能给他烧些纸。看他这模样，也不是想要多聊的样子。不知为何，戚隐总觉得这老头儿认识扶岚似的。他口中所谓风一吹便成灰烬的花儿，不正是白鹿提到过的扶岚花吗？戚隐记得白鹿说过，月轮天上有许多这种花儿，正因为它只在神境中生长，常被看作是神祇的象征。南疆神巫甚至在胸前刺神花文身，以表达赤心奉神。

神花扶岚，同长生秘术到底有什么关系？

他们退出斗室，到了外头。那老头儿不说还不觉得，这一说出来，戚隐就总感觉脚踝麻麻痒痒的，问白鹿有没有法子解开诅咒，白鹿吊着一双三白眼，一副别指望爷的表情。这厮成日在他心海里呼噜呼噜闷睡，就没有靠谱过。

扶岚见他蹙着眉心，问道："还疼吗？"

戚隐一愣，刚想说没有，话到了嘴边不自觉拐了个弯儿："疼，脚疼。"

扶岚呆了下，静静地瞧着他，黑而大的眸子看着有些呆。他就这样默默地不说话，让人猜不透他心里在想什么。过了半晌，扶岚轻声道："小隐，你总是觉得我很笨，其实你自己才笨笨的。"

脑子里嗡的一声，戚隐有些脸红。这是被他哥察觉了。五十年的陈年老瓜不如二十六年的青瓜蛋子那么天真好骗。

第四十一章

余哀

云知还在查看那蛇尸的腰侧，便闻背后剑风呼啸，凛冽的寒霜袭背而来，紧接着是黑猫大吼"小贼当心"。云知迅速矮身，刹那间浑身的骨骼像化去了一般，整个人缩着滚到一边，将将避过那惊雷般的一斩。抬头看，那躺在地上的蛇尸已经被拦腰斩断。

戚灵枢身上的魔气涨涨落落，仿佛是他沉重的呼吸。云知心中大骇，黑猫蹦到一旁，对着戚灵枢龇牙耸背。这个素日里高寒如山上雪的男人已经完全变了，墨黑色的瞳子闪烁着血色红光，赤荧荧地发亮，额心上的心魔印无比妖异鲜艳，恍若怒放的红莲。

"我的娘啊，"云知骇然道，"这还一大堆破事儿呢，小师叔你别疯啊！"

他缓缓抬起眼，注视云知的眼神嗜血又冷漠，一字一句道："妖邪，当诛。"

"哈？"

他怎么就成妖邪了？他们这一帮人，只他专修御剑诀，最正派的就是他好不好？

还没明白过来，黑暗中尖锐的一声鸣响，霜寒剑气倏忽便至，云知兜头便逃，在狭窄的山洞里被戚灵枢追得上蹿下跳。这小子早不疯魔，晚不疯魔，偏偏这时候疯魔！戚灵枢立在符光里，素白的袍袖飞扬，魔气在他周身暴涨，恍若有妖魔在他身后巍然站起。

剑光携裹着魔气，潮水一般朝云知涌来！

云知咬牙避让，右臂不经意触碰到一点儿，登时火烧火燎般地疼，举起手来一看，偃木已经烧灼了一大片。魔气破坏了他的偃木手臂，灵力时断时续，握剑都困难。这下真是要了命了，云知一面绕着圈子跑一面大吼："猫爷，想个办法！"

"琉璃镜扔给老夫！"黑猫大叫。

"不行，"云知吼道，"黑仔他们太远了，等他们回来，咱俩尸首都凉了！"

云知又气又急，脚尖点地旋身，问雪剑擦身而过。有悔从袖中滑出落入掌心，凄冷的剑光在空中相撞，银光雪花片一般四溅纷飞。魔气层层叠叠裹着戚灵枢，他面容阴郁似鬼。云知牙齿几乎咬碎，心想，这小子这么麻烦，不若杀了他了事！这凶恶的念头一出，心里蓦然一惊。他怎么会想要杀小师叔？！

抬眼看，黑猫的身形已经开始暴涨，獠牙一寸寸伸长，变得锋利无比。它这是

## 第四十一章 余哀

要动杀招了！云知迅速捻了个咒对着黑猫射出，金光缠绕上黑猫的身躯，它怒吼了一声，身形不得已地重新缩小。

这地方不对劲，云知心思急转，重新凝聚剑气，分出数十道璀璨的剑影，格挡上戚灵枢扭曲如电的剑光。问雪和有悔迎面相撞，纷纷扬扬的剑光炸开，山洞里霎时亮了一瞬。就在那一瞬，云知看见四壁的神像不知何时已经睁开了眼，黄金眸直勾勾地注视着他们，仿佛在旁观这一出自相残杀的好戏。

原来是这神像捣的鬼！难怪戚灵枢自进洞以来魔气不稳，想必这黄金眸里藏了什么不为人知的巫术，能让人看见幻象，丧失理智。云知掉转有悔，剑影绕着四壁疾行，所有陶土神像四分五裂，噼里啪啦碎成粉屑。

"小贼，你捆老夫做什么？！"黑猫破口大骂。

没工夫搭理它，云知左右手同时画符，金光在他的双手间越发耀眼，璀璨的符纹犹如藤蔓生长，勾勒缠绕，迅速成形。他断喝一声，两重封印咒同时施加在戚灵枢身上，魔气受阻，疯狂地涌回戚灵枢的身躯。但他没有挡住戚灵枢的剑，戚灵枢握着问雪，剑尖凝着一点青光，穿过汹涌的魔气，没入云知的左肩，再从云知肩后穿出，将他生生钉在了石壁上。

鲜血顺着血槽滴落，绵密的痛楚瞬时蔓延四肢百骸，云知半个身子都麻了。

"我真是上辈子欠你的。"云知疲惫地吐出一口浊气。

偃木右臂的灵力完全断了，木臂上的符纹死气沉沉，抬不起来。云知一咬牙，顺着剑刃向前一挺。他颤抖着靠近戚灵枢，鲜血抹了一半的剑身。戚灵枢头痛欲裂，面前的光影扭曲交叠，影影绰绰显露出云知苍白的脸。

"醒一醒吧，小师叔。"云知忍着剧痛抬起左手，在戚灵枢的眉心画下一道静心符。

金光潋滟一闪，没入那道红莲一般妖异的心魔印。心魔印的光芒暗淡了下去，戚灵枢的眸子渐渐恢复了神采。他愣怔地低下头，看见自己手里的沾满血的剑和云知血红的肩头。

浑身的血好像在那一刻冷了，戚灵枢好像浸入了冰窟。眼前人半边身子落满了血，他的剑、他的手，处处都是云知的血。他的心像被死死扼住了，一口气憋在心头，喘不上来。

"云知……"戚灵枢翕动着唇，语不成调地唤他。

"神像的眼睛有问题，你中了巫诅幻术。数三下，你拔剑。"云知喘了口气，见戚灵枢惨白的脸，揶揄着道，"这次你人情欠大发了，趁我还没缓过来，你赶紧想想怎么赔我。"

他竟然还有心思调笑。戚灵枢的手是冷的，僵硬如铁。

戚灵枢闭了闭眼，强自安定心神，哑声道："一、二、三！"

问雪唰地一下拔出，云知痛叫一声，一下软倒在地。戚灵枢撕下自己的衣裳帮他包扎。洞口忽然嘭的一声巨响，仿佛天崩地裂，整个山洞都震了震。巨石滚落，那完整的石壁被炸开一个口子，亮堂堂的光透进来，戚隐和扶岚从光里走进来。他们是循着戚灵枢留下的标记来的，原还想着戚灵枢怎么寻了片这么隐蔽的地方，连个洞口都没，一转眼便瞧见符光里的云知，脸色白得像蜡，简直像一个血染过的纸人。

戚隐一惊，问："怎么回事？"

戚灵枢扶着云知，失了魂儿似的一声不吭。

"蛇巫来了。"扶岚一侧耳，忽然道。

"我们炸洞的动静太大了。"戚隐道。

"不是，不可能这么快！"黑猫被捆仙绳捆着，毛毛虫似的扭过来，"是神像，那些是蛇巫的巫蛊偶，它们原来一直透过黄金眸窥视着咱们！别说了，快逃。小贼这个模样，咱们不要硬拼。"

四面八方都是心跳声，遍布花木丛林，其中有一个强劲如鼓的心跳声，在诸多心跳声之中十分明显，恍若星昼丛火中的烈焰。定是那个巫即明。戚隐没有同他交过手，不知此人道行深浅。这厮是大神巫，和巫郁离一个职位，想必十分难缠。云知还伤着，确然是走为上策。

"巫即明打南面来，我们从北面突围。"戚隐道。

"不，"戚灵枢开了嗓，声音很沙哑，像含了口沙子在喉咙里，"这里有地下湖，想必水系连通，我们走水路。"

"那两个拖油瓶呢？"戚隐问。

"没时间管他们了，我们先走再说。"黑猫急道。

扶岚率先下水，戚灵枢背着云知在中间，戚隐带着黑猫殿后。大伙儿下了水，顺着水流向深处潜。地下深处的水冷得慌，凉丝丝的寒气透过辟水结界沁着骨头。水底茫茫，看人都是蒙蒙的一片。扶岚摸到一方裂口，放出小鱼为他们引路。青鱼的微光在水底一闪一闪，所有人跟着小鱼向裂隙深处泅。

终于上了岸，不知是何处，山岩斜斜向上延伸，半蹲着头就能挨着顶，像是一个山体裂缝。无数发着光的小花儿从岩石缝隙里钻出来，花蕊轻颤，点点荧光像星子似的，能将将照出半边人脸。

这会儿才有工夫好好检查云知的伤，问雪剑的剑气太重，肩胛骨裂了条缝儿。扶岚将灵力探入他的经脉，试探着用苏生术，毕竟不熟悉他的脉络分布，略略止了血便抽出了灵力。戚灵枢弄了点灵药涂上，暂且帮他缓解了一下疼痛。

伤及骨头，他这左臂日后怕是不能提重物了。戚隐心里叹气，这厮当真是命途多舛，原本就废了一条右臂，现在左臂又出了岔子。

云知的偃木右臂被魔气弄废了，他朝戚隐抬抬下颔："黑仔，掏我的乾坤袋。"

戚隐伸手一掏，取出一条灰扑扑的木头手臂来。

云知一笑："幸亏我早有准备。这回出山，爷带了一百零八条手臂，断一条换一条。来，给我换上。"

## 第四十一章　余哀

戚隐："……"

水声潺潺，地底静悄悄，这地方隐蔽，蛇巫的心跳也迟迟没有响起，他们暂且安全。戚隐把老神巫说的伏羲诅咒告诉他们，大伙儿撩开自己的裤腿一瞧，果然都有黑鳞。黑猫通体漆黑，那黑癣才一直没被发现。

这咒没法儿解，伏羲大神又不知在何处，气氛登时有些沉重，大家都噤了声。戚隐拿琉璃镜联系慕容雪，半天没有反应，也不知道那两个家伙到底怎么回事。外面有蛇巫虎视眈眈，他们暂且出不去，只好等蛇巫散了再说。黑猫窝在扶岚怀里，眼皮子打架，渐渐打起了闷雷般的小呼噜。呼噜声伴着水声，像一首怪调子的小曲儿。

戚灵枢垂着眸，忽然对地上的云知道："云知，下次我若再迷失心智，一剑杀了我便是。"

"我才不干，"云知说，"到时候我就把你锁笼子里关起来，旁人疯疯癫癫面目可憎，小师叔不一样。小师叔疯魔起来，赏心悦目得很。"

戚灵枢闭了闭眼，涩声道："我真的很讨厌你，很讨厌，很讨厌。"

刚为了他受这么重的伤，到头来还要被嫌弃，当真是挺伤人的。幸好云知这厮脸皮厚如城墙，咧着嘴笑："不巧，我和你不一样。"

洞穴里默了半晌，只听得水声潺潺。扶岚阖目小憩，戚隐在他边上打坐。这里潮湿，冰凉的水汽寒着后脖颈子，他们像坐在一个水缸里。

戚灵枢阖目打坐，琉璃镜忽然一亮，大约是慕容雪他们终于找来了。戚隐开了镜，果然瞧见那两个拖油瓶。镜面里没什么光，一片漆黑朦胧，这俩人脸色僵硬，上了蜡似的，一见戚隐便问道："戚师弟，云知师兄他们有危险。"

"我知道，现在已经没事了。"戚隐把镜面对向云知和戚灵枢，戚灵枢打着坐没动弹，云知朝他们吹了声口哨。

"没事就好、没事就好，"慕容雪额头冒冷汗，"先前我们见洞里雕像都睁开了眼睛，怎么喊二位师兄都没有反应，定是中了什么邪门的幻术，只好先行退避，想法子来找你和扶岚公子，可是……"

"可是什么？"戚隐问。

慕容雪道："这四面都有好些蛇巫，我们没法走了。我们找了个地方躲着，你们出了洞，向西面走两千步左右，这里临着一条深沟大堑，很容易找到。戚师弟，你们能来同我们会合吗？"

果真是俩拖油瓶，但也没法子，横竖是两条性命。就算戚隐不想搭理他们，小师叔和云知也不会坐视不管。戚隐淡声道；"可以，你们别动，我们一会儿就到。"

正要关镜，戚隐在镜子里看到了个东西，眼皮子重重一跳，心里寒了三分。

"喂，你们两个那里没什么事儿吧？"戚隐忽然问。

慕容雪和虞师师都是一愣，怔怔地摇头。戚隐说了声"好"，按下镜子。

"怎么了？"云知看戚隐脸色不对，问道。

577

戚隐扭过头，瞧见扶岚已经睁开了眼，一双黑黝黝的眸子沉静无波。戚隐问道："哥，你也看到了，对不对？"

扶岚点点头。

"他俩有大麻烦，很可能已经被什么东西控制了。"戚隐对云知和戚灵枢说，"我不清楚是什么玩意儿，看模样凶得很。他们叫我们过去，很可能是请君入瓮。狗贼现在还伤着，怎么样，要不要去？"

"到底什么玩意儿？"云知艰难地支起身来，"你俩都看到了什么？"

"他们那儿太黑了，我看得不是很清楚。"戚隐拧着眉头，"虞师师的头发下面，两边肩膀上，好像搭着两只手。"

风起了，无数虾子红的花木翻起了汹涌的火潮，轰轰烈烈地烧将出去。可惜地下昏暗，只能看见妖虺附在树上的光，灼灼的赤色，仿佛是星星的火焰，连缀成千千万万上上下下波动的线条。虞师师身体僵直，大袖底下拳头紧握，指甲几乎掐进肉里。她在颤抖，浑身起着细密的战栗。肩后有一根冰凉的手指，划过她的脖颈后面，从一边肩膀溜到另一边。紧接着，一张惨白的怪脸从她耳后转出来，直勾勾盯着她的眼睛。

"你别动她！"慕容雪咬着牙喊道。

怪脸嘴巴一张，分叉的舌头从细红的嘴巴缝里溜出来，对着虞师师的脸庞舔舐。这个怪物开了口，嗓音嘶哑，仿佛有沙子在喉咙里滚动："臭小子，她是老夫的徒儿，老夫养育她十几年，她以身相许来报老夫的养育之恩，理所应当。"

他已经完全变了模样，脸颊癯瘦，两侧的颧骨高高突起，眼窝却深深凹了下去，蜡白的面皮子盖在面骨上，像一张几乎透明的皮肉面具。他的下身不再是两条腿，而是粗壮的黑鳞蛇尾，盘在虞师师的腰上，越缠越紧。

虞师师难以想象，她的亲师竟然变成这副模样。她和慕容雪刚从山洞里退出来，便碰见了这个怪物。起初还没有认出来，直到他用沙哑难听的声音喊她"徒儿"，她才意识到这是她的师父——虞临仙。

"你们两个呆头鹅。"虞临仙嗞嗞笑起来，他已经完全是一条蛇了，那吐着舌头笑的模样更像是蛇学人，而不是人肖蛇。他舔了舔嘴唇，道："那个叫戚隐的小子，老夫从他来的时候就注意他了。生了怪病白发银眸，谁会信？神殿塌方的时候，老夫亲眼瞧见他那条断了的手臂完好无损。身上明明没有妖魔之气，却有妖魔的能力。这个小子身上，一定有不同寻常的秘密。比起迢迢无影踪的长生秘术，倒不如吃了这小子的心脏血肉来得方便。"

他俯下身，用枯槁的手指勾勒虞师师的脸颊："放心，届时为师一定分你一杯羹，你我师徒共成大道，长相厮守。"

"我呸，"虞师师气得发抖，"我就是生疮流脓烂脸，也不要嫁给你！"

虞临仙狠狠扇了虞师师一巴掌，虞师师被掼在地上，呕出一口血来。慕容雪目

## 第四十一章　余哀

眦欲裂，用尽全力冲击定身咒，可经脉里的灵力就像在撼动一块坚固的铁板，一点用也没有。

虞临仙恶狠狠地道："你以为这由得了你？你那几个师姐都早已从了，就差你这个小的。把你捧在手心里十几年，现在该是你报答我的时候了！"

"师姐……"虞师师流着泪道，"你还羞辱了师姐？！"

"怎么，你还可怜她们？"虞临仙笑道，"得了吧，傻孩子。你素日以为你那大师姐最疼你，可其实她吹我的枕边风吹得最勤。她说你大了，心留不住了，趁早要了你才是正经，否则你的元阴教人偷走，我这十多年的工夫岂不是送给他人做了嫁衣？我怜你小，身子娇弱，才没有动你。试想，一众师姐妹独你冰清玉洁，她们都嫉妒得牙痒痒呢。"

"我要杀了你，我一定要杀了你这个怪物！"虞师师咬牙切齿。

"怪物！"虞临仙表情变得狰狞，他低头看着自己的蛇尾，癫狂道，"我也不知道……我也不知道为什么会这样？这个邪门的地方，早知道就不来了！"他蓦地扭头，看见虞师师白洁的脖颈子，吐了吐分叉的舌头，"怪物？你叫我怪物？老夫就让你尝尝怪物的滋味儿！"

他发了疯似的扒虞师师的衣裳，虞师师尖叫起来。

慕容雪大吼道："虞临仙，你别碰她！"

虞临仙充耳不闻，虞师师的衣裳被撕裂，露出水红色的主腰，上面绣了含苞待放的菡萏，衬着白花花的臂膀，像淌了水的玉，映丽生光。虞临仙双目赤红，简直疯了。蛇诅在一步步消弭他的神志，如今他的行动有一半全凭本能。他吐着分叉的蛇芯，不管不顾地撕扯虞师师的衣裙。

慕容雪急得满头大汗，心里像有热油在煎熬，来不及多想，吼道："她是我的妻子！你不能动她！"

"你说什么？"虞临仙蓦地转过头，阴恻恻的眼睛直瞪着慕容雪。

"我们已经行过周公之礼了！"慕容雪直视他的双眼。

"你撒谎！"虞临仙脸色铁青，"这小丫头片子向来骄傲，怎么会看上你这等无名之辈！"

慕容雪心思急转，喘着粗气道："还有，一会儿戚师弟他们就来了。戚师弟耳聪目明，听辨心跳呼吸不费吹灰之力。我劝你还是早些躲起来，免得偷鸡不成蚀把米！"

这话倒是有理。虞临仙看着衣裳凌乱的虞师师，心里像有猫爪子在挠。也罢，不能为小事误了大事。他的理智稍稍回笼，把地上两个家伙的手反绑在身后，拖往悬崖边，又在前方空地布下锁足阵。一切准备妥当，他伸出芯子舔了舔虞师师的脸蛋："乖徒儿，好好在这儿等着。"便心满意足拖着蛇尾走了。

四下里一片黑，花木影子如像鬼影幢幢。虞师师斜躺在地上，脸颊贴着湿黏黏的泥，涕泪糊了满脸。过往十六年的师徒情谊都成了空，她心里的悲戚像一条条冰冷的小鱼，贴着经脉游遍四肢百骸。

慕容雪和她背对着背，肩背碰着她的蝴蝶骨，她被撕了衣裳，隔着一层薄薄的布料，能感受到她细腻的肌肤。慕容雪不知道要说什么好，她一定很难过。虞师师在他眼里一向是个骄傲的仙子，被一众师姐宠爱，师父也抬举她，什么好的都紧着她用，没有吃过苦，没有遭过罪，养就了她无法无天的性子。擂台上旁人都知道点到为止，手下留情，独独她脸蛋一扬，一脚把同门师兄踹下了拭剑台。慕容雪不敢说话，对这样骄傲的人，安慰是刀子，同情是甩在她脸上的巴掌，他不能说话。

好半响，他忽然听见虞师师哽咽的声音："慕容雪，我不会喜欢你的，你救了我我也不喜欢你。"

慕容雪低下眸，小声说："我知道。"

"死了也不喜欢你。"虞师师又说。

慕容雪叹了口气："死了就没办法喜欢人了，师姐。"

"你说我们会得救吗？"

"会的。"慕容雪说，"一定会的。戚师弟那么厉害，你师父不清楚他们的实力，他打不过戚师弟。"

又是一阵沉默，虞师师开了口："慕容雪，这是你的本名吗？你的道号是什么？"

"嗯，"慕容雪目光悠远，陷入追思，"我道号长白。师尊说'昆仑山上雪，渺渺长飞白'，我们要像昆仑的雪一样，心境澄白，以求大道。"

"真好，"虞师师吸了吸鼻子，道，"我的道号是林疏，是我小时候翻经簿自己取的。以后我就叫这个名字，我不叫虞师师了。那个淫贼给我取的名字，我不要。"

两个人背对背躺着，都不再说什么了。寂静像无声的水潮，将他们浑身浸了个透。地下热，两个人都汗流浃背，又是被反绑着，好像两条快要熔化的虫子。虞师师眼皮子打架，越来越困。不知过了多久，在她快要睡着的时候，身上忽然罩上一件破旧的黑色衣袍，一股冰冷的气息顺着衣袍沁进她的骨肉里。虞师师打了个寒战，一下醒了神，睁开眼，便瞧见戚隐几个人御着剑从天而降。那个白发男人最显眼，他只穿了一层中衣，蹲在剑上低头看他们，白发在淡青色的剑光中，几乎透明。

虞师师看见他们，欣喜和委屈交织在一起，泪水在眼眶里打转。她是头一回觉得这个怪模怪样的男人这么俊，简直像个踩着祥云的天神。

戚隐叉着手，不耐烦地道："你们两个怎么回事？在这儿苟且到一半被人算计了？"

虞师师：她收回刚刚的想法！

慕容雪想要提醒他们地上有阵法，嘴忽然张不开了。他意识到这是虞临仙那个老家伙的禁言咒。他急得满头大汗，只能眼睁睁看着他们挨个进阵。戚灵枢朝云知伸出手，云知汗颜道："小师叔，我伤的是手不是腿。"

戚灵枢没吭气儿，不由分说，将他背了下来。

## 第四十一章 余哀

慕容雪将全身的力气使到嘴巴上，想要张嘴说话，嘴唇剧痛无比，像要硬生生崩个口子出来。戚隐看也不看他，只觍着脸对扶岚道："哥，我也要背。"

扶岚把怀里的黑猫放在地上，把戚隐背了下来。

慕容雪心道完了，果然戚隐方落地，地上金光一闪，潋滟的灵力光辉犹如细细的水流交通贯连，将四人一猫团团围住。锁足阵启动，金色的幂篱笼罩周围，他们几个在里头，犹如瓮中之鳖。四个人都露出吃惊的表情，虞临仙慢条斯理地从丛林里挪了出来。

"好久不见，几位小友。"虞临仙阴恻恻地开口。

云知好半天才认出这厮，纳罕道："也不是很久吧，前辈，怎么这么会儿不见，你就串种了？"

"少跟我饶舌！"虞临仙怒道，"想活命的话，白发的小子，把你的心交给我。"

"我的心给我哥了。"戚隐面无表情地说。

虞临仙一愣，旋即反应过来，冷笑道："甭给老夫甩片汤话，你知道老夫要的是你的心脏。'心者，精之所舍'，妖魔与凡人有异，全在于心脏不同。只要吃了你的心，吸了你的血肉，老人便可荣登大道！"

戚隐默默瞧着虞临仙，银灰色的眸子铁一样冰冷。慕容雪心急如焚，使劲儿仰着脖子看戚隐那边，却不自觉讶异了一瞬。之前见戚隐，并不觉得他有多么凶恶，只觉得除了长得与旁人不同之外，也是个实实在在的少年人；如今看，他的眼底仿佛铺了一层雪，霜寒冷峻，杀气腾腾。慕容雪蓦然明白，他从未真正认识过这个男人，他得到戚隐的善待，只是沾了扶岚和他那群同伴的光。

戚隐淡声道："说得不错，我的心是神心，和你腔子里那颗臭气熏天的猢狲心当然不同。"

"神心……竟是神祇的心脏……"虞临仙注视着戚隐的胸脯，十指癫狂地扭曲，"快给我，快给我！"

"哦？"戚隐微微眯起眼睛，"你真的想要？"

"你若不交出来，"虞临仙嗬嗬冷笑，指着慕容雪二人，"我便把这两个家伙扔下去。这下面是无底深渊，他们俩肉体凡胎，这一下去，只怕一路落进阴曹地府！"

戚隐很想说你徒弟死不死关我什么事，要杀快杀，我说不定还能帮你埋一埋。也罢，左右戚灵枢和云知在这儿，他不动手他们也会动手。

"行，给你。"戚隐说。

慕容雪在那儿红着眼，使劲摇着头。他没想到戚隐与他们素昧平生，竟能为他们做到如此地步。虞师师也愣在那里，这个白发男从来只对他那便宜哥哥有好脸子，对他们都爱答不理，可想不到，就是这个看起来不近人情只顾自己的坏家伙，竟然肯为他们牺牲性命。

戚隐举起匕首，正要剖胸，扶岚按住他的手，问："小隐，你不疼吗？"

"没事的。"戚隐安慰他，"反噬也很疼，我已经习惯了。"

"你干什么？"虞临仙瞪着扶岚，恨道，"你这个胳膊肘往外拐的混账，老夫给你几十两白花花的银子，不是让你来认弟弟的！"

"我不要银子了，我要弟弟。"扶岚沮丧地说，"银子买不到弟弟。"

心底有某一处被牵动，能有他哥这句话，他剖一百次胸也使得。戚隐拍了拍扶岚的肩，低语："哥，你瞧着，我的心可漂亮了。等会儿你找找，看里头有没有你。"

扶岚没怎么听懂，微微睁大眼睛："里面……有我吗？"

戚隐握住匕首，往胸中一送，鲜血喷涌而出，一团朦胧的银光从戚隐的胸腑中飘出。周遭的空气登时冷了许多，仿佛一瞬间进入了朔雪寒冬。花木上结了薄薄的一层霜，众人不自觉打起了寒战。所有人都目不转睛地盯着那颗小小的冷冷的心脏，拳头大小的一团光亮，晶莹洁白。

他们从未见过这样漂亮的心，无论凡人妖魔，心脏皆鲜血淋漓，血脉偾张。可这颗心不染鲜血，不沾尘埃，仿佛是远离尘世的星子，霜雪凝就，光华流转。大家忍不住止住了声息，眼也不眨地凝望那颗霜雪般的心脏，看着它静悄悄地悬在空中。

虞临仙狂喜地朝它伸出手，白鹿的心悠悠向他飞过去，落入他瘤节骨突的手掌间。虞临仙大笑着道："太好了，老夫今日便要白日飞升，成就大道！炼丹……老夫要炼丹！"虞临仙眼一瞥，直勾勾望住戚隐，"你的心给老夫炼了丹，横竖是不能活命了。不如干脆把你的血肉也交出来，充作老夫丹炉的薪柴！"

说完，他五指成爪，正要吸取戚隐的血肉，经脉忽然剧痛无比，手指开始凝出冰霜，霜花沿着手掌向上攀延，顷刻间布满整条手臂。手臂被冻得没了知觉，浑身上下都冷飕飕冒着寒气儿；身体开始结冰，经脉也被冻住，灵力凝滞，一点一点封冻。虞临仙大惊失色，道："怎么回事？怎么回事？！"

没人理他，戚隐抱着手臂，冷冰冰瞧着他。

他惶然四望，连蛇尾的黑鳞都冰冻了起来。他意识到症结在手中的霜雪神心，可他舍不得放手，这样璀璨的心脏，无边的灵力，无上的道法，都在这颗心里面！

这可是神的心脏啊……

蓦然间，一把刀从他的胸前伸出，浊黑的血流沿着刀槽淅淅沥沥往下淌。他疯狂的思绪戛然而止，慢吞吞地转过头，望见扶岚静若寒潭的双眸。扶岚将刀抽出，再次挥斩，这一刀尤其快，刀尖划出月牙般凄凉的圆弧，虞临仙捧着心的手掌被齐齐斩断，断口齐整光滑，却没有鲜血喷溅，因为他腕上的经脉已经完全被霜花冻住。

戚隐冷笑了一声："你以为神心谁都可以拿吗？连老子都被冻个半死，更何况你这等泥猪癞狗？"

"怎么会……怎么会……"虞临仙目眦欲裂，"是你算计老夫！"

"我没有算计你，虞临仙，"戚隐面无表情，"是你贪得无厌，自寻死路。"

白鹿的心重新飘回戚隐的胸膛，伤口合并，形成一条细细的红线，最后消弭无踪。白鹿的心脱离虞临仙的掌心，霜冻褪了下去，虞临仙后知后觉地感受到双手的

## 第四十一章　余哀

疼痛，厉声嘶号。戚隐皱了皱眉，嫌他太吵，一脚将他踹下了悬崖。虞临仙尖叫着跌下去，不一会儿就没了声儿。

云知解了慕容雪和虞师师身上的咒，笑眯眯道："二位，躺得可还舒服？"

慕容雪和虞师师都看愣了，半晌说不出话。

"虽然说一行人里面一定会有笨蛋，但说实话还是挺麻烦的。不知二位家财多少，好歹给我们意思意思嘛。"云知搓了搓手。

"师兄说得是，说得是！"慕容雪忙跪起来掏茄袋，刚拿出一锭金子，脚踝上忽然一紧，似乎被什么东西缠住。

底下响起虞临仙恶狠狠的声音："老夫死了，你们也别想活命！"

谁也没想到这老咬虫还能憋着最后一口气挣上来拉人，慕容雪惨叫着被捆仙绳拖着滚落悬崖，虞师师喊了声"慕容"，合身扑了上去，死死拽着慕容雪的衣袖，一块儿被拖了下去。云知离得最近，本想伸手救人，肩膀一动，一阵钻心剧痛，身子顿时麻了半边。

一切发生得太快，如兔起鹘落，稍纵即逝，一下子两人都没了。所有人愣在当场，面前空空如也，金子也被慕容雪带着滚下去了。黑猫懒懒打了个哈欠，咂着嘴醒过来，左右一张望，登时一头雾水："怎么了这是？咱们这是在哪儿？"

戚隐：合着他的心白剖了。

这条深沟大堑是条地裂，像一张咧开的嘴巴子，黑洞洞的，望不清底下。丢了张灯符下去，直到蒙蒙的符光完全被黑暗吞没，灯符也没有到底。黑暗从四面八方罩下来，这深不见底的裂缝像个等他们钻进去的笼子，戚隐想起白鹿神墓里那没有底的深渊。

这里的尽头是哪里？是地心深处，还是阴曹地府？

"得下去看看。"戚隐说，"老神巫说要往深处走，去一个叫幽厉地渊的地方，恐怕没有哪里比这里更深了。"他拿捆仙绳捆住腰，绳头交到扶岚手里，道，"我先下去探探路，你们在这里等我。"

"幽厉地渊，"云知挠了挠脸颊，"听起来像阴曹地府的别称。"

戚灵枢走过来，往腰上绑绳子："戚隐，我同你一起。"

"不用，我一个人使得。"戚隐说。

戚灵枢轻飘飘瞥了他一眼，再次重复："一起。"

他这眼神意味不明，戚隐愣了一下，道："……好。"

两个人踩在峭壁上，同时急速下降。嗖嗖的热风灌在耳边，越往下，黑暗越是浓重，像化不开的墨，戚隐有时候会以为自己瞎了。温度也在升高，这地缝里像个大锅炉，咻咻冒着热气儿。下面该不是岩浆吧，可极目往下望，一点儿光也没有，只有空洞的黑。

降到一半儿，离上边的人远了，戚隐开了声："小师叔，你是不是有话要同我说？"

戚灵枢一滞，忽然停住了。戚隐一愣，也停了下来。黑暗里静默无声，热气蒸得人脑门子疼，戚隐浑身冒汗，要熔化了似的。戚灵枢终于开了口，很低的嗓音，轻轻说道："对不起。"

戚隐摸不着头脑。

"师尊临终留音，切切叮嘱，唯命我寻你归隐而已。我本当担兄长之责，顾你安好。然则一路走来，却是你处处为我留心。"戚灵枢的声音里有难掩的怆然，"你孤身弑父，剖胸换心，巫郁离窥伺你性命，人间逼你走绝路，而我竟未尝能护你一分一毫。他日九泉之下，我绝无面目面见师尊。"

这家伙，成日把一大堆无聊的事儿揽在肩上，也不怕被压死。戚隐暗暗叹了口气，摇摇头："你能护我一时，岂能护我一世？我不是你的责任，更不想成为你的累赘。小师叔，我有我自己的路要走。"

戚隐想起扶岚罹难那一天，他磕破了头，血流了满脸，匍匐在尘埃里像一只蝼蚁，只换来那些所谓的仙山掌门冰冷的眼神。没有人听他的哀告，没有人怜悯他的悲泣。泼天大祸从天而降的时候，谁也帮不了他。只有握住自己的刀，才能握住自己的命，才能保护他在意的人。

他继续道："我已经不是从前的戚隐了，你不用为我操心，还是想想你自己的麻烦事儿吧。"他腾出手拍了拍戚灵枢的肩膀，"虽然我说不管，但我还是想说两句。我以前总是很懦弱，考虑这个考虑那个，总是在拒绝、退缩、害怕，伤我哥的心。到后来他死在无方杀阵我才明白，命运和时间都是不等人的，如果你不说出口，或许一辈子都没有机会了。"

戚灵枢沉默了一会儿，才道："不一样。你没有发现吗？我们之中，你修巫罗秘法，我修心魔剑，扶岚本自巴山出身，不必论及。唯有云知，专一凤还剑道，未曾废离。当年仙山汲汲论道，遍数诸家后辈，谓我为师尊弟子，无方首徒，首屈一指。非也。真正的剑道天才，是你的大师兄。"

"你太抬举他了，"戚隐一点儿也不相信，"他成日吊儿郎当的，你不知道，当初在凤还的时候，要他练剑比撵牛还费劲儿，天天被师父罚跪。"

戚灵枢摇头道："这便是了。我日日鸡鸣练剑，日落而息，所御剑影，尚且稍逊一筹。若不动用魔气，我之剑技，至今仍在云知之下。不论剑技，且论心道。这些日子，你我皆几经丧乱，你暂且不提，我心念不稳，自甘入魔。彼时才知，何谓人间大悲。然则云知七岁断臂，目睹父母惨死。若他不提，何人能看出他幼年如此？"

戚隐噎住了，小师叔说得不错，云知那小子成日嘻嘻哈哈，满嘴跑马，就算知道他小时候那些非人惨事，也总疑心是他自己编出来，故意讨姑娘可怜。

"无惧于灾厄，无惧于困苦，若人间有道，当如是。"黑暗中，戚灵枢想起那个青年，一身破烂素衣，一把有悔长剑，拈花带笑，扶摇万里，比风还要逍遥。戚灵枢一字一句，字字铿锵："云知守道如一，心境澄明。我愿以挚友的身份长伴左右。"

## 第四十一章　余哀

他说完，继续下降。黑暗里人影一闪，戚隐再看清时已在数尺之外。戚隐有些怔愣，这世上当真有人能看透死生大事吗？他摸了摸自己的胸口，这冰冷的心尖唯一的热血，只为一个呆呆笨笨的家伙而涌流。他毕竟是个俗人，学不来道法，看不穿红尘。他畏惧的不是生死，而是没有止境的孤独。就算粉身碎骨，他破碎的手也要攥住扶岚的衣襟。

不再多想，戚隐略松了绳，重新下落，下降了整整有一炷香的时间，皮肤和眼睛渐渐变得灼辣生疼，点燃灯符才发现，四周竟飘满了灰沉沉的毒雾。戚灵枢说这是熔岩雾，吸多了会死人。两个人捂住口鼻，支起结界，继续下降，又过了半炷香，才略略看得清底下的地面。戚灵枢正想落地，戚隐熄了灯符，拍了拍他的肩膀，无声地说了几个字。

"保持安静。"

戚灵枢眉头一动，用眼神问他有何异样。

"心跳，"戚隐对他做口型，"四面八方，到处都是心跳声。"

他说得没错，方圆三里地布满了心跳声，弱而轻，节奏均匀，像许多小鼓放在一起被轻轻地拍打，听起来像许多东西在下面睡觉。动物安眠的时候，心跳便会放缓。两个人在黑暗里对视一眼，小心翼翼踏上地面，脚底泥泞坑洼，满鞋子都是黏腻的污泥。四周热得吓人，两个人站在地裂下面，仿佛是热锅上的包子，头顶蒸得冒烟。

静默着四处张望，四下里空落落一片，远处有一线红光，大约是岩浆。周围有许多颓圮的石头女墙，掩在一堆滚烫黏腥的泥巴里。女墙上有伏羲的雕塑，模样与上方神殿前甬道里的不同。看样子这些女墙的刻画时间要早许多，伏羲的脸颊被刻意雕得模糊不清，周围有残存的色彩。戚隐猜测这些色彩刻画的是伏羲神光，根据巫郁离的天殛之战幻境，以及白鹿的描述，伏羲的脸庞常年笼在一层金光里，令人看不清模样。

看来刻这些石画的人很可能真的亲眼见过伏羲。

略寻了一会儿，依旧没有看见人。光有心跳，却没有人，连个妖魅也没有，更没有慕容雪和虞师师的踪迹。可那些心跳就在他们周围，旁若无人地搏动。戚隐感觉很不对劲儿，燃起一张灯符，霎时间，他和戚灵枢两个人都惊呆了。

白苍苍的花儿开满了幽暗的地底，那静默的白色，仿佛是死寂的雪，一路延展到符光照不见的尽头。细弱的白色花瓣，明明生自肮脏的黑泥，却不染尘埃，不沾污秽。每一朵花底下都有一颗心，它们悄无声息地在黑暗里绽放，绵延向深不可测的地心。

"神花扶岚。"戚隐低声道，"我们找到了。"

他们拽了拽绳子，示意顶上的人下来。戚隐顺着墙根儿走，仰头看那些壁画。壁画线条简明，甚至称得上粗陋，看来年代久远。上面不只画了伏羲，还有女娲，说的是伏羲女娲抟土造人的神话，只见两个人身蛇尾大神托着一个小小的泥人，对着吹了一口仙气。下一幅画中，泥人已经活了，在扶岚花丛中打滚。只不过所有壁画只有半截儿，下面的一半被淤泥土层埋住了，看不分明。

戚隐看得正入迷，也没注意戚灵枢有没有跟上来。周围的心跳声不知什么时候变了节奏，越跳越快，戚隐眸子一凛，警惕地握住背后的归昧剑。心跳越发嘈杂，仿佛无数不知名的东西在黑暗里苏醒。可神花没有丝毫异样，依旧是静悄悄的一小朵。女墙背后忽然现出无数心跳，急速朝戚隐逼近。戚隐后退一步，无数苍白的手臂破墙而出，张牙舞爪地抓向戚隐。

正想拔剑，一柄刀比他更快一步。凄冷的刀光一闪而过，所有手臂被齐齐斩断。扶岚拉着戚隐的衣领后退，道："这里有很多心跳声。"

戚隐说："那不是花的心跳吗？"

"花没有心跳，下面埋的是人。"扶岚歪头看了他半晌，伸出手摸摸他的发顶，"弟弟，你好笨哦。"

又被他哥说笨，戚隐有些气馁，他本想保护扶岚，可每次都是扶岚救他。戚隐蹙着眉心道："这些是神花，我以为神花和咱们凡世的花儿不一样，有心跳也不稀奇……好吧，我就是笨。"他拉了拉扶岚的衣袖，"哥，你嫌弃我笨吗？"

扶岚摇摇头，很认真地说："不嫌弃，笨笨的可爱。"

被这样软和的词儿形容，戚隐心里不大痛快。到底什么时候他哥才会觉得他威武高大？

正想着，背后又是一阵嘈杂的心跳声，无数鬼手再次破壁而出，将戚隐牢牢抓住。前面那方女墙也伸出鬼手，死死掐住了扶岚。戚隐整个人贴在了墙上，有鬼手夺了归昧和黄金刀，蛇一样蹿了回去，一下没了踪影。戚隐用力掐诀，归昧竟然没有反应。

转眼看扶岚，也是一样的情况。这些鬼手太贼了，竟然知道夺刀。戚隐和扶岚不约而同发动凛冬术，璀璨的冰花爬上鬼手，可那些苍白的手臂竟依旧狂抖不停，凛冬术对它们没用！

"我没剑了，谁还有剑？！"戚隐大吼。

"大师哥来也！"云知和戚灵枢御剑而来。

云知一个翻身落地，白绢发带在空中飞扬。本是极潇洒的动作，落地的瞬间突然膝头子一软，趔趄了一下，差点儿跪地。

"失误失误。"云知汗颜，忙右手掐诀，有悔呼啸着冲入戚隐身边的石壁，轰轰烈烈炸了个口袋大的口子出来，飞溅出来的碎石打了戚隐满脸。这样的冲劲儿，石壁里无论藏了什么怪物都得卸掉个零件不可。然而，下一刻，更多苍白的手臂从那裂口冲出来，密密匝匝，麻花儿似的扭成一堆，看得人头皮发麻。

戚隐离它们最近，那些手臂长了眼似的，一下朝戚隐这边摸过来。这时戚隐看清了这些手，没有掌纹，冰冷黏腻，苍白如蜡。这些难道都是尸手？戚隐暗自心惊。所有鬼手发了狂似的摁住他的脸，戚隐的脸被捏得几乎变形，他艰难地怒吼：

## 第四十一章 余哀

"你个狗贼,你是不是想害死我!"

话儿还没说完,鬼手抓着他的头撞击石壁,石壁轰然破裂,戚隐被撞得满头是血,头晕目眩。这帮孙子,把他的脑袋当锤子使唤!紧接着更多鬼手扯住他的肩膀,将他拽进石壁。一股令人作呕的脓腥味扑鼻而来,戚隐半个身子没入了石壁。黑暗里什么也看不见,只能感到身侧有无数手臂波涛似的疯狂涌动。眼看戚隐就要被拉进去,有悔掉了个弯儿,斩断拉住扶岚的手臂。扶岚立刻跃到戚隐那儿,拽住戚隐的双腿。他力气极大,明明有无数双鬼手在拉戚隐,可仅凭他一人的力气,竟一点一点地将戚隐拽了出来。黑猫和戚灵枢也来帮忙,各自拽一边,戚隐的裤腿裂了一个大口子,露出一大半光溜溜的腿。

"各位,我臂上有伤,就不帮忙了。我给大家唱个曲儿助助兴!"云知弹着剑,唱起了十八摸。

这个浑蛋!戚隐咬紧牙关,在里头奋力睁开眼,忽见前方有什么东西一闪一闪地发亮。是归昧吗?戚隐伸出手,竭力去够他的剑。身后那帮人不停拉着他,他不住地往后,离那东西越来越远。戚隐心里一急,使劲儿往前一挣,好不容易将那东西握在了手心,摸起来圆圆的,不是归昧,不知道是什么。外面扶岚蓦然发力,将他整个人拖了出去。

闷在里面许久,差点儿窒息,戚隐坐在地上喘了口大气,打开手掌,看见一个黄金环。

"耳环?"云知说道,"虞师师的?他们一定是被拽进去了。"

"不是她的,"戚隐捏起那金环,环子在符光之下光芒璀璨,"你忘记了吗?我们在神墓里见过它。黄金罪徒人形棺,它的耳朵下面就挂着这个东西。我在老怪的记忆里也见过这个耳环,"他的脸色很难看,"这不是虞师师的耳环,是老怪的耳环。"

"他来过这里?"戚灵枢沉声道。

"也有可能他就在这儿。"黑猫慢悠悠地说,"我们最好祈祷别遇见他,五百年前的他,一定不会比五百年后好对付。"

戚隐想起那老神巫瞧见扶岚的模样,原来他并非熟悉扶岚,而是熟悉扶岚身上那部分酷似巫郁离的气息。

他爹的剑被那帮鬼东西夺走了,戚隐正心烦意乱,忽然发现他哥没了人影儿。

"我哥呢?"

"在前面,白痴。"白鹿的声音突兀地响起在耳侧。

"你下次说话前能不能给我提个醒?"戚隐道,"成日跟个鬼魂似的。"

白鹿翻了个白眼:"小爷踹你一脚,信不信?"

戚隐站起来,走到前方。这里离岩浆近了,四周都蒙蒙亮了起来。扶岚站在一块儿巉岩上,极目望向远处猩红色岩浆上方一颗巨大的圆石。那石头在岩浆的中心,奔腾的岩浆仿佛是围绕着它旋转流动。石头上满是坑坑洼洼的孔洞,大大小小,像一块块深可见骨的伤疤。一柄黑鞘玄银刀深深插入其中,露出的一截玄银刃冷冽似雪。

它还残留着一抹狂暴的杀戮气息,所有人都能感受到那一线锋刃般的杀气。阴寒的杀气乌云一般镇压着这一块区域,连神花的心跳都萎靡不振。

扶岚朝那把玄银刀伸出了手,刀身振动,石块簌簌落下。

铮然一声清啸,玄银刀飞到了扶岚的手中。扶岚低头看那把刀,纯黑色的剑鞘,凝结着月色的刀刃。他轻声问:"小隐,这是你给我的斩骨刀吗?"

戚隐有些发怔,这把刀和扶岚的斩骨刀一模一样,可刚刚斩骨刀已经被鬼手卷走了。片刻后,戚隐忽然明白过来,这的的确确是扶岚的斩骨刀,却是五百年前的那把。扶岚来到地心深处,从这块坑坑洼洼的大石头里拔出了斩骨刀,将它带出了神殿废墟,又遗落在冰海天渊。

"唉,斩骨刀啊……"白鹿对揣着袖子,道,"忘了告诉你了,这是小爷用鹿角为薪柴亲手打的刀,是巴山神殿供奉的绝世巫刀。"

"谁将它遗落在这里?"戚隐在心里问,手摸到方才捡到的黄金耳环,"难道是老怪?"

白鹿幽幽叹了口气:"你记不记得我说过,这里没有神明的气息。"

"没错。"

"你再看这条幽厉地渊,像什么?"

戚隐仰头看,地渊呈南北走向,颇有些曲折,中间被岩浆河阻断,灰暗的穹隆上有数道平行的石柱,参差不齐,足有两个男人合抱那么粗,就像是……排排苍白的肋骨。

戚隐倒吸了一口凉气:"像一条死掉的大蟒蛇。"

"没错,臭小子,所谓的幽厉地渊,其实是伏羲的尸骸。你们这帮小子,现在就站在伏羲的肚子里。"白鹿透过戚隐的双眼,望向那残破的巨大圆石,"而那块大石头,就是伏羲的心脏。我的大神巫来过这里,那个时候伏羲或许在沉眠,也或许已经衰竭。总而言之,我的大神巫用斩骨刀,刺穿了这颗天地间最古老的心脏。他们的战斗一定很激烈,起码是天摇地动、星河倒悬的水平,让被埋在地层深处、更早的神殿遗迹都塌进了地渊。这么看来,我那大神巫在离开神墓的这几百年里,当真是一刻都没闲着。创造你的傻哥哥,牵引凡间灵气,还有……"

戚隐接过他的话,一字一句,字字心惊:"猎杀神祇。"

原来那些衰落的神祇藏身幽冥之中,只敢用天目窥探世间,是因为伏羲绝地通天的禁令,更因为一个他们羞于启齿的缘由——躲避巫郁离的猎杀。这是真正的绝望,昔日行走大地的神祇面临无可挽回的衰败,如同暗淡的星辰,失去原本璀璨的光辉。神祇留存白鹿心脏,等待数千年后的戚隐,是因为伏羲在三千年前白鹿战死之时便窥见他们灭族的命运。

他们救不了世,更救不了自己。

## 第四十一章 余哀

"从今往后，伏羲只活在你们说给小孩儿听的神话里，这天上天下，再也没有大神伏羲。就像……"白鹿眺望迢迢心海，雪白的浪花涨了又落，"再也没有白鹿姜央。"

虞师师和慕容雪蜷在一个狭小的角落里。

他们背靠着一块凹凸不平的岩石壁画，头上是斜躺的墙体。大概是高墙坍塌的时候，正好靠住了这里的岩壁，空出了一个三角形的狭窄空间。慕容雪在边上插了剑，立了一个透明的结界。这结界屏蔽他们的气息和身形，让外面那些怪物发现不了他们。慕容雪受了伤，被抓进来的时候右小腹撞上了石块儿，疼得厉害。他咬了咬牙，一声不响地撩起衣襟，往里头摸了摸，满手黏腻的血。他默默将裤腰带扎紧，没吭声。

"你说戚师弟他们能找到我们吗？"虞师师小声道。

慕容雪很想说能，可他们两个都心知肚明，这是痴人说梦。他们被鬼手拉进来，离地面太远了。外面全是层层堆叠在一起的鬼怪，面孔苍白，没有掌纹。它们躺在石头裂隙里，有的半边身子没进石壁，几乎和石头融在了一起。它们紧闭着眼，像是在冬眠，可一旦有响动，它们就从地底伸出手，将外面的人拉进来，充作它们的养料。

这到底是什么东西，他们也弄不清楚。慕容雪翻遍脑子里的经籍典故，从未听说过这样古怪的东西。虞师师忽然小小惊呼了一声，慕容雪以为那些鬼怪醒了，忙挺起身来。

"你看，"虞师师掰他的脸，"看它们的心口。"

"什么？"

"有东西在它们心口发光。"虞师师低声道。

地底没有光线，什么也看不见。慕容雪燃起一张灯符，隔着一层薄薄的结界，慕容雪和虞师师能看见数张挤在一起的苍白脸颊，有大人也有小孩，五官模糊，几乎看不出眼睛鼻子的轮廓，像水里朦胧的倒影。

两个人都倒吸一口凉气，忍着恐惧寻觅它们的胸口。它们的心口生长着扭曲虬结的根系，散发着游丝一般微弱的光辉，密密匝匝绵延向远处。慕容雪和虞师师对看一眼，彼此都满目疑惑，这些"人"像是植物，心脏竟然生着根。

"它们是不是花妖什么的？"虞师师问。

"花妖长成这样吗？"慕容雪道。

"好像不是。"

慕容雪强忍着腹间剧痛调整姿势，低下头靠近结界，挨近一个沉眠的鬼怪。他细细琢磨那鬼怪胸口的根系，竭力想要看清根系延伸的方向。根系那边似乎有一道霜色寒光一闪一闪，方才似乎没有，什么时候出现的？慕容雪觉得眼熟，瞪大眼看得眼睛酸涩，没看清楚是什么东西。这些怪物一层叠一层，挡住了他的视线。

虞师师在一边心惊胆战地看着，慕容雪离那个鬼怪实在太近了，那张面目模糊的脸离他只有一个拳头的距离，仿佛随时都能睁开眼。就在这时，虞师师看见那张脸的轮廓有了变化，它那张没有形状的脸泥团似的，有双无形的手在上面捏捏点点，鬼怪的轮廓逐渐加深，先有了眼窝，然后有了鼻梁，最后连嘴巴也清晰可见。虞师师按住了慕容雪的肩头，怕惊醒那些鬼怪，她不敢吭声，只敢竭力把他往回拉。

慕容雪感觉到了不对，慢吞吞地抬头，一张苍白的脸正冷冰冰瞧着他。不知何时，结界外那张模糊的脸已经完全成形，还睁开了一双湿黏黏的眼睛。慕容雪小心翼翼在它面前挥了挥手，它没有反应，慕容雪松了一口气，鬼怪瞧不见他。他慢慢支起身子，悚然发现，周围所有鬼怪都有了脸，并且一个接一个地睁开眼。

鬼怪们苏醒了。

盘绕在它们胸口的根系一条条断裂，如果慕容雪有足够的耳力，会听见所有寂弱的心脏都开始了有力的搏动。地底骚动起来，像一个集市开了锣，所有鬼怪都在腾挪，蚯蚓一般扭动蜡白的身躯，从参差的岩壁中钻出来。虞师师忍不住贴紧了慕容雪，两个人靠在一起瑟瑟发抖，越看越害怕，索性熄灭灯符。空空落落的黑暗里，只听得彼此急促的呼吸和无数窸窸窣窣的响声。

脑子正一团糟的时候，慕容雪的手心被虞师师戳了戳。

虞师师在他手里写字：脸，见过。

什么意思？慕容雪愣了一会儿才反应过来，虞师师说那些脸她见过。她怎么会见过？慕容雪没反应过来。

虞师师又在他手里写道：蛇巫。

仿佛有一道焦雷响在头顶，慕容雪记起来了，他们的确见过这些面孔。在伏羲黑石巨像上，岩浆急流中，这些面孔的主人被戚隐的凛冬术杀死，冻成了无数僵硬的冰雕。可现在它们活过来了，像厉鬼一样在地底睁开了眼。它们在骚动，不住地四处乱嗅。慕容雪意识到一定是戚隐下来找他们了，他杀了这些蛇巫，他是蛇巫的仇人。他的气息唤醒了这些重生的蛇巫，它们在寻觅他的踪迹、他的气味。

它们要复仇。

"连伏羲老爷都没了，咱们的诅咒没人解了。"云知长长叹了口气，"老怪连神都能杀，要不咱还是临阵倒戈，跟着他混得了。说不定看在我曾经是他师侄的分上，他能让我当个大总管。"

他们这一干人远离了那些诡异的神花，站在一块光秃秃的岩石上。虾子红的大石头，火烧出来的颜色似的，也的的确确是火烧的，因这石头实在烧脚，大家不过立了一会儿，脚底似乎已经要脱层皮了。

"你要当大总管，起码先想想怎么回到五百年后。"黑猫跟着叹了一口气。

戚隐下意识看了扶岚一眼，他没什么反应，只是默默望着那些没有尽头的神花。回到五百年后，扶岚却还要留在这里，他又将是一个人，伶伶仃仃，没有着落。

## 第四十一章 余哀

这个问题戚隐不是没想过，可总也想不出什么好的法子。他能留在这儿吗，那将来岂不是有两个戚隐？

"别做梦了，"白鹿懒洋洋地插进嘴来，"天行有常，这样的悖论不可能发生。你们要是没法儿回到原本的时间，很可能会被抹掉。"

"抹掉？"

"就是消失，白痴。"白鹿说，"不会有戚隐这个人，也不会有人记得你，你会从所有的时间消失。孟芙娘没生过你，扶岚也没你这个弟弟。趁早找出路吧，别在这儿做白日梦。白雪那三个婆娘五百年后死了，五百年前还活得好好的。你收拾收拾，赶紧去云梦大泽找她们。虽然长着一副傻相，起码是神女，你们身上的诅咒说不定她们有法子，顺便让她们送你们回去。"

可他若是回去了，扶岚又会如何？戚隐心口像压了块石头，闷得喘不过气儿，慢慢靠近扶岚，轻轻唤了声"哥"。

扶岚扭过脸来看他，眼神安安静静。

戚隐张了张口，却不自觉避开了那个话题，随口问了句别的："哥，你为什么想跟着虞临仙挣钱？"

扶岚低着眼睫，慢慢道："我听别人说，有很多钱的话会比较讨人喜欢。我想多挣一点银子，这样或许大家就不讨厌我了。"

这个笨蛋，戚隐心里发酸。他把外衣脱下来，铺在地上，喊云知他们："狗贼，借我点儿银子。"

"干吗？"云知问。

"我哥缺钱，借我点儿，等……"戚隐顿了顿，复道，"等回去了，我再还你。"

"行。"云知低头松开裤腰带，从里衣里取出一沓银钞，"这是你师兄我攒给桑芽的嫁妆，凤还封岛，海上茫茫，我这辈子怕是回不去了，就给你好了。收着，不用还。"

"嫁妆就嫁妆，你为什么要缝在里衣里？"戚隐捏着那些银钞，神色中难掩嫌弃。

"年轻人，世道险恶，你没见路上抢劫专门扒鞋，往地上一倒，金银珠宝一大堆。这里最安全。"云知一副过来人的口吻。

戚隐望向戚灵枢，那家伙一脸震惊，大概是没想到还能这么藏钱。戚灵枢取出乾坤袋，卸下腰间的羊脂白玉和青玉剑穗，除了手腕上的琉璃珠，其他值钱的物事都放进了戚隐的外裳："琉璃珠是师尊的遗物，其余的都给你们。一样，不必还。"

黑猫用爪子挖喉咙，呕出几块霉绿斑斓的铜板："这是老夫存起来买红烧肉的，也给呆瓜吧。"

戚隐擦干净铜板上的口水，把银钞玉石都卷起来，递给扶岚，道："收着。"

扶岚愣愣地接过布包，沉甸甸一大堆，一晃就叮当响。

"我们大家都喜欢你。你不是没人喜欢，只是你要等得久一点。"戚隐眼睛发酸，笑着道,"你愿意等我们吗?"

扶岚低垂的眉目笼在岩浆迷蒙的红光里,像一座沉默的雕像,不知道在想什么。他还没有来得及回答,远方灰蒙蒙的熔岩雾气里,影影绰绰站起了许多拗折扭曲的人影。它们都人首蛇身,上身苍白,蛇尾漆黑。它们停滞了一瞬,仿佛远远瞧见了戚隐,立刻扭着身体朝他们飞奔而来。那畸异的模样像是没有骨头,却跑得飞快,眨眼间冲破了重重雾锁,戚隐听见它们嘶哑的喊叫。

"蛇巫?!"戚隐一惊。

这底下埋的竟然是蛇巫,与其说是幽厉地渊,不如说是这些怪物的乱葬岗。它们都活过来了,一个接一个从湿黏泥泞的土里钻出来,尖着嗓子咆哮。

云知和戚灵枢紧急御剑,两把剑光一同闪烁,在灰蒙蒙的雾里亮起来。云知上剑的时候又差点儿没站稳,戚灵枢扶住他,皱眉道:"怎么了?"

"约莫是之前流了太多血,有点虚,不碍事。"云知扭过脸,催促戚隐他们快上来。

戚隐却站着没动。这些东西到底是什么?老神巫说找到神花扶岚,便能找到长生秘术,到底是什么意思?这些花,这些畸异的怪物,又和他的哥哥有着怎样的联系?

"它们也是小花仙吗?"扶岚忽然问。

"怎么可能?"戚隐想也没想,下意识脱口而出。

很快戚隐知道扶岚为什么这么说,灰蒙蒙的毒雾里,那些蛇巫的脸庞越来越清晰。戚隐终于看清了它们,认出了它们。它们是那些被他杀死的蛇巫,面容狰狞,身体扭曲,对着他凶戾地嘶喊。

那些蛇巫重生了,它们和扶岚一样,杀不死,毁不掉。当杀死一只蛇巫,新的蛇巫会从地底爬回来,犹如一只从阴曹地府归来的厉鬼。

扶岚纵身一跃,跳入奔涌的蛇群。所有蛇巫嘶吼着扑向他,斩骨刀一划,凄冷的刀光划出圆满的月弧,将一圈鬼怪拦腰斩断。所有蛇巫上下身分离,跌在地上抽搐。扶岚冲进人头攒动的蛇巫中,戚隐一惊,紧跟着跃入蛇群,跟在扶岚身后奔跑。他们逆着人流往前,像一道黑色的利刃切入污浊的潮水。扶岚面无表情,狂暴的寒气在他四周升起,所有靠近他的鬼怪都在瞬间冰冻,然后被他一刀击碎。

鲜血兜了满头,血肉糊在黑衣上,扶岚几乎成了个血人。他脱了一塌糊涂的上衣,卷着一个蛇巫的头颅丢出去,犹如一记重锤,一圈扑上来的蛇巫被瞬时冰冻然后粉碎。扶岚赤裸的上身毫无血色,苍白如同寒冰,此刻他是杀戮的神,没有谁能够抵挡他的冲锋。可那些蛇巫无惧于死亡,模糊的脸庞甚至没有表情。

"哥!"戚隐大吼。

他不知道扶岚要做什么,扶岚暴烈的杀戮突如其来,没有理由。扶岚一定猜到了什么,可这个家伙一声不吭,独自前行。

"哥!"戚隐再次大吼。

## 第四十一章　余哀

扶岚充耳不闻，头也不回，继续冲锋。云知跳上戚灵柩的问雪，把有悔扔给戚隐。戚隐紧紧跟在扶岚身后，斩碎扶岚掌下的漏网之鱼。鬼怪的嘶吼声、衣带当风声、骨骼的断裂声还有血肉分离那种黏腻又冰冷的响声充斥戚隐的双耳。他不再呼唤扶岚，只默默跟在扶岚的身后。扶岚要杀，他就陪。就算没有理由，就算杀到地老天荒。

终于冲到了神花的花海，扶岚蹲下身，用力握住一朵神花，将它连根拔起。顺着缠绕绵延的根系，一个面目模糊的蛇巫破土而出，张牙舞爪地扑向扶岚。扶岚掐住它的颈子，手指用力，令人牙酸的骨骼碎裂声响起，蛇巫怪叫一声，头颅软软垂了下去。

戚隐也到了，他惊异地发现，那鬼怪的心脏生长着细弱的根，与神花相连。同样缠缠绕绕的根系从那蛇巫的后心伸出，伸向肮脏的淤泥。扶岚将根掐断，原来长着神花的地方，又发了芽，生出灯笼似的花骨朵，绒毛似的花瓣儿一圈一圈打开，开出了一朵与原先一模一样的花儿。

白苍苍的绒花儿，水蛇一般的花梗，开得那样安静，旁若无人，仿佛从未被毁灭过。

"你还不明白吗？"扶岚将那尸体扔在地上，反手握刀送进一个蛇巫的心脏，"这就是小花仙，当你杀死它们，当你毁掉神花，新的神花会重新生出新的心脏，塑造出新的肉身。在这世上某个地方，也有一块长满扶岚花的地方，那就是我的由来。所以我没有父母，所以我找不到同族。小隐，我不是小花仙，我是怪物，和它们一样的怪物。"

"原来如此……"白鹿恍然，"神花扶岚，遇风则逝，然而风过即生，枯而复荣，不死不灭。地底没有风，它们连暂时消逝的机会都没有。巫即明将它们种进神巫的心脏，让它们与神花同根而生，继而成不死之身。想必我那聪明绝顶的大神巫也是这么做的吧。"

扶岚终于停下手，酷烈的寒气在他身上沉淀，凝结成化不开的悲哀。

他站在那里，逆着光，逆着鬼潮。他的身后，神花在毒雾中妖异地绽放，密密麻麻狂乱的人影奔涌如浪。

他说："这样的我，你还要我……等你吗？"

第四十二章

死生

怪物，怪物。

所有人都这么说，连扶岚自己也这么认为。没有同族，就是怪物吗？与旁人不同，就是怪物吗？戚隐想起自己还是个野草似的废物的时候，蹲在屋檐底下抱着老太太施舍给他的十两银子，以为自己抱着世间最美好的东西。就在那个时候他遇见了扶岚，隔着湿漉漉的空气，隔着淡淡的草腥味，他遇见了那双黑黝黝的双眸。可没人告诉他，这个世上三头六臂是怪物，人首蛇身是怪物，死不掉是怪物，扛着黑猫执着地找弟弟的呆小孩，也是个怪物。

"没关系。"戚隐勒住一个蛇巫的脖颈子，单手将它拧断。蛇巫潮水一般，一波又一波朝他涌过来，他面无表情，一只一只杀掉，头颅滚在脚底下，慢慢堆积成山。他一步步朝扶岚走过去，道："没关系啊，我也是个怪物了，我身体里的血没有温度，我的心脏不会发烫。如果和别人不一样就是怪物，那么我也是。"

扶岚怔怔地望着他，蓦然记起来，那个叫云知的男人说过，小隐本来是个凡人，可未来的他死了，于是凡人戚隐亲手把自己杀死，把怪物戚隐送入人间。

他悲伤地看着戚隐一步步走来，有悔在戚隐的手中划出冷月般的弧光，黑稠黏腻的血纷飞犹如扑棱的乌鸦。戚隐抹了把沾了血的脸，脏极了，怎么擦也擦不干净。他不再擦了，一遍遍斩断鬼怪的脖颈，一遍遍挥舞凄冷的利刃，大声吼道："你听好了！你是怪物，我也是。怪物，就应该和怪物在一起！"

"小隐，"扶岚的眸子里盛满哀伤，"你不要当怪物，当怪物很孤单。"

"不，我要当。"戚隐停下剑，深深凝望住他，"我们两个一起，就不会孤单。"

蛇巫将他们两个人紧紧包围在中心，他们像翻涌黑潮中两块寂寞的礁石。斩杀、撕裂、破碎，心脏停息又跳动，神花落了又开。戚隐支起一个冰霜结界，小而圆，将将好把他们两个人笼住。嘶吼声不绝于耳，模糊又狰狞的脸庞挤在结界上。戚隐就在这无止境的恐怖中，静静拥抱了扶岚。

那些高高站在云端的仙师，那些市井里汲汲营营的小民……那些有家的人，怎么会知道路边一条快要冻死的野狗的期盼。在他们的眼里扶岚是个异乡人，是个来历不明的傻瓜，可在戚隐的眼里，扶岚就是他的全世界。他们怎么会明白，在那个戚隐刚刚得知戚慎微被水鬼杀死的白天，那个姚家想要迷晕他拿走他身份的夜晚，当所有人都抛弃他，不要他，是这个傻蛋向他伸出了双手，对他说：你是我的弟弟。

## 第四十二章　死生

"你知道吗？我是一条在街头晃荡的野狗，没人要，没人喜欢，"戚隐在扶岚的肩头流泪，"你把我捡走了，从那以后，我就是你的家人了。"

地下，虞师师小声问："你有没有听到戚隐的声音？"

"听到了，还有蛇巫的声音。"慕容雪的脸色白得像糊了一层蜡，不仅是因为腹部失血，他正在逐渐虚脱，更是因为戚隐的吼声。他们一定是被困住了，这里的蛇巫那么多，全部蚂蚁似的爬了上去，下面反倒成了更安全的地方。

再次点起灯符，透过结界往外瞧，狭窄的缝隙里，蛇巫少了许多。剩下的都是没有成形的蛇巫，脸嵌在岩石上，胸口的地方延伸出青色的根脉，手和蛇尾与旁的蛇巫交缠在一起。

蛇巫少了许多，慕容雪终于看清裂隙尽头那抹寒光。正是归昧剑，闪着光，仿佛在召唤他们。慕容雪凑近虞师师，道："师姐，要想办法离开这里。"

虞师师点头表示同意。

"这样，你先去捡戚师弟的归昧剑，然后向上面爬。刚刚蛇巫都是朝北面爬的，我们就朝南面爬，不会和它们撞着。"慕容雪说。

"那你呢？"虞师师不自觉攥住他的手。

"这里的缝隙太窄了，不能惊动那些蛇巫，我们不能同时走。"慕容雪安抚地拍了拍她，"你先去，我落后你十步左右。记住，保持静默，屏息静气，不要点灯，不要回头，往前走，我就在你后面。"

虞师师点点头，低头把裙摆全部撕碎，把裙子盘起缠在腰间。两个人最后一遍确定路线，然后打开结界，虞师师率先爬出，蹑手蹑脚向前挪动。罅隙窄如一线，两面玄武石墙上都有那些蛇巫模糊的五官。一张张面皮子似的脸嵌在壁上，虞师师看不见它们的模样，却能听见它们细弱的呼吸。

她使劲儿瘪着嘴，仿佛这样脸就能小一些，缩着肩膀爬过一条罅隙，小心翼翼地把左脚伸出来，然后是右脚。壁上的人脸咳嗽了一声，虞师师整个人僵住，远处躺在石板下面的慕容雪也僵住了。虞师师不敢动弹，等了片刻，那张脸的呼吸渐渐趋平，虞师师悄无声息地把脚伸了出来。

虞师师走了十步有余了，慕容雪依旧没有动弹。他关闭结界，撩起衣襟，右边小腹的伤口发了黑，烂肉有股淡淡的腥臭味。他刚刚是骗虞师师的，他已经没有办法动了。即便出去了，带着这种程度的伤，他也活不了多久。

偏头目送虞师师走远，离归昧剑越来越近，有了剑，她就能防身，慕容雪稍稍安了心。方才那张咳嗽的脸正逐渐地成形，整张脸从墙上突出，头颅出现，然后是肩膀，紧接着整个人犹如小孩儿呱呱坠地一般，从墙上掉落下来。它伸展身体，睁开赤荧荧的眼睛。慕容雪心里咯噔一下，一下如坠冰窟。虞师师刚离开那里，按照她的行进速度，此刻离归昧还有段距离。那蛇巫手肘撑地，诡异地蠕动爬行。

自己喜欢的女孩儿，拼了命也得保住她呀。慕容雪无奈地笑了笑，虽然她总是那么凶，还总是强调，她绝对不会喜欢他。

慕容雪吸了一口气，打开结界。

腹间的血腥味遥遥传了出去，那蛇巫蓦然回首，朝着慕容雪怪叫了一声。

虞师师打了个寒战，她听见那声怪叫了。一瞬间像是落了满身的雪，虞师师心里打鼓。凝神仔细听，怪叫声越来越远，是朝她相反的方向去的，她松了一口气。不知道慕容雪怎么样，他落后十步，应该还好吧。虞师师想回头喊他，可四周都是沉眠的蛇巫，她硬生生憋住了。四下里黑漆漆一片，可想到那个家伙在后面跟着，她莫名其妙就心安了一点儿。她转过头，向上攀了几步，终于拿到了归昧剑。

归昧像是感知到她，不再发光。虞师师握着剑鞘，感到剑身微微振动。归昧慢慢掉转方向，指向了一个方位。虞师师心里一喜，都说名剑有灵，戚隐这把剑，一看就和旁的剑不一样，莫非它指的是出路？

不对，虞师师感觉到哪里不对劲，她调动灵力，灌注于眼睛，三尺内的东西渐渐明晰了起来。她蓦然发现，所有鬼怪心脏伸出来的根络都朝那个方向延伸。

那里一定有东西。

归昧振动她的手，仿佛在催促她往那里去。

改变路线，得和慕容雪商量。她拿不定主意，不知什么时候，她似乎要依赖着慕容雪做决断了。那个小白脸看起来好欺负，其实还蛮聪明的。虞师师当机立断，掉头去找慕容雪。她爬了十步有余，却没看见慕容雪。奇怪，他应该就跟在她身后才对。缓缓有乌云罩住了心头，虞师师加快了速度，爬回原先待的那条窄道。临近原点，忽然摸到一摊温热黏腻的东西，放在鼻子下嗅，是血。她颤抖了一下，手一撑，摸到一个圆滚滚的头颅。

脑子里一片空白，她彻底忍不住了，燃起了灯符。盈盈的亮光灌满了窄道，她看见膝盖边上蛇巫苍白的脑袋。她松了口气，抬起头，心又重重落了下去，好像一下子落入了深渊。慕容雪躺在石板边上，浑身都是血，他的半边身体被撕得不成样子，鲜血浸透了他的身体，他像一个被血染透的纸人。

两侧石壁上，所有蛇巫的脸都偏向了慕容雪那一侧，大张着黑洞洞的嘴，十分渴望的模样。他们还未成形，没办法动弹，十分缓慢地向着慕容雪的方向偏移，所有怪脸挤作了一堆。

虞师师直着眼，爬到近前，捧住他煞白的脸。

他本来就生得白净，现在一点儿血色都没有了。虞师师轻声唤他："慕容雪，慕容雪。"

虞师师泪水不受控制地流出眼眶，落在他的脸上。慕容雪的睫毛颤了颤，艰难地睁开眼，嘴唇动了动。

"你怎么回来了？"慕容雪吃力地推她，"快……快走。"

"你为什么不跟上来？"虞师师哭着。

慕容雪摇摇头："跟不上了。"

## 第四十二章 死生

他指了指腹部，虞师师看到了那块伤口，已经发了黑，烂肉狰狞地外翻，像一张烂掉的嘴巴。

"快走吧，师姐。"慕容雪轻声说。

真好笑，虞师师忍不住想，天底下怎么会有这样的大傻蛋！宁愿自己死掉，也要一个不喜欢自己的女孩子活下去。喜欢一个人，就这么值得你去拼命吗？可就是这样啊，那个道貌岸然的家伙撕她的衣服的时候，身边那个男孩子红着眼睛，大声吼"你不能动她，她是我的妻子"的时候，她听见了，她的心脏，轻轻地停了一下。

她想起刚刚她独自爬在前面，想到慕容雪就不觉得害怕。这里这么黑还睡满了蛇巫，她如果走掉了，他一定会很害怕吧。可是两个人抱在一起，就好像会有无限的勇气。原来喜欢就是什么都不去想，只想两个人在一起。

虞师师咬着灯符，把慕容雪背起来。归昧剑悬在身前，让它自己引路。她背着慕容雪，一点一点往外爬。爬到只容一人通过的缝隙，她就拖着慕容雪的衣领爬。她什么都不管了，不管蛇巫会不会苏醒，会不会把他们撕成碎片，也不管他们能不能活下去，她什么都不管了。

她死死咬着符咒，将慕容雪负上肩头。鲜血嗒嗒滴进石缝，血腥味在狭窄的缝隙里弥漫，一双一双眼睛睁开。那些狰狞的怪脸，嵌在石壁上，竭力地张大嘴。虞师师一个也不看，只是跟着归昧往前爬。

慕容雪闭上眼，眼泪无声地滑过脸庞。

他想这世上怎么会有这么犟的女孩子，可是好像这样死掉也不错，两个人拥抱着死在一个角落。漆黑的地底，一切都荒芜，只有他们拥抱在一起，死亡，却也是永生。

无数模糊而狰狞的脸贴在冰霜结界上，吼声尖厉得可以贯穿耳膜。从上方望下去，所有蛇巫层层叠压在一起，密密麻麻，黑漆漆，犹如蚂蚁黑潮，将中间的戚隐和扶岚团团裹住。云知蹲在问雪剑上，黑猫趴在他肩头打哈欠。云知掏出琉璃镜，道："你们俩打算怎么突围？"

"还能怎么办？杀出去。你们离远点儿，别挡道，我要用巫罗秘法把这帮龟孙冻死。"里面传来戚隐的声音。

"它们会不断重生。"云知说。

"它们重生需要时间，我算过了，大概需要十息。也就是说，我把它们冻死以后，我们有十息的时间回到地渊裂口。"戚隐道，"你们先到地渊，等我们上去，你和小师叔把口子炸塌，这帮龟孙就出不去了。"

这法子不错，云知收回琉璃镜，正想站起来，膝盖忽然一软，整个人连带着黑猫，一头栽进了灰红色的熔岩毒雾中。下方正是汹涌的蛇巫狂潮，云知顷刻间便没了顶。戚灵枢惊得魂飞魄散，高声喊了一句"云知"，立刻随他一起跳了下去。这边跌下了两人一猫，蛇巫潮瞬时转向，江河分流似的浩浩荡荡涌过来。

戚隐和扶岚待在结界里,见琉璃似的结界壁上鬼脸一张一张消失,两个人正茫然,还不知道发生了什么。戚隐手上的琉璃镜一亮,里面传来戚灵枢的声音:"戚隐,我们被包围了。"

"你们不是御着剑吗?这帮龟孙还能飞?"戚隐惊道。

黑猫的身体瞬间变大,转瞬间如虎般大小。它恶狠狠地环视周围,一口吞下一堆蛇巫,尖利的獠牙压碎血肉,鲜血糊了满嘴。戚灵枢艰难地支起结界,云知靠在他的右手臂弯里,捂着额头,手指缝里全是血。

"不,云知出事了。"

"狗贼怎么了?"

"还不知道,"戚灵枢眉心紧蹙,"他站不起来了,之前的计划作废。你还记不记得伏羲心脏?那里被岩浆包围,蛇巫过不去。心脏离我们更近,我们往那里避一避。我们在你们西北方二十步,我数三下,你们为我们开路!"

"好。"

戚隐和扶岚对视一眼,两个人背对着背,各自拔出刀和剑。扶岚缓缓矮下身,蹲伏了下去,斩骨刀收敛在肘后,是凄冷到极致的一弯月。这是战斗前的姿态,像一只即将要扑出去的狼,这样的姿势能让他在最短的时间内加速到最快,挥出刀。

"三。"

倒计时开始,戚隐舔了舔牙齿,握住剑柄的手骨节爆响。

"二。"

"一!"

冰霜结界瞬时消失,一左一右两个人同时扑了出去。他们默契地没有使用凛冬术,因为害怕误伤戚灵枢他们,他们只用了最原始的杀法。斩切、突刺、削骨,蛇巫尖厉的嘶吼在他们的刀剑下终止,喷涌出的热血如同黏腻的红漆。

蛇巫们纷纷尖叫,金红色的圆形符纹在他们身前显现,浩瀚天火在里面龙蛇一般翻卷。下一刻,刀光一闪而过,所有符阵顷刻间粉碎!扶岚开始了轮斩,凛冽的刀光裹携着酷烈的寒霜,犹如万钧之雷一般压下。面前所有蛇巫在他凶戾的斩击下被切削、碎裂。然而斩切没有结束,一轮斩击过后,扶岚车轮一般翻身,左手再次压下斩骨刀,新的斩击瞬时爆发。所有扑上来的蛇巫都被震裂,冰冻成雕塑的瞬间碎成细屑,眨眼间隐匿无踪。

戚隐在右侧看得目瞪口呆,这个扶岚比五百年后的扶岚道行更加高深,刀法更加精妙。他的刀所向披靡,比猛虎更加悍戾,比鬼神更加强横。戚隐收回心神,厉喝一声,掐出御剑诀,剑光分作游龙,呼啸着扑入蛇巫大潮。

一刀一剑,两道流光笔直切入黑压压涌动的蛇潮。刀与剑经过戚灵枢他们的瞬间,戚灵枢撤回结界,背起云知,紧紧跟在戚隐和扶岚的身后。黑猫一跃而出,飞跃的同时缩小,正好扑进扶岚的怀里。

所有人上了伏羲心脏,撤到心脏背面,这样即使蛇巫画出天火,也没办法烧到

## 第四十二章　死生

他们。戚灵枢小心翼翼地把云知放下来，撩起他的裤腿，定睛一看，顿时心都凉了，他的小腿上长满了细细密密的黑鳞。戚隐眉头紧蹙，把他的裤腿一直挽上大腿，一路到腿根，全都是黑鳞。再看他们自己，只不过长到脚踝而已，谁都没有云知畸变得这么快。

"因人而异的吗？"戚隐心惊道，"狗贼，你这是什么身板儿？"

"因为云知受了伤，"戚灵枢的心像被谁紧紧扼住了一般，痛得难以呼吸，"他身体虚弱，比我们更难抵抗蛇诅。"

"唉……我还没死呢，别都一副死了爹的样子。"云知自己一点点把裤腿放下去，拍拍戚灵枢的肩膀。

戚隐被他气得吐血，骂道："别瞎说了，快，我们快出去找云梦神女。"

"你我都知道，"云知苦笑着，"来不及了。从这里到云梦起码要一个昼夜，就我这畸变速度，还没出去就已经变成蛇人了。"

"来得及！"戚灵枢将他的手臂扛上肩膀，额头青筋暴突，"云知，来得及，我们走！"

云知静静地摇摇头，戚灵枢一怔，定定地望着他。这样一个寒冷骄傲的男人，眸子里常年堆着化不尽的雪，所有人眼里高不可攀的家伙，竟在这个时候，对着云知无声地落泪。那凄寒彻骨的哀戚积落在他肩头，仿佛一层又一层冰冷的霜。

世界是灰红色的一片，岩浆在周围涨落，黑色岩石缓缓移动。云知咧开嘴，很是灿烂地笑了笑："能赚小师叔一滴眼泪，我这一辈子倒也值了。"

无惧于困苦，无惧于灾厄，原来这世上当真有看透生死的人。戚隐不知道他该为云知高兴还是哀戚，他心里只是一片茫然。无论身边的人来来去去多少次，他都无法准备好面对他们的离开。

"帮我个忙，黑仔。"云知说，"我死之后，把我烧成灰，带回五百年后。你一直往南走，去到最南的海岸，把我的骨灰撒到海里。吾派凤还，隐于海上，结界重重，难觅影踪。大海茫茫，希望浪花能带着我的骨灰，飘摇辗转，回到宗门。"

他定定地瞧着戚隐，鲜有地认真起来："身死半途，有负师恩，未曾为他老人家养老送终，未曾照料诸弟姊妹，这是我云知此生，唯一的遗憾。"

一剑一人，孤身渡海。这个满嘴跑马、从来没有靠过谱的家伙毅然离开他的师友、他的兄弟、他的姐妹，一头撞入这莽莽红尘。戚隐只当他从来无所羁绊，无所挂念，恍若飘羽，又如飞蓬，逍遥不羁，去到哪里，哪里就是他的家。可原来他也曾频频回顾凤还山，眺望那消失在茫茫风烟里的破旧山门、衰朽茅屋。落叶哪有不归根，飞鸟哪会不恋林？即便是流水，也终将化作雨，回到初次涌流的那座山。

戚隐满嘴苦涩，道："你为何要来？"

"你以为为了你们这几个不省事的师弟吗？"云知歪歪嘴笑道，"像我这么高风亮节的人，当然是为了天下苍生啊！"

戚灵枢泣不成声，捧着云知的手说不出话。他慌得不知如何是好，彻底没了主意，没了办法。伏羲死了，云梦神女远在千里之外，白鹿空有一颗心脏，戚隐的身躯发挥不出他半成的功力，这世间还有谁能救救云知？

"小师叔，"戚隐忽然抬起眼眸，岩浆火光之下，他银灰色的眼眸坚定如铁，"你带云知走，去找云梦神女。现在，立刻动身。云知，你听好，但凡有千分之一的希望，我们都不可能放弃你。就算你变成蛇，我拼了我这一身的道行，拼了白鹿的这颗心脏，也要去找老怪，去找女娲，让他们为你重塑肉身。所以，不要放弃，现在，立刻，逃出去！"

"兵分两路。"扶岚在一旁说，"我帮你们引开蛇巫，你们逃。"

"那你呢？！"黑猫叫道，"呆瓜，你一个人怎么对付这么多蛇巫？"

扶岚摇摇头："我不会死，你们会。"

他抽出斩骨刀，窄而长的一弯刀身，流淌着妖异的光泽。他说得对，即便他被蛇巫撕碎，他新的肉身也会在这世间的某一个角落重新生长。他转过头，看向戚隐，轻声道："弟弟，你说过，会来找我。"

他不再说话了，等戚隐的回复，这是一个要永生永世遵守的承诺，他将为此而亡，为此而生。

戚隐默不吭声地站起来，把黑猫从扶岚肩头抱出来，扔给戚灵枢。

"猫爷，你跟着小师叔走。"他走向扶岚，道，"哥，你在说什么傻话？你不会死，我也不会。你会活着从这里走出去，我也一定会去找你。"他用有悔割下一截发丝，放进乾坤袋里丢给戚灵枢，"我的头发上有我的气息，你拿着。出地渊之后不必等我们，直接去找白雪。他们这些神祇神通广大，预知过去未来，虽然这时候我还没出生，想必他们也会知道些什么。你把这截头发带给她们，就说是我，她们未来选定的那个孩子要她们帮忙。"

戚灵枢将乾坤袋收入袖中，点了点头。

"保重，师弟。"

云知长叹了一声，伸出拳头。戚隐也伸出拳头，和他碰了碰。

"狗贼，答应我，千万别死了。"

"行，"云知笑了笑，"就算变成大蛇人，我也不死。"

戚隐转过身，和扶岚一起，御着刀剑一头冲进了对岸的蛇巫大潮。霎时间，对岸蛇巫沸腾起来，戚隐和扶岚两个人顷刻间没了顶。乌泱泱的人头中隐约涌现灿烂的刀剑光辉，又过了片刻，蛇巫潮开始移动。戚隐和扶岚两个人引着蛇巫潮，向着裂口相反的方向奔跑。

戚灵枢背起云知，黑猫嘶吼着变大，两人一猫一同跃向对岸，一路畅通无阻飞向裂隙。回头看，戚隐和扶岚两个人已经完全被蛇巫潮淹没，看不清人影了。刀剑忽隐忽现，血肉飞溅，空气中弥漫着毒雾和铁锈一般的苦腥味。斜刺里忽然冲出一个蛇巫，戚灵枢迅速闪身，问雪剑割断蛇巫的喉咙。他没注意到装着戚隐发丝的乾坤袋从袖中跌落，只是再次回望毒雾中的戚隐和扶岚，抿了抿唇，带着黑猫和云知

## 第四十二章 死生

御剑而上。

戚隐和扶岚已经数不清挥了多少次刀，冰封了多少蛇巫。这片暗红色的地渊中遍布白色的斑块，那是他们冰封的区域，无数蛇巫被冻在里面，尖锐的冰块边缘锋利如牙。戚隐抓住一个蛇巫，用尽全力把它摔在冰牙上，冰牙穿透它的心脏，鲜血喷了戚隐满脸。扶岚再次挥刀，斩断一个蛇巫的头颅。戚隐听见他低沉的喘息和急速的心跳，连扶岚也累了，新一拨蛇巫还没有重生，三十步外的蛇巫还没有到达，他们抓紧时间休息。

这些蛇巫变聪明了，它们不再一拥而上，而是交替着进攻。这样就可以弥补那十息的重生时间，有效地消耗戚隐和扶岚的精力。快不行了，戚隐剧烈地喘息，这些蛇巫死了活，活了死，没完没了。这样不行，戚隐忽然记起白鹿以前说过，扶岚花根系相连，一块区域内的扶岚花共享一条根。或许找到那条根，就能把这些蛇巫彻底杀死。

"小隐，你该走了。"扶岚说。

"我不能把你一个人丢在这里。"戚隐道。

扶岚摇摇头："你死了，就没有人来找我了。"

这不是戚隐第一次看见他这样悲哀的眼神，戚隐的心好像被谁狠狠一拧，要滴出血来。"没有人来找我了"，好像就是在说，他将被遗忘在这世界的某个角落，即便很用力地大声呼喊，也得不到回应。

"一开始认识你的时候，感觉很奇怪，你总是说一些莫名其妙的话。"扶岚一刀斩碎一个蛇巫，举手放出凛冬，蛇巫们缓缓停滞了动作，身躯覆上霜雪。他轻声道："从来没有人对我说过这样的话。他们总是叫我怪物，称我为异类，让我远离，让我消失。你说的话很奇怪，但是我并不讨厌，我……想要继续听到，你说那些话。"

"哥……"戚隐心里生疼。

"所以你要活下去，去找到我。"

扶岚淡淡笑了笑，温和清浅的笑容，脸庞映着金红色的火光，恍若一朵清清淡淡的栀子花静悄悄地绽放。那一瞬间戚隐仿佛又看见他毕生无法忘记的那一幕，无数次午夜梦回的那一幕，扶岚在红莲业火中转过脸来，对着他温柔浅笑。

"再见，小隐。"

戚隐的心里涌起巨大的恐惧，像密不透风的铁从四面八方将他围住。不可以、不可以。他伸出手，有悔剑的剑光在周身周旋，紧跟着扶岚的脚步，扑入挨挨挤挤的蛇群。他不要再看见扶岚死去，他不要再像以前一样活在扶岚的保护下。他拼命挥剑，泪水从脸颊上滴落。

他已经承受不起，再一次的绝望。

转瞬之间，蛇巫蜂拥而至，轰轰烈烈无可阻挡，将那两道凄冷的刀剑光辉一同吞没。

地下三百尺。

虞师师把慕容雪推入石壁洞，扭头看了一眼下方漆黑的裂隙。无数蛇巫从深处爬出来，苍白的手臂尖锐的指甲，几乎可以够着她的脚底。她用力把几个蛇巫踹下去，转身爬进了壁洞，然后用黄符设下结界。慕容雪斜躺在地上，已经快不行了，只有出的气儿没有进的气儿。虞师师把他抱起来，让他倚着石块儿。

他们面前，是一颗巨大的红色心脏。密密麻麻的发丝般的气根从四面八方穿透石壁，汇聚进这颗巨大的心脏。心脏缓慢地跳动，根络犹如蛛丝布满它的表面。这里是一个封闭的地洞，巨大的心脏几乎充斥所有空间，他们已经无路可退。侧面石壁上刻着伏羲的壁画，损毁了一半，依稀能看见伏羲朦胧的脸，笼在一层金色的光晕里，无人知晓他的真容。

其实她也走不动了，她扒开裤子，腿上长满了黑鳞。她意识到，她像她的师父那样，在渐渐地变成蛇。

"慕容雪，你快看，这是它们的心脏吗？"虞师师侧过头，看向慕容雪。

慕容雪已经无法回答她了，他的血流得太多了，伤口在发炎，引起他的高烧。他的脸上像涂了一层厚厚的白粉，一点儿血色也没有。虞师师帮他擦了擦额上的汗，他迷迷糊糊睁开眼，无力地张了张嘴。

虞师师仔细辨别他的话，他艰难地开口，是"快走"的口型。

"你真傻，"虞师师流着泪说，"你以为你这样为了我死掉我就会喜欢你吗？会记得你一辈子吗？我不会的，笨蛋。"

慕容雪扯了扯嘴角，脑子里的黑暗越来越沉，笼罩他的四肢百骸。胸膛中最后一口气快要泄了，他知道他要死了。原来死亡是这种感觉，身体明明在高烧，可他却觉得冷。手指僵硬，动不了，他心里哀戚，这个笨姑娘为什么还不走。

一双纤弱的手抱住他，他的耳旁响起虞师师的声音。

她向来凶悍，对谁都趾高气扬，更从来没有这样温柔地对他说过话。

"可我下辈子会喜欢你的。"虞师师说，像说一个只有他们两个人知道的秘密，又像在做一个约定。

虞师师拉起他的手，帮助他握住归昧。这把挑剔的上古灵剑，除了戚隐和戚慎微，谁都无法握住它的剑柄。可它意外地没有抗拒这两个半吊子道士的手，乖巧地自己解了锈。

"咱们两个一直在拖累戚隐他们，要他们带着我们，又要他们救我们。戚隐那个看起来冷冰冰的家伙，还为咱们剖了心。"虞师师抹了把眼泪，笑着道，"慕容雪，这回换咱们帮他们了。他们以后要是知道，一定特别感激我们，要给我们烧香，你说对不对？"

壁洞那方的结界被不断冲击，结界金光一闪一闪的，符咒摇摇欲坠。

虞师师深吸了一口气，握紧慕容雪的手，两个人的手一同握紧归昧剑，奋力刺入了那颗狰狞的心脏。

## 第四十二章 死生

霜寒剑气冲入花根心房，以归昧剑为中心，所有缠绕交错的荧光脉络变得苍白、死灰。世界仿佛静了那么一瞬，外面的蛇巫厉声长嘶，像被刺了一刀一般，所有蛇巫都陷入了疯狂。心脏一截截冷了下去，不再炽热，不再发光，瞬息之后，彻底成了死气沉沉的雕塑。

虞师师看不到，地面上所有的扶岚花化为灰烬，白苍苍的绒羽飘散空中，这荒凉的地渊像下起了大雪，覆盖住蛇巫黏腻稠湿的血肉和狰狞的脸颊。地下的世界好像被淘洗了，洁白犹如静谧的神境。

戚隐和扶岚睁大眼睛四望，蛇巫们捂着头脸痛苦地哀号，疯了一般四处乱窜。有人杀死了大根，戚隐猛然意识到，这意味着蛇巫将再也无法重生。两个人背靠着背，不约而同释放凛冬，冰花从脚底下蔓延，咔咔嚓嚓爬上蛇巫的蛇尾，瞬息之间，灼热的地渊成为冰雪的世界。

地下，蛇巫更加疯狂地冲击结界，符咒一片一片掉落，落花一般委顿在地。蛇巫们爬进来了，惨白的脸庞哀恸又暴怒。这两种复杂的情绪凝聚在它们怪异的脸上，让它们显得如同号哭的鬼怪。

虞师师转过脸，慕容雪的头歪靠在她的肩膀上。她颤抖着手，去试探他的呼吸。一片冰冷。

他终于死了，像所有飘落大地的雪一样，静悄悄地没了。

蛇巫们围了过来，干枯如鸡爪的手抓住了她。她哭喊着，怒吼着，紧紧抱住慕容雪的尸身。可是蛇巫还是把他抢走了，她被按倒在地，脸颊贴着干硬的岩地，蛇巫举起手，刚硬如铁的指尖凝聚着一点冷光。虞师师努力仰着头，望向慕容雪，他的头无力地垂着，像一具木偶。虞师师竭尽全力望着他，竭尽全力向他伸出手。

她看见狰狞的蛇巫嗅他冷掉的尸体、冷掉的血液，她看见蛇巫背后的伏羲神画，残破的色彩勾勒着他魁伟的身躯。他低着隐现金光的面容，好像在俯望人间的起起灭灭的悲剧、生生死死的凡灵。一滴晶莹的露珠从那片金光中滴落，仿佛是一滴泪。

"神啊……"虞师师哭泣着，"倘若这个世间真的有神，你为何不开开眼，看看你的身边？！看看你的脚下？！你让我们活，为什么要让我们苦？！你为什么不给我们……不给他，一线生机？！"

时间像被放慢了，蛇巫的嘶叫声被怪异地拉长，变得更加尖厉。它们的爪子将将停在虞师师的脖颈上方，立刻就能撕碎虞师师的皮肤，却只是很慢地下落，似乎永远都到达不了终点。原来这就是死亡，在别人眼里一瞬间的事情，在她的眼中却这样漫长，就像是一个没有终点的噩梦。

虞师师闭上眼，贴着粗糙的地面，静静等待那一刻，忽然又发现不对。她抬起头，悚然发现并非她的错觉，而是时间真的被定住了。一切变成胶黄色，所有人像被放进了一个金黄色的琥珀，松脂凝固了他们扭曲的容颜、飞扬的发丝甚至是尖锐的嘶喊。

虞师师怔怔地从蛇巫手底下爬出来。

她的面前，那残损的壁画上，金光退却，古老的神祇睁开了黄金色的眼。

他的威严沉雄如山，迫使人想要下跪，虔诚地向他叩首。灿烂的光焰在他周身燃烧，永远也不会熄灭。他站在时间的尽头，真实的背面，缓缓开了口。他的声音，煌煌有如天上钟鼓。

"吾无力插手尔等命局，但吾确实可以给予尔等一线生机。你们，要吗？"

冰雕在岩浆的高温中消融，原本凝冷的水变得滚烫，漫过戚隐和扶岚的脚踝。脚下全是湿黏黏的泥土，分不清是那些蛇巫的血肉，还是岩土的淤泥。两个人背靠着背喘气，手脚瘫软，都已经是强弩之末。神花彻底消散，落成白色的灰，随着铁锈红的毒雾沉淀。地渊里终于安静了下来，静谧到仿佛空气都要沉落，荒芜成一片绝地。

面前三尺远的地方，淤泥忽然震了震。戚隐和扶岚都听见一个心跳声由弱至强，向上而来，越来越近。戚隐心里烦躁，这些蛇巫有完没完？他拎着剑走过去，剑尖上撩，是一个准备挥斩的动作，只待那蛇巫破土而出，便取它的首级。

淤泥冒出了泡，一个浑身血污的女人钻出了半身。戚隐方要落剑，扶岚攥住他的手腕。

"是虞师师。"扶岚低声说。

戚隐一惊，定睛一看，果然是她。这倒霉女人浑身血泥，蓬头垢面，比鬼怪还像鬼怪，难怪他没有认出来。看她模样，该是受了不少苦。戚隐叹了口气，朝她伸出手。

"伤着哪儿没有？你身边那呆子呢？"

虞师师弯下身，从怀里捧出一个襁褓。那是一个紧闭着双眼的孩子，细瓷一样白净的脸蛋儿，长长的黑睫毛，才丁点儿大，不会超过两岁。血衣包裹成襁褓，他安安静静躺在里头，像个小棉花团子。

这是从哪儿来的孩子？

"你……"戚隐震惊地说不出话。

扶岚也愣了，歪着头看了那孩子一会儿，蹲下身，好奇地戳了戳他的脸颊。

"他叫慕容长疏，长白的长，林疏的疏。他很可爱，对吗？"虞师师轻轻问。

慕容长疏！戚隐心里重重一跳，原来他就是慕容长疏，那个被扶岚带出伏羲神殿的孩子。他虚虚握着小拳，轻轻地呼吸，周围血腥又荒芜，只有这个刚诞生的小童兀自安眠。

虞师师道："戚师弟、扶岚公子，你们都是好人。我一直都错怪了你们，觉得扶岚公子不识抬举，你又长得怪模怪样，实在不像个正经人，才……不喜欢你们。"

"没关系，"扶岚说，"你太吵了，我也不喜欢你。"

虞师师被他噎了会儿，才道："直到戚师弟为了救我们剖心，我才知道，原来

## 第四十二章 死生

你只是刀子嘴豆腐心,我一直都错怪了你们。"虞师师低下脸,将冰凉的脸颊贴在孩子的额头上。她闭了闭眼,泪水无声地滴落腮边:"二位,我还想麻烦你们最后一件事。求你们,帮我把这个孩子带出去,送他到凤还、昆仑、无方,哪里都好,只是千万不要再去钟鼓。"

"这个孩子……到底是怎么回事?"戚隐皱着眉问。

"我们见到神了。"虞师师笑了笑。她苍白的笑容被金红的岩浆光芒映着,几乎是透明的。这个原本骄蛮不可一世的女人,仅仅分离几个时辰,却一下子变了个人似的,变得平和、安静,仿佛泼天大祸从天而降,也无法夺走她安宁的微笑。

她道:"是伏羲大神救了我们。蛇巫围攻、生死存亡的时候,我向大神乞求一线生机。"

"伏羲?"戚隐一愣。

白鹿在心海中蓦然睁开眼。

"已经死去的人不能再救活,已成死局的命没有办法再更改,所以,伏羲大神给了我们这个孩子,他流着我和慕容雪的血,带着我们两个共同的血脉,他将代替我们活下去。"虞师师垂下眼睫,目光在孩子安详的睡颜上不舍地流连,"他是我和慕容雪生命的延续,是我们最后的希望。他就是我们的生机,只要这个孩子活着,我们就活着。"

"你在说些什么东西?你自己的孩子你自己养。"戚隐察觉到不对,"伏羲在哪儿,你让他出来见我们!"

"我走不了了。"虞师师摇摇头,"慕容雪一个人在下面,会害怕的。你知道,他最胆小了。"

她将慕容长疏放进扶岚的怀抱,扶岚笨拙地接过这个孩童。孩童在他的臂弯里酣睡,小小的一团,比小鸡还脆弱,好像一捏就会死掉。扶岚呆呆地凝视这个孩子,如果小隐有孩子,是不是也是这样一个小小的雪团,让他小心翼翼捧在手心里?

虞师师瞧着扶岚专注凝望这孩子的眼神,放下了心,嫣然一笑,道:"再见,二位。"

金红色的火光映照她白皙的脸庞,那一抹笑定格成一道瑰丽的剪影。虞师师一头扎进淤泥,黑鳞在戚隐面前一闪而过,虞师师整个人不见了踪影,只剩下一个淤泥洞穴。

她一直没有从淤泥里出来,因为她的下身已经成了蛇尾。

"喂,到底怎么回事?!伏羲呢,你让他出来见我们!"戚隐一个箭步冲上去,半身探进洞里大吼,"喂!喂!"

这个女人,怎么能就这样把孩子丢给他们?戚隐气得眼前发黑,扭头对扶岚说了声"在上面等我",便跳进洞四处摸寻。下面黑漆漆一片,鼻子里全是土和血的腥味。虞师师踪迹全无,凝神听,也听不见活物的心跳。四处皆是死寂,仿佛无论是蛇巫、凡人还是神花,都在顷刻间消弭无踪。

"虞师师！"戚隐大吼，"虞师师！"

说什么浑话？说什么孩子是父母的延续，是父母的希望。父母不在身边，孩子孤单长大，那他的希望又在哪里？他被地痞流氓打得头破血流，被同窗撑在前面跌跌撞撞逃跑，他的希望去哪里找！戚隐忽然明白了慕容长疏到底在找什么，他不是在找神迹，不是在找扶岚，他是在找他的父母、他的由来。

这是他毕生的心结，独自一人寄居仙山，脑海里只剩下一个陌生男人孤独的背影。他循着这个模糊的背影，执着地踏遍千山万水，去找他血脉的源头。就像从前的戚隐，从吴塘走到凤还，再从凤还去往无方，一步步、一程程，跟着他父亲的脚印走到了神墓。失家的感觉，伶仃孤苦的创痛，这帮白痴怎么会懂？无论走到多远，是天涯还是海角，血脉会召唤他回去，让他重回父母的坟冢。

扶岚抱着孩子乖乖在洞外面等待，小孩儿的身子柔软，裹在臂弯里一点儿分量也没有。扶岚很紧张，吃力维持一个不松不紧的姿势。戚隐还没回来，扶岚发起了呆，视线落在远处，一个乾坤袋匿在暗红雾气后面，若隐若现。扶岚愣了下，站起身，走过去，拾起那个乾坤袋，里面装着戚隐的发丝。

静寂，仿佛一切都死了。戚隐一无所获，最终放弃了追寻，扶着洞壁气喘吁吁。指尖发冷，渐渐变得苍白，那是冰花在他的指端发芽、生长、蔓延，他的手指一寸寸变得几乎透明。反噬又开始了，戚隐抚着胸口，心脏失了速，一阵阵收缩，寒气失去他的控制，无可抑制地外放。他的手指触及之处，统统结了冰。

没关系，忍一忍就好了，忍一忍就好了。他捧着手掌哈气，颤巍巍地爬出淤泥洞，却发现扶岚不在上面，那孩子也不见了。地渊寥廓而寂静，冰雕圆融的轮廓在火中闪着光，铁锈红的雾气沉淀在苍红色的岩石上，岩浆以无比缓慢的速度涨落，于是那瑰丽的光影也在戚隐深邃的眉眼上寂静地起落。戚隐慢慢吐出一口气，白花花的气团凝在空中。

时间被人动了手脚，这里的时间被放慢了无数倍。整个伏羲神殿陷入了时间的静默，妖魉在岩缝中静止，虾子红的花木无声无息，戚灵枢、云知和黑猫定格在地下森林中，保持一个奋力奔跑的姿势。

天底下有谁有这样的大能，竟然能掌控时间。戚隐心里有了答案，缓缓回过头，前方，岩浆河的岸边，矗立着一个人影。像所有神话里描述的那样，人首蛇身，古老庄严。他有着暗金色的蛇尾，修长高挑的身躯，不熄的光焰笼罩他的周身，照亮一方地渊。他威严的气息让人心悸，像一座巍峨高山压在戚隐的肩头，迫使人忍不住屏住呼吸。

神祇转过脸，逆着火焰与岩浆绚烂的光，黄金色眼眸犹如太阳一般闪耀，没有人可以直视那灿烂的眼眸。

"好久不见，姜央。"他说。

一团白雾从戚隐的身躯中漫溢而出，凝结成白鹿的影子。这个家伙平日不愿现

## 第四十二章 死生

于人前，戚隐这才发现，他的魂魄实在了许多，不那么透明了。少年抱着手臂，大袖无风自动，扑棱犹如白蛾的翅子。他的神情看不出故人重逢的欣喜，也看不出宿敌相见的仇恨，只有波澜不惊的平和。

他"喊"了一声，道："你还没死啊，时隔多年，再见到你这张丑恶的老脸，真是让小爷一如既往恶心。"

伏羲并没有因为白鹿无礼的言行生气，他的脸上没有愤怒，没有暴虐，甚至没有情绪。戚隐难以用言语去形容这个古老的神祇，他让戚隐想起雕塑、大海、星空和一切没有生命的东西。在他的身上，戚隐看见神圣，也看见死亡。

"不，"伏羲开了口，"我已经死了，和你一样，肉体已坏，神魂犹存。我的时间不多了，我很快会消散于凡世，重归山川河海，一如我们未曾诞生之时。我在这里的唯一理由，只是等待与这个孩子相见。"

伏羲的目光转向了戚隐。戚隐的反噬很厉害，许久都没有平息。他手扶着冰雕，硬挺着脊背，不愿意在这个漠然的神祇面前倒下去。伏羲抬起手，指尖凝出一点金色光晕，没入戚隐的心头。奇迹般的，冰花从戚隐身上融化，反噬像潮水般消退。

"多谢。"戚隐拱了拱手，道，"伏羲老爷，劳烦你帮忙帮到底，帮我救一个兄弟。他快死了，料想还未走出神殿，烦请你老高抬贵手，撤了你的蛇诅。"

"我从不轻易更改凡灵的命局，"伏羲道，"倘若他命中注定丧命此处，那么我可以给他一线生机……"

戚隐心里有股火苗噌噌燃起，什么狗屁一线生机，他以为他是送子观音吗？戚隐硬压着火道："我不是开安乐堂的，我不想养他的孩子，我只想看见他和以前一样活蹦乱跳。你费尽苦心留存一缕魂魄，想必不是对这里的蛇巫不舍。你是在等我，对吗？巫郁离违逆天命，篡改天运，你是想让我要了他的狗命，对吧？可以，我去帮你取来。他的命，换我兄弟的命，换我和我的伙伴们蛇诅痊愈，够不够？"

"命局很难更改，凡世生灵的命途恍若蛛网连线，牵一发则动全身。更改一人命局，则千千万万人随之而生，随之而亡。天行有常，即便我强行扭转他一时的存亡，他也会因别的意外而丧生。这就是宿命，孩子。"伏羲慢慢道，"宿命是一条长河，无论你改易多少条河道，它都终将奔腾入海。"

撒谎吧，戚隐难以相信。他是最古老的神祇，连时间都能掌握手中，一个小小凡人的生死怎么会左右不了？戚隐咬着牙道："不，我哥的命运不就是被改变了吗？我哥原本对戚隐是何人一无所知，在原本的时间里，他跟着虞临仙这帮人来到这里，虞临仙和其他人都死了，只有我哥带着慕容长疏走了出去。可现在不一样，白雪神女送我来到这里，是我和我哥一起走到了这里，这难道不是改变吗？"

伏羲和白鹿一同望着他，时间在地渊里静默，戚隐忽然从这两个从模样到性子完全不一样的神祇身上找到了共同点。那是一种悲哀的平静，像弥漫的烟尘，笼罩在他们周身。

"臭小子，你还记得神墓里那具白骨吧。"白鹿幽幽说，"你哥从伏羲神殿生还，将慕容长疏送往无方,然后他跃下冰海天渊,到达小爷的墓穴。他进入了我的神殿,造访我的神像。我的神侍杀了他,斩骨刀跌落青铜柱,随着深渊海水,漂回冰海天渊。你记不记得,我曾经告诉你,他在临死前施了一个咒法。你有没有想过,他为什么要去造访我的神像,施的又是什么咒法?"

不祥的感觉笼罩戚隐的心头,他仿佛想到什么,心里重重一沉。

白鹿叹了口气:"那是因为在你所谓的原本的时间里,进入伏羲神殿的就是你们,到达幽厉地渊的也是你们。在乌江照顾你的那个扶岚,在他漫长的过去里,原本就有戚隐这个人。"

"我可以为你打开灵感大目,"伏羲温声道,"睁眼看。"

黄金大目在他的身后开启,那是神祇天眼,可见过去未来,万物因果在它的眼中纤毫毕现,无所遁形。戚隐一愣,回过头,周遭的一切同时扭曲,岩浆倒流,河床升高,冰雕粉碎,青铜柱拔地而起,穹隆上星空河水般流泻,无尽的黑暗在远处延伸,静谧巍峨的白鹿神像矗立远方,俯视千仞深渊。

白雾中,一个浴血的男人跋涉而来,每走一步,他的脚下就留下一个血脚印。他的步伐已经踉跄,几乎跌倒,戴着面具的神侍在后方悄然显现,无数风息幻化的利刃切入他的脊背,鲜血犹如泉涌,他终于在接近神像的那一刻跪倒。

可他仍在往前爬,膝盖拖出长长的血痕。鲜血染在他白皙的额角,恍若一朵梅花悄然地绽放。他俯在神像下,静静地听,即便遍体鳞伤,他恬静的脸庞依然没有过多的表情,好像一切苦痛对于他来说都轻若尘埃。

戚隐的心仿佛被谁拧住了,淅淅沥沥滴着血。他哑声道:"我哥在听白鹿的心跳吗?"

"不错,"伏羲道,"在那时的世间,白鹿心脏是唯一一个与你有联系的东西,即便你要到数百年后才会取走这颗心脏。你的哥哥想要守候在神墓,以便早点与你相遇。可惜他并不知道,纵使巴山神侍待他亲和,神墓的神侍依旧会要他的性命。"

扶岚咳出一口血,艰难支起身来,靠在神像基座边上。他快要死了,他受的伤太多,自愈的能力失去了效用。神侍的风刃击穿了他的肺部,鲜血在灌满他的肺腑,很快他会因为自己的血窒息而死。他喘着气,破损的肺像一个老旧的风箱。他颤抖着手,从怀中掏出一个乾坤袋,拿出一捆红绸扎绑的发丝。

"小隐……"

有人说,时间是一个兜兜转转的圆,当人快要死掉的时候,那些记忆里最珍重的岁月会像海上浮木,最终折返。他闭上眼,让远方的声音重新回到耳边。簌簌飞落的雪,落满那个黑眼睛男孩儿的肩头。雪落的声响,像羽毛轻轻搔着耳朵。地底黑暗无声,他听见他的呼吸声咻咻犹如小兽。毒雾花海,世界像被泼了血,铁锈一般红,岩浆的光沉淀在男孩儿的脸上,他用力朝他大喊:"我们都是怪物,怪物就要和怪物在一起!"

在一起。扶岚喃喃默念这句话。在一起。

## 第四十二章　死生

　　他知道，他每死一次，就会忘记这一世所有的过往。倘若他和戚隐再次相逢，他们将是对彼此一无所知的陌生人。可那段回忆，是他最珍贵的宝藏。他不想忘记弟弟，他想要记住弟弟的所有，容貌、声音、凝望他时专注的眼神，微凉的指尖，银色霜花铺满的眼眸……所有的一切，他都不想忘记。

　　至少，让他记住弟弟的气息。

　　扶岚睁开眼，捻出戚隐的发丝，放入手掌。掌心腾起的火焰燃烧那银白色的头发，袅袅细烟曲折地升起。扶岚用尽全身最后的灵力，画了一个符咒，将那烟封入符纹，然后指尖一转，符纹洞穿他的额心，直达脑髓灵宫。

　　像一把剑刺穿头颅，又如雷亟，炽热的剧痛蔓延全身，扶岚整个人震了一瞬。尔后他的手落回身边，恬静的眸子失去光彩，漫长的黑夜钻进他的眼眸。额心那一寸殷红的伤口流下蜿蜒的血，鲜红，刺目。

　　戚隐怔怔地蹲在他身边，泪水扑簌簌滴落脸颊，心脏像被谁撕开了，血淋淋地疼。这分明是他给戚灵枢的乾坤囊，怎么会在扶岚的手里？然而一切都连上了线，他记起来了，初见这具被遗忘在世间角落的骨骸，它的乾坤袋中就卧着银白色的断发。

　　白鹿说得没错，这一切早就已经发生，只是他不知道。

　　妖魔以气息辨人，一个人的容貌可以改易，声音会因年纪增长而变得醇厚，只有气息，它源自血脉，生发于骨肉，很难改变。即便戚隐换了心脏，变成非人非妖非魔的怪物，可只要他保存着这具肉身，他的气息就依然保留着从前的痕迹。原来扶岚脑髓灵宫上的刻痕不是谁对他的折磨，是他自己将戚隐的气息刻入魂魄。

　　所以扶岚孤僻迟钝，却与他有着天然的亲近。所以扶岚不饮不食，却独独喜爱他鲜血的味道。所以在巴山月镜的那个废弃的小木屋，扶岚对他说"好像很久很久以前，我就是哥哥，你就是弟弟了"。

　　扶岚护他，不是因为神祇"保护戚隐"的低语，而是因为这刻在神魂中的符咒，他自己施加给自己、不可解、不可逆的咒术。

　　吴塘细雨，寂寥长巷。

　　他们不是初识相遇，而是久别重逢。

　　悲哀像扑扑的灰，沉沉落满心头。戚隐哑声问："若我告诉我哥这些事情，让他不要去无方送死呢？"

　　"你无法告诉他，"伏羲道，"天地规则自有禁锢，即便你预知未来，也无法开口告知你的伙伴即将发生的一切。你尝试改变，但你最终会发现所有努力都付之流水，命运的大潮依然向着它原本的方向而去。我的孩子，你只能眼睁睁看着他们走上必死的宿命。"

　　"你尝试过，对吗？"戚隐回过脸，凝视这神祇的黄金眼睛，"你说你从不'轻易'更改别人的命局，难道也曾有万不得已的情况让你破了例？大神，你改过谁的命？"

伏羲静默地瞧着他，只道："我失败了。"

白鹿打了个哈欠，懒洋洋道："想不到你也有打破天常的时候。你为谁改命？你的旧相好？"

伏羲淡淡转过眼来，绚烂的光焰在他眸中明灭。他脸庞平静："是你的大神巫，姜央。"

白鹿一怔，银色的双眸蓦然睁大。

"三千年前，你与巫郁离初识之时，我便已经预知那个孩子悲惨的命运。他的命数关系千万生民，更关系凡世存亡。那是我第一次试图插手凡灵的命局。"

伏羲一挥手，周天星辰翩翩落下，环绕在他们周身。星尘犹如扑飞的小虫，盈盈生光。内中站立起无数半指长的小人儿，星光凝聚在他们身上，他们在荒芜星尘构造出的山川、平原、峡谷间走动，彼此之间串联着蛛网般的细丝，伴随着他们的行动延长又缩短。戚隐惊异地看着这一切，问道："这是什么？"

"命盘。"伏羲用手指勾连那些细细的丝线，"它记录万物演变和始末，容纳一切因果轮转。我曾尝试改变巫郁离的命线，以命盘演算他的未来。然而，这个孩子无论是富贵滔天，还是穷困潦倒，无论是成为部落首领、一方神巫，还是营营小民，他都终将走向同一个命运。那就是……"

戚隐喃喃接过他的话："灭世。"

这是属于他的宿命，不可违抗，无可更改。那个男人美丽又疯狂的面目还历历在目，戚隐心里五味杂陈，道："可他一直以为他在违抗天命。"

"他错了，他正走在他的命途之中。"伏羲轻声道。

"为什么不直接杀了他，杀了他不就好了吗？谁都不用死，天下太平。"

白鹿的声音插进来："因为灭世不光是他的命，也是你们的命，白痴。"

戚隐转过脸瞧他，他面色低沉，看不出是什么心绪，只听他幽幽地解释："就算杀了我的大神巫，也会有第二个人接替他，把你们这帮白痴灭了，履行灭世的宿命。"

这么说来，命运这种玄乎的东西，当真就是避不过躲不开，也化解不了的吗？戚隐望着那些星辰山川，荧光小人之间细线交错犹如棋盘。他默默地想，灭了就灭了，没什么不好，灭了反而清净。这世道这样乱，这命局这样残酷，每个人像蝼蚁一样爬。然而戚隐知道，他无法逃脱和巫郁离的战争。那个男人是这世上唯一一个知道扶岚在何处重生的人，也是这世上唯一能够真正杀死扶岚的人。

"伏羲大神，你找我来，就是要我杀了他吧。"戚隐低着眸道，"可既然杀了他也没有意义，又何必找我？"

"不，我并未开启黄金大目预知灭世的结果。"伏羲收起命盘，缓缓道来，"灭世已经开始，却并未结束。我不知道你们的命运将走向漫漫长夜，还是重见天光。若我不曾预知，这一切就没有答案，你们就还有生机。"

戚隐明白他的话，就像从一个黑盒子里抓阄，没人知道盒子里装的到底是生还

## 第四十二章　死生

是死，那么他们就还有机会。听起来像是自欺欺人，可的确没有旁的法子。有的时候结果是什么不重要，重要的是希望。这希望就像吊在老驴眼前的萝卜，诱引所有人追着往前跑，明明知道不会有终点，硬是要磋磨地挨下去。

但戚隐又隐隐觉得不对，心里有什么东西戳着他，让他不舒服。他凝眉静思，忽然想起来白鹿在神墓里告诉他的预言。伏羲登临泰山，卜天下大卦，得"人族兴，妖魔盛，大神隐"的卦辞。灭世和兴世，两个完全相反的神谕，怎么会同时出现？戚隐蓦然抬起眼来，凝望神祇。

白鹿沉声开了口："伏羲，你骗了我们吗？你说你开启黄金大目，却并未穷尽你能看到的一切，你根本不知道凡灵的未来，'人族兴，妖魔盛'的神谕又从何而来？这是个谎言吗？你对诸神撒了谎吗？"

魁伟的神祇并不窘迫，只是轻轻颔首，道："不错，那是我的弥天大谎。神应运而生，应劫而死，千百年来，诸神顺法从道，无敢违之。唯有告诉诸天神祇这个谎言，他们才能帮助我护佑戚隐，将他一路送往霜雪神心，换取凡世一线生机。"他望向远方，星辰熠熠闪烁，然而这光辉终究有尽头，光辉尽处，是无限黑暗。他不再多说，却反问白鹿："姜央，你当年斩角撒入九山，为何要给予妖魔繁衍的本能？"

白鹿"喊"了声："它们没办法自己造自己，倘若不会繁衍，第一代死了就没了，那小爷岂不是白费功夫？"

"千百年来，俗世凡灵求告大道，欲登天而长生。然则凡灵愚昧，不知即便我等神祇，亦并非与天同寿。这世上从来没有真正的长生秘法，我的神巫在肉身不败的噩梦里腐败，巫郁离在不死的诅咒里疯狂。延续血脉的方法从来只有一个，"伏羲的目光落在戚隐的眉间，"那就是繁衍。"

他的目光平和安静，在他的目光下，戚隐好像站在山崖边，远眺无声涨落的茫茫大海。戚隐也被这寥廓的重山叠海注视着，就像伏羲注视着他。

"孩子，你的出生凝聚着无数人的努力。你的祖先诞生于我和女娲的掌心，我们将他们放置于天穆之野。他们学会耕种、放牧、保存火种。天殇之战，他们背井离乡，向北迁徙，度过旱夏与寒冬，躲过野兽与妖魔，在乌江水畔重新扎根。由此一代一代传续，才有戚慎微，才有孟芙娘，才有你。你们这一族的血脉流传千年，深藏在你的血肉、经脉、骨骼，这些血脉也将传承给你的子孙，世世代代，生生不息。"伏羲顿了顿，复道，"我的孩子，女娲抟黄土而成人，你们是神祇的造物，是神祇的后裔，你们活着，我们便活着。"

"这是你的私心吗？"戚隐轻声问。

他注意到这沉默的神祇说到巫郁离时既无愤恨，也无厌恶。神的脸庞无哀无怨，他只是静静叙述一切，仿佛在说一个令人遗憾的故事。世间庙祠雕刻伏羲女娲，永远使他们垂目而视。戚隐隐隐约约明白，或许这是因为神俯瞰世间，芸芸众生在苦难中煎熬，而神注视他们的苦难。

众生是诞生在他和女娲掌心的孩子，那么巫郁离，那个猎杀诸神的家伙，在伏羲的眼里也是个被苦难鞭笞的孩子吗？

"可以这么说，"伏羲抬起几乎透明的指尖，凝聚一点微光，"我将以我最后的神力愈疗你的反噬，届时，你将完完全全容纳白鹿的心脏。你的反噬已经愈发强烈，你以为是你的肉身太过脆弱，承受不住神祇的心脏。但事实并非如此，脆弱的不是你的肉身，而是你的神魂。这也是巫郁离放任你们来到此处的原因，因为他知道，你终有一日会魂飞魄散。到那时，姜央将自然而然地接管你的肉身。"

白鹿撇撇嘴，颇为嫌弃地说："我的大神巫智谋出众，偏这眼神儿不好，怎么挑了你这么个大黑小子当我的肉身。小爷若成了你这副傻样，宁愿找棵歪脖子树吊死。"

戚隐：说实话，有时候真想这头鹿死了算了。

"神祇陨落，人间道法衰竭，英才泯灭。孩子，到那时，你将是唯一一个能与巫郁离匹敌的对手。"伏羲温声说。

戚隐说："不行，我们不知道属于他的那片扶岚花在哪里，如果不毁了神花大根，即便杀了他他也会重生。"

"一切因果皆有迹可循，"伏羲道，"我将为你开启黄金大目，让你探知他的过去。他是你最强劲的对手，了解他对你有益无害。"

"小爷不同意。"白鹿没好气地说，"一些陈芝麻烂谷子的事儿，有什么可看的？"

伏羲很淡地笑了笑："姜央，你惧怕回忆吗？"

"我怕什么？"白鹿怒道，"我怕让这小子看见小爷踹你的金光大脸。"

伏羲并不理会他的气愤，正要为戚隐疗伤，戚隐拦住伏羲："伏羲老爷，我师兄云知向来与我走得近，你没有看过我的未来，也就是说，你也没看过他的未来。你并不知道他会不会死在这里，对吗？"

"不错。"伏羲道。

戚隐抱起两臂，耸耸肩："实不相瞒，灭不灭世救不救世什么的，我真的无所谓。你的预知到灭世而止，想必你也知道巫郁离灭世，还有我一份功劳在。他们死不死活不活，我实在不想管，我只想去那个'高高的地方'，把我哥找回来。如果巫郁离愿意静下心，和我好好谈谈，说不定我们俩还能冰释前嫌，握手言和。他既然能造我哥，想必也能再给我造个肉身，到时候白鹿复活，我和我哥出海隐居，大家都如愿以偿。"

"你要向我许愿吗？"伏羲并不愤怒，只是平静地询问。

"不是许愿，是交易。"戚隐道，"你用你最后的神力，让那个满嘴跑马的狗贼重新活蹦乱跳。我去帮你杀巫郁离，将他的人头送上你的祭台。"

"那么我将无法疗愈你的反噬，你很可能因此在与他的交战中丧生。"伏羲道，"你也很可能败在他的手下。"

## 第四十二章 死生

戚隐神情淡淡,似乎一点儿都不在乎神心反噬,像个无法无天的愣头青。他没滋没味地笑了笑:"其实我不是很讨厌我那师叔,毕竟人家长得漂亮,不发疯的时候还挺温柔。要么我还是跟着他灭世吧,说不定他能让我当个大总管什么的。"

伏羲凝望着他,黄金色的眸子里没有情绪。神祇的威压一如既往,山岳一般无形压顶,让人不自觉屏住呼吸。戚隐故作轻松地站着,脊背挺得笔直,直视他炽热的黄金双眸,额头却不自觉滴下了汗,戚隐觉得自己的脊柱下一刻就要折断。

大神默然无言,戚隐总有一种被他看穿的感觉。

白鹿一副站在旁边看好戏的样子,满脸嘲讽,也不知道在嘲笑戚隐还是伏羲。

"如你所愿。"伏羲最后道。

戚隐出了口长气,这样威胁伏羲多少有些不厚道,毕竟人家老爷子还费心费力想要疗愈他的病症。但戚隐没旁的法子,为了云知那狗贼的小命,也只好委屈伏羲大爷了。

"那么,开眼吧大老爷,"戚隐捏了捏拳头,骨节咔咔作响,"让我看看,我那师叔的过去到底是何等的……波澜壮阔。"

## 第四十三章 蒿里

烟雨蒙蒙，日头晕成姑娘脸上的一团酡红。茫茫四野是望也望不断的绿，汪汪水田切成方块，卷着裤腿赤着脚的男男女女埋着头插秧。雨点子唰唰掠过戚隐的身体，天地好像在窃窃私语，听着心里莫名地安宁。白鹿站在他边上，眺望远处的小山坡。黄桷林子被风吹得起伏，小村庄卧在山脚，停在雨里，噤着声儿，静悄悄的。

"为什么不让伏羲老儿帮你疗伤？"白鹿问。

"左右是要死的人，何必浪费他一身灵力。"

白鹿沉默了一会儿，道："我以为你忘记了我们的约定，你找到你那傻哥哥以后，人都要开出花儿来了。"

戚隐没有忘记，等他完成心愿，他要送白鹿永远离开。他们同心同体，唯一的办法就是毁掉心脏。从前他毫不犹豫地应承下来，是因为他哥没了，死亡对他来说只是一闭眼的事。现在他哥还有机会回来，他想活着，却已经对白鹿许下了诺言。索性让狗贼承了他的情，将来他哥重生，有那小子和猫爷照料着，他哥也不是孤零零一个人了。

"我不想走，老白。"戚隐仰起脖子，眺望漫天纷纷扬扬的雨，"可好像这世上的事情没什么是永恒的，两个人在一块儿，不是一个先走，就是另一个先走。父母亲人，爱侣伙伴，一块儿走着走着，你回过头，突然就发现他们停下来了，朝你挥手，说不能陪着你一起啦，下一程会有别人陪着你。然后你继续走，走着走着，终于有一天，你也停下来了，像从前同你挥手告别的人那样，同别人告别。总有一个人先离开，上回是我哥，这回是我。"

这回两个人都静默，没人再吭声。戚隐伸出手，雨滴穿过他透明的手心。

他不想走，真的不想走。然而这世间难解者，终不过月难长圆，花红不永，人隔生死。

不再多说，戚隐转而问道："这是哪里？巫郁离是哪一个？"他的目光在水田里劳作的奴隶中扫过，他们一个个，卷起裤脚，露出黑黝黝的泥巴腿子，没一个像的。

"这里是月牙谷，他的故乡。"白鹿长长舒了一口气，"跟我来。"

往山坡上走，雨点儿浇在泥地里，天是蟹壳青的颜色，低低压在远山上。戚隐跟着白鹿蹚过一片白水塘，他们其实是虚影，什么也摸不着，什么也碰不到，但满

## 第四十三章 蒿里

眼湿软的泥沙地，脚底板好像也沁凉似的。进了黄桷林子，叶子被风雨吹打，互相摩挲，沙沙响。走了一程子路，戚隐渐渐看到几个男孩儿的影子。

树杈上吊儿郎当躺了一个戴着白鹿面具的男孩儿，十二三岁的模样，一头银白的发，一袭素白的衣裳。戚隐认出来这是白鹿，想问他那时候在干吗，侧过脸，却见白鹿已经不见了。伏羲说白鹿惧怕回忆，那小子虽然死不承认，却明显是被戳中了痛处。戚隐也没管那小子去了哪儿，耸耸肩，继续看这帮毛头崽子过家家。

"听说你们想当小爷的神巫？"树杈上那个白鹿发话了。

"没错！白鹿大神，你选我吧！"几个孩子站在泥地里，纷纷举着手。

"行，"白鹿跳下来，轻飘飘落在一块大岩石上，"想当神巫的，就站成一排，报上名来。不管是人还是妖，每人一块兔子肉。跟着小爷混，让你们吃香喝辣，比巴山神殿那帮驴脑袋还威风！"

"他真的是白鹿大神吗？"有个矮个儿孩子悄悄问。

"管他是不是，他有肉！咱们一年到头都吃不到肉，你看，他有一袋子！"

孩子们咽了咽口水，纷纷站出来，一个个立得笔直。

白鹿拎着个麻布袋子，挨个派兔肉，挨个问名，末了还要拍拍他们的肩膀，以示鼓励。四个孩子，一个犬妖一个猫妖，剩下两个凡人崽子，都问完了，戚隐没有听见巫郁离的名字。这时林子里急匆匆蹿出一个半大孩子来，七八岁的模样，赤着脚丫子，脏兮兮一张脸，只见得清水般水汪汪的一双黑眼睛。

"对不起，我来晚了！"孩子撞进队伍，立在末尾。

"为什么迟到？"白鹿严肃地问。他是首领，他的队伍必须有规矩。

那男孩儿扁着嘴，委委屈屈地说："我跟我阿娘说白鹿大神降临了，阿娘不信，说我骗她，对大神不敬，把我揍了一顿，我就来晚了。"他哭丧着脸摸了摸自己的屁股，"白鹿大神，你法力无边，可以把我屁股上的痛痛吹走吗？"

白鹿显然尴尬了一下，道："法力无边的我不能把你的痛痛吹走。"他拍着男孩儿的肩膀，清了清嗓子，"你是要成为大神巫的人，怎么能被这点儿小伤打败？大神巫都是不怕痛的。"

男孩儿愣了一下，连忙用力点头："我不怕疼！"

"你为神负伤，多给你一块儿肉。"白鹿从袋里掏出两块肉给他，"叫什么名儿？"

男孩儿绷直脊背，立得像一棵小松。

"我叫小月牙！赞神圣名，祈神赐福。神巫小月牙参拜大神！"小月牙眉眼一弯，笑容灿烂生光。外头淅淅沥沥的雨停了，天光穿透飘散的云层，刺破树叶间的缝隙打下来，正好照在这个小孩儿巴掌大的小脸上，露出一种他们在这个年纪独有的天真。

白鹿被这灿烂的笑容晃了晃眼，抓了抓脑袋，心里生出点儿愧疚来。他其实都是逗这帮傻蛋玩儿的，成为神巫哪有这么容易，视线挪到这些孩子脏兮兮的脚上，脚背小腿肚上都是泥巴点子，有的还被蚊子咬了一腿的包，留下深深浅浅的灰黑色印记。只有奴隶小孩儿才这么邋遢，奴隶是神的牲畜，永远也当不了神巫。

可他无聊，月轮天上滚了个遍，太没劲了，他就忍不住跑到凡间来。要么用神语诱引，要么用肉干哄，总之抓几个孩子陪他玩，过几天再把他们送回家。他经常忘记时间，一天天，呼呼啦啦就过去了。孩子们回到家，一脸懵懂，忘记了同神奔起游玩的事儿，大人们把着他们哭，还以为他们被妖怪抓走了。后来这事儿不知怎的传到人间去，就有了白鹿食幼童心肝的传言。

白鹿新的队伍组建好了，四个孩子扛起肩舆，白鹿懒洋洋坐在上面，一个孩子扛着圆锹，打卤簿开路，几个人大摇大摆走上了田埂。奴隶们停下铁耒铁耜，手搭在木柄上撑着下巴看他们。

"那个白发男孩儿哪家的？怎么没见过？"有人问。

"隔壁鹿妖村的吗？你看他袍子多白净，还穿小皮靴，是主人家的孩子吧。"

"小月牙，别玩疯了，记得回家吃饭！"隔壁田下一个女人大声喊。

"哦！我知道了！"小月牙扭头应了声，抬着肩舆的竹竿子，憋着一口气往前走。监工的田畯来了，一甩鞭子啪的一声凌空炸响，所有人顿时不吭声了，深深俯下身去插秧。

一行孩子不算白鹿，统共五个，再剔掉犬妖和猫妖，巫郁离铁定是在剩下的这三个凡人崽子里。戚隐凑到他们跟前观察了半晌，一个个傻乎乎的，这个叫小月牙的最甚，任劳任怨，就差被当成牛马使唤，偏还挺荣幸似的。这时候的白鹿活生生是个人拐子，一个神做成这副模样，难怪白雩讨厌他。

话说回来，小月牙这个名字耳熟得紧，戚隐总觉得好像在哪儿听过。

他们径直到了一个法阵前面，白鹿领着几个小跟班进了法阵，霎时间天旋地转，所有人到了一处山洞里。他们这帮奴隶小孩儿，何曾见过这样移形换影的术法，纷纷瞪大了眼，稀奇地去摸山洞里青黑色的岩石。白鹿咳嗽了一声，示意大家往他这儿瞧。

"你们知道这是哪里吗？"白鹿问。

孩子们纷纷摇头。

白鹿道："笨，这里是巴山后山。你们要是能到地上，向着太阳相反的方向走，不到一个白天的工夫，你们就能看见巴山神殿的月镜。"

"你骗人，我才不信。我们明明在月牙谷，怎么会一下子跑到巴山？"有孩子反驳。

"我是神，我想去哪儿就去哪儿！爱信不信。"白鹿哼道，"巴山神殿的神巫死了之后，尸体就葬在这里。神巫和你们不一样，你们和你们的父母死了，掘个坑裹个草席埋了了事。他们要全身裹住金银，手上戴满宝玉才下葬。你们有胆子就跟我来，把他们的财宝拿回家，让你们的阿爹和阿娘过好日子。没胆子就自己回家去，当一只缩头乌龟。"

## 第四十三章 蒿里

"挖别人的坟是不对的……"小月牙小声说。

"那你就待在这儿吧。"白鹿没好气地说。他扭头就往里走，其他几个孩子面面相觑，最终也跟了上去。小月牙一个人站了半晌。四面是封闭的石洞，壁上嵌了几盏霉绿青铜长明灯，他的影子长长拉在地上，鬼魂似的。白鹿说他们可以回家，可他根本没留下回去的法阵。小月牙扁了扁嘴，很想哭。哪里吹来一阵阴风，抚着他的后脖颈子，他打了个寒战，连忙跟了上去。

沿着坑坑洼洼的岩道往里，白鹿说这道儿是以前修墓的奴隶挖的。他没说的是那些奴隶最终都被填在这条道的下面，被当作血肉地基。戚隐跟在他们后面，心想，上古的孩子胆儿真大，白鹿随便说两嘴就敢跟着往里闯。白鹿带他们挖洞，原来那圆锹就是使在这儿的。一开始没人愿意动弹，白鹿说谁挖得快谁就有肉吃，大伙儿才动起来。小月牙年纪最小，力气也小，没让他挖，白鹿让他给自己捶背。

厚厚一层白色膏土被挖掉，他们挖出一个容纳一人通过的洞穴来。他们从南面进的墓穴，里头是个砖顶石墓，正对着洞口是一扇墓门。进来才发现，几具石棺都是空的，棺材板儿早被人掀开了，连尸体都不在。白鹿一下愣了，上上下下找，道："怎么都是空的？"

几个孩子累了个半死，趴在地上喘气儿。那犬妖怨怼地道："就知道你是胡说八道，什么宝贝，连个鬼都没有。我不和你们玩了，我要回家了。"

"这里有人来过，把咱们的宝贝偷走了！"白鹿气得踹棺材，"谁这么大胆，敢动小爷的东西？！"

"可是偷宝贝就算了，为什么要偷尸体？"小月牙踮起脚尖，把脑袋探进棺材里。

"我阿娘说，有的神巫老爷死了，还会往耳洞里塞玉珠子，反正只要是有洞的地方，都得塞金银玉石什么的。兴许那帮贼子是不想浪费，干脆把整个人都扛走了。"有小孩说。

大家都唉声叹气，有几个孩子不甘心，一寸寸摸地面，期盼能捡到一些从神巫身上掉下来的玉珠子。几个大点儿的孩子都知道，玉珠子卖到妖市去，可以换到不少米面肉干，特别是从巴山神殿流出去的，价钱又能翻上一番。正摸着，犬妖耳朵动了动，脸忽然白了，道："你们听见什么声音没有？"

大伙儿都摇摇头，只有猫妖也缩了脖子："你是不是听到了脚步声？"

这种鬼地方，哪来的脚步声？大家对望，数了数人，没少，不可能是他们自己的人。将耳朵贴着地听，小月牙也听到那脚步声了，咚咚咚，擂鼓似的，越来越急，越来越近，好像许多双大脚往这里奔。

回头看那些空荡荡的石棺，小月牙顿时明白了，白着脸道："是他们，是神巫老爷。没人偷这里的宝贝，是神巫老爷自己从棺材里爬出去，现在又回来了！"

活过来的巫尸，所有人都僵住了。就算是活着的神巫，看见他们这帮奴隶擅闯墓穴，也会要了他们的小命。倒是小月牙最是镇定，道："不要怕，白鹿大神会保护我们的！"

"没错！"白鹿大声宣布，"大家听我的，先把门顶住。"

他去拖那些石棺，棺材太重，咬着牙搬了半天都搬不动。白鹿喊他们过来帮忙，小月牙和大家伙儿用肩膀去推石棺。肩膀擦破了皮，石棺纹丝不动。扭头看，只见石门外面脚步声隆隆。这回不用贴在地上听了，只是站在墓穴里，都能感受到那脚步撼地的力量。

白鹿跑过去顶住门，一双青白的手擦着门缝伸进来，乌黑色的指甲利刃一样锋利。那手抓住他的肩膀，一下把他拽了出去。连声惨叫都没有，白鹿像个纸人一样被拽出去，一下子没影儿了。烛火在墓穴里摇曳，照着每个人铁青的脸。

小月牙哭着喊了声神，想要跑出去。犬妖一把抱住他，青筋暴突地大喊："别去！你这个笨蛋，你还真以为他是什么大神。你被骗了，他不过是个不愁吃穿的少爷。大神怎么会打不过他的神巫？！况且就算白鹿大神真的在，也不会保佑我们这些奴隶的孩子！"

其他几个孩子忙爬出刚掘的洞，招呼他们快跑。犬妖拉着小月牙往外爬，小月牙一面哭一面爬，回头看，那洞口黑黢黢的，连长明灯都不知道什么时候熄了。那个白头发的男孩子会怎么样？会死掉吗？小月牙哭着道："可是他给我们小肉干，还说我们可以当神巫。"

犬妖骂道："奴隶当不了神巫，他从一开始就在骗我们！看在肉干的份儿上陪他玩玩，谁要为他丢命！"

小月牙不住回头，一咬牙，道："你们先走，叫阿娘他们来救我们！"

说着，扭头跑回了那个洞口，矮身爬了进去。

里面一片黑，什么也看不分明。空气里有一种腐败的臭味，刚刚好像没有闻到过。四下寂悄悄，什么声儿也没有，那个白发男孩彻底失了声息，不知道到底怎么样了。小月牙刚刚哭过，涕泪满脸。他不敢吸鼻子，这里这样静，连吸鼻子的声音都显得突兀。他记得墓门在洞的对面，隔着两个石棺。他蹲下身，用手摸着地往前爬。

爬过一个石棺，他不断默念小月牙不要怕，可是眼泪还是滴滴答答往下掉。他好怕，他好想阿娘。手忽然摸到一双脚，小月牙先是一愣，然后心里一喜，是那个白头发的哥哥吗？他回来了。小月牙沿着面前人的小腿肚往上摸，一面小声喊他："你受伤了吗？"

身前人没有理他，小月牙渐渐感觉到不对劲，手底下的触感冰冷僵硬，像硬邦邦的蜡。他往上摸，身高也不对，这个人比那个白发男孩儿高很多。他触到一串冰凉的玉珠子，心里有什么东西崩塌了，他整个人都冷了。

这个人不是白鹿，是巫尸。

他缓缓松了手，屁股贴着地一点点往后挪。他整个人仿佛浸在冷水里，手指和脚尖都感受不到温度了。脊背一顿，碰上另一具僵硬的尸体，小月牙愣了。戚隐站

## 第四十三章 蒿里

在边上，为这可怜的孩子摇头。他看不见，可是戚隐目力好，看得清楚分明。这娃娃四面周围，六具青白色的巫尸将他团团围住，低头直勾勾地看着他。

长明灯咪地一下幽幽亮起，青绿色的灯火下，六张僵硬冰冷的脸庞蓦然出现在小月牙眼前。

小月牙呼吸一窒，两腿一蹬，晕了过去。

他晕乎乎地醒来，满室青荧荧的灯火，半圆穹窿，乌青色的墓穴石板。他扭过脸，正看见一张细白的脸。他尖叫了一声，一拳砸了过去。白鹿没有防备，被打了个正着。他弯腰捂着脸，怒道："你干什么？！"

小月牙呆了会儿，道："白鹿大神……"

视线越过白鹿的肩头，他看见那六具直挺挺的巫尸，正对墙而立，面壁似的挤在一块儿。小月牙颤抖着手，指着那些巫尸。白鹿回头看了看，道："不用怕啦，几个罪徒而已。"他很恶劣地笑，"就知道你们胆小，才六个罪徒而已，把你们吓得屁滚尿流。"

小月牙愣了一会儿，明白了什么，哭丧着脸道："这些都是你安排好的？"

"废话，这个地方我来过几千次了，哪抔土有多少虫子小爷都知道。怎么样，是不是很好玩儿？我上回带了几个大雪山的狼妖崽子过来，有两个吓得尿裤裆。还是雪狼呢，连你们凡人都不如。"

小月牙坐在那儿抹眼泪，白鹿兀自得意，半晌才发现这小孩儿不吭声，泪珠子断了线似的噼里啪啦掉。

"你怎么哭了？这不是好好的吗？没缺胳膊没断腿。"白鹿说着，低头摸了摸右脚脚踝。其实他刚刚让罪徒把他抓出去的时候不小心擦伤了脚踝，血滴进泥里，也不知道有没有什么影响。神血不能乱滴，怪喝了成妖，妖喝了成大妖，容易出乱子。他注意看了看，周遭除了野草藤没别的，应该不会出什么事儿。

小月牙还是绷着小脸，闷葫芦似的不理人。

白鹿抓了抓头，局促起来，没话找话道："你刚刚干吗不和他们一起走？你相信我是神吗？"

小月牙捡起根树枝，在地上写：本来信，你欺负我，我就不信了。

他写的是金错书，虽然错了好几笔，但白鹿还是很惊讶。奴隶一般不习字，这小子竟然会写字。

"你还会金错书？"白鹿说。

"偷偷学的。"小月牙写。

"你为什么不说话？写字多麻烦。"白鹿问。

小月牙鼓起腮帮子，气呼呼的像个河豚。他一笔一画地写：因为小月牙，不想理你！

一帮孩子都被白鹿送回了月牙谷，只不过小月牙从那以后就被白鹿缠上了。这个吃饱了没事干的神明像个幽魂似的追在小月牙后面跑。

大清早天蒙蒙亮，小月牙睁开眼，白鹿的大脸盘子出现在眼前："小月牙，陪我玩儿！"

　　小月牙帮部落首领放牛，撵着牛群上山坡，白鹿从树藤上倒吊下来："小月牙陪我玩儿！"

　　小月牙蹲在茅缸上如厕，白鹿一把掀开草棚帘子："小月牙陪……呕，好臭啊！"

　　小月牙从草棚子里出来，就见那个烦人的神明捏着鼻子蹲在远处的土墙墙头，朝他喊道："你是小爷的神巫，以后要学会辟谷养生。不吃不喝，就不会拉。"

　　"人家才不要！"小月牙转过身，沿着崎岖不平的石子路往外走。

　　白鹿在土墙头上走，平伸两手保持平衡，不远不近地跟在小月牙后面。

　　"喂，你走慢点儿。"白鹿大喊。

　　"人家偏不。"小月牙嘟嘟囔囔，"我们部落的首领生病了，我还要跟着阿娘去采药草呢。你不要跟着我了！"

　　白鹿朝他做了个鬼脸："你是男孩子，不能说'人家'，那是女孩子用的词儿。"

　　"凭什么男孩子不能说'人家'，"小月牙怒气冲冲，大声道，"人家就要说'人家'。人家就要大吃大喝，人家就要拉臭臭！你才不是白鹿大神，白鹿大神不会欺负小月牙。人家才不理你！"

　　小月牙一甩辫子，噔噔噔跑了。白鹿几次哄他开口，他只虎着一张小脸，闷不吭声地搓草绳，拌饲料，采樗树枝当柴火。他和别的奴隶孩子一样，总是有干不完的活计。阿娘这几天都在白鹿的园子里干活，他要做很多家务。昨天他听阿娘说首领大老爷病得不轻，这次或许要殉葬一批奴隶了。他不懂"殉葬"是什么意思，阿娘说就是会有很多阿叔阿伯阿哥阿姊要跟着首领一起去见神。他那时候回头看了看在泥屋外面搓泥丸儿的白鹿，不明白为什么他们这么希望去见这个笨蛋大神。

　　"我送你一个心愿，怎么样？"白鹿又从树藤上倒吊到他眼前，"你有福了，小爷无所不能，你要金银财宝，还是美女如云，小爷都能满足你！"

　　"哼，骗人。"小月牙不理他。

　　"机会难得，臭小子。"白鹿冷哼道，"小爷活了几千年，可只帮一个人实现过愿望。"

　　小月牙果然受到了诱惑，迟疑着放下了手里的樗树枝。白鹿见他这模样，得意扬扬，果然凡灵都是一样，给他们一点儿好处，自然就屁颠屁颠凑上来了。小月牙抬起脸，熹微的晨光映在他的眼眸，他充满希冀地道："白鹿大神，你可以带我飞高高吗？"

　　白鹿一下愣了，很多年前，也有一个瘦弱的小女孩儿对他许下同样的心愿。

　　"你为什么许这个愿望？金银珠宝不好吗？或者当大神巫也行，你不是一直想要当神巫吗？我可以送你去巴山神殿。"

　　"我不想当了，"小月牙用树枝划地面，"我当小奴隶，和阿娘在一起就很好。"

## 第四十三章 蒿里

白鹿半晌没有动作,小月牙气鼓鼓地说:"果然是骗我的,臭大神,不理你了!"

他站起来刚要走,白鹿周身亮起耀眼的白光,小月牙下意识挡住眼睛。白光一闪而逝,小月牙微微张开指缝,隔着手指往那瞧,登时愣住了。他惊异地睁大眼睛,面前是一只高大的神鹿,通体洁白,雪一样皎洁。它的鹿角生花,奇异又瑰丽,望见它,仿佛就望见神话。

"上来吧,"白鹿伏下脊背,"爷带你飞。"

神鹿驮着他向着蒙蒙亮的天穹奔跑,凉风飕飕兜着他的衣袖和衣襟,他像一只小小的鸽子,跟随白鹿飞向那一轮秀眉一般的新月。他看见与他并行而飞的大雁,看见奔腾不息的嘉陵江,看见高低连绵亘古屹立的群山万壑。他们越飞越高,越飞越高,直到那轮月亮向他们敞开怀抱,潋滟的月光结界为他们打开。他紧紧抱着白鹿的脖颈,奔进了月轮天,奔进那传说中光辉皎洁的神境,南疆万千生民仰望和憧憬的所在。

戚隐抬起眼,广袤的冰原一望无际,满眼皆是苍茫的白色,高天悬挂万古不变的亿万星辰,仿佛一颗颗冻结的泪滴。神花绵延万里,几乎要与冰原融为一体。冰晶长出的树零落在冰原之上,枝杈曲折,倒吊下晶莹的冰凌。万千灿烂的光凝聚其中,照出无数张戚隐的脸庞。

原来这里就是月轮天。戚隐的心潮在澎湃,他眺望没有尽头的扶岚花,眸中倒映这一片雪白的世界。他蓦然意识到,这就是巫郁离口中那个"很高的地方",白鹿的领地,诸神天眼也无法窥探之地。

他记得巫郁离那时候对扶岚说:"我不能再陪你,你要忍受长久的睡眠,无尽的黑暗。或许有一天你会醒来,但也或许,你永远也醒不来。"是巫郁离把扶岚的魂魄带到了这里,用扶岚为他试验长生秘术。没错,就是这里,戚隐深深吸了一口气,他的哥哥在未来将在这里再次重生。

小月牙头一次见这样的奇景,震惊得张大嘴巴,然后大声欢呼。小孩儿的心很小,存不住怨恨,小月牙同白鹿和解,两个男孩儿一同在雪原上奔跑,不知道是谁先摔倒,索性一起滚进雪里,车辘辘似的滚下坡,然后并肩躺在雪堆里,大口大口喘气。

两个人玩得昏天黑地,星子低垂的时候,小月牙在一棵冰晶树上发现树干上刻着两个小人儿。笔画寥寥,依稀看得清楚是一个长着鹿角的小男孩,牵着一个矮他一头的小女孩。小月牙问白鹿这是什么,白鹿摸了摸那痕迹,神色很怅惘,道:"这是我朋友,她和你一样,向我许愿,让我带她飞高高。在你之前,我只带她来过这里。"

小月牙弯了眼睛,道:"那我们去找她玩儿!"

"笨蛋,你找不到她了,她已经死了。她心脏不好,出了月轮天,我们在嘉陵江边看日出的时候她就死了。"白鹿说,"而且那是很久很久以前的事情了,起码得有几百年了吧。"

小月牙怔了一会儿，他对于"死亡"这个词儿还很懵懂，好像是要去很远很远的地方。可他注意到另一件事，他挠了挠头，道："这么久了你都没有带别人来月轮天，你没有交过新朋友吗？"

白鹿一噎，哼了声："你们凡灵笨得要死，怎么配当小爷的朋友？"他沉默了一会儿，最后泄气道，"是啊是啊，我有很多神巫，但我没有朋友。"

四周一片雪白，除了扶岚花就是皑皑白雪，戚隐忽然明白白鹿这小子为什么要执着下凡了。他和其他神祇不一样，他不愿意独自等待神祇的黄昏，他渴望伙伴。

小月牙眉眼弯弯，朝他伸出手："白鹿大神，虽然你总喜欢捉弄人，但是小月牙愿意当你的朋友！"

白鹿偏过头，非常不屑地"喊"了一声："小爷不和笨蛋当朋友。"

"那我会努力变聪明的。"小月牙信誓旦旦。

"好吧，"白鹿做出一副纡尊降贵的模样，"那我就勉为其难，收你当我的朋友。"

他们在冰晶树干上又刻了一个小人儿，拉着白鹿的手，站在白鹿身边。三个手拉手的孩子，永远留在月轮天。

戚隐看得心里很不是滋味儿，回忆到现在，基本可以断定小月牙就是巫郁离那个老贼了。谁能想到老怪幼时这样善良，没有人会不喜欢这样一个孩子，笑容纯澈，带着满眼灿烂的星光。他偏过头，却见白鹿不知道什么时候站在了身边，默然望着那棵树下两个孩童的背影。他的外貌和那时没什么变化，给人的感觉却仿佛是个看破命运的老人。

"你还好吧，老白？"戚隐问了句。

"我好得很，"白鹿淡淡地说，"只不过是很想去死而已。"

戚隐："……"

打那以后，小月牙和白鹿彻底混作了一堆。部落首领沉疴难愈，奄奄一息，小月牙的阿娘被征召去修墓，更没有时间管他。小月牙日日跟着白鹿翻山越岭，奔行云海。他们去大雪山看雪崩，去嘉陵江看日落，还回到之前去过的巴山后山。每到一个地方，他们就找地方刻下"大神姜央和神巫小月牙到此一游"。

这日风雨如晦，天地昏暗，连月轮天都暗淡了光辉。近几日小月牙总是很忙，跟着大人从山上运木头，运石头，趁那个首领还没有咽气，抓紧时间给他修墓。小月牙没时间陪他玩儿，白鹿只好自己闲逛。他躺在月轮天上数星星，准备数到第一百颗就下凡去。数到第五十颗的时候，结界外金光大作，黄金大目现身云间。

"不要插手凡间事，姜央。"伏羲的声音传进月轮天。

"小爷只不过是交了个朋友，他们凡尘的事儿，我一概不管。"白鹿翻了个白眼。

"你的话不可信，姜央。"伏羲道，"这不是劝说，而是警告。你是南疆的祖神，妖魔的祖先。你的神力足以颠倒生死，移天换地。但你必须明白，神祇不预凡间事。凡灵自有生机，你绝不可强加干涉。否则他日，你必定给你的子民带来灾祸。"

## 第四十三章 蒿里

他这一番话说得云里雾里，白鹿听得心烦，道："小爷听从你的嘱咐，关在月轮天数千年不曾下降，听任他们在我的神像下铺溅鲜血。你和女娲视凡人为你们的子女，可小爷不一样。小爷当初造他们，只不过是闲着无聊，弄些玩伴儿出来耍耍。告诉你，伏羲，小爷想干什么就干什么，南疆是我的土、我的国，这上面的活物都听从我的支配。数三下，给小爷滚蛋。"

伏羲叹息了一声，黄金眼从云间消失。白鹿在雪地里翻了几个身，烦躁地抓头发。

"五十一、五十二……七十三、七十四、一百！"白鹿蹦起来，化作一道流光，直奔月牙谷。

他那时候还不知道，伏羲来找他的时候，月牙谷的首领断了气，小月牙连同月牙谷一大半的奴隶都被选作了殉葬的祭品。殉葬坑已经挖好，灰头土脸的奴隶穿着破破烂烂的衣裳，挨挤在坑道里。天爷好像不忍看，背过了脸儿，青白色的电光像一条条扭曲的白蛇，爬满整个夜幕。天黑得要塌下来一样，看不见星星，也看不见月亮。阿娘搂着小月牙，雨水混着她的眼泪，滴在小月牙的头顶。

"阿娘，他们在干什么？"小月牙看见四周的田畯开始挖土，一铲一铲往他们身上盖。

"小月牙，不要怕，"阿娘紧紧抱着他，"我们要去见白鹿大神了，别怕，别怕。"

小月牙其实不怎么怕，怕的是阿娘，她一直在发抖。小月牙说："可是白鹿大神不喜欢和大人玩儿，他只和孩子玩。"

阿娘颤巍巍从怀里拿出一株曼陀罗："小月牙，把这个吃了。吃了这个，我们就会睡着，明早一觉醒来，就在白鹿大神的月轮天了。"

小月牙看见周围的阿叔阿伯都开始偷偷吞咽这种花，渐渐有人和妖魔晕倒过去，互相抱着手脚，缩成一团。小月牙后知后觉害怕起来，道："我不想吃……"

"乖，快吃。"

阿娘把花瓣塞进他的嘴，小月牙吃力地嚼着，满嘴都是曼陀罗的苦味。阿娘也吃了，他们两个抱在一起，缩在坑道的角落。小月牙的眼皮越来越沉，声音也离他越来越远，光影在消散，世界往后退去，留下无边的黑暗。他好像沉入了深深的黑水，听不见，看不着，泥土浇在头顶，封住天光。

白鹿赶到的时候，坑已经成了平地。雨点儿浇在黄泥地上，一张张结着泥巴的麻木的脸挤在一块儿，像刻在地面上的泥塑。白鹿的心凉了，俯下身一张张看，一张张寻，这里没有小月牙，那里也没有。他把人挖出来，把死掉的妖魔也挖出来，最后他看见那具冰凉的小小的身子，紧紧依偎在一个女人的怀里。

他把人拉出来，背到避雨的山洞。人已经僵硬了，身上脸上全是泥巴块。神祇的心头血可以生死人、肉白骨，可也仅限死亡没有超过两个时辰、神魂没有转世投胎的死人。白鹿拍拍他的脸，说："小月牙，我朋友很少的，你别死，你别死。"于是他剜出心头血，抠开小月牙的嘴巴，滴入他的唇齿。

那简直是白鹿生命里最漫长的等待，过了不知多久，小月牙终于醒来，刚刚回生，手脚还是僵硬的，动弹不得。他喃喃喊阿娘，心里犹自迷惘。白鹿一点一点跟他解释，过了好半天，他才明白，阿娘没有去见白鹿，她是死了，永远消失了。他想要放声号啕，可是身体太弱，连哭泣都没有力气，只是大睁着眼睛，望着白鹿流泪。

雨在外面淅淅沥沥，满世界淋漓泥泞，一塌糊涂。小月牙抱着膝盖，轻声问："白鹿大神，人为什么会死掉呢？"

"因为万事万物都有终点，小月牙。"

"将来我也会死吗？"

"会的。"白鹿说，"有一天你会永远闭上眼睛，神魂飘上银河，渡过忘川星海。等那一天，你就会看见你的阿娘，她会在忘川彼岸等你，牵着你的手，带你回到你出生前的地方。"

"你也会死吗？"

"会的，我们都会死的。"

小月牙沉默了很久，只有泪水噼里啪啦。他最后说："白鹿大神，你之前说送我去当神巫，还算数吗？"

"你想去巴山吗？"

小月牙点点头："白鹿大神，这个世上还有很多小月牙，像我一样被埋葬，被夺走阿娘。所以我要成为全天下最厉害的大神巫，我要颁布法令，让南疆的首领不再用奴隶殉葬。我要保护其他小月牙，千千万万个小月牙，让他们不再失去阿娘。"小月牙流着泪道，"白鹿大神，我可以去当大神巫吗？"

黑暗中他们两个四目相对，这个痛失亲人的孩童眼睛盛满悲哀，却依旧那么纯澈，像灿烂的星海，包容一切生死苦难。

白鹿说："好。"

白鹿用神语唤来了当时的大神巫巫衡，戚隐认出他就是那个在白鹿神墓里告诉他巫郁离姓名的罪徒老人。白鹿让他收了小月牙当义子，将小月牙带往巴山神殿。晨光熹微，天地清明，远山像一溜湿漉漉的眉黛。巫衡拉着小月牙的手往外走，小月牙不住地回望藏身花叶之后的那只白鹿。

"我会好好读经卷，好好学法术，你会来看我吗？"小月牙哭着道。

白鹿没吭声，默默目送他前行。

"你一定要来看我！"小月牙用力朝他挥手，"一定要来！"

行至山道，巫衡唤出斩骨刀，将小月牙放上刀背。他被神语所诱，只知道自己一定要把这个孩子带回神殿，照看长大。

"孩子，你有名字吗？"

"我叫小月牙。"孩童低头捏着手。

"神巫可不能用这样随便的诨名，"巫衡瞥见崖边郁郁的竹林，"竹曰郁离，你就叫郁离吧。"

戚隐望着他们飞天而去的背影，神情复杂。

从今往后，那个稚弱的孩童不再是小月牙，而是巴山神殿千百神巫的一员——巫郁离。

小月牙加入了其他被选作神巫的贵胄子弟中，跟随神殿大宗伯修习六艺六德和巫罗秘法。因为白鹿的神语，没有人怀疑小月牙的身份，所有人都毫无理由地相信他是贵胄出身，尽管这个家伙连金错书都认不全。

异乡神殿，时维九月，巴山常常夜雨凄凄。一个月过去了，两个月过去了，白鹿还是没有来看他。他捧着竹简坐在白鹿神像下苦读，神巫功课沉重，他背得吃力，背一点儿忘一点儿，渐渐忍不住吞声饮泣："小月牙不会背……太难了……'天维昭昭，我鹿陟降。敬之仰之，大福无疆……'白鹿大神，太难了……"他一边抹眼泪，一边艰难地背诵祭歌。

白鹿仍旧没有出现，小月牙每天晚上搬来竹简经卷，坐在神像下背诵，后来又带来骨笛，练习乐巫教授的雅乐祭曲。他一开始吹得呕哑难听，戚隐和白鹿两个家伙一起捂着耳朵，恨不得把头埋进地里。他渐渐吹得好了，竟开始自己制曲，一点一点，戚隐慢慢听见，那首留在巴山夜风里，经由扶岚哼给他听的歌谣在小月牙的笛中成形。

十岁、十二岁、十五岁……十八岁，春夏秋冬，风霜雨雪在神殿外穿梭而过，小月牙一年一年长大，他不再期盼白鹿的降临，也不再在背书的时候哭啼。浩瀚的经卷让他温雅，敦厚的礼乐让他娴静，他洒扫过神殿每一个角落，触摸过神殿每一块花砖的砖缝。他成为神殿历正，然后是执掌四方水课的大司空。戚隐看见这个独自在神殿中吹笛的年轻人，长得越来越像他印象里那个巫郁离。

他依旧日复一日在神像下吹笛，蝴蝶从他身上蹁跹而出，细碎的荧光洒落殿宇，他的笛声似雪纷纷。

戚隐抱着手臂，问道："你为什么不去看他？"

白鹿仰着脖子慨叹："我那时候意识到，兴许伏羲说得没错。凡灵有生有死，他们的寿命远比我们短暂，伏羲禁止诸神与凡灵交游，便是害怕诸神，干涉阴阳。若凡世生灵皆随我心意生生死死，迟早会乱套的。"

"你真忍得住？"戚隐斜睨他。

白鹿朝神像上抬了抬下巴。

戚隐这才发现，那时的白鹿隐着身形，侧躺在神像脊背上。宁静的夜晚，少年神祇藏身于神像之上，神巫阖目跪坐于神像之下，笛声幽幽，飞入茫茫夜色。

一曲毕，巫郁离按下笛子，抬起双眸注视那魁伟的神像。那时他的眼睛还没有盲，他有着天下最美丽的眼睛，眸光柔软，恍若秋水江波。

"神，我要去实现当年的誓言了，你会保佑我吗？"

那年春旱，无数生命流离失所，许多部落迁徙离乡，更有许多部落消失在天灾之中。巫郁离开始在廷议中进谏："神天无私，唯德是辅。郁离请柬，肃巫风，严教化，行德政。德行四海，泽被万民，神天当无怒。"

他深知举座神巫皆出身显贵，绝无可能为奴隶说话，是以他树立"德政"高标，借由神的名义，惩罚暴戾施虐的神巫和部落首领，简拔德行良善的后进。他以南疆生民锐减、田地荒废的理由逐步减少祭祀牺牲的数目；同时颁布"开田令"，鼓励奴隶开垦荒地，新垦田地不再属于王公贵胄，所得庄稼按比纳税，田税直接收入巴山神殿。这样一来，神殿有利可图，便得到了不少神巫的支持。

然而部落终究有部落的对策，私田属于奴隶，他们便让奴隶整日埋首公田，无暇去垦种那些新垦私田。大旱没有缓解，神巫们窃窃私语，只有增加牺牲的规模，才能平息白鹿神的怒火。巫郁离废寝忘食，修订政令。戚隐见他的殿宇灯火日夜通明，他俯身几案的影子映在窗棂上，像一幅定格的画。

"他已经三天没合眼了。"戚隐扒在窗台上看。

白鹿在他旁边，道："我的大神巫一向如此，干起活儿来不要命。你看他放妖蛾子灭世，我担保他一宿都不曾睡过。"

一人一神，一高一矮，两个家伙齐齐叹了口气。

大旱整整三年，三年之后，疫病肆虐。巫郁离亲下巴山，带领神巫疗治疫民。疠疾方炽，来势汹汹，常常阖门俱灭，甚至覆族而丧。贵胄和奴隶，甚至是巴山的神巫，在大疠疾的面前终于平等了一回。连祭祀也无用，即使想要祭祀，也找不到健康的牺牲。巫郁离找到一种蛊虫，植入后颈，蛊虫行遍周身，可根治疠气。然而蛊虫凶悍，喜食血肉，需要加以驯养。

"阿离大人，不妨寻奴隶来试蛊？反正他们也活不长了。"有人劝道。

巫郁离只是沉默地摇头，他辟了一方山洞，闭关炼蛊。整整七日，他再出来的时候，形容憔悴，脸色苍白。眼尖的人发现，他的后颈有一处伤痕，一下子大家都明白了，他拿自己试蛊。

巫祝们红着眼道："阿离大人，你何至于此？"

昏暗的火光照着巫郁离半边脸，勾勒出他温煦的轮廓。他拿出一个圆圆的漆盒，打开，一只斑斓的彩蛾翩然栖在他的指间。

"这是子蛊，母蛊在我的体内。我唤它为飞廉，盼它带着神的恩泽救活我们的百姓。"巫郁离莞尔一笑，"你们看，神没有放弃我们。"

白鹿向戚隐解释，蛊分子母，子母相连。巫郁离将母蛊种在自己体内，子蛊分派给万千染上疠疫的百姓和神巫。从此他们的性命与巫郁离相连，巫郁离生则他们生，巫郁离死则他们死。这样的安排称不上妥当，但也是大疠当前的无奈之举。神巫培育了大量飞廉神蛊，无数生民得以活下来。

戚隐心里五味杂陈，这时候的巫祝不会想到，连巫郁离自己都想不到，数千年后，正是这拯救万民的飞廉神蛊，将他们的后代屠杀殆尽。

这次的疠疫让巫郁离得到了前所未有的声望。巫衡老了，他萌生颐养的念头。

## 第四十三章　蒿里

于是疠疫方熄，巫衡召集群巫，将巫刀斩骨传到了巫郁离的手中。

"从今往后，白鹿大神之下，唯你一人。你将祷告天神，恭听天意。你将侍奉神祇，护佑南疆。"巫衡声若洪雷，"你是南疆的大神巫，巫郁离。"

"郁离，万死莫辞。"巫郁离额首长拜。

他们面前，白鹿神像之上，隐身的神祇无声俯望年轻的大神巫。

那一年，巫郁离二十一岁，从中原到南疆，从万物初生的远古到大神隐匿，没有大神巫比他更年轻。他终于可以在大祭中担任主祭，终于可以亲手从滚烫的炉灰中拾起占卜的龟甲，向百万生民宣告神祇的旨意。

于是，一年之终，月圆之夜，巴山神殿郊天大祭，南疆部落首领齐聚巴山，妖魔凡人列席于下，路鼓隆隆而鸣。所有凡灵跪拜于高台之下，高台上，炽烈的篝火熊熊而烧，那冲天的火焰仿佛能舔舐天空。巫郁离戴着黄金鹿面，捧着黛青色龟甲，一步步拾级而上，将龟甲置入篝火。

圆月悬于中天，篝火照亮巫郁离瑰丽的黄金面。他缓缓屈膝，对月长拜，高声道："郁离祷问吾神，天下苍生，莽莽丛丛，神巫贵胄，奴隶生民，安有别乎？祭祀牺牲，神可乐乎？血肉涂地，神可哀乎？郁离欲齐天下之民，分天下之土，神可允乎？"

底下所有妖魔凡人都大惊失色，连戚隐都惊诧万分。原来巫郁离努力爬上大神巫的位子，便是为了等待今日。他要借龟卜，变旧法。可这无异于以一人之身，抗千万之众。他在豪赌，赌注是他的锦绣前程，更是他的性命。

巫衡执杖捶地，怒道："巫郁离，你可知道你在做什么？天生万民，自有定序，你何来胆量，妄测神意？"

"阿离大人疯了！"神巫们纷纷私语，"大人是不是魔怔了？"

"郁离不敢妄测神意。"巫郁离跪在篝火前，一动不动，"义父，神巫功课第一日第一讲，卜吉问凶，横纹曰吉，竖纹曰凶，是耶非耶？"

"这是自然！"巫衡道，"这是最简单的道理，就连小奴都知道。"

"那么，"巫郁离淡淡微笑，"且让我们看看神的意思吧。若神曰否、曰驳、曰不可，则郁离即刻卸下黄金面，自请为叛逆，放逐天穆野。"

"你……"巫衡瞪目结舌，"你真是疯了！你真是疯了！"

没有谁明白他的坚持，因为举座之中，没有谁曾被活生生埋入殉葬坑，没有谁一夜之间失去阿娘，更没有谁见过白鹿姜央。只有巫郁离，只有这个眸似秋水、心如硬铁的男人。他挺着脊背，跪在篝火前，跪在月光下，等待龟甲开裂，神祇的旨意降临。

咔嚓一声，篝火中一声爆响。底下所有窃窃私语都停了，众目睽睽中，巫郁离取出了那块龟甲。一整块龟甲，只有一条细细的裂纹，无比刺目地横亘中央。数百年来，从来没有哪块龟甲的裂纹这样明白。

过往的龟壳裂纹向来密密匝匝纷乱无序，需要神巫绞尽脑汁地研究和解释。其实隐隐有人质疑，这是龟壳的自然爆裂，神从未降过他的旨意，只是无人敢于言明。

可今日，不需要神巫的思索和解释，神的旨意明白直接。

神曰：允。

巫郁离抚摸着龟甲，裂纹剐蹭着他的指尖。这是这么多年来他离开月牙谷，离神最近的一次。

他抬起灿烂的眼眸，宣布道："神曰：允！"

底下一片寂静，无人说话。直到最后，一个神巫从座中站起来，他摘下面具，道："阿离大人，我本来……并不想这么对你。毕竟疠疫盛行，我垂死之际，是你救了我的命。可是事到如今，你一意孤行，我也不好再隐瞒下去了。"

戚隐认出来，这是当初劝巫郁离用奴隶试蛊的那个神巫。巫郁离眸中有讶异，问道："巫旸，有话不妨直说。"

"阿离大人，你其实是奴隶的孩子，对吗？"那叫巫旸的神巫大声道。

所有神巫俱是一愣。

巫旸道："我进入神殿的日子不久，前年才担任历正一职。我整理典籍，翻阅神巫名簿，何人何妖何魔，出身何方，父母三代，皆有记载。唯有阿离大人，来历不详。我询问老神巫，询问诸位前辈，发现他们对阿离大人的来历都说不分明，却奇异地笃信着阿离大人出身显贵。"

巫衡捂着自己的头，眼中血丝遍布。戚隐心中不自觉焦急，这些人显然已经隐约意识到神语了。

"我心中生疑，却并未多想。"巫旸继续说，"直到疠疫发生，我随阿离大人去往山下，路遇一犬族妖奴。他告诉我，阿离大人乃是他童年玩伴，浑名月牙，早应埋身月牙谷首领的坟墓，却死而复生。今日，我已将那犬妖带来，阿离大人，你要同他对峙吗？"

"不必了，"巫郁离很平静，道，"你说得不错，我的确出身月牙谷。我死而复生，全赖白鹿大神搭救。义父收留我，也是大神低语所致。经卷有载，神祇低语，无人不遵。是白鹿大神在你们的耳边说话，对我敞开神殿的大门。我知道，你们一定很难相信。但是……"他捧起龟甲，上面的横纹映入大家的眼眸，"你们看，这难道不是神的旨意吗？千百年来，可有哪一次的龟甲裂纹如此这般？"

"是……是……"巫衡喃喃道，"我记起来了，我记起来了！当年有个声音在我耳边说话，让我去月牙谷，去接一个孩子，让我务必照料他平安健康长大。"巫衡热泪盈眶，"这是神在对我说话，是神！"

座中窃窃私语，渐渐有人相信，连连点头。

"不，你们错了！"巫旸喊道，"这分明是他的妖术！数百年来，谁曾亲眼见过白鹿大神？他区区一个奴隶之子，为何能得大神相救？神岂会不顾我们，转而青睐一个蓬头跣足的奴隶？"巫旸指着巫郁离，一字一句道，"他在撒谎！他利用他的妖术，矫传神意，欲变祖宗圣法，篡权渎神！"

## 第四十三章　蒿里

所有神巫和首领恍然大悟，纷纷站起来骂道："巫郁离，你胆大包天！"

巫郁离依然屹立台上，不紧不慢道："若不信我的卜筮，巫旸，不如你自己来再卜一次？若神真的应允，又岂会不在你的龟卜上降临旨意？"

他这话极有道理，巫旸竟噎住了。巫郁离向他颔首，彬彬有礼。他向来是这样，不管遇到何种危机，何种困苦，总是不疾不徐。他的话语明明平和温柔，却有着不同寻常的压力。

巫旸咽了咽口水，还没来得及回答，有个狼族的首领站起来，骂道："还卜什么卜？一个奴隶说的话你们也听！假扮神巫，混入神殿，矫传神意，这桩桩件件，还不够治他的罪吗？把他拉下来，拖出去，剥了他的衣裳。他是个奴隶，就去泥坑里给老子老老实实猫着！"

所有部落首领大声叫好，即刻便有武士按着刀逼近高台。黑夜中，妖魔磨着锐利的獠牙，森然地注视高台上的人。凡人也无动于衷，冷漠地旁观。旧日跟随巫郁离的巫众都露出迟疑的目光，步步后退。

"吾等神巫，敬听神意。神怜万民，尔等既为神巫，为何不听神旨？为何不泽被胞民？"巫郁离诘问那些沉默的神巫，句句铿锵，字字入骨。

"谁同你是胞民？我们是神的子嗣，你们是神的牲畜。神怜万民，不怜牲畜！"狼首声震高台。

巫郁离大睁着眼睛，木然当场。他蓦然间发现，原来一开始他就注定要失败。统摄凡间的从来不是神明，而是这些手握兵戈的贵胄。他们根本不在意龟卜的内容，更不听从于缥缈的神明。他们没有怜悯，更无慈悲，他们要踩在奴隶的肩膀上，才能彰显出自己的高贵。

他感到前所未有的孤单和疲惫，心无休无止地落了下去。他太天真，这场赌上前程和性命的博弈，他输得彻彻底底。

"唉……"

就在这时，他听见了一声叹息。

瞳孔一缩，他抬起头，看见所有妖魔凡人震惊的眼神。他们愣怔地望着他……不，是他的身后。巫郁离缓缓转过身，眼前是月光凝成的曲折天梯，高大皎洁的神鹿从那上面缓缓走来。它一点儿也没有变，一如当年，生花的鹿角，修长的身躯，披挂着满身的月辉。

灿烂的神祇，突如其来，在他的眼前降临。

绝对的安静，没有谁敢说话。除了巫郁离，所有凡灵俯下他们的头颅。

"郁离言，即吾言。郁离令，即吾令。"神祇道，"吾曰齐天下之民，吾曰分天下之土。吾曰尔等渎神叛逆之臣，皆当放逐！"

在白鹿的支持下，变法终于平稳推行。巫郁离讲究循序渐进，并不贸然激进。他依然采取旧有的开田政令，稍加修改增饰，严禁部落令奴隶终日埋首公田。此外，他下令兴办庠序公学，征召奴隶孩童进入神殿成为候补神巫。这道旨意虽然招致巫众不满，但白鹿大模大样地在神道上走了两圈，慑于它的威压，神巫们只好乖乖办事。

白鹿算是彻底插手凡尘事儿了，戚隐这时才明白昔日在神墓，白鹿口中"插手了凡间的破事儿"是什么意思，也终于明白巫郁离的变法究竟为何。

奴隶出身的大神巫巫郁离成为南疆的传奇。他仍然夙兴夜寐，宵衣旰食，殿宇一豆琥珀黄的灯火，映照他静穆思索的容颜。既然已经公然违背伏羲禁令，白鹿索性不再返回月轮天，日日下榻白鹿神殿。可他却比往日更加无聊，成日吃饱了没事儿就往巫郁离的殿宇跑，那厮兀自批阅简牍，看都不看他一眼。

"大神巫，陪我玩儿！"白鹿道。

巫郁离凝眉静思，嘉陵江上游水涝，淹了好几个部落，他这几日都在为这事儿发愁。

"大神巫，陪我玩儿！"白鹿提高了声音。

玄鸟氏奴隶暴乱，杀死氏族首领。巫郁离头疼不已，尽管他素来体谅奴隶，但国有国法，他必须将这些奴隶处以绞刑。

"臭小子，你到底有没有听小爷说话？！"白鹿怒了。

"神，"巫郁离放下手中的简牍，微笑着道，"那我们来玩一个游戏吧。"

白鹿眼睛一亮，来劲儿了："好啊好啊，什么游戏？"

"很简单，"巫郁离竖起食指封在唇间，"'一二三木头人，谁先说话谁就输'。"

白鹿气得呕血："要不是看你长得漂亮，小爷早把你揍成猪头！"说罢拂袖而去。

巫郁离终于能安安静静地做事儿了，戚隐看他那模样仿佛很是松了口气儿似的。然而没过多久，又有小巫祝噔噔噔跑进来，惊慌喊道："阿离大人，不好了！神在市集同两只狼妖打起来了！"

神同他的子民打斗，这种混账事儿也只有白鹿干得出来。巫郁离亲自把他拎回来，这厮脸上血色未消，愤然道："你拦着我作甚，爷不把它们的屎尿屁打出来，爷把名儿倒着写！"

"神，它们是你的子民。"巫郁离苦笑着道。

"儿子还能提着草鞋揍呢，怎么我就不能打它们？"白鹿怒气冲冲。

巫郁离苦口婆心地劝，白鹿倒先烦了，应付了两嘴，转身就没了踪影。巫郁离看他还在气头上，也不再说什么，偏头问那小巫祝："神为何打斗？"

"因为……"小巫祝结结巴巴，说不出明白话来。

巫郁离温声道："不必怕，从实说来。"

小巫祝嗫嚅了一下，道："因为它们胡乱编造你的谣言，说神有偏私，你才有如今地位。"

巫郁离愣了半晌，侧过眼，正见黄铜镜里映着自己的脸。他想起白鹿出门前说他漂亮，从前是奴隶，日日蓬头垢面，不曾修饰形容，入得神殿，醉心神巫功课，政事纷杂，形貌务求端庄洁净。他不明白，原来这般，就算作"漂亮"吗？巫郁离颇有些惊讶，问道："我好看吗？"

小巫祝的脸上一下堆起红潮，偷眼望了下眼前的大神巫，深深弯下腰去，大声道："阿离大人是小人见过最好看的大神巫！"说完满脸通红，也不管巫郁离的反应，掩着面噔噔噔跑出去了。

那天晚上，巫郁离头一次放下手头堆积如山的简牍，去找白鹿，邀他外出游玩。

"明日大祭，阿离同神一起去看驱傩舞？"

"喊，"白鹿不屑一顾，"小爷都看了几千年了，无聊。"

"嗯……"巫郁离低头思索，"那去九垓永夜天看沉星落月？"

白鹿斜睨他："明儿怎么有空，不用批文了？"

巫郁离淡笑着在他身边坐下："案牍是批不完的，阿离想同神出去走走。"

白鹿却还要拿乔："其实最近小爷忙得很，你也知道，我们当神仙的，有很多事儿要做。"他背着手，一副大爷的模样，"不过呢，这次小爷就抽空陪你一回。"

这厮成日游手好闲，不是街头斗殴就是蒙头大睡，能有什么正事儿？巫郁离并不拆穿，十分上道地颔首作揖："多谢大神恩典。"

白鹿大摇大摆跨出门槛，走出几步又倒退着回来，指着巫郁离道："不许失约！"

"许神之诺，怎敢有违？"巫郁离笑意融融。

白鹿满意地走了。

从那以后，每日夜晚，白鹿游玩回来，巫郁离便吹着笛坐在神殿门前静静守候。笛声如同飞花，纷纷散进夜色。细碎的蹄声响起了，白鹿踏过苔藓青石，披着满身月光回到神殿。年轻的大神巫抱着骨笛，同他的神一起回家。

好景不长，伏羲得知白鹿降临。黄金大目数次在白鹿神殿开启，伏羲的斥责一次比一次严厉。诸神在云上山间纷纷低语，白鹿所为震惊诸天。白鹿不愿巫郁离的心血付诸东流，不听诸神百般相劝。终于，九嶷山上伏羲神旨降临天上人间，昭告诸神，讨伐南疆。

戚隐却知道，因果犹如失了缰绳的车马前行，伏羲要从妖魔人神俱灭的结局中找出一线生机。这一切终将有所牺牲，他选择了白鹿。白鹿形灭，既对应了神隐的命运，也留存了霜雪神心。它将在神墓里度过三千年的时光，等待未来的戚隐剖胸换心，得到神祇的力量，诛杀巫郁离。

而那时的巫郁离，还是一个悲痛欲绝的大神巫。四方铜鼓隆隆如雷，他在白鹿神殿前怆然叩首，将他的神送往血红色的苍穹。

天火烧遍了南疆的北面穹窿，战争整整持续了三年。这三年间，因为天火的光芒日夜烧灼，南疆失去了黑夜。土地被烧得干旱，赤土从天穆野向南面绵延，一直到达南荒大沼。无数生民失去田地，流离失所。妖魔在前线奋战，天生赢弱的凡人成为妖魔的供养，被不断运往前线。靠近天穆野的凡人冒死穿越战场，向人间迁徙。

而其余的凡人则消耗殆尽,天殛之战以后,南疆再无凡人。

南疆不堪重负,民怨沸腾,所有的矛头指向了巫郁离,指责他惑乱天听,招致兵戈之祸。巫郁离没有辩解,他沉默地卸下黄金鹿面,脱下神巫羽衣,自请为奴。巫衡叹息着,封印了他一身精纯的灵力,将他流放至南荒大沼祝鸠氏。

那里是南疆最为荒芜的所在,山涧里堆着石青色的老松,挨挨挤挤,风吹过,浪潮一般波涛澎湃。

没有谁愿意同他交谈,他是被贬黜的大神巫,是天殛之战的罪魁祸首,百姓的父兄儿孙因他而被派上前线,他们需要一个人来承担怨恨。巫郁离默默无言,任劳任怨。他帮奴隶们治病,也在他们疲惫时揽过拉车的纤绳。他不怨怼,也不伤悲,他只期盼着战争结束,无论是胜利还是败亡。他攥着滴血莲花,祷念他的神从远方归来。

但巫郁离还是快乐的,他和一个妖奴小孩儿走得很近。巫郁离是帮他治风寒的时候认识他的,大约五六岁的模样,只将将到巫郁离的膝盖。巫郁离记得他叫兰儿,是朵小兰花,没有父母,野孩子一样长大。自从巫郁离帮他治好了病,他就闷不吭声地跟在巫郁离后面。巫郁离在草棚子里就寝,他就蹲在门口守门。巫郁离去采草药,他远远藏在后头。

巫郁离终于忍不住,问他在做什么?

小小的男孩儿抿了抿嘴,道:"保护你。"

"保护我?"巫郁离失笑。

"嗯。"小孩儿一本正经地说,"你是凡人,很弱。"

巫郁离不擅长应付小孩儿,只好让他跟着。他们翻山越岭,四处寻三七、石菖蒲和别的什么用来止血的药材。山石陡峻,小孩儿一脚踩空,刚要惊呼,领子被谁拎住。他默默仰起头,看见巫郁离弯弯的眉眼。

"你被很弱的凡人救了哦。"

小孩儿:"……"

他还是锲而不舍地"保护"巫郁离,像一个安静的影子。他认认真真地报恩,要答谢巫郁离治好他的风寒。虽然他总是被山妖追赶,被伸出来的松树枝挂住衣领,被大蛛网粘住手脚,最后依靠巫郁离把他救出来。

"我会变强的。"小孩儿严肃地告诉巫郁离。

巫郁离忍着笑,拍拍他的头顶:"好,我知道了。"

"还会长高。"小孩道。

"好好好,"巫郁离终于忍不住笑起来,"我等你变强,也等你长高。"

戚隐端详这孩子的容貌,白嫩的小脸盘子,黑而大的瞳仁,干干净净,看着就让人喜欢。他摸着下巴道:"老白,你觉不觉得这娃娃长得很像我哥?"

"的确,一副傻相。"白鹿耸耸肩,"想必我的大神巫就是依照这个小娃娃为底本,造出了扶岚。"

## 第四十三章 蒿里

他们渐渐熟悉,巫郁离教他金错书,教他一些简单的符咒,还削了一根小竹笛,教他那首唱给白鹿的歌谣。他们一起去采草药,翻过长满老松树的山皋,蹚过鸣溅的小溪流,小孩儿像一只笨拙的小鸭子,跟在巫郁离后面走。这娃娃不怎么爱说话,走不动也不吭声,硬撑着跟在后头。一趟路下来,巫郁离后知后觉地发现,娃娃的脚底磨出了水泡。

后来有一天晚上,巫郁离睡不着,起来吹笛,才发现小孩儿蹲在棚子门口,弓着脊背,两手搭在脚背,小虾米似的,睡得迷迷糊糊,脑袋一点一点。不知道被凉风吹了多久,一头黑发被吹成了狗窝。

这个小不点儿,总是喜欢闷不吭声地守着。巫郁离又想笑又心疼,把他抱进草棚。他醒了,不再睡,巫郁离就给他讲月牙谷,讲白鹿大神,讲月轮天上的扶岚花。

"它是神的象征,只长在神的领地。它不会死,也不会枯。"巫郁离用树枝,在地上摹出一朵扶岚花的轮廓,"它只害怕风,风一吹,它就会变成雪,哗啦啦飞走了。"

草棚子里一豆孤灯,盈盈的光拥着两个人凑在一块儿的脸庞。小孩儿问:"我可以去看吗?"

巫郁离笑道:"等白鹿大神回来,我求他带你去。"

"可我只是凡妖。"

"白鹿大神喜欢漂亮的小孩子,"巫郁离说,"兰儿这么好看,白鹿大神一定喜欢你。"

"你也好看,所以白鹿大神才喜欢你吗?"小孩儿似懂非懂地问。

巫郁离撑着脸温软地笑,没有回答。

小孩儿望了巫郁离半晌,巫郁离疑惑地歪头看他。他凑到巫郁离耳边,像在悄悄说一个星星一样小的秘密,一个属于小孩儿的心事。

"我也喜欢阿离大人,"他说,"我最喜欢阿离大人了。"

小孩儿细软的声音响在耳畔,巫郁离一下愣了。寂静的夜晚,奴隶们在各自的地洞和草棚里安睡,远天亮着血色滔滔的红光,不时有金红色的焰火炸响在天的尽头。巫郁离的唇角依然带着微笑,一如往常,温和娴静,只是有泪纷纷如雨,滴在手背。

他安静地落着泪。

原来他的心早已千疮百孔,这个孩子给了他最后的慰藉。

然而赤土万里,疠疫在死尸的身上复苏,这个孩子没能熬过第二次疠疫。染上疠疫的奴隶们抱着孩子冲进巫郁离的草棚,巫郁离拥住他的时候他已经神志不清。能救他的只有飞廉神蛊,可神蛊掌握在部落贵胄的手中。那是他离开月牙谷以来,第一次向不是神祇的凡灵下跪。

戚隐和白鹿看着他被烈日炙烤得苍白龟裂的嘴唇,小孩儿在他的怀里奄奄一息。奴隶们在他的身后哀哭,兔死狐悲,他们看见了自己的命运。

祝鸠氏的首领终于从金帐走出，巫郁离伏在地上伸了伸手指，模糊的视野里映出首领考究的皮靴。

"救救他……"

"一个无用的花妖崽子，同你又有什么干系？"一个熟悉的声音响起在头顶，"阿离大人，你真是个大大的好人哪。"

巫郁离抬起眼，看见那只曾在大祭中叫骂他的狼妖。他张了张口，沙哑的嗓子说不出话。

"老子早就告诉过你，是什么命，就合该是什么命。当了大神巫又如何，到头来，还是要窝在老子的奴隶堆里，跪在老子的金帐前，求老子赏给你们一条贱命！"狼首嗤嗤冷笑，"没记错的话，飞廉神蛊还是你巫郁离亲手炼出来的吧。可惜……"狼首拿出一个小盒子，打开，里面装着许多浊黄色的丸子，"这小玩意儿何其珍贵，就连我也只有这么一盒。"

巫郁离仰头看他："有何条件，但说无妨，吾必定万死以赴。"

"我不要你的命，"狼首眯着眼，凑近他的脸庞，腥臭的气息喷在他脸上，"只需要你考虑一个条件……"

黄金大目再次开启，光影犹如湍急的水流，飞速回溯。天尽头炭火一般燃烧，红焰比往日更加瑰丽，大地比往日还要滚烫，草木不生，赤着脚的奴隶唉声叹气，脚底板被灼烧得长出燎泡。所有妖魔心头都萦绕着不安，总觉得有什么事即将发生。戚隐眺望远天，那泼血一般的艳红仿佛可以烧灼眼睛。白鹿低声喃喃："这是那天……"

"哪天？"戚隐眸子一缩，"该不会是你献祭血肉的那天吧？"

白鹿回过身，去找巫郁离。山坳子里的土路兜兜转转，草坯、树棍搭成的草棚子歪歪扭扭挤挨在一起。他们看见巫郁离站在一个草棚子前，询问兰儿的状况。奴隶们都支支吾吾，目光躲闪。巫郁离锁紧眉心，问："可是有什么不妥？让我看看。"他一矮身，就要挑帘子进去。

几个奴隶拦住他，犹豫地道："阿离大人……你还是请回吧……"

"怎么了？"巫郁离不解。

"唉……"奴隶们咬咬牙，狠下心道，"你再不是以前的大神巫了，会被诅咒的。我们身子骨硬朗，也就罢了，你就不要……接触兰儿了吧……"

巫郁离怔然良久，讷讷道："抱歉，我忘了。"

奴隶们搓搓手，局促地微笑，目送他转过身，幽魂似的飘回自己的草棚。

"你怎么这么说话，阿离大人会难过的。"

"我有什么办法？"奴隶粗声喃喃，"我有什么办法？"

草棚子忽然一震，大家吓了一跳，有女妖惨叫着跑出来，大声喊："救命！阿离大人救命！"

巫郁离扭过头，便见兰儿的草棚四分五裂，从里面飞出一只艳丽的飞蛾。这是

## 第四十三章　蒿里

没有经过驯养的飞廉神蛊，它们在兰儿的体内孵化，最终破茧而出。奴隶们惨叫着逃跑，飞蛾咬死几个奴隶，扑着荧光闪闪的翅子咬向巫郁离。巫郁离木偶似的站在原地，一道刀光划过山坳上空，那妖蛾被斩成碎片。

狼首走过来，伸手接住飞回的刀，朗声大笑："抱歉啊，阿离大人。神蛊里不小心混了个没被驯养的小玩意儿，怎么，你那便宜儿子好像没了。"

巫郁离拖着脚步走过去，步向废墟里那个残破的孩子。孩子翕动着嘴唇，好像竭力想要说些什么。巫郁离怔怔地俯下耳，听见他气若游丝的声音。

"阿离大人……不要难过……我不疼，一点儿也不疼。"兰儿轻声道，"我会变成白鹿大神的扶岚花，以后你想我了，抬头看月亮……就能看见我啦……"

他泪雨纷纷，无休无止的哀恸裹住心房。他医术卓绝，却终究不知道要如何救回一个心脏都被妖蛾吃掉的孩子。等等，他记起白鹿赠予他的滴血莲花，他惶然去拿，就在这时，他忽然听见远天之外响起一声清啼。

所有妖魔都望见，红云翻涌的天尽头升起一轮明月，紧接着赤红的穹窿一寸寸变得暗淡，天穹像铺上了一层黑纱，滂沱大雨蓦然而至，满世界到处一片淋漓。冰冷的雨，浸泡了滚烫的赤土，大旱的南疆。天尽头响起雷一般的铜鼓声，哀悼逝去的大神。狼首和奴隶们还不知道发生了什么，怔怔地站在原地。

巫郁离抱起小孩儿，一步一步，跟跟跄跄，走向北面。

九头鸟飞掠上空，嘶声大喊："白鹿大神崩逝了！"它哭喊着，向所有南疆生民通报神祇的陨落。天穆野的战场，黑甲的妖魔用刀剑击打铜铁盾牌，大雨淅淅沥沥，在他们的铠甲上溅起水花。

巫郁离跪倒在地，伸出手，冰凉的雨滴进手心。那是白鹿的血肉，统统化作了雨，回到十万大山，回到嘉陵江，回到他的故土南疆。小孩儿的身体被雨浇得透湿，在他怀里一寸寸，无可救药地冷了下去，最后化成一朵伶仃的小兰花。他被冷雨浸透，成了一座雕塑。

他的神死了，他的孩子也死了。

狼首和奴隶们望着他跪在雨中的背影，没有谁敢上前惊扰。他的周身仿佛有一种风雪一般的哀冷和暴虐，在雨中无声扩散。

瓢泼大雨中，男人沙哑的声音响起。

"你们知道吗？我幼时，白鹿大神带我登上月轮天。那上面有一种花，名唤扶岚，同根而生，不死不枯。"

他缓缓回过身，所有妖怪吃了一惊，他的双眼淌下两行血泪，在苍白的脸上显得妖艳又狰狞。

原来他双目俱盲不是因为神巫诅咒，而是因为他强行突破灵力封印。

"然而，当风来的时候，它们就会变成灰烬，消失得无影无踪。不过，毕竟是神花，逝去还生，生死往复，无有尽头。可惜，尔等肉体凡胎，不似这般。"巫郁离娓娓道来，仿佛在说一个古老的故事。

"巫郁离，你疯了不成？"狼首粗声呵斥。

"疯了？不……"巫郁离温柔浅笑，"我只是想让你们听一听，风的声音。"

风刃呼啸而至，织出漩涡般的血潮，所有妖奴四分五裂，化为肉泥。只有狼首躲过致命的杀招，向巫郁离掷出长刀。长刀旋转着飞向巫郁离，刀尖划出雪亮的光弧，却在离他只有三寸远的地方被一截截斩断。狼首后知后觉地感受到恐怖，只要有风，这个男人就能杀人。

所有长刀碎片分列成阵，悬停空中，而后利箭一般飞向狼首。先是双手，然后是双脚，狼首倒在地上，脸庞陷在泥中。一只脚踏在他的身上，巫郁离踩着他的身体，经过他，步入茫茫风雨。狼首松了一口气，只要没有被伤到心脏，他就还能活。他吃力地翻起身，用断肘支撑自己站起来。锐利的呼啸忽然破风而来，一柄迟来的风刃斩破雨帘，洞穿他的心脏。

他圆睁着双眼，死了。

原来这才是一切的始终，戚隐震惊不已，他还记得在巴山月镜看到的那幅人皮卷轴，巫郁离被描绘成欺世盗名、倒行逆施的鬼怪。这个饱受苦难的大神巫，献出了自己的一切，换来史传上的千古骂名。

巫郁离屠杀祝鸠氏，罪恶滔天，神殿决定处死巫郁离。然而有神巫提醒，他身上的飞廉母蛊牵系无数生民，也包括染过疠疫的巫众。事实上，神殿里有一半的神巫植入了飞廉神蛊。于是神殿做出决定，将他制成黄金罪徒，封入黄金人俑，陪葬大神。

戚隐终于看到了这一幕，被画在人皮卷轴上的最后一幅画。巫郁离散着长发，戴着镣铐，艰难地向他的棺椁行进。夹道，奴隶、首领斥责他挑起大战，害死大神。他们向他扔鸡蛋、扔烂菜，巫郁离在一片凄风苦雨中前行，拾级而上，摸到他的黄金棺。

他将在这里沉睡三千年，直到斗转星移，诸神老去。

白鹿悲伤地凝望他憔悴的脸庞，盲了的双眼。

"神，你看，这就是你我共同守护的子民啊……"巫郁离低声道，"你用你的血肉浇灌赤土，换取南疆千年灵气充沛，妖魔繁盛。他们领受你的需泽，却抛弃信仰，亵渎神圣，党同伐异，自相残杀。他们背弃我、背弃你，可我万万没有想到……"

他好似在喃喃自语，又好像在对谁说话。戚隐感觉哪里不对劲，不自觉地按着白鹿的肩膀。

巫郁离蓦然抬头，注视白鹿，空洞的双眼流下两行血泪。

"连你也要背弃我。"

戚隐心下一抖，这里明明是黄金大目追溯的过往，老怪怎么会忽然出现？只见周围所有妖魔和神巫都抬起了头，同样深凹下去的漆黑眼窝，空荡荡的双目流下血泪，一个个面色苍白，犹如白纸糊成的人偶。他们对着戚隐和白鹿，动作一致地张开嘴，说出同一句话。

"小隐，我看见你了。"

"小隐，"低沉沙哑的嗓音贴在耳畔，"我看见你了。"

戚隐浑身泛起鸡皮疙瘩，转过脸，正见巫郁离与他脸对脸、眼对眼。那双空洞的眼睛里什么也没有，唯有千年的空寂，恶鬼一般的神巫一字一句告诉戚隐。

"带着我的神，来见我。"

## 第四十四章

## 奔月

脑袋被谁轻轻敲了一下，四周光景蓦然墨水一般流散，显露出金红的岩浆和灰色的岩石，戚隐回过神来，心还急跳着。伏羲往他的方向虚虚一抓，一只银白色的素蛾从他发间翩翩飞落，被伏羲掌中的金光囚住。

"那是巫郁离的飞蛾？"戚隐一愣。

"你在来之前同他交过手吗？"伏羲一挥手，放生了那只蛊蛾，"他将蛊蛾放置在你的发间，随你一同到了这里。此蛾啃咬皮肉，可致幻觉，不过无甚毒性，不必担忧。"

这破蛾子在他头发里藏了一路？戚隐头皮发麻，拆下发带，十指插进发辫用力抓了好几下，确定头上没什么别的东西才安心。戚隐回头看，白鹿蹲在岩浆边上，一动不动发着呆。火光映照他苍白透明的脸庞，焰火在他眸中明灭，却照不亮他心底的黑暗。

那样惨烈的过去，即使戚隐将巫郁离视作仇敌，也不免为之动容。还记得头一次见面，巫郁离还是孟清和的时候，独自一人在紫极藏经楼上抚琴。素衣白裳，君子端方，笑起来总有种温雅的况味。看见那样的他，又怎会知道他遍体鳞伤，心有深渊？

"老白……"戚隐想拍拍白鹿的肩膀，伸出手却只触摸到虚幻。方才在黄金大目的回溯中，两人都是神识精魄，还能互相触碰。现在是一人一魂，什么也摸不着了。

"戚隐，"白鹿沙哑地开口，"我是一个既懦弱又无用的神，从一开始，我就在逃避。其实我早就知道，他一定受了很多苦。我战死，等待他的结局不是被流放斩首，就是陪葬神墓。我什么都做不到，打不过诸天神祇，打不过该死的宿命，保护不了我的大神巫。我害怕面对他，我害怕看见他，我以为只要我死了，只要我闭上眼，"白鹿泪如雨下，"世事同我无关，万事于我皆休！"

铁锈红的浓雾里，巉岩巨石都是浓重的大黑影。戚隐站在白鹿身旁，沉默无言。

"我不再躲了。"白鹿轻声道，"他是我唯一的朋友，这天下，只有我能救他。"

"你要怎么做？"戚隐问。

墓碑一般压抑的沉默里，白鹿抬起满盛着悲哀与绝望的银色眼眸，一字一句道："送他安息。"

## 第四十四章 奔月

没有别的办法，这是唯一的解脱。戚隐记得以前闲聊的时候白鹿告诉过他，为什么神祇不让凡灵带着记忆渡过忘川星海，去往下一个轮回，因为俗世凡尘，生老病死，悲欢离合，所有酸甜苦辣，生死劫难，都以记忆的方式存留脑海。记忆是灰尘，是泥沼，堆得太多，会把心封住。于是神让他们蹚过忘川，星海涌流，带走他们的记忆，洗净他们的魂魄。他们转世，他们重生，睁开双眼，重新成为白纸一般的孩童。

所以在最遥远的远古时代，神巫的世界里，"不死"是最残酷的诅咒。因为这个诅咒将让人永远封印在记忆的荒城，无法解脱，永无宁日。可惜后来的人愚昧，长生竟成了所有求仙者的向往。

只有死了，才能真正地重生。

"他死之后，将我送归彼岸，"白鹿哑声问，"戚隐，你能做到吗？"

戚隐沉默良久，道："你刚刚说错了一句话。"

"什么？"白鹿一愣。

"你说巫郁离是你唯一的朋友，你说错了，我也是。"戚隐虚虚和他碰了碰拳头，"放心吧，答应过你的事情，我戚隐一定做到。"

白鹿深深望着他，道："谢谢。"

他化作一道白光，回到戚隐的心海。心头扣了口锅似的，闷得厉害，承诺帮别人送终，顺便把自己也弄死，这大概是戚隐干过最伟大的事了。他自嘲地笑了笑，深深吸了口气，问伏羲："大老爷，我可以问问若你不插手当年的命局会是什么样吗？会比现在发生的更糟吗？"

伏羲没有回答，只是轻拂大袖。命盘在他们周身升起，星尘织成山川荒原，妖魔万民。戚隐不自觉屏住了呼吸，他看见巨大的白鹿倒在神殿废墟，鲜血从它身上涌出，流成血河，淌下巴山。这是白鹿的真身，山岳一般雄伟，它伏倒的时候，压垮了整座巴山山头。无数妖魔首领攀上它灰白的身躯，用青铜刀刃去割它枯枝般的鹿角，用铁锥去钻它山峦一般起伏的骨骼。奴隶们跪在山下，凄厉地悲哭。

戚隐瞳孔几乎缩成一根针尖："它们……在弑神？"

"不错。"

"它们怎么敢？！"戚隐难以置信。

伏羲平静地问道："孩子，当年你走山吴塘的时候，又可曾料到在不远的将来，你会亲手屠灭无方？"

天下熙熙皆为利来，天下攘攘皆为利往。妖魔凡人，终究逃不过一个"欲"字。断人财路犹如杀人父母，更何况巫郁离和白鹿要齐民分土，那些王公贵胄如何能答应？戚隐沉默了，除去利欲，想来，若伏羲敢动扶岚，他也是敢把伏羲的脑袋拧下来的。

伏羲收回命盘，道："若我不曾插手，巫郁离变法，南疆暴乱，姜央被自己的子民杀死在巴山废墟，巫郁离一样会被制成罪徒，陪葬神墓，三千年之后，灭世复仇。我说过，宿命是江河的尽头，无论河道如何改易，终将奔腾入海，一去不返。留存霜雪神心，给你们争取一线生机，是我唯一的办法。"

他再次拂袖，之前被蛇巫抢走的刀剑从淤泥里升起，回到戚隐手中。伏羲朝他颔首："你找到扶岚的重生所在了吗？"

戚隐说："是在月轮天，对不对？"

伏羲点头："不错，那个孩子每次死亡，神魂都会重归月轮天。尘世生灵经忘川星海入天地轮回，巫郁离在他的心脏里种下扶岚花，以此不断重塑他的心脏和身躯，让他独自拥有一个小轮回。当他长成，月光天梯将他送下巴山神殿。大约重生之初神志虚弱，当他记事，总是渐渐忘记自己的由来。"

戚隐皱了皱眉："是不是和我哥的神魂有损有关系？白雩神女说巫郁离清洗过我哥的记忆，他的洗魂术伤害了我哥的神魂。"

"哦？"伏羲道，"这样吗？然则据吾所知，除了那一道留存脑髓灵宫的刻痕，扶岚的神魂并无损伤。"

戚隐微微睁大眼，并无损伤是什么意思？若无损伤，他哥又怎么会记不住上一世的事？

"好了，我的时间到了，"伏羲轻轻叹了一声，"你该走了，孩子。"

他话音刚落，周身炽热的光焰瞬间收缩，卷成巨大的旋涡。他金色的身影逐渐消散，不过片刻之间，只剩下一个模糊的轮廓。那旋涡向内吸着戚隐，戚隐一愣，忙将斩骨刀插入岩石，竭力稳住身体，喊道："等等，我还没有和我哥告别！"

"你同你朋友的诅咒我已解开，那叫云知的孩子也已经无恙，我会将你们送到五百年后，扶岚重生之时。"伏羲回过身，赤金色的蛇尾一寸寸消失，"后会无期。我的孩子，不要恐惧，不要害怕，诸天神祇将佑护你平安前行。"

与此同时，幽厉地渊外的地下花林中出现了同样的旋涡，霎时将云知、戚灵枢和黑猫吸入其中。

"等等啊，你让我见见我哥！"戚隐叫道。

天地忽然有了声音，岩浆在伏羲光焰的旋涡中翻卷奔腾。时间恢复了正常的流速，戚隐回过头，看见扶岚抱着慕容长疏，靠在一块虾子红大石头的背后。

"哥！"戚隐大吼。

手中的斩骨刀突然一错，刀尖带出的岩石碎了一块，刀身剧烈晃动起来。戚隐稳不住身体，半个身子被旋涡吸得升起来。狂风像是刀刃，刮着脸，戚隐几乎睁不开眼睛。扶岚竭力朝他伸出手，试图够着他的指尖。

戚隐大喊："不要再去找你的身世了，不要再去造访神祇和神迹，不要去……"喉咙像被谁扼住了，"无方"两个字怎么也说不出口，戚隐不再挣扎，喊道，"你要平平安安活下去，你知不知道？！"

"小隐……"扶岚怔怔地睁大眼，风与焰在他眸中交织，谁都能看出他的难过。他问："你要走了吗？"

## 第四十四章　奔月

无尽的悲伤在胸膛中翻涌，戚隐觉得自己整个人要被撕裂。戚隐流着泪大喊："哥，你记住，我会来找你的，一定会来找你的！无论过多少年，我们……"

"小隐……"扶岚用力去拉戚隐的手。

他从来都是笨笨呆呆的一个人，心里空空的，没有悲喜没有哀怒。可这个时候，他的心里忽然生出无限渴望，他想要大声说出口，像快死掉的人，用尽最后的力气，说出自己毕生的期盼。只有这样才能瞑目，只有这样才不会被忘记，才不会变成无家可归的孤魂。他努力吸气，努力去呼喊。

小隐……

小隐……

小隐……

两只手即将碰到的刹那，斩骨刀终于脱出了岩石，戚隐被风攫住了身体，整个人向后卷去，像飘蓬，霎时消失在光焰旋涡的深处。

他的声音被风吹得破碎，却依稀能听见他最后的嘶吼——

"我们……一定会重逢！"

光焰顷刻间缩小，像被一口咬碎，消散成万点残破的金光。

扶岚跌倒在地，右手还紧紧护着怀里的小婴孩。

"小隐，你可以留下来，不要走吗？"扶岚轻轻地说，可没人听见。

月牙谷。

日头挂在西面，无数如鸡毛帚的小树，叶子纷飞，在无边的晚霞里形成破破烂烂的剪影。巫郁离站在山崖上，紫萤蝶绕着他翩翩而飞，他空茫的眼睛望着远方，仿佛在眺望茫茫风烟，斜阳铺满山川。

"阿离大人！"

稚嫩的童音响在身侧，巫郁离回过脸，夕阳笼着他极漂亮的五官，显出一种不真实的况味来。几个孩童吭哧吭哧爬上崖，小鸭子似的围拢过来，叽叽喳喳地说话。

"阿离大人，白鹿大神会不会很凶？"孩子们问道。

巫郁离弯了弯眉眼："不，神是一个长不大的孩子。"

一个女娃娃羞赧地捏着手指，细声细气道："我们怕神不喜欢我们。"

"不会的，"巫郁离淡笑，"神最喜欢漂亮的小孩儿了，我们月牙谷的孩子都很好看。"

孩子们眼睛亮起来，个个高兴得小脸儿酡红。

"那神什么时候回家？"孩子们问。

这一次巫郁离没有回答，蝶翅扑棱。西南面的天穹忽地闪过一道锐利的光，远在重山之外，依稀看得清影震荡，以那道光为中心，天空中浮现了一道道淡淡的波纹，很快又消失了。

巫郁离眯起灰蒙蒙的眼眸，轻声道："快了，就快了。"

紫萤蝶飞出悬崖，扑入沉砀风烟，穿越重重迷雾，来到日光的尽头。人间的城郭在它单薄的翅子下展开。前方是横亘大地的金光结界，无数走尸聚集在侧，犹如蚂蚁成军。他们黑黝黝的头颅攒动，密密匝匝，放眼望去，尸群绵延游荡，一望无际。

　　戚隐渐渐明白，每一次重逢都需要忍受漫长的等待。他想他的哥哥要如何爬出那片满是蛇巫与死亡的废墟，回到风雪山巅，走过城郭渡过山川，踏过整整五百年的时光，变成一个十二岁的孩童，来到枯叶如蝶的乌江水畔。他想他应是注定要伶仃冷落十三年，一个人在阁楼望溶溶的月寂寂的雨，一个人在姚家锅炉边转来转去等待药吊子咕嘟嘟响，才能仰起头，看到那一天淅淅沥沥的冷雨，看见雨帘子后面他哥哥淡然的眼眸。

　　于是当他们跌出时空的裂隙，他就迎着风，用尽全力挥舞斩骨刀，晚霞在他身侧成一道道流火，他的银发染成瑰丽的红。他向着高天上那轮暗淡的圆月飞，不管云知在后面竭力叫他慢点儿，也不管手指和脸一起冻僵。他画出白鹿告知他的符纹，打开结界，飞入月轮天。雪白冰原绵延万里，他像一个小小的黑点儿，坠落、下降，扑入茫茫的花、茫茫的雪。

　　满世界雪白的扶岚花，随着雪原蔓延向天的尽头。高耸的冰晶树参差错落，他趴在地上听，无数心跳咚咚响，像一面面小鼓。他用斩骨刀小心翼翼地挖了几个雪坑，只看见神花蛛网一般发着光的错杂根系，没有人。神花的花瓣发出淡淡的光，戚隐俯下身看，随着角度的改变，花瓣内侧浮现出浅淡的符纹。

　　是巫符，白鹿告诉他是封印。巫郁离布在这儿的吗？他封印了什么？戚隐皱了皱眉，直起身环顾四周，大声喊："哥！"

　　呼声回荡在雪林中，树上倒挂的冰凌微微地颤动，没有人回应。他四处搜寻，依旧找不到。他累了，靠着冰晶树坐下来，两手撑着额头，终于静下来。只有他一个人，心里的绝望和悲哀慢慢涌上来，像冰冷的海水，泛滥成灾。他知道他活不了多久，即便不自剖霜雪心送走白鹿，他的神魂也迟早会衰竭。一个月？三个月？他的生命还剩多少天？他与扶岚的相聚，注定以离别为结局。他讨厌"注定"这个词，它是伏羲口中的宿命，江流入海，无可改易。

　　如果终将分离，你要如何相聚？

　　如果生命只剩下一天，你要如何活着？

　　如果你明知道结局，你要怎么样才能够平静地走向它？

　　寂静天地，无数心跳中，他忽然捕捉到一个雄劲的响音。那是神花大根，深深埋在前方不远处的地底。他放下双手，抬起脸，望见上方，有一棵三人合抱粗的冰晶树。它藤蟒一般的根系掩埋在冰雪之下，靠近雪的位置刻了三个手拉手的小人儿，中间那个人长着生花的鹿角。

　　忽然间，霜雪簌簌落下，露出一个人的轮廓。戚隐不自觉屏住了呼吸，站起身，

## 第四十四章 奔月

慢慢走过去。越来越近，越来越清晰，他看清了，一个抱着膝盖的赤裸小孩儿，蜷着身子，睡在冰晶树下。看起来像才五六岁，雪盖住了他，冰晶树俯下薄冰叶子，遮住了他小小的身子。他静默的脸庞犹如细腻的白瓷，长长的睫毛弯弯如羽。

他的心口连着扶岚花，呼吸声咻咻犹如小兽。

戚隐红着眼眶，轻轻把孩子抱起来。花根自动脱落，戚隐脱下外裳，包住这个稚弱的孩童。他终于知道为何扶岚的灵力与白鹿同源，因为他们一样，诞生于月轮天的皑皑白雪。他的哥哥，神花为心，大椿为骨，霜雪为血肉。扶岚不是幽厉地渊那些肮脏疯狂的鬼怪，他是天上地下最漂亮的小花仙。

戚隐知道他应该怎么做了。

倘若生命只剩下一天，他就用尽全力抱紧扶岚，陪他看雪，陪他看月亮，给他哼曲看他安眠，然后背上刀，背上剑，去赴他必死的宿命。

孩子的睫毛颤了颤，戚隐呼吸一窒，看着他微微睁开了眼，大而黑的瞳仁，干干净净，像蓄了一汪秋水，又好像一面寂寞的古镜。

他还困倦着，低低地问："你是谁？"

"我叫戚隐，"戚隐慢慢回他，"我是你的弟弟。"

"弟弟……"扶岚刚刚醒来，脑子里还是混沌的，梦呓一般重复。

"对，我们是兄弟，天底下最亲的人。"戚隐捏捏他的脸蛋。

扶岚怔怔望了他一会儿，问："你很难过吗？"

戚隐一愣，道："为什么这么说？"

"你在哭。"

摸了摸脸颊，戚隐摸到满手的泪。他都没有发觉自己哭了，他带着涕泪微笑，道："我高兴，哥，和你重逢，我高兴。"

也不知道扶岚听懂没有，他只是疲倦地阖上眼睛，枕在戚隐的肩膀上，睡着了。细细的温热呼吸喷在戚隐颈间，戚隐两眼发热，泪水又滚滚淌下。他想，真好，他哥又回来了。紧了紧手臂，抱紧他温热的小身子，戚隐侧过脸，把脸颊贴住他的额头。要是能不走该有多好，戚隐落着泪想，别人的生死同他有什么干系，白鹿和巫郁离的恩怨和他有什么干系？天下苍生生生灭灭随他们去就好了，他只想陪着他的哥哥长大。

他的心很小，装不下天下，装不下万民，只能装下一个傻呆呆的小男孩。

云知他们随后赶到，看见戚隐怀里的小扶岚，略惊讶了下，很快回过神来。云知好奇地摸了摸小扶岚的背，又戳了戳他的肚皮，笑道："真是个小娃娃嘿。"

"滚。"戚隐拍开他的手，"别碰我哥，再碰剁了你。"

黑猫盘在戚隐的右肩，凑过脑袋舔了舔扶岚的小脸儿，也眼泪汪汪起来。

下界行尸横行，来的路上还看见南疆有骨龙闹腾，实在不安全。白鹿教戚隐改了月轮天的结界阵法，索性在月轮天上休整，再从长计议怎么对付巫郁离。云知和戚灵枢砌了两个冰屋，从乾坤袋里搬出炭笼生火，在屋里铺上一层软雪作榻。戚隐把自己的衣裳改小，给扶岚穿。

扶岚睡得很久，一天有十个时辰都在睡觉，偶尔醒转过来，云知就逗他玩儿。

"这是什么？"云知在雪地上画画。

"鸟。"扶岚淡淡地说。

"这个呢？"

"花。"

云知摇着冰凌，又画了一个小像："这个？"

扶岚呆了一下，云知这次画了个人，龇牙咧嘴，看起来很傻。扶岚道："弟弟。"

"你觉得他怎么样？"云知问。

扶岚沉默了一会儿，说："我们认识很久了，对吗？"

"你怎么知道？"云知惊讶道。

"他总是看着我，"扶岚低眸看那幅小像，"很难过的样子。"

云知叹息了一声。

扶岚问："我把他忘了，他很难过吗？"

云知揉了揉他的脑袋："当然难过啦，呆仔，天上地下他最稀罕的就是你。"

四天过去了，扶岚仍是睡的时间很长。猫爷和白鹿轮番查看，都看不出什么不妥的地方，应是扶岚体质与旁人不同，又是刚重生，像人间的婴孩，格外嗜睡。

戚隐像看顾宝贝似的看顾他，寸步不离。他有时候坐累了，返回那棵冰晶树，树下的神花又结出了心脏，霜雪围出一个孩童的轮廓。他走遍雪林，除了扶岚没有别人，更没有巫郁离。难怪他们来得这般容易，巫郁离的真身压根儿不在此地。戚隐眺望远方，白鹿飘在他的心海，一人一鹿，目光同样寂寥。除了这里，那就只有一个地方了——月牙谷。

御剑回去，远远地就瞧见云知斜斜倚靠在一棵冰晶树下面。戚隐问："我哥还在睡？"

"可不？比猫爷还能睡。"云知揽住他的肩膀，"我观察了好几天，觉得你哥这个状况兴许能治。"

"什么意思？"戚隐侧过脸。

云知摸着下巴道："起初听说呆仔能重生，我还以为和轮回差不多，就是轮回之后的体貌和从前一致，现在看来不是这样。你哥一醒过来，能说会做，认得花鸟虫鱼，聪明劲儿和呆性儿也还和往日一样。不像刚生下来的娃娃，除了哇哇哭和吃喝拉撒，什么都不会。"

雪屋里，扶岚迷迷糊糊醒过来。天光漏过天窗，打在他身上，照得他的脸儿几乎透明。他赤着脚下榻，发了会儿呆，听见外头云知和戚隐的说话声。

"所以我觉得嘛，你哥每重活一次，就好像有人在他脑袋上打了一棒槌，让他失忆。失忆这病症，不像娃娃出生，一张白纸，他虽然会忘记一些事儿，但基本的认知，例如名物称呼、谋生手段、巫罗秘法、自己的名字，他还记得。等老怪这事

## 第四十四章 奔月

儿解决，咱们找找名医什么的，给他看看，说不定能治好呢。"云知说。

戚隐沉默良久，垂着银灰色的眸子，不知在想些什么。云知拿手在他眼前晃了晃，戚隐抬起脸，道："狗贼，咱们俩同生共死这么多次，是好兄弟吧？"

"那当然。"云知扬眉一笑，"怎么，想找我借钱？不过亲兄弟还得明算账，这么地吧，利息算你便宜点儿，一厘，怎么样？"

"我想把我哥和猫爷托付给你。"戚隐低声道。

云知一怔："哈？"

"有件事没跟你们说，我的神魂快撑不住了，估计没多少活头了。我答应了白鹿，要去给老……唉，咱那个好师叔送终。送完他，再送白鹿。白鹿与我同体同心，要送他走，我这条命自然也留不得。"戚隐故作轻松地耸耸肩，"不过按我这道行，和咱那个好师叔打起来，约莫也讨不到多少好处，没准就同归于尽了呢。总而言之，我待不了多久了。我没了不要紧，我哥还小，人又傻，猫爷贪嘴，到时候你帮我多照顾，我就能瞑目了。"

云知半天没回过神来，道："这都什么跟什么，你……"

"你要是不好好看顾他们，"戚隐压低声音，恶狠狠地说，"我会半夜回来找你的。"

"不妥不妥，你别这么快下结论。你的神魂又是怎么回事？伏羲老爷解得开咱们的诅咒，怎么没办法帮你疗伤？"云知瞪大眼睛道。

戚隐沉默了，和伏羲交易这事儿他还没来得及同云知说，想想也不必说，若他有个万一，云知和戚灵枢定会帮他看顾扶岚和黑猫，倒也不必再说这些让他们自责。他摆了摆手，道："他也就是个行将就木的老头儿罢了，你以为他有多大能耐。"他吸了口气，道，"巫郁离没来找我们，大约是算准了我会去找他。我打算后日出发，趁着身子骨还硬朗，胜算也大一些。你们就在这儿待着，别乱跑，不要让我哥去扶岚花海。我想了想，他身世这事儿，你等他大些再同他说，要不然他看见自己的躯体长在花上面，兴许会接受不了。"

云知空张着嘴，不知说什么好。

"只要扶岚花不死，我哥就能不断重生。不死不灭，在别人眼里是好事，我哥却把自己当成怪物。"戚隐道，"狗贼，记得帮我告诉我哥，他不是怪物，他是花仙。"

"这话我可说不来。"云知直摇头，"小师叔在打坐，一会儿等他出来，咱们再商量。"

两个人陷入了沉默，云知笼着手，眺望青白色的天穹，道："扶岚花同根而生，若诛杀地下大根，则众花皆亡，呆仔也就无法再次重生。老怪既然设计诛杀呆仔，为何不干脆把大根给削了？"

戚隐也仰着脖儿望天，轻声道："因为他并不想真正杀死我哥。"

扶岚坐在榻上，忽然站起来，踩着冰雪砌成的小案用力一跃，翻上天窗，朝下面伸出手，斩骨刀飞入他的手心。他把刀扔下屋顶，然后从侧面滚下来，拖着竖起来比他还高的斩骨刀，深一脚浅一脚往花海走。一连串小脚印从他脚下出现，他手脚并用爬上雪坡，跋涉过漫漫雪原，终于看见白茫茫的扶岚花海。戚隐为了不让他靠近花海，将屋子搭得离这里很远。可仿佛有什么东西牵引着他，他来到那棵最高最大的冰晶树下，俯视冰雪里阖目长眠的身躯，还有心口那一朵悄悄开放的扶岚花。

银色的符纹发出淡淡的光芒，他认出这是巫罗封印密纹，有什么东西封印在扶岚花蕊。他不像初生的婴孩对这世界一无所知，他知道很多东西，唯独记不住过去。他想起那个叫戚隐的男人，银白色的发，银灰色的瞳子，看着他的时候，眸子里总是盛满难过的神情。他知道戚隐总是在他睡着的时候默默看着他，在他身边静静地流泪。戚隐以为他睡着了，滚烫的泪水滴在他的额头，那个时候，他的心就像被烧灼了一个洞，空空落落。

为什么要哭？为什么要难过？扶岚不明白，他痛苦地捂住胸口，为什么那个白发男人哭泣的时候……他也一样难过？

"扶岚花同根而生，若诛杀地下大根，则众花皆亡。"

这下面，到底封印着什么？他的灵力无声地运转，银色符纹蜂子一般颤动，有什么东西在花蕊里呼唤着他，像一个失散多年的故友向他回眸。

要解开封印，就必须毁掉神花。他蓦然抬起头，斩骨刀铮然一动，一头扎进白雪，挖出一个黑黝黝的深坑，一直向下，直奔神花大根。斩骨刀斩碎神花心脏，天地寂静了一瞬，所有神花在刹那间四分五裂，寸寸化灰。巫罗密纹随着灰烬消散，银色的脉络褪了色，过往的一切跟随漫天鸦羽般的灰烬，扑面而来。扶岚霎时间睁大眼，眸中一片空白。

畸变、死亡、重生、杀戮、再次死亡、再次重生……他追寻了二十五世的记忆终于回到他的身躯。他想起来了，他的由来，他的过往，一幕幕在脑海里重现：巴山冷雨中巫郁离轻轻侧过来的油纸伞，幽暗的废墟地底戚隐流淌着光辉的白发，乌江田埂他们一家人的影子在斜阳中拉长……他立在雪地里，脸上没有悲喜，只有眼泪无声地滴落。

原来呼唤他的，是记忆。

戚隐起身去看他哥，钻进雪屋，里面却空空荡荡。榻上的衣裳胡乱掀开，原本在上面安睡的人儿已经不见了。戚隐慌忙出来，道："我哥不见了。"

月轮天忽地一震，两个人都差点儿站立不稳。戚灵枢从另一个雪屋中出来，三人对视一眼，都满脸惊诧，异口同声道："莫非是巫郁离？"

三人同时御剑，飞入神花花海。所有神花都在消失，化为灰白色的花烬，纷纷扬扬散入空中，飘扬成鹅毛大雪。戚隐看见，那棵刻画着小人的冰晶树下，扶岚默然静立，垂着黑黝黝的眼眸，看那躺在雪里的身躯。冰肌玉骨，还未长成，是一具人偶。扶岚伸出手，斩骨刀从直达月轮天深处的坑洞中飞出，回到他的手心。

## 第四十四章 奔月

那个沉默的男孩，毁了自己的心脏。

花瓣漫天飞舞，戚隐大睁着眼睛，只顾着望远处茕茕孑立的扶岚，没有发现花瓣上细密的银色符纹随着花消失了。戚隐一步步走过去，哑声问："为什么？你知道你在做什么吗？"

扶岚静静看他："我知道。"

"你为什么要这么做？！"戚隐蹲下身，按住他的双肩，"你把你的根毁了，你以后再也没办法重生了，哥！"

花瓣在他们之间坠落，扶岚的头顶肩上堆满细细的绒羽，像一瞬间白了头。

"我不想当小花仙，小隐，"扶岚看着戚隐的眼睛，轻轻地说，"我想当你的哥哥，一辈子的哥哥。"

"你！"戚隐忽然反应过来，怔怔地问，"你叫我什么？"

"我想起来了，所有的一切，从最初到今日，从五百年前到五百年后，我都想起来了。"扶岚抬起手，接过一片残存的花瓣，"这是巫罗封印术，他在神花上刻上巫罗密纹，将我的记忆封入神花。当我离开神花，我就失去了记忆。"

戚隐蓦然想起来，伏羲说扶岚的神魂完好，不曾受损。原来是巫郁离在神花上刻下封印，致使扶岚无法带着记忆重生。

"所以你杀死大根……"戚隐喃喃。

"这样，"扶岚道，"才能找回我的从前，找回你。"

"你这个笨蛋……"戚隐哽咽着，悲怆扼住他的喉咙，让他说不出话。记忆就那么重要吗？舍去了重生的机会，也要找回来吗？他想他哥这个人真是傻透了，忘记从前那些事有什么不好，这样他对于他哥来说，就只是一个相伴四五天的过客。他就可以放心离开，去找巫郁离拼命。因为他知道，就算他死了，他哥也不会难过。

"你没有办法重生了，从今以后，你要是没了就真的没了！"

"没有关系，"扶岚轻轻说，"我不要不死的身躯，我不要没有尽头的生命。我想和小隐一起老，一起病，一起死。"

心中酸楚，戚隐使劲摇着头，大声道："你这个大笨蛋，你知不知道我活不了多久了！我快要死了！"他落着泪，"我快要……死了啊！"

他们没有办法一起到垂垂老矣走不动路，没有办法一起闭上眼躲进棺椁。戚隐注定要先走一步，他们注定分离。

扶岚也在落泪，黑眼眸里铺满霜雪般的哀伤。

"我们是家人吗？"

"废话，我们当然是啊！"戚隐大喊。

"那么，"扶岚的声音缓慢又清晰，"我们就应该同生共死，生死相依。"

戚隐决定带着扶岚和猫爷到处去看看，实现当初还在凤还山的时候许下的诺言——去看嘉陵江的落日、巫峡的夜雨、九垓永夜天、渊山魔龙骨……如果他终将走向生命的尽头，他希望可以带着这些美好的回忆安详地阖上眼睛。他将不会有恨，不会有怨，也不会有遗憾。在这坎坷一生中，他拥有最美好的日子。

他们在月轮天上向戚灵枢和云知告别，云知千叮咛万嘱咐，要他不要独自去月牙谷找巫郁离。戚隐敷衍地说好，让他们在月轮天等他回来。说罢，便御起归昧剑，黑猫趴在剑柄，戚隐盘腿抱着扶岚，两人一猫随着归昧化为一道流光，冲天而去。

他们找到一艘废弃的小舟，晃晃悠悠荡进嘉陵江江心。朝阳从东边升起，他们两人一猫的影儿倒映在金黄色的江水中，好像随着高远的风和静悄悄的水波，驶进了一个梦里的神话。

他们一路漂到温塘峡，正好晌午，上岸生火，妖魔要么躲起来了要么变成妖蛾子寄生的行尸，一块肉都找不着。扶岚撅了几捆折耳根和野蕌头，下到锅里用水一焯，捞出来拌了拌。黑猫嚼得津津有味，戚隐看了也口齿生津。算算已经好久没吃过扶岚煮的菜了，捧着一碗野菜，戚隐几乎掉下泪来。他哥的厨艺向来好，往日做的小糖蒜、糖肉大包子，戚隐的乾坤袋里都时时备着，闲着没事儿就拿出来啃两口。

充满期待地吃了几筷子，一股怪味冲出，戚隐哇的一声吐出来，叫道："这是什么？！"

扶岚呆呆地看着他，道："我做得不好吃吗？"

"不……不是，"戚隐怕他沮丧，忙道，"我吃得太急，不小心咬到舌头了。谁说不好吃，好吃，好吃！"说着，就一口把碗里的野菜都吞了下去，满嘴说不出的怪味儿，戚隐流着泪道："太好吃了，好吃哭了。"

扶岚抬起手，要摸他的脑袋瓜。五岁的个子，手短腿也短，够不着。戚隐把头低下去，让他摸。扶岚揉了揉他灿烂的白发，道："小隐笨笨的。"

他们又去摘浆果，火红的果子挂在树梢，黑猫蹿上去，吃得满嘴红汁。戚隐让扶岚骑在自己肩膀上，摘了满兜。御剑往南行，恰巧碰见骨龙追赶一帮逃窜的妖魔。戚隐拔出斩骨刀一劈，飞廉神蛊统统化为齑粉。他们穿过骨龙破裂的躯体径自南去，留下下面一堆目瞪口呆的妖魔。他们在九垓游玩，沿着微生魔龙骨的骨头往上爬。

黑猫在最前面，晃荡着尾巴蹦蹦跳跳，扶岚在中间，戚隐跟在后头。时不时遇见高耸的骨刺，扶岚个矮过不去，戚隐就拎着他的后脖领子往上一提，再把他放到对面。他们身后，妖魔行尸摇摇摆摆一瘸一拐跟在后头，在魔龙骨的脊背上连成浩浩荡荡一支队伍。戚隐不时停下来，把这帮碍眼的家伙冻成冰雕。

他们去到渊山归墟殿，从山巅往下望，正好可以看见浩瀚绵延的墨水泽。黑猫告诉戚隐，当年的妖族内战就发生在这里，黑猫被微生父子俘虏，封印了妖气，妖族全军覆没，扶岚独自一个人背着十二把刀十二把剑登上渊山，在众魔的耻笑中挑战微生魔龙。就在渊山山巅，他抽出了魔龙的脊背，将它巨大的骸骨甩在了渊山山脚。从此，众魔归心，妖魔同拜。

扶岚静静地眺望黑水泽，宁静的脸上没有波澜。这里每一寸土地都曾有过他的足迹，记载他过往的峥嵘岁月。他还记得那时候浑身披伤浴血，奋力挥动刀和剑斩出血路，力竭也不敢停，血流光了也拼了命要继续。因为他耳边一直回荡着离开乌江时阿芙铿锵的叮嘱——

"无论走到多远的地方，都一定要回家。"

"小隐，"扶岚牵住戚隐的手，道，"我们回家吧。"

他们回到乌江，这里正巧在金光结界外围，凡人都走光了，撤入了结界。举目望去，江水平缓，田地荒芜，漫山的枫树叶子又红了。他们泛舟经过，原先两岸的芦花、冒着炊烟的农家茅屋、晾衣绳上红红绿绿的麻布衣裳都失去了踪影，只剩下颓圮的篱笆、塌了半边的土墙、几只瘦得皮包骨头的野狗。他们上了岸，在田埂上走，朝着日落的方向，找到小时候住过的那座茅屋。

推开柴扉，地上长满青苔和杂草，阿芙以前辟出的一小片种菜的地辨不分明了，里头长满了车前草。门上结了蜘蛛网，戚隐把网扯下来，推门进去。堂屋里一股腐朽的味道，一个黑漆小方桌，有几个虫蛀了的小洞，阿芙以前常在这里坐，就着一豆青灯补衣服。现在上面铺了一层厚厚的灰，烛台也不见了。神台还靠墙搁着，破旧的红布丝丝缕缕挂在前头，遮住里面"元微真人升仙道位"的灵牌。戚隐想，他娘那时候一定是被巫郁离给吓坏了，连他爹的灵牌都忘了带走。

他们掩上口鼻，里里外外清扫了一遍，把蜘蛛网都扯了，灰尘都掸了，草也拔了，还砍了些柴火，重新开了炉灶。方圆几里，村庄一片冷落，只有他们这里有袅袅的炊烟。戚隐去别人地里挖野菜，竟然挖出来了两壶酒，倒算是意外之喜，欢欢喜喜地拎了回去。

月亮升起来了，他们把桌椅搬到檐下。面前一方小院，月光洒在地上，像一层细细的盐巴。阿芙曾经在这里种菜，扶岚曾在这里洗狗崽尿湿的被单。他们三个，一人一孩童，还有一只猫，坐在院子里仰望银河，慢慢喝酒，微醺的时候，正见两道流星从天穹中划过。

戚隐道："有流星！"

"快许愿！"黑猫叫道。

细细想来，好像也没什么愿望要许了。戚隐用手肘戳了戳他哥："哥，你快许。"

扶岚轻轻摇摇头，望着天穹道："神魂归天，汇入忘川星海。小隐，阿芙会在里面吗？"

"两颗流星……"戚隐仰着脖儿道，"说不定就是爹和娘呢，说不定我爹去了星海，终于把咱娘找到了，然后他们一起去投胎。"

他站起来，朝那两颗拖曳着流光而去的流星挥手，用力喊："爹、娘！"

黑猫也大声喊："狗剑仙，你有没有照顾好阿芙？！"

他们爬上屋顶，站在屋顶上对着天空喊戚慎微和阿芙。夜风把他们的声音送出去很远很远，所有彷徨的孤魂野鬼都听见了那声声呼喊。

"爹、娘，我和哥还有猫爷过得很好，你们安心投胎去吧！"

"再见！爹、娘，再见——"

他们瘫在茅草屋顶上。扶岚变小了，身子柔软，小肚子也软乎乎的。戚隐酒意有点儿上头，傻笑道："哥，你好小哦。咱俩好像掉了个个儿，小时候你带我，现在我带你。"

扶岚低头看了看自己莲藕似的短胳膊短腿，很沮丧的样子。

"猫爷，我哥以前怎么带我？"戚隐问。

"还能怎么带？追着你喂饭，哄你睡觉，给你把尿。"黑猫道，"你小时候淘气，尿的尿味儿还大。在院子里尿一泡，整个村的人都能闻见骚味儿。田里人干着活儿，只要闻见风里一股尿骚味，就知道阿芙家那只狗崽子又尿了。"

戚隐捏住它的嘴："别说了，别说了。"又转过脸来问扶岚，"你喝了多少酒？要不要解手？"

扶岚无奈地看了他一眼，没搭理他。

三个家伙都在屋顶睡过去，戚隐睡得迷迷糊糊，耳畔有什么东西拍着翅子。他以为是苍蝇，啪地一打，一巴掌打在脸上，眯瞪着眼坐起来，夜风吹得酒意散了。戚隐睁开眼，瞧见一只五彩斑斓的大蛾子衔着一个纸卷儿，扑棱棱飞在边上。

戚隐接过那纸卷，大蛾子自己飞走了。戚隐展开纸卷看，上面整整齐齐写了一列小楷。

"白露山阿，江湘水畔，月牙谷下，木槿花开。椒浆桂酒，满樽多时，同饮一杯否？"

催命的来了。

戚隐叹了一口气，回过头，扶岚抱着猫睡得正熟。戚隐脱下外裳，盖在他身上，默默望了他半晌。星夜偷偷走，明早他醒来，事儿也办完了。无论是生是死，都已成定局。只是不知那个时候，扶岚会不会为了他落泪。戚隐的目光在他脸上流连，深深看了最后一眼，小心翼翼起身，跳下屋顶，背起刀和剑，跃过篱笆往外走。

月亮高高的，把他孤零零的影子拉得老长。他走出没多远，却听见背后轻轻一声唤。

戚隐僵住了，回过身，扶岚抱着猫爷，立在风里。

"你这个娃娃，"猫爷跳下来，慢慢踱到他身边，用爪子拍了拍他的腿，"不是早说过了吗？一家人就得在一块儿，谁都不许一个人走。你怎么又骗人呢？当心你哥打你屁股。"

"阿芙说过，骗人要打断腿的。"扶岚仰头看他。

戚隐蹲下身，嘴巴里发苦："你舍得吗？"

"不舍得，"扶岚抱住他的脖子，"所以我们一起。"

扶岚身上清冽的香味又萦绕着他，他想，天底下哪有他这样的，去赴死还拖

## 第四十四章 奔月

家带口。可有什么办法呢？他们是一家人，兜兜转转那么久，好不容易重逢的一家人。他眼眶湿润，把扶岚抱起来，猫爷跃上他的肩头，毛茸茸的大尾巴盘住他的脖子。他踏上剑，化作一道流光，直奔月牙谷。

第四十五章

绋讴

按照巫郁离给的条儿，一路往西南飞，苍露山他听过，大约是在人间与南疆交界，锁阳关附近。飞过一座座荒凉破败的山城，脚下一片静默的灰雾，笼罩了一整座山。青白色的江湘水自西面高原曲折而下，流入迷雾山脉，不见踪影。这迷雾古怪，戚隐不敢御剑下行。正在这时，几盏绛红色的绢灯幽幽从雾中飘出，连缀成飘忽的两列，直直向迷雾深处绵延，仿佛在为他们指路。

　　戚隐压低剑身，随着灯笼往里去。雾中静默着无数五彩斑斓的飞蛾和披着重甲的行尸，形如雕塑，无声无息。戚隐、扶岚和黑猫从它们身边经过，头戴铁盔的它们只是抬起浑浊的眼睛望了望，又复归沉默。戚隐带着扶岚和黑猫，一声不响，往雾气深处而去。顺着潺潺的江湘水，一直往上游去。飞了不知多久，眼前豁然开朗。雾气消散，碎石小路和青石板铺成的山阶曲曲折折向上，两旁矗立许多土墙茅屋、小巧竹楼，都用竹篾篱笆围起来，青黑色的瓦檐，底下吊着辣椒和蒜头，还有牛皮纸扎的大灯笼。

　　许多浆洗衣裳的女人家，看见他们忽然出现，拿着捣衣杵愣愣将他们瞧着。石子路边上一个光着屁股尿尿的娃娃瞧见他们，大叫了一声，裤子都来不及穿，提溜着裤头噔噔噔跑走了。

　　山阶的最上面，巨大的白鹿神像静穆地矗立。

　　"你……你们是谁？怎么进来的？"一个包着碎花头巾的女人鼓起勇气问，还从墙边捡起了锄头。

　　戚隐以为自己在做梦，外面全是行尸，城镇荒芜，不见人烟，这儿怎么会有一个小村子？举目四望，茅屋竹楼冒着袅袅炊烟，澄碧的小溪里游鱼在藻荇里穿梭，许多原本聚在一块儿剥豆子的大娘都围了过来，好奇地看着他们。

　　一切都那么安静祥和，听不见悲哭，也看不见死亡，像梦里的桃源。

　　这到底是怎么回事？幻觉吗？戚隐眉头皱紧。

　　"小隐，他们的气息和我一样。"扶岚轻声说。

　　戚隐一愣，忽然发现这些孩子的气息确实与扶岚极为相似。难道他们都是巫郁离造出来的人吗？更奇异的是，这里的女人都没有心跳。

　　"一股偃木的味道，和云知小贼的手臂一个味儿，"黑猫耸了耸鼻尖，"这里的女人都是机关人。"

## 第四十五章　绋讴

刹那间，戚隐忽然明白了什么，心里一阵悲苦涌上来，攫住他的心脏。

那是白鹿，在他无尽的心海里沉默地悲伤。

他们都知道这里是什么地方，那个固执倔强的神巫毁了南疆和人间，筑起迷雾和重甲尸阵，隔出这一块世外桃源。

"齐天下之民，分天下之土。"

这里是月牙谷，是他三千年的执念。

"白头发的哥哥！"山阶上方，一个清脆的声音传来。戚隐仰起头，望见一个扎着辫子的小姑娘，十二三岁的模样，一帮孩子围着她，里头还有那个刚刚光着屁股跑掉的小男娃。女孩儿高声问："哥哥，你叫戚隐吗？"

"是我。"戚隐道。

孩子们眼睛一亮，小蝴蝶似的呼啦啦围上来，高喊道："阿离大人的客人到了！"

女孩儿过来拉他的衣襟，要他们跟着她走。孩子们翻他的衣袖，又钻进他的衣摆，道："神呢？阿离大人说神和你在一块儿，他在哪儿呀？"

黑猫被逼得往戚隐的头顶上蹿，龇牙咧嘴吓唬那些跳蚤似的钻来钻去的孩童："走开，离老夫远点儿！"

孩子们瞪大眼睛："小猫会说话！"

有个吹着鼻涕泡的小孩儿扯扯戚隐的衣袖，怯怯地问："哥哥，我可以摸你的小猫吗？"

黑猫不肯让这帮娃娃摸，幸而女孩儿把他们救出来，她横眉立目对那些孩童道："不许对阿离大人的客人没礼貌！"

孩子们终于老实了，戚隐抱着扶岚跟着那女娃儿走。女孩儿有一下没一下跟他搭着话儿，还拉他怀里扶岚的小手。

"弟弟几岁了？识字儿吗？叫什么名儿？"

她真把扶岚当小娃娃了，从兜里掏出糖饴送给他。

一路走，便见一路的炊烟、稻田、村妇村童、野花枯树、咕咕叫的小鸡，还有猫和狗。这里是真正的桃源，人语、狗吠、猫叫，说不出的安详与静谧。女孩儿把戚隐领到田埂上，指着远处道："你往前面，沿着路一直走，大约一炷香的工夫，就会看到一大片花海，你看见吃人雾的时候，差不多就到了。阿离大人在那里等你。"

戚隐向她道谢，刚要离开，女孩儿又拦住他，道："阿离大人说只让你一个人去，你把弟弟和小猫交给我吧，我会照顾好他们的。"

"他认生，要跟着我才行。"戚隐婉言谢绝。

女孩儿指指村里，道："我叫阿九，家就在村口左边第二家，门前种了棵柳树。你不用担心找不到我，我们都会把弟弟和小猫看好的。"

孩子们纷纷拍着胸脯打包票。

戚隐把扶岚放下来，摸摸扶岚毛茸茸的脑袋。其实把他哥放在这儿也好，他哥还太小了，这样细的胳膊腿，走路都费劲儿，更别说和巫郁离打架。他小声问："哥，你在这儿等我吧。你让他们带你玩一会儿，兴许晌午还不到，我就回来了。"

扶岚慢慢松开手，道："小隐，如果你先走，要记得走慢一点儿。"

戚隐一愣，无奈地笑了笑："好。"

他站起身，背着斩骨刀、归昧剑，腰上挎着黄金刀刀囊，渐渐消失在小路尽头。戚隐最后回头一望，扶岚还在原地站着，身边蹲着胖墩墩的黑猫，一人一猫，共同目送他远去。那个大男孩儿向来嘴笨，不会说话，可戚隐知道，他用沉默告诉戚隐——

如果你先走，要记得走慢一点儿。等我。

走了一炷香的时间，戚隐看见灰白色的迷雾横亘山头。这一片雾气团团围住了月牙谷，没有人可以进来，也没有人可以出去。雾气之中，扶岚花静悄悄地生长，连缀成纷纷扬扬的一片白，望也望不断。这片土地中，无数心脏慢吞吞地搏动，无数女人和孩子的躯体在下面缓慢成形。巫郁离的躯体大概也在其中，在土地深处，某个黑暗的角落。

不会有错，就是这里了，戚隐默默地想。微风拂过，无数绒羽般的花瓣吹起来，拂过他的脸颊和白发，刷刷地响。这样静静听着，心里无比安宁。他走到巫郁离的身侧，陪他仰望漫天飞雪般的花。

巫郁离伸出葱白的手指，接住一朵正在化灰的扶岚花："我花了数百年的时间重建月牙谷，改造这里的土壤，让它们适宜神花的生长。招募人手，理田修路，盖竹楼、建茅屋，还有那一座白鹿神像。我去忘川星海撷取魂魄，注入我精心炮制的人偶。一个不成功，便削第二个，第二个不成功，便削第三个。我削了九千三百个木偶，终于将我的子民带到人世。当我的神归来，他就会看见这片宁静的土地，没有杀戮，也无争斗，再也不会有被活埋的牺牲，再也不会有鲜血铺洒在神像前，更不会有焦土四方哀鸿遍野。"

"阻挡我们的都已死去，无论是诸天神祇，还是尔虞我诈的凡灵，他们成为尸骸和腐骨，消弭往日的尘埃。独我辟开一土，成就永恒的月牙谷。"巫郁离眺望花海，微笑道，"小隐，我的神喜欢这里吗？"

"那些孩子，还有女人，知道花海下的秘密吗？"戚隐问。

"何必让他们知晓？"巫郁离道，"我给了他们记忆和身份，教授他们稼穑和编织，他们日出而作，日落而息，不必思虑，不必忧愁。"

"这里只有孩子，怎么做到的？"

"所有孩子每隔十五年，神魂便会重归花海，进入新生的肉身。"巫郁离慢条斯理地说，"届时我将重置村民的记忆，她们会认为自己是躲避战乱的寡妇，带着孩子重新开始生活。"

戚隐明白了，道："第一具种入神花的肉身是几岁，每次重生的起始年龄便是几岁吗？所以这里的孩子才年龄不一。"

"不错。他们和我的神一样，永远都不会长大。"巫郁离笑着颔首，蝴蝶栖在

## 第四十五章 绋讴

他几乎透明的指尖,"小隐,你问问我的神,他可曾回心转意?"

山风低回,吹得戚隐指尖发凉。灰烬落满他的发鬓和眉睫,他灿烂的银发好像又白了几分。戚隐深深吸了一口气,道:"你听过梦貘吗?西方有梦貘,织梦困人。以前在凤还的时候,我遇到过一只,差点儿出不来。梦境里面,看什么都像是真的,大家对我都特好,漂亮姑娘想嫁给我,公子哥都嫉妒我。我还有我哥,他真的成了我哥。可是啊……"戚隐怅然道,"终究是假的。"

"哦?"巫郁离笑容不改。

戚隐两手伸到背后,以极慢的速度拔出斩骨刀和归昧剑,刀剑凄冷的光辉在他颊边一晃,映照出银灰色的淡然双眸。他一面拔刀,一面说:"不过说实话,真不真假不假的,我也无所谓。人活一辈子,这么累,开心最重要。说实话,我能理解你,男人嘛,都有这样的胸怀。只要某个人高兴,把全世界炸成一束烟花送给他都使得。更何况你和老白还曾经有同一个抱负,齐民分土,拯救苍生什么的……比起我来,你真伟大。可惜,老白他说,他不高兴,他很难过。"

戚隐低低地重复:"师叔,他很难过。"

巫郁离的笑意一点点从脸上剥离,他茕茕立在漫天灰烬里,精致的脸庞没有表情。

"最后一个问题,"戚隐问,"罢手吗?"

巫郁离周身涌起龙蛇般的气流。

戚隐无奈地歪歪嘴:"果然还是要打啊……"

他左手刀右手剑,像一只凶猛的鹘,纵身扑入狂风。

气流汹涌湍急,一道道刀刃一般刮他的脸。巫郁离站在风暴的中心,可连接近他半尺都做不到。戚隐双手刀剑横在肘后,左右各切出一条气流,风流在他的刀剑锋刃上瓦解,狂风阻挡不了他的脚步。这个男孩儿的身法比以往更加敏捷了,灵山废墟锻炼了他的身手,他正以利箭离弦般的速度向气流中的巫郁离逼近。

巫郁离不紧不慢地拿出骨笛,放在唇边。悠扬的笛声传开,他被旋风裹挟的花瓣环绕。

笛音一出,戚隐面前土地忽然裂开,一只身披黑色重甲的行尸冲出。戚隐一惊,一脚踏上那尸体的面门借力弹了回去。落地的刹那间,四面八方的土地接连裂开,无数黑甲行尸嘶吼着爬出来。不过一息之间,花海之中布满了铁甲行尸,跟随着笛音的指引,潮水一般朝戚隐涌过来。

"师叔!"戚隐大吼,"你骗我!"

巫郁离放下骨笛,微笑道:"兵不厌诈,孩子。"他森然下令,"活捉他,不得伤其心脏。"

黑甲行尸浩浩荡荡地隔开了戚隐和巫郁离,它们拔出锋利的长刀劈向戚隐。无数把明晃晃的刀压下来,这叫活捉?戚隐骂了一声,凛冬术瞬时发动,将所有刀刃和握着它们的手冻成了冰。冰冻到达肘部就止住,戚隐精确地控制了凛冬术的领域，这能减轻他的反噬，他已经做好了长时间作战的准备。

戚隐一头撞碎一具行尸，双手刀剑插入后面一具行尸的脖颈。一只脸盘大的蛾子从断颈中钻出，迎面扑来。戚隐松开刀剑，矮身从无头尸的双腿间滑过，与此同时刀与剑滑过无头尸的肩膀，回到戚隐的手中。更多黑甲行尸拥上来，戚隐被包围了。他御使飞剑，霜寒剑影笼罩黑压压的行尸，无数青白色的僵硬头颅如同割稻子一般被一刀斩断。污浊的黑血喷出去，溅了戚隐满头满脸。

他看不清这帮行尸的脸，眼前全是乌泱泱的人影。他只凭直觉不断挥斩，防御。

"师叔！"戚隐的剑影在行尸的突进中崩溃，黄金刀立时出鞘，斩断那尸体的干瘪脑袋。他大吼："师叔，罢手吧！你想想我哥！他来了，他就在月牙谷，你难道不想看看他吗？"

"小隐，你糊涂了吗？"巫郁离漠然道，"他不过是一个被我放弃的傀儡。"

"傀儡……"戚隐挥刀直刺，万千剑影跟随着他的劈砍直落，无数行尸纷纷倒地。他竟然在笑，露出血淋淋的牙齿。这个家伙刚刚不知被谁打中了面门，满嘴都是血。戚隐大声吼："巫郁离，你撒谎！"

孩子们带扶岚在月牙谷里游玩，扶岚抱着黑猫，总是一副心不在焉的样子。阿九看出他心思没在这儿，道："弟弟，我带你去阿离大人的屋里玩儿吧，那里有好多宝贝。"

他们爬上山阶，走了好一段曲曲折折的小路。巫郁离的屋子离村庄很远，掩映在丛丛斑竹后面，有种遗世独立的况味。一个男孩儿打头，悄悄推开海棠树后面的茜纱窗，踮起脚尖爬了进去。扶岚跟在后面，黑猫轻盈地落地。入目都是摆满册子的书橱和博物架，黑漆条案上有一张五弦琴。

扶岚被高足花几上的一个花盆吸引了，那里面是一株已经枯萎的小兰花，花瓣萎靡，花茎铁丝一样干硬。他个矮，只能艰难地仰着头。阿九看他喜欢，小心翼翼把花盆搬下来，放到地上。花盆罩全是灰尘，看得出很久没人动了。触碰到花盆的时候，上面泛起一圈金光符咒，罩子一般把里头的枯花罩住。

"这是阿离大人的小孩，"阿九说，"他很久以前死掉了。"

黑猫疑道："他不是个凡人吗，怎么还串种了呢？你怎么知道这是他的娃娃？"

"阿离大人给我们讲故事的时候说的，"阿九说，"虽然他没明说，但我们都知道，小兰花就是阿离大人的小孩。"

"为什么？"扶岚忽然问。

这个男孩子一直闷不吭声，大伙儿还以为他不开心。他终于出声了，孩子们都很高兴。

"因为阿离大人把它保护得很好呀，"阿九戳戳花盆上面的符咒结界，"只要这个结界在，里面的小兰花就不会受伤，就像吃人雾保护我们一样。"

## 第四十五章 绋讴

剑影迸发横扫,无数行尸的腿被斩断,齐齐矮了一截下去。戚隐抹了把脸上的黑血,道:"我以前一直有一个疑问,你削木成人,削的只是肉身,神魂从何而来?你终究是个凡人,没办法像伏羲女娲一样造出有魂魄有血肉的人,月牙谷孩童的魂魄,都是你从忘川星海带回来的。那么,我哥呢?"

巫郁离眯起眼。

"是那个孩子,对吗?那个三千年前,死在你怀里的小兰花!"戚隐嘶哑地说道,"你带走了他的魂魄,让他和你一同在黄金棺待了三千年,然后将他注入我哥的肉身。你削木为偶出了差错,他变得迟钝,变得呆愚。你愧疚,你带他去凡间,期望他学会情感。你害怕他死去,你在他的心脏种入了扶岚花,让他和你一样长生不死。你不愿见他,因为你怕你耽于私情,灭世的脚步会因为他而停滞。"戚隐喘着粗气,一刀劈开一个行尸的头颅,"可为什么你要封印他的记忆……为什么……"

"莫再胡言乱语了,束手就擒,把肉身交给我吧。"巫郁离的笛音一转,黑甲行尸吼声震天。

"我知道了……"戚隐忽然想起什么,吼道,"因为你不愿意他和你一样,被困在记忆的荒城!"

记忆犹如腐枝败叶,在时间的泥沼上一层层堆积。巫郁离在这泥沼里困了太久,苦难结成伤疤,永远在他的记忆里留存。

所有和他同时代的人、神、妖魔都已死去,他是被时间遗落的一粒沙,茕茕孑立在漫漫时间长流。他想念他的小孩,所以他为扶岚塑体重生。可他又害怕扶岚像他一样,被记忆的泥沼封住心窍,所以他封印扶岚的记忆,让他无法记得前世。

——"阿离大人,我可以去看扶岚花吗?"

——"阿离大人,我会变成白鹿大神的扶岚花,以后你想我了,抬头看月亮……就能看见我啦……"

过往的所有承诺和期盼,以另一种方式悄然实现。这个疯狂的男人,这样执着地复活扶岚,复活白鹿,复原月牙谷,戚隐恍然间明白,他想要把过往所有的一切,以新生的方式,带回到他的身边。

嘶吼声不断,戚隐已经被狂暴的行尸团团围住,斩骨刀卡在一具行尸的肋骨里拔不出来,两个行尸瞅准机会将他扑倒在地。四面八方的行尸全拥上来,压住他的手脚关节,压住他的脊背。他奋力甩开几个,黄金刀切入它们的铠甲,可很快有新的行尸扑过来,用膝盖跪住他的手腕。

"巫郁离,他是你的孩子!"戚隐嘶声大喊,"我哥想起来了,我哥把月轮天的大根斩了,他什么都想起来了!你去见他,去见他啊!"

最后一声喊都被尸群淹没,巫郁离依然漠然站在灰烬的中央,无动于衷地看那个傻子一般的男人竭力地嘶吼。这世上怎么会有这样的傻瓜?巫郁离怜悯地想,明明自己已经命悬一线,还要记挂旁人的羁绊。明明他巫郁离曾亲自设计诓杀扶岚,却还心存希望他怀抱着对扶岚的温情。

或许他曾经有过对那孩子的怜惜，然而时间已经过去太久，那淡薄的情感早已遗忘在时间的长河。他苦心筹谋数千年，等待的就是今日，任何阻挡他灭世之路的人都必须死去。他走到戚隐的面前，俯视这个头破血流的男人。

"小隐，你真是个奇怪的孩子。你的哥哥为天下所叛，惨死无方。你为何要救这些所谓的苍生，又为何要竭力在我面前提那个已经死去数千年的孩子？"巫郁离嘲讽地微笑，"你当真以为，我会耽于私情，放弃我数千年的筹谋？可笑！睁眼看看你要救的凡世。我也曾隐居凡世，看到的不过是为了谋夺家产，不惜鸩杀兄长的弟弟；为了求生，不惜杀子取肉的父亲。只有我的月牙谷，孩子永远不会长大；只有这里，永远没有尔虞我诈，杀戮争伐。"

"你误会了，拯救苍生什么的，我从来没想过。"戚隐笑了笑。

"哦？"

"我想救的是你。"戚隐哑声道，"是你啊，师叔。"

"那你就应该奉上你的肉身，省去这般周折。"巫郁离没什么表情，漠然望着他，透过他银灰色的眼眸，与深藏在他心海里的那个神祇对视，"神，你依旧不愿回来吗？"

戚隐死死地盯着他，没吭声。

"也罢，那我便剖出你的心脏，放入山前的那尊白鹿神像，"巫郁离召来斩骨刀，抚摸那冰冷的刀刃，"神，你没有肉身，以神像之躯俯瞰月牙谷也未尝不可。你将与月牙谷，与我们，一同永恒。"

扶岚低眸注视那一株枯萎了的小兰花，又站起身，看博物架上放置的法宝。其实没什么有意思的东西，都是些普通的符咒、仙丹什么的。他回过身，去看那张古琴，指尖划过琴弦，流淌出流水般的乐音。他注意到古琴边上的书架上有一方小盒，同样积了一层厚厚的灰，结成了网。

阿九吐了吐舌头，说："阿离大人不怎么在这儿歇息，我们就没打扫。"

黑猫嘟囔道："这该是有几百年没打扫了。"

扶岚把灰擦掉，打开，里面是一支竹笛。

他知道，这是三千年前在祝鸠氏，巫郁离削给小兰花的笛子。

青色的小鱼从窗外游回来，经过孩子们充满赞叹惊奇的眼睛，栖在扶岚的指尖。扶岚拿起笛子，没有理会孩子们的叫喊，径直走到崖边。茫茫风烟之外，透过飘散在外的小鱼，他看见花海的战况。

孩子们拥过来，问："你在看什么呀？"

扶岚没有回答，只是淡淡转过视线，问："你们想学曲子吗？"

斩骨刀的刀尖向胸口逼近，戚隐咬着牙挣扎，尸群死死压着他的关节，他半分也动弹不得。他想完蛋了，果然还是打不赢这个活了三千年的老家伙。没有谁能来救他了，戚灵枢和云知在月轮天，他们不知道他已经到了这儿。就算他们知道，也

## 第四十五章　绋讴

不知道月牙谷在哪儿。他的哥哥也救不了他，他刚刚重生，道行不高，蹦起来也打不着巫郁离的脑袋。他深呼吸，心里泛起悲哀，仰起头，天光洒在眉心。死在这里也不错，风景好，可是心里还是有遗憾……

他不甘心。

风中传来锐利的剑鸣，一下把他的思绪截断。他猛地扭过头，一道凶狠的魔气横插进来，将压制住他的行尸腐蚀成水。水滴在他的身上，烫伤一般疼。戚隐一个激灵，迅速旋身闪退。云知踩着有悔剑从天而降，戚灵枢紧随其后，魔气奔涌，无数行尸倒伏于地。

"大师兄来救你狗命，怎么样，是不是感动得快哭了？"云知落在他的身侧，扬眉一笑。

"你们怎么会来？"戚隐惊讶。

戚灵枢朝他伸手，自他发间现出一枚符咒飞入手心："追踪符。"

戚隐无奈，这帮浑蛋，一个两个都往他头发里藏东西。

"幸亏你师兄我深谋远虑，就猜到你会自己过来。"云知咧咧嘴，朝巫郁离挥手，"师叔，好久不见，你更漂亮啦！"

巫郁离叹息着摇头："云知师侄，你还是这般伶牙俐齿。我奉劝你师父出海寻仙，你何苦又要回来呢？"他转过身，将笛子放在唇下，"也罢，你们在一起赴死，倒也有伴。"

笛声再起，所有行尸蓦然一震，齐刷刷朝他们望过来。黄金刀方出鞘，远处传来一阵呕哑的笛音，一声接着一声，像谁吃坏了肚子，肚子里噗噗作响。

"谁的笛子吹得这么差劲？"云知露出牙酸的表情。

之后，有一曲悠扬的小调，慢慢悠悠地飞过来。无数曲调缠绵在一起，扰乱了巫郁离的御蛊骨笛，行尸里面的蛾子辨不清声音，开始兜头乱转，更有许多直接冲出了尸骸，在空中结成一团斑斓彩云。

戚隐听出了那曲小调，它曾响在白鹿神殿，曾夜夜迎接白鹿从林中归来。除了巫郁离，只有他哥会这调子。戚隐的心里沉甸甸地暖和，是他哥，那个傻呆呆的小男孩。扶岚注视他的目光，从来没有离开过。

"二位师兄，帮我开个路。"戚隐腰后的刀囊一震，十二把黄金刀飞出，在他的手里组成一把完整的十字护手长刀。

"知道了！"云知扭了扭手腕，剑影在周身排开，"弟弟打架，哥哥们当然要帮忙！"

戚灵枢拔出问雪剑，魔气会呼吸一般暴涨。

戚隐缓慢地吐息，冰凉的气在他周身结出冰花。

"那么，"缥缈的笛音中，他低声道，"就让我们师兄弟四人，一同为师叔送终！"

三个人同时发动，魔气追随剑影，斩破满地尸骸和飞蛾。云知的有悔剑横切出去，一圈披甲尸拦腰而断，黑血飞溅中魔气，将三个扑向他的走尸蚀成碎骨。戚灵枢的魔气绕过有毒的飞蛾，只吸食行尸枯萎的血肉。飞蛾从尸骸中飞出，黄金刀光追上，将它们斩成齑粉。

笛音还在继续，飞蛾混乱，尸体连连扑倒，没有行尸可以追上他们的脚步。

很好，就是这样！戚隐一跃而出，直奔远方的巫郁离。

"神，这就是你的选择吗？"

十二岁模样的男孩子，弯腰捡起了斩骨刀。他手腕一抖，刀光冰冷。自从斩骨刀失落在灵山废墟，他已经很多年没有握过这把刀了。沉雄的心跳在手掌中复苏，他转身挥刀，刀光携着刺骨的劲风，同黄金刀铮然相接。巫郁离脸上满是冰冷的暴虐，风刃围绕他的刀刃呼啸，他的手中仿佛握着雷霆与飓风。

有生以来第一次，戚隐与这个可怕的大神巫对上了刀。

就在短兵相接的刹那，"冰焰"无声发动。

十指染上冰霜，从头发到指尖，全身上下整个被冰封。心脏急跳，像有一个人在他胸膛里疯狂地打着鼓。然而心跳还在加速、加速、加速！以他的刀刃为原点，周遭一切皆被冰封。银灰色眼眸也结成了冰，他注视着面前的巫郁离，没有丝毫感情。

巫郁离惊讶地发现，眼前的男人实力比上次在云梦更上一层楼，他的斩骨刀像斩在钢铁之上，无法向前推进哪怕半尺。

因为戚隐已经孤注一掷，燃烧五脏六腑，甚至是神魂，将冰焰发挥到了极致。他把自己的性命完全推上了赌桌，只赌这一次，要巫郁离的命！

"师叔，"戚隐沙哑地说道，"你该安歇了。"

没有人能加入他们的战局，刀光织成一张庞大的网，将他们两个人整个罩住。两人就像两只角斗的猛兽，不停地撕咬、扑杀。看不清他们的身形，只能感受到凛冽的刀风，风刃在中心旋转，不分敌我，撕破两个人的衣裳血肉。刺眼的刀光像扭曲的白蛇在空中绞动，两个人的双手一同被震裂。

不知道战了多久，刀与刀再次相遇，又是雷霆万钧般的一击，两个人都气喘吁吁。落地的瞬间戚隐跟跄了一下，捂住嘴吐出口血来。冰焰的时效临近终结，他的喉咙里满是鲜血的铁锈味。他的五脏六腑都不堪重负，无处不龟裂，无处不流血。

巫郁离不是妖魔，他的伤口无法愈合。他的情况也很糟糕，脸上被划了细细的伤口，鲜血斑斑，如同梅花盛开，无端艳丽。来不及了，戚隐知道，他必须了结此事。

"你们这帮人，要不想要救世，要不就是想要灭世，说真的，我跟你们真的不是一路人。"戚隐咳嗽着拄着刀站起来，"我，我只想有个家人，想每天蒙在被窝里睡大觉，好不好？！我从来没想过要当大魔头，也没有想过要当大英雄。我连剑都练不好，我能救什么世！"

"闭嘴……"巫郁离沙哑地说。

## 第四十五章 绋讻

他握住刀，鲜血沿着指缝汩汩地流。两个人再次对冲，再次踉跄着分开。

戚隐吐出一大口血，嘶哑地喊道："师叔，为什么会变成这样？！我只想有个家，我想师叔你拉着我的手说，戚隐，你要是敢对我儿子不好，我拼了我这条三千年的老命，也要把你的狗头薅下来！"

"他不是我的孩子！"巫郁离一刀斩断他的话，两个人在刀刃之后视线相接，"戚隐，你们当真是愚蠢，施予你们一点微不足道的温柔，便心心念念到如今！我再说一遍，扶岚不是我的孩子！"

"你才愚蠢！"戚隐接住他的刀，跟上一道斩击，怒吼道，"是你忘了。你忘了他是你的孩子，你忘了神是你的朋友；你忘了怎么爱你的孩子，你也忘了怎么爱你的神。你停手吧！"

"闭嘴！"巫郁离的表情终于变得狰狞，嘶声大喊。

戚隐不断斩击，一斩连着一斩。巫郁离渐渐体力不支，在他的轮斩中败退。可这个倔强的神巫仍然咬着牙挥刀，满身浴血，如同恶鬼，如同妖魔。

"停手啊，师叔！"戚隐流着泪大喊。

"停手啊，巫郁离！"

"停手啊，小月牙！"

最后一斩，巫郁离终于没有接住，黄金刀划出一个凄冷的、圆满的月弧，鲜红的血飞溅出去，染红了一片神花。斩骨刀脱了手，巫郁离跪在地上，温热的鲜血漫过手指，滴滴答答。戚隐……或者说是白鹿，跪下身拥住他，喑哑地在他耳边道："我会跟你一起死的啊！"

"神……你终于来见我了……"男孩儿流着血泪，"为什么……你为什么不愿意回来？"

"因为一切都有尽头啊……"白鹿轻声说，"小月牙，三千年了，太久了。所有人都死了，所有神也死了，当初活着的妖魔，现在也都没了。太久了，太久了。我们的路，到终点了。"

白鹿的神魂从戚隐的身躯中移出，银色的发，银色的眸，十二岁的模样，一如许多年前，他们在月牙谷小山坡上初见时。

巫郁离咳出一口血，道："神……你还是没有长大啊……"

"是啊，你知道的，我永远不会长大。"

戚隐把巫郁离平放在地上，鲜血从他的胸腹汩汩流出。戚隐拖着黄金刀，跌跌撞撞走向花海中心，黄金刀下劈，神花大根顷刻间停止了心跳。万千花瓣从巫郁离身侧汹涌而出，白鹿跪在他身边，泪水夺眶而出。可他是一缕魂魄，不会有眼泪，于是那些晶莹的泪变成烟，随风而去。

"小月牙，你还有心愿吗？我帮你实现最后一个愿望吧。"

积郁在心中数千年的悲喜从空洞的胸口，顺着汩汩而出的鲜血离开。巫郁离的眼前像蒙上了一层薄薄的纱，他的蝴蝶在消失，渐渐看不清飞舞的花瓣，也看不清灿烂的天光。视野里只剩下白鹿朦胧的魂影，悲伤的眸子里映着他苍白的脸庞。

过往的岁月在这一刻悠悠而来，他恍然记起许多年前他骑着洁白的神鹿迎着天风，迎着月向上飞。

是他忘记了吗？他曾蹲在那棵冰晶树的面前，抚摸那手拉手的小人画，笑着对白鹿说："小月牙愿意你的朋友！"

是他忘记了吗？他曾在一豆灯光中温柔地注视那个小小的花妖孩子，教他吹笛，教他符咒。

是啊……是他忘了。他孤单了太久，所有灿烂的欢喜、热烈的情感都遗落在时间的长河，只剩下满心尘埃般层层掩压的悲哀和痛苦。

他张了张嘴，轻声道："白鹿大神，你可以带我飞高高吗？"

白鹿泣不成声，他虚幻的手抚上男孩儿渐渐阖上的眼睛，道："我带你飞。"

那首献给神祇的笛曲依旧在风中流转，男孩儿安详地陷入了长眠。随着他的离去，所有飞廉神蛊同时死亡，身披重甲的行尸雕塑一般凝立原地。人间与南疆，所有行尸停止了活动，躲藏的妖魔偷偷冒出了头，结界后的仙门弟子诧异地面面相觑。

那位月夜里吹笛的大神巫终于走上了归途，在他永远都不会醒来的梦里，神鹿载着幼时的他飞向皎洁的满月。

那时候戚隐终于明白，时间不是永不回头地向前奔流，而是缓缓地回溯。当你足够老，当你临近生命的终点，时间的海潮会载着过往辗转折返，回到你的身边。

这个叫巫郁离的男人用尽一生等待这一刻，等待那个阳光和煦、牧草葱郁的小山坡，等待漫山遍野哞哞叫的小牛，等待笛声中他与少年神明的相逢。那是他一生的开始，也是他所去到的最远的地方。

山崖上，扶岚放下笛子，翩跹的蝶随着风飞入远天。

"阿离大人，再见。"

扶岚朝黑猫点点头，黑猫扭了扭脖子，身形瞬间长大无数倍。扶岚骑在黑猫背上，朝山崖上的孩子们挥了挥手，便朝花海飞跃而去。风带着花瓣扑向脸，落了满头的花。扶岚落地的时候，戚隐正盘腿坐在黄金刀边上，低头捂着嘴咳嗽。汩汩的鲜血从他指缝里流出来，冰焰用到了极致，他浑身上下都结了一层薄薄的冰。似是听见了声响，他扭过头，望见了扶岚和黑猫，竭力露齿一笑："哥，猫爷，你们来了。"

扶岚奔过去，拥住他的脖颈，黑猫缩小了躯体，钻进他的怀里舔他冻僵的手。戚隐用力抱了抱扶岚，轻轻地说："我要走啦。"

无尽的哀恸袭上心来，像无尽的灰掩埋心房，大颗大颗的泪珠涌出扶岚的眼眶，滚滚而落。扶岚没有吭声，缓缓松了手，扶着戚隐，帮他拄着黄金刀艰难地站起来，一瘸一拐朝白鹿走去。戚灵枢神情沉痛，不忍再看。云知忍不住，道："黑仔，要不再和鹿爷商量商量……鹿爷，你再考虑一下吧……"

## 第四十五章 绋讴

戚隐摆了摆手,止住他的话。走到白鹿跟前站定,戚隐缓了口气,黄金刀重新分作十二把小刀,戚隐拔出其中一柄,刀锋指向自己的胸膛。只要黄金刀刺进神心,白鹿就能如愿以偿。

"臭小子,你不会怪我吧。"白鹿道。

"怪你做什么?"戚隐咳嗽着笑了笑,"只不过跟你死在一块儿,怪难受的。"

"说实话,同你待了这么些天,我已然把你当亲儿子看了。"白鹿飘起来,虚幻的手拍了拍他的肩头,"好小子。"

"不巧,"戚隐道,"同你待了这么些天,我已然把你当亲孙子了。"

白鹿:"……"

戚隐低头看身边的扶岚,最后又回望黑猫,还有云知和戚灵枢,他们站在那里,脸上是难掩的悲伤。他笑了笑,仰起头,天光灿烂洒落脸庞,一切朦胧又迷离。该报的仇已经报完了,该了的执念也已经了了。他已没有遗憾,可以放心离开了。

黄金刀下压,他蓦然发力,就要刺进自己的胸膛。忽然间,漫天飞扬的花瓣静止住,风停止了流动,天光凝在他的肩头。戚隐迟疑地放下黄金刀,眼前,四周,无数双荧荧的眼睛悄然睁开,无尽的光芒收敛在这些虚空天眼之中。在白鹿的背后,一双黄金大目显现了形迹,它彻底睁开的那一刻,戚隐仿佛听见高天钟鼓沉雄地奏响。

伏羲?

不……他反应过来,是女娲。

"戚隐。"

神祇开了口,是温雅庄严的女声,听起来很熟悉,好像在哪儿听过。

"横山,大王寨,你在琉璃幻境误入白雩的时空罅隙,"女娲提醒他,"我们在那里见过。"

戚隐慢慢想起来,当初在琉璃幻境,确实有个神祇与他说了话。

白鹿揣着袖子冷笑道:"你们来做什么?让个小娃娃替你们冲锋陷阵,我还以为你们早就灰飞烟灭了。"

"无礼的姜央……"

"一如当年……"

诸神絮絮低语,嘈杂的耳语声如同文火煮沸的小锅,咕嘟嘟响。

女娲叹息道:"姜央,你的大神巫猎杀神祇,我等神力衰竭,除了避让,别无他法。若比之凡世生灵,我们便是行将就木的老人,不日便要重归天地。我们只能够引导、保护,目送这个孩子平安长大,走到你的面前。"

扶岚攥着戚隐的衣摆,轻声问:"你们可以救小隐吗?"

女娲道:"戚隐,我们给你选择。"

"选择?"戚隐低声重复。

"你可以选择将黄金刀刺入心脏,走向忘川星海,投入下一个轮回,一如你千千万万个同胞生灵。"女娲娓娓道来,"但同时,我们可以给你第二个选择。我们将帮助你分离白鹿的神魂,淬炼你的体魄神魂,让你完美地容纳白鹿神心。届时,你将成为新的神明,享有漫长的时间、不变的容貌、无上的神力。"

戚隐有些受宠若惊:"你们都活不长了,那我岂不是天底下唯一的神了?"

"不错,"女娲缓缓道,"你将是这天上地下,唯一的神。"

这算什么,白日梦成了真?戚隐觉得不真实,小时候他的确常常扒着窗棂想,哪天他被发现是伏羲老爷的儿子投胎转世,一朝觉醒立地升天,从此不用背书不用作诗无忧无虑快乐无边。想想真是开心,不劳而获的日子谁不想要?但也只是想想罢了,靠着锅炉发会儿呆,砂锅咕嘟嘟冒泡儿,他就会立马惊醒,小心翼翼地端着养颜汤给他小姨送过去。可没想到,现在真的成真了。

扶岚大睁着眼睛看他,云知凑过来,低声道:"天上掉馅饼,不捡是浑蛋!"

戚灵枢把云知拉回来,低声道:"噤声。"

要答应吗?似乎没什么不好。戚隐垂下眼睫,摸了摸扶岚的脑袋瓜。风与花都静止,世界一片寂静,他笑了笑:"多谢大神好意,我想,还是算了吧。"

"为何?"女娲道,"孩子,这是我们对你的补偿。"

"这天下有一个巫郁离就已经够了。"戚隐道,"活得太久,就像嚼烂的糖,没味儿。那样不是永恒,而是煎熬。若有机会,我只想和我哥一起老,一起病,一起死。"他凝视扶岚恬静的脸庞,想起那天月轮天上,扶岚亲手斩下神花大根,漫天花瓣飘卷,小小的男孩儿立在当中,静默无言。那一刻他忽然间明白,活着不是为了踽踽独行,而是为了陪伴。无论是苦难还是欢喜,只有和至亲一同体会,这一切才有意义。

戚隐的眸光温软,一字一句道:"我想要有尽头的人生。"

临近生命的终章,他身上的万千凛冽都沉淀下来,醇酒一般温和厚重。扶岚紧紧抱住他,没有干涉他的选择,也不曾说一句话。小小的男孩儿沉默着,只有拥抱。

时光静寂,他们都听见神祇的叹息。

女娲道:"如你所愿。"

周遭的神祇大目一点一点消失,星子般的荧光流烟一样散逸出去。光影因他们散逸的光芒扭曲,缠成光华流转的光带。这景象太奇特,云知他们全都看呆了。白鹿静默地仰望那些消失的天眼,银色的眸子里有浅浅的怅然。天地间庄严无声,戚隐低下头,胸口好像有什么东西微微一动,仿佛有细细的丝线悄然崩断,疑惑地按了按胸口,可又不再能追寻到那奇异的感觉。

这些神祇消失的方式有点奇怪,往日都是眼睛一闭就走了,现在他们的光晕正挨个消散,仿佛是灰飞烟灭。

"戚隐,你与姜央的联系已经切断,"女娲温声道,"从今往后,这颗心属于你了。你将不再受反噬之苦,这颗心将跟随你衰老、生病、死去。当你走到生命的尽头,神祇在这个世上最后的痕迹也将随你而泯灭。"

## 第四十五章 绋讴

戚隐低下头，惊异地发现他周身的伤痕正在消失，五脏六腑也不再疼痛。这些古老的神祇用他们最后的灵力帮他治愈了身体，然后安详地死去。戚隐有些惊诧，问道："可你刚刚不是说……"

"那只是个考验，小子。"白鹿在前面道，"用你的脚指头想一想，诸天神隐是天地命局，他们怎么可能让你成为新的神？若你贪图长生，他们就会把这颗心收走，让你安安生生地投胎去。"

女娲道："我很抱歉，孩子，神祇的时代已经结束，我们不能让神明的力量留存世间。你须得不求长生，不求不死，我们才能把这颗心赠予你。"

这些吃饱了没事干的神明，他都这样了，还玩儿他！戚隐心里生气，却又忍不住高兴。他不想再计较，也没有力气再怨恨，他付出了所有，上穷碧落下黄泉，才找回他的哥哥，才能与扶岚团聚。他忍不住落泪，从今往后，他还有机会陪伴他的哥哥长大，一起养小鸡，养小鸭，过平平淡淡、有家的日子。他蹲下来抱住扶岚，扶岚也用力地回抱他。无限延长的时光里，他们紧紧相拥。

"小隐，我们可以一辈子在一起了，对吗？"

"嗯！"戚隐笑着流泪，"一辈子！"

黑猫扑进他们怀里，抽抽搭搭地哭泣。

"小师叔，你早猜到了对不对，怎么不提醒我一句？"云知看着他们互相拥抱、喜极而泣的身影。

戚灵枢凉凉看了他一眼，问道："此间事了，意欲何往？"

"我啊……"云知两手枕在脑袋后面，"渡海看看呗，看能不能找到凤还。你呢？"

"定居弱水，约束魔气，淬炼心境。"

"你往西，我往南，那咱们就此作别了。"云知踩上有悔剑。

"何日回还？"

"要是找到凤还的话，不定什么时候能回来了。"云知摸着下巴思索，旋即义展眉一笑，眼角眉梢灿烂生光，"不过我一定会寄信回来的，小师叔，记得想我！"

戚灵枢深深望着他："青山不改，绿水长流。"

云知抱拳，笑道："青山不改，绿水长流！"

说罢，有悔剑化作一道璀璨的流光，星了一般直冲云霄。戚灵枢回眸看着戚隐他们，他们还抱在一起，乐得像一群傻子。他唇角微勾，原本寒凉的眸子也不自觉有了融融的暖意。他回过身，化作一道浓黑的魔气，向西边而去。

扶岚从戚隐的怀抱里挣出来，问女娲："你还有余力吗？"

"你要向我许愿吗？孩子。"女娲问道。

"嗯，"扶岚点点头，道，"你可以给我一个孩子吗？"

所有人都愣住了，戚隐忙捂住扶岚的嘴："童言无忌，童言无忌！女娲娘娘，你别当真！"

"我的确可以。"女娲道。

人首蛇身的影子从冥冥之中显形，古老的神祇自虚空之中无声地降临。她和伏羲是兄妹，眉眼中有三分相似。她抬起手，金色的眉睫和蔼地低垂，戚隐和扶岚眉心各自涌出一滴血液，汇入她的掌心。一抔黄土从地上缓缓升起，慢慢凝成一个娃娃的模样，鲜血汇入它的眉心，血肉一寸寸覆上周身，紧接着是皎白的肌肤。扶岚睁大眼睛，目不转睛地看着。

女娲问："要男孩儿，还是女孩儿？"

"咱家都是爷们儿，家里缺个女娃娃，就要个闺女吧！"戚隐对扶岚和黑猫道。

大家都同意，扶岚补充道："眉毛像阿芙，眼睛像小隐，鼻子像我，嘴巴像猫。"

黑猫道："嘴巴长得像老夫，闺女以后可能嫁不出去。"

"眼睛像我哥，鼻子像我，嘴巴也像我哥。"戚隐做出最后的决断。

娃娃逐渐成形，女娲抽出一截红布，包住那小娃娃，送到戚隐的怀里。戚隐小心翼翼地接过来，襁褓里是个软软的小婴儿，像一个雪白的小汤圆，瞧着就让人欢喜。戚隐抱给扶岚和黑猫看，两人一猫凑着脑袋瞧，又怕惊着安睡的她，都不自觉屏住了呼吸。

戚隐和扶岚四目相对，彼此的眼眸都有欣喜的笑意。

"臭小子，我要启程了。"白鹿道。

戚隐愣了一下，仰起头。那白衣少年揣着袖子，站在女娲的身边，灿烂天光下，他的脸庞几乎透明。

虽然这小子生了副猫嫌狗厌的坏脾气，临到分别的时候，戚隐心中依旧恋恋不舍。戚隐问："我们还有机会再见面吗？"

"神没有转世，死后神魂化归天地。你若着实思念小爷，往后若有微风甘霖，便当是小爷下凡来了。"他伸出拳来，淡淡地微笑，"行了，我送小月牙去投胎便走了。臭小子，好好活，不要枉费小爷的心脏。"

戚隐和他虚虚碰拳："放心，老白，我一定活得有滋有味。"

看不见的门在前方打开，女娲化作一道金光，遁入了虚空。白鹿背过身摆摆手，纵身一跃，变作一只洁白的鹿灵，踏着天风，渐渐远去。一瞬间，戚隐仿佛看见无数魂灵跟随着那两个神祇，飞向天穹的忘川星海。鹿灵的脊背上隐约有个孩童的影子，黑黢黢的大眼睛，清澈的眸光。人、妖魔、诸天神祇，所有死去的生灵，都走向了他们不可知的远方。

扶岚伸出手，握住了戚隐。一个人的体温冰冷，幸而另一个人温暖如春。

戚隐道："哥，我们回家吧。"

（正文完）

番外一

## 吾家有女未长成

轩窗掩着，外边儿是霏霏细雪，疏疏落落打在宽宽的瓦檐上。山坳子里处处铺满了雪，大黑天儿，又冷，谁都不愿意出门，妖怪们窝在自己洞府里冬眠。劫后余生的南疆安安静静，积雪和夜色掩埋了尸体和骸骨，放眼望去洁白无瑕。

　　一声婴儿的啼哭惊破黑夜，戚隐披着蓝底碎花冬被，顶着一头乱毛和黑眼圈，扶岚和黑猫也都是一样的萎靡，两人一猫，共同望着不断哭啼的小婴儿叹气。

　　"小祖宗啊，"戚隐抓着头发，"都半夜三更了，你怎么还不睡啊？！"

　　他们安置好月牙谷的孩子们就到了这里，南疆大雪山，与世隔绝的小山坳。外边刚入秋，因着崇山峻岭的缘故，这里早早下起了雪。他们原想过回乌江，然而毕竟是人间地界，行尸不再活动，要不了多久，凡人便会重返那片土地。况且戚隐银发灰眸，太过显眼。他灭无方的事儿举世皆知，杀巫郁离拯救苍生却没人知道，在世人眼里，他还是那个冰冷嗜血的大魔头，所以还是跟妖怪在一起住得好。

　　这里居住的妖怪大多数是鼹鼠、兔子、山羊什么的，性情温和，胆子小，最凶猛的不过是雪狼之流，却也被妖蛾子祸害得差不多了。思来想去，他们还是用符咒改易气息，伪装成妖类，来了此地。

　　有哥哥，虽然还没有长大；有家猫，虽然挑嘴还费钱，还有一个捧在手心里的闺女，戚隐也是个有家的男人了。他心里有说不出的平安和喜乐，即便前路或有磨难，也一定可以咬着牙挺过去。只要一家人在一起，没什么解决不了的。

　　然而，这个美好的想望，在第一天夜里就落了空。

　　娃娃刚醒来就哭，一直不睡觉，一张脸哭得红扑扑，喉咙里憋着一团火似的。戚隐愁眉苦脸，不知如何是好。实在没法子，他拿起琉璃镜找小师叔。

　　"她是不是饿了？"戚灵枢问。

　　"刚喂过米汤了啊。"

　　戚隐去厨房拿剩下的米汤，用符咒热了热，舀给娃娃喝。她喝了就吐，还是哇哇哭。

　　戚灵枢那边静了一会儿，道："我查阅典籍，医书言米汤有碍婴孩胃肠，不宜多食。"

　　不喝米汤，那就只能喝奶了，可他们都是男人，哪来的奶水？戚隐犯了愁。

　　扶岚问："喝血可以吗？小隐的血好喝。"

"咱家的闺女是个凡人,呆瓜,凡人喝奶不喝血。"黑猫道。

"这大黑天儿的,上哪儿找奶去?"戚隐抓耳挠腮。

"猫有。"扶岚道。

"老夫没有奶!"黑猫一爪子拍开扶岚的脸,"别打老夫的主意!"

别无他法,他们抱着娃娃,挨家挨户去讨奶。很多年后,幺儿长大,戚隐跟她说起这段辛酸往事,仍是感慨万千。他们奔行在黑夜,闯入无数妖魔的洞窟,惊起无数红眼的蝙蝠,拜访那些历经灭世蛾灾大难不死的妖魔鬼怪。

扶岚举着幺儿问一只魁梧壮硕的黑熊精:"你有奶吗?"

"瞎了你的狗眼,老娘还是个黄花大闺女,有个屁奶!"黑熊精破口大骂。

戚隐敲开九尾狐妖的山洞,问道:"大嫂,请问你有奶吗?"

狐妖双颊绯红,掩着嘴儿道:"瞧你长得人模狗样,想不到这样下流。"她媚眼暗送秋波,"喏,给你。"

终于遇到个有奶水的,戚隐差点儿喜极而泣,忙闪开身,让出后面抱着娃娃的扶岚和黑猫。

狐妖见这俩小孩儿并一只猫,挑了挑眉:"郎君,你半夜偷情,还拖家带口?"

"啊?"戚隐怔然。

扶岚举起幺儿,道:"幺儿饿了,可以喝你的奶水吗?"

三人一狐一猫对视半晌,狐妖咬牙切齿,一把关上门,吼道:"妖蛾乱世,老娘旷了大半年,谁承想遇见一个傻子。给老娘滚!"

奔波了半个时辰,总算讨到了奶水,勉强喂饱娃娃。幺儿哼哼唧唧地睡了,两人一猫都累得瘫倒在地。琉璃镜忽地一震,戚灵枢的声音传出来:"戚隐,我方才翻到《千金孕方》,上书若无乳汁,西山琼浆仙露或可代之。仙门市集常有,明日我寄些给你。"

戚隐沉默了一阵,问:"小师叔,你有没有兴趣带孩子?"

戚灵枢回答得很果断:"并无。"

大家道了晚安,熄了琉璃镜,终于能上床睡觉。戚隐剪了灯烛,放下床帘,窝进大棉被。扶岚在另一边。说幺儿是个婴孩,扶岚也差不了多少。五岁的个子,手脚都短,站在板凳上还够不着炉灶。因为这个缘故,扶岚做不了饭,白天的时候很是沮丧了一会儿。

戚隐戳了戳他,软乎乎的,不像从前,身板儿练得结实,肌肉紧实,铁板一样硬朗。戚隐笑道:"哥,你不长大也挺好。"

"不行。"扶岚说。

"为什么不行?"戚隐道,"小小的,多可爱。"

"不行。"

"小隐。"扶岚忽然喊他。

"嗯?"

"幺儿还未取名。"

今日又是搬家又是找奶，忙得兵荒马乱，差点儿把这事儿忘了。戚隐问："你有想法吗？"

"嗯。"扶岚点点头，"包子、馒头、汤圆。"

戚隐扶着额头笑："哥，咱家又不是开早点铺的。幺儿是个女娃娃，要取个一听就是美人的名儿。"戚隐摸着下巴思索，"女孩儿……名字里带个花什么的，就跟咱娘似的。"

扶岚认真想了想，说："荷花、菊花、海棠。"

简单直接，果然是他哥的风格。戚隐给他掖好被子，道："哥，咱还是先睡吧。"

番外二 —— 养在深闺人不识

第二日两人一猫合计半晌，仍是不知道能给娃儿取个什么寓意好、有福气的好名字。戚隐总算知道他爹为何总用掷千字筒的法儿给孩子取名，说什么这样能得到大神庇佑，其实根本是想不出好名儿。他娘那时候沉溺爱河，头昏脑涨，竟还真信了他爹遮掩自己取不出名字的鬼话。

　　戚隐和扶岚决定也掷千字筒。

　　破旧的白鹿庙前，千字筒哗啦哗啦响，啪嗒一下，一根木签儿掉出来。

　　戚隐抱着幺儿，小女娃娃一双黑白分明的大眼睛睁得溜圆，似乎也知道这小签儿决定了她的姓名。扶岚拾起签子，一瞧，上面方方正正写了个"渊"。

　　依着扶岚的心意，幺儿必定是要跟着他姓的。"孟渊，这名儿会不会太像个爷们儿了？"戚隐锁着眉关，不是很满意。

　　黑猫道："依老夫看，不如加个'沉'，凑个'沉渊'。蛟龙沉渊，名剑含光，这大名儿多气派。往后这小娃娃前途不可限量，虽则她两个爹一个呆一个傻，还一样儿的不思进取，但毕竟是阿芙的外孙女，将来定会是个叱咤风云的女豪杰。"

　　"沉渊"，更像个爷们儿了。戚隐汗颜，道："猫爷，咱不指望她建功立业。她只要当个婷婷婷婷的大家闺秀，往后咱给她挑拣个人品端正的好女婿，一辈子平平安安、顺顺利利的就好。"

　　扶岚一呆，问："幺儿以后会嫁人吗？"

　　"会啊！"戚隐揉揉他脑袋瓜。

　　扶岚看着幺儿思考了一会儿，道："小隐，我要教幺儿打架。"

　　南疆妖魔混杂，确实有点儿法术防身比较好。戚隐点头："行啊，不过为什么突然说这个？"

　　"如果将来她的郎君不听话，就打到他听话为止。"扶岚淡淡地说。

　　戚隐："……"

　　扶岚从乾坤袋里捧出一个檀木大盒子，摆在白鹿神像的神台上，那是巫郁离的骨灰。他们无法照料月牙谷的孩子，只能隐匿了姓名，将月牙谷的来龙去脉告知人间，让人间仙山门派接收那些孤弱的孩童。这样一来，月牙谷将暴露于人间，扶岚便将巫郁离的骨灰带来了这里。戚隐摸了摸扶岚的脑袋瓜，他的哥哥向来是最善良最温柔的小花仙。

"我们改日把这里修一修吧。"扶岚仰望白鹿神像,这里的神像没有神殿的大,却也肃穆庄严。

"你们修,老夫监工。"黑猫道。

"好。我来修,你俩监工。"戚隐淡笑,给幺儿掖好衣领,大家一起跨出门槛。

外头雪积了半尺来高,戚隐抱着襁褓,扛着黑猫,拉着扶岚深一脚浅一脚地在雪地里走。他们参差的脚印绵延,曲曲折折地连接那深藏在山坳子里的小破庙。寂静的深山中,他们的声音随着风,若有若无地传出来。

"哥,赶明儿做衣裳,给你做条开裆裤怎么样?"

"……"

"你还小嘛,小孩儿就得穿开裆裤。"

"小隐。"

"嗯?"

扶岚的声音很沮丧:"你不要说话了,我不想听。"

"……"

春夏秋冬,一年一年地过。幺儿两岁,被扶岚喂成了个小胖墩,手脚都莲藕一样葱白结实。猫爷很气愤,说天下没有哪个女豪杰是个胖墩,严禁扶岚继续不节制地投喂幺儿,并把她的肉粥吃掉一半。这两年,南疆和人间都渐渐复苏。那些在大雪和落叶下僵硬、腐烂的行尸或被掩埋,或被焚烧。南疆和人间休养生息,鲜少起争端。戚灵枢觅得以寒气淬炼心境之法,常来大雪山,托戚隐以凛冬术帮他营造冰雪寒潭,供他修炼。云知那厮人影儿不见,信倒是常来。九头鸟飞过大雪山,抛下的信,十封有八封是戚隐家的。

这厮生来话痨,海上风光奇异,奇闻颇多,一提起笔来洋洋洒洒一页纸顷刻就没了。戚灵枢坐在戚隐家屋檐底下读信,阳光洒在膝头,嘴角不自觉微微弯起浅浅一弧。

"出海两年,未见凤还一草一木,吾意惆怅,吾心伤悲。好在小师叔音容常记于胸,时时挂念,时时暖心。"

戚灵枢心中微叹,既然挂念,为何迟迟不归?

"前日途经罗刹海市,见奇珍异宝,奈何囊中羞涩,不曾购得佳品。随信附一鎏金指环,无甚大用,好看而已,望小师叔不弃。罗刹海市奇闻甚多,颇有所感,忽生著书立说之意。他日百年之后,有吾片言流传于世,想必亦不枉此生。"

看到这厮一改往日吊儿郎当的样子,有所上进,竟还萌生著书之意,戚灵枢很是欣慰。他抖动信封,里头掉出一个金灿灿的小扳指,往拇指上一套,指环儿自动缩了尺寸,严丝合缝贴着指腹。戚灵枢心情大好,天光也正灿烂暖和,抬头远眺,穹窿蓝得像细腻的绸子。

转头看,戚隐也在读云知的信。他的信封鼓鼓囊囊,厚厚一沓,也不知装了什么。戚灵枢低头看自己的信，薄薄一张纸，一个扳指，没了。

戚隐一边读一边笑，戚灵枢抿了抿唇，拳头握着放在唇下，淡淡咳嗽了一声，问："戚隐，何事这样高兴？"

"没什么、没什么。"戚隐笑道，又翻了一张纸，乐不可支。

戚灵枢沉默半晌，又唤了一声："戚隐，他给你写了什么？"

"没什么，就随便聊了些无聊的东西。"戚隐道，"你就别看了，你肯定不喜欢。"

"我要看。"

戚隐正看得入迷，没听清，抬起头问："嗯？"

戚灵枢望着他，再次重复："我要看。"

"小师叔请。"戚隐迅速双手奉上。

戚灵枢冷着脸接过信封，沉沉一沓，里头全是纸。这两人能有什么好说的？戚灵枢凝眉不解，抽出信纸瞧——

黑仔！想我没？哈哈哈，前日船队到罗刹海市，你猜我弄到了什么好东西？《八方世界秘戏图》！这玩意儿真长见识，我必须给你瞧瞧，谁叫咱俩是好兄弟！看看第三卷第七页那个魔物，是不是心悦诚服，五体投地？你说咱们怎么就没投胎当个魔什么的，当人太亏了，个儿不高不说，寿命力量啥的都比不上人家。第四卷还有很多其他的，画得太好了。整座海市，卖得最火的就是这个，我排了三天三夜的队才买回来两本，送你一本，够意思吧！我决定了，等我回来我要转行画这个去。太赚了，我以前怎么没想到这财路？

对了，这图千万别给小师叔看见了，他肯定会打死我。切记，切记。

"我说了吧，你肯定不喜欢。"戚隐摊摊手。

"他说的著书立说，就是画那等腌臜之物？"戚灵枢咬牙切齿。

"著书立说？"戚隐笑了，"小师叔，你怎么这么好骗？"

后面的不必细看，满目污秽。戚灵枢将信还给戚隐，拂袖而去。

"小师叔，你去哪儿？"戚隐高声问。

戚灵枢按捺着怒意的嗓音传过来："入寒潭，平稳心境。"

戚隐耸了耸肩，抽出最后一张信纸，上面寥寥写了数语——

还有，过两个月我就要回来了，算算日子，信到的时候我差不多也到了。你先别跟小师叔说，让我回来吓他一跳，哈哈哈！

"这个小师叔，最关键的怎么没看到呢？"戚隐摇头失笑。

转进里屋，幺儿抱着黑猫睡得正香，扶岚在罗汉榻上拿着绷子，对着绣帖儿绣花，戚隐凑过脑袋一瞧，绣的是富贵金菊，黄灿灿的，好不艳丽。他哥最近学会了不少新花样。不再绣原先的小青鱼了。他哥喜欢这针黹工夫，吭哧吭哧在家里的被单、幺儿的衣裳、架子床的帘儿上绣满了花。放眼望去，家里姹紫嫣红开遍，晚上睡觉，都觉得身上开满了花儿。

戚隐拿起绣绷子看，赞赏地点头，他哥的手艺就是不一般，瞧这大金菊，栩栩如生，便问道："这是放在哪儿的花样？"

扶岚把绷子拆下来，往他眼前一晾，道："你的裤子。"

戚隐沉默了。

"喜欢吗？"扶岚问。

"喜欢，"戚隐昧着良心道，"当然喜欢，哥你做的东西我都喜欢。"

番外三

# 天生丽质难自弃

四月天，水色朦胧的一片天，积雪消融，溪涧流水冲着碎冰，哗啦啦响。冬眠的妖怪都钻出窝了，一溜儿戴着草帽挺着小肚腩的鼹鼠精扛着铁耙去田里耙地，戚隐和扶岚也跟在后头。他们结识了岩大爷，还有他家长着龅牙的媳妇儿，夫妇俩手把手教戚隐耙地开沟。种田这活儿累人，幸好戚隐符箓课学得不错。他去铁匠岩老七家买了十把铁耙，刻上符咒，让它们自动耙地。

鼹鼠精们看得目瞪口呆，戚隐帮它们刻上符咒，于是大伙儿只消坐在田埂上晒太阳了。

幺儿两岁半，说话越发流畅，能蹦能跳。戚隐和扶岚出门种地的时候，黑猫独自在家照料。戚隐怕黑猫降不住幺儿，在她腰间捆了一匝麻绳，系在家里四脚八仙桌的桌腿儿上，这样就不怕她乱跑。

刚回家没多久，村长带着村民过来拜访，一屋子都是鼹鼠，桌椅不够，许多鼹鼠坐在地上，戚隐抱着扶岚，扶岚抱着幺儿，父女三人挤在炕沿上。油灯燃起黄荧荧的光，所有鼹鼠的牙都亮晶晶的。村长岩大爷并两个鼹鼠精，搬来一块儿大木板，摆在戚隐跟前。

"这是我们鼹鼠一族的族谱，"岩大爷用爪子指给他们看，最上面画着两个大龅牙，那是它们的族徽，"隐娃儿，去年闹蛾子，大家都吓得要死，躲在地底，锅都揭不开。今年要是赶不上春耕，怎么办？你帮我们垦地，是帮了我们大忙。宗祠决定，把你们一家子记入族谱，从今以后，你们就是我们鼹鼠一族的妖怪。"

戚隐有点儿不好意思："可我们不是鼹鼠，这能行吗？"

"你这说的啥话嘛，"岩大爷虎了脸，"以后你们兄弟两个就是我们村儿最俊的鼹鼠。"

盛情难却，戚隐只好答应。村长在他家门口挂上鼹鼠的大龅牙族徽，岩大娘还给幺儿带了件红底碎花土布袄儿和几朵头上戴的小绒花儿。戚隐当众给幺儿穿戴，大伙儿都称赞这是个美人坯子。岩大爷递给戚隐刻刀，戚隐把刻刀给扶岚，让他在族谱上刻名。

扶岚低下眸，他想了想，刻上"孟扶岚、戚隐"。

又聊了会子闲话，鼹鼠精鱼贯而出，戚隐送到篱笆大门，目送鼹鼠们排成曲曲折折的一长列步下小径，消失在各自的地洞里。

"你会后悔吗？"扶岚仰头看着戚隐。

小小的孩子，瞳子是沉甸甸的黑，夕阳落进他的眼眸，染成一片瑰丽。戚隐想起无方那日的火焰，扶岚恬静的黑眼眸被火焰吞噬，也是这般瑰丽绮艳。

"不会，"戚隐把他抱起来，"永远都不会。"

"后悔也没有关系。"扶岚轻轻地说。

戚隐心中一暖，他哥就是这样，从来自己默默地委屈，包容他的一切。

"小隐后悔了，想走，就把小隐关起来。"扶岚语气恬淡，仿佛在说一件再正常不过的事情。

戚隐愣了会儿，惊异地道："关起来？"

"嗯。"扶岚点头。

"哥，你真是太有意思了。"戚隐大笑，把扶岚往上颠了颠，挑帘子进屋，"关起来哪够？还得再往脖颈上拴条链儿，这样就逃不掉了。"

扶岚呆了一下，认真地记下来，道："好。"

刚进屋，外头又咚咚咚地敲门。戚隐有些心烦了，又不好发作，把扶岚放下来，趿拉着鞋往外走，一面高声问："谁啊？！"

进了院，便见篱笆外面立着一个高挑的年轻人，怀里抱着剑，右手戴着黑手套，一袭破破烂烂的棉布白袍，好几处层层叠叠打着补丁。两年没见，又刚跋涉了几千里的路，风尘仆仆，灰头土脸，只是脸上依旧是那玩世不恭的笑，嘴角一勾，眼角眉梢光辉熠熠。

"黑仔，好久不见，想我没？！"

"想你死外面没，"戚隐迎他，"还用我接吗？自己翻进来。"

云知从善如流地翻过竹篱，两个人用力相拥。这小子在海上漂泊两年，瘦了不少，肩膀骨头硌手。戚隐引他进屋，大家照了面，都十分高兴。他掂了掂黑猫，笑道："猫爷，你又沉了。"

黑猫用尾巴扫他脸："你这小贼懂什么，能吃是福，老夫给家里带福气。"

又引他见幺儿，教娃娃喊伯伯。小娃娃一开始还害羞，抱着床柱子不肯出来，只露出半张红扑扑的小脸儿偷看云知。戚隐哄她出来，她埋在戚隐怀里不肯露脸。云知一见这一身红底碎花袄儿的小女娃，嚯了一声："好一个大土妞儿！"

幺儿原本还羞答答地不肯应声，一听这话，一下生气了，伸出胖乎乎的手打云知："打你！"

云知笑嘻嘻地改口："大美妞，大美妞。"

这小子回来得突然，菜都还没做上。扶岚端出一盘果馅小饼，搬来两壶酒，让他们先吃着，自己转进后厨去烧菜。云知连连点头："妖族之主终于过上了养孩子的小日子了，挺好。"

"去了弱水没有？小师叔可想你了。"戚隐给他斟酒，又抓了块馅饼给怀里的闺女。

"还没呢，你这儿近，我实在御不动剑了，先来你这儿歇会儿。"云知说。

"找到凤还没？"

"没，连个影儿都没见着。"云知头疼地叹气，"死老头子的结界术太厉害了，藏得真严实。算了，我在陆上歇一段时日，过些年再找找去。"

凤还是云知的牵挂，戚隐也不劝他，只道："行，等幺儿大了，我们跟你一块儿去。海上风光好，我们也去长长见识。"戚隐低头问幺儿，"咱跟着你伯伯出海好不好？"

"哼，"幺儿鼓起腮帮子，"不要！"

"为什么？伯伯带你去看大鱼。"云知笑吟吟地捏她脸蛋子。

幺儿还记恨他说她是大土妞儿，气呼呼地打他的手："坏蛋，坏蛋！"

喝了两口酒，云知看扶岚的菜还没弄好，说先去冲个澡解乏。戚隐说好，正好得空帮他弄个歇脚的屋出来。戚隐给他指路，让他去山后面的寒潭，那儿是戚隐冻出来给小师叔修炼的地界，白茫茫一口潭，边上紧紧邻着瀑布，平时也能冲冲凉什么的。

云知拿着巾栉，嘴里哼着曲，慢悠悠去了。戚隐让幺儿跟猫爷玩儿去，自个儿去收拾厢房。刚把床铺好，外头一声剑鸣，戚隐从轩窗伸出脑袋，正瞧见戚灵枢落地。

这是知道云知回来了特地赶过来的？戚隐正要问，戚灵枢朝他颔首，道："我来寒潭修炼。"

戚隐一愣，戚灵枢觑他神色有异，问："不方便吗？那我改日再来。"

"不不。"戚隐忙道，"去吧，那儿正巧没人。"

戚灵枢看他在收拾厢房，问："有客？"

"哪来什么客？"戚隐睁眼说瞎话，"闺女儿大了，说要自己睡一屋。"

戚灵枢向来好骗，并不生疑，淡淡点头，朝着寒潭去了。

入得寒潭，举目四望，四下沉砀一片白。瀑布冲入潭水，击起水雾茫茫。戚灵枢在周围设下结界，防止外人误闯，放下包袱，宽衣解带。素色绸裳滑过玉一样洁白的小腿，委顿于地。他缓缓步入水中，冰冷的潭水没过脚踝，没过腰际，没过胸膛。他闭上眼，以极慢的速度吐息，让寒气淬炼全身。

忽然，他睁开眼，眸中冷色犹如霜雪，慢慢浮现，岸上问雪剑蜂子般振动。

他的面前，潭水波纹荡漾，圈圈涟漪展开，有什么东西游过。

潭下有异。戚灵枢不动如山，静静掐诀。

波纹扩大，水波在震荡，有什么东西飞速朝他逼近。忽然，一个白花花的东西从水下猛地钻出来，戚灵枢正要御剑，忽然瞳孔紧缩，掐诀的动作硬生生止住。面前人满身淋漓的水滴，湿漉漉的发粘在脸上。雾气迷蒙中，他的笑容一如既往般欠揍。

云知笑道："小师叔！好久不见，一起洗澡啊！"

戚灵枢没回话，一声不吭。两个人陷入沉默，寒潭中气息冷凝。云知挠了挠头，饶是脸皮厚如城墙，现在也有点儿尴尬。

"呃……"云知又挠挠头，尝试打破沉默，"你害羞吗，小师叔？要不你转身，我帮你搓搓背，按按摩。我手艺好，管保你通体舒泰。"

"云知，"戚灵枢嗓音沙哑，"你真的很无耻。"

云知很委屈，明明是他先来的，要说无耻，也该是小师叔吧！不过，他忍不住瞄了眼戚灵枢，笑道："说真的，小师叔你的身材真不错。"

"好看吗？"戚灵枢凉凉地问。

云知试探着道："好……看？"

"好，那就看着吧。"

戚灵枢忽然抬手，在他额上画了一道符咒，金光一闪而逝，云知登时浑身一沉，灌了铅似的，没法儿动弹。戚灵枢闭上眼，继续吐息修炼，剩下云知一个人傻眼。两个人在潭中相对，一人沉静阖目，一人张目结舌。

"小师叔，我错了！"

戚灵枢不应。

"要不然你帮我把定身咒解了吧，我麻溜儿滚蛋，保证不打扰你。"

无人回应。

"我错了，小师叔，你饶了我吧。你看我还送你指环呢，我也有一个，这玩意儿成对卖的，两个挪到一块儿，还会粘在一起，不信你试试。"

戚灵枢睁开眼，伸出手，果然云知戴着扳指的手被牵引过来，和他的手碰在一起。

云知笑道："看，神奇吧。它叫金兰戒，是不是特别适合咱们？"

戚灵枢脸色缓和了很多，放下手，却又阖上眼，继续修炼。

云知彻底没辙了，问道："小师叔，你要修炼到什么时候啊？"

戚灵枢终于开了口："三日。"

"哦……三日，等等，三日？！"云知震惊了，"你该不会要让我在这儿待三天吧！我错了，求你了，我真错了。"云知哀号，"黑仔，救命啊！"

戚灵枢在他嘴上也画了一道符，潭里只剩下瀑布声。

扶岚的菜都做好了，人却不见了，戚隐招呼他上桌："不用等了，想必正忙着呢，咱别去打扰他们。"

番外四

# 力拔山兮气盖世

半个时辰之后，云知气喘吁吁地回到院里，戚灵枢跟在后面，依旧是纤尘不染的模样。进了屋，戚灵枢兀自坐下拭剑，剑在他掌中翻转，剑光映射在屋顶和地面，徘徊不定。戚隐揽过云知，觑他愁苦的脸色，问他发生了什么事。

"小师叔变了，"云知低声道，"他差点儿把我在潭里定上三日！"

"三日？"戚隐挑眉。

"他说他要修炼三日。"

戚隐摆摆手："得了吧，他入寒潭，最多也就待一个半时辰，哪有三日？那不得冻成冰块了？"

云知震惊地瞪大眼，小师叔竟然会撒谎逗人了！两人一同扭过头，望向那边独坐的白衣剑魔。天光晕着那人的侧脸，他似有所察觉，轻飘飘一眼瞥过来，眼波犹如寒潭般冰凉。两个偷看的人过了电似的，迅速收回视线。

"小师叔真的变了。"云知斩钉截铁地道。

"狗贼，"戚隐整整他的衣领，"好自为之吧，别再欠揍了，小心最后坑了自己。"戚隐拍拍他的肩膀表示安慰，负着手悠悠荡进后屋。

戚灵枢把云知押在弱水住，云知时不时跑来串门，向戚隐倒苦水。说戚灵枢不许他画图，还要他每日卯时起床练剑。从前在凤还，清式老头儿也没这么管过他。云知贼心不死，说不让他画图，他就写话本去。戚隐没搭理他，这厮成日没个正形，也不知道戚灵枢怎么收拾他。

过年的时候，扶岚给幺儿换上了一身大红碎花袄儿，乌黑油亮的小发髻上簪个叮叮当当的大红小灯球，黑猫在她眉心按了个胭脂猫爪印。拉出来一瞧，好一个喜气洋洋的小美妞儿。戚隐戴上兜帽，掩住头发和眼眸，一家人打扮齐整，上人间去溜达。

几年休养生息，人间喘上了一大口气。大年夜热闹得很，一进酒楼，满满当当都是人，好不容易排队落了座，底下惊堂木一拍，看台上说书先生一摸胡子，大声道："今儿小老儿要讲的是魔头戚隐——"

幺儿欢呼起来："你说的是我老汉儿！"

戚隐一把捂住她嘴巴。

"魔头戚隐同那妖族之主扶岚的旷世传奇！"先生声一出，顿时全场寂静，他满意地捋捋胡子，继续道，"要说这扶岚戚隐，就不得不说说三千年前南疆大神巫巫郁离！且说这巫郁离，乃是一方神巫，天纵奇才。年纪小小，才七岁有余，便选作南疆神巫，终身不妻不子，侍奉白鹿大神。然而，英雄难过美人关哪，大神巫巫郁离犯了天下第一等大罪。你们猜，是什么？"

大家都摇头。

先生再次一拍惊堂木："他倾慕他的神，白鹿姜央！"

全场一片唏嘘之声。

戚隐目瞪口呆，这都说的什么？他寄去人间仙门的信可从来没有这些。

先生喝了口水，道："要知这白鹿神女，顾盼生情，何等美貌。这神巫郁离，惊才绝艳，何等俊杰。一人一神，天上天下，以笛声相和，久而久之，暗生情愫。然而渎神之罪，百死莫赎！巫郁离被巴山神殿处决，神女悲鸣，自焚殉情。谁知孽缘难断，三千年之后，巫郁离重生成为妖族之主扶岚，白鹿大神投胎变成乌江少年戚隐，二人相逢乌江，结为兄弟！"

这都什么玩意儿？！戚隐一口酒喷出来，转眼看扶岚，他也听得愣愣的。

"后面的故事大家都知道了，扶岚死于无方，戚隐一念成魔，一夜白发，亲上无方山，为扶岚复仇。然而与此同时，灭世妖蛾席卷天下，扶岚托梦于戚隐，道：'而今妖蛾乱世，只要你立下救世大功德，便可与我重逢。'"

大家眼泪汪汪。

先生唾沫横飞："戚隐果然散一身法力，斩灭蛊母蛾王。蛊母一死，群蛾俱灭。戚隐立下功德，遁世离开。想必如今，他们已在月上重聚了吧。"

全场掌声雷动，戚隐在那震天的掌声里回不过神来。扶岚迷茫地问："他们说的是我们吗？为什么和我的记忆不一样？我的记忆又出错了吗？"

"哥，你没记错，你别被他们带偏了。"戚隐扶额。

说书先生站起来向四方抱拳："老夫还要鸣谢凤还山的云知真人，多亏他把这来龙去脉据实相告，否则，我们又怎知这一段旷世传奇？"

戚隐：原来那狗贼说写什么话本，写的就是这玩意儿！

云知为表歉意，将卖话本得的钱财和戚隐二八分。戚隐二，云知八。银子比天大，戚隐很满意，主动提供素材，由他随意编排，于是又有了《霸道魔头呆花仙》《呆仙子的育女心得》等等话本接连付梓。

云知回来了，日子过得更欢腾了。只要这厮一来，必定带幺儿出去疯，要么把门板儿拆下来，一大一小两人坐上去，顺着陡峭的雪坡刺溜一下滑下去；要么去人间听小曲儿，每回回来幺儿都戴着满头花，一身红绡。就算闲在家里，云知也要带她去和鼹鼠精闹，几个月后，戚隐震惊地发现幺儿学会了打地洞。

幺儿五岁半了，一家子围在一块儿吃早饭。天地清爽，风掀着竹帘子，哗啦啦一片响。幺儿站在靠山椅上宣布："老汉儿，以后我不嫁人了！"

戚隐感到欣慰，都说闺女儿是爹爹贴心的小棉袄，幺儿一定是想留在他们身边，照顾他们吧。

幺儿继续道："我要娶一个后宫！纳姬娶妾，弱水三千，我取一锅。"

戚隐："……"

扶岚却很淡定，告诉她道："你养不起的，他们吃得很多。"

"老汉儿，你莫得钱，我有得。"幺儿说，"娃儿挣大钱养郎君，养你们！"

"别瞎说，吃饭。"戚隐按着她的脑瓜。

"凭啥不行？！"幺儿怒道，指了指扶岚，"我咋不能娶后宫了？！怎么不能三妻四妾了？！"

"都谁教你这些混账话？"戚隐气得吐血，恨不得把她的嘴封起来。

戚隐气得眼前发黑，他就不该由着她和云知同帮鼹鼠精疯，瞧着说的都什么玩意儿？早先期望她成为一个娉娉婷婷的大家闺秀，现在好了，成了一牙尖嘴利的小流氓。戚隐把娃儿提溜起来，捂着她的嘴进屋。小女娃娃蹬着两腿，呜呜乱叫。

猫爷跟着进去，喊道："小隐，你别打她，她还小，教训几句得了！你小时候比她还淘，呆瓜从来不打你！"

"就是被你们惯的。"戚隐在她脑门子上画符，让她面壁，"今天饭不许吃了，明儿我把你送到弱水，跟着小师叔读经！"

"读你个脑壳！"幺儿梗着脖子大叫。

戚隐在她嘴上画符："今天晚上就送你去！"

挑帘子出屋，扶岚仰着头瞧他，戚隐蹲下身，说："哥，小兔崽子欠收拾，咱下不了手，赶明儿让小师叔好好教训她。"

幺儿六岁那年，云知用卖话本的钱买了一艘船，再一次出海，大伙儿一同十里相送。幺儿央云知带她一块儿去，云知笑着揉她脑袋瓜，说等她长大再带她。幺儿气得关在屋里三天三夜没说话，出来的时候一改往日不务正业没个正形的习气，跟着戚灵枢念经刻符，跟着扶岚潜心修习御剑诀。

"老汉儿，我要变成像你一样的大仙，通天彻地，无所不能，想去哪儿就去哪儿。"一高一矮两个娃儿蹲在悬崖上，幺儿眺望远方的落日，幽幽地说。

"我不是无所不能。"扶岚垂着脑袋。

"你还修炼吗？"扶岚问她。

"要，"幺儿说，"但是你换个法子，不要再把我踹下去了。我是你亲生的女娃娃，你也狠得下心吗？"

"狠得下。"扶岚站起身，一脚把她踹下了悬崖。

幺儿十一岁，已能手撕蟒蛇，脚踹野猪，打遍雪山无敌手。两人一猫蹲在雪坡上，其中，戚隐木着脸眺望着雪原上追着一群雪狼疯跑的少女。少女穿着黑衣，衣裳是拿她父亲的改小的，刚好合身。十一岁的年纪，细白的清水脸子，已能看出美人样儿。只是这少女正抡着九环大刀，大声高喊："跑啥跑？陪老娘过两招，又不扒你们的皮！"

狼妖们哀号："大姐头，给条活路！饶命啊！"

"哥，咱闺女为什么会变成这样？"戚隐很痛心。

扶岚说："她现在很强，娶一百个郎君也没关系，他们打不过她。"

黑猫很欣慰："果然有阿芙的风范，将来必定是一方豪杰，老夫这十数年的栽培没有白费。"

戚隐拿出琉璃镜问戚灵枢："小师叔，我家么儿还有救吗？"

"心性已定，爱莫能助。"戚灵枢道。

戚隐心灰意冷，收回琉璃镜，揣着袖子深一脚浅一脚地往回走。他萧索的背影慢慢消失在雪风中，像个落魄失意的老父亲。他的身后，雪坡之下，少女站在被打得鼻青脸肿的众狼中朝扶岚大喊："老汉儿，我赢了！"

扶岚站起身，抽出斩骨刀扔向她。少女抬手接刀，沉甸甸的玄银刀如同沉眠的龙蛇，温顺地躺在她的手中。四下的气氛变得凝重，雪坡上，面无表情的男人向前一步，他已经长大，肉身十六岁，不再是旧日的孩童。

"同我打。"扶岚道。

"实不相瞒，我等这一天很久了。"少女嘴角漾出微笑，握住刀柄，缓缓下蹲，犹如猛虎蛰伏。

扶岚身形一闪，纵身扑入风雪。戚隐往前走，身心疲惫，不想回头。他的身后，一大一小两个身影在空中相撞，绞杀出万点银光。刀气震荡，雪坡的积雪松动，大雪狂崩。

么儿十三岁，即将出门历练。少女的个子抽条儿似的长高，继承了两个父亲的血脉，个头比一般女孩儿还要高些，脑袋顶到了戚隐的胸口。戚隐和扶岚先领着她去白鹿庙，神像底下放着戚慎微和阿芙还有巫郁离的灵牌。戚隐让么儿献上鱼肉、鸡肉和腊肉拜祭先辈，又让她在蒲团上磕了三个响头。

"爹、娘，不知道你们投胎没，你们的孙女儿要出山了，你们多费点心，看顾一二。"戚隐在香炉里上香，袅袅三炷烟飘上屋檐，"师叔，你神通广大，要是她闯祸，你就托个梦放个妖蛾子吓吓她，让她知道厉害。"

扶岚往么儿的乾坤袋里塞糖肉大包子、果馅金丝饼、桂花年糕……么儿看得流汗，道："老汉儿，别塞了，我吃不完。"

"慢慢吃。"扶岚还是继续塞。

"我真的吃不完。"么儿苦着脸。

扶岚摸摸她的头："要是饿了，传信给我，我去送饭给你吃。"

么儿眼泪汪汪："老汉儿，果然还是你疼娃儿。"

"出门在外，自己一个人当心。"戚隐正了脸色，教训他这无法无天的闺女儿，"同你说几句话，一定要记在心里。第一，你爹我当年杀了南疆二十八族的族长，南疆同我有仇，你出了山，不要自报家门，免得招致麻烦。第二，你爹我当年屠灭无方，三山精锐尽死于我手，人间同我也有仇，你进了人间，只说你是凤还云知的徒弟就好，不必提我的姓名。"

"行，我知道了。"幺儿道。

"第三，你虽有些道行，毕竟未经世事。我听说人间以北境钟鼓为首，新起三山十六派如日中天，数十年来，英才辈出，远非当年衰颓模样。你不要吃饱了撑的没事招惹他们，自己游山玩水，要是没钱了……"戚隐木着脸，"也不要回来找我要，你爹穷。你自己想想法子，上街胸口碎大石，看能不能挣一点儿。"

"老汉儿，你别啰唆了，我都晓得。"幺儿说。

"最后，"戚隐拎起黑猫，放进她怀里，"把猫爷带上，好歹看着你，我放心。"

"你们两个老汉儿保重身体，等我回来给你们送终。"幺儿向戚隐和扶岚摆摆手，一甩辫子站起身，朝着群山万壑大吼道，"尘世，我来也！"说着踩上斩骨刀，化作一道凛冽的清光，冲天而去。

戚隐立在白鹿庙前，目送那道光消失在浩荡白云间。终于把这尊大佛送走了，天地都好像清静了。戚隐心里有释然，却又忽然有种奇怪的感觉，养育她十多年，似乎就是为了等她离开家门这一天。对于父母来说，子女是个注定会离开的过客，他们注定要看她越走越远，消失在道路的拐角。

那就走吧，戚隐想，走得远远的，省得他看见她那模样糟心。好好一闺女，被他养成这样，还要跑出去丢人现眼祸害苍生，戚隐觉得自己对不起列祖列宗。

"难过吗？"扶岚在旁边问。

"不难过，我高兴。"戚隐笑了笑。

他们那时还不知道，三天以后，北境钟鼓山，一身黑衣的少女从天而降，斩骨刀落地，击碎山门前的石阶，裂缝以刀为中心向着四面八方蔓延。山门弟子惊恐地握着剑，围住这个来历不明的女孩儿。

黑猫从少女肩上跳下来，优雅地踱步。

少女抬起眼，她的眉眼如刀，仿佛可以斩破风雪。

"大雪山戚隐、扶岚之女，前来拜山！"

"狂妄！"有人怒吼，"妖族之主扶岚早已魂飞魄散，魔头戚隐也遁世数十年，况且，从没听说过他们有子孙后代。你到底是谁？！"

少女掏了掏耳朵，放肆地微笑："死了也可以复活，没听说过不代表没有。听好啦，老娘要挨个锤遍你们三山十六派，从今往后，所有人都会记住我的名字，"少女舔了舔嘴唇，一字一句道，"孟！沉！渊！"

番外五

清风明月共归途

幺儿离了家，猫爷跟着走了，屋里屋外空空落落的，一畦菜地稀稀疏疏长着新发的绿苗儿，几只小母鸡领着鸡崽子摇摇摆摆到处叽叽喳喳。然而戚隐依旧忙碌得很，因为扶岚硬要与他对刀，还要他不用灵力，从山脚跑到山腰再跑下去。到了这般天下无敌的地步，还要和新入门的弟子一般锻炼，就算是从前在凤还的时候，也从未这么跑过。

　　戚隐累得气喘吁吁，瘫在地上软成一摊泥。转眼看扶岚，这厮耐力极好，跑上跑下三圈都不带喘。戚隐问道："哥，是不是幺儿和猫爷走了，你不用成日做菜烧饭了，闲着没事儿干？"毕竟那两个家伙着实是两个饭桶，甭看幺儿瘦瘦弱弱一个小女娃娃，即使黑猫每日从她饭碗里扒走八两肉，她吃得仍是比戚隐多。

　　"不是的，"扶岚蹲在戚隐身边，"你要锻炼好，身体才能好。"

　　戚隐气得几乎吐血。他实在走不动了，扶岚把他背起来，慢慢爬山阶。春日头，虾子红的小花儿开满山坡，斜阳懒懒一照，整片山都烧将起来。

　　日头落下山的时候回到院子，扶岚刚把戚隐放下来，乾坤袋里的琉璃镜就亮了。戚隐掏了掏扶岚的乾坤袋，把琉璃镜拿出来，一开镜，便见镜里幺儿一张大脸。戚隐"啧"了一声，把镜子放远，没好气地道："七八天没个信儿，今天怎么想起你老子我来了？"

　　"老汉儿！"孟沉渊眼泪汪汪，"娃儿没钱，怎么办？"

　　"这才几天，给你的盘缠全没了？"戚隐怒道。

　　孟沉渊拎起沉甸甸的黑猫："猫爷三餐顿顿要吃红烧肉，没有红烧肉它不依。"

　　黑猫打了个嗝。

　　"没钱，"戚隐咬牙切齿，"要不你们两个回来，回家和我们一起吃糠咽菜。"

　　孟沉渊苦着脸，低头搬出一个炭炉，一面烧纸一面哭道："爷爷奶奶，没有银钱买吃买喝，我和猫爷很快就要下去找你们团圆了！"说完，一人一猫抱在一起痛哭流涕。

　　戚隐想，他是作了什么孽，养了这么一个讨债的孽障！没办法，还能真让她和猫爷饿死街头不成？戚隐和扶岚回家翻箱倒柜，凑出来不过一吊铜板。扶岚不吃不喝，他不让扶岚操劳，大多时候也辟谷，南疆妖市也都是以物易物，不像人间有流通的钱币。

扶岚捧起一窝毛茸茸的小鸡崽，道："我们把它们卖了吧。"

戚隐仰着脖儿长叹一声，把鸡鸭都揣进笼，再去台地茶圃收茶叶，连夜炒好，一人背满一筐，一同御剑前往锁阳关。

一大清早，两人就摆上了摊。戚隐戴上兜帽，遮住头发和眼睛，同扶岚一起高声叫卖。扶岚长得俊，围上来的全是大娘大妈，一面挑拣茶叶，一面还要问东问西。扶岚实诚，她们问什么他就答什么。戚隐烦得很，揽着扶岚催她们："要买赶紧买，哥儿闺女都能说会道了，不劳诸位费心。"

整整摆了三天摊，终于把鸡鸭茶叶都卖光了，去驿站把银钱封入乾坤袋，施了个封印咒，托驿使送到幺儿歇脚的沧州府。戚隐松了一口气，打开琉璃镜，骂道："别再问我们要钱了，再要你老子两个就要上街胸口碎大石了！"

"我晓得！还是我老汉儿疼我！"孟沉渊噘起嘴亲镜子。

"在外面没闯祸吧？"戚隐不放心，絮絮叨叨地叮嘱她，"我和你岚爹仇家多，千万别逞威风，说你是我们的崽。猫爷，你在边上多看着她点儿，别让她和别人打架。"

黑猫道："老夫心里有数，你俩放心。在窝里等着吧，娃儿游历一番他日归来，必定大有不同！"

"行，好好玩儿，莫闯祸！"戚隐关了镜子。

扶岚摸摸他的狗头："小隐是个好爹爹。"

戚隐苦笑了一声："不如你，哥。"

二人御剑回山，穿越风烟，远远就瞧见鼹鼠精们围着他家小院，一群黄澄澄毛茸茸的鼹鼠，里三层外三层，围得水泄不通。戚隐不知道它们在干什么，高喊了一声。鼹鼠们回过头，纷纷向他们招手："隐娃儿，你终于回来了！你快来看看你家，刚刚一群妖魔鬼怪过来打劫，把你家挖没了。"

戚隐和扶岚落了地，两人都傻眼了。只见原先的小院空空如也，变成一个深陷下去的大洞，连篱笆也不见了。

岩大爷哭道："我们也不知道是啥子妖魔，风风火火一大群，过来就问你家是哪个，我说那个就是，它们就东挖西挖，连地基都挖走了。还说你是大魔头，杀了它们的爷娘，早晚会有报应。隐娃儿，你们惹了啥祸？你真的和它们有仇吗？"

戚隐："……"

不必问也知道，一定是孟沉渊那个孽障，不仅报了来历还说了家门，消息从人间传到南疆，把他那帮仇家全给引来了。

他按了按眉心，道："它们报了名号没有？"

"没得，搬了东西立刻就跑了，头也没回。"岩大爷道。

戚隐气得牙痒痒，这帮货怕他上门报复，搬了他的家什就跑，生怕他突然回来。扶岚蹲在地上摸被翻得一团糟的土，脸上很是难过的样子。那些妖魔连根草都没给他们留，戚隐心里生气却没处撒，看扶岚满脸失落，心头被谁狠狠揪着似的，闷闷难受。

"没事儿,"戚隐揉揉他脑瓜子,"咱们换个地方,再建个屋。"

"小隐,我们没有床,今天晚上在哪儿睡觉啊?"扶岚有些沮丧。

无计可施,先去弱水借宿几天。戚灵枢住的那地儿是古战场,周遭煞气成雾,风贴着地吹过,发出鬼哭狼嚎般的声音。孟沉渊小时候最怕被戚隐送到这儿,一是戚灵枢最是冷漠,板着一张脸往那儿一坐,无论孟沉渊如何撒泼打滚,必定要抄完经书才放她走;二是这儿环境太过恶劣,晚上睡在屋里外面罡风呼呼吹,每晚都要做噩梦。

戚灵枢在高地上结了一个剑庐,问雪剑镇在庐前,压住四面罡煞。这十几年他都在此静心修炼,除非去雪山寒潭,半步不出剑庐。云知若从海上归来,先到戚隐那歇一宿,第二天便去弱水剑庐。戚灵枢为他辟了个小楼,他那些满纸荒唐的话本全存在里头,时不时有书肆老板苦哈哈地穿越煞气过来求书,衣裳被煞气割得褴褛,再苦哈哈地抱着书稿离开。

云知为戚隐斟上一杯酒,笑道:"你们两个隐居深山,不问世事,当真是半点儿都不知道那丫头作为。"

这厮刚从海上回来不久,散发披衣,优哉游哉靠在凭几上嘬了口小酒。堂屋里搁满了他从海上带回来的奇珍异宝,戚隐有时真不知道他到底是去找凤还是去游玩。

戚灵枢穿着一袭素色深衣,散着裤腿,和扶岚一同坐在门边拭剑。岁月没有在他和云知身上留下斧刻的凿痕,只是让他们的气息如玉一般温润,愈发平和安静。

戚隐不是很懂这两人,戚灵枢有事从不诉之于口,云知若归来,也必定要寻小师叔,次次如此,从来不变。

"你家大土妞儿叩了三山十六派的山门,点名要人家的首徒出来跟她打,把一众仙山好儿郎打得是屁滚尿流。听说自在门那个男娃被你家闺女儿打到哭,摔了剑说此生再不修仙,脱了道袍回家种地去了。"云知慢悠悠地道,"现在你家大土妞儿已经威名远播,整个人间都知道南疆来了个女娃娃,自称是已故妖族之主扶岚和大魔头戚隐的女儿,把众仙山打得死去活来,哭爹喊娘。"

戚隐沉默地捂住脸,他怎么能养出这么个德行的闺女?!眼下她臭名昭著,往后谁敢娶她?

"对了,"云知说,"沧州府有个新起的门派,叫什么沧澜派的,琴剑双修,首徒被你闺女儿打得吐血。但是你闺女儿好像看上人家的美色了,说等她攒够了银钱就八抬大轿回来娶他。"

"那个孩子我见过,"戚灵枢在一旁道,"性子坚忍,琴音峥嵘,不入俗流。"

"得了,打今儿起,他的道途没了。"戚隐木着脸道,"孟沉渊那个小兔崽子,前儿刚从我和我哥这儿骗走了几十两银子。"他摸摸空空的茄袋,悲从中来,"我们现在一文钱都没了,小师叔,你收留我们几日。若那个小兔崽子找你们,别说我们在这儿，免得她又打我们钱袋的主意！"

戚灵枢颔首道："无妨，想留多久留多久。"

日影渐收，扶岚忽然噌地一下站了起来。

戚隐没来由地慌张，问："哥，你干吗？"

"该睡觉了。"扶岚道，也不管后面的戚灵枢和云知，兀自进了屋。

"你闺女被野男人勾走了你都不管？"戚隐忙跟着进了屋，问。

"小隐，你要学会放手。她长大了，她要自己选择。"扶岚摸摸他的脑袋。

没想到他哥倒比他看得开，戚隐叹了口气，妥协了。

日头完全沉进了西山，远天只剩下残霞。一座座黑黝黝的山峰静静矗立，撑起高远的青蓝色穹隆。云知拎着酒壶，坐到戚灵枢身边。戚灵枢膝上放着剑，正闭目养神。

"何日再次出海？"戚灵枢淡淡发问。

"我的船修好了，大概就这几天吧。"云知说，"怎么，嫌我在剑庐碍眼，不愿意让我住了？"

戚灵枢睁开眼看他，眸中颇有不悦的意味："云知，剑庐永远为你而开。"

"开个玩笑，你还当真了。"云知笑了笑，转过脸眺望渐渐稀薄的晚霞。他沉默良久，忽然道："只是云知何德何能，得小师叔如此抬爱？"

戚灵枢阖着目，没有什么表情，淡淡道："非你有德有能，是我目昏心盲。"

云知苦笑："云知什么也给不了小师叔。"

"无妨，"戚灵枢的声音依旧清冷，依旧平静，"我亦无所求。"

云知抿唇淡笑，昏暗天光下，他的眉目里少了戏谑，多了温柔。

"海上风光奇异，我观小师叔心魔剑已臻大成，此番出海，小师叔可愿同往？"他向残霞举杯，笑问，"借问万里天风，云知可有幸，与小师叔做一生的挚友？"

黄昏中，两个人的背影凝成并肩而坐的剪影，仿佛从此千年万年，永恒不变。

戚灵枢回答他："甚好。"

番外六

鲛梦

戚隐醒了，发现自己躺在一块礁石上，举目望向四周，他似乎在一处阒无人迹的荒岛，身上的衣服破破烂烂，袖子断了半截，露出他沾满泥沙的胳膊。

身边还有个包袱，里面有一把斧子。

他尝试运转体内的灵力，经脉里空空荡荡，丹田内灵息全无，浑身充斥着凡人的浊气，他竟成了个肉体凡胎。

发生了什么？他蒙了。

他记得昨晚睡觉前，猫爷说从野坟里挖出了许多珍贵明器。他们把所有钱都寄给了幺儿，穷得叮当响，要猫爷在街头表演踩球跳火圈养活全家，还想做倒卖明器的买卖。明器里有两根蜡烛，红彤彤的看着极为喜庆，左右蜡烛卖不出好价，戚隐就把它们点在了床头。

谁承想一觉醒来，他竟到了这荒岛。

他站起身，在礁石上行走，磕磕绊绊上了岸。

这岛上看不见人烟，却有许多高耸直挺的椰子树，他肚子咕咕作响，捡起石头，打了几颗椰子下来。椰汁可以解渴，椰肉可以食用，戚隐吃了五枚椰子，勉强不那么饿了。眼看天黑，他寻了处山洞猫着。坐在洞口，可以看见海边。天和海连成一线，不分彼此。他打坐运功，半晌凝不起灵力，一阵泄气。

睁开眼，忽然看见海边礁石上多了一个人影。

他眼睛一亮，跑下山，冲那人影跑过去，打算求救。可那人影远远一见他，转身跃入了海中。那人跃下去的一瞬间，高高翘起来的……竟然是鱼尾！

戚隐呆了，爬上礁石，探头往水里看。

一张熟悉的脸庞沾着星星水珠，正在海里仰头看着他。

是扶岚。

戚隐死也不会认错，这张淡漠清俊的脸，是扶岚。只不过扶岚的眸色变了，变成了湛蓝色的，一眼望进去，好似望进了深深的大海。

"哥，你怎么变成鲛人了？"戚隐大惊失色。

扶岚面无表情看着他，一脸漠然。

二人相望半晌，扶岚转身扎进了海水，似要游走。戚隐呆了，怎么感觉他哥不认得他了？戚隐怕他真的走了，心一横，合身扑入海中。

海水漫过头顶,他看见扶岚灿烂的蓝色鱼尾。尾巴尖是半透明的,犹如薄纱,又像宽大的裙摆。波光在扶岚长长的鱼尾上徘徊,折射出五光十色的瑰丽光辉。扶岚看他追来,回头静静望了一眼,然后头也不回地离去。鲛人潜泳的速度极快,戚隐根本追不上他。

戚隐垂头丧气地爬上岸,呆呆望着大海。

他哥怎么不认得他了呢?

又摘了几颗椰子果腹,这回戚隐还打了几只雀儿。只是没有火,他又失了灵力,无法用术法生火,只好钻木取火。硬生生钻了几个时辰,终于弄出点小火苗,把柴火烧着,烤了麻雀。

后半夜筋疲力尽,戚隐沉沉睡着了。第二日,晨光在眼皮上跳动,戚隐揉着眼起身,望向海边,便看见扶岚坐在礁石上晒太阳。戚隐一喜,抱着昨晚特地留下来的椰子,朝礁石跑过去。这回他没有贸然靠近,把椰子放在礁石下面,朝扶岚做手势。

"哥,"戚隐喊道,"来吃椰子。"

扶岚只望着他,并不过来。戚隐以为他害怕,往后跑了几步,和他拉开距离,扶岚仍是不下来。二人相望着,戚隐也不知道怎么办才好,垂头丧气回了山洞。

第三天,戚隐带了烤麻雀过去,昨天的椰子还放在那儿,戚隐抱起椰子,朝扶岚招手:"哥,吃麻雀呀!"

扶岚静静看着他,仍是不下来。

戚隐只好走了。

戚隐放了个烤青蛙在那儿,扶岚还是不下来。

扶岚不下来,戚隐就坐在礁石底下,一边喝椰汁,一边烤青蛙烤麻雀。扶岚坐在礁石上看着他,湛蓝的眼中看不出情绪。但他一直看着戚隐,戚隐把烤麻雀丢给他,他不吃,扔进了海里。戚隐放弃了,自己咔咔吃得很香。

戚隐发现自己生病了。大约是衣裳太单薄,夜里海风吹得冷,眼下他又是个肉体凡胎,受不住凉。此时他额头滚烫,简直像个小火炉,放个鸡蛋都能烤熟。他没力气去找扶岚了,躺在山洞里迷迷糊糊地做着梦。

眼皮上罩下一层阴影,他感觉到什么湿湿凉凉的东西蹭过他的额头。之后,一块冰凉的贝壳放在他的头顶。是谁?在干什么?他睁开眼,对上扶岚湛蓝的眼睛。

扶岚用脸庞贴了贴他的脸,好像在试他的温度。又直起身,蹙着眉看着他,那副表情好像是在问:"你是不是要死了?"

戚隐没力气和他说话,闭眼睡了一会儿,醒来时发现扶岚还在身边,只不过他旁边多了一个大坑。

戚隐:"……"

那是给他挖的吗?

"我觉得我还能再撑会儿……"戚隐嘴里干巴巴的,"哥,我想喝水。"

扶岚转身走了，戚隐发现，他是用鱼尾走的，速度出奇地快。过了不久，扶岚回来了，手里捧了些草叶。他把草叶攥在手里，挤出汁液，滴在戚隐的嘴里。他带来的草鲜嫩多汁，轻轻一挤，汁水就汩汩直流。

戚隐解了渴，又喊冷喊饿。扶岚转身走了，又过半晌，他拖来一只死不瞑目的大鱼。

这鱼巨大无比，简直能躺个人进去。戚隐正想说他吃不了这么大的鱼，结果扶岚把他拖了进去，将他安置在鱼腹里。

戚隐躺在里面，惊奇地发现这鱼身能为他遮蔽海风，他真的不冷了。扶岚又从这大鱼身上切下一块肉，塞进戚隐嘴里。

戚隐一面仰仗这大鱼挡风，一面又吃它的肉。该说不说，他哥真的是个天才。只一条鱼，把这所有问题都解决了。

躺了整整三天，这三天里，全赖扶岚照顾他，给他喂水，给他喂肉。第九天，戚隐病好了。坐在这山洞里，戚隐觉得自己不能在这荒岛上硬挨，得找个法子离开。于是上了山，用斧子砍下数根绿竹，拢在一起。他去林中拽来无数长草，搓成草绳，把竹子捆在一起，变成了简易的竹筏。

竹筏下水，能浮起来，戚隐很高兴。

他采来十颗椰子，垒在竹筏上，又烤了许多青蛙麻雀，收进他的小包袱里。扶岚一直静静坐在礁石上看着他忙活，戚隐不知道他看不看得懂，反正他就一直盯着他看。戚隐准备好一切，爬上竹筏，朝扶岚挥挥手，说：“哥，我先走啦。等我出去，找了救兵，再来接你。”

戚隐坐在竹筏上，用竹子做的船桨划水，刺溜一下划出去老远。回过头，礁石上已没了扶岚的身影，戚隐心里有些不舍，却也不想在这荒岛上度过残年。在海中航行了一段距离，竹筏忽然一振，戚隐吓了一跳，扭头看，竟是扶岚追了上来。他蹙着眉尖，不再淡漠，似有几分薄怒。

只见他用尖利的指爪抓开竹筏的草绳，竹子呼啦一下散开，戚隐差点落入海水。

"你干吗啊哥！"戚隐喊道。

戚隐抱着竹子，怕它们全部散落，抽出他备用的草绳，打算把竹子重新绑好，扶岚猛地跃出水面，使劲一撞，竹筏完全散了架。戚隐落入海水，身子被巨力一拽，直直沉入大海。朦胧中，他看见扶岚抓着他，把他拖入海底。

他想喊扶岚，可是一张口，海水灌入口鼻，他呛了水。呼吸不了，脑袋也变得昏沉，他看见扶岚游了上来，湛蓝的眼眸倒映他呛水的脸庞。扶岚忽然改了方向，拖着他出了水，回到荒岛。扶岚把他拖上岸，攥拳敲了敲他的胸腹，他噗的一声把水吐出来，才能安稳呼吸。

扶岚看他能呼吸了，又把他拖回山洞，还搬来许多巨石，把山洞堵住。他拍打石头，张皇大喊："哥你干吗？放我出去！"

## 番外六　鲛梦

扶岚不应，也不听，把洞口堵得只剩下一条缝隙。戚隐用力推石头，推不动，也不知道扶岚力气怎么这么大，居然能把这么重的石头搬过来。扶岚这是干什么，不让他走吗？

戚隐不知所措，心里着急又生气，他不会困在这里老死吧？扶岚为什么要困住他，他不是说了会回来找他吗？对了，现在的扶岚听不懂人话，他看他划船，肯定是以为他要一去不回了。

唉，这可如何是好？扶岚回来了，从缝隙里丢进许多鱼虾，还有许多那种鲜嫩多汁的草叶。戚隐非常无奈，贴着那缝隙对扶岚说道："哥你让我出去吧？我不跑了，行不行？"

扶岚静静看着他，不说话。

"哎呀天哪，你信我好不好？我不走。"戚隐道。

扶岚把手伸进来，摸了摸他的头。

戚隐："……"

戚隐只好假装生病了，扶岚丢进来的鱼虾，他原样丢回去，不吃也不喝。扶岚果然有些焦躁，在洞口转来转去。最终，他把石头搬开，进来看戚隐。戚隐鲤鱼打挺，一跃而起，扶岚一拳把他打趴下，用又长又重的鱼尾压住他。

"哥，放我起来。"戚隐抱着他尾巴大喊。

扶岚不为所动。

戚隐放弃了，躺在地上，无语望天。扶岚的尾巴还挺光滑的，就是太沉了，戚隐觉得自己身上被压了座山似的。

之后几天，扶岚去哪儿都带着戚隐。下水要把戚隐带着，还在戚隐身上浇水，戚隐怀疑他在给自己洗澡。晒太阳也带着，戚隐晒得要冒烟儿了，扶岚就把他推进海水降温。

扶岚给他抓鱼，抓虾，抓蟹，还抓之前那种小山丘一样巨大的大鱼。戚隐赌气不吃，扶岚就面无表情地往他嘴里塞。

戚隐欲哭无泪。

他好像真的逃不掉了。

不知过了多久，等他醒来，红蜡烛的光映入眼帘，他揉着眼睛坐起身，银发低垂，触及手肘。原来只是个梦，他松了口气。

他起床吃早饭，瞧见扶岚说："哥，我做了个怪梦来着。你猜我梦见了什么？"

"我也做了梦。"扶岚道。

"你梦见啥了？"戚隐一脸稀奇。

"梦见我变成了鲛人，一直养着你，可你不乖，总是想要逃跑。"

戚隐："……"

天哪，那真的是个梦吗？

**图书在版编目（CIP）数据**

隐山岚 / 杨溯著 . -- 武汉：长江出版社 , 2025.
3. -- ISBN 978-7-5804-0044-4

Ⅰ . I247.5

中国国家版本馆 CIP 数据核字第 2025GJ0574 号

## 隐山岚
### YINSHANLAN

杨溯 著

| 出　　版 | 长江出版社 |
|---|---|
|  | （武汉市解放大道 1863 号 邮政编码：430010） |
| 市场发行 | 长江出版社发行部 |
| 网　　址 | http://www.cjpress.cn |
| 责任编辑 | 陈　辉 |
| 策划编辑 | 胡湘宁　刘心怡 |
| 封面设计 | 阿　鬼 |
| 印　　刷 | 天津鑫旭阳印刷有限公司 |
| 版　　次 | 2025 年 3 月第 1 版 |
| 印　　次 | 2025 年 3 月第 1 次印刷 |
| 开　　本 | 680mm×970mm 1/16 |
| 印　　张 | 45.25 |
| 字　　数 | 910 千字 |
| 书　　号 | ISBN 978-7-5804-0044-4 |
| 定　　价 | 78.00 元（全两册） |

版权所有，侵权必究。如有质量问题，请与本社联系退换。
电话：027-82926557（总编室）027-82926806（市场营销部）